教育部人文社会科学研究基金项目（06JA75011-44042）
广东省社会科学基金项目规划项目（06J02）

古典诗歌学问化研究

魏中林 等著

中国社会科学出版社

图书在版编目（CIP）数据

古典诗歌学问化研究／魏中林等著．—北京：中国社会
科学出版社，2012.5
ISBN 978 - 7 - 5161 - 0831 - 4

Ⅰ.①古… Ⅱ.①魏… Ⅲ.①古典诗歌 - 诗歌研究 -
中国 Ⅳ.①I207.22

中国版本图书馆 CIP 数据核字（2012）第 079984 号

古典诗歌学问化研究　　魏中林等著

出 版 人　赵剑英

责任编辑　曲弘梅
责任校对　李　莉
封面设计　郡　婷
技术编辑　李　建

出版发行　中国社会科学出版社
社　　址　北京鼓楼西大街甲 158 号　　　邮　编　100720
电　　话　010 - 64040843（编辑）　64058741（宣传）　64070619（网站）
　　　　　010 - 64030272（批发）　64046282（团购）　84029450（零售）
网　　址　http://www.csspw.cn（中文域名：中国社科网）
经　　销　新华书店
印　　刷　北京奥隆印刷厂　　　　　　装　订　廊坊市广阳区广增装订厂
版　　次　2012 年 5 月第 1 版　　　　印　次　2012 年 5 月第 1 次印刷
开　　本　710 × 1000　1/16
印　　张　31　　　　　　　　　　　　插　页　2
字　　数　473 千字
定　　价　69.00 元

序

　　研究当代社会科学与研究古典学的学者，心态、气度往往不同。前者俯视平辈，直击现实，容易产生"一览众山小"的豪迈。而古典学学者面对悠久的学术史，仰望一座座高峰，更多的是"高山仰止"的敬畏。前人汗牛充栋的成果容易让古典学学者产生一种"影响的焦虑"。

　　如何有所创新，一直就是困扰和挑战古典学学者的问题。陈寅恪先生曾提出："一时代之学术，必有其新材料与新问题。取用此材料，以研求问题，则为此时代学术之新潮流。"（《陈垣敦煌劫余录序》）陈寅恪先生指出向上一路，陈义甚高。"新材料与新问题"确是极为重要的，两者结合自然是治学最上乘的境界。比如近代以来的敦煌学、古文字学、考古学都是有赖于新材料而兴起的。像敦煌石窟与甲骨文等这类"新材料"的发现而引发的"新问题"，实在是千载难逢的。如果古典学者一定要等"新材料与新问题"才进行研究，那就不免要守株待兔了。不过，我们也不必因此而悲观踌躇。回顾一下中国学术史，尤其是思想史，多数重要成果的取得并不是因为"新材料与新问题"的出现，而是由于新思想与新理念的引入。陈寅恪先生本人的成就也并不都是甚至主要不是"新材料与新问题"，他的高妙之处，是在常人熟见处发现新问题，即是在传统的学术领域中用新的眼光和见识发现和解决问题。这是更具魅力和挑战性的。

　　就古代文学而言，新的观念和见识固然可以借鉴外来的文学理论研究成果，但更应该从中国丰富的文学实践中提炼出来，将思想和研究的立足点回归到中国古代文学的原始语境，回归到中国传统典籍内部所呈现的自然脉络，在中国本身的历史丰富性之中去不断发现和创造。

在上世纪80年代，著名学者程千帆先生就提出："所谓古代文学理论，应该包括'古代的文学理论'和'古代文学的理论'这两层含义。因而古代文论的研究，也就应该采取两条腿走路的方法，既研究古代的文学理论，也研究古代文学的理论。前者是今人所着重从事的工作，其研究对象是古代理论家的研究成果；后者则是古人所着重从事的，主要是研究作品，从作品中抽象出文学规律和艺术方法来。……二者虽然都是重要的，但比较而言，后者是更困难，也是更有意义的工作。"（《古典诗歌结构与描写中的一与多》）程先生的高论为我们提供了拓展古代文学理论研究新领域的思路。如果要"从作品中抽象出文学规律和艺术方法来"，那就应该在现有的研究理论、概念之外，提出新的概念与范畴。

魏中林等先生所撰的《古典诗歌学问化研究》一书，最大的特点和亮点就是：它不是从外在的理论和现成的文学史框框出发，而是在中国古代文学的原始语境中，从中国传统及其原始典籍内部的脉络中，梳理了文学发展中一个长期存在却一直没有被充分关注的显见事实，然后把被隐没了的理论与被遮蔽了的事实再度揭示出来。这个问题就是"古典诗歌学问化"。"古典诗歌学问化"正是立足于现有的研究理论、概念和文学史框架之边缘，所提出来的符合中国古代文学事实的新命题。我们借用程千帆先生的说法，这本书就是"研究古代文学的理论"，具体来说，也就是"从作品中抽象出文学规律和艺术方法来"。这正是它的独到之处，也是其价值所在。

我曾经说："在古代文论的原始语境中，理论的'生态'往往是平衡的，每种理论常常是和它的对立面相反相成地存在的。"（《"诗能穷人"与"诗能达人"》，《中国社会科学》2010年第4期）在中国古代文学批评与文学创作中，以"性灵论"为中心的"意境化"与"学问化"实际上是相反相成地存在着。但是，长期以来，"意境化"问题占住了中国古典诗学的视野中心，而"学问化"的问题，虽然相关的如"学人之诗"等论题亦受到关注，但深度的系统研究整体上仍处于被忽视或被忽略状态。

作者所谓的"学问"并不仅是指书本知识，所谓"学问化"也并不就是掉书袋。"古典诗歌学问化"是指将诗歌创作与知识、学问、道理等修养联系起来看待，因此，本书的"学问化"的内涵是比较宽泛的。基于此，作者认为，"古典诗歌学问化"是自《诗》、《骚》以来中国诗学文化的一种传统。作者认为："古典诗学学问化不仅是某一时期或流派所集中体现出来的片断性现象，而且是伴随着古典诗学历程强弱参差地形成一个持续性过程。""这一过程的基本趋向是以踵事增华的方式由弱渐强，越来越明显。"（《绪论》）本书从理论的高度上提出这个问题，然后对中国古典诗歌创作与理论批评的"古典诗歌学问化"进行史的勾勒与探讨。全书共七章，上至中国诗歌发轫的先秦时代，下至新文化运动，原原本本，追源溯流，系统地梳理了"古典诗歌学问化"的问题。从某种意义上说，这是一本别出心裁的文学史。虽然，本书涉及问题面广而且历史悠久，观点或可商榷，文献容有未安，但是作为一部"问题发展史"，它必有其独特的理论价值。

我读完这本书，掩卷之余，不免思绪纷纭。

我们曾经以为文学产生于民间，产生于劳动，诗是一种纯粹感情的产物，而诗歌创作与知识学问没有什么关系。这些说法自然有其道理，但又不免片面。在许多人的观念中，民间就是天籁，到了文人手里，就往往折杀了诗的纯美。这就有些偏颇了。在文化史上，文人对于民间文艺雅化作用的积极意义要远远大于其消极意义。没有文人的记录、提升与传播，民间的性灵与智慧，可能很快就灰飞烟灭，无声无息。《诗经》中当然有些是采自民间的诗，但肯定是经过文人的选择、修饰、加工和提炼的。比如《诗经》首篇："关关雎鸠，在河之洲。窈窕淑女，君子好逑。"这些诗句很难想象纯粹是那些目不识丁的百姓信口创作的、纯天然、原生态的民间诗歌。其实，有些我们所读到的许多以为很"民间"的文学，也是经过文人与民间一批有知识的"秀才"记录与加工的。这个道理看看明代冯梦龙辑录的民歌就明白了。民间与知识绝不是矛盾的，更不是对立的。就像现在网络和手机上流行的那些极为机智的段子、民谣，当然可以算是民间的智慧了。但这些绝对不可能是那些文盲或文化程度较低的人所能编造出来的，很可能是一批有"学问"的文艺青年在网上神思飞扬的集体结晶，也可能是一批文化和智商都很高的公务员在酒余饭后的凑趣逗乐。其实，民间社会也是可以"学问化"的。以今度古，想当然尔。

诗歌创作没有"性灵"不行，就像没有火种如何燃烧？光有"性灵"也不行，就像只有火种而没有充足燃料，如何能成燎原烈焰？性灵与学问都是诗歌创作不可或缺的要素。诗歌需要性灵，是不论自明的。诗歌需要学问的道理，则尚要饶舌几句。以李、杜为例。杜甫自称"读书破万卷，下笔自有神"，他的学问自然不必多说了。李白天才飘逸，似乎与"学问"无关。但李白也不是光会饮酒大言，他也是喜欢读书，也有"学问"的。他自称："五岁诵六甲，十岁观百家。轩辕以来，颇得闻矣。常横经籍书，制作不倦。"（《上安州裴长史书》）李白的话也许略有夸张，但如果翻翻《李太白全集》，看看他所写的赋、表、书、序等，可以发现，李白还是挺有"学问"的。就是在李白诗中，用典与点化几乎在在皆是。就以被人读后惊呼为"谪仙人"的《蜀道难》一诗为例，就用了许多典故，腹笥极富。我们可以说，中国古代著名诗人中，几乎没有一个是不读书、没"学问"的。如果没有浸淫于书林艺苑之中，传承悠久的历史文化，体味和领悟古往今来、人生社会的奥妙哲理，所谓的性灵，只能是浅薄而没有深度的。也许，灵光一闪，就转瞬即逝。所以，严羽在《沧浪诗话》说："诗有别才，非关书也；诗有别趣，非关理也。"但紧接着又补充说："然非多读书多穷理，则不能极其至。""学问化"的重点在于能"化"，学问是诗人的修养而不是诗歌的表现对象。"化"境就是自然而然地流露，而不是刻意展示。你可以感受到，却难以一一指出来。若能"化"，则知识、学问、义理都如水中着盐，无迹可寻了。若不"化"，哪怕学际天人，学问反成了眼中之金屑。

我在读此书时，有个问题一直萦绕心中：既然"意境化"与"学问化"在理论与创作上都是并存的，为什么最终会出现"意境化"占住了中国古典诗学的视野中心，而"学问化"则被边缘化？对这种现象，我们除了判断其合理还是不合理，合乎还是不合乎历史事实，更重要的是要理解这种现象产生的深刻原因。我曾说过，在古代文论的原始语境中，理论的"生态"往往是平衡的，"但是，经过人们的阐释与接受之后，'平衡'就被打破了"。那么，这种有选择性的阐释与接受的背后，肯定含蕴着中国古人传统的诗歌理想与美学观念。我们发现了理论盲点，然后把这些曾被遮蔽的历史展示出来，这工作很重要，但我们仍然可继续追问：这种"盲点"的形成，是否是中国人自古以来集体的、有意的选择性"失明"？若是的话，那么，这种选择体现的是偏见和短视，还是智慧与深刻呢？这也许也是一个有趣的而且是深层次的问题。

我与魏中林教授相识已经二十多年。1990 年，中林从苏州大学博士毕业，分配到暨南大学，而我则从复旦大学分配到中山大学。中林师承国学大师钱仲联先生，专攻清代、近代文学。我与他专业相同，且年纪相仿。刚认识时，他还很年轻，但看起来成熟持重，气度不凡，性格豪爽而心思缜密，谈论则高屋建瓴而极富逻辑。当时，广东省古代文学的博士还相当少，我们一起组织了全省古代文学的博士联谊会，经常聚会，交流心得，讨论问题。后来，中林与我都任广东省古代文学研究会的负责人，也多次组织古代文学的年会。中林每年博士、硕士毕业，也经常让我去主持答辩。那时，我们在学术交流上是相当频繁的。

近十年来，中林因为政务繁重，我们之间交流渐稀。但是，我不时还能读到他发表的学术论文。在行政之余保持学术研究，可以想象是相当艰苦的。不过，也许可以获得一种追求真实与自由的人生快乐。本书稿是中林主持的教育部社科基金项目的结项成果，是他与高足共同完成的。当中林把书稿传给我，命我作序时，我就欣欣然应允了。我能成为此书稿的第一读者，感受其智慧，领略其精彩，也是一大乐事。

我读了这本书稿，深有感触，又回忆起二十多年来与中林交往诸事，浮想联翩，漫录于此。虽卑之无甚高论，然仿佛与故人对床夜语，絮絮叨叨，拉杂而谈，不亦快哉！

吴承学
2011 年 11 月 1 日
书于康乐园郁文堂

目　　录

绪　论

学问化：中国古典诗学的一个基本问题

在中国古典诗学的发展过程中，"性情"与"学问"是一对相关命题。历代诗（论）家就以"性情"为中心的诗歌审美化问题展开了深入、细致的探索。或许由于重道轻艺、重神轻形、重表现轻再现、重抒情轻体物是古典文艺的主导审美观，以"言志"为代表的儒家社会政教功利的诗学观与抒写性情纠结起来，构成中国诗学发生的基础与主干，抒情言志被规定为诗歌的本质特征和主要功能。长期以来，诗人抒写情志基本上是按照"情志→景象→韵味→意境"的模式，形成了一条以"性情"为中心的"意境化"诗学路径（包括诗歌创作和诗学批评）。

事实上自从中国古典诗歌从民间集体创作时代进入文人个体创作时代后，诗人抒情达志又有另一条路径，也就是"学问化"：即诗人在创作时不离"学问"，形成了一条"陶冶诗意→依藉典籍→比附典事→融之入诗→润之成句"的以学问为诗的路径。然而古典诗歌的"学问化"路径一直处于被忽视的状况。在迄今为止的纵向诗学研究中，除对"江西诗派"、"肌理派"等"以学问为诗"的片断性探讨外，整体上尚处于被遮蔽状态，远没有以"性情"为中心的"意境化"问题那样的完备和成熟；而且古典诗歌的"学问化"基本上被当作与"意境化"相对立的存在看待。从钟嵘开始的批评话语，经过严羽的整合，对诗歌"学问化"总体上持否定态度。总之，"意境化"问题占住了中国古典诗学视野的中心，"学问化"问题相对就形成了古典诗学研究的盲点或"灯下黑"。翻检所见到的有关文献（比如中外比较诗学著作），"学问化"问题横向也没有进入比较诗学的视野。

所以古典诗歌"学问化"问题的提出，其意义不仅在于发现中国古典诗学原本存在的一个事实，更重要的是，它在以"诗言志"、"诗缘情"为主导的诗学背景中，将被视为诗学枝节问题的"多识亦关诗教"①作为诗学的重要内容来加以思考，从而增添了诗学存在的内涵，使与"意境化"潜隐而行的"学问化"审美层面豁朗起来。

古典诗歌"学问化"问题的提出还具有民族文化的意义。古典诗歌"学问化"是中华民族文化特征的诗学体现。古代中国、印度、希腊（欧洲、西方）是世界三大古典诗学体系，后两者的发展中虽包含一定的"学问化"要素，但远未形成"问题"，也不存在一个类似的有可比性的"学问化"过程。有些我们所说的"学问化"因素在西方诗学中也间或存在，但并不突出，而且远未形成一种普遍现象，更没有成为一种审美传统。比如15世纪的法国在建立高雅诗的过程中，曾经流行过"博学诗"，弥尔顿、让·保尔、波德莱尔和马拉美等许多西方诗人也都热衷于引用希腊罗马神话和《圣经》中的典故。但西方诗学是用"对话"理论来看待用典的，认为用典意味着此与彼、今与古、创新与继承之间的对话。而不是把它看成诗歌构成的一种要素。②也就是说，"学问化"是中国古典诗学所独具的现象，它直接同中国文化的发展联系起来，是中华民族传统文化衍生出来的特有的现象。

一

古典诗歌"学问化"在诗歌创作中表现为对同质同体文本（前人或他人的诗歌作品）、同质异体文本（前人或他人非诗歌文学作品）、异质文本（非文学作品的其他典籍）参照援据。

法国著名文学理论家克里斯蒂娃在《词、对话与小说》一书中说："任何文本都仿佛是由一些引文拼合而成的，任何文本都是对另一个文本的吸收和转换。③"她又在《封闭的文本》一书中说："文本是众多文

---

① 徐世昌：《晚晴簃诗话》，华东师范大学出版社2009年版，第584页。
② 史忠义：《泛对话原则与诗歌及文学批评中的对话现象》，载［法］让·贝西埃等《诗学史》（上册），百花文艺出版社2002年版，第6页。
③ 参见申丹、秦海鹰《欧美文学论丛》第三辑，人民文学出版社2003年版，第15页。

本的排列和置换，具有一种互文性：在一部文本的空间里，取自其他文本的陈述文相互交汇与中和。"① 先在的文本是任何作者无法规避的，没有谁可以宣称自己与他著无关。从文本构成的角度看，文本总是存在异质之文或异体之文的共存兼容与错综相交的情况，也就是人们常指的拼凑、借用、剽窃、掉书袋、人言己用、旁征博引。法国另一著名文学理论家罗兰·巴特将文本视作"与别的文本的交织物"，包含着许多从别的文本引用过来的"不带引号的引文"②。文本中总是"隐居着一条寄生性存在的长长的连锁——先前文本的摹仿、借喻、来客、幽灵"③。

古典诗歌无论是单篇还是成集，都可看作是一个文本，总是同先在的文本——典籍或他人作品存在着或多或少、或明或暗的承继关系，任何诗人不可能完全脱离社会文化的习得而凭空炮制出诗歌来。刻意摹仿甚至剽窃的诗作自不必说，就是有些连诗人自己都自信为独创的诗句，也常常会在漫长的诗歌历史与庞大的话语网络中现出其与前人诗歌千丝万缕的联系。例如南宋诗人杨万里力倡独创、反对模拟，但是他在多大的程度上可以摆脱被前人话语笼罩的命运，又有多少是他真正的直接体验所得？这些问题，恐怕连他自己也无法回答。总之，古典诗歌只要进入了个体创作时代，就存在着对前人或他人文本的习取，程度不同地受前人或他人文本的影响，从而烙上因习取援引而形成"学问化"的痕迹。

古典诗歌对异质文本的习取援引主要表现为引传统（或主流）思想文化文本相应的内容入诗。从诗歌发展史来看，以传统（或主流）思想文化入诗的现象如一根红线贯穿了中国诗歌发展的历史。魏晋之世，玄谈盛行，以《老》、《庄》、《易》为三玄，是为玄学时代，于是就出现了玄言诗。之后，佛教逐渐发展起来，至隋唐之时，佛学极为繁盛，是为佛学时代，于是诗坛就大量出现以佛（禅）学入诗和以佛（禅）学喻诗的现象。宋、元、明三代，理学兴起，儒学糅杂佛学、道学，传统儒学有了新的阐释，是为理学时代，于是就出现了理学诗，邵雍、

---

① 参见罗婷《论克里斯蒂娃的互文性理论》，《外国文学》2001 年第 4 期，第 15 页。

② ［法］罗兰·巴特：《从作品到文本》，《文艺理论研究》1988 年第 5 期，第 86 页。

③ ［美］J. 希利斯·米勒：《重申解构主义》，中国社会科学出版社 1998 年版，第 104 页。

"二程"等人的诗歌用诗歌来阐发儒家学说。到了清代，许多学者批评理学的空疏附会，趋向于考证之学，是谓朴学时代，于是出现了以朴学入诗的学问诗。19世纪后期以来，西学开始影响中国，出现了融会中西的学术思想，是为西学东渐的时代，于是出现了"旧瓶装新酒"的新学诗。

以传统（或主流）的思想文化入诗，从具体的内容来看，主要表现为六个方面：（一）以经史之学入诗；（二）以宗教之学入诗；（三）以哲学入诗，包括以先秦诸子之学以及玄学、理学、心学乃至欧西哲理入诗；（四）以工学、农学、兵学、盐务、河防、海防等经世之学入诗；（五）以小学、金石、音韵、校勘、辨伪、辑佚、方志学、地理学、谱牒学、历算学等朴学实学入诗；（六）以音乐、书法、绘画、舞蹈、雕刻、建筑等艺术文化入诗。

古典诗歌对同质文本的习取援引主要表现为引文学文本相应的内容体式入诗。从具体的内容来看，主要表现为三个方面：（一）诗歌对其他文学文本体式和创作方法的学习，以文为诗、以赋为诗、以词为诗、以曲为诗，导致"变体诗"的出现；（二）引用前人或他人作品中的语句、词语、语意、意象，高明者则能化盐入水，妙合无痕，拙劣者则抄袭摹仿，生搬硬套；（三）摹仿习取前人或他人格调、法度、体裁、技巧，高明者则能"脱胎换骨"，自成一家；拙劣者则优孟衣冠，东施效颦。

古典诗歌"学问化"最常见的形式——用典、用事、隐括，使用僻词奇字、叠韵险韵都可看作是对异质文本或同质文本具体而微的援用。

古典诗歌理论批评的"学问化"表现为：（一）对创作主体的要求，即文化涵养和学问积累。朱庭珍《筱园诗话》中的一段话最为典型："诗人以培植根柢为第一义。根柢之学，首重积理养气。积理者，非如宋人之以理语入诗也，谓读书涉世，每遇事物，无不求洞析所以然之理，以增长识力耳。勿论《九经》、《廿一史》、诸子百家之集，与夫稗官杂记，莫不有理存乎其中。诗人上下古今，读破万卷，非但以博览广见闻也。读经则明其义理，辨其典章名物，折衷而归于一是；读史则核历朝之贤奸盛衰，制度建置，及兵形地势，无不深考，使历代数千年之成败因革，悉了然于心目之间。读诸子百家之集，一切稗官杂记，则务彻所以作书之旨，别白其醇疵得失真伪，使无遁于镜照，而又参观互勘，以务其通而达其变……积蓄融化，洋溢胸中，作诗之际，触类引申，滔滔涌赴，本湛深于名理，结奇异之精思，发为高论，铸成伟词，自然迥不犹人矣。"① （二）对学问与诗歌关系的探讨。如戴名世说："吾未见夫读书者不能为诗也，吾未见夫不读书者之能为诗也。"② 厉鹗说："故有读书而不能诗，未有能诗而不读书。"③ 方南堂说："未有熟读唐人诗数千百首而不能吟诗者，未有不读唐人诗数千百首而能吟诗者……可知学问理解，非徒无碍于诗，作诗者无学问理解，终是俗人之谈，不足供士大夫之一笑。"④ 他们的语意各有偏重，但都强调"未见夫不读书者之能为诗"，"未有能诗而不读书"。李沂说："读书非为诗也，而学诗不可不读书。诗须识高，而非读书则识不高；诗须力厚，而非读书则力不厚；诗须学富，而非读书则学不富。昔人谓子美诗无一字无来处，由读书多也。故其诗曰：'读书破万卷，下笔如有神。'此老自言其得力处。又尝以教其子曰：'熟精《文选》理，休觅采衣轻。'……苟以应酬嬉游宴会博弈及蓄种种玩好之精神用之于读书，则识见日高，力量日益厚，学问日益富；诗之神理乃日益出，诗之精彩乃日益焕，何患不能树帜于词坛而蜚声于后世乎？"⑤

二

古典诗歌学问化不仅是某一时期或流派所集中体现出来的片断性现象，而且是伴随着古典诗学历程强弱参差地形成一个持续性过程。"群体诗学"时期，诗的构成因素比较单纯，一般来说还不存在"学问化"

---

①　朱庭珍：《筱园诗话》卷一，载《清诗话续编》，上海古籍出版社1983年版，第2331页。
②　戴名世：《方逸巢先生诗序》，载《戴名世集》卷二，光绪二十八年刻本。
③　厉鹗：《绿杉野屋集序》，载《樊榭山房集·文集》卷3，上海商务印书馆民国25年版，第466页。
④　方南堂：《辍锻录》，载《清诗话续编》，上海古籍出版社1983年版，第1937页。
⑤　李沂：《秋星阁诗话》，载《清诗话》，上海古籍出版社1999年版，第915页。

问题。但古典诗歌从民间集体创作时代进入文人个体创作时代后,这一过程的基本趋向是以踵事增华的方式由弱渐强,越来越明显。

屈原的诗歌罗列了那么多的神人名姝、地舆山川、奇花异草、珍禽怪兽、美馔佳肴、华屋丽服,足显其学识之宏富。尤其是其《大招》更认为是有学之篇,"《骚》无学问则《大招》废"①。

汉魏六朝时期以玄学佛理入诗,出现了以学术入诗的端倪,"学人之诗,作俑始此"②;这一时期的诗歌离开了浑厚古拙而趋向于精妍新巧,任昉、王元长、颜延之等的用典、用事,二陆、三张、两潘、一左崇尚辞华,大量采摘化用前人诗赋中的佳句丽词,越来越远离汉代诗歌简澹质朴之风。

唐初诗坛大量引类书入诗;杜甫"读书破万卷,下笔如有神",他的诗歌中出现不少经学中的语句,呈现出经学化倾向。韩愈《进学解》言自己"上规姚姒,浑浑无涯。周诰殷盘,佶屈聱牙。《春秋》谨严,左氏浮夸。《易》奇而法,《诗》正而葩。下逮庄、骚,太史所录,子云、相如,同工异曲",在《登封县尉卢殷墓志》中赞同卢"无书不读,然止用以资为诗"。此后从刘禹锡的"不敢题糕"到李商隐诗的"獭祭",再到晚唐皮(日休)、陆(龟蒙)大肆资书以为诗,唐代诗歌学问化的倾向越来越明显。

宋初"西昆体就是主要靠'掎摭'——钟嵘所谓'补假'——来写诗的"③,"作西昆体就要有学问,西昆体以用典为特点,没学问不行"④。西昆体派以善于从历代的文籍中"挹其芳润"为能事。欧阳修积极汲取西昆体"以学问为诗"的经验,增加了学问的广度,将"以学问为诗"处理得更加艺术化。王安石的诗"往往是搬弄词汇和典故的游戏,测验学问的考题;借典故来讲当前的情事,把不经见而有出处的或者看来新鲜而其实古旧的词藻来代替常用的语言。典故词藻的来头

---

① 程恩泽:《金石题咏汇编序》,载《程侍郎遗集》卷七,中华书局 1985 年版,第 143 页。

② 钱锺书:《谈艺录》,三联书店 2001 年版,第 177 页。

③ 钱锺书:《宋诗选注》,人民文学出版社 1989 年版,第 42—43 页。

④ 钱仲联讲述,魏中林整理:《钱仲联讲论清诗》,苏州大学出版社 2004 年版,第 157 页。

愈大，例如出于《六经》、《四史》，或者出处愈僻，例如来自佛典、道书，就愈见功夫。"① 苏轼 "其学富而才大，自经史四库，旁及山经、地志、释典、道藏、方言、小说，以及嬉笔怒骂、里媪灶妇之常谈，一入诗中逐成典故"②。黄庭坚 "书卷比坡（苏轼）更多数倍，几于无一字无来历；然专以选材庀料为主，宁不工而不肯不典，宁不切而不肯不奥"③，"会粹百家句律之长，究极历代体制之变，搜讨古书，穿穴异闻，作为古律，自成一家，虽只字半句不轻出，遂为本朝诗家宗祖"④。元、明两代的诗歌虽诗主情性，然追求典正雅丽、摹拟前人章句成为大部分（除晚明外）诗人的创作特色。

清人 "六经三史诸子别集之书，填塞腹笥"⑤，不仅诗歌中典故运用经常化和偏僻化，而且大规模出现以学术入诗的情况，尤其是以朴学入诗，所谓 "考据之学，后备于前，金石之出，今富于古。海云鼎籀，纪事西樵；杜陵铜檠，征歌石笥。钟彝奇字，敷以长言；碑碣荒文，发为韵语。肴核《坟》《典》，粉泽《苍》《凡》。并足证经，亦资补史"⑥。"自诸经传疏，以及史传之考订、金石文字之爬梳，皆贯彻洋溢于其诗"⑦。学问成为清代诗歌最基本的构成要素，只不过在不同流派、不同宗尚取向的诗家笔下表现程度不同而已。总之，"学问化"成为清代诗歌最主要的特征。

就古典诗学理论批评这条线来看，伴随着古典诗学理论的产生发展，诗歌与学问的关系逐渐成为古典诗学理论的话题之一，同样呈现出不断加强、突显之势，以致成为后期古典诗学的重要理论问题。先秦、

---

① 钱锺书：《宋诗选注》，人民文学出版社 1989 年版，第 41 页。

② 邵长蘅：《施注苏诗·注苏例言》，载文津阁《四库全书》（集部 371 册），商务印书馆 2005 年版，第 5 页。

③ 赵翼：《瓯北诗话》（卷十一），载《清诗话续编》，上海古籍出版社 1983 年版，第 1331 页。

④ 翁方纲：《石洲诗话》（卷四），载《清诗话续编》，上海古籍出版社 1983 年版，第 1426 页。

⑤ 钱谦益：《黄孝翼蝉窠集序》，载《牧斋初学集》卷 32，上海古籍出版社 1985 年版，第 934 页。

⑥ 徐世昌：《晚晴簃诗汇叙》，载《晚晴簃诗话》，华东师范大学出版社 2009 年版，第 1527 页。

⑦ 陆廷枢：《复初斋诗集序》，载《复初斋诗集》卷首，1912 年石印本。

两汉的诗学理论虽未明确提出诗与学问的关系问题，但却孕育了其中的因子。至少有两点值得注意：一是对《诗》的运用；二是孔子"多识于鸟兽草木之名"说。先秦人于《诗》注目于用，用《诗》主要有赋《诗》、教《诗》、引《诗》三类。孔子提倡"学诗"所说的"授之以政"、"事父"、"事君"、"专对"等，都是为了用。这种状况，偏重于读者而不重作者，偏重于实用而不重审美，但是对后世论诗之异化、文人化、工具化、泛社会化等"学问化"因素的探讨具有源头性的影响；同时用《诗》主要注重的是诗里所含的意向和道理，对后世论诗之说理、理趣等很有影响。再看"多识于鸟兽草木之名"，"鸟兽草木"在《诗》里还只是物象，而"多识于鸟兽草木之名"则转换为学问要素，表明孔子评《诗》对其中包含的知识的重视，这是儒家诗学论诗重视学问的开端。

从魏晋六朝时期，诗与学问因素的关系逐渐被诗论家所提出，但提出的立场和角度有很大的差别，而且处于主流话语零散的边缘状态，并未引起广泛讨论。晋代葛洪《西京杂记》、南朝刘义庆《世说新语·文学》等，首次涉及了学问和才性的关系。刘勰的《文心雕龙》论及文学创作与学问的关系，明确提出"积学以储宝"的观点。专门说到诗与学问关系的是钟嵘，他《诗品序》提出的"至乎吟咏情性，亦何贵于用事"的著名论说，其最根本的意义在于：钟嵘从反对者的立场正式论说了诗与学问的关系，从而使之成为古典诗学理论当中被关注的问题；钟嵘之后，诗与学问关系问题的论争总体上越演越烈了。

唐代诗学理论展开的问题更为广泛，一般说，不反对诗人主体修养的读书、积理、养气。最值得注意的是杜甫的两句名言："读书破万卷，下笔如有神。"这是专门对诗的创作来说的，这个命题到宋人手里得到充分阐发。（杜甫的诗歌既代表了盛唐气象，也开启了宋诗"以学问为诗"的特征，以致宋代江西诗派以他为宗主）诗与学问的关系成为宋代诗学理论广泛关注的问题，普遍倾向性地认为学问诸因素对诗歌创作具有重要作用。在众多学问与诗的论说中，江西诗派甚至将以学问入诗在宏观上提高到改革创新的程度，所谓避俗避熟，力避唐人风格；在微观上细化到"法"的地步，有所谓"夺胎换骨"、"点铁成金"之说。到宋代后期，反对"学问化"也很突出，著名的代表者是严羽的《沧浪诗话》。其后元、明两代，"使事"、"用典" 等话题充斥于大量的诗话著述中。

而到清代，无论理论和创作上宗唐还是宗宋，诗歌与学问的关系始终是诗学理论中的重要问题。开有清诗坛一代风气的钱谦益说："诗之为道，性情学问参会者也。性情者，学问之精神也；学问者，性情之孚尹也。"① 清代诗坛大家王士禛也说："司图表圣云：'不着一字，尽得风流。'此性情之说也；扬子云：'读千赋则能赋。'此学问之说也。二者相辅相行，不可偏废。若无性情而侈言学问，则昔人有讥点鬼簿、獭祭鱼者矣。学力深，始能见性情，此一语是造微破的之论。"② 到清中叶翁方纲时，古典诗学的立足点 "由以情感为中心转到以知识、义理为中心上来……使本来蕴涵在抒情诗学中的一种倾向真正独立出来有了一种理论系统，成为与抒情诗学相抗衡的诗学系统"③。

三

古典诗歌 "学问化" 的原因是多方面的。

第一，古典诗歌的 "初祖"《诗经》所包含的 "学问" 成为后世以学问入诗的价值典范。

《诗经》在中国古典诗学中享有崇高的地位，通常被视为古典诗歌的 "初祖"，"层累而上，师又有师，直到极顶，必须《风》、《雅》是亲矣"④。《诗经》被后学者认为是诗歌饱含学问的典范。《诗经》在春秋时期已成为时人学习和征引的重要文化典籍，人们往往在公开场合赋《诗》达意。所谓赋《诗》达意，就是通过吟诵《诗经》中的章句来表达意愿，甚至在订立盟约、君臣相见的场合中也有赋

---

① 钱谦益：《定山堂诗集序》，载龚鼎孳《定山堂诗集》，《续修四库全书》第 1402 册，上海古籍出版社 2002 年版，第 340 页。
② 王士禛等：《师友诗传录》，载《清诗话》，上海古籍出版社 1999 年版，第 125 页。
③ 张健：《清代诗学研究》，北京大学出版社 1999 年版，第 725 页。
④ 翁方纲：《石洲诗话》卷 1，载《清诗话续编》，上海古籍出版社 1983 年版，第 1381 页。

《诗》相谕的情况，赋者用《诗经》中的章句隐晦而含蓄地表达某种不宜直说的话语。胡蕴玉说："古者诸侯、卿大夫，交接邻国，以微言相感，当揖让之时，必称《诗》以喻其志。"① 战国时代，赋《诗》因朝聘盟会之礼的崩溃而烟消云散，而引《诗》则继续发扬光大，"儒家者流，则以孔子之倡导，每每引《诗》以证其说，于是《诗》三百五篇之应用一变，而以展转附会，去《诗》之本义亦日远"②。朱自清也说："言语引《诗》，春秋时始见，《左传》里记载极多。私家著述从《论语》创始；著述引《诗》也就从《论语》起始。以后《墨子》和《孟子》也常引《诗》，而《荀子》引《诗》独多。"③ 于是在后世著述中引《诗》以论事理、纪史事、明天文、述地理、通制度、正风俗的情况屡见不鲜。

《诗经》在大量频繁引用的过程中，不断被抬升为饱含学问的经典，"风雅颂之体代作，赋比兴之用兼陈，朝章国故，治乱贤与不肖，以至山川风土草木鸟兽虫鱼，无弗不知也，无弗能言也"（陈衍《瘿庵诗叙》）④。尤其是《诗经》中"雅"与"颂"，"反覆乎训戒，光昭乎政事，道德修明，学术该备"（姚鼐《尊拙堂诗序》）⑤，"因缘经术，旁涉典记"⑥。既然《诗经》作为儒家诗教的经典，以饱含经学学问为特征，则作诗必须要有学问功底，"兴观群怨之外，多识亦关诗教"⑦，"孔子教人学诗，终以多识。大小雅皆称雅材，其非空疏无物也，可断言矣"⑧。

第二，"诗圣"杜甫"读书破万卷"成为后世以学问入诗又一价值典范。

"诗圣"杜甫被认为是继《诗经》后儒家诗教最好的传承者，"盛

---

① 胡蕴玉：《中国文学史序》，载《中国近代文学大系》（文学理论集），上海书店1994年版，第227页。

② 朱东润：《中国文学批评史大纲》，上海古籍出版社2001年版，第6页。

③ 朱自清：《诗言志辩》，载《朱自清讲诗》，凤凰出版社2008年版，第90页。

④ 陈衍：《陈石遗集》，福建人民出版社2001年版，第520页。

⑤ 姚鼐：《惜抱轩诗文集》（文集卷4），上海古籍出版社1992年版，第49页。

⑥ 章太炎：《辨诗》，载《国故论衡》，上海古籍出版社2003年版，第89页。

⑦ 徐世昌：《晚晴簃诗话》，华东师范大学出版社2009年版，第584页。

⑧ 陈衍：《李审言诗叙》，载《陈石遗集》，福建人民出版社2001年版，第681页。

唐之杜甫，诗教之绳矩也"①。杜甫"读书破万卷，下笔如有神"，博览群书，故才思敏捷；他的诗歌本于经籍学问，"直接六经之脉"②，能阐发精微的道理，"推阐事变，穷极物则"③。故"古之能称诗者，必曰杜甫氏。甫之言曰：'读书破万卷。'又曰：'熟精文选理。'由前之言，则甫之诗学为甚博，由后之言，则甫之诗学为甚精。是甫所以雄一时而名后世者，非独才高使然，亦其学之博大精深，有以匠其才而成其器也。……后之学诗者，夫人而能宗甫之诗；而皆不能宗甫之学。故虽情真辞富，律细韵超者，代不乏人，而卒鲜能与甫匹也"④。

王安石曾说："老杜固尝言之矣，'读书破万卷，下笔如有神'。"黄庭坚也说："不读万卷书，不可看杜诗。"⑤　苏轼云："读破万卷诗愈美"⑥。吴乔云："诗乃心声，心日进于三教百家之言，则思月异而岁不同。此子美之'读书破万卷'也。"⑦　杜甫之后的诗人"学诗之法，必以杜为宗，学杜之法，必以学为本……约情复性，以植其本；枕经、史，以大其藏；规《骚》、《选》，揽宋、唐，以正其趋；猎百家，参小说，以尽其变；挈人情，穷物理，以致其用：如是，则本末交修，内外兼尽，不期为杜而杜将自至矣，不必为杜而亦无所不至也"⑧。

第三，中国士人独特的文化观和审美情趣为古典诗歌"学问化"提供了扎根的沃土。

封建士人无论他们的"正事"是穿穴经史，还是经纶世务，也不管

---

①　翁方纲：《神韵论上》，载《复初斋文集》卷8，台湾文海出版社1973年版，第340页。

②　翁方纲：《石洲诗话》（卷2），载《清诗话续编》，上海古籍出版社1983年版，第1389页。

③　翁方纲：《杜诗"熟精文选理""理"字说》，载《复初斋文集》卷10，台湾文海出版社1973年版，408页。

④　王棻：《柔桥文钞》（卷12），载《近代文论选》，人民文学出版社1999年版，第323页。

⑤　王士禛：《师友师传录》，载《清诗话》，上海古籍出版社1999年版，第125页。

⑥　苏轼：《送任伋通判黄州兼寄其兄孜》，载王文诰辑注《苏轼诗集》卷6，中华书局1982年版，第234页。

⑦　吴乔：《围炉诗话》（卷1），载《清诗话续编》，上海古籍出版社1983年版，第474页。

⑧　王棻：《柔桥文钞》（卷12），载《近代文论选》，人民文学出版社1999年版，第325页

他们再三表明诗歌只不过是"学道之余"的"末事"，他们都迫切地感到"不学诗，无以言"，不作诗，也无以"立"，会作诗是他们社会地位所必需的一张身份证。很难想象峨冠博带的士人，离开案牍书屋去酣酒论交，送别赠行，攀贵迎娶，不能吟诗。但长年的案牍生活使得他们视野难以开阔，心胸难以得到摩荡，才思为之所限，却又要作那么多诗歌，"诗歌愈来愈成社交的必需品，贺喜吊丧，迎来迎往，都用得着，所谓牵率应酬……就是一位大诗人也未必有那许多真实的情感和新鲜的思想来满足'应制'、'应教'、'应酬'、'应景'的需要"，于是不得不"把记诵的丰富来补救和掩饰诗情诗意的贫乏，或者把浓厚的'书卷气'作为应付政治和社会势力的烟幕。"① 近代诗人江湜在他的《小湖以诗见问戏答一首》就分析了这种情形，"词曰诗者情而已，情不足者乃说理。理又不足者征典故"②。严迪昌先生也说："然而才有不足，赖学以济才，特别是情难见深，借学饰情的风气不时张扬，成了诗史上一再重复的现象。"③

再者，文士们"大抵承平无事居台省清班，日以文酒过从，相聚不过此数人，出游不过此数处，或即景，或咏物，或展观书画，考订金石版本，摩挲古器物，于是争奇斗巧，竟委穷源，而次韵、叠韵之作夥矣"④。他们在歌酒文会之时相互唱和，虽曰增进感情，加深交流，实际上也是在相互试探对方的学问才华，逞才炫学或为自我标榜，或为回敬对方。于是极力增加诗歌典雅的因素：一是雕琢章句，增加文采；二是以典籍学问入诗。

第四，复合型诗文化又为古典诗歌的"学问化"提供了适宜的生存环境。

中华民族具有悠久的历史文化，在中华文化这一母文化的孕育下，各种子文化繁盛发达，竞相成长。在中华文化的发展过程中，由于传统中的泛文学观念，使得文学与文化浑然难分，文学与史学、哲学、伦

---

① 钱锺书：《宋诗选注》，人民文学出版社 1989 年版，第 42 页。
② 江湜：《伏敔堂诗录》卷 11，上海古籍出版社 2008 年版，第 238 页
③ 严迪昌：《清诗史》，浙江古籍出版社 2002 年版，第 510 页。
④ 陈衍：《石遗室诗话》卷 16，载《陈石遗集》，福建人民出版社 2001 年版，第 222 页。

理、政治纠缠不清。诗文化当然也就与其他文化相生相随，互荣齐芳。中国古典诗文化从来就不是纯文学文化，所承担的功能也绝不只是审美。闻一多先生在《文学的历史动向》中说："诗似乎也没有在第二个国度里，像它在这里发挥过那样大的社会功能。在我们这里，一出世，它就是宗教，是政治，是教育，是社交，它是全面的生活。维系封建精神的是礼乐，阐发礼乐意义的是诗，所以诗支持了那整个封建时代的文化。"①　在古代中国，诗是无孔不入的，诗入宫廷，诗入台阁，诗入闺闱，诗入寺庙，诗入道观，诗入青楼，诗入梨园，诗入酒肆，诗入茶馆，诗入亭榭，诗入山林，诗入田园，诗入边塞，诗入军旅，诗入血与火生死搏斗的战场，等等。不仅如此，诗也进入到了数学、医学、天文学等自然科学的各个领域，因而极大地增强了诗的社会意识与生活意识。其情状恰如闻一多先生在评述唐代诗人孟浩然时所说的"诗化的生活"与"诗的生活化"。

于是中国诗文化意蕴是相当深厚而博大的，包含着中华民族传统文化的各个方面，诸如儒家文化、道教文化、佛教文化、基督教文化以至于形形色色的地域文化、饮食文化、服饰文化、数文化、梦文化、民俗文化、军事文化、宗法文化、外交文化、商业文化、女性文化、园林文化、戏剧文化、音乐文化以及书法、绘画、语言、文字、棋艺、建筑、装饰、楹联、雕塑、碑刻、墓葬、生属、占卜、天文历法与文化传播。涉足的学科有政治学、经济学、军事学、社会学、哲学、美学、史学、文学、伦理学、心理学、艺术学、语言学、文献学、考古学、文字学、宗教学、民俗学、神话学、地理学、天文学、妇女学、文化传播学等等。②　古典诗歌的"学问化"其实是中国复合型的诗文化对诗歌内容的必然要求。

最后，古典诗歌语系为中国士人琢字炼句、以典籍学问入诗提供了非常适宜的载体。

周作人说："汉字这东西与天下的一切文字不同，连日本朝鲜在内；

---

①　闻一多：《闻一多全集》第一册，三联书店 1982 年版，第 202 页。
②　蔡镇楚：《中国诗文化与文化诗学》，《湖南师范大学学报》2001 年第 6 期，第 80—81 页。

它有所谓六书，所以有象形会意，有偏旁；有所谓四声，所以有平仄。从这里，必然地生出好些文章上的把戏。"① 正是因为有了汉字这种精妙绝伦的文字，古典诗人才得以在创作中极力展现才华，将自己的学识灵便地应用于古典诗歌之中。从语言构成来看，古典诗歌语言属于节拍语言，每个汉字不管是单独表意，还是在语流中，始终是独立的个体，古典诗歌"能以甚少之字数包举甚多之意义。其民族文化绵历愈久，熔凝愈广，而其文字能为之调洽殊方，沟贯绝代"②。这为诗人在简短的篇幅之内逞才炫学提供了可能。

此外，中国古典诗歌的语法系统是最松散的，松散的程度达到了其他民族诗歌语法系统不能容忍和允许的程度，这种语法上的松动灵活，蒙太奇似的跳跃，诗人们在创作时几乎可以随心所欲地插入与诗歌内容相关联的典籍学问，而不会让人感到突兀错愕，而且这样做了不但不会受到指责，如果用得贴切，还会使诗歌生色不少，增加了其典雅的成分。他们大量采用借代、引喻、用事、用典，使得寥寥几字凑成的句子，却是个凝聚了许多学问知识的核团。

于是士人们有足够的能耐把古典诗歌的语言雕铸成了一套同日常语言高度分离的雅致的书面语言，把这套系统弄得文人化、典雅化、技巧化。他们在字词海洋中绞尽脑汁，搜肠刮肚，雕肝镂肺，推敲算计，凑字掰字，选用偏字僻字怪字难字。用典用事，捃扯为能，甚至以所擅长的专门之学入诗。其他类似文字游戏的饾饤技巧被他们运用得得心应手。从而显示他们的身份地位和学识修养，保证了他们在社会文化领域内取得优越感。

---

① 周作人：《中国新文学的源流》，华东师范大学出版社 1995 年版，第 66 页。
② 钱穆：《中国文学讲演录》，巴蜀书社 1987 年版，第 3 页。

第一章

先秦诗歌学问化要素的孕育与生成

第一节　礼、乐、舞合一与"诗"实用化特征的根源

　　文学是从诗歌开始，诗歌是最早出世的文学。甲骨卜辞、金石铭文、《周易》爻辞记载着原始先民对周围世界的感悟和理解，古老的原始歌谣记载着他们的生活和情感经历，诗承载了太多的文化使命。大量历史和考古文献证明，从世界上各民族的文艺发端情况来看，原始的诗歌不是单一的艺术形态，而是常常和音乐、舞蹈结合在一起。我国古代的诗歌也是如此。远古时期人们用诗的形式记载了他们的历史，这种形式伴随着一定的节奏，翩翩起舞，边歌边唱，诗歌、舞蹈、音乐浑然一体，如《吕氏春秋·古乐篇》中记载的"葛天氏之乐"。从八阕歌词的题目看，明显是在与农业生产相关的祭祀仪式上，伴随着音乐、舞蹈演唱的内容。最开始的诗歌，就是在这种综合艺术形式中产生的，这是诗歌的最初形态。

　　但是如果从早期诗歌产生的具体情况来看，生产劳动与诗歌起源之间有一个重要的环节，就是典礼仪式。《淮南子·道应训》中所说的"举大木者，前呼邪乎！后亦应之"的"举重劝力之歌"，《吴越春秋》中所载的《弹歌》"断竹，续竹，飞土，逐肉"常为诗歌起源于劳动说者所援引。然而究其实际而言，这两首歌对劳动过程的再现，正是仪式表演的特点。"在原始社会里，随着劳动所涉及的内容日益丰富，与此

相关的巫术、祭祀仪式表现了在这些活动中所产生的情感和体验。"①
在上古的典礼仪式活动中产生的诗歌是属于集体的，据《周礼》、《仪
礼》及其他先秦典籍的记录，礼典活动必定有音乐伴奏，奏乐是必定歌
诗，各种礼典仪式的实现很大程度上来说是由诗、乐、舞的配合来实现
的，而典礼仪式对诗歌有着重要的作用力，使其在形态上具有群体口传
的性质。

对此，举例来说，《仪礼·乡饮酒礼》记载"笙入堂下，磬南北面
立，乐《南陔》、《白华》、《华黍》。主人献之于西阶上。一人拜，尽阶
不升堂，受爵。主人拜送爵。阶前坐祭，立饮。不拜既爵，升，授主人
爵。众笙则不拜受爵，坐祭，立饮；辩有脯醢，不祭。"② 乡饮酒礼的
意义有四项：一是选拔贤能；二是敬老尊长；三是乡射，即州长习射饮
酒；四是卿大夫款待国中贤者。在这项典礼仪式中诗、乐、舞和其他各
种繁杂的仪节密切配合进行。"礼"以诗性表达的独特面目出现。

对这一段贾公彦疏解说："《南陔》、《白华》、《华黍》。《小雅》篇
也，今亡，其义未闻。昔周之兴也，周公制礼作乐，采时世之诗，以为
乐歌，所以通情相风切也，其有此篇明矣。后世衰微，幽、厉尤甚，礼
乐之书，稍稍废弃。孔子曰：'吾自卫反鲁，然后乐正，《唯》、《颂》
各得其所。'谓当时在者，而复重杂乱者也，恶能存其亡者乎！"③ 在这
里孔颖达从历史的角度指出了周代典礼仪式与诗歌之间的关系，前一阶
段的标志可以认为是周公"制礼作乐"，其特点是乐主礼辅，后一阶段
的标志是春秋时期"礼崩乐坏"，其特点是礼乐分离。具体到诗与礼的
关系上，在"礼对诗的规范"和"诗对礼的表达"两个方面。人们往
往注重礼对社会的规范作用，而对于礼通过什么样的载体去表现自己，
礼通过什么样的途径去实现它的规范作用却经常被人忽略。就中国诗歌
早期发展而言，三代礼乐制度有机组成，乐教、诗教、礼教同源共生。
在《周礼》、《仪礼》中，大多数的典礼都离不开诗、乐、舞的配合，
不同性质的典礼需要不同的诗乐，不同诗、乐、舞的配合表达不同的象

---

① 韩高年：《礼俗仪式与先秦诗歌演变》，中华书局 2006 年版，第 44 页。
② 郑玄注，贾公彦疏：《十三经注疏·仪礼注疏》，上海古籍出版社 2008 年版，第 227—
228 页。
③ 同上书，第 227 页。

征含义。从《仪礼》来看，其中用乐的典礼主要有《燕礼》、《乡饮酒礼》、《大射》、《乡射礼》，用乐的过程大体相同，大致共分四个阶段：初谓之升歌，次谓之笙奏，三谓之间奏，四谓之合乐。"升歌"又名"登歌"，指乐工在堂上鼓瑟歌诗。"笙奏"即笙入奏堂下。"间歌"即堂上堂下众声皆作。不同的阶段用不同的诗乐，大致情况是，升歌：《鹿鸣》、《四牡》、《皇皇者华》；笙歌：《南陔》、《白华》、《华黍》；间歌：歌《鱼丽》、《南有嘉鱼》、《南山有台》，笙《由庚》、《崇丘》、《由仪》。这些气势宏大的典礼场面，威仪凛凛。成为整个社会的文化经验、道德理想、社会身份的象征系统，"诗、乐、舞"在礼典形式下与现实生活达到和谐。顾颉刚先生就说："从西周到春秋中叶，诗与乐是合一的，乐与礼是合一的。"① 诗乐同源，显示出诗与礼具有相同的社会功能与精神品格。在这个时期"诗"成为礼典的范本，人类用"诗性思维"的方式去认识把握世界。在诗歌、音乐、礼典相结合的"群体诗学"时代，尽管这时的诗歌主体上具有原始的天籁之音，但在源头上已经隐含宗周礼乐文明的"实用理性"精神品格，实际上为古典诗歌后世发展的工具化、泛社会化、理性化散播了种子，也可以说是影响形成中国诗歌学问化特征的民族文化根源。

在宗周礼乐文明时代，礼典制度的完备标志同时意味着诗与乐的繁荣。对周代上层贵族而言，熟悉各种礼典的程序，熟练掌握不同礼仪的等级差别，懂得诗、乐的礼典含义已经成为他们立足社会的基本条件。对诗和礼的学习已经成为贵族的必修课程。《礼记·王制》云："乐正崇四术，立四教，顺先王诗、书、礼、乐以造士。春秋教以礼、乐，冬夏教以诗、书。王大子、王子、群后之大子、卿大夫元士之适子、国之俊选，皆造焉。"② 其中的"礼"应该是专门培养学子们掌握礼典中的"礼物"、"礼仪"等具体内容，而诗、乐自然是礼典中的歌诗与配乐。

《周礼·春官宗伯·大司乐》还记载周代大学教育体制云："大司乐掌成均之法，以治建国之学政，而合国之子弟焉。凡有道者、有德者

---

① 顾颉刚：《诗经在春秋战国间的地位》，载《古史辨》第3册下编，第366页。
② 郑玄注，孔颖达正义：《十三经注疏·礼记正义》，上海古籍出版社2008年版，第546页。

使教焉，死则以为乐祖，祭于瞽宗。以乐德教国子：中、和、祇、庸、孝、友。以乐语教国子：兴、道、讽、诵、言、语。以乐舞教国子舞《云门》《大卷》《大咸》《大磬》《大夏》《大濩》《大武》。以六律、六同、五声、八音、六舞，大合乐以致鬼神示，以和邦国，以谐万民，以安宾客。以说远人，以作动物。"① 对这一大段，贾公彦疏解"乐语"云："此亦使有道有德教之。云'兴者，以善物喻善事'者，谓若老狼兴周公之辈，亦以恶物喻恶事，不言者，郑举一边可知。云'道，读曰导'者，取导引之义，故读从之。云'导者，言古以剀今也'者，谓若《诗》陈古以刺幽王、厉王之辈皆是。云'倍文曰讽'者，谓不开读之。云'以声节之曰诵'者，此亦皆背文，但讽是直言之无吟咏，诵则非直背文，又为吟咏以声节之为异。《文王世子》'春诵'注诵谓歌乐，歌乐即诗也。以配乐而歌，故云歌乐，亦是以声节之。襄二十九年，季札请观周乐，而云为之歌齐，为之歌郑之等，亦是不依琴瑟而云歌，此皆是徒歌曰谣，亦得谓之歌。若依琴瑟谓之歌，即毛云'曲合乐曰歌'是也。云'发端曰言，答述曰语'者，诗《公刘》云：'于时言言，于时语语'，毛云：'直言曰言，答述曰语。'"② 由此看来，讽、诵、言、语的物质载体是诗歌，而兴、道则是用诗的方法。上层贵族对"乐语"的掌握必须建立在对《诗》、乐熟练运用的基础之上。在"乐语"教育训练中，《诗》、乐意义的理解占有重要的地位。这也说明在西周之教育制度对"诗"、"乐"的强调，在很大程度上是与礼典制度相关，注重的是诗歌对现实世界的影响，上层贵族学诗同样看重的是诗歌在礼乐文明制度中必不可缺的作用。这种"教诗"制度，在崇古的思维定式推动下，就使得后起的历代众多诗人们，一方面在诗歌创作中偏重其社会功能，过于强调诗歌的工具性；另一方面又将诗歌当作社会身份认同的必需品，当作人生修养的必要条件，竞相以"诗学为高"。这开启了后世诗学重视政治功利、注重创作主体的修养的趋向，这些"学问化"的倾向实际上传承了西周礼乐文明的"基因"。

----

① 郑玄注，贾公彦疏：《十三经注疏·周礼注疏》，上海古籍出版社 2008 年版，第 831—836 页。

② 同上书，第 835 页。

第二节　春秋"赋诗"、"引诗"的实用理性精神

从上古乐歌到《诗》的成书，进行过三次重大的整理编辑工作，每一次都有不同的用意和目的。第一次宣王编诗，主要是从"典礼仪式"出发考虑的，目的是在"兴正礼乐"，再致盛世。他所"钦定"的只是典礼乐歌，倡导的是一种中正平和之音。第二次周平王时编诗，则是从"反于治道"考虑的，带有非常强烈的政治功利目的。他想从亡国的教训中复振国祚。第三次孔子编诗则面对的是"礼崩乐坏"、天子失统的现实。其目的是恢复周礼，使得"雅颂各得其所"；同时也考虑到了文化承传与世道人心的修复问题。①《诗》的编辑第一次时处西周中期，周朝已经呈现衰象，宣王中兴，是《诗》一次重要的发展机会，这时候诗、乐、礼还是相合一的。第二次编辑时处春秋，王室衰微，诸侯崛起，礼乐征伐"自诸侯出"，政治文化体制发生重大转型。迅速崛起的诸侯，急于在文化上变革原有的礼制，于是僭用天子诗乐以享来宾变得越来越普遍。周朝盛世的礼乐制度，已经被新贵族完全僭越。但是在诸侯国之间日益频繁的政治、外交活动中，非常需要讲求礼仪形式的等级和规格，原本与"礼"、"乐"紧密结合的"诗"，这时逐步脱离了"典礼仪式"的拘束，以独立的姿态直接服务于政治的审美追求，春秋"赋诗"、"引诗"正是在这种政治文化背景之下产生的。

所谓的"春秋赋诗"，据《诗经·小雅·常棣》孔疏引郑玄语："赋诗者，或造篇，或诵古。"② 由此可知，从赋诗的内容而言，可分两种情况：一是赋新辞，二是诵旧作。据《国语·鲁语》："公父文伯之母欲室文伯，飨其宗老，而为赋《绿衣》之三章。老请守龟卜室之族。师亥闻之曰：'善哉男女之飨，不及宗臣。宗室之谋，不过宗人。谋而不犯，微而昭矣。诗所以合意，歌所以咏诗也。今诗以合室，歌以咏

---

① 关于《诗》的成书，学界有诸多看法。这里援引了刘毓庆、郭万金《从文学到经学——先秦两汉诗经学史论》第一章的观点，参见《从文学到经学——先秦两汉诗经学史论》，华东师范大学出版社 2009 年版，第 24 页。

② 郑玄注孔颖达正义：《毛诗正义》，北京大学出版社 1999 年版，第 568 页。

之，度于法矣。'"① 从上得知，从形式上看，"赋诗"就是"歌诗"；朱自清《诗言志辨》就说"赋诗大都是自己歌唱，也有乐工教唱"②。

春秋赋诗的诗歌语用方式有两个主要的特点：一是"歌诗必类"，二是"赋诗断章"。这两大特征标志着中国诗歌从其发生之时起就有着深厚的理性精神和不可割舍的政治情缘。关于"歌诗必类"，《左传》襄公十六年记载："晋侯与诸侯宴于温，使诸大夫舞曰：'歌诗必类。'齐高厚之诗不类，荀偃怒且曰：'诸侯有异志矣！'使诸大夫盟高厚，高厚逃归。于是叔孙豹、晋荀偃、宋向戌、卫宁殖、郑公孙虿、小邾之大夫盟，曰：'同讨不庭。'"③ 孔颖达疏解云："歌古诗各从其恩好之义类，高厚所歌诗独不取恩好之义类，故云齐国有二心。"在这里"类"显然就是指诗歌的意义内容。《国语·鲁语》"诗所以合意也，歌所以咏诗也"，这时诗歌在会盟燕享等政治外交活动中其自身的理性意义和价值是第一位的。如《左传》所记载的"《诗》、《书》，义之府也，礼乐，德之则也，德义，利之本也"④。"义"指《诗》、《书》具有的本质，这就把《诗》提升到一种权威性的理性判断层面，这种突出《诗》价值判断、道德规范的认识，自然对后世诗的说理、理趣等学问化因素有着重要的影响。

"赋诗断章"出自《左传》襄公二十八年："（卢蒲癸）有宠，（庆舍）妻之。庆舍之士谓卢蒲癸曰：'男女辨姓，子不辟宗何也？'曰：'宗不余辟，余独焉辟之。赋诗断章，余取所求焉，恶识宗。'"⑤ 孔颖达疏解云："言己苟欲有求于庆氏，不能顾礼，譬如赋诗者，取其断章而已。"卢蒲癸将"赋诗断章"作为自己娶妻的解释，可见当时此种风气的盛行。"赋诗断章"的言说方式体现了春秋时期"诗"与礼乐制度的分离，诗歌作为文学自身的象征意义显现出来。同时这种"局部式"的文学解释方式，也反映出中华民族重视实用的民族思维方式，这种实用理性精神，与西方文论中对诗歌文体抒情性的界定是相背离的，后代

---

① 韦昭注释：《国语》，上海古籍出版社 1987 年版，第 210 页。
② 朱自清：《朱自清说诗》，上海古籍出版社 1998 年版，第 22 页。
③ 左丘明传，杜预注：《春秋左传正义》，北京大学出版社 1999 年版，第 939 页。
④ 同上书，第 436 页。
⑤ 同上书，第 1077—1078 页。

诗歌出现的种种"非诗化"倾向，如"学问诗"、"禅诗"、"性理诗"、"金石诗"、"游戏诗"、"以文为诗"等等都难免不受此影响。

据现代学者统计，"春秋赋诗"在《左传》中共出现有69次，赋诗58首，《国语》中共出现7次，赋诗7首。①赋诗活动绝大部分出现在外交盟宴场合，少量在朝廷之上，时间段集中在文公、成公、襄公、昭公四代。诸侯国之间会盟朝聘，宴享赋诗，列国公卿斗智斗勇，既展现了个人的才能，又体现了政治目的。"春秋赋诗"活动从诗学的角度来看，有三方面的内容。一是"赋诗言志"，大多在外交酬酢中"言一国之志"，解决政治问题。如鲁僖公二十三年，晋公子重耳流亡至秦国，希望秦国帮助夺取政权。在秦穆公的招待宴会上，就有隆重的"赋诗"行为。《左传》记载云："他日，公享之。子犯曰：'吾不如衰之文也，请使衰从。'公子赋《河水》，公赋《六月》。赵衰曰：'重耳拜赐。'公子降，拜稽首，公降一级而辞焉。衰曰：'君称所以佐天子者命重耳，重耳敢不拜。'"②杜预注说《河水》有"河水朝宗于海，海喻秦"的意思，《六月》有"尹吉甫佐宣王征伐，喻公子还晋，必能匡王国"。《国语》中记载得更详尽："明日宴，秦伯赋《采菽》，子余使公子降拜。……子余使公子赋《黍苗》。"当时晋君晋惠公，秦穆公曾扶持其登位，惠公负于穆公。秦穆公所以愿意扶助重耳夺得晋国君位，就赋《采菽》一诗，表达扶持重耳的决心。诗道："君子来朝，何锡予之。虽无予之，路车乘马。又何予之，玄衮及黼。"重耳拜谢并赋《黍苗》一诗。《黍苗》有"芃芃黍苗，阴雨膏之"的诗句，以时雨滋润禾苗作比，答谢秦穆公。双方运用"赋诗言志"的功能熟练，根据对方"赋诗"的内容很好地表达了自己的政治意图。这种"赋诗言志"的活动，极大地发挥了诗歌的实用功能，后来"学问化"诗论将诗人在诗学上偏重抒写性情视为"辞章之学"，认为经世济民的"学人"高此一等，可能与此传统有关。

二是断章取义，充分变现诗歌的隐喻性、象征性，所谓的"镕经意义，自铸伟辞"，对后来的"比兴寄托"传统形成有着影响。《左传》

---

① 俞志慧：《君子儒与诗教》，三联书店2005年版，第139—151页。

② 左丘明传，杜预注：《春秋左传正义》，北京大学出版社1999年版，第413—414页。

昭公十六年记载郑六卿饯韩宣子："夏四月，郑六卿饯宣子于郊，宣子曰：'二三君子请皆赋，起亦以知郑志。'子䲡赋《野有蔓草》，宣子曰：'孺子善哉！吾有望矣。'子产赋郑之《羔裘》，宣子曰：'起不堪也。'子大叔赋《褰裳》，宣子曰：'起在此，敢勤子至于他人乎！'子大叔拜宣子曰：'善哉！子之言是，不有是事，其能终乎！'子游赋《风雨》，子旗赋《有女同车》，子柳赋《蘀兮》。宣子喜曰：'郑其庶乎！二三君子以君命贶起，赋不出郑志，皆昵燕好也。二三君子，数世之主也，可以无惧矣。'宣子皆献马焉，而赋《我将》。子产拜，使五卿皆拜，曰：'吾子靖乱，敢不拜德。'"①郑国的大夫们想接好晋国，所赋的大都是情诗，通过男女绸缪之情来表达外交需求，充分体现出中国古典诗歌的"多义性"。这时诗乐的典礼性消失了，政治意味的严肃的饯行仪式，变得妙趣横生。郑国的政治目的隐藏在兴味盎然的情歌之中。这样的用诗方式，尽管有悖于原意，但确实能很好地引申出当事者所要表达的意义。"诗"这一特点，既扩展了诗歌的文学的灵性，又使其富于社会工具性，使得中国诗学具有独到的民族智慧。

三是"赋诗"成为政治生活中的一部分，直接影响了士大夫的人身修养和价值判断，诗礼风流，开创了后代文人诗集雅会的风气，与文人"以学问相高"审美趣味有关联。《左传》襄公二十七年记载："郑伯享赵孟于垂陇。子展、伯有、子西、子产、子大叔、二子石从。赵孟曰：'七子从君，以宠武也。请皆赋，以卒君贶，武亦以观七子之志。'子展赋《草虫》，赵孟曰：'善哉！民之主也。抑武也，不足以当之。'伯有赋《鹑之贲贲》，赵孟曰：'床第之言不逾阈，况在野乎？非使人之所得闻也。'子西赋《黍苗》之四章，赵孟曰：'寡君在，武何能焉？'子产赋《隰桑》，赵孟曰：'武请受其卒章。'子大叔赋《野有蔓草》，赵孟曰：'吾子之惠也。'印段赋《蟋蟀》，赵孟曰：'善哉！保家之主也，吾有望矣。'公叔段赋《桑扈》，赵孟曰：'匪交匪敖，福将焉往？保是言也，欲辞福禄，得乎？'卒享。文子告叔向曰：'伯有将为戮矣！诗以言志，志诬其上，而公怨之，以为宾荣，其能久乎？幸而后亡。'

---

① 左丘明传，杜预注：《春秋左传正义》，北京大学出版社1999年版，第1353—1354页。

叔向曰：'然。已侈。所谓不及五稔者，夫子之谓矣。'文子曰：'其余皆数世之主也，子展其后亡者也，在上不忘降。印氏其次也，乐而不荒。乐以安民，不淫以使之，后亡，不亦可乎？'①在这次集会上郑七子赋诗言志，个个风流儒雅，礼节周到，显示了士君子的文化修养。他们有的誉赞赵孟的德行，有的称赞他辅助诸侯，有的抒发相见的喜悦，有的用诗来劝勉，有的以福禄相祝贺，都很好地表现了对"诗"的熟悉。而赵孟则谦恭有礼，应对如流。会后文子与叔向的对话，更是精妙地对各人的赋诗作了点评，千载而下，令人神往。这与后世文人诗酒酬唱，从根本上说实质相同。这种"用诗"活动营造了华夏民族对文学素养、文学才能重视的社会风气，奠定了中国古代文教社会的政治理想，造就了几千年的"诗文化"，积淀成后世诗歌"学问化"传统。

春秋时期，赋诗以外的用诗以"引诗"为最常见，由于人们对于天人关系的认识提高，在社会政治、军事等活动中，注意总结成败得失的经验教训。他们往往用古代的训典、《诗》、《书》等典籍，作为判断标准。"引诗"现象非常普遍，在《左传》中引诗约140次，《国语》中约20次。这一用《诗》形式的出现，标志着《诗》的应用已开始由音乐的领域扩展到语言的领域。清人劳孝舆说："自朝会聘享以致事物细微，皆引诗以证其得失焉；大而公卿大夫，以至舆台贱卒，所有论说，皆引诗以证其得失焉。"②"引诗"有两大作用，一是士君子在商讨军国大事、臧否时政人物时，以《诗》、《书》等古代文献典籍为标准的。言辞之中，"引经据典"，神采飞扬。考察《左传》、《国语》等著作中引用《诗经》的情况可以明显地看到这一点。如《左传》襄公二十五年记载流亡在外的卫献公希望回国复位，宁喜答应了。宁喜的父亲曾驱逐荒淫无能的卫献公，其后遗言要宁喜接回献公，以挽回声誉。卫国大夫大叔仪引诗说："乌乎！《诗》所谓'我躬不说，皇恤我后'者，宁子可谓不恤其后矣。将可乎哉？殆必不可。君子之行，思其终也，思其复也。《书》曰：'慎始而敬终，终以不困。'《诗》曰：'夙夜匪懈，

---

① 左丘明传，杜预注：《春秋左传正义》，北京大学出版社1999年版，第1063—1065页。

② 劳孝舆：《春秋诗话》，广东高等教育出版社1996年版，第66页。

以事一人.'今宁子视君不如弈棋,其何以免乎?弈者举棋不定,不胜其耦。而况置君而弗定乎?必不免矣。九世之卿族,一举而灭之。可哀也哉!"① 这一以诗明事、推求事理发展的规律的方法,事实上是借助文学的灵动与活力,建构民族文化的经典体系,《诗》成为既有理性精神判断,又有诗性情感的文化载体。二是通过典礼仪式活动中的"引诗"来区分贵族们的外交语言能力、个人人格修养和政治素质。正如《汉书·艺文志》所说:"古者诸侯卿大夫交接邻国,以微言相感,当揖让之时,必称《诗》以谕其志,盖以别贤不肖而观盛衰焉。"② 如《左传》襄公七年鲁国叔叔孙穆子引《召南·羔羊》评论卫国孙文子不通礼仪。

从"学问化"的角度而看,春秋"引诗"具有重要的意义。其一,"引诗"使得中国诗歌的价值指向不仅仅局限于西方诗学所谓的"抒情性",而是具美学上的"抒情性"与实用理性上的"学问化"之两极并行的文化载体。确如劳孝舆就《左传》襄公二十九年"郑子展使印段会葬楚灵王"引诗事评论所说的:"当时每有国议,识之辄引诗以折之,而议遂定。此即汉人引经断狱之旨也。"③"诗"在春秋时期具有"泛文化"的意义。其二,中国古代诗歌创作技巧上的学问要素如用典、用事、隐括、借用前人诗意等,都可以从春秋"引诗"找到源头。劳孝舆就举襄公十三年用"君子以吴为不吊"语,云:"偶然口头语,亦引诗以实之,想此二字当时已成为说。可见此时弦诵有素,诗作典用久矣。"④ 可见春秋士君子引诗论事、断事的用诗方式,反转来成为诗歌的一种重要创作技巧。其三,"诗"的政教化、历史化倾向,促成了"以史证诗"、"以诗证史"的传统,诗史思维方式影响后代。

私家著述从《论语》开始引《诗》,《论语》载孔子引诗三条,论诗十一条(包括与弟子论诗两条),又言诗、订诗各一条;《礼记》有关诗的记载共一百二十条;《孟子》论诗、引诗共四十条;《荀子》论诗、引诗共一百一十条;《墨子》论诗、引诗十五条;《庄子》论诗、

① 左丘明传,杜预注:《春秋左传正义》,北京大学出版社1999年版,第1028页。
② 陈国庆:《汉书艺文志注释汇编》,中华书局2006年版,第183页。
③ 劳孝舆:《春秋诗话》,广东高等教育出版社1996年版,第57页。
④ 同上书,第55页。

引诗七条。战国时期百家争鸣，学派林立，虽然诸子对《诗》存在不同的认识和态度，但运用《诗》来表现自家的哲学观点，则是一致的。战国诸子"引诗"客观上将《诗》推向了经典的地位，这种"以义为用"的过程，实质上就是《诗》道德化、伦理化、政治化的过程，也是《诗》"由诗向经"演化的过程。

第三节　孔子诗学与学问化要素的生成

　　春秋诗礼风流经历一百五十余年，到定、哀时草草收场。周文化的外在表现是以礼乐制度为其基础，"以德为本"是周代的优秀文化传统。春秋时期，随着周天子的失统，礼乐制度崩溃，周文王、周公倡导的"德"失去了权威地位，四夷交侵，也给华夏文明带来危机。孔子是礼乐制度最有力的坚持者和倡导者，以传承周代文化为己任。孔子思想有关的一系列命题，如"正名"、"正乐"、"复礼"、"删诗"乃至"思无邪"、"辞达"、"兴观群怨"等，虽然多为简约性的判断，但均围绕复兴周礼、价值重建的中心展开的，这正是孔子一以贯之的原则。《诗》是他最看重的典籍，论语中记载孔子论《诗》、引《诗》有16条，先秦其他典籍如《左传》等书记孔子及其弟子言《诗》也不少于百条。出于"兴正礼乐"的目的，孔子最后编定了《诗经》，赋予"诗"以经典性、神圣性。孔子期望通过文化典籍的整理建立中国文化的经典系统和文化学统，以民族心灵的自觉表达来承载民族的情感、精神、思想、价值判断，重新复兴礼乐文明。《诗经》是以周代礼乐文明为基本内容的文化载体，要复兴礼乐，必须先复兴《诗》。《礼记·仲尼燕居》记孔子言："不能诗，于礼缪，不能乐，于礼素。"[①] 孔子非常关注《诗》与礼、乐的关系，有着强调人格伦理的倾向。对诗、礼、乐的关系，他在《论语·泰伯》中提出："兴于诗、立于礼、成于乐。"[②] 包咸注："兴，起也，言修身当学诗。"孔颖达疏、朱熹集注、刘宝楠正义

---

　　① 郑玄注，孔颖达正义：《十三经注疏·礼记正义》，上海古籍出版社2008年版，第1935页。

　　② 程树德：《论语集释》，中华书局1990年版，第529—530页。

意思都相同，释"兴"为"起"，此句用以解释学诗、学礼、学乐三者的顺序，分指人生修养的三个阶段。"诗"感发情志，"礼"规范行为，"乐"成于精神。这成为人格上升的几个层次，也是一个合格的"君子"必需的品质。

将诗的意义向人伦道德方面延伸，并指涉社会政教，这是孔子诗论影响最大的方面，也对中国诗学学问化要素的生成有着重要的意义。孔子并不关心诗歌作为文学本身所具备的审美感性，而是将焦点聚集在诗感发人心的意义以及由此而产生的社会价值，致力于诗歌对于人生人格意义的培养。《论语》中孔子论诗曾说："诗三百，一言以蔽之，曰：'思无邪。'"① "小子何莫学夫《诗》。《诗》可以兴，可以观，可以群，可以怨。迩之事父，远之事君。多识于鸟兽草木之名。"② "子谓伯鱼曰：女为周南、召南矣乎？人而不为周南、召南，其犹正墙面而立也与。"③ 这三条都从诗的人生意义来阐释的，就"学问化"而言，于后代诗学对诗歌接受与创作主体的文化要求，包括修养、积累、准备等有密切的联系。关于"思无邪"虽然存在着不同的解释，但通常认为这是从诗歌接受的角度就"读诗之法"、"学诗之法"而言，焦竑就说："亦示读诗者之心术当依于正也。"④ 读诗、学诗、解诗时，不要歪曲诗歌的正意。孔子的诗学观念把《诗》当做天地之间的正气，当做权威性经典，是对春秋诗学理念的一种总结，同时也启发了《诗大序》"正得失、动天地、感鬼神、莫近于诗"的观点。

"思无邪"只是对接受主体的人格要求，而"兴观群怨"首先就诗歌情感立论。关于孔子"诗可以兴"，汉代以后学者的解释主要有两种，一是孔安国释为"引譬连类"，一是朱熹释为"感发志意"。总的来说就是通过对士君子语言技能的培养，而提高人的知识和道德情操，发展政治才能。关于"兴"，孔子在《子路》中还说道："名不正则言不顺，言不顺则事不成，事不成则礼乐不兴，礼乐不兴则刑罚不中，刑

---

① 程树德：《论语集释》，中华书局1990年版，第65页。
② 同上书，第1212页。
③ 同上书，第1213页。
④ 程树德：《论语集释》引《焦氏笔乘》，中华书局1990年版，第67页。

罚不中则民无所措手足。"① 因此，"诗可以兴"的含义十分丰富，可以
视为由诗作为文学所具有的象征性、隐喻性引申到人格修养，由君子的
人格再引申到《诗》对于礼乐复兴、信仰重建的重要社会作用。紧随
其后的"迩之事父""远之事君"及"多识于鸟兽草木之名"，则揭示
出"兴观群怨"所包含的政教、伦理、道德、修身、博物等礼乐传统
的核心价值成分。"观"在春秋时期有"观风"和"观志"的意思，如
《左传》襄公二十九年有季札"观于周乐"和赵孟"观七子之志"的记
载，"观风"为观风俗、明政教之兴衰，"观志"为观人之情志。在
《论语》中，孔子常用的"观"，主要是针对个体"观志"而言的。其
次看"群"，孔子强调"群"，将其视为文野之分、君子与小人之辨的
根本标准。如《微子》云："鸟兽不可与同群。"② "可以群"是指诗可
以净化提高士君子文化素养，调动群体情绪、沟通统一群体思想，加强
集体合作。再次看"怨"，"怨"乃《诗三百》的创作传统，或感于社
会时政，或源自个人际遇，内涵极为丰富。由以上论述可知，所谓"兴
观群怨"，其出发点是诗歌文学功能的情感性，而其价值指向是从读者
的角度针对《诗》之社会功效而言的，着眼于《诗》对于政治教化及
个体修养的意义，这时诗歌的作者被忽略了。"迩之事父，远之事君"，
则完全是就诗的伦理道德价值而言。忠孝伦理通过《诗》中的孝子忠
臣内心世界的展露，自然地感发读诗人之志。君臣父子的忠孝之道，在
孔子看来可以用《诗》的艺术灵性来塑造浇灌，"诗之道"就是"礼之
道"，这时艺术感性与社会理性合一了。"多识于鸟兽草木之名"是就
诗的知识性而言，据统计，《诗经》中出现的动物有 109 种，植物之名
143 种，共计 252 种。③《诗经》中大量的鸟兽草木，反映了上古人民在
生产生活实践中对自然的认识。这种对自然的探索风气影响了后来的生
物学研究，后世一大批博物学著述的出现，如陆玑《毛诗草木鸟兽虫鱼
疏》、蔡卞《诗经名物解》、姚炳《诗识名解》、许鼎《毛诗名物图说》
吴雨《毛诗鸟兽草木考》、林兆琦《毛诗多识篇》等。值得注意的是，

---

① 程树德：《论语集释》，中华书局 1990 年版，第 892 页。
② 同上书，第 1270 页。
③ 孙作云：《孙作云文集·诗经研究》，河南大学出版社 2003 年版，第 7 页。

在现代人看来,《诗》里这些"鸟兽草木"还只是诗歌中的单纯物象通过"赋、比、兴"的手法出现,而孔子提倡"多识于鸟兽草木之名",则成为对士君子"学问要素"掌握的要求,可见在孔子心目中,《诗》不仅仅是现代意识中的文学作品,而是一部积淀传承而囊括民族文化精神的文化载体,它是"诗",还是"学术经典"。这表明孔子评《诗》对其中包含的知识的重视,也影响着后代人对"诗"与"学"关系的认识。孔子则沿着后者的方向在发挥。

"子谓伯鱼"一条,主要就学《诗》是对君子的意义而言。《周南》、《召南》主要讲夫妇之道,这被认为是"人伦之始"、"万福之源"。如果在此处"失道",就会失去一切的基本,如同面墙而立,一物不可见,一步不可行。这就是说,做人必学《诗》,学《诗》先学"二南"。可见孔子的看法完全是从人生伦理道德观、理想价值观的实现来说的。此外,孔子还重视学《诗》对锻炼语言能力的作用。他说:"诵诗三百,授之以政,不达。使于四方,不能专对。虽多,亦奚以为。"① "不学诗,无以言。"② "辞,达而已矣。"③ 这也是从诗的运用出发,强调士人的主体修养。

总而言之,孔子论诗带有明显的人文道德精神,伦理、情感、知识、政治在此融合为一。相对于春秋"赋诗"、"用诗"来说,在孔子的时代,"礼坏乐崩",诗也就无处安顿了,诗在此思想文化语境下,其与礼乐结合的诸多特点也有所转变,孔子诗学虽然大意义的指涉不离政治教化,但在具体的层面上更多的是指向个体博物修身的意义。论及孔子诗论在诗歌"学问化"的进程中的地位,如上所言,他在"思无邪"的理念下,充分地发展了《诗》的社会功能,在此,《诗》已经成为经典,成为知识的渊薮;读诗歌、学诗者如何从《诗》中完成其自身人格的塑造,如何以《诗》为依托对事理、道理的思考探求,如何运用《诗》完成其社会功能,是孔子最为关注的问题。以孔子在中国文化史"衣披百代"的崇高地位,这种偏重于读者而不重作者,偏重

① 程树德:《论语集释》,中华书局1990年版,第900页。
② 同上书,第1168页。
③ 同上书,第1127页。

于接受而不重创造，偏重于实用而不重审美的状况，对古典诗学其后的"学问化"倾向中崇尚主体的自身修养、讲究理性、注重知识，应有重要影响。可以说，诗从原始文学的氤氲含混状态演变到《诗》的文化经典，其在中国文化的特殊身份决定了后代诗学的路径。在以人为核心的中国诗学中，一方面《诗》的感性温柔敦厚，能熏育士人的道德品行，引导士人的人生道路；另一方面《诗》的知识理性，能够从中获取言语、事功、伦理等多方面的知识，且理想化地被认为能够以之解决任何文化、社会危机。可是自礼乐文明崩溃以后，孔子所期望的诗、礼、乐混融为一的状态再难重返。《诗》的审美感性与学问理性逐步分离，这就造成了后代诗歌"抒情性"的"意境"与"学问化"的"学境"相背离，也就有了"诗人之诗"与"学人之诗"诸般名目。

第四节　楚辞的发生与学问化

　　战国后期屈原凭借其惊艳之才，自铸伟词。以他作品为主的楚辞，对后代诗歌的发展产生了深远的影响，正如刘勰《文心雕龙·辨骚》中所说的："其衣披词人，非一代也。"现代学者更是将《楚辞》与《诗经》当做中国抒情诗道统的两大发源，甚至认为是所有文学的传统。① 在现代学术视域中屈辞的抒情性似乎是毋庸置疑的，楚辞的学问化因素被遮蔽。我们认为屈辞自身所有的诗性与散文性、仪式性与自述性、实用性与自适性之间的矛盾，导致屈辞尽管在总体上以抒情要素为主，但又掺杂着不少学问化因子。由屈辞发展到汉代的文体赋、赋、唐代的骈赋，学问化的倾向就明显地表露出来。

　　屈原等人的作品有楚辞、赋、骚、辞赋等名称，在汉代，人们通常认为辞、赋一体。司马迁、扬雄、班固都是如此。但辞、赋文体的交缠复杂，实际上透露出诗歌发展过程中的重要问题。金开诚说："'辞'与'赋'从文学创作的分类上看是有根本区别的，用一句话来概括这

---

　　① 陈世骧：《中国的抒情传统》，载《陈世骧文存》，辽宁教育出版社1998年版，第1—7页。

种区别，即'赋'属于文的范畴，而'辞'属于抒情的范畴。抒情诗不但以抒情为目的，并且以创造高度'情意化'的抒情形象为主要的艺术特征，典型的楚辞如《离骚》、《哀郢》等就是这样；《九歌》中虽有叙事的成分，但其形象也是高度'情意化'的。反之，典型的汉赋如《七发》、《子虚》、《上林》等就显然不是如此，即使有的汉赋句式整齐并且押韵，也不具备高度'情意化'的抒情形象这一主要特征，所以它们是文不是诗。当然，由于辞赋之间有深刻的渊源关系，所以它们在创作上也有交错现象，未可根据时代先后一刀切开。文学发展是渐变的，联系、交错以至于渗透都是正常现象；但又必须根据不同时代、不同体裁的典型之作找出它们之间的区别，这才能看出发展中的质变。最早意识到辞赋之别的，应该说是六朝人。如萧统《文选》选了一些楚辞，却不归入'赋'类，而别列一类称为'骚'，置于'诗'类之后；刘勰《文心雕龙》在《诠赋》之外别有《辨骚》。这都说明他们在严于文体之分的时代氛围中意识到了辞赋之别。但他们根据楚辞的代表作名为《离骚》而把所有的楚辞都称为'骚'，却是不恰当的；其实只要恢复'辞'这个原名就可以了。"① 郭建勋也认为辞、赋应该区分开来，"从汉初贾谊开始，辞赋一体的观念在汉代几乎为所有的文人所认同，到王逸《楚辞章句》出现，辞赋异体的观念才逐渐被人们认识"②。虽然笔者并不完全认同"赋"属于文的范畴，但是以上的观点清晰地说明辞、赋文体的差别，显示了屈原所创造的诗体在艺术表现手法上的两大方面的重要趋向，这就是个体诗学重视自我抒情的倾向与群体诗学重视实用理性的倾向；具体表现出来就是诗歌的"情意化"与"散文化"的冲突。

先说"赋"。刘勰《文心雕龙·诠赋》中云："《诗》有六义，其二曰赋。赋者，铺也，铺采摛文，体物写志也。昔邵公称：公卿献诗，师箴瞍赋。传云：登高能赋，可为大夫。《诗序》则同义，传说则异体，总其归涂，实相枝干。故刘向明不歌而颂，班固称古诗之流也。至如郑庄之赋'大隧'，士蒍之赋'狐裘'，结言短韵，词自己作，虽合赋体，

---

① 金开诚：《屈原辞研究》，江苏古籍出版社 1992 年版，第 4—5 页。
② 郭建勋：《楚辞与中国古代韵文》，湖南师范大学出版社 2001 年版，第 47—48 页。

明而未融，及灵均唱《骚》，始广声貌。然则赋也者，受命于诗人，而拓宇于《楚辞》也。于是荀况《礼》《智》，宋玉《风》《钓》；爰锡名号，与《诗》画境。六义附庸，蔚成大国。遂客主以首引，极声貌以穷文，斯盖别《诗》之原始，命赋之厥初也。"① "赋"在先秦时有两个主要的含义。其一，指一种"直言铺陈"的表现手法。《尔雅·释名》云："敷布其义谓之赋。"又《周礼·春官》郑注曰："赋之言铺，直铺陈今之政教善恶。"刘勰《诠赋》对赋的定义即据此。在"诗之所用"的三种手法中，比、兴往往用意深远，表达含蓄，而"赋"却用语征实、意旨明显。游国恩认为"赋"不过是修辞学上的"直说法"而已②。其二，"赋"是不歌而诵。它是一种介于"诵"与"歌"之间的特殊表达方式，是春秋时期政治、外交舞台上的一种根据实际情况，运用《诗经》的章句，表达自己的意思的委婉手段。班固《汉书·艺文志》："传曰'不歌而诵谓之赋，登高能赋可以为大夫。'言感物造端，材知深美，可与图事，故可以为列大夫也。……故孔子曰'不学诗，无以言'也。春秋之后，周道渐坏，聘问歌咏不行于列国，学诗之士逸在布衣，而贤人失志之赋作矣。大儒孙卿及楚臣屈原离谗忧国，皆作以风，咸有恻隐古诗之义。"③ 班固的看法，其实刘勰已经注意到了，他也认为"赋"与"用诗"有直接的联系，他列举了《左传》隐公元年郑庄公与其母赋诗、《左传》僖公五年晋士蒍赋诗，这两个例子如前述春秋"赋诗"所言，有着明确的政治意义。但刘勰可能受南朝文风的影响，将"赋"体的重点放在其修辞学的意义上，对《诗经·定之方中》"登高能赋"句，不采用毛传的解释，而采《韩诗外传》说。所以在《诠赋》篇末他又说："原夫登高之旨，盖睹物兴情。情以物兴，故义必明雅；物以情观，故词必巧丽。丽词雅义，符采相胜，如组织之品朱紫，画绘之着玄黄，文虽杂而有质，色虽糅而有本。此立赋之大体也。"④

① 范文澜：《文心雕龙注》，人民文学出版社 1958 年版，第 134 页。
② 游国恩：《屈赋考源》，载《游国恩楚辞论著集》第三卷，中华书局 2008 年版，第239 页。
③ 陈国庆：《汉书艺文志注释汇编》，中华书局 2006 年版，第 183 页。
④ 范文澜《文心雕龙注》，人民文学出版社 1958 年版，第 134 页。

　　《汉书·艺文志》提到:"古者诸侯卿大夫交接邻国,以微言相感,当揖让之时,必称《诗》以谕其志。"诸侯大夫在政治外交中,彼此需要互相表示的意向,不肯用直白的言说表达出来,而必须赋一章或一篇古诗以为暗示。这便是所谓的"以微言相感"。古诗的意义随赋者所处的情景不同而不同,很多情况是断章取义的。而所赋的诗其意用所在,视双方私人或国家关系、感情及国际地位种种不同,教对方体悟琢磨。如果学识悟性不足,而不能与赋者的意思针锋相对,则大失脸面。这实际上充分体现诗歌的隐喻性、象征性,用现代的看法来说就是"用事"、"援典","不学诗,无以言",如不明对方语典背后的含义,则不符合西周时期知识贵族专享的身份。如《左传》昭公十二年一段记载:"夏,宋华定来聘,通嗣君也。享之。为赋《蓼萧》,弗知,又不答赋。昭子曰:'必亡!宴语之不怀,宠光之不宣,令德之不知,同福之不受,将何以在?'"所以"赋诗"大大地发挥了诗歌的互文性,富有"学问"含量。

　　"赋诗"活动的实用理性精神和学问化因子的关系前已言及,但比起礼、乐、舞合一的典礼形式,"赋诗"实际上已经由群体诗学走向个体诗学;更因为春秋时代的礼崩乐坏,赋诗言志的风气逐渐消失在历史的长河里,这时候学术下移,诸子蜂起,学诗之士人从聘问歌咏转为抒写贤人失志,尽管这时已逐步注意抒发自我情感,但是从"赋诗"转到辞赋,文体并未完全独立,班固所说的"恻隐古诗之义"仍有重要的位置。

　　由"赋诗"到辞赋的历程,《史记·屈原贾生列传》中说:"屈原既死之后,楚有宋玉、唐勒、景差之徒者,皆好辞而以赋见称。然皆祖屈原之从容辞令,终莫敢直谏"①,明确地指出楚辞具有讽谏的意味。《汉书·司马相如传赞》:"相如虽多虚辞滥说,然要其归,引之于节俭,此与《诗》之风谏何异?"②又《扬雄传》:"雄以为'赋'者,将以风也。"又谓:"往时武帝好神仙,相如上《大人赋》,欲以风。"③

---

① 司马迁:《史记》第八册,中华书局1982年版,第2491页。
② 王先谦:《汉书补注》卷57,中华书局1983年版,第1198页。
③ 同上书,第1508页。

又班固《两都赋序》："或以抒下情而通讽谕。"① 所以从文学的性质来说，辞赋实际上承继了"赋诗言志"的用诗特征，强调诗歌的讽谏精神，所具备的实用理性的特点。这就使得楚辞具有一定的学问化因子，虽然其具有个体诗学的独立性。屈辞这一特征，在诗歌中主要以"比兴"的面目出现。王逸《楚辞章句》中说："离骚之文，依诗取兴，引类譬喻。故善鸟香草，以配忠贞；恶禽臭物，以比谗佞。灵修美人，以媲于君；宓妃佚女，以譬贤臣；虬龙鸾凤以托君子；飘风云霓以为小人。其辞温而雅，其义皎而朗。凡百君子，莫不慕其清高，嘉其文采，哀其不遇，而愍其志焉。"② 在这里王逸提出了"比兴"的观点。对于"比兴"，汉人似乎将其看做"用诗"的一种方法。郑玄《周礼·春官·大师》注云："比，见今之失，不敢斥言，取比类以言之。兴，见今之美，嫌于媚谀，取善恶以喻劝之"，把比兴跟对政治社会的美刺结合起来，这势必加强诗歌中知识的含量，比兴之技巧，乃具有政治寄托、道德寓意的作用，诗就有了反映政治实相、伦理结构的象征与暗码功能。同时在诗歌技巧上必须违背"抒情性"而多用典、叙事、议论。而《文心雕龙》解"比兴"云："比者附也，兴者起也"，偏重于将其看做作诗的艺术手段，风云月露、草木鸟兽激发诗人的情感，诗人由此借物"抒情"。这是中国诗学中"比兴"的两大路径，个体抒情与学问理性可错位互换；但从诗史的脉络来看屈辞中的"比兴"应该还是偏重于讽谏精神的。

屈辞由"赋诗"发展而来的"比兴"特征，表现在"学问化"第一个方面就是运用大量的文献典籍材料，在辞赋中论理抒情，情感常常蕴含在议论说理之中。战国时期，先秦诸子喜好说理，荀子中有《成相》篇，在辞赋史上有着重要的地位。唐代杨倞《荀子注》说："《汉书·艺文志》谓之《成相》杂辞，盖亦赋之流"③，指出其源于诗赋。杨倞又说："《成相》以初发语名篇，杂论君臣治乱之事，以自见其意，故下云'托于成相以喻意'。"④ 我们来看《成相》第二章："请成相，

---

① 萧统编、李善注：《文选》第一册，上海古籍出版社1986年版，第3页。
② 洪兴祖：《楚辞补注》，中华书局1983年版，第3页。
③ 王先谦：《荀子集解》，中华书局1988年版，第455页。
④ 同上。

道圣王，尧舜尚贤身辞让。许由、善卷，重义轻利行显明。尧让贤，以为民，泛利兼爱德施均。辨治上下，贵贱有等明君臣。尧授能，舜遇时，尚贤推德天下治。虽有圣贤，适不遇世孰知之？尧不德，舜不辞，妻以二女任以事。大人哉舜，南面而立万物备。舜授禹，以天下，尚得推贤不失序。外不避仇，内不阿亲贤者予。禹劳心力，尧有德，干戈不用三苗服。举舜甽亩，任之天下身休息。得后稷，五谷殖，夔为乐正鸟兽服。契为司徒，民知孝弟尊有德。禹有功，抑下鸿，辟除民害逐共工。北决九河，通十二渚疏三江。禹傅土，平天下，躬亲为民行劳苦。得益、皋陶、横革、直成、为辅。契玄王，生昭明，居于砥石迁于商。十有四世，乃有天乙是成汤。天乙汤，论举当，身让卞随举牟光。道古贤圣基必张。"① 战国时诸子都很熟悉古代文献典籍，在论说时引经据典。荀子在这部分里追述古代圣王贤臣的业绩，从尧、舜到商汤，中间还提到后稷、夔、皋陶等一系列重要的历史人物。接下来的从历史教训方面总结世道衰亡的原因，提到的荒亡之君有周厉王、周幽王，提到被杀的伍子胥，是在揭露滥杀忠臣而亡国的吴王夫差。《成相》篇从对治乱兴衰的展示入手，寄托圣主贤臣遇合的理想，抒发作者对美政理想的追求。同样屈原的《离骚》、《天问》亦有历数前代兴衰存亡的段落，《天问》中铺陈纵横，简直是一幅奇彩斑驳的历史长卷，只不过不像《成相》那样选择典型案例，分置几处进行处理，而是按照虞、夏、商、周的顺序依次追溯。所以王逸《楚辞章句序》称："屈原履忠被谮，忧悲愁思，独依诗人之义而作离骚，上以讽谏，下以自慰。……屈原之辞，优游婉顺，宁以其君不智之故，欲提携其耳乎？……夫离骚之文，依托五经以立义焉。"② 这体现了屈原实用性、说理性的特点，同时也反应了楚辞喜好援引文献典籍的特征，这些都具备"学问化"的因素。例如屈原就"重华而陈词"曰："启《九辩》与《九歌》兮，夏康娱以自纵。不顾难以图后兮，五子用失乎家巷。羿淫游以佚畋兮，又好射夫封狐。固乱流其鲜终兮，浞又贪夫厥家。浇身被服强圉兮，纵欲而不忍。日康娱而自忘兮，厥首用夫颠陨。夏桀之常违兮，乃遂焉而

---

① 王先谦：《荀子集解》，中华书局 1988 年版，第 462—464 页。
② 洪兴祖：《楚辞补注》，中华书局 1983 年版，第 48—49 页。

逢殃。后辛之菹醢兮，殷宗用而不长。汤禹俨而祗敬兮，周论道而莫差。举贤而授能兮，循绳墨而不颇。皇天无私阿兮，览民德焉错辅。圣哲以茂行兮，苟得用此下土。瞻前而顾后兮，相观民之计极。夫孰非义而可用兮？"① 又如巫咸告作者吉故："勉升降以上下兮，求矩矱之所同。汤禹严而求合兮，挚咎繇而能调。苟中情其好修兮，又何必用夫行媒？说操筑于傅岩兮，武丁用而不疑。吕望之鼓刀兮，遭周文而得举。宁戚之讴歌兮，齐桓闻以该辅。"② 前段表现诗人对国家兴替存亡的深刻；主要列举了荒淫误国的史事，如启、羿、浞、浇、桀，并用禹、汤、周文王得道兴国作为对比，从正反历史事实得出结论，认为应该举贤授能，遵循绳墨。后段又举历史上君臣相得的事实，说明去国求合的可能性。屈原其他作品也喜欢引用大量的文献史料，如《九章·惜往日》："闻百里之为虏兮，伊尹烹于庖厨。吕望屠于朝歌兮，宁戚歌而饭牛。不逢汤武与桓缪兮，世孰云而知之。吴信谗而弗味兮，子胥死而后忧。介子忠而立枯兮，文君寤而追求。封介山而为之禁兮，报大德之优游。"③ 百里奚、伊尹、吕望、宁戚四人或为虏、为厨、为屠、为佣，处身低微，因秦穆公、成汤、文王、武丁的知遇，得以成就功业；说明明君贤臣不可分离，臣子因君以扬名，君因臣而无忧。在这里同样运用的是论证说理的方法，尽管其中也变现出诗人在生命的极致中清醒地认识到楚怀王、襄王的昏庸，显露死亦无益于君于国的绝望之情。在《天问》中屈原更是以大量密集的神话质证古史，对天道质疑，对夏商周三代天命质疑，对楚国的命运质疑，对天人之际的各种变化进行推究，体现出自我意识觉醒的理性精神。总之，在辞赋文体生成的过程中，由于"赋"体与"诗"体实用理性精神的密切联系，对"诗"比兴讽谏精神的承继，还不能完全由"群体理性"的政治功能转向"个体情感"的抒情自适功效，这使得屈辞中存在大量的议论说理文字、大量的历史典故。可以说历来被当作抒情文学代表的屈辞，却实际上是中国诗歌史上第一次大规模用典、以文为诗实践的先行者。历史的轨迹有时就是这样

---

① 洪兴祖：《楚辞补注》，中华书局1983年版，第20—24页。
② 同上书，第37—38页。
③ 同上书，第151页。

奇诡难测。

　　屈辞由"赋诗"发展而来的"比兴"特征，表现在"学问化"方面的第二个主要特征就是运用比喻、象征来说理。比喻、象征来说理的方法是先秦诸子散文的一大特色，也是文体发展中文学性散文与哲理性散文还未完全区分的必然过程。《史记·屈原贾生列传》提到"屈原之从容辞令"，已经隐然指出纵横家与辞赋文体的密切相关。章学诚进一步认为"战国之文，既源于六艺，又谓多出于《诗》教，何谓也？曰：战国者，纵横之世也。纵横之学，本于古者行人之官。观春秋之辞命，列国大夫，聘问诸侯，出使专对，盖欲文其言以达旨而已。至战国而抵掌揣摩，腾说以取富贵，其辞敷张而扬厉，变其本而加恢奇焉，不可谓非行人辞命之极也。……是则比兴之旨，讽喻之义，固行人之所肆也。"① 章学诚注意到纵横家对"赋"体形成的影响以及比兴与纵横家的关系。之后章太炎在《国故论衡·辨诗》一篇中又提出过重要的看法。他说："纵横者，赋之本。古者诵《诗》三百，足以专对，七国之际，行人胥附，折冲于尊俎间，其说恢张谲宇，纻绎无穷，解散赋体，易人心志。鱼豢称鲁连、邹阳之徒，援譬引类，以解缔结，诚文辩之隽也。武帝以后，宗室削弱，藩臣无邦交之礼，纵横既黜，然后退为赋家，时有解散。故用之符命，即有《封禅》、《典引》；用之自述，而《答客》、《解嘲》兴。文辞之繁，赋之末流尔也。"② 以上诸家都指出纵横家为"赋"体之源。我们知道战国时期，公卿上大夫在一些重要的政治和外交场合下的出入应对、游说进谏，这时候外交"文辞"的运用在军国大事中经常起到关键作用，这在《战国策》一书中记载的大量奇诡瑰丽的纵横家之"辞"表露出来。如才华横溢的子产以其宏丽辩博的说辞消除了一场战争，叔向感叹曰："子产有辞，诸侯赖之，若之何其释辞也！"③（《左传》襄公三十一年）辞赋的诞生地楚国有"好辞"的文化地理传统，《史记·货殖列传》记载说："故南楚好辞，

---

① 章学诚撰，叶瑛校注：《文史通义校注》，中华书局 1985 年版，第 61—63 页。
② 章太炎撰，庞俊、郭诚永疏证：《国故论衡疏证·辨诗》，中华书局 2008 年版，第431—432 页。
③ 左丘明传，杜预注：《春秋左传正义》，北京大学出版社 1999 年版，第 1030 页。

巧说少信。"① 巧说即为机巧善辩，少信则包含虚幻怪诞，"辞"之辩丽，兹可为证。尤其是战国时期，纵横策士游说进谏之"辞"的美辩成分明显增加，只要看那"淫辞"、"艳辞"、"诐辞"、"繁辞"等称谓，便可想见当时说辞的宏富和彩饰。

《说文》中说："辞，讼也。"本义训为狱讼。《说文》释"词"为"意内而言外"，刘师培考证指出："凡古籍'言辞'、'文辞'诸字，古字莫不作'词'，汉标楚辞，亦会其证也。"② 所以"辞"常用来特指那些委婉含蓄、谲巧多变的外交辞令，或文采纷披的文字。刘师培的话恰好概括了"辞"的特点：语义微婉，多比兴寄托；语言绚丽，文采斐然。屈宋之作"文辞丽雅"，又多"比兴之义"，而汉人名之为"楚辞"，显然与"辞"的上述特点有着内在关联。

我们知道屈原曾经担任过"左徒"和"三闾大夫"的职务，据现代学者的研究，"左徒"即"登徒"、"左登徒"，大概是上大夫一级的官职。③"左徒"具体的职掌应该相当于周礼的"宗伯"，主要掌管祭祀礼仪、辅佐君王、外交应对。④《史记·屈原贾生列传》中说：屈原"屈原者，名平，楚之同姓也。为楚怀王左徒。博闻强志，明于治乱，娴于辞令。入则与王图议国事，以出号令；出则接遇宾客，应对诸侯。王甚任之"⑤；传后并记载了他在外交方面举联齐、反亲秦的斗争，这都说明屈原作为政治家负有外交活动的职责，屈原可能受到纵横家思想的影响，因而屈辞受战国铺陈夸饰、排比谐隐的风气影响，喜好用漫衍奇特的比喻、象征来说理。

现代学者一般认为"赋"的形成又与"隐"有关，刘勰《文心雕龙·谐隐》说："讔者，隐也。遁辞以隐意，谲譬以指事也。"⑥ 就是指所要表达的对象，将事情故意用曲折含蓄的方法来表达，隐去本事而假以他辞来暗示，由听者或读者通过猜测琢磨来体会其本来的含义。汉代

---

① 司马迁：《史记》第十册，中华书局 1982 年版，第 3268 页。

② 刘师培：《中国中古文学史讲义》，载《刘师培中古文学论集》，中国社会科学出版社 1997 年版，第 7 页。

③ 汤炳正：《"左徒"与"登徒"》，载《屈赋新探》，齐鲁书社 1984 年版，第 48 页。

④ 过常宝：《楚辞与原始宗教》，东方出版社 1997 年版，第 21 页。

⑤ 司马迁：《史记》八册，中华书局 1982 年版，第 2481 页。

⑥ 范文澜：《文心雕龙注》，人民文学出版社 1958 年版，第 271 页。

以来，隐又称为"隐语"，"隐"是先秦时期一种独特的文学样式。在隐语产生的早期阶段，它的功用与其实用性紧密相关，春秋战国时期，它仍然主要用于外交、宫廷讽谏等活动中，在齐楚两地特别风行。例如《国语·晋语五》："有秦客廋辞于朝，大夫莫之能对也。"[①] 廋辞即隐语，三国时韦昭注："廋，隐也。谓以隐伏谲诡之言问于朝也。"秦使在晋国朝廷设隐，晋臣竟无法应对，可见这是非常严肃的外交活动，隐语在其中成为一种表达政治意图的手段。又《战国策》记荀子谢春申君书，书后因赋曰："宝珍隋珠，不知佩兮。袆布与丝，不知异兮。闾姝子奢，莫知媒兮。嫫母求之又，甚喜之兮。以瞽为明，以聋为聪，以是为非，以吉为凶。呜呼上天，曷惟其同！"[②] 其他像《战国策·齐策》载邹忌讽齐王纳谏、《楚策》载莫敖子华对楚威王、庄辛说楚襄王、《赵策》载鲁仲连义不帝秦等等，不能胜举，皆铺张排比，纵横排阖，以"隐"为讽谏的工具。再看荀子在辞赋史有重要影响的《赋篇》。《赋篇》中礼、智、云、蚕、箴五篇就是五首"隐"，是荀卿早年上齐宣王之作，这五首"隐"是荀卿用来谏说宣王的。五首"隐"表面上是摹写礼、智、云、蚕、箴等不相关的事物，实际上写的是礼、智、圣、贤、士，借双关、比兴等艺术手法，托物言志，主义谲谏。如《礼》说："爰有大物，非丝非帛，文理成章；非日非月，为天下明。生者以寿，死者以葬。城郭以固，三军以强。粹而王，驳而伯，无一焉而亡。臣愚不识，敢请之王？"[③] "隐"与辞赋相表里，其讽谏的方法与屈原"比兴"的手法初无分别。[④] 总而言之，用遁词隐意，形象地论说自己的观点是春秋战国时纵横家常用的讽谏手段，也是辞赋文体具有历史源流的常见表现手法。

在上叙文体源流剖析的基础上，我们可以明白屈辞中经常用比喻、象征来讽谏说理的特点之来源。用比喻、象征来说理的方法是先秦诸子散文的一大特色，也是文体发展中文学性散文与哲理性散文还未完全区

---

① 许元诰：《国语集解》，中华书局 2002 年版，第 381 页。

② 刘向集录，范祥雍笺：《战国策笺证》，上海古籍出版社 2006 年版，第 893—894 页。

③ 王先谦：《荀子集解》，中华书局 1988 年版，第 472 页。

④ 游国恩：《屈赋考源》，载《游国恩楚辞论著集》第三卷，中华书局 2008 年版，第 280—287 页。

分的必然过程。在诸子散文中比喻、象征是一种推理手法，屈原作品中大量的比兴类似于此。如《离骚》中："纷吾既有此内美兮，又重之以修能。扈江离与辟芷兮，纫秋兰以为佩。汨余若将不及兮，恐年岁之不吾与。朝搴阰之木兰兮，夕揽洲之宿莽。日月忽其不淹兮，春与秋其代序。惟草木之零落兮，恐美人之迟暮。"这段文字用第一人称女性的身份叙说自己希望通过打扮修饰来引起其钦慕的对象的重视，但是担心所爱慕的对象美人迟暮。在这里屈原表明自己进德修业、刻意进取。之所以如此，一是对自己，担心时光流逝、时不与我；二是对君王迟暮、美政不施的担忧。一连串的比喻、象征由男女之情推出君臣之义，表露了诗人讽谏君王改革法度，希望自己能够辅佐君王、以成大事的思想。这与纵横家的"辞"，异曲同工。《离骚》之外，《九章》、《招魂》等也大量运用了这种手法，其铺陈夸饰的表现技巧亦对汉赋有很大影响。在用比喻、象征的同时，屈辞中还喜用"对话体"。"对话体"偏重于叙，是一种散文化的手法，是对抒情的背离，在先秦诸子散文的论辩中常见，《左传》、《国语》、《战国策》中"赋诗"、"隐语"以及策士进谏大多以"对话体"出现。宾主对答，不少着意于政治、外交、礼法等等，"对话体"实际上是"辞赋"实用理性精神的一种表现形式。屈原辞赋中常用"对话体"，在《离骚》里就出现了三次。第一次女嬃批评诗人"博謇而好修"，引出诗人"就重华而陈词"。第二次灵氛占卦，劝作者离开楚国，作者打算依从。第三次巫咸降神，诗人与其意见相反。"对话体"在《离骚》中占有较大的比例，通过比兴的手段，在对话中既反驳批评了当时社会上人们的价值观和人生观，又展现了诗人内心的矛盾，亦沉郁而有力地表明了诗人的观点。《惜诵》、《渔父》、《卜居》等篇的对话更多，对后来"散体大赋"的散文化影响更大。综合以上屈辞"比兴"的特征，可见屈辞中具有"学问化"因子。当然我们并不能否认屈辞浓郁的"抒情性"，屈辞中议论与表情、抒情与叙述已经泯然为一了，这就如同《诗经》中风偏重于"比兴"，雅偏重于"赋"体，抒情与叙述、议论合一。在中国诗歌传统中，"学问"与"抒情"并不能完全离立。一般认为的抒情诗，可用比兴寄托说去解释成为一首政治讽谕、道德批评诗；一般认为的咏史咏物，又可以比兴寄托解释为是作者心境之抒情。尽管后世诗歌的"学问"与"抒情"似乎判若二途，争斗蜂起，但在中国古典诗歌的源头《诗经》、《楚辞》时代，各种精神文化形态尚浑然未分，诗歌创作质朴自然、高古天成，"抒情"与"学问"双美并具，古典诗歌展现出其原生态。

我们再从楚文化与屈原的文化修养来分析屈辞的"学问化"特征。楚国的祖先高扬是夏人尊崇的古帝兼祖神，楚人的先民曾经依附于夏朝。到商代，他们与周比邻而居，和周一样受商朝的统治。到周朝初年，就是周公变革的前后，被封于荆蛮，与中原文化有了隔阂。楚贵族的传统文化并不是周文化，而是夏商文化，尤其是以商文化为主。① 商代文化重巫鬼、好祭祀，神职人员如巫、祝、史等在政治生活中享有重要的地位，从国家大事到日常生活，多要卜问鬼神，按鬼神的意志行事。楚国深受这种风气的熏染。楚王熊绎以后到春秋时若敖、鼢冒以前楚国逐渐强大而周朝逐渐衰落，周楚日趋对抗。至楚武王请王室尊重楚国名号，经历文王、成王、穆王的励精图治，楚庄王时走上与中原诸侯争霸的道路。楚人从中原南迁蛮夷之地，其文化与当地的土著文化相结合，具有浓郁的地方特色。《吕氏春秋·侈乐》说："楚之衰也，作为巫音。"② 所谓"巫音"，即巫觋祭神的乐歌，把它当做楚国政治衰败的原因，可见楚国巫鬼祭祀之盛。楚国国君甚至亲自主持祭祀和巫术活动。桓谭《新论·言体篇》记载："昔楚灵王骄逸轻下，简贤务鬼，信巫祝之道，斋戒洁鲜，以祀上帝、礼群神，躬执羽绂，起舞坛前。吴人来攻，其国人告急，而灵王鼓舞自若，顾应之曰：'寡人方祭上帝，乐明神，当蒙福佑焉，不敢赴救。'而吴兵遂至，俘获其太子及后姬以下，甚可伤。"③ 到屈原时代，风气并未改变，《汉书·郊祀志》就说："楚怀王降祭祀，事鬼神，欲以获福助，却秦师。"④ 但我们不能认为楚文化是一种与中原文化隔绝的异质文化，楚人钦仰华夏民族、积极引进华夏文明、努力学习中原文化，立足本土、兼容并包。楚文化之所以能迅速成长，主要就是因为楚王国长期奉行了一条混同夷夏的路线。这正是

① 过常宝：《楚辞与原始宗教》，东方出版社1997年版，第7页。
② 许维遹：《吕氏春秋集释》，中华书局2009年版，第112页。
③ 桓谭：《新论》，引自李昉《太平御览》卷526，载文津阁《四库全书》第6册，上海古籍出版社2008年，第27页。
④ 王先谦：《汉书补注》卷25下，中华书局2006年版，第557页。

后来的楚文化之所以能够在战国时期放出璀璨光芒的原因。① 楚人学习中原文化的风气，在楚国上层统治阶级中盛行。《国语·楚语上》记载，楚庄王曾命大夫上亹为太子师傅，他为了教好太子，便请教贤大夫申叔时。申叔时对他说："教之《春秋》，而为之耸善而抑恶焉，以戒劝其心；教之《世》，而为之昭明德而废幽昏焉，以休惧其动；教之《诗》，而为之导广显德，以耀明其志；教之《礼》，使知上下之则；教之《乐》，以疏其秽而镇其浮；教之《令》，使访物官；教之《语》，使明其德而知先王之务，用明德于民也；教之《故志》，使知废兴者而戒惧焉；教之《训典》，使知族类，行比义焉。"② 从所列的书目看，包括《诗》、《书》、《礼》、《乐》、《易》、《春秋》以及先王的世系、法令、治国良言等，这些都是周王朝的典籍。申叔时的教育目的，是要达到忠、信、义、礼、孝、事、仁、文、武、罚、赏、临等。由此可见，楚人对中原文化典籍的接受；也说明楚人对中原文化的伦理道德标准的认同，这自然是中原文化与楚文化长期交流融合的结果。自春秋时代起，楚国在政治上、文化上同中原诸国发生了极为密切的联系；楚、秦之诸侯及大夫屡屡像晋、鲁等一样引诗、赋诗。据现代学者统计，楚人在《左传》中引诗 17 首，赋诗 3 首；在《国语》中引诗 4 首。③ 楚人用诗较多，这在各诸侯国中是比较突出的。尤其是 20 世纪 50 年代以来，楚地出土的大量简帛更是证明了楚人与中原文化具有密切的关系。关于楚人与中原儒家经典文化的关系问题，就郭店楚墓竹简而言，就包括儒家经典《鲁穆公问子思》、《缁衣》、《成之闻之》、《五行》、《六德》、《尊德性》、《性自命出》等，这表明儒家典籍是楚国贵族的日常读物，也可证明中原文化对楚文化亦有重要影响。

　　现在我们再来看屈原的学术思想，按照学术界的通常看法，屈原生于楚宣王二十七年（公元前 343 年）。而郭店楚简下葬的年代为战国中期偏晚，不会晚于公元前 300 年。也就是说，墓主应当与屈原为同时代人或稍早，作为贵族出身的屈原，也应该阅读过这些儒家典籍。王逸

---

① 李金坤：《中原文化影响楚文化六论》，《苏州教育学院学报》2006 年第 2 期。
② 许元诰：《国语集解》，中华书局 2002 年版，第 485 页。
③ 董治安：《先秦文献与先秦文学》，齐鲁书社 1994 年版，第 30 页。

《离骚序》中说屈原"依托五经以立义焉",刘勰《辨骚》里说他"取镕经意,自铸伟辞"的传统说法是可信的。屈原对儒家学说有研究是确切无疑的。但屈原的学术思想不仅仅是儒家思想。游国恩曾指出屈原还有阴阳家思想、道家思想、法家思想。屈辞中的炼形、轻举、游仙等神仙思想色彩即由道家思想而来。屈辞中喜欢纵向地推究历史兴亡问题、宇宙自然生成问题和横向地探讨地理问题,则来源于其阴阳家思想。屈辞中屡屡强调法度、绳墨、规矩、方圆,又表露出其法家思想。① 总的来说屈原受中原文化影响较深,可以说是个杂家。这些学术思想一一发现在其辞赋中,造成其诗思光怪陆离,使得其作品在艺术特点上明显有"学问化"因素。

当然北方的学术思想对屈辞的影响只是一个方面,南方的巫鬼祭祀文化对屈辞的影响更为重要。前面提到屈原担任"左徒"职位,"左徒"具体的职掌相当于周礼的"宗伯",据《周礼》记载,"宗伯"具体负责:"掌建邦之天神、人鬼、地示之礼,以佐王建保邦国。以吉礼事邦国之鬼神示。……以凶礼哀邦国之忧。……以宾礼亲邦国。……以军礼同邦国。……以嘉礼亲万民。……以九仪之命正邦国之位。……以玉作六瑞,以等邦国。……以禽作六挚,以等诸臣。……以玉作六器,以礼天地四方。……凡祀大神、享大鬼、祭大示,帅执事而卜日,宿,眡涤濯,莅玉鬯,省牲镬,奉玉齍,诏大号,治其大礼,诏相王之大礼。若王不与祭祀,则摄位。凡大祭祀,王后不与,则摄而荐豆笾彻。大宾客,则摄而载果。朝觐、会同,则为上相。大丧亦如之。王哭诸侯亦如之。王命诸侯,则傧。国有大故,则旅上帝及四望。王大封,则先告后土,乃颁祀于邦国、都家、乡邑。"② 由此可见,祭祀之事对于屈原来说是重要的职责。另外,1978 年随县曾侯乙墓出土的竹简中有"左狂徒"一职,裘锡圭认为:"左狂徒疑即见于《史记》的《楚世家》、《屈原列传》等篇的'左徒。'③ 又狂是升的本字,古籍中"登"和"升"可通用,因此"左升徒"也可作"左登徒"。"左升徒"、"左

---

① 游国恩:《屈原·屈原的学术思想》,载《游国恩楚辞论著集》第三卷,中华书局 2008 年版,第 489—503 页。

② 郑玄注,贾公彦疏:《周礼注疏》,上海古籍出版社 2010 年版,第 645—697 页。

③ 裘锡圭:《谈谈随县曾侯乙墓的文字资料》,《文物》1979 年第 7 期。

徒"、"登徒"，应该是同一官职的不同说法。① 古代祭祀神灵祖先的祭礼中有"升祭"，《仪礼·士冠礼》："若杀，则特豚，载合升"，郑注："煮于镬曰烹，在鼎曰升，在俎曰载"②，楚国的左升徒（左徒、登徒）的宗教职能当与升祭有关。由此我们再联系到楚国盛行的巫风，就不难理解屈辞中宗教色彩与艺术的联姻了。

在第一节中我们提到，仪式是上古时期生产生活各领域的中间环节，也是社会秩序的表征性符号和各种文化的连接点。仪式是先秦诗歌产生和发展的土壤，也是其存在和产生的模式。屈原以其高度的政治热情和广博的学术思想，成为先秦仪式的总结和升华者，综合利用祭祀、占卜等仪式结构和文化内涵，引领诗歌从典礼诗、乐、舞合一逐步走向诗、乐分离。③ 但这也从另一侧面反映出楚辞中依然有仪式文化的痕迹，仪式文化的理性精神还没有完全褪去；也就是说，尽管礼乐仪式逐渐不再是维护政教的工具，逐步向重个体抒情的纯文学演变，但并不能排除"群体诗学"时代"实用理性"的精神因子。如果说北方文化赋予屈辞的"赋诗"、"用诗"传统，那么南方文化赋予屈辞的就是"礼仪祭祀"的理想精神，其总体上具有学问化特征。

屈辞中《离骚》、《九歌》、《天问》、《招魂》等就艺术的方式，对依托于仪式典礼的历史、思想等有天才的运用。例如《离骚》中诗人在楚国寻求实现理想的精神追求受到挫折后，在去留问题上产生激烈的心理矛盾与冲突，诗歌中就利用当时楚人常用的占卜决疑仪式来表现这一心理历程。据现代学者的研究，楚人的卜筮过程和仪节大致可以分为1. 前期准备（包括卜筮的时间、地点、参与人员、筮具位置）；2. 受命、赞命与述命；3. 筮占告吉（包括筮、八卦、占、旅占）；4. 撤筮席，告事毕。④ 以此对照《离骚》情节，可见《离骚》的仪式典礼特征。1. 前期准备：《离骚》没有写出卜筮的具体时间，只是写由于政治

---

① 汤炳正：《左徒与登徒》，载《屈赋新探》，齐鲁书社1984年版，第50—51页。

② 郑玄注，孔颖达正义：《十三经注疏·礼记正义》，上海古籍出版社2008年版，第63页。

③ 关于上古的典礼仪式，参看韩高年《礼俗仪式与先秦诗歌演变》，中华书局2006年版，第1—8页。

④ 参见晏昌贵《巫鬼与淫祀——楚简所见方术宗教考》，武汉大学出版社2010年版，第179—180页。

理想不能实现而内心处于极端困惑的时刻。2：受命、赞命与述命；《离骚》接着写"索藑茅以筳篿兮，命灵氛为余占"，指出受命者是"灵氛"。接着即言其所占的内容："曰：两美其必合兮，孰信修而慕之？思九州之博大兮，岂唯是其有女？"这是命词。3：筮占告吉。筮占的结果是"曰两美其必合兮，孰信脩而慕之？思九州之博大兮，岂唯是其有女？"然后是"曰勉远逝而无狐疑兮，孰求美而释女！何所独无芳草兮，尔何怀乎故宇！"这里出现两个曰字，可能是习占或连续占问。4. 撤筮席，告事毕。诗中没有写到仪式的结束，只是接着写道"世幽昧以眩曜兮，孰云察余之善恶？"以诗人的一段自我抒情而终结。① 从以上分析就可明白屈原利用占问这种语言结构，借灵氛之口对战国时期普遍存在的择贤而任的观念，对自己在去留问题上的态度进行诘难，从而更加曲折地表现自己内心的剧烈情感波澜；同时也可以看出先秦诗对具有理性精神的典礼仪式的依附以及典礼仪式对屈辞艺术结构所造成的重要影响。

综上所言，楚辞的开创者屈原是一位具有广博学问的思想家，他所创造的楚辞在文体的生成过程中与"诗"的实用理性有着密切的关联；同时屈原的身份地位，使他不可避免地受战国时期纵横家驰骋文"辞"风气的影响，造成屈辞的讽谏精神、比兴手法和散文化特征；再加上楚地的祭祀礼仪文化对楚辞的艺术结构、表现手法均造成重要的影响，典礼仪式虽然有助于诗人感情的激发，却为屈辞留下了先秦诗、乐、舞、礼合一的印痕，诗歌的实用功能还可从中看出端倪。由此可知，即算屈辞在诗歌史上其精神意脉是指向抒情性的，是诗歌从实用理性的附属物走向纯艺术性的重要变革，是从群体诗学到个体诗学的一大步，但其自身在某些方面仍自觉与不自觉地因袭着先秦诗歌的实用理性精神而不能完全抛弃，屈辞的这一"学问化"特点，实际上又为后世重"学问"的诗人开其渊薮。

---

① 关于《离骚》中的占筮描写，参见汤炳正《从包山楚简看〈离骚〉的艺术构思与意象表现》，《文学遗产》1994 年第 2 期。

第二章

汉魏六朝诗：古典诗歌学问化的开端

第一节　汉赋：汉魏六朝诗歌学问化的前兆

将汉赋作为魏晋六朝诗歌学问化进程中的一个重要因素来考虑，也许让人颇感不伦。但仔细考察此段诗史，其实不难发现，诗歌由两汉到魏晋六朝，其间存在诸多嬗变之迹。清人叶燮的《原诗》在纵论古代诗歌的特征时，就颇为准确地描述了此一阶段的变化：

> 汉魏诗如出架屋，栋梁柱础，门户已具，而窗棂楹槛等项，犹未能一一全备，但树栋宇之形制而已。六朝诗始有窗棂楹槛、屏蔽开阖。①

"窗棂楹槛"之于"门户已具"，显然已是"形制"渐趋细化的结果。从诗歌的发展规律看，此一结果实乃理之必至、势之必然。但"窗棂楹槛"必本于"栋宇形制"，"烘染设色"亦有待于"先定规模"。对应于汉魏诗歌发展的链条，此中之"栋宇形制"或"先定规模"当指哪一环节？而这一环节的诗歌又是以怎样的"形制"特征在诗歌的精细化、学问化过程中发挥其作用的？按之汉魏诗史，建安之魏文、陈思，其诗歌于形式上对魏晋六朝诗歌的影响已多有论及，故将其视为诗歌学问化进程中的一环，当不致遭致异议。但穷源竟流，沿上推溯，先

---

① 叶燮：《原诗》，载《清诗话》，上海古籍出版社 1999 年版，第 602 页。

秦之后，竟再也无从找到在诗歌学问化的演变进程中能够接榫魏晋诗歌的环节。为什么这个环节不是两汉乐府和两汉古诗呢？曹氏父子的诗不正是学习汉乐府而来？其实，曹氏父子的诗歌与汉乐府的渊源主要还是借鉴其体制，以旧瓶装新酒。汉乐府合于乐，主于情，任情所至，触处而发，不重人工意脉的勾连，字句亦未暇琢炼，即便有《陌上桑》妍丽的摹写，亦是纵笔铺陈，故而诗体散直。至于苏李诗与古诗十首虽出于文人之手，但总体上看，其是"本于天成，而无作用之迹"①。因此，不论是汉乐府还是古诗十九首，其学问化的构成因素均相当稀薄。这样，在诗歌学问化进程中，上承楚骚下启魏晋乃至齐梁的逻辑环节当是与诗歌联系颇紧的汉赋。

将汉赋视作魏晋六朝学问化的前兆，理由有三：

第一，从诗赋的关系看，赋与诗本为一体。班固《两都赋序》径言："赋者，古诗之流。"② 他的《汉书·艺文志》更于经史之外别立"诗赋略"，首次将诗赋并论。迨及魏文帝《典论·论文》则将文章分为四科，而仍以诗赋合观。其文云："盖奏议宜雅，书论宜理，铭诔尚实，诗赋欲丽。"③ 从文体趋密的发展观点看，诗赋并称，固然表现出当时文体辨析未臻细密的弱点，但若以文体的总体特征视之，赋与诗显然存在着内在而紧密地联系。故而两者有着共同的美学特征："丽"。

第二，从赋的体制看，汉赋颇具学问化的色彩，且其文体上的某些特征，对魏晋乃至齐梁诗歌的"新变"产生影响。

刘勰的《文心雕龙·诠赋》说："然赋也者，受命于诗人，拓宇于《楚辞》也。"④ 此论承班《志》观点而来，但却极为准确。如果说汉赋源于《诗经》"六义"之一的"赋"，那么，其从"六义附庸，蔚成大国"，则颇得助于《楚辞》的体制特征。清人程廷祚《骚赋论上》说得更加直截："赋也者，体类于骚而义取乎诗者也。"⑤ 汉赋的进一步发

---

① 许学夷：《诗源辩体》，人民文学出版社 1998 年版，第 47 页。

② 班固：《两都赋序》，载萧统《文选》卷一，上海古籍出版社 1986 年版，第 1 页。

③ 曹丕：《典论·论文》，载萧统《文选》卷五十二，上海古籍出版社 1986 年版，第 2271 页。

④ 刘勰：《文心雕龙·诠赋》，载范文澜《文心雕龙注》，人民文学出版社 1958 年版，第 134 页。

⑤ 程廷祚：《骚赋论上》，载程廷祚《青溪集》卷三，宋效永点校，黄山书社 2004 年版。

展，其《诗》的比兴讽谕之义多已汩没，但其取径楚骚体物铺陈及
"文词雅丽"之一面则极尽酣畅。《文心雕龙·物色》篇以下一段文字
颇能窥见两者之间的因循承传关系："及《离骚》代兴触类而长，物貌
难尽，故重沓舒状，于是嵯峨之类聚，葳蕤之群积矣，及长卿之徒，诡
势瓌声，模山范水，字必鱼贯。"① 所以，与"诗人丽则而约言"相比，
辞人则是"丽淫而繁句"。《太平御览》中有托名司马相如论赋的一段
文字："合纂组以成文，列锦绣而为质。一经一纬，一宫一商，此赋之
迹也。"② 所谓"合纂组"、"列锦绣"云云，已非"本于天成"，而俨
然为人工思力了。故持汉赋与两汉乐府、古诗相较，略无相似之处，但
将汉赋与魏晋乃至齐梁时期的诗歌合观，则两者之间的因循变化之迹似
——可循。即以排句、裁对为例，许学夷《诗源辩体》引祝君泽云：
"《子虚》、《上林》、《两都》、《二京》、《三都》，首尾是文，中间乃
赋。世传既久，变而又变，其中间之赋，以铺张为靡而专于辞者，则流
为齐、梁、唐初之俳体。"③ 又云："俳体始于两汉，律体始于齐梁，俳
者律之根，律者俳之蔓。"④ 祝氏所论颇为精当。不过，他未曾提及的
魏晋诗歌，其"语多构结，渐见作用之迹"⑤ 的特征，其实也未尝不受
汉赋裁对、排比这些琢炼工夫的影响。刘勰《文心雕龙·情采》篇在
严辨"诗人什篇"与"辞人赋颂"之后，直言："后之作者，采滥忽
真，远弃风雅，近师辞赋，故体情之制日疏，逐文之篇愈盛。"⑥ 刘氏
提倡"为情造文"，反对"以文造情"，其于两者的抑扬态度当否姑置
不论，笔者感兴趣的是，这段文字相当清楚地揭示出魏晋以迄齐梁出现
的诗赋创作取向。这种取向远离了"情"，而以刻意"逐文"为特征。
而出现这种风气又恰恰是辞人"近师辞赋"带来的结果。因此，汉赋
在魏晋六朝的诗歌学问化进程中的确起着"导夫先路"的作用。

---

① 刘勰：《文心雕龙·物色》，载范文澜《文心雕龙注》，人民文学出版社 1958 年版，第
694 页。
② 《太平御览》卷五百八十七，载文渊阁《四库全书》本。
③ 许学夷：《诗源辩体》，人民文学出版社 1998 年版，第 42、43 页。
④ 同上书，第 43 页。
⑤ 同上书，第 71 页。
⑥ 刘勰：《文心雕龙·情采》，载范文澜《文心雕龙注》，人民文学出版社 1958 年版，第
538 页。

　　第三，赋作者不仅博学多通，而且颇具学问和琢炼的自觉意识，这一点对其后诗人的文学观和创作观产生了影响。

　　两汉重经学，文字训诂随之亦兴。成帝以后，学者又兼治诸子百家之学①，此为一代学术之风气。班固《汉书·艺文志》将汉赋于经史之外另立一目，这是文学与经术分途的先兆，但细加考察，汉赋于两汉经学和诸子之学又颇多取资。

　　试观《上林》、《子虚》、《甘泉》、《羽猎》、《二京》、《两都》等赋，其文字堆砌之繁，风物罗列之富，典章敷陈之细，实非文字学家、博物学家不能作。清人章学诚在其《校雠通义》中则又从汉赋的传承角度去揭示赋体"出入战国诸子"的特征："假设问对，《庄》《列》寓言之遗也，恢廓声势，苏、张纵横之体也。排比谐隐，韩非《储说》之属也。徵材聚事，《吕览》类辑之义也。虽其文逐声韵，旨存比兴，而深探本原，实能自成一子之学。"② 正是汉赋"与夫专门之书，初无差别"的"学问"特征触发了赋作者在创作中表现"学问"的意识。《文心雕龙·才略》篇说："自卿、渊以前，多役才而不课学；雄、向以后，颇引书以助文。此取与之大际，其分不可乱者也。"③ 刘勰此段文字指陈了诗赋史上一个颇值留意的事实，这就是"引书助文"的自觉肇始于扬雄、刘向。此种以学问为文的创作理念不仅早于"渐见作用之迹"的魏晋诗歌，而且更与钟嵘《诗品序》斥之为"文章殆同书抄"的南朝颜、谢（庄）诗歌在创作理念上有着暗合之处。扬雄自道作赋的要诀是"能读千赋则善赋"④，桓谭《新论》更载其作《甘泉赋》"用思太剧，立致疾病"的苦况。作为汉赋创作中变才为学的关键人物，扬雄以其"能读千赋则善赋"的作赋理论以及殚精竭虑的作赋实践，开启了一条以学问为文的路径。这条路径对其后诗歌学问化创作的影响不言而喻。章太炎先生在《国故论衡》曾说"小学亡而赋不作"⑤，

---

　　① 参见班固《汉书·艺文志》，中华书局1962年版，第1701页。

　　② 章学诚：《校雠通义·汉志诗赋第十五》，载叶瑛《文史通义校注》，中华书局1985年版，第1064页。

　　③ 刘勰：《文心雕龙·才略》，载范文澜《文心雕龙注》，人民文学出版社1958年版，第699、700页。

　　④ 《意林》卷三，载文津阁《四库全书》第289册，商务印书馆2005年版，第85页。

　　⑤ 章太炎：《国故论衡》，上海古籍出版社2003年版，第92页。

语稍绝对，但颇能切中汉赋的学问化特征。

第二节　汉魏六朝的诗赋摹拟与学问

自汉魏以迄六朝，诗赋的摹拟构成了文学活动中一种极为显在且呈规模之势重要的文学现象。明人胡应麟《诗薮》外编卷一即云："建安以还，人好拟古。自《三百》、《十九》、乐府、《铙歌》，靡不嗣述，几于汗牛充栋。"① 而作为对汉魏六朝诗赋摹拟实践的一种积极回应和反响，萧统《文选》专列"杂拟"之目，并对诗赋拟作大量加以辑录；钟嵘则在其《诗品》中对陆、谢诸人的拟作予以高度评价，凡此均在在说明诗赋摹拟活动已成为彼时文人颇为倚重的一种文学创作。以文学创作及其观念衍变的角度视之，亦实为文学研究中所不应忽视的重要现象。

早年王瑶先生曾以《拟古与作伪》为题，通过对魏晋拟古创作的多方考辨，初步澄清了人们对拟古的一些错误认识。近年来，学界时贤颇涉此域，以笔者经眼所及，当下的研究于摹拟实践及理论已多所论列，且不少研究成果多富胜解，精义可采，为我们进一步认识诗赋摹拟的特殊意义提供极为有益的帮助。② 本书则拟以诗歌学问化为视角，侧重对汉魏六朝诗赋的摹拟现象再作探究，以期进一步揭橥汉魏六朝诗赋摹拟在促成文学自觉、诗歌辨体、法度意识以及创作观念启迪等诸方面的特殊意义和历史价值。

一、欲丽前人：诗赋摹拟的竞技心理与学问姿态

陆机在其《遂志赋序》中对摹拟的心理有如下一番剖白。其文曰：

　　昔崔篆作诗，以明道述志，而冯衍又作《显志赋》，班固作

---

① 胡应麟：《诗薮》，上海古籍出版社1979年版，第131页。
② 现今对魏晋六朝诗赋摹拟较为系统的研究成果，计有梅家玲《汉魏六朝文学新论——拟代与赠答篇》（北京大学出版社2004年版），赵红玲博士论文《中古拟诗研究》（上海师范大学，2002年），陈思维博士论文《论汉魏六朝之拟作》（苏州大学，2005年）等。

《幽通赋》，皆相依仿焉。张衡《思玄》、蔡邕《玄表》、张叔《哀系》，此前世之可得言者也。崔氏简而有情，《显志》壮而泛滥，《哀系》俗而时靡，《玄表》雅而微素，《思玄》精练而和惠，欲丽前人，而优游清典，漏幽通矣。班生彬彬，切而不绞，哀而不怨矣，崔、蔡冲虚温敏，雅人之属也。衍抑扬顿挫，怨之徒也。岂亦穷达异事，而声为情变乎！余备托作者之末，聊复用心焉。①

自来论者援引此文，多以陆机对上述各家摹拟风格特点的精到辨析，来说明陆氏创作前的细致研摹之功。但却甚少留意到此段文字中"欲丽前人，而优游清典，漏幽通矣"数语所表现来的一种摹拟新旨趣。现行各种选本于此句训释多付阙如，且标点亦存异见。

今按："漏"，据《艺文类聚》卷二十六汪绍楹校云："疑当作'陋'。"② 循此，校点者多将后句标点为："陋《幽通》矣！"论者征引亦多本此。然此与下文"班生彬彬"的赞语殊不相应③，故本书不从此意。

又按，《文选》李善注班固《幽通赋》云："赋云：'觌幽人之仿佛'。然幽通，谓与神遇也。"④ 李注"尚越其几，沦神域兮"一语又引曹大家注曰："大素不染，神色不变，则几于神道之几微，而入于神明之域矣。子曰：知几其神乎。"⑤ 据此，用"漏幽通"以说明摹拟技艺臻至幽明通达的至境，当不致乖悖陆序本义。

又，《说文解字注》段玉裁引《周礼》"丽马一圉，八丽一师"注曰："丽，耦也。《礼》之俪皮、《左传》之伉俪、《说文》之骊驾，皆其义也。"⑥ 据此，"丽"的本意即为"成对"的意思，陆机"欲丽前人"的"丽"当从此义。如此，其"欲丽前人"一语便系指摹拟者方

① 陆机：《陆机集》，金涛声点校，中华书局1982年版，第15页。
② 欧阳询：《艺文类聚》，上海古籍出版社1982年版，第473页。
③ 挚虞：《文章流别论》论蔡邕《玄表》亦言及《幽通》。其文称："《幽通》精以整，《思玄》博而赡，《玄表》拟之而不及。"此条见郁沅、张明高《魏晋南北朝文论选》，人民文学出版社1996年版，第182页。
④ 萧统：《文选》，上海古籍出版社1986年版，第635页。
⑤ 同上书，第646页。
⑥ 段玉裁：《说文解字注》，上海古籍出版社1981年版，第471页。

驾前修并力求超越的信念。"优游"正表现出一种心态上的从容和游刃操作的自信。

从陆序的字面来看，"欲丽前人"数语乃陆机对张衡诸人摹拟心理的揭示（概括），但细玩陆序文意与辞气，此处标揭"欲丽前人"的摹拟旨趣，未尝不是陆机谦称"余备托作者之末，聊复用心焉"之微旨所在。认识这一点，只要将陆序与晋初傅玄、陆云等文人相关拟作的序文并观，当不难明了："欲丽前人"其时已成为诗赋摹拟活动中带普遍性的一种自觉意识。

本来，摹拟活动发生的原始动机，多半是出于"学习属文"的需要，或者是"个人基于对既有之'文学作品'的涉猎、阅读及诠释所得，产生'深得我心'之感"①后的一种创作冲动。由此心理出发创作的拟作，自然以在其命意遣词上与原作的逼肖为其最高目的，这样，就其与既有文本的关系而言，则当然是主体的附从，中心的延伸。

而陆机于《遂志赋序》中对"欲丽前人"这一摹拟心态的拈发，实际上是相当敏锐地钩稽出两汉以来摹拟观念上的一次重大转捩。虽然，此一转变以摹拟心理的变化为表征，但其所带来的变化却极大地提升了摹拟创作的独立地位和创造品格，由此诗赋摹拟进入了其发展的新阶段。毫无疑问，"欲丽前人"的观念之形成与确立，乃是西汉以来文学不断积渐、摹拟实践日益成熟之后产生的结果，这一结果同时也深刻地反映了汉晋之际诗赋学问化倾向的若干重要特征，概而言之，以下数端颇值注意：

（一）诗赋摹拟成为作者借以"立言"扬名的重要凭借

最早将摹拟实践与"立言"扬名联系起来的，当为西汉的扬雄。班固于《汉书·扬雄传》称述曰：

> （雄）实好古而乐道，其意欲求文章成名于后世，以为经莫大于《易》，故作《太玄》；传莫大于《论语》，作《法言》；史篇莫

---

① 梅家玲：《汉魏六朝文学新论——拟代与赠答篇》，北京大学出版社 2004 年版，第 44 页。

善于《仓颉》，作《训纂》；箴莫善于《虞箴》，作《州箴》；赋莫深于《离骚》，反而广之；辞莫丽于相如，作四赋；皆斟酌其本，相与放依而驰骋云。①

　　如此公开明确地以经传、史箴、辞赋之尤著者作为摹拟的对象，充分显示了扬雄"广资博参"的述作勇气与雄心。其"放依"《离骚》和相如之赋，摹拟的侧重点落脚在赋"深"和辞"丽"的体式特征上，显见与其早年"心好沉博绝丽之文"②的兴趣相契，亦与扬雄对辞赋这一文体特征的高度觉知相关。故其"斟酌"屈马、"放依而驰骋"的摹拟活动本身未始没有以情辞表现上的才力追美屈原和相如的心理预期。然而根究扬雄造作"四赋"的动机，则不能不说其主要目的仍在政教上的讽谏：

　　　　孝成帝时，客有荐雄文似相如者。上方郊祀甘泉泰畤，汾阴后土，以求继嗣，召雄待诏承明之庭。正月，从上甘泉，还奏《甘泉赋》以风。③（《甘泉赋序》）
　　　　雄以为临川羡鱼不如归而结网，还，上《河东赋》以劝。④（《河东赋序》）
　　　　游观侈靡，穷妙极丽，虽颇割其三垂，以赡齐民。然至羽猎，甲车戎马，器械储偫，禁御所营，尚泰奢丽夸诩，非尧舜成汤文王三驱之意也。又恐后世复修前好，不折中以泉台，故聊因校猎赋以风之。⑤（《羽猎赋序》）
　　　　雄从至射熊馆，还，上《长杨赋》，聊因笔墨之成文章，故藉翰林以为主人，子墨为客卿以风。⑥（《长杨赋序》）

　　①　班固：《汉书·扬雄传》，中华书局1962年版，第3575页。
　　②　扬雄：《答刘歆书》，载张震泽《扬雄集校注》，上海古籍出版社1993年版，第264页。
　　③　张震泽：《扬雄集校注》，上海古籍出版社1993年版，第43页。
　　④　同上书，第71页。
　　⑤　同上书，第84页。
　　⑥　同上书，第114页。

　　由此以见，扬雄摹拟活动的价值支撑在此而不在彼。这也正是扬雄其后将著述的重点系于更能补裨政教，且能"立言"垂名的经传摹拟创作中的原因，而其晚年对辞赋的反省和"壮夫不为"的"悔赋"心理，亦正可由此探得究竟。

　　扬雄的摹拟趋向与著述观念实际反映这样的一种事实：辞赋作为一种新兴的文体，其铺陈驰骤、极文辞之美的体制和特征虽然因应了汉廷"义尚光大"的颂美需求而受到积极的关注，但其在政教层面上终因缺乏有力的价值支撑而无法像经传诸子作品那样堪当"立言"垂名的重任。此种状况，自东汉迄于曹魏其实并未发生实质性的改观。

　　班固的《两都赋》在体制上显然是步武相如、扬雄大赋，其于《两都赋序》中也标揭"赋者，古诗之流"的崇高理念，并从"抒下情而通讽谕"、"宣上德而尽忠孝"的赋体功用来肯定其"雅颂之亚"的位置。然而令人回味的是，班固在其《答宾戏》中应答宾客问及能处身行道、辅世成名的文士时，其列举两汉以来的一份名单作品却是：

　　　　近者陆子优繇，《新语》以兴；董生下帷，发藻儒林；刘向司籍，辩章旧闻；扬雄覃思，《法言》、《大玄》：皆及时君之门闱，究先圣之壸奥，婆娑乎术艺之场，休息乎篇籍之囿，以全其质而发其文，用纳乎圣听，列炳于后人，斯非其亚与！[1]

　　可见在班固心底，真正能"用纳乎圣听，列炳于后人"的"术艺"与"篇籍"其实并未及于辞赋。故其慨然宣称"密而自娱于斯文"（《答宾戏》）的高度自信当然不会依凭于被其"高举"为"古诗之流"的辞赋摹拟著述。

　　及至曹魏，"五言腾踊"，诗遂与赋望路竞驰。清人朱庭珍《筱园诗话》于此时诗作者立言观念之分际有如下评述：

　　　　古今大家，至曹子建始。汉代去古未远，尚无以诗名家之学。如《十九首》，不著作者姓氏；苏、李诗，乃情不容己，各抒心所

――――――――――――

　　① 班固：《汉书·叙传》，中华书局1962年版，第4231页。

蕴结之意，非欲以立言见长，自炫文采。其独绝千古处，正在称情而言，略无雕琢粉饰，自然浑成深厚耳。两汉之诗，不可以家数论也。自建安作者，始有以诗传世之志，观子恒兄弟之文可见。嗣后历代诗家，莫不欲以诗鸣，为不朽计矣。①

朱氏指出"自建安作者，始有以诗传世之志"，所见殊为敏锐！不过，笔者以为此处所言实则可概赋，细而言之，又仍有辨析余地。比如，作为"大家"的曹植，其于诗赋的认识其实表现也颇为矛盾：一方面，他盛言"君子之作也，俨乎若高山，勃乎若浮云。质素也如秋莲，摛藻也如春葩。泛乎洋洋，光乎皪皪，与《雅》《颂》争流可也"，② 并于其《七启序》中称："昔枚乘作《七发》，傅毅作《七激》，张衡作《七辩》，崔骃作《七依》，辞各美丽。余有慕之焉！"③ 但另一方面，又转而自扫其迹，发为壮语："辞赋小道，固未足以揄扬大义，彰示来世也"，并进而表示"庶几戮力上国，流惠下民，建永世之业，流金石之功，岂徒以翰墨为勋绩，辞颂为君子哉！若吾志不果，吾道不行，则将采史官之实录，辨时俗之得失，定仁义之衷，成一家之言"④。其兄曹丕显然是有鉴于此⑤，遂高张文章为"经国之大业，不朽之盛事"。⑥ 其扬举"诗赋欲丽"的认识，不能不说是继扬雄之后表现出来的卓越文体自觉。然而，论及文章的价值，其于"七子"之中却只推许徐干并非诗赋的著述《中论》可"成一家之言"，并称其"辞义典雅，足传于后，此乃为不朽矣"⑦。

---

① 郭绍虞、富寿荪：《清诗话续编》下，上海古籍出版社 1983 年版，第 2370、2371 页。

② 曹植：《前录自序》，载赵幼文《曹植集校注》，人民文学出版社 1984 年版，第 434 页。

③ 曹植：《七启序》，载赵幼文《曹植集校注》，人民文学出版社 1984 年版，第 6 页。

④ 曹植：《与杨德祖书》，载赵幼文《曹植集校注》，人民文学出版社 1984 年版，第 154 页。

⑤ 此据郁沅、张明高《魏晋南北朝文论选》"杨修"条札记，曹丕《与吴质书》、《典论·论文》的写作时间均在曹植《与杨德祖书》之后。

⑥ 曹丕：《典论·论文》，载萧统《文选》卷五十二，上海古籍出版社 1986 年版，第 2271 页。

⑦ 曹丕：《与吴质书》，载萧统《文选》卷四十二，上海古籍出版社 1986 年版，第 1897 页。

　　由此可见，即便是被后来文学史家盛称为"文学自觉"的曹丕时代，人们于"辞人美丽之文"的认识，也还以为是"曾无阐弘大义，敷散道教，上求圣人之中，下救流俗之昏者"①。曹氏兄弟于诗赋认识的矛盾，一方面固然显示了传统立言观念的强大影响，但另一方面，则又恰好说明彼时以诗赋为主的"文章"之价值尚未完全确立。

　　"立言"观念的深刻变化及诗赋摹拟的价值之真正确立是始于西晋，此从晋初属文之士所作赋序及往还书信中颇能见其仿佛：

　　　　昔枚乘作《七发》，而属文之士若傅毅、刘广世、崔骃、李尤、桓麟、崔琦、刘梁、桓彬之徒，承其流而作之者，纷焉《七激》、《七兴》、《七依》、《七款》、《七说》、《七蠲》、《七举》、《七设》之篇。于是通儒大才马季长、张平子，亦引其源而广之，马作《七厉》，张造《七辩》，或以恢大道而导幽滞，或以黜瑰侈而托讽咏，扬辉播烈，垂于后世者，凡十有余篇。

　　　　世之贤明，多称《七激》工，余以为未尽善也，《七辩》似也。非张氏至思，比之《七激》，未为劣也。《七释》佥曰妙哉，吾无间矣。若《七依》之卓轹一致，《七辩》之缠绵精巧，《七启》之奔逸壮丽，《七释》之精密闲理，亦近代之所希也。②

　　　　所谓连珠者，兴于汉章帝之世，班固、贾逵、傅毅三子受诏作之，而蔡邕、张华之徒又广焉。其文体，辞丽而言约，不指说事情，必假喻以达其旨，而贤者微悟，合于古诗劝兴之义。欲使历历如贯珠，易观可悦，故谓之连珠也。班固喻美辞壮，文章弘丽，最得其体。蔡邕似论，言质而辞碎，然其旨笃矣。贾逵儒而不艳；傅毅文而不典。③

　　　　云再拜：尝闻汤仲叹《九歌》。昔读《楚辞》，意不大爱之。顷日视之，实自清绝滔滔，故自是识者，古今来为如此种文，此为

---

① 阙名：《中论序》，载严可均《全三国文》，商务印书馆1999年版，第568页。
② 傅玄：《七谟序》，载严可均《全晋文》，商务印书馆1999年版，第473页。
③ 傅玄：《连珠序》，同上书，第474页。

宗矣。视《九章》时有善语,大类是秽文,不难举意。视《九歌》便自归谢绝。思兄常欲其作诗文,独未作此曹语。若消息小佳,愿兄可试作之。兄复不作者,恐此文独单行千载。①

兄诗赋自与绝域,不当稍与比较。张公昔亦云,兄新声多之不同也。典当故为未及,彦藏亦云尔。又古今兄文所未得与校者,亦惟兄所道数都赋耳。其余虽有小胜负,大都自皆为雄耳。张公父子亦语云,兄文过子安,子安诸赋兄复不皆过,其便可,可不与供论。云谓兄作《二京》,必得(传)无疑,久劝兄为耳。又思《三都》,世人已作是语,触类长之,能事可见。②

傅玄论列马、张,虽亦赞其"或以恢大道而导幽滞,或以黜瑰侈而托讽咏",但其评骘前贤作品之善劣,已不复以政教讽谕为准的。故其评《七依》以下诸作,所谓"卓轹一致"、"缠绵精巧"、"奔逸壮丽"、"精密闲理"云云,纯然是辨析于艺术几微之间的文学断语。而观陆云所书,其论析古今,斟酌众作,较诸傅序更未一语及于政教之用,其所致力用心者,全在人我之间的掂量与比较中分出优劣和胜负。但无论是傅序还是陆书,其所表现出来的一个愈来愈明显的文学事实就是:诗赋的摹拟促进了文人对文章(文学)自身价值的认识,而文章(文学)自身价值的发现,又反过来确立起诗赋的摹拟成为"立言"扬名的一个重要途径。此一转变,对诗赋的价值支撑和诗赋艺术的发展,可谓意义非凡!

(二)诗赋摹拟成为一种"体物"的竞技艺术

如果说"立言"扬名是诗赋摹拟的价值支撑,那么,魏晋的"体物"思想则应是诗赋摹拟的重要理论支撑,而前述"欲丽前人"的摹拟自信(心理)其实正是缘于"体物"观念的确立和"体物"之艺的日渐成熟。

---

① 陆云:《与兄平原书》之十三,载严可均《全晋文》,商务印书馆 1999 年版,第 1077 页。

② 陆云:《与兄平原书》之十九,同上书,第 1079 页。

作为一个新术语，"体物"一词首见于陆机的《文赋》。在《文赋》中，陆机从辨体的角度对诗赋的文体特征作了新的规定：

> 诗缘情而绮靡，赋体物而浏亮[1]

对于陆机《文赋》这一分疏所拈发的时代新义，明代胡应麟即有如下赞誉：

> 《文赋》云"诗缘情而绮靡"，六朝之诗所自出，汉以前无有也；"赋体物而浏亮"，六朝之赋所自出也，汉以前无有也。[2]

应当说，胡氏的评价表现出对文体内涵发展的敏锐眼光，然而，笔者以为，仅仅局限于文体上的自觉，尚不足以完整理解陆机"体物"思想的历史新义。

从陆机《文赋》的大语境来看，其"体物"思想实非凭空而至。具体而言，在实践层面上，形成"体物"的认识不肖说是获益于汉赋长期的创作经验；而在思想渊源及词义孳乳关系的层面上，"体物"的概念又可以追溯至《庄子》的"体道"观念[3]，前者之关系已颇见明晰，似不待烦言；惟后者之关系看似渺不相涉，实则其词语组合之变化表现出思维的重大转变，仍有申说的余地。事实上，阐明清楚这一点，对进一步认识"体物"思想的新义尤有助益。

曹虹在其《陆机赋论探微》一文中，曾从主客体关系的角度论证了"体道"观对"体物"观的理论启示，其观点明敏而促人联想。笔者受其启发，因此注意到两者在体认对象和体认方式上的联系与变化。

《庄子·知北游》曰："夫体道者，天下之君子所系焉。"郭庆藩《庄子集释》引郭象注言："体道者，人之宗主也。"[4] 在"今于道，秋

---

[1] 陆机：《文赋》，载萧统《文选》卷十七，上海古籍出版社1986年版，第762页。
[2] 胡应麟：《诗薮》，上海古籍出版社1979年版，第146页。
[3] 曹虹：《陆机赋论探微》，载《中国辞赋源流综论》，中华书局2005年版，第164页。
[4] 郭庆藩：《庄子集释》，载《诸子集成》（三），中华书局1954年版，第329页。

毫之端，万分未得处一焉，而犹知藏其狂言而死，又况夫体道者乎"一句下又注曰："明夫至道非言之所得也，唯在乎自得耳。"①

可见"体道"乃精神活动中一至高无上的认识方式或体认方式，然因其所体之"道"具有"不可闻"、"不可见"、"不可言"的形上性质②，故其根本无法通过学习等知性方式来认知，也无法用语言去表现，而只有体认者通过"丧我"、"坐忘"的方式来与之冥契，用郭象的话来说，就是"至道非言之所得也，惟在自得耳"。

相比之下，"体物"活动所"体"之对象，则是可闻、可见、可言、可感的形下之"物"，故其于认知上完全可以通过人力的学习来掌握，亦可用语言等知性方式来表现。就认知的方法和手段而言，"体物"则全然淡褪了"体道"的神秘色彩，而转为一种为人力所能及的、基于日常学问知识基础之上的把握工夫。

实际上，从《文赋》来看，陆机"体物"思想所要解决的根本问题，即是如何以人工思力来实现"称物"的时代艺术话题。其《文赋》序曰：

> 每自属文，尤见其情。恒患意不称物，文不逮意，盖非知之难，能之难也。③

这里无论是"意"还是"文"，其最终均是以能否"称物"为鹄的，故为求"称物"，"体物"追求的极诣，用《文赋》的语言来说，便是要"穷形尽相"、"曲尽其妙"。应当说"体物"追求的这种"穷尽"品质，未必没有来自"体道"精神的某种启发，盖因"体道"原本就以对"道"的洞彻观照和全幅领悟为其目标的。但是，认识活动中的认知对象由一形而上的"道"下移至形而下的"物"，这一变化本身即已表明：原本处于下位的、不被重视的"物"已然跃入人们的视野，并成为其时关注的中心。

---

① 郭庆藩：《庄子集释》，载《诸子集成》（三），中华书局1954年版，第319页。
② 同上书，第330页。
③ 陆机：《文赋》，载萧统《文选》卷十七，上海古籍出版社1986年版，第762页。

　　这一认识发生的巨变，显然有赖于一种新观念的确立与推动。笔者以为，魏晋玄学有无之辩中"崇有"思想之转兴正是体物观得以形成的重要思想背景。

　　通常，论者言及玄学有无之辩与魏晋文艺的关系，每喜称"贵无"而罕言"崇有"，殊未知，"崇有"之学之于魏晋文艺思想之启发实有甚于"贵无"之论。实际上，自王弼注《易》释《老》之时起，其于本末有无之辩，已开始注意到"有"的作用。及至正始，向秀首倡"崇有"而"以儒道为一"，其后裴頠激于世风危坠而著《崇有论》，洎乎元康，郭象注《庄》遂集"崇有"之大成。"崇有"之学发展至此，其势已骎骎乎驾于原本处于强势地位的"贵无"论之上。

　　"崇有"之学的转兴，其因当在"崇有"之学的立说旨趣全然契合了其时士人调适现实人生"庙堂"与"山林"、名教与自然的矛盾之需，然而就理论发生的实际影响而言，则"崇有"观之于魏晋文艺思想的影响殊为深远。即以"崇有"思维对陆机"体物"观形成之启发这一点来说，笔者以为至少以下几点颇值留意：

　　第一，"崇有"思想肯定原本处于"末"的"有"具有与本体"无"相对独立的物自体存在地位，这一观点直接促发了魏晋人对形而下之"物"的新认识。因为，惟有当"物"成为了人们自觉认识的对象时，它才有可能成为文艺加以表现的对象，这一理论觉醒，开启了魏晋人对"物"及"物"之个性加以重视的时代。

　　第二，从向秀以现象之物为"自生"[1]的认识到郭象提出"物之生也，莫不块然而自生"的观念[2]，"崇有"之学还原了作为现象之"物"的客观属性和自然属性。这样，作为认识对象的"物"，便得以从原本依附于"无"或"道"的工具性、从属性价值中解脱出来，从而以其自身固有的内在规定性和外在丰富性为人们所认识。显然，"崇有"观的这一思考对西晋以后的体物思维形成客观反映论的先进意识带来巨大启发。陆机《演连珠》（三十五）谓：

---

[1]　张湛：《列子注》，载《诸子集成》（三），中华书局1954年版，第2页。
[2]　郭象：《庄子注》，载《诸子集成》（三），中华书局1954年版，第22页。

镜无畜影，故触形则照。是以虚己应物，必究千变之容；挟情适事，不观万殊之妙。①

这就是说，"物"的"千变之容"和"万殊之妙"，是以观物者"镜无畜影"的"虚己"态度为前提。所谓"虚己"，即喜怒爱憎不系于心。这容易让人联想到道家"玄览"的体认方式②，但从"虚己"心境与欲求表现物之容、物之妙的关系看，笔者以为，"虚己"的客观态度更当从富于时代新义的"崇有"思维中来认识。③循此以进，陆机《文赋》中"体有万殊，物无一量"，"纷纭挥霍，形难为状"的感喟，其于认识上亦与上述思维若合符契。

第三，作为以上两点认识的进一步发展，素来被视如小道末技的为文之艺、之术也成为体物活动的认识对象和表现对象，这是文艺观念的巨大变化。

此前曹丕虽对文学具有相当自觉，但其认为"文以气为主，气之清浊有体，不可力强而致"④。故文之工拙全然取决于个人才性天赋；"虽在父兄，不能移子弟"，如此一来，为文之技还是不可学，也无从加以认识的。到了陆机，其作《文赋》，则径称作赋之"用心"，乃在"述先士之盛藻，因论作文之利害所由"⑤，意谓要在前人的成功创作中探究为文之规律和法则。显然，陆机在此是将为文之艺视同可以认识和掌握的客观之"物"来加以讨论和研究的。我们若进一步联系其时傅玄等文人的赋序以及陆云《与兄平原书》诸文对文章的技能认识，则不难理解，陆机看法何以成为西晋文人的普遍认识。

而诗赋摹拟得以成为一种体物之技，实际上正是基于上述这种认识。盖因为文之技既然可以成为体物的对象被加以认识和掌握，那么，

① 陆机：《陆机集》，金涛声点校，中华书局1982年版，第98页。
② 自唐李善以来，注家多认为陆机《文赋》受道家有形生于无形，有声源于无声的思想影响。见张少康《文赋集释》，上海古籍出版社1984年版，第70页。
③ 《演连珠》尚有数首可证陆机受崇有观影响之一面，如第九首、第十八首、第二十五首、第三十四首、第四十五首。见陆机《陆机集》，金涛声点校，中华书局1982年版。
④ 曹丕：《典论·论文》，载萧统《文选》卷五十二，上海古籍出版社1986年版，第2271页。
⑤ 陆机：《文赋》，载萧统《文选》卷十七，上海古籍出版社1986年版，第762页。

那些最能展现为文之艺的文体和文本，也自当因其具有可供依循和攀援的路径，而成为追摹者和摹拟的对象。而"体物"思想中"穷形尽相"、"曲尽其妙"的追求，其表现于诗赋的摹拟，则是对某一特定文体或文本之"形"、之"相"、之"妙"不遗余力地心追手摹。当然，此中构成所云之"形"、之"相"、之"妙"的核心，毫无疑问是作品形式上的因素和艺能之技。从为文之技的发展角度看，西晋之后，诗赋摹拟之风的盛行，反映的正是文学自觉以后体物思想的内在发展要求，而陆机揭示"欲丽前人"这一摹拟追求，则无疑是这一艺术发展要求在摹拟实践中势所必至的结果。

（三）诗赋摹拟促使诗赋体制本身的竞技表现性因素的凸显

作为体物之技的诗赋摹拟，从主观上看，其"欲丽前人"的自觉和自信是缘于拟作者对既有文本为文之技的充分认识与把握；但从客观上来说，"欲丽前人"的摹拟观念欲转为可操作的摹拟事实，说到底，还须以摹拟的对象——诗赋体制所具有的竞技性表现因素为前提和条件。

就辞赋而言，辞赋自其形成之初，即已显现出"兼及才学"的竞技性特征。比如，赋中设为问对，楚辞《卜居》、《渔父》实已肇其端[①]，宋玉因之，则意在"以申其志，放怀寥廓"[②]，其后赋作多承此制，诚如《文心雕龙·诠赋》所言："遂（述）客主以首引，极声貌以穷文，斯盖别诗之原始，命赋之厥初也。"[③] 盖因问对的设置，颇便利于主客间往复申言，骋其才情与学问。至于铺陈之技，则又与辞赋的敷布之体相应，比如，欲作"七体"，则须循枚乘"七发"的铺排结构，依次胪列世俗生活中官能享受的诸类极端场景，"观其大抵所归，莫不高谈宫馆，壮语畋猎，穷瑰奇之服馔，极蛊媚之声色；甘意摇骨髓，艳词动魂识"[④]。"七体"敷布的结构和铺陈的内容为缀文之士提供了可资夸饰的文体机制和平台；与之相应，赋体的敷陈手段更其考验为文者腾挪笔

---

① 刘永济：《十四朝文学要略》，中华书局 2007 年版。

② 刘勰：《文心雕龙·杂文》，载范文澜《文心雕龙注》，人民文学出版社 1978 年版，第254 页。

③ 同上书，第 134 页。

④ 刘勰：《文心雕龙·杂文》，同上书，第 255 页。

墨、铺采摛文的诸种才能与技艺。其后的汉赋又恢张其体，如扬雄为赋"必推类而言，极丽靡之辞，闳侈钜衍，竞于使人不能加也"①。

赋体自身固有的这些竞技性表现因素，极易激发起后继作者的学习和仿效，并进而使其在摹拟活动中形成与原作絜长系短，一较高下的创作冲动。谢榛在《四溟诗话》中曾以"七体"为例说明后继作者迭相祖述的摹拟竞技情况：

> 枚乘始作《七发》，后有傅毅《七激》、张衡《七辩》、崔骃《七依》、马融《七广》、刘向《七略》、刘梁《七举》、崔琦《七蠲》、桓麟《七说》、李尤《七欵》、刘广世《七兴》、曹子建《七启》、徐干《七喻》、王粲《七释》、刘邵《七华》、陆机《七徵》、孔伟《七引》、湛方生《七欢》、张协《七命》、颜延之《七绎》、竟陵王《七要》、萧子范《七诱》。诸公驰骋文词，而欲齐驱枚乘，大抵机括相同，而优劣判矣。②

所谓"机括"，亦即摹拟竞技的规则——往复申言或问难的结构程式、铺叙的内容以及铺陈的手段既已定之于前，则其后的拟作"欲齐驱枚乘"，其"优劣"所判自然惟有取决于拟作者学问知识的驰骋和铺采摛文的语言表现功夫。

客观地来看，拟作者对被拟作品文辞等形式因素的学习和仿效，其实早在战国末期宋玉诸人的摹拟活动中即已出现，司马迁在《史记·屈原贾生列传》中便径言宋玉、唐勒、景差之徒"皆祖屈原之从容辞令"。此后，东汉王逸更是以其敏锐的文学眼光在《楚辞章句序》中对此一摹拟倾向作了极为剀切的描述。其文曰：

> 自终没以来，名儒博达之士，著造辞赋，莫不拟则其仪表，祖式其模范，取其要妙，窃其华藻。③

---

① 班固：《汉书·扬雄传》，中华书局1962年版，第3575页。
② 谢榛：《四溟诗话》，载《历代诗话续编》，中华书局1983年版，第1151、1152页。
③ 王逸：《楚辞章句序》，载洪兴祖《楚辞补注》，中华书局1983年版，第49页。

这一现象表明，屈原创作《离骚》诸作之后，文人所以迭相祖述，其因已不惟是《离骚》诸作在思想际遇上引发了共鸣（"愍其志"），而且亦是其文体形式上的特征激起了学习和拟仿的热情。不过，将为文之技视为体物之艺，并欲求在形式上与被拟作品一决高下的竞技意识，则不能说是要等到体物观念确立后的魏晋之时方才出现。前举晋初傅玄在《七谟序》的描述颇能见出摹拟竞技意识的衍变之迹。为便说明，兹复引述如下：

> 昔枚乘作《七发》，而属文之士若傅毅、刘广世、崔骃、李尤、桓麟、崔琦、刘梁、桓彬之徒，承其流而作之者，纷焉《七激》、《七兴》、《七依》、《七款》、《七说》、《七蠲》、《七举》、《七设》之篇。于是通儒大才马季长、张平子，亦引其源而广之，马作《七厉》，张造《七辩》，或以恢大道而导幽滞，或以黜瑰侈而托讽咏，扬辉播烈，垂于后世者，凡十有余篇。
>
> 世之贤明，多称《七激》工，余以为未尽善也，《七辩》似也。非张氏至思，比之《七激》，未为劣也。《七释》佥曰妙哉，吾无间矣。若《七依》之卓轹一致，《七辩》之缠绵精巧，《七启》之奔逸壮丽，《七释》之精密闲理，亦近代之所希也。

相比于"承其源而作"的摹拟，"引其源而广之"则显然是不甘于蹈袭一律，亦步亦趋地摹拟。所谓"广之"是在"源"上的进一步拓展，但其所"广"的对象和层面在摹拟发展进程中前后又颇见差异，像马融的《七广》、张衡的《七辩》，其"以恢大道而导幽滞，以黜瑰侈而托讽咏"。似乎仍是致力于从政教上来"扬辉播烈，垂于后世"。而"大魏英贤"诸作，其所"广"的层面则明显发生了变化，傅玄谓陈王诸人之作"陵前邈后"，从其评骘的标准来看——以《七激》"未尽善"、《七辩》"未为劣"、《七释》"曰妙"、《七辩》"精巧"、《七启》"壮丽"、《七释》"壮密"，实不难发现这时内含于"广之"范畴的摹拟竞技，其重点已然落脚在文辞、巧技等"近代所希"之形式因素上了。

与赋体相比，魏晋之际诗歌体式的竞技性表现因素似不甚明显。盖因诗自来以"言志"、"缘情"为职志，故其与专事铺陈的赋似不相侔。
然细究其实，诗与赋在艺术追求与表现手段上颇有相类之处。如果说，
赋多是侈陈外在的物态形迹，以穷形尽相、极尽声貌为目的；那么，诗
则是侧重抒写内在的情志和事理，以曲尽情理之妙为鹄的。二者文体虽
异，但其于表现上务求尽致则一。陆机《文赋》称"诗缘情而绮靡，
赋体物而浏亮"，其于分判诗赋畛域的同时，其实亦隐含有某种会通诗
赋的积极眼光。朱自清先生即敏锐地指出：

> 从陆氏起，"体物"和"缘情"渐渐在诗里通力合作，他有意
> 的用"体物"来帮助"缘情"的"绮靡"。①

　　这即是说，诗歌的"绮靡"化倾向，正是在体物思维观念的影响下
"情"被视为所"体"之"物"来加以摹写和表现的结果。如此一来，
诗歌的"缘情"乃至此后齐梁钟嵘倡言五言诗"滋味"的新要求和新
标准——"指事造形，穷情写物"，实亦为汉赋铺陈之技的转化。像汉
乐府《郊祀歌》十九首以及《陌上桑》诸作，其铺排乐舞声歌之盛或
摹写器物衣饰之丽所受骚体、汉赋敷布之技的影响姑置不论②，即以吟
咏性情、以比兴是尚的诗歌而言，其于情感表现上的追求实亦不离赋的
敷陈之义。盖比兴虽与直接铺陈之赋法相异，但其引譬取类，所牵及的
物，譬如草木虫鱼及相关事理往往关涉作者的知识和学问的积累③，刘
勰《文心雕龙·比兴》已指出，自宋玉、枚乘以来的辞赋多用比义，
并称"若斯之类，辞赋所先"。《文心雕龙·比兴》云："至于扬班之
伦，曹刘以下，图状山川，影写云物，莫不织综比义，以敷其华，惊听
回视，资此效绩。"④ 所以，诗歌创作中如何"缘情"（穷情）、如何写
物以及如何运用藻采、事典、属对，乃至如何巧妙隐括前人成句，凡此
均存在着可以絜长系短的竞技空间。与辞赋的摹拟相似，晋初以后的诗

---

① 朱自清：《诗言志辨》，载《朱自清说诗》，上海古籍出版社 1998 年版，第 36 页。
② 胡应麟：《诗薮·内编》卷一谓"《离骚》盛于楚汉一变而为乐府"。见《诗薮》，上
海古籍出版社 1979 年版，第 6 页。
③ 许学夷：《诗源辩体》，人民文学出版社 1998 年年版，第 47 页。
④ 范文澜：《文心雕龙注》，人民文学出版社 1978 年版，第 602 页。

歌摹拟活动在"欲丽前人"的摹拟意识驱动下，其着眼点自然也落脚于此。清人冯班于《钝吟杂录》中称："陆士衡《拟古诗》、江淹《拟古三十首》，如搏猛虎，捉生龙，急与之较，力不暇，气格悉敌。今人拟诗，如床上安床，但觉怯处种种不逮耳。"① 陆机和江淹的拟作是否都堪当此誉，或容商榷，但重要的是，此中所揭示的诗歌摹拟追求和精神却与前述的辞赋摹拟祈向略无二致。事实上，其时诗赋拟作者对被拟诗赋作品的心追手摹，不论其"丽前人"的目标最终可否实现，摹拟竞技本身已极大地提升了被拟作品形式因素的价值和地位。从"体物"的意义上来说，魏晋六朝的诗赋摹拟正是魏晋以来"称物"这一文艺新思想在创作中极为生动具体的表现。

二、陆机诗歌摹拟创作的诗法意识与实践

清人吴淇在其《六朝选诗定论》中称：

> 拟古之诗昉于陆机。陆自恃其才可敌古人，凡遇古便拟，初无成局……②

严格地说，诗歌摹拟其实并不始于陆机，譬如建安曹氏父子以乐府旧题写时事即已摹拟在先。不过，若说到于诗歌摹拟创作观念觉知之早，以人力之"才"经营之勤，且拟习范围之广，示范影响之盛，则的确不能不推许陆机。然而，陆机除于六朝期间获致盛誉之外，历来尤其是明清以后对陆机及以陆机为代表的六朝诗歌摹拟却鲜有称许者。贬抑者的批评亦几于声口如一。如清人黄子云谓陆机"五言乐府，一味排比敷衍，间多硬语，且踵前人步伐，不能流露性情，均无足观。当日偶为茂先一语之褒，故得名驰江左。昭明喜平调，又多采录。后因沿袭而不觉，实晋诗中之下乘也"③。潘德舆于《养一斋诗话》亦批评陆机、谢灵运、江淹三家拟诗为"舍自己之性情，肖他人之笑貌，连篇累牍，

---

① 丁福保编：《清诗话》，上海古籍出版社 1999 年版，第 43 页。
② 吴淇：《六朝诗选定论》，汪俊、黄进德点校，广陵书社 2009 年版，第 379 页。
③ 黄子云：《野鸿诗的》，载《清诗话》，上海古籍出版社 1999 年版，第 861 页。

夫何取哉!"① 在黄、潘二氏看来,陆氏拟诗迁己就人,踵人步伐,其
于推本性情、尊崇古谊的传统诗学宗旨相违,固不免于诗评家的挞伐和
讥评。然而,陆机恃才"遇古便拟"的追求以及随之而起的诗歌摹拟
的兴盛,实与魏晋以来的文化背景和诗学旨趣有着颇为紧密之联系。忽
略这一点,对陆机诗歌摹拟的认识终不免失之偏颇。上一节,笔者即从
陆氏摹拟思想生成的"大语境"来论析其拈发"欲丽前人"这一诗赋
摹拟旨趣的时代意义,本节则依然以上述"大语境"为审视角度,侧
重探究陆机等人在诗歌摹拟创作中表现出来的法度意识和活法祈向。

　　自汉魏以来,陆机堪称是第一位对为文法式具有敏锐自觉的作家。
其于《文赋》中即声称:"普辞条与文律,良余膺之所服。"② 盖陆氏
"历观文囿,泛览辞林",其拳拳服膺者在此。至其诗歌创作几于"凡
遇古便拟",揆其心志,笔者认为,除其欲"仰观象乎古人"的取法用
意之外,自当含有"俯贻则于来叶"③ 的某种心理预期和精神追求。刘
师培《汉魏六朝专家文研究》即径言"士衡文备各体,示法甚多"④,
此虽论文,实足以概诗,其于陆氏为文确立法式的历史贡献之洞察,可
谓独到!但陆机诗歌摹拟创作中"贻则于来叶"的诗法意识之形成以
及诗法规则之实践与运用,说到底,还是与汉魏以来诗歌的演进以及才
学观念的丕变相表里。

　　本节拟专就陆机于汉魏以来俗乐新声背景下,其诗歌摹拟创作对雅
正的诉求以及别构"雅正"诗体的意识与实践方面加以论析。

　　王夫之在其《古诗评选》中评陆机乐府拟作《短歌行》曰:

　　　　乐府之长,大端有二:一则悲壮暌发,一则旖旎柔入。曹氏父
　　子各至其一,遂以狎主齐盟。平原别构一体,务从雅正,使被之管
　　弦,恐益魏文之卧耳。顾其回翔不迫,优余不俭,于以涵泳志气,
　　亦可为功承。西晋之波流,多为理语,然终不似荀勖、孙楚之满颊

---

① 潘德舆:《养一斋诗话》,载《清诗话续编》,上海古籍出版社1983年版,第2143页。
② 陆机:《文赋》,载萧统《文选》卷十七,上海古籍出版社1986年版,第771页。
③ 同上书,第773页。
④ 刘师培:《汉魏六朝专家文研究》,载《中国中古文学史讲义》,上海古籍出版社1979
年版,第119页。

塾师气也。神以将容，平原之神固已濯濯，岂或者所可窃哉？虽然神不平原若者，且置此体可矣。①

　　王夫之批语中"别构一体，务从雅正"数语极其精当地指出了陆机拟诗在汉魏以来俗乐新声背景下别构"雅正"诗体的事实。"使被之管弦，恐益魏文之卧耳"，则又直以陆机拟诗为古音雅乐之嗣响。故陆诗"回翔不迫、优余不俭"的诗体面貌与建安以来曹氏父子放情纵意的诗风迥乎不侔。按诸诗史，王夫之批语所见洵为特识！

　　事实上，春秋以降，古乐雅声已呈寝微难挽之势。魏文侯于诸侯中最称好古，然其竟称"吾端冕而听古乐，则唯恐卧；听郑卫之音，则不知倦"②，可见，其时情感纵放、音声靡曼的俗乐新声已全然压倒端正庄严而富于节制的古乐雅声，难怪班固要说："自此礼乐丧矣"③。而与音乐原为一体的诗歌，其正变演进亦相仿佛。

　　从传统的诗教观念来看，《诗经》之后，洎于魏晋之际，乃是风雅夷陵，诗道几于坠失的时期。虽然，《诗经》于典正的《雅》、《颂》之外已出现变风和雅变，但因其能"发乎情，止乎礼义"（《毛诗序》）④，故终不失"乐而不淫，哀而不伤"雅正品性。及至楚骚"奇文郁起"，⑤中国诗歌形成了又一发展高潮，但从文化发生学的角度来看，与《诗经》相比，楚辞毕竟产生于不同的文化系统，故其虽"弘博丽雅"，但其"露才扬己"、怨恶忿怼之情已颇失风雅之致。所以班固于《离骚序》讥其"非法度之政，经义所载"⑥，刘勰亦叹其为"《雅》、《颂》之博徒"⑦。其后，汉乐府采诗本为规抚上古王道的政治措施，然其所奏实与楚声关涉甚深，且于音乐性质上亦与俗乐新声相近。刘勰《文心雕龙·乐府》即谓：

　①　王夫之：《古诗评选》，张国星点校，文化艺术出版社1997年版，第31页。
　②　《礼记正义·乐记》，载《十三经注疏》，中华书局1980年版，第1538页。
　③　班固：《汉书·礼乐志》，中华书局1962年版，第1042页。
　④　《毛诗正义》卷一，载《十三经注疏》，中华书局1980年版，第272页。
　⑤　范文澜：《文心雕龙注》，人民文学出版社1958年版，第45页。
　⑥　班固：《离骚序》，载洪兴祖《楚辞补注》，中华书局1983年版，第49、50页。
　⑦　范文澜：《文心雕龙注》，人民文学出版社1958年版，第47页。

暨武帝崇礼，始立乐府；总赵代之音，撮齐楚之气。延年以曼声协律，朱马以骚体制歌。《桂华》杂曲，丽而不径；《赤雁》群篇，靡而非典。河间荐雅而罕御，故汲黯致讥于《天马》也。①

《隋书·音乐志》述及乐府《房中》、《郊祀》的渊源及性质时亦称：

> 汉高祖时，叔孙通爱定篇章，用祀宗庙。唐山夫人能楚声又造房中乐。武帝裁音律之响，定郊丘之祭，颇杂讴谣，非全雅什。②

按上述《桂华》属《房中乐》，《赤雁》属《郊祀歌》，此各举一目以概其余，均其时宗庙、郊祀所备，然而汉时即不以雅声视之。③ 故刘勰讥其"丽而不径"、"靡而非典"。至如乐府其余篇什，则自然更不出"讴谣"甚至"倡乐"的范围。④ 即便是四言乐府，亦因其源自民间新乐系统之故，而与《诗经》四言显现出颇不相侔的诗体风格和语言面貌。⑤

此后两汉里巷风谣虽一变而为汉魏文人吟咏，但汉魏古诗及乐府拟题创作均是承乐府之流而沿乐府之溉。无主名的《古诗十九首》及所谓"苏李"诗"直写襟臆"⑥ 不论矣，即以曹氏父子拟题乐府言之，其任气使才亦实与两汉乐府"感于哀乐，缘事而发"的纵情抒写全无二致。刘勰《文心雕龙·乐府》对此一诗歌风尚概括尤为精到。其文曰：

> 至于魏之三祖，气爽才丽，宰割辞调，音靡节平。观其北上众引，秋风列篇，或述酣宴，或伤羁戍，志出于淫荡，辞不离哀思。虽三调之正声，实韶夏之郑曲也。⑦

---

① 范文澜：《文心雕龙注》人民文学出版社 1958 年版，第 101 页。
② 魏征等：《隋书·音乐志上》，中华书局 1973 年版，第 286 页。
③ 班固《汉书·礼乐志》，中华书局 1962 年版，第 1070、1071 页。
④ 挚虞：《文章流别论》，载严可均《全晋文》，商务印书馆 1999 年版，第 820 页。
⑤ 钱志熙：《魏晋诗歌艺术原论》，北京大学出版社 1993 年版，第 45 页。
⑥ 胡应麟：《诗薮》，上海古籍出版社 1979 年版，第 131 页。
⑦ 刘勰：《文心雕龙·乐府》，载范文澜《文心雕龙注》，人民文学出版社 1958 年版，第 102 页。

此处所谓"淫荡"、"哀思"，范文澜《文心雕龙注》引黄叔琳辑注云：

> 按魏太祖《苦寒行》"北上太行山"云云，通篇写征人之苦。文帝《燕歌行》"秋风萧瑟天气凉"云云，亦托辞于思妇，所谓或伤羁戍，辞不离于哀思也。他若文帝《于谯作》《孟津》诸作，则又或述酣宴，志不出于淫荡之证也。[①]

黄氏所引诗例至为恰切。衡之以前述王夫之批语中对乐府的分类，不消说，文帝《燕歌行》诸篇是偏于"旖旎柔入"之类，至于太祖《北上》及四言《短歌行》诸作，则当归于"悲壮夐发"之属。但不论是前者还是后者，其于情感表现上的纵放而不加检束则一也。故其所谓"淫荡"、"哀思"，实为恣其志意，肆其哀情所由致；易言之，亦即"发乎情"，未能"止乎礼义"的结果。

至如刘勰对曹氏"三祖"所作乐府下的结论性断语："虽三调之正声，实韶夏之郑曲"一句，黄侃于其《文心雕龙札记》中则解释为"彦和云三祖所作为郑曲者，盖讥其词之不雅耳"[②]。考诸曹魏乐府创作的实情，黄氏所论殊为剀切！盖因其时诗乐已基本分离，乐声几于寝废，故刘勰讥三祖所作为郑曲，则当在"词"而不在"曲"。

概而言之，汉魏以来雅声的寝废，情志的"淫荡"，诗歌语言的鄙率，凡此均构成陆机别构"雅正"新体的诗学背景。当然，陆氏的家学渊源、儒学素养以及晋初礼乐的复兴、雅颂之声的再起，未始不是陆机务从雅正的另一隐在原因。[③] 但从陆机古乐府、古诗模拟创作的实际情况来看，陆机于"雅正"向度的追求，其贡献和意义主要还是在诗法的营建而非政教的恢复和揄扬。具体地说，陆机"雅正"一体于诗法的建设主要表现为以下两点：

第一，就情志表现而言，其能将汉儒"止乎礼义"的伦理要求转化

---

① 范文澜：《文心雕龙注》，人民文学出版社 1958 年版，第 110 页

② 黄侃：《文心雕龙札记》，中国人民大学出版社 2004 年版，第 36 页。

③ 陆机祖逊、父抗均为东吴名臣。史称机"少有异才，文章冠世，伏膺儒术，非礼不动"。

为诗学的理性规约，藉以检束"发乎情"的"淫荡"，从而形成诗歌"涵泳志气"的典正面貌。即以前述王夫之所评的陆机乐府拟作《短歌行》与曹操《短歌行》（对酒当歌）原作对读试加说明：

对酒当歌，人生几何？

譬如朝露，去日苦多。

慨当以慷，忧思难忘。

何以解忧？惟有杜康。

青青子衿，悠悠我心。

但为君故，沉吟至今。

呦呦鹿鸣，食野之蘋。

我有嘉宾，鼓瑟吹笙。

明明如月，何时可掇？

忧从中来，不可断绝。

越陌度阡，枉用相存。

契阔谈宴，心念旧恩。

月明星稀，乌鹊南飞。

绕树三匝，何枝可依？

山不厌高，海不厌深。

周公吐哺，天下归心。①

（曹操《短歌行》）

置酒高堂，悲歌临觞。

人寿几何，逝如朝霜。

时天重至，华不再扬。

苹以春晖，兰以秋芳。

来日苦短，去日苦长。

今我不乐，蟋蟀在房。

乐以会兴，悲以别章。

岂曰无感，忧为子忘。

----

① 逯钦立：《先秦汉魏晋南北朝诗》，中华书局 1983 年版，第 349 页。

> 我酒既旨，我肴既臧。
> 短歌有咏，长夜无荒。①
>
> 　　　　　　　　　　　　　（陆机《短歌行》）

　　曹诗激言慷慨，雄盖一世，诚为四言乐府之杰构！然其"悲壮巽发"，于岁月流逝、功业未竟之忧，实为耿耿难释，故其情自不免低回往复，"戚戚多悲"（曹操《步出夏门行》之《土不同》语）。至其自称"山不厌高，水不厌深，周公吐哺，天下归心"，气象固属不凡，然其"禅夺"之志则隐然透出。②

　　陆诗的文字则拟仿曹诗，亦同致慨于流年的易逝。但不同的是，其"悲歌临觞"所感怀的内容已由曹诗的英雄壮士之情转为文士的个人感伤。其志既已变为单纯，则其情便不致导入一种过于负重的忧思。"乐以会兴，悲以别章。岂曰无感，忧为子忘"四句写不得不忧，但继之以"我酒既旨，我肴既臧。短歌有咏，长夜无荒"四句则一笔宕开，实取"喻善"、"自励"③之意。相较于曹诗的"悲壮巽发"，陆诗于情感的抒写确实可谓"回翔不迫，优余不俭"。

　　再如陆机《塘上行》，其与所拟的甄后《塘上行》相比，更能见出理性对怨情的规约。兹将二诗列出以便分析：

> 浦生我池中，其叶何离离！
> 傍能行仁义，莫若妾自知。
> 众口铄黄金，使君生别离。
> 念君去我时，独愁常苦悲。
> 想见君颜色，感结伤心脾。
> 念君常苦悲，夜夜不能寐。
> 莫以豪贤故，弃捐素所爱。

---

　　①　陆机：《陆机集》，金涛声点校，中华书局1982年版，第74页。
　　②　陈祚明评曰："此是孟德言志之作。禅夺之意已萌，而沉吟未决，畏为人嫌。"见陈祚明《采菽堂古诗选》，上海古籍出版社2008年版，第128页。
　　③　吴淇评此诗曰："'乐以'四句，乃是善与人同。'我酒'二句喻善，'长夜无荒'，取抑诗以自励也。"见吴淇《六朝选诗定论》，广陵书社2009年版，第254页。

莫以鱼肉贱，弃捐葱与薤；

莫以麻枲贱，弃捐菅与蒯。

出亦复苦愁，入亦复苦愁。

边地多悲风，树木何修修！

从君致独乐，延年寿千秋。①

（甄后《塘上行》）

江蓠生幽渚，微芳不足宣。

被蒙风云会，移居华池边。

发藻玉台下，垂影沧浪泉。

沾润既已渥，结根奥且坚。

四节逝不处，繁华难久鲜。

淑气与时殒，余芳随风捐。

天道有迁易，人理无常全。

男欢智倾愚，女爱衰避妍。

不惜微躯退，但惧苍蝇前。

顾君广末光，照妾薄暮年。②

（陆机《塘上行》）

《塘上行》原为甄后见疏所作，论者论及多以为怨而不怒。然观其开篇自云："傍能行仁义，莫若妾自知"，则知其自视不浅，至"念君去我时"以下十四句一气连贯，呶呶不休，则又见其淋漓恻伤之情急切不能自已，所以，最后虽以诚挚的祝辞收束，亦终于未能消解其失意被弃的怨悱之意。

陆机的拟作则不同。其诗起首先以江蓠"微芳"自处，故其后得以"移居华池"，进而"发藻玉台下"、"垂影沧浪泉"，则自当是幸蒙"沾润"所致。至如遭谗见弃，则又一归于天道人理的迁易和无常。如此一来，内心纵有悒悒不甘便也不致导向绝望的怨怼，反而，因了这一份参透无常的通达而被消释于无形。末了，"顾君"二语，舍己徇人，

① 黄节：《汉魏乐府风笺》，中华书局2008年版，第172页。

② 陆机：《陆机集》，金涛声点校，中华书局1982年版，第72页。

但实为缘自深衷的至情之语，温厚之至！王夫之的《古诗评选》于此诗尤见推重。其批语曰：

> 敛括悠适，不但末视陈王，且于甄后始制，增其风度矣。以文士而咏奁情，无宁止此？①

此处"敛括悠适"的赞语诚然与前述"回翔不迫、优余不俭"的评语相应，均准确切中陆诗在情感表现上的特征。但笔者以为尤需注意的是王氏"以文士而咏奁情"一语所揭示出来的诗体演变事实，即陆机拟诗"敛括"的特征乃是陆氏以其文士的审美标准对乐府直抒胸臆的"哀情"加以技术性改造的结果。由于陆机的这一技术性改造多具人工经营和组织的性质，故其拟诗不仅相较原作别具"风度"，而且其于后来的诗歌创作也颇具垂范的意义。笔者以为，此一结论实可涵盖陆机全部的古诗、古乐府摹拟创作。

第二，就语言表现而言，陆机又能将乐府和古诗语言的俚率凡近加以雅化，形成"矜重"的语言特征。

古乐府本多为里巷风谣，感于哀乐，敷辞自然率朴；至汉魏文人咏制，身份虽已变化，但其兴情所至，属辞亦时或卑浅。以下即以前引两组诗歌为例再作分析：

如甄后《塘上行》中以"念君去我时，独愁常苦悲。想见君颜色，感结伤心脾。念君常苦悲，夜夜不能寐"数语诉说悲愁，纵笔直陈，不避浅率。陆机的拟作则巧用比兴，易之以江蓠"发藻玉台下，垂影沧浪泉"的端庄妍丽形象，全然转成"文士"的笔墨；接下又言"沾润既已渥，结根奥且坚"，则反跌下文衰弃，文字引而不发，极为蕴藉。

再者，甄诗中以"莫以"领起，排比申言，以叙"弃捐"的忧惧和憾恨，纯为风谣语气。陆机拟诗则易之以整饬的对仗形式加以表现："四节逝不处，繁华难久鲜。淑气与时殒，余芳随风捐。"其对比意味相同，但语调已由急切转为悠圆，语言面貌亦完全转成持重和雅化。至如诗歌末尾，陆作以"顾君广末光，照妾薄暮年"收束，隐括《史记》

---

① 王夫之：《古诗评选》，张国星点校，文化艺术出版社1997年版，第32页。

用语，怨而不怒，较之甄作"从君致独乐，延年寿千秋"祝语的率直单纯，则远为含寄深挚。

陆机对《古诗十九首》的摹拟在语言方面的人工雅化处理似更为典型。兹取陆机《拟青青河畔草》与原作对读比较，以概其余：

> 青青河畔草，郁郁园中柳。
>
> 盈盈楼上女，皎皎当窗牖。
>
> 娥娥红粉妆，纤纤出素手。
>
> 昔为倡家女，今为荡子妇。
>
> 荡子行不归，空床难独守。①

（古诗《青青河畔草》）

> 靡靡江离草，熠熠生河侧。
>
> 皎皎彼姝女，阿那当轩织。
>
> 粲粲妖容姿，灼灼美颜色。
>
> 良人游不归，偏栖独只翼。
>
> 空房来悲风，中夜起叹息。②

（陆机《拟青青河畔草》）

陆机的拟作几于字摹句拟，但相较于原作，陆作不惟情调自见不侔，而且在语言面貌上亦去原作甚远。古诗是明言主人公为"倡家女"、"荡子妇"，并以"青青"之"草"、"郁郁"之"柳"所表现的艳阳景色作撩逗愁恨的引子。陆作则是刻意虚化了主人公的身份（"彼姝女"），且以"靡靡江离"的香草意象暗示"姝女"的高贵贞洁品质。（"江离"义本《离骚》："扈江离与辟芷兮，纫秋兰以为佩"）原作"盈盈"以下四句写少妇艳质"当窗"，以"红妆"、"素手"示人，已不胜妖冶和招摇。陆作则在状写"姝女"姿色的同时，巧妙补入了"当轩织"的女德女工素质，遂使原本的"倡家女"本色一变而为端庄持重的淑女形象。两诗末尾同写岑寂中的怨恨，古诗直称"空床难独

---

① 逯钦立：《先秦汉魏晋南北朝诗》，中华书局1983年版，第329页。

② 陆机：《陆机集》，金涛声点校，中华书局1982年版，第58页。

守"，口吻虽属率性之真，然涉词终不免"淫鄙"；陆作则云"偏栖独只翼"，不惟文字雅致，而且词意亦浑含，全不似原作的径直刻露。至末尾"空房来悲风，中夜起叹息"一句则直把"空床难守"的一股怨意淡释为一种埋藏心底的幽幽感喟，已完全系含蓄、矜重的文人语气。

陆机其他古诗拟作，如《拟今日良宴会》、《拟涉江采芙蓉》、《拟行行重行行》等大抵类此，兹不赘述。

第三节　玄谈、玄言诗与学问化

近二十余年来，随着玄学与玄言诗研究的日渐深入，玄言诗在诗歌史程中的价值和地位已日渐获得了新的认识。不过，作为当时士人玄学活动的一种重要载体，其诗歌特质及作用似乎尚有剩义可言。笔者不揣谫陋，欲就玄言诗相关的三个问题略申管见。

一、学问：玄谈和玄言诗的一个要素

对这一问题，当下的学界似乎鲜有人言及。笔者于此希望探究的是，玄言诗引玄入诗背后所表现出来的才学意识、学问背景以及玄言诗以诗说理、以诗谈玄的方式与其后以筋骨思理见胜的宋诗存在着何种联系。

众所皆知，玄言诗的出现是魏晋玄风在诗歌领域的反映，亦是魏晋理性精神在诗歌创作中的表现。以往的论者多能从学术思想史的角度来肯定玄学取代经学的革新意义，但玄言诗引玄入诗所形成的议论化、哲理化特征则在过去相当长的时间里不被理解。自 20 世纪初引入西方纯文学的观念以后，在古典文学研究中，魏晋南北朝"文学自觉"的意义受到前所未有的重视。因此，我们也习惯了从"诗缘情"的单一路径来看待六朝诗歌的发展，但却很少留意到玄言诗引玄入诗在诗歌表现功能上的开拓之功以及对其后诗歌创作、诗歌演进的启示和镜鉴意义。

其实，从诗歌自身的发展来看，玄言诗的实践与探索未尝不是"文学自觉"的另一种表现。饶宗颐先生在《两晋诗论序》中就将诗的内在要素归纳为情、性（理）、景、事四项，并据以认为晋诗"所以度越

前轨，厥为情以外之三者"①。笔者此处于景于事姑且不论，仅就性
（理）而言，饶先生的观点的确耐人思考。因为，自建安以迄西晋，诗
歌是深于风、主于情，但及至东晋，以玄言诗为代表的诗歌显现出明显
的变化，其诗体于性，渐偏于理。可以说，玄言诗是中国诗史上首次将
哲理引入文学的诗体。尽管其最后的表现不甚成功，但其于中国古典诗
歌表现功能上的探索和实践具有特殊意义。显然，这种在诗歌创作中表
现出来的浓厚思辨兴趣与言理诉求理当从时代的主导性审美趣尚中去求
得理解。刘勰的《文心雕龙·时序》篇云："自中朝贵玄，江左称盛，
因谈馀气，流成文体。"② 此语可谓准确地揭示出玄言诗与清谈的特殊
关系。玄言诗的盛行及玄言诗诗体特征的形成，从某种意义上说，是取
决于魏晋士人的清谈旨趣和审美祈向。

　　清谈，其早先的形式是汉末的清议，但其后的演变使其逐渐摆脱政治的
干系，一变而变为一种特别适合僧俗名士展现其才性的智性活动。《世说新
语·文学》多处详记魏晋士人这种谈玄的盛况。兹取一例，以见其余：

　　　　许掾年少时，人以比王荀子，许大不平。时诸人士并在会稽西
　　寺讲，王亦在焉。许意甚忿，便往西寺与王论理，共决优劣。苦相
　　折挫，王遂大屈。许复执王理，王执许理，更相覆疏，王复屈。许
　　谓支法师曰："弟子向语何似？"支从容曰："君语佳则佳矣，何至
　　相苦邪？岂是求理中之谈哉！"③

　　此例中许、王二人争锋颇有违于道家自然恬淡之旨，但却极为真实
地反映了彼时士人以玄理高下相矜尚的风气。而魏晋士人之所以能于人
前终日清言、从容析理，其背后有着专门的玄学知识的训练背景。《南
齐书·王僧虔传》载王僧虔《诫子书》云：

　　　　曼倩有云："谈何容易。"见诸玄，志为之逸，肠为之抽，专一

―――――――――

　　① 饶宗颐：《两晋诗论序》，载邓士樑《两晋诗论》，香港中文大学 1972 年版，第 1、2
页。
　　② 范文澜：《文心雕龙注》，人民文学出版社 1958 年版，第 675 页。
　　③ 余嘉锡：《世说新语笺疏》文学第三十八条，中华书局 1983 年版，第 224 页。

书，转诵数十家注，自少至老，手不释卷，尚未敢轻言。汝开《老子》卷头五尺许，未知辅嗣何所道，平叔何所说，马、郑何所异，《指例》何所明，而便盛于麈尾，自呼谈士，此最险事。设令袁令命汝言《易》，谢中书挑汝言《庄》，张吴兴叩汝言《老》，端可复言未尝看邪？谈故如射，前人得破，后人应解，不解即输赌矣。且论注百氏，荆州《八帙》，又《才性四本》，《声无哀乐》，皆言家口实，如客至之有设也。汝皆未经拂耳瞥目，岂有庖厨不修，而欲延大宾者哉？就如张衡思侔造化，郭象言类悬河，不自劳苦，何由至此？汝曾未窥其题目，未辨其指归，六十四卦，未知何名；《庄子》众篇，何者内外；《八帙》所载，凡有几家；《四本》之称，以何为长。而终日欺人，人亦不受汝欺也。①

此信虽作于刘宋，但其所胪列的书目实当赅尽魏晋以来士人清谈必修的功课。从王氏详列的书目看，《老》《庄》、《易经》以及魏晋清谈的主要话题已一网打尽。若不熟知这些内容，自然很难在清谈场合上露面、争胜。明乎此，我们才会明白两晋谈玄领袖如王衍、乐广及傅亮等人为何总要劝别人勤于学问之道：

　　（乐）广谓京曰："君天才过人，恨不学耳。若学，必为一代谈宗。"京感其言，遂勤学不倦。②
　　诸葛玄年少不肯学问。始与王夷甫谈，便已超诣。王叹曰："卿天才卓出，若复小加研寻，一无所愧。"玄后看庄、老，更与王语，便足相抗衡。③
　　殷仲文天才宏瞻，而读书不甚广，博（按：当为傅字）亮叹曰："若使殷仲文读书半袁豹，才不减班固。"④

清谈对学问的要求反映到玄言诗的创作，便是考验诗作者如何在诗

①　萧子显：《南齐书》卷三十三《王僧虔传》，中华书局1974年版，第598、599页。
②　房玄龄等：《晋书》卷九十《潘京传》，中华书局1974年版，第2335页。
③　余嘉锡：《世说新语笺疏》文学第十三条，中华书局1983年版，第203页。
④　余嘉锡：《世说新语笺疏》文学第九十九条，中华书局1983年版，第275页。

中做到言理精警与奇拔。东晋玄言诗人孙绰《兰亭诗》即云："携笔落云藻，微言剖纤毫。"① 前句言文采，后句言玄理。兴公二语是称美兰亭雅集士人的吟咏，但似乎亦可视作玄言诗的诗学纲领。倘若我们再进一步联系到魏晋"言意之辨"的玄学命题，玄言诗的流行未尝不是当时士人试图以玄远之"微言"来表现"象外之意"的一种努力。

对玄言诗的义界，目前学界颇多歧见，但从刘勰《文心雕龙·时序》"诗必柱下之旨归，赋乃漆园之义疏"② 以及钟嵘《诗品序》"理过其辞，淡乎寡味"③ 的概括来看，玄言诗当是指直接言理体玄的诗歌，也就是说，玄言诗于玄远境界的追求是以非感性的形式来进行的。准此，典型的玄言诗当是孙绰《答许询》、《赠温峤》之类，而那些杂有景语情语的诗作，尽管其意趣可能亦颇符玄言诗的宗旨，但实非玄言诗正体。兹取《答许询》其一，以窥其梗概：

> 仰亲大造，俯览时物
> 机过患生，吉凶相拂。
> 智以利昏，识由情屈，
> 野有寒枯，朝有炎郁，
> 失则震惊，得必充诎。④

全首每句发挥玄理，极尽"微言剖纤毫"之能事，与孙绰自许的"托怀玄胜，远咏老庄，萧条高寄，不与时物经怀"⑤ 的心态相契。此诗与以往的诗歌相较，便是专意朝着玄理的纵深方向掘进，若再联系其同题联章的形式，那么，其中以玄理矜胜的意味似更浓。不过，若以言理入微求之，笔者以为，此诗又稍逊于支遁《咏怀》及庐山诸道人《游石门》等诗作。这恐怕是玄释思想合流之后进一步启发了作者对玄

---

① 孙绰：《兰亭诗》其二，载逯钦立《先秦汉魏晋南北朝诗》，中华书局 1983 年版，第901 页。

② 范文澜：《文心雕龙注》，人民文学出版社 1958 年版，第 675 页。

③ 钟嵘：《诗品序》，载陈延杰《诗品注》，人民文学出版社 1980 年版，第 1 页。

④ 逯钦立：《先秦汉魏晋南北朝诗》，中华书局 1983 年版，第 899 页。

⑤ 余嘉锡：《世说新语笺疏》品藻第三十六条，中华书局 1983 年版，第 521 页。

理的体悟。

当然，玄言诗对玄理的刻意追求亦使其失去了诗歌感性动人的力量。风行一时的玄言诗其后大量的亡佚似乎也从一个侧面说明了这一点。玄言诗的失误，从其创作主体而言，是"寻虚逐微"、"寡情鲜爱"①的结果。而从诗艺的角度说，则又与其言理的方式单纯（多理语、乏理趣）以及艺术表现技巧未臻成熟有关。

王夫之在其《古诗评选》中对陆机四言体诗《赠潘尼》的一段评语颇耐人思索。其文曰：

> 　　诗人理语惟西晋人为剧。理亦非能为西晋人累，彼自累耳。诗源情，理源性，斯二者岂分辕反驾者哉？不因自得，则画鸟禽鱼累情尤甚，不徒理也。取之广远，会之清至，出之修洁，理顾不在花鸟禽鱼上邪？平原兹制，讵可云有注疏帖括气哉？②

既然"诗源情，理源性"，那么，诗歌的情与理则自不能"分辕反驾"。陆机上述言理之作之所以能不被理所累，此中的关键正在乎"自得"。

刘熙载在《艺概·诗概》中则又将陶、谢与孙、许作比，极为中肯地指出：

> 　　陶、谢用理语各有胜境。钟嵘《诗品》称"孙绰、许询、桓、庾诸公诗，皆平典似《道德论》"。此由乏理趣耳，夫岂尚理之过哉！③

玄言诗在其实践过程中表现出来的问题给其后的诗歌创作提供了诸多借鉴与启迪。比如在说理诗中如何表现理趣的问题，山水诗就开始注意借助大自然的水光山色来证道、悟道（详后文）。而向称尚意、尚理的宋诗，其于言理的玄言诗有何借鉴和取资，似少人言及。晚清沈曾植

---

① 陆机：《文赋》，载萧统《文选》卷十七，上海古籍出版社 1986 年版，第 769 页。此处释义从徐复观《陆机〈文赋〉疏释》。见徐复观《中国文学精神》，上海书店出版社 2004 年版，第 236 页。

② 王夫之：《古诗评选》，张国星点校，文化艺术出版社 1997 年版，第 91 页。

③ 刘熙载：《艺概》，上海古籍出版社 1978 年版，第 55 页。

在陈衍"三元"说的基础上创为元嘉、元和、元祐"三关"说。其弃开元而追溯到刘宋的元嘉，是取颜、谢的刻削典实以为宋诗前兆，为宋诗张目。笔者以为，沈氏的见解是颇具眼光的。不过，倘若从玄言诗的言理实践与其"寻虚逐微"的审美旨趣来看，玄言诗与宋诗亦当有一脉相承的关系。方回《桐江集》卷五引刘元晖对黄庭坚的诗评称："黄专用经史雅言，晋宋清谈，世说中不要紧字，融液为诗。"① 黄庭坚对晋宋清谈与《世说新语》的学习对我们进一步思考宋诗的渊源及宋诗所形成的面貌特征颇具帮助。黄庭坚晚年作诗能"以草木文章，发帝机杼，以花和气，验人安乐"②，若以传承关系来看，也似乎可以说是前述玄言诗如何表现理趣这一未竟课题的进一步拓展和实践。

二、从口谈到笔咏：玄言诗在玄风转变中的意义

永嘉南渡之后，玄言诗可以说是正始中朝清谈的继续。在形式上，其表现为由口头的谈玄说理转变、发展而为以诗的形式来体玄悟道。现存为数不少的以赠答形式示人的玄言诗已经反映了彼时士人往复析理辩难的玄谈特点。玄言诗的另一大宗——《兰亭诗》亦相当鲜明地表现了东晋士人优游相聚、并于山水间体玄悟理的色彩。不过，玄言诗在玄风转变中的角色意义尚有若干疑问需要加以辨析。比如说，是什么原因促使东晋的体玄活动出现由清谈转入大量的以诗言理、引玄入诗这样的变化？这种变化是否更有利于玄谈者的体玄悟道？

有一种看法认为，玄学发展至东晋，玄学本身系统的理论探讨已经结束，"义理"亦非复玄学家追求的主要目的，而玄谈表现出来的高情远趣和言语的音辞之美等审美艺术元素却日渐被阑入玄学家的视野，以致人们有时在玄谈活动中甚至为嗟咏音辞之美而"不辨其理之所在"③。这样，玄言诗被用于言理便是自然的事了。④

---

① 方回：《桐江集》卷五《刘元晖诗评》，转引自钱锺书《谈艺录》，中华书局 1990 年版，第 23 页。

② 魏鹤山：《黄太史集序》，转引自钱锺书《谈艺录》，中华书局 1990 年版，第 229 页。

③ 余嘉锡：《世说新语笺疏》文学第四十条，中华书局 1983 年版，第 227 页。

④ 相关论点可见罗宗强《魏晋南北朝文学思想史》，中华书局 1996 年版，第 142 页；卢盛江《魏晋玄学与中国文学》，百花洲文艺出版社 2004 年版，第 153 页。

笔者以为，上述看法相当敏锐地注意到了东晋玄学出现的新变化，而且事实上当时的谈玄风尚也的确出现庾翼所说的"高谈《庄》、《老》，说空终日，虽云谈道，实长华竞"① 的倾向。此一现象与本书前面讨论的玄言诗的学问化问题具有相同的时尚背景。不过，若揆之以玄学的根本旨趣，此一认识又似乎轻忽了玄学持之一贯的本质特征，有其可议之处。

第一，从玄学产生的动因看，玄学本是因应当时政治、人生的实际需要而出现的。早期正始名士探讨的诸多玄学命题，归根到底，与其时人们所面临的现实人生问题关涉极大。汤用彤先生即称魏晋玄学"未尝离于人生也。所谓不离人生者，即言以人生之真之实证为第一要义"②。东晋玄谈活动尽管有以藻饰萦心的一面，但其于人生的关切其实并未减退。

第二，从方法论的层面说，玄学的出现乃是针对经学而发。自其形成之初，即已将"论天人之际"③ 视作玄谈者"共谈析理"的最终目标。两晋士人往复间的言谈虽颇富炫博逞技的色彩，但其于形而上问题的追究和探求的态度又是极为严肃和认真的，所以玄谈活动实非单纯的智力游戏或消闲文化所能完全涵盖。前述《世说新语·文学》载许询与王苟子共决优劣，许询胜出，然而支遁未予称赏，却云："岂是求理中之谈哉！"可见，"理中之谈"方为清谈之极诣。

从文体特征来看，诗歌的形式本来并不适宜于对严密理论的辨析。魏晋以来，文体特征趋细，分工亦日渐分明，"诗缘情"的观念已然确立，人们对诗歌的功能与表现领域已有更深的认识。此时，玄言诗的出现，不能不说是有违于潮流"常理"。清谈家们缘何要背弃"诗缘情"的路径而专意将诗歌作为辨析玄理的表现工具？此中意味，颇耐研寻。

笔者以为，要回答上述问题，自当从玄学所追求的目标和玄学自身的体玄思路中去求得解释。

玄学的精神目标是体"无"（玄）。此一精神影响及于魏晋之人生观，便是由汉代人的经世致用转而为魏晋士人之逍遥抱一，"于是魏晋

① 房玄龄等：《晋书》卷七十七《殷浩传》引，中华书局1974年版，第2044页。
② 汤用彤：《中国佛史零篇》，载《理学·佛学·玄学》，北京大学出版社1991年版，第225页。
③ 余嘉锡：《世说新语笺疏》文学第六条注引何晏语，中华书局1983年版，第196页。

人生观之新型，其期望在超世之理想，其向往为精神之境界，其追求者为玄远之绝对，而遗资生之相对"①。既然宅心于玄远，自必贵精神而遗形骸，尚远韵而卑近俗。其反映于经籍之解释，就是不泥守章句，贵乎义理，断以己见。如支遁"每标举会宗，而不留象喻，解释章句或有所漏"②，但谢东山称赏其为"九方皋之相马也，略其玄黄而取其俊逸"③。将此一玄学义谛，转而施之于清谈，自然是宗尚简约，追求"得意忘象"、"得象忘言"。著名的"三语掾"故事正当由此背景加以认识：

> 阮宣子有令闻，太尉王夷甫见而问曰："老庄与圣教同异"，对曰："将无同"，太尉善其言，辟之为掾，世谓三语掾。卫玠嘲之曰："一言可辟，何假于三？"宣子曰："苟是天下人望，亦可无言而辟，复何假一。"遂相与为友。④

此则故事不惟生动地反映了魏晋士人倾动一时的玄谈风习，而且也隐隐透出清谈之士在语言的认知上所持有的复杂心态。一方面，要体认玄理，则希望摆落筌蹄，卫玠的讥嘲就体现了这种追求；然而另一方面，常人体玄势难凌空蹈虚，作为工具的语言实不可废。于是简约之义对语言的表达便提出了更高的要求。这样，以少总多、执一御万的语言原则得以确立。魏晋清谈所面临的一个问题就是如何以最精简的语言发挥其表达上的最大效应和作用。

玄言诗的大家孙绰的诗学主张颇能见出彼时玄风的影响。《世说新语·文学》篇引孙兴公对陆机、潘岳的评价是："潘文浅而净，陆文深而芜。"⑤此语看似未加轩轾，但一"净"一"芜"，高下已判。所以，刘师培《中国中古文学史讲义》解释道："盖陆氏之文工而缛，潘氏之

---

① 汤用彤：《魏晋玄学和文学理论》，载《理学·佛学·玄学》，北京大学出版社1991年版，第317页。

② 余嘉锡：《世说新语笺疏》轻诋第二十四条注引，中华书局1983年版，第843页。

③ 同上。

④ 余嘉锡：《世说新语笺疏》文学第十八条，中华书局1983年版，第207页。

⑤ 余嘉锡：《世说新语笺疏》文学第八十九条，中华书局1983年版，第269页。

文虽绮而清，故孙氏论文，以为潘美于陆。"① 洵为知言！

从孙绰本人的创作来看，其诗赋亦相当明显地表现出一种由两汉乃至魏晋以来注重外在涂饰的铺写向追求简约笔致发展的嬗变迹象。刘勰在其《文心雕龙·才略》篇中称："孙绰规旋以矩步，故伦序而寡状。"② 对此，范文澜注则进一步解释："孙绰《游天台山赋》多用佛老之语，不甚状貌山水；与汉赋穷形尽貌者异。"③ 此言可谓深中肯綮。笔者以为，孙绰的玄言诗与其赋作在写法上其实颇多契合。其具体表现在于，孙兴公将汉赋对风物穷形尽貌的体物手法转化为诗歌对玄思或佛理执一御万式的把握工夫，简约的"微言"在体玄中发挥着以少总多的效用。东晋时期四言体诗之所以成为玄言诗的主要形式，我想，一方面是由于四言体诗的典正、奥博相对于被视为俗体的五言体诗要更适合严肃的玄理思考；另一方面，更为重要的是四言体诗"文约意广"④ 的特殊形式符合玄谈的简约风习和语言的精简原则。

玄言诗素为人所诟病的地方，是其"理过其辞，淡乎寡味"的特征。但若从玄言诗的体玄目的来看，"理过其辞，淡乎寡味"自是其题中应有之义，实不必以贬语视之。

玄言诗不仅表现出玄学家在体认玄理的实践过程中刻意摆脱语言羁绊的努力，同时也表现出其有意滤除感性的意识。

但是魏晋时期又是一个重个性、重感情、重欲望的时期。走出了两汉经学笼罩的魏晋人，其情感、欲求获得了空前的宣泄和释放。故而魏晋人于其立言行事每多任情恣肆，"一往而有深情"。王戎丧子，径称"情之所钟，正在我辈"！⑤ 卫玠渡江，"见此芒芒，不觉百端交集"⑥。此实为性情的率真流露。但情感、欲望在其释放之后又面临着一个如何安顿和释解的问题。魏晋清谈的诸多讨论与探讨实际上都关涉到如何回答这一问题。早在玄学滥觞之时的汉末，张衡已注意到"情胜其性，流

---

① 刘师培：《中国中古文学史讲义》，上海古籍出版社 2000 年版，第 52 页。
② 范文澜：《文心雕龙注》，人民文学出版社 1958 年版，第 701 页。
③ 同上书，第 713 页。
④ 钟嵘：《诗品序》，载陈延杰《诗品注》，人民文学出版社 1980 年版，第 2 页。
⑤ 余嘉锡：《世说新语笺疏》伤逝第四条，中华书局 1983 年版，第 638 页。
⑥ 余嘉锡：《世说新语笺疏》言语第三十二条，中华书局 1983 年版，第 94 页。

遁忘反"① 的问题。玄学的开创者王弼在圣人有情无情的讨论中，明言
"圣人茂于人者神明也，同于人者五情也"②。然而，圣人所以度越常
人，则在其能"应物而无累于物"③。其于《周易·乾卦·文言》注中
更谓"不性其情，何能久行其正？"④ 所谓"性其情"，即是以情从理、
以理化情。人若至此，便是人性的最高表现。此一思想与刘劭在《人物
志》提出的"凡人之质量，中和最贵矣，中和之质，必平淡无味"⑤ 的
观念如出一辙。

　　玄学中体玄的目标就是超越喜怒、生死之义，而达致"平淡无味"
之境。于此，感性的一切欲求均被滤去，留下知性的玄心去体悟"玄
思"与"理致"。从此一层面看，玄言诗的体玄旨趣正是对情累的消
释。试观王羲之的《兰亭诗》：

> 三春启群品，寄畅在所因。
> 仰望碧天际，俯磐绿水滨。
> 寥朗无厓观，寓目理自陈。
> 大矣造化功，万殊莫不均。
> 群籁虽参差，适我无非新。⑥

　　此篇所咏是作者于山水赏鉴中之体悟所得，但通篇推演玄理，即便
篇中语涉山水的"碧天际"、"绿水滨"二语亦是脱略了具体实指，而
仅为作者体玄之衬缀。执此篇与王羲之同步创作的《兰亭集序》相较，
二篇于情感表现上的差异令人惊异：同是晤对兰亭美景，《兰亭集序》
是任情而发，纵笔酣畅，"系之感慨，而极于生死之痛"⑦。其所遵循的

---

① 范晔：《后汉书》卷五十九《张衡传》，中华书局1965年版，第1910页。
② 陈寿：《三国志》卷二十八《钟会传》注引，中华书局1959年版，第795页。
③ 同上。
④ 楼宇烈：《王弼集校释》，中华书局1980年版，第217页。
⑤ 刘劭：《人物志·九征》，载文津阁《四库全书》第280册，商务印书馆2005年版，
第345页。
⑥ 王羲之：《兰亭诗》其二，载逯钦立《先秦汉魏晋南北朝诗》，中华书局1983年版，
第895页。
⑦ 叶燮：《原诗》，载《清诗话》，上海古籍出版社1999年版，第572、573页。

纯然是魏晋以来"感物"的抒情路径。反视《兰亭诗》，则着意从"释情"的角度来纾解《兰亭集序》中的生死之悲、迁逝之哀，从而获致超越人生实相的感悟："大矣造化功，万殊莫不均。群籁虽参差，适我无非新。"在此，激于生命的迁逝之悲和感于无常的撕心之痛均得以安顿、平息。用玄学家的术语来说，这就是"驰心域表"的"理感"和"玄会"①。由此看来，王羲之的《兰亭集序》与《兰亭诗》之所以在情感表现上出现如此巨大的反差，原因并不在于文体之别，而在于玄言诗所接引的体玄思路影响所致。其后庐山诸道人的《游石门诗》与其序的情感表现差异，其底蕴亦当从此窥探。

　　玄学的这种以理化情的体玄旨趣亦可从魏晋士人对诗歌的品鉴中得到相应的反映。《世说新语·文学》篇以下的这则故事为人所熟知：

> 谢公因子弟集聚，问《毛诗》何句最佳？遏称曰："昔我往矣，杨柳依依；今我来思，雨雪霏霏。"公曰："訏谟定命，远猷辰告。"谓此句偏有雅人深致。②

　　对谢东山于《大雅·抑》诗句的赏悦与偏爱，今人每多从东山的宰辅身份加以解读。其实，若从魏晋玄风的旨趣来审视，谢玄与谢安的诗歌品鉴正好代表了其时诗学的两种审美观念。谢玄偏嗜《采薇》，乃是感悟体情的结果，此为魏晋以来主于性情的路径；而谢东山激赏《抑》篇，虽与其政治家的身份不无关涉，但细加研寻，其艺术偏嗜所表现出来的纤旨曲致实与以理化情的玄学旨趣深相暗合。这则故事极其生动地说明了在魏晋玄风的扇炽之下，诗歌的趣尚受到了何等深刻的影响。

三、从"遣有"到"即有"：玄言诗转入山水诗的路径

　　由玄言诗转入山水诗乃是晋宋间诗歌发展的实际路向，对此间诗歌出现的新变，历来论者多以刘勰《文心雕龙·明诗》篇"庄老告退，

---

① 见庾友《兰亭诗》，载逯钦立《先秦汉魏晋南北朝诗》，中华书局 1983 年版，第 908 页。

② 余嘉锡：《世说新语笺疏》文学第五十二条，中华书局 1983 年版，第 235 页。

而山水方滋"① 二语加以概括和解释。平心以论，若仅仅从诗歌抒写题
材兴替的表象来看，刘勰的认识确有其合理之处；不过，若进一步深入
玄言诗与山水诗发展衍变的深层背景加以考察，则其结论又未免轻率和
肤廓。

　　至迟于20世纪初，沈曾植开始注意到"庄老"与"山水"实际上
"融并一气"② 的事实。此后学界陆续有人在其基础上对刘勰的结论加
以修正和补充。应当说，这些认识对我们准确把握晋宋诗歌的因革关系
极具启发和帮助。但是，过往这些研究存在的不足，就是在论证上比较
多地从现象的外缘因素去解释玄言诗对山水诗的影响，而于玄言诗转入
山水诗的内在依据或曰具体路径这一关键问题则反而未及充分讨论。笔
者以为，对此问题若不加穷究，不仅于晋宋之际诗歌题材转变之真相不
免未达一间，而且，于此间诗歌之学问化写作观念和技法比如何以由玄
言诗"体无"式的简约追求遽然转入山水诗"即有"式的"形似"摹
写之关捩亦无从洞悉，故笔者不揣浅陋，试作探析如下：

　　推原玄言诗的产生与形成，其与作为具体物象的"山水"实有极为
内在的联系。检视现存的玄言诗，除了部分纯为玄理的阐发和推衍之
外，玄言诗所吟咏的超逸理致与尘外之想多是从山水游赏中生发和悟得
的。明丽的自然风物常常对玄言诗人的内心、精神有着一种深度的感发
作用。《世说新语》就多处记载魏晋谈士吟咏山水的逸事：

　　　　王司州至兴吴印渚中看，叹曰："非为使人情开涤，亦觉日月
　　清朗。"③

　　　　简文入华林园，顾谓左右曰："会心处不必在远，翳然林水，
　　便自有濠、濮间想也，觉鸟兽禽鱼，自来亲人。"④

　　　　孙兴公为庾公参军，共游白石山，卫君长在坐，孙曰："此子
　　神情都不关山水，而能作文。"⑤

----

① 范文澜：《文心雕龙注》，人民文学出版社1958年版，第67页。
② 沈曾植：《寐叟题跋》，上海商务印书馆民国十五年（1926年）石印本。
③ 余嘉锡：《世说新语笺疏》言语第八十一条，中华书局1983年版，第138页。
④ 余嘉锡：《世说新语笺疏》言语第六十一条，中华书局1983年版，第120、121页。
⑤ 余嘉锡：《世说新语笺疏》赏誉第一百零七条，中华书局1983年版，第478页。

郭景纯诗云："林无静树，川无停流"阮孚云："泓峥萧瑟，实不可言，每读此文，辄觉神超形越。"①

王羲之诸人所作的《兰亭诗》就是因兰亭游赏时感发而作，前举《世说新语·赏誉》篇中孙绰对卫君长的反诘语则更能反证玄言诗创作的要领："山水"对作者的陶养以及作者对"山水"的领略构成了吟诗"为文"的基本要素。然而问题是，玄言诗在实践中的主导祈向却是沿着孙绰所云的"微言剖纤毫"这一穷理之道发展的。这一表现极为典型地反映了玄学"贵无"思想中追求形上妙旨而忽忘形骸的理性主义倾向。所以，山水形相虽为触发玄思的重要媒介，但体玄目标一旦实现，形相便随即被弃掷。这种贵无贱有的思想既吻合了魏晋士人对早期新型人生观的追求，也应和了彼时玄学理论转型的需要。玄言诗之所以走上形而上的玄远之道，其实正是体现了上述思想的旨趣和艺术取向。但是此种思想从体用关系的角度看，的确又隐含着理论上的危机和实际操作的困难。孙绰在其著名的《游天台山赋》中所自述的游赏心得就颇耐人寻味：

悟遣有之不尽，觉涉无之有间；泯色空以合迹，忽即有而得玄。②

前二句是直言体玄活动中"遣有"的困难和"涉无"的不易。《文选》李善注对此二句的理解是："今悟有为非而遣之，遣之而不尽，觉无为是而涉之，涉之而有间，言皆滞于有也。"③虽然，李氏于有无的价值判断仍是缘于贵无贱有的思想，但应当承认，其对问题症结的指陈是颇为中肯的。"滞有"的困局反映了在体玄活动中意欲脱略形相"有"存在实际困难，但此处"遣有"和"涉无"遇到的问题，从更根本的层面看，还是思维方法上的问题，是本无末有、体用二截造成的结

果。如何解决这个问题？孙绰赋中提出的解困之径是："泯色空以合迹，忽即有而得玄。"李善于此解释颇详：

> 言有既滞有，故释典泯色空以合其迹，道教忽于有而得于玄。郭象《庄子注》曰："泯，平泯也。"又曰："本末内外，畅然俱得，泯然无迹。"《维摩经》善见菩萨曰："色色空为二。色即是空，非色灭空。色性自空，如是受想行识。识空为二，识即是空，非识性自空，于其中通而达者为入不二法门。"有，谓有形也。王弼《老子注》："凡有皆始於无。"又曰："有之所始，以无为本。"然王以凡有皆以无为本，无以有为功，将欲寤无，必资於有。故曰"即有而得玄"也。王弼又曰："玄，冥嘿无有也。"①

由此段注文看，李善于孙绰心得的理论渊源颇有会解，故其解释亦多能切合孙绰赋作的原意。从魏晋玄学的发展看，孙绰的思维路径是积极吸纳了向秀、郭象的崇有之学和支遁即色义的新理，并自觉地将之施诸山水游历的审美体验。如若更进一步考虑孙绰作为玄言诗大家的身份，则此处透漏出的彼时士人体玄活动的诸多信息，极耐研寻：

首先，孙绰的游历心得为东晋士人的体玄活动提供了一种新的思路。此一思路所针对的问题就是如何解决"遣有"这一现实难题。

我们知道，玄学自其形成之日起，本末有无之辩就一直为玄学的中心课题。但早期王弼的"贵无"理论并不否定"有"的作用，正如李善注文所言，王弼其实也意识到"无以有为功，将欲寤无，必资于有"的事实。但王弼的理论由于尚未完全摆脱汉代宇宙生成论的影响，故其对"无"与"有"关系的基本认识只能是：视"无"为"有"的生成者，视"无"为"有"的存在根据。"无"与"有"所构成的这种母子关系或本末关系使其理论不得不面临着体用二截的困难。王弼"贵无"理论发展至正始西晋，在举世竞尚空无的风气驱动下，更是逐渐走入非"有"之径。起而矫枉并将"有"的价值与作用充分凸显出来的，是元康之后郭象的"崇有"之学。郭象"崇有"之学的新义在于，它

---

① 萧统:《文选》卷第十一李善注，上海古籍出版社 1986 年版，第 500 页。

视"有"为唯一的存在，并否认在事物现象背后有一个无形的本根或造物者："无既无矣，则不能生有。有之未生，又不能为生。然则生生者谁哉？块然而自生耳"，"故造物者无主，而物各自主"①。这样，作为万物的内在规律与本性之"无"便不当求之于"有"之外，而只当存于"有"之中，并由"有"来表现。

郭象"崇有"理论的积极意义是：一方面，它还原了作为具体形相的"有"的客观属性和自然属性，由此确立了玄学的新自然观；另一方面，它调和了人生理论中"庙堂"与"山林"、名教与自然的实际矛盾，在理论上解决了体用二截的难题。

孙绰赋作中所描述的生动游历实可视作东晋诗人对郭象注庄新理的一种正面回应和实践。所谓"泯色空"、"忽即有"诸语正是体用一如、本末不二思维指导下的体玄路径。其将"有"与"无"、"色"与"空"合一再清楚不过地表明，玄学的体玄实践实际上不能也不必回避作为具体形相的"有"或"色"的现实存在。赋中"即有得玄"一句所隐含的因果关系更是清晰地展示出一种"遣有"的新姿态，这是一种变"遣有"之无奈为"即有"之主动的审美体验态度。前引孙绰"此子神情都不关山水，而能作文"这一反诘语的潜在理论依据正当由此加以认识。

当然，孙绰的体会并非仅是一种个人的审美自觉，而是昭示着一个时期正在形成的审美取向。此种在体玄活动中表现出来的审美取向对晋宋诗画创作的启迪，便是促成了一种与玄言诗路径相反的以追求"形似"、重视"即目""直寻"为旨趣的诗画"写真"艺术。

其次，孙绰的体玄心得值得注意的另一点是，在观物方式上导入了即物即道的直观把握思维。

如果说，前述体用一如的新思维实现了由被动的"遣有"到主动的"即有"的态度转变的话，那么，此处的直觉观物方式则解决了"即有"如何"得玄"的具体的审美体验方法问题。赋中"忽即有而得玄"的"忽"字已准确地把握住了这种观物方式瞬间领悟的直觉性特征。李善的注文将此解释为"道教"（道家）的直观方法虽非无据，但若结

---

① 郭庆藩：《庄子集释》，载《诸子集成》（三），中华书局1986年版，第24、53页。

合前句"泯色空以合迹"的运思特点及用语色彩，并联系作者本人的交游情况，则此处表现出的观物特点似应更多的是受支遁即色义的影响和启发。

即色义的要旨是"色即是空，非色灭空"①。此义在观物态度上给人最大的启悟便是对"色空"的认识——所谓"空"，并非是将"色"等有形之物消除殆尽才是"空"，而是主观上充分认识到了"色"的无自性和虚幻变化，这便是"空"。倘若再进一步联系支遁《逍遥论》所标揭的"至人之心""物物而不物于物"②的含义，那么，即色义的理论贡献就是在向郭崇有之学的基础上积极张扬了观物者自身的主观能动作用。这是体玄活动中实现"忽即有而得玄"这一直观思维的重要心理依据。作为东晋时期玄释合流过程中的一位关键性人物，孙绰在《庾亮碑文》提出的"以玄对山水"③这一理想人格的原则思想亦当受此观念的启发。

孙绰赋作中的心得生动反映了晋宋间玄学体用思维和观物方式出现的变化。此种变化表现于诗歌的创作，便是形成了玄言诗转入山水诗的历史性契机。

从现存的玄言诗来看，纯粹言理的诗作固然是玄言诗的主体，但无可否认的是，玄言诗中亦有相当部分的诗作颇涉自然山水。不过，此类诗作中语涉山水景物的成分往往是以概括性描写的面貌出现的。出现这一现象的原因，当然可能与其时写景状物的手段和技巧未臻成熟有关，但更为重要的一点，恐怕还是玄言诗人在其对待山水景物的态度上是意在彼而不在此：体玄悟道是目的，游赏山水为手段。故其观照山水的角度必然是取俯仰宇宙式的登高临远、周览万物，而非置身山林水涧的穷幽览胜、流连倚徙。其反映到山水摹写便是专意于宏观整体，而忽略其微观枝节，有如九方皋相马，取其俊逸而遗其玄黄。这样，玄言诗的写景成分自然不可能细致和生动了。如湛方生《还都帆诗》：

---

① 支遁：《妙观章》，余嘉锡《世说新语笺疏》文学第三十五条注引，中华书局1983年版，第223页。

② 支遁：《逍遥论》，余嘉锡《世说新语笺疏》文学第三十二条注引，中华书局1983年版，第220页。

③ 余嘉锡：《世说新语笺疏》容止第二十四条注引，中华书局1983年版，第618页。

　　　　高岳万丈峻，长湖千里清。

　　　　白沙穷年洁，林松冬夏青。

　　　　水无暂停流，木有千载贞。

　　　　寤言赋新诗，忽忘羁客情。①

　　这是一首颇带玄意的山水写景诗。从第一句至第六句全系写景，但诗中所谓"万丈峻"、"千里清"、"穷年洁"、"冬夏青"以及"无暂停流"、"有千载贞"等景物特征和属性均非即目所见的一时一地的具体之景，而是诗人透过俯仰宇宙的视角所"看"到的、具有普遍性的永恒之景。从体玄活动的深层意义上说，这是作者脱略了或超越了具体形相的景而把握到的"理"——玄理。所以，玄言诗中的"山水"实际上完全统摄于作者的"体无"思维，是作者神祈向慕的形上玄远之道的表征。

　　与玄言诗立意舍弃和脱略山水景物的写法相异，山水诗对外在山水景物则是取正面迎受的积极态度，故其于景物的摹写是侈陈风物，巧构形似之言。毫无疑问，这正是前述玄学体用思维由"遣有"的态度转向"即有"的态度的反映。不过，这一变化早在孙绰的《秋日诗》已显露出端倪：

　　　　萧瑟中秋月，飔戾风云高。

　　　　山居感时变，远客兴长谣。

　　　　疏林积凉风，虚岫结凝霄。

　　　　湛露洒庭林，密叶辞荣条。

　　　　抚菌悲先落，攀松羡后凋。

　　　　垂纶在林野，交情远市朝。

　　　　澹然古怀心，濠上岂伊遥。②

　　以往论者多将此诗视作玄言诗，但此诗于特定时间的选择与特殊景

---

① 逯钦立：《先秦汉魏晋南北朝诗》，中华书局1983年版，第944页。

② 同上书，第901页。

物的摹写及感受上，已非复一般写景诗的浮泛和概念化。《秋日诗》在
景物处理手法上出现的变化表明其已逸出了玄言诗的正格，而恰与作者
《游天台山赋》中的游历心得相契。由此看来，《秋日诗》实为玄言诗
转入山水诗的先兆。至谢灵运，山水风物在其诗中则是纵笔铺陈，极尽
穷形尽相之致：

山行穷登顿，水涉尽洄沿。

岩峭岭稠叠，洲萦渚连绵。

白云抱幽石，绿筱媚清涟。①

（《过始宁墅》）

俯濯石下潭，仰看条上猿。

早闻夕飚急，晚见朝日暾。

崖倾光难留，林深响易奔。②

（《石门新营所住四面高山回溪石濑茂林修竹》）

朝旦发阳崖，景落憩阴峰。

舍舟眺回渚，停策倚茂松。

侧径既窈窕，环洲亦玲珑。

俯视乔木杪，仰聆大壑淙。

石横水分流，林密溪绝踪。

解作竟何感，升长皆丰容。

初篁苞绿箨，新蒲含紫茸。

海鸥戏春岸，天鸡弄和风。③

（《于南山往北山经湖中瞻眺》）

此中所写均是作者即目所见的客观景物，其写法可谓"情必极貌以
写物，辞必穷力而追新"④。从表现的对象看，作者于山水景物的观照
态度和体验方式上均显现出与玄言诗看似相反的路径。不过，若从诗歌

① 逯钦立：《先秦汉魏晋南北朝诗》，中华书局1983年版，第1159页。
② 同上书，第1166页。
③ 同上书，第1172页。
④ 范文澜：《文心雕龙注》，人民文学出版社1958年版，第67页。

的整体结构来看，其景物的安排又显然是透过作者俯仰宇宙、"以大观小"的心灵眼睛来组织的，诚如王夫之所云："神理流于两间，天地供其一目，大无外而细无垠，落笔之先，匠意之始，有不可知者存焉。"①再就诗中的微观细节而言，其"山行"、"水涉"的努力，"朝旦发"、"景落憩"的追求以及"俯视"、"仰聆"式的周览，亦在表现出一种意欲穷尽宇宙万象的观照意识，而这种意识与玄言诗表现出来的究心玄远的精神向度和追求略无二致。从这一点上看，山水诗的出现乃是玄学发展势所必至的结果，由玄言诗转入山水诗实际上正是体玄者实现由外部脱略山水形相转而从主观内心超越山水形相的思路转变。至此，孙绰在《庾亮碑文》所标榜的"以玄对山水"的人格理想才真正落实为宗炳所提倡的"应目会心"②式的诗学理想。这就是玄言诗发展为山水诗的内在理路。

晋宋之际山水诗的出现，不仅体现了此一时期观物态度的新变，同时也显现了山水摹写对象、摹写之技的确立。

第四节 元嘉山水诗的学问化因素及其特征

山水诗在刘宋元嘉时期的确立乃是魏晋以来自然观发展的必然结果，此一事实已为学界所习知。但山水诗在诗歌演进中表现出来的学问化祈向及其特征，历来论者则似未予以充分认识和讨论。以笔者肄习所及，最早将元嘉山水诗与学问、才学因素联系起来看待的是唐代的白居易。白氏在其《与元九书》一文中论列晋宋以还的作家时称：

> 以康乐之奥博，多溺于山水；以陶渊明之高古，偏放于田园；江、鲍之流，又狭于此。③

---

① 王夫之：《古诗评选》，张国星点校，文化艺术出版社1997年版，第217页。
② 宗炳：《画山水序》，载严可均《全宋文》卷二十，商务印书馆1999年版，第178页。
③ 白居易：《与元九书》，载《白居易集》卷四十五，顾学颉校点，中华书局1979年版，第961页。

此番简短评述是白居易从取便时用的目的出发，并激于晋宋以来诗道寖微的事实而发的感叹。此中对谢康乐将其"奥博"之才"多溺于山水"的作法深以为憾，显然，其于评价取向上是持批评态度的。

于白居易的批评立场姑置不论，仅就其将山水与学问联系起来的这一思维路径来看，笔者以为，白氏的认识极耐思考，尤其是此中隐含的将谢灵运"奥博"之学视作山水诗发展的一个动因，则更是与中国古典诗歌渐进展开的学问化演进历程相默契。不过，应当加以补充的是：这种认识不仅适用于谢灵运山水诗创作个案的研究，亦适用于由谢氏所开创的元嘉山水诗体的研究。下面拟就三个方面加以说明。

一、"理势之自然"与"以才济变"

白居易"以康乐之奥博，多溺于山水"一语，很容易让人联想到谢氏在政治上失意的事实。白氏《读谢灵运诗》便径称："谢公才廓落，与世不相遇。壮志郁不用，须有所泄处。泄为山水诗，逸韵谐奇趣。"由此极易推导出这样的结论：谢康乐将其"奥博"之才之所以潜注于山水的吟咏，乃是其"倔强新朝"①、仕途受挫之后情感的自然宣泄。按诸谢氏生平出处行迹，此一理解虽不为无据，但若从诗歌自身演进的角度看，此种特别侧重于文学"外缘"因素的认识，有时反而容易遮蔽一些更为根本的文学事实。

其实，五言诗发展至元嘉时期，已经面临着诗歌新变的重大契机。对此间出现的变化，焦竑在其《谢康乐集题辞》中有如下评述：

> 嗟乎，诗至此，又黄初、正始之一大变也！弃浮白之用，而竞丹臒之奇；离质木之音，而任宫商之巧。岂非世运相乘，古始易解，即谢客有不得而自主者耶？②

清代许学夷在《诗源辩体》继此亦有形象的抉发：

---

① 张溥：《谢康乐集题辞》，载黄节《谢康乐诗注》《鲍参军诗注》合刊本，中华书局2008年版，第7页。

② 焦竑：《谢康乐集题辞》，载黄节《谢康乐诗注》《鲍参军诗注》合刊本，中华书局2008年版，第5页。

予尝谓：汉魏五言如大篆，元嘉颜谢五言如隶书，米元章云："书至隶兴，大篆古法大坏矣。"犹予谓诗至元嘉而古体尽亡也。此理势之自然，无足为怪。[①]

焦、许二氏指陈的元嘉新体的特征也许与实际不尽相符。比如说，"离质木之音，而任宫商之巧"，则是必待永明诗体之后才有的讲求。但二氏于晋宋之际诗歌中"不得自主者"或曰"理势之自然"有着相当敏锐的觉知，如若进一步从学问化演进的角度来认识，焦、许二氏所拈发的"不得自主者"或曰"理势之自然"反映于山水诗，则似有更为潜在而特殊的背景。

从山水诗的形成背景来看，随着"山水"客观属性的日渐凸显，"山水"作为诗歌表现范畴开始得到确立，这是山水诗得以走上摹写"形似"之径的内在原因。

自《诗经》、楚辞以还，山水之属主要是作为"比德"和象征的手段而存在的。两汉大赋虽广陈风物，山水亦点缀其间，但其立意所在，乃是"体国经野"[②]、"润色鸿业"[③]。迨及魏晋，玄风大炽之后，山水的自然之美日渐被阑入士人的视野，进而成为触发玄思甚至吟咏"作文"的重要媒介。刘义庆《世说新语》一书就多处记载魏晋士人吟咏山水的逸事。不过，晋宋之际士人对待山水的态度在玄学体无思想的指导下是主要表现为"遣有"和"即有"之间的矛盾。[④]肇始于西晋而盛行于东晋的玄言诗可以说是"遣有"思维的产物，故其于创作中是急欲脱略包括山水在内的一切形相，但最终走入了诗歌创作的窘境。而山水诗则是沿循"即有"思维而获致的积极成果。山水诗的形成和确立，表明两晋的自然观至此实现了巨大的转变。这种转变在体玄活动中的积极意义就是：作为"物"的山水，由原来刻意要摆落、超脱的对象一

---

① 许学夷：《诗源辩体》，人民文学出版社1987年版，第108页。

② 刘勰：《文心雕龙·诠赋》，载范文澜《文心雕龙注》，人民文学出版社1958年版，第135页。

③ 班固：《两都赋序》，载萧统《文选》卷一，上海古籍出版社1986年版，第2页。

④ "遣有"、"即有"，语出孙绰《游天台山赋》："悟遣有之不尽，觉涉无之有间；泯色空以合迹，忽即有而得玄。"从"遣有"到"即有"的观念转变实为玄言诗转入山水诗的内在路。可参见本章第三节。

变而为可以积极迎受和面对客观存在。这样，山水之形色、万象之姿态方才以其本来的面貌络绎纷呈、尽现人们的眼底。而"万殊"、"群籁"无比丰富的形貌特征又必然会进一步诱发诗人在描摹技巧和"形似"手段上追求更高的要求。

本来，对描摹、"形似"技巧之讲求，最早是始于汉代的辞赋家。沈约的《宋书·谢灵运传序》即称誉司马相如"巧为形似之言"①。刘勰论及辞赋的体物特征亦云："拟诸形容，则言务纤密，象其物宜，则理贵侧附。"② 至西晋太康时期，陆机的《文赋》在理论上提出与"形似"要求有着密切联系的"体物"思想。此一思想与同时期张协在诗歌创作中"巧构形似之言"③ 的实践活动隐然呼应，实已微开诗歌"形似"追求之渐。然而，蹊径欲拓为康衢自必有待于新自然观的阐发和确立。晋宋之际僧俗二界在体玄活动中由"遣有"观念向"即有"观念的积极转变，不惟促发了玄言诗向山水诗的转向，而且亦使萌发于汉赋的"密附形似"的"写真"诗艺蔚为一时风尚。刘勰《文心雕龙·明诗》对此时诗风转变后的创作趣尚即有精当的论述：

> 宋初文咏，体有因革，庄老告退，而山水方滋，俪采百字之偶，争价一句之奇，情必极貌以写物，辞必穷力而追新，此近世之所竞也。④

这是晋宋之际诗歌转型、"声色大开"⑤ 的实际背景。山水诗既然与玄言诗在创作上分镳立异，那么，其于拟情状物上的急迫需求则同样考验着创作者的才情与学问。对此，黄侃《诗品讲疏》所见极为中肯：

> 夫极貌写物，有赖于深思；穷力追新，亦质于博学。将欲排除

---

① 沈约：《宋书·谢灵运传》，载《宋书》，中华书局1974年版，第1778页。
② 刘勰：《文心雕龙·诠赋》，载范文澜《文心雕龙注》，人民文学出版社1958年版，第135页。
③ 钟嵘：《诗品》，载《历代诗话》，中华书局1981年版，第9页。
④ 刘勰：《文心雕龙·明诗》，载范文澜《文心雕龙注》，人民文学出版社1958年版，第67页。
⑤ 沈德潜：《说诗晬语》，载《清诗话》，上海古籍出版社1999年版，第532页。

肤语，洗荡庸音，于此假涂，庶无迷路。世人好称汉魏，而以颜谢为繁巧，不悟规摹古调，必须振以新词；若虚响盈篇，徒生厌倦，其为弊害，与勦袭玄语者政复不殊。以此知颜谢之术，乃五言之正轨矣。①

黄氏此处将山水诗视为对玄言诗的革除，似未窥及两者乃是观念上一念之转的事实，有其可议之处。但其对山水诗极貌写物、穷力追新的写法与创作才力、学问关系的认识，则是精确无比，殊为至微之论！本节第三部分将详细论述。

许学夷《诗源辩体》对建安诗歌由"五言天成之妙"一变而为建安诸子"始见作用之迹"的变化，曾有如下评述：

此虽理势之自然，亦是其才能作用耳。②

执此移评晋宋之际诗歌的新变，亦至为恰当。如果说前述的山水作为诗歌表现对象的确立以及由此形成的"形似"艺术追求为"理势之自然"，那么，谢、鲍等鸿裁之士以其横放之才对"不得自主"的诗歌丕变作出积极的响应，则又当属"才能作用"之效了。故许氏紧承钟嵘《诗品》中的评语进一步揭示曰："谢客为元嘉之雄，非有才不足以济变。"③ 这是对诗歌演进过程中创作者才学意识及作用的辩证而又积极的评价。

大体而言，元嘉谢客诸人的"济变"之"才"，主要是表现在"文体宜兼"的自觉意识以及在诗歌创作中大胆的赋法实践。

从文体演进的角度看，晋宋之际山水之景在成为诗歌的主要表现对象之后，则魏晋诗人沿承已久的汉魏古体诗歌在其体制上已难敷铺陈驰骋之需，因而其必然面临着进一步拓展的急切要求。而谢灵运"文体宜兼"的思想应当说正是这一诗歌发展要求的结果。

---

① 黄侃：《诗品讲疏》，载范文澜《文心雕龙注》引，人民文学出版社1958年版，第92页。

② 许学夷：《诗源辩体》，人民文学出版社1987年版，第77页。

③ 同上。

"文体宜兼"的提法首见于谢灵运《山居赋序》，其文曰：

> 扬子云云："诗人之赋丽以则。"文体宜兼，以成其美。今所赋既非京都宫观游猎声色之盛，而叙山野草木水石谷稼之事。才乏昔人，心放俗外。咏于文则可勉而就之；求丽，邈以远矣。①

在此序中，谢灵运明言自己作《山居赋》的目的是着眼于赋体的实验。但细绎其序文，其于诗赋二体自身规定性的认识以及对"以成其美"的文体兼综的追求是颇为清楚和明显的。这种思想反映于山水诗的创作实践，便是大胆突破文体的界限，以赋体施于诗，拓出诗歌表现的新境。显然，这是诗歌体制上的革新。

本来，赋体源于《诗经》六义之一，然自其形成文体之后，则一派歧出，波澜而日阔，渐次由附庸蔚成大国，从而造成两汉期间"词赋竞爽，而吟咏靡闻"②的局面。建安之后，虽然乐府诗歌转兴，"五言腾踊"③。但赋体因经由了长期的发展和积累，其在体物写景方面较之主于"缘情"的诗歌仍具有体制上的巨大优势。故刘熙载于《艺概·赋概》中说：

> 赋起于情事杂沓，诗不能驭，故为赋以铺陈之。斯于千态万状，层见迭出者，吐无不畅，畅无或竭。《楚辞·招魂》云"结撰至思，兰芳假些。人有所极，同心赋些。"曰"至"曰"极"，此皇甫士安《三都赋序》所谓"欲人不能加"也。④

在谢灵运以前，建安之曹植，尤其是太康之陆机，其于诗赋的文体特征已有明确的认识，二人的诗歌创作对辞赋的手法亦有所借鉴⑤，沈

---

① 谢灵运：《山居赋序》，载《宋书》卷六十七《谢灵运传》，中华书局 1974 年版，第 1754 页。

② 钟嵘：《诗品》，载《历代诗话》，中华书局 1981 年版，第 2 页。

③ 刘勰：《文心雕龙·明诗》，载范文澜《文心雕龙注》，人民文学出版社 1958 年版，第 66 页。

④ 刘熙载：《艺概·赋概》，载《艺概》，上海古籍出版社 1978 年版，第 86、87 页。

⑤ 从曹、陆二人部分诗作看，实亦微露诗变的征兆，可参见曹植《美女篇》、《赠白马王彪》，陆机《日出东南隅行》等。

德潜《古诗源》评陆机诗体即谓:"士衡辈以作赋之体行之"①。但这些诗歌的尝试终因囿于诗赋的畛域而未能逸出汉魏古诗的体制。此正为许学夷所称之"古体犹存"②时期。而谢灵运之所以能畔古开新、以赋法施于诗并最终获致成功,笔者以为主要得助于以下二端:

第一,以赋法施于诗很好地适应了山水题材体物图貌这一新的艺术需求。

清人吴乔在《围炉诗话》中曾云:

> 汉人作赋,颇有模山范水之文,五言则未有,后代诗人之言山水,始于康乐。③

吴氏谓康乐之前,五言诗未有"模山范水之文",窃以为用语过于绝对(盖因西晋张协、左思等人诗作实已呈现山水摹写之成分),但其于元嘉山水诗在"模山范水"技法上取径汉赋这一事实的认识却十分准确。

以赋法施于诗的结果,首先是将"赋取穷物之变"④的铺叙手法娴熟地运用于山水诗的摹写。试以谢灵运《于南山往北山经湖中瞻眺》为例:

> 朝旦发阳崖,景落憩阴峰。
> 舍舟眺迥渚,停策倚茂松。
> 侧径既窈窕,环洲亦玲珑。
> 俯视乔木杪,仰聆大壑淙。
> 石横水分流,林密溪绝踪。
> 解作竟何感,升长皆丰容。
> 初篁苞绿箨,新蒲含紫茸。

---

① 沈德潜:《古诗源》,中华书局1963年版,第156页。
② 许学夷:《诗源辩体》,人民文学出版社1987年版,第108页。
③ 吴乔:《围炉诗话》,载《清诗话续编》,上海古籍出版社1999年版,第521页。
④ 刘熙载:《艺概·赋概》,载《艺概》,上海古籍出版社1978年版,第99页。

海鸥戏春岸，天鸡弄和风。①

　　全诗对山水之景即是反复摹写和面面雕刻，可谓"穷形尽相"之至。汉赋的铺陈技法在此得到充分的发挥和演练，其铺叙之繁不仅远胜《诗经》、楚辞但以鸟兽虫鱼和香草美人起兴之点缀，而且亦非汉魏古诗的简单摹写所能比拟。清人李重华曾以司马相如赋为准的，对赋别有新见："赋为敷陈其事而直言之，尚是浅解。须知化工之妙处，全在随物赋形。"② 窃以为，若将此语移评元嘉山水诗的体物特征则似更为恰当。

　　此外，谢灵运等人为求对山水景物摹写殆尽，又往往不惜加长诗歌的篇幅，进而造成其山水诗"俪采百字之偶"的现象。而五言诗欲至"百字之偶"，势必要用更多的句子作铺陈。今观谢、鲍现存诗集，其山水诗所以多为百字或超过百字的长度，其因盖即在此。

　　以赋法施于诗的另一表现则是俳偶的大量使用。

　　从俳句的发展来看，俳句最早见于《尚书》。③ 但其进一步的发展则端赖辞赋家在汉赋创作中的人为造作和自觉经营。刘勰《文心雕龙·丽辞》篇就说："自扬马张蔡，崇盛丽辞，如宋画吴冶，刻形镂法，丽句与深采并流，偶意共逸韵俱发。"④ 许文雨《文论讲疏》对此解释是："盖文章略内容而重外形，故惟以铺张为事，丽辞为主。如司马相如、扬雄辈好罗列事物，而用偶句；其后张衡、蔡邕辈，专以华富为旨，四六对偶之调渐多。"⑤ 许氏对俳偶在两汉发展的疏解颇为精当，但惜其于俳偶渐繁与摹写内容之关系仍有未察之处。其实，汉赋之所以重俳偶，一方面固然是辞赋家艺术自觉的结果，但另一方面亦与赋体侈陈风物之需要有着莫大的关系。朱光潜先生正是从汉赋摹写事物的角度来解

---

① 黄节：《谢康乐诗注》《鲍参军诗注》合刊本，中华书局 2008 年版，第 114 页。

② 李重华：《贞一斋诗话》，载《清诗话》，上海古籍出版社 1999 年版，第 930 页。

③ 《文心雕龙·丽辞》载："皋陶赞云：罪疑惟轻，功疑惟重。益陈谟云：满招损，谦受益。"范文澜《文心雕龙注》，人民文学出版社 1958 年版，第 588 页。

④ 刘勰：《文心雕龙·丽辞》，载范文澜《文心雕龙注》，人民文学出版社 1958 年版，第 588 页。

⑤ 许文雨：《文论讲疏》，载詹锳《文心雕龙义证》注引，上海古籍出版社 1989 年版，第 1303 页。

释汉赋骈偶的发展现象：

> 赋侧重横断面的描写，要把空间中纷陈对峙的事物情态都和盘托出，所以最容易走上排偶的路。①

汉赋之后，魏晋诗歌渐走俳偶的路径，实在是受了汉赋俳偶的积极影响。曹植的俳偶运用已颇见自觉的意识，至陆机是"对偶已繁"②，再至元嘉鲍、谢则俨然为俳偶之集大成者。若进一步联系以上四人均为诗人兼辞赋家的身份，那么，自魏晋以迄元嘉诗歌渐趋骈偶的现象背后，其赋体的影响因素就极为显豁了。

俳偶的发展既得益于汉赋敷叙事物之繁，那么，元嘉山水题材所提供的丰富摹写对象则自然使诗歌更趋向于以"双管齐下"的对偶形式从上下、左右的角度来表现即目所见的景物。像前举谢灵运《于南山往北山经湖中瞻眺》一诗，全诗几为对偶，但其与没有长度限制的汉赋不同的是，谢诗的对偶是以诗歌整饬的"联"的形式，从上下、左右、俯仰、起伏的角度，通过朝昏、声色、高低、大小等对应、互补关系，将大自然的山姿水态表现无遗。"联"既巧妙含摄了赋"苞括宇宙"③的空间意识，也精致地浓缩了赋"穷尽其变"的铺叙技法，这便是汉赋骈语转为诗歌对偶的演变之迹。

第二，元嘉山水诗以赋体施于诗得以成功的另一原因，是因为赋法与创作者的繁富之才深相契合。

作赋有赖才学，这是司马相如、扬雄之后即已形成的作赋观念。④刘熙载在《艺概·赋概》对此概括颇精：

> 赋兼才学。才，如《汉书·艺文志》论赋曰"感物造端，才

---

① 朱光潜：《诗论》，载《朱光潜美学文集》第二卷，上海文艺出版社1982年版，第185页。

② 吴乔：《围炉诗话》，载《清诗话续编》，上海古籍出版社1999年版，第521页。

③ 葛洪：《西京杂记》卷二引司马相如语，载文津阁《四库全书》第344册，商务印书馆2005年版，第304页。

④ 可参见本章第一节。

智深美"，《北史·魏收传》曰"会须作赋，始成大才士"；学，如扬雄谓"能读赋千首，则善为之"。

又曰：

> 以赋视诗，较若纷至沓来，气猛势恶。故才弱者往往能为诗，不能为赋。积学以广才，可不豫乎？①

"积学广才"既是作赋的基本前提，那么，以赋体施于诗，则自必诗赋兼擅，更需相应之才力和学问的有力支撑。谢灵运能于诗界中成就"元嘉之雄"，并以赋才推动诗歌的革新，实非偶然。从赋史看，谢灵运及其后的鲍照是汉赋之后赋作的大家。章太炎即有"自屈、宋以至鲍、谢，赋道既极"②之语；从赋才看，谢氏身上体现的文化积累亦已度越前贤，更有出蓝之胜。据《隋书·经籍志》记载，谢灵运除撰有《谢灵运集》十九卷之外，《经籍志》总集类还著录谢灵运所编的集本：《赋集》九十二卷，《诗集》五十卷，《诗集钞》十卷，《诗英》九卷，《七集》十卷，《回文集》十卷，《连珠集》五卷等③。如若再结合谢灵运造《四部目录》、纂《晋书》（见《隋书》经籍一、二）、熟稔六经庄老以及在佛学上的研修和著述等事实，那么，谢氏的学养浸渍之深、涉猎之广，环视六朝似已无人出其右者。如果说，赋才强调"博物知类"，"徵才聚事"④，那么，"兴高才多"⑤的谢灵运在学问和知识上显然是胜任愉快的。即以元嘉山水诗颇涉知识学问含量的使事用典为例，谢诗与"始见作用之迹"⑥的建安诗歌相比，又见出进一步的发展和变化。明人王世懋在其《艺圃撷余》中就曾说道：

---

① 刘熙载：《艺概·赋概》，载《艺概》，上海古籍出版社1978年版，第101页。

② 章太炎：《国故论衡》，上海古籍出版社2003年版，第91页。

③ 《隋书》卷三十五，经籍四，中华书局1973年版。

④ 章学诚：《校雠通义·汉志诗赋第十五》，载叶瑛《文史通义校注》，中华书局1985年版，第106页。

⑤ 钟嵘：《诗品》，载《历代诗话》，中华书局1981年版，第9页。

⑥ 许学夷谓："汉人五言有天成之妙，子建、公干、仲宣始见作用之迹。"见《诗源辩体》，人民文学出版社1987年版，第77页。

曹子建始为宏肆，多生情态，此一变也，自此作者多用史语，然不能入经语。谢灵运出而《易》辞、《庄》语，无所不用矣。剪裁之妙，千古为宗，又一变也。①

近人黄节亦云：

康乐之诗，合《诗》、《易》、聃、周、《骚》、《辩》、仙、释以成之。②

沈振奇先生在其《陶谢诗之比较》一书中，对谢灵运诗歌的用典来源作了详细的分类统计。据其统计的结果，谢诗典出最多的经书、子书依次为：《庄子》（62次）、《易经》（32次）、佛经（18次）、《论语》（16次）、《老子》（15次）。③除此，谢诗亦常用楚辞、《诗经》以及前辈诗人曹植、陆机的诗文和赋等。尽管上述的用典分析是以谢灵运的全部诗歌为统计对象，但是元嘉山水诗用典使事之繁富，由此可以概见。

当然，元嘉山水诗用典日繁，其原因除了创作者自身繁富才学所致外，亦与前述元嘉山水诗积极借鉴模山范水的赋法不无关系。汉赋体物从"离骚代兴，触类而长"④到"相如《上林》，繁类以成艳"⑤，其于表现情事之"类"上已愈见其向"穷形尽相"的方向发展。而谢灵运的山水诗取径赋法，不仅表现在山水之"类"的摹写，亦表现于名理典故之"类"的敷陈。⑥如果说，前者是对汉赋山水摹写的进一步推进，那么，后者则是对"类"的新的拓展。谢灵运山水诗名理典故的大量使用现象，从其运思和手段来看，是明显体现出以"穷物之变"

① 王世懋：《艺圃撷余》、载《历代诗话》，中华书局1981年版，第774页。
② 黄节：《谢康乐诗注序》，载《谢康乐诗注》《鲍参军诗注》合刊本，中华书局2008年版，第3页。
③ 沈振奇：《陶谢诗之比较》，台湾学生书局1985年版，第150、153页
④ 刘勰：《文心雕龙·物色》，载范文澜《文心雕龙注》，人民文学出版社1958年版，第694页。
⑤ 同上书，第135页。
⑥ 黄节：《谢康乐诗注序》谓康乐诗"说山水则苞名理"，见《谢康乐诗注》《鲍参军诗注》合刊本，中华书局2008年版，第3页。

为极诣的赋法特征，这是山水诗沿承汉赋"繁类以成艳"这一路向发展的新进境。

二、琢炼与自然

清人黄子云综括六朝诗歌时曾有如下评价：

> 六朝中有不可学者四：不细意贴题而摸稜成章者，一也；行文涣溢而漫无结束者，二也；不本性灵，专以典故填砌，而辞旨不能融畅者，三也；对偶如夹道排衙，无本末轻重之别，可存可削者，四也。①

就六朝诗歌的整体而言，黄氏的批评可谓剀切。不过，黄氏的观察毕竟是以六朝以后的诗歌成就与标准来绳衡六朝诗歌，故其于六朝的诗歌迥出前朝之处未及详察。其实，我们若从诗歌渐进发展的路径看，黄氏所言的"行文涣溢"、"典故填砌"以及"对偶如夹道排衙"诸特征，恰好显现出与此前质朴天然的两汉诗歌在整体上的区别。比如，"行文涣溢"实为才多铺叙的结果；"不细意贴题"，其部分原因也是一任骋才而未加检束所致；至于"典故填砌"、"对偶如夹道排衙"，则又纯为学富的积极表现。六朝诗歌的此类特征颇为集中地体现在取径赋法的元嘉山水诗歌之中。钟嵘于《诗品》序即以"才高词盛，富艳难踪"② 称许谢灵运的诗歌。不过，钟氏又十分敏锐地察觉到，谢氏"内无乏思，外无遗物"③ 这一不加采择、"寓目即书"的写作方法在给诗歌带来"繁富"特征的同时，也会造成诗歌的"繁芜"④ 之累。钟嵘的理论知觉实际上触及创作发展过程中一个极为重要的问题，即如何安顿才多学富的问题。对此问题，早于钟嵘的西晋作家张华和陆云已开始意识到了。《世说新语》注引《文章传》曰：

---

① 黄子云：《野鸿诗的》，载《清诗话》上海古籍出版社1999年版，第852页。
② 钟嵘：《诗品》，载《历代诗话》，中华书局1981年版，第2页。
③ 同上书，第9页。
④ 同上。

　　（陆）机善属文，司空张华见其文章，篇篇称善，犹讥其作文大治。谓曰："人之作文，患于不才，至子为文，乃患太多也"。①

　　陆机为"太康之英"②，刘勰《文心雕龙·才略》称其"才欲窥深，辞务索广，故思能入巧，而不制繁"③。"才多"，本是为文的有利因素，但若不能"制繁"则反而会带来"才多"之患。张华所讥"作文大治"，据余嘉锡注引李详案语云："案大治谓推阐尽致"④，此即黄子云所谓"行文涣溢而漫无结束者"之类。这样，在诗歌创作中修辞上的约炼、整饬的要求很自然地被提了出来。陆云标举"文贵清省"即着眼于为文的一种新祈向。其在《与兄平原书》中论及文章得失时云：

　　　兄文章之高远绝异，不可复称言。然犹皆欲微多，但清新相接，不以此为病耳。若复令小省，恐其妙欲不见，可复称极，不审兄由以为尔不？……云今意视文，乃好清省，欲无以为尚，意之至此，乃出自然。⑤

　　陆云所论甚为婉转，但其标举"清省"、"清约"的旨趣明显是针对其兄为文"微多"之弊。虽然，陆云的文论主张其时并未获得积极的响应，但却与其后追求玄远简淡为目标的玄言诗旨趣相契。东晋玄言诗大家孙绰在评骘陆机、潘岳二人为文高下时之所以申潘黜陆，即因"潘文浅而净，陆文深而芜"。⑥《世说新语·文学》又载："孙兴公道：'曹辅佐才如白地明光锦，裁为负版绔，非无文采，酷无裁制。'"⑦ 可见，其对"浅净"、"裁制"的崇尚与陆云"雅号清省"在思想取向上实有因循关系。所以，从诗歌演进的角度来看，如果说陆云"清省"，

　　① 余嘉锡：《世说新语笺疏》，中华书局 1985 年版，第 261 页。
　　② 钟嵘：《诗品》，载《历代诗话》，中华书局 1981 年版，第 3 页。
　　③ 刘勰：《文心雕龙·才略》，载范文澜《文心雕龙注》人民文学出版社 1958 年版，第 700 页。
　　④ 余嘉锡：《世说新语笺疏》，中华书局 1985 年版，第 262 页。
　　⑤ 陆云：《陆云集》，黄葵校点，中华书局 1988 年版，第 134 页。
　　⑥ 余嘉锡：《世说新语笺疏》，中华书局 1985 年版，第 269 页。
　　⑦ 同上书，第 271 页。

是欲纠乃兄"辞务索广"之弊，那么，以孙绰为代表的玄言诗取玄远简约之风致，则似有意选择一条与西晋以陆机为代表的繁缛诗风立异的路径。其以理化情的意识与实践实为才学化、学问化的又一表现。不过，令人遗憾的是，玄言诗在化"芜"为"净"的路径上走向了极端。而元嘉山水诗的出现，可以说乃是针对玄言诗弊的逆向性诗学运动。但若从这一转向的内在理路看，则元嘉山水诗与玄言诗又有着共通的玄学思想基础。萧子显在《南齐书·文学传论》纵论元嘉"三体"时即称谢诗一体为"典正可采，酷不入情"①。萧氏此语虽涉贬抑，但却颇能从反面切中谢诗的诗歌品质。盖因所谓"酷不入情"，乃以理性为主导的创作理念所由致也。故而元嘉山水诗尽管"极貌写物"、"穷力追新"，但其运思的凭借和基础又与前述陆云以识检乱的"清省"价值取向以及玄言诗的知性精神颇有潜符默契之处。

"以理化情"、以识检乱具体表现于诗艺上的讲求，便是"鲍、谢作诗，用力勤苦"②的琢炼意识与实践。当然，严格地说，琢炼的意识与实践非尽同"清省"的旨趣，因其一趋于刻镂之严，其一偏于简淡之易，但二者在运思上强调以人工知性羁勒纵放、以思力学问约束驰骤这一点则正相一致。清人毛先舒《诗辩坻》论谢灵运诗云：

　　　　康乐同时分路，矫焉追古，观其颖才通度，颇能踸驰，而每抑神儁，降就骈整，潘、陆风流赖以无坠。③

方东树《昭昧詹言》又云：

　　　　鲍不及汉、魏、阮公之浑浩流转，然故约之炼之，如制马驹，使就羁勒，一步不肯放纵，故成此体。故谢、鲍两家，皆能作祖。④

---

　　① 萧子显：《南齐书·文学传论》，载《南齐书》卷五十二，中华书局1972年版，第908页。

　　② 方东树：《昭昧詹言》，人民文学出版社1961年版，第35页。

　　③ 毛先舒：《诗辩坻》，载《清诗话续编》，上海古籍出版社1983年版，第41页。

　　④ 方东树：《昭昧詹言》，人民文学出版社1961年版，第166页。

　　毛、方二氏显然于汉魏古诗存有偏嗜，但二人对谢、鲍两家在诗歌创作的约炼、整饬功夫的概括却甚为准确，尤其是方氏将约炼、羁勒之功最后归结为谢、鲍诗体得以"作祖"之原因，则更能提示谢、鲍的琢炼意识在诗史以及诗歌学问化过程中的特殊意义。前引王世懋《艺苑撷余》称："谢灵运出而《易》辞《庄》语无所不用。剪裁之妙，千古为宗，又一变也。"此语亦颇能使人服膺王氏于诗歌流变中见微知著的眼力：所谓"《易》辞《庄》语无所不用"，实为纵才驰骤之谓也，此于曹植的"宏肆"固已更进一步，而至"剪裁"之妙则直是敛才就法之功效了。于此，诗歌创作的"才多"方由一任纵恣转为专意收敛，从此一演进中实已见出诗歌学问化、才学化表现由疏趋密的发展变化之迹。故王氏称其为诗歌的"又一变"，洵为特识！

　　大体而言，元嘉山水诗在创作上的约炼之功主要是表现于诗歌的篇章组织、字句刻镂兼及使事用典之妙这些技能因素。明清以来的诗论多有言及，而方东树《昭昧詹言》所论则尤见详明和精当。兹取数例以见谢诗刻炼之面貌及其影响。其评康乐《登池上楼》曰：

　　　康乐诗，章法脉缕衔递整比完密如此，此正格中锋也。视同时诸他名家，皆不免卤莽疏略，精力不能到此。[1]

评《登江中孤屿》曰：

　　　康乐固富学术，而于庄子郭注及屈子尤熟，其取用多出此。至其调度运用，安章琢句，必殚精苦思，自具炉锤。非若他人掇拾饾饤，苟以充给，客气假象为陈言也。用字如此之确，急宜法。[2]

评《登石门最高顶》曰：

　　　此诗首二句交代题面，以下皆言息夕事。"疏峰"十句，总写

---

① 方东树：《昭昧詹言》，人民文学出版社 1961 年版，第 144 页。
② 同上书，第 146 页。

石门山房之景，意极工。"来人"二句，即上"迷"字。此等由皆用典不率臆，此最一大法……收句言同此趣者无人，倒转另换意，回挽结上，笔势纵送，反折出"登"字，奇绝，岂寻常率漫敷衍苟尔作结者所及。列子注："云梯可以凌虚。"五臣注："仙者因云而升。""抗馆"是主，"对岭""临溪""罗林""拥石"皆为"馆"言之。"塞路""迷径""忘术""惑蹊"皆为"登"字言之。杜、韩山水造句，皆自谢出，而笔势紧峭多姿。①

评《游赤石进帆海》曰：

　　起句从前《游南亭》篇"朱明"句来，不过叙时令，而万古不磨，则琢句兴象之妙也。"水宿"二句，点题实，迤逦叙入，而必兼带兴象，不肯作一率漫泛句，杜公所谓"语不惊人死不休"也。②

其论谢诗用事曰：

　　谢诗用事，如"樵隐俱在山"，"妙善冀能同"，"乱流趋正绝"，"来人忘新术"，"执戟一以疲"，"和乐隆所缺"，似此凡数十百处，暂见似白道，而实皆用典。此是一大法门，古人无不然。③

又论谢诗用字曰：

　　下字成句，须以康乐为法，无一字轻率滑易，此黄山谷所以可法。杜公时时用康乐意与字，但气加紧健雄迈耳。④

方氏以"古文之法"通于诗，更取严羽之说，谓"工妙别有能

---

①　方东树：《昭昧詹言》，人民文学出版社 1961 年版，第 149 页。
②　同上书，第 145 页。
③　同上书，第 132 页。
④　同上书，第 136 页。

事"，其论谢诗堪称明清以来诗论家研究谢诗之大成，而其对谢诗人工刻炼之影响及于杜、韩、柳、黄一脉的拈发尤其别具只眼！

不过，欲完整地把握元嘉山水诗刻炼的意义，还应同时了解彼时人们对诗歌"自然"标准的认识。事实上，南朝文人对谢诗的评价，除了对其诗体的"冗长"颇致微词之外，包括批评者在内，大多又以"自然"、"天拔"① 来称许其诗，并喜将谢灵运与同时期的颜延之相比以见其胜。《南史·颜延之传》云：

> 延之尝问鲍照己于灵运优劣，照曰："谢五言如初发芙蓉，自然可爱；君诗若铺锦列绣，亦雕缋满眼。"②

《诗品》"颜延之"条以此语属汤惠休，文字则小异，曰：

> 汤惠休曰："谢诗如芙蓉出水，颜如错彩镂金。"颜终身病之。③

"初发芙蓉"与"铺锦列绣"其时有无优劣之分，或存争议。④ 但"芙蓉"之喻毕竟昭示出一个时代艺术审美的新祈向。这种新祈向就是对清新秀拔之自然美的追求。然而，从谢灵运等人的创作实践来看，其于"芙蓉出水"的自然美与"错彩镂金"的人工美之间的关系其实存在颇为特殊的认识。宋元以后的一些诗评家对此似未究及，其颇见流行的一些见解实有待于作进一步的辨析和澄清。如宋人叶梦得《石林诗话》谓：

> "初日芙蕖"非人力所能为，而精彩华妙之意，自然见于造化

---

① 萧纲评谢诗即称："吐言天拔，出于自然"，见萧纲《与湘东王书》，姚思廉《梁书》卷四十九《庾肩吾传》，中华书局1973年版，第690页。
② 《南史·颜延之传》，载《南史》卷三十四，中华书局1975年版，第881页。
③ 钟嵘：《诗品》，载《历代诗话》，中华书局1981年版，第13页。
④ 曹道衡、沈玉成：《中古文学史料丛考》，中华书局2003年版，第275页。

之妙。灵运诸诗，可以当此者亦无几。①

很显然，叶氏此处于谢诗的"芙蓉"之美的理解是将之与颜延之的人工"雕缋"对立起来看待。据此，其对谢氏的山水名句"池塘生春草"作如下理解：

> "池塘生春草，园柳变鸣禽。"世多不解此语为工，盖欲以奇求之耳。此语之工，正在无所用意，猝然与景相遇，借以成章，不假绳削，故非常情所能到。诗家妙处，当须以此为根本，而思苦言难者，往往不悟。②

此段文字屡见征引，但明代谢榛最早对此提出异议，其于《四溟诗话》中评曰：

> 谢灵运"池塘生春草"，造语天然，清景可画，有声有色，乃是六朝家数，与夫"青青河畔草"不同。叶少蕴但论天然，非也。又曰"若作'池边'、'庭前'俱不佳。"非关声色而何？

笔者则以为，叶氏最大的疏误正在以今例古，对六朝特别是元嘉时期的审美趣尚以及诗艺演进未及详察，以致其将"池塘"诸句之工妙完全从其时诗歌以琢炼为工美的背景中割离出来，并视之为谢氏诗歌创作中的孤立现象。

据钟嵘《诗品》所引《谢氏家录》载，谢康乐本人对"池塘"二句亦颇为自负。其曾自神其技曰："此语有神助，非吾语也。"③但揆其创作实情，"池塘"二句之得，实与灵运"在永嘉西堂，思诗竟日不就"④的苦思之功大相关涉。清人陈祚明《采菽堂古诗选》对此有颇为中肯的论述：

---

① 叶梦得：《石林诗话》，载《历代诗话》，中华书局1981年版，第435页。
② 同上书，第426页。
③ 钟嵘：《诗品》，载《历代诗话》，中华书局1981年版，第14页。
④ 同上。

康乐公诗《诗品》拟以初日芙蓉可谓至矣。而浅夫不识，犹或以声采求之，即识者谓其声采自然，如"池塘生春草"等句是耳。乃不知其钟情幽深，构旨遥远，以凿山开道之法，施之惨澹经营之间。细为体味，见其冥会洞神，蹈虚而出，结想无象之初，撰语有形之表。[①]

方东树亦谓：

"池塘"句，公自谓有神助，非人力。窃谓学者必真能知此句之妙不易得，乃有诗分。[②]

可见，谢诗的"芙蓉"之美实出于"惨澹经营"之间。自然与雕缋的关系，若从深广的背景上看，则是反映了魏晋以来玄学本末有无观念下文质关系的新进境和新思考。

我们知道，玄学自其形成之日起，本末有无之辨即已成为玄学的核心课题，贵无则是其主导性的观念和思想。虽然，早期王弼的"贵无"理论并不完全排斥"有"的作用，但"有"的地位和价值得以被充分认识，则不能不归功于元康之后郭象对庄学的创造性阐释。郭象"崇有"之学的新义在于，它视"有"为唯一的存在，并否认在事物现象背后有一个无形的本根或造物者："无既无矣，则不能生有。有之未生，又不能为生。然则生生者谁哉？块然而自生耳。""故造物者无主而物各有主。"[③] 这样，以往被视为万物的内在规律或自然之道的"无"，便不当求之于具体的"有"之外，而只当存于"有"之中，并由"有"来表现。[④]

由此观念出发，郭象又对"性"（自然之性）和"为"（人为）的关系作了新的发挥。庄子在《秋水篇》说："牛马四足，谓之天；落马

---

① 陈祚明：《采菽堂古诗选》卷十七，李金松点校，上海古籍出版社 2008 年版，第 518、519 页。

② 方东树：《昭昧詹言》，人民文学出版社 1961 年版，第 144 页。

③ 同上。

④ 郭庆藩：《庄子集释》，载《诸子集成》（三），中华书局 1986 年版，第 24 页。

首，穿牛鼻，是谓人。"（郭象注曰："天"即为"天性"，是天生如此；
"人"是指"人为"，是人力所施予。）郭象注则曰：

> 人之生也，可不服牛马乎？服牛乘马可不穿落之乎？牛马不辞
> 穿落者，天命之固当也。苟当乎天命，则虽寄之人事，而本在乎
> 天也。①

　　郭象的意思是说，既然牛马生来是供人服乘，那么，穿落牛马则是
"天命之固当"也，故其虽为"人事"，但亦不悖于天性。从此意义上
看，"有为"就是"无为"。
　　郭象"崇有"理论不仅成功化解了其时现实人生中"庙堂"与
"山林"、名教与自然的尖锐矛盾，而且解决了理论上体用截然两分的
难题。其思想精义为晋宋以及此后的文艺思想和创作实践提供了至为深
远的启迪和借鉴。笔者以为，以下几点事实值得人们特别加以关注：
　　首先，作为文质关系中的"文"的因素，人工琢炼之技之所以在晋
宋诗文创作中特别受到人们的重视，从更根本的意义上说，其实正是与
玄学的深入发展以及当时人们对"有"的认识发生了巨大变化有着极
为密切的联系。因为，只有当"有"在有无关系中真正获致相对独立
的地位时，文艺创作中才会出现对文质关系中原本被视为末技的艺能之
事、"工拙之数"② 以及才学之用的专门讲求和自觉实践。
　　其次，在郭象的理论中，"有"既是唯一的存在，那么，包括"自
然"在内的物之本体（本性）自当见诸"有"之中，并通过"有"来
实现。这一本末不二、体用一如的辩证思维对晋宋之际的文艺观带来的
重要启示就是：创作中表现出来的自然，其与人工思力并非是截然对立
的存在；自然之美可以从琢炼中寻求，也可以通过琢炼来表现。这样，
在创作中讲求刻炼就不必与自然之义相违，殚精苦思亦不必与情真意切
相悖。而郭象"有为"就是"无为"的思想，则更易从正面赋予创作
中的人工思力以积极的意义。因此，笔者以为，谢灵运诗歌"追琢而返

---

①　郭庆藩：《庄子集释》，载《诸子集成》（三），中华书局 1986 年版，第 260 页。
②　沈约：《宋书》卷六十七《谢灵运传》，中华书局 1974 年版，第 1779 页。

于自然"①、"以人巧造天工"② 的艺术追求能够获致时人高度的认同，元嘉山水诗乃至整个元嘉时期的艺术创作能够形成注重人工刻炼的风习，若不从此背景中加以认识则很难获得理解。

诗歌创作从不重雕饰的古质天然到注重追琢的"人工自然"的发展，这是创作观念和审美观念的巨大变化。"人工自然"形态的确立，不仅在审美观念上是对古质天然观的深化，而且在创作实践上从此开示出一条凭借学力可以达致目标的、可攀可援的路径。

三、生新与陈熟

倘若说，元嘉山水诗的琢炼之艺是萌发于以知性检束"繁芜"的自觉意识，那么，其于生新、奇险的追求则表现出力矫易言、熟语的另一知性祈向。前引《文心雕龙·明诗》对宋初山水诗创作中此一殊尚，即以"俪采百字之偶，争价一句之奇，情必极貌以写物，辞必穷力而追新"③ 数语加以概括，黄侃对此的疏解是：

> 案孙、许玄言其势易尽，故殷、谢振以景物，渊明杂以风华。浸欲复规洛京，上继邺下。康乐以奇才博学，大变诗体，一篇既出，都邑竞传，所以弁冕当时，扢扬雅道。于此俊彦，尚有颜、鲍、二谢（谢瞻、谢惠连）之伦，要皆取法中朝，辞禁轻浅。虽偶伤刻饰，亦矫枉之理也。④

黄氏指出以殷、谢为代表的诗歌（主要指山水诗）"振以景物"、"辞禁轻浅"以及"偶伤刻饰"等"新变"特征是属"矫枉之理"，这无疑是正确的。但其将矫枉的对象仅归于玄言诗则不免失之偏颇。其实，从晋宋诗歌的因革背景看，"宋初文咏"的新变要求并非仅仅针对

---

① 沈德潜：《古诗源》，中华书局1963年版，第132页。
② 方东树：《昭昧詹言》，人民文学出版社1961年版，第133页。
③ 刘勰：《文心雕龙·明诗》，载范文澜《文心雕龙注》，人民文学出版社1958年版，第67页。
④ 黄侃：《诗品讲疏》，载范文澜《文心雕龙注》引，人民文学出版社1958年版，第92页。

玄言诗，而是旨在解决魏晋以来诗歌语言在发展中积之日显的"老化"问题。刘勰《文心雕龙·通变》在论及"九代咏歌"的演进时即已透出此中消息，其文云：

> 摧而论之，则黄唐淳而质，虞夏质而辨，商周丽而雅，楚汉侈而艳，魏晋浅而绮，宋初讹而新。①

尽管对诗歌"从质及讹"的演进，刘勰是从"宗经"的立场来加以审视的，但这丝毫未影响其对宋初文咏趋新实质的准确把握。故其于《文心雕龙·定势》中有云：

> 自近代辞人，率好诡巧，原其为体，讹势所变，厌黩旧式，故穿凿取新。②

"讹势所变，厌黩旧式"，这是从创作心理上对宋初辞人追求"讹而新"的精确揭示。萧子显在《南齐书·文学传序》所总结的宋初"三体"，其实也是从文章"弥患凡旧"的心理背景上来认识的。诗歌从魏晋发展至宋初，其"习玩为理"者，已寝成"厌黩"之对象。其时辞人所患之"凡旧"，以诗歌而言，举其大端，乃是诗歌语言运用出现的某种"老化"现象。概而言之，主要有以下二端：

一是易言。

自魏晋以来，诗学乐府，三祖陈王均以旧曲翻成新调。自曹子建起，已变两汉质朴之风，开诗家妍丽之渐；及至太康潘、陆更是"采缛于正始"，此时诗歌视东西京乐府"缘性致情，不为藻绘"③ 已自不同。然就整体而言，魏晋诗歌是语虽绮丽而辞殊浅易，这便与此前的汉赋语言表现出迥异之处。刘勰《文心雕龙·练字》篇即于前后比较中指出魏晋文章的语言特征，其文曰：

---

① 刘勰：《文心雕龙·通变》，载范文澜《文心雕龙注》，人民文学出版社1958年版，第520页。

② 同上书，第531页。

③ 郝立权语，见《陆士衡诗注·自序》，人民文学出版社1958年版。

及魏代缀藻，则字有常检，追观汉作，翻成阻奥。故陈思称：
"扬马之作，趣幽旨深，读者非师传不能析其辞，非博学不能综其
理。"岂直才悬，抑亦字隐。自晋来用字，率从简易，人谁取难？
今一字诡异，则群句震惊；三人弗识，则将成字妖矣。①

此中语言观念作用于诗歌创作，魏晋诗歌遂予人以"浅而绮"的印
象。这样，承此以作的宋初辞人殚思竭虑、"穿凿取新"，则是诗歌语
言在"积重"之后一种积极的"矫枉"实践。前引黄侃指出"颜、鲍
二谢之伦，要皆取法中朝，辞禁轻浅"，正是很好地把握住了宋初诗歌
的语言表现特征。

二是熟语。

由魏晋以迄宋初，诗歌已经历了阶段性的积累，其时诗歌的某些词
语、意象或者典故，在经过一个较长时期的使用之后，极易积淀为某种
特定而丰富的意义指向，并构成诗歌内含张力和富于象征的特殊语言符
号。但诚如萧子显所言，五言之制"习玩为理，事久则渎"，特定语言
的反复使用又易带来语言的习熟化、定向化和凝固化等弊端，从而损害
诗歌语言的鲜活感和表现力。由魏晋至宋初，诗歌语言在经前期积累之
后亦颇显某种"陈言化"的迹象。方东树在论及宋初谢灵运诗歌时
曾谓：

> 康乐乃是学者之诗，无一字无来处率意自撰也，所谓精深；但
> 多正用，则为陈言。退之乃一革之，每用必翻新，而一切作料字面
> 悉洗净去之，文字一大公案，古今一大变革也。②

"无一字无来处率意自撰"，乃是康乐学问丰博所由致，亦是其诗
所以成为"学者之诗"的要因。但"多正用，则为陈言"则又同时说
明，过度追求"无一字无来处率意自撰"终将造成诗歌语言的"陈言

---

① 刘勰：《文心雕龙·练字》，载范文澜《文心雕龙注》，人民文学出版社1958年版，第
624页。
② 方东树：《昭昧詹言》，人民文学出版社1961年版，第131页。

化"倾向。

　　熟语与易言的出现，从表面上看，是语言审美感知上存在的现象。盖因浅易近于滑，陈言易为熟，但从更根本的意义上来看，这一现象实际上反映了魏晋以来诗歌在语言运用的观念上发生了变化。宋初元嘉诗歌的语言变革要求即针对于此。易言、熟语既为元嘉诗歌创作务求革新的对象，那么，在创作中反正趋奇、贵生取僻自然成为解决彼时易言、熟语之弊的重要途径。

　　历来论者多以为诗至中唐方才开始触及到语言"老化"的实际问题。其实，在诗歌创作中求新取异、务去陈言的自觉恰恰肇端于元嘉时期的谢、鲍诸人。虽然，谢、鲍诸人现存文献中未见像中唐韩愈、李德裕那样的诗论主张①，但其于大量的诗歌实践中即已充分显出在语言上变革求新的取向。元人陈绎曾在充分把握住宋初"三谢以下主辞"② 这一诗歌总体特征的基础上，直言谢灵运诗歌是：

　　　　以险为主，以自然为工。李、杜取深处多取此。③

又称谢惠连：

　　　　酌取险怪自然之中，而句句为之。④

称谢朓：

　　　　藏险怪于意外，发自然于句中。齐梁以下造语皆出此。

清人陈祚明在论及谢灵运诗歌时明确指出：

---

　　① 在中唐，针对其时诗歌语言的"老化"，韩愈提出的"务去陈言"、"词必己出"已为人所熟知。而李德裕名言"譬诸日月，虽终古常见，而光景常新，此所以为灵物也"实际上亦着眼于如何在旧有语言中求新的问题。见《李文饶文集·外集》卷三。
　　② 陈绎曾：《诗谱》，载《历代诗话续编》，中华书局 1983 年版，第 625 页。
　　③ 同上书，第 630 页。
　　④ 同上书，第 631 页。

古诗贵生不贵熟，贵远不贵近，康乐尤擅此理。①

　　而方东树则注意到了谢、鲍与唐宋的韩、黄在诗歌语言变革上的相同祈向，似更能揭橥诗歌语言发展的因循关系：

　　　　以谢、鲍、韩、黄深苦为则，则凡汉、魏、六代、三唐之熟境、熟意、熟词、熟调、熟貌，皆陈言不可用。非但此也，须知六经亦陈言不可袭用，如用之则必使入妙。②

　　事实上，追求语言生新与奇险已为整个元嘉时期诗歌创作的新取向，其影响不仅及于此后的齐梁，而且远届中唐以及宋代的元祐。

　　但必须指出，元嘉诗歌语言的变革要求，是首先在山水诗体中得以体现并加衍展的。若将此一事实与诗歌的学问化演进背景联系起来思考，笔者以为，以下几点当值得关注：

　　第一，从主观性情看，谢、鲍诸人山水游历的个性化追求与元嘉诗歌的趋新祈向深相契合。

　　谢灵运出身高门甲族，自谓才能宜参政要，不甘于"朝廷以文义处之，不以应实相许"③，遂纵放于山水。《宋书·谢灵运传》记其常与众人"共为山泽之游"，又"凿山浚湖，功役无已，寻山陟岭，必造幽峻。岩嶂千重，莫不备尽登蹑。"④ 谢氏的肆意游遨，明显系激于政治上的失意，故其"送齿丘壑"⑤ 的愿望中的确隐含"倔强新朝"之愤恨，然细玩"寻山陟岭，必造幽峻。岩嶂千重，莫不备尽登蹑"所表现出来的心理，谢灵运的山水之游又非仅仅是政治因素所能完全尽其底蕴的。陈祚明《采菽堂古诗选》谓：

———————————

　　① 陈祚明：《采菽堂古诗选》卷十七评《游岭门山》，李金松点校，上海古籍出版社2008年版，第532页。

　　② 方东树：《昭昧詹言》，人民文学出版社1961年版，第18页。

　　③ 沈约：《宋书》卷六十七《谢灵运传》，中华书局1974年版，第1766页。

　　④ 同上。

　　⑤ 张溥：《谢康乐集题辞》，载《谢康乐诗注》《鲍参军诗注》合刊本，2008年版，第7页。

　　康乐情深于山水，故山游之作弥佳，他或不逮。抑亦登览所及，吞纳众奇，故诗愈工乎？龙门足迹遍天下，乃能作《史记》。子瞻海外之文益奇。善游者以游为学，可也。①

　　由此知谢灵运山水之游实亦发自深衷，而其诗能一新天下耳目，亦"登览所及，吞纳众奇"之故也。如果说，谢氏"情深山水"缘自魏晋之后新自然观的影响，那么，其"吞纳众奇"则更多地表现出一种对山水奇观异境穷幽极微的主动性姿态。正是这种自觉而强烈的穷究意识赋予山水诗以奇特面目，元嘉山水诗的生新与奇峭显然与此极具个性色彩的意识紧相联系。沈德潜就颇能由此来看待谢诗：

　　大约匠心独造，少规往则，钩深极微，而渐近自然，流览闲适中，时时浃洽理趣。②

　　毛先舒亦注意到了谢灵运的造思裁字与其"不蹈故常"的个性意识之间的关系，故曰：

　　谢灵运深于造思，巧于裁字，自命幽奇，不由恒辙。③

　　谢氏之后的鲍照，虽"才秀人微"，但其山水游历所表现出来的追求几与谢灵运如出一辙。陈祚明评鲍照诗说：

　　其性沉挚，故取景命词，必钩深致异，不欲犹人。其姿雄浑，故抗音吐怀，每独成亮节，自得于己。④

---

① 陈祚明：《采菽堂古诗选》卷十七，李金松点校，上海古籍出版社 2008 年版，第 519 页。
② 沈德潜：《说诗晬语》，载《清诗话》，上海古籍出版社 1999 年版，第 532 页。
③ 毛先舒：《诗辩坻》，载《清诗话续编》，上海古籍出版社 1983 年版，第 40 页。
④ 陈祚明：《采菽堂古诗选》卷十八，李金松点校，上海古籍出版社 2008 年版，第 563 页。

　　所谓"钩深致异，不欲犹人"，与谢氏"少规往则"、"不由恒辙"均表现出一种"自得于己"、不屑随人作计的创新祈向。这正是谢、鲍当于宋初诗歌变革之际，其"济变之才"的先天因素发挥作用的结果。

　　第二，从客观上看，山水诗的题材为元嘉诗歌语言的变革提供了新的契机和表现的场所。

　　山水景物成为文学表现的独立题材是始于元嘉山水诗，但山水景物受到关注并被大规模地摹写则早在汉赋中已经出现。盖因汉朝一统之后，大事兴造皇家苑囿和私家园林成为一时风气。而与大汉的文治武功相适应，其时建园的趣向又偏取宏富、侈丽为特征。如武帝上林苑，即是"左苍梧，右西极"，"终始灞浐，出入泾渭；酆镐潦潏，纡余委蛇，经营乎其内"①。上林苑将山林巨川、高山深谷、离宫别馆以及四时风物均已囊括殆尽。其规模之宏大，形胜之巨丽，物产之繁富，远非前朝所能比拟。大汉苑囿和园林所表现出来的丰富的物质文明和风物形胜特征必然会刺激以"润色鸿业"为职志的大赋向"铺采摛文"②、穷极声貌的方向发展。赋作者为求对摹写的对象穷妍极态，其摹写语言自必殚思竭虑、倾其所学。兹取司马相如《上林赋》一段文字为例：

　　　　垂条扶疏，落英幡缅，纷溶箾蓡，猗狔从风，浏莅芔歙。盖象
　　金石之声，管籥之音。③

　　此为状写草木从风之形与声。明人杨慎《升庵诗话》即直言"其用字既古，其音又与俗音不同"。对其中古字、难字杨氏又详加训释，曰："纷溶，犹丰茸也。箾蓡，即萧森。猗狔，犹猗那也，字一作旖旎，又作猗傩。浏莅，即流丽。芔歙，即歠吸。歠字古作䕻，见石鼓文，省写作芔，五臣注遂误以为卉字。"④汉大赋于文字运用上堆奇砌异多同此类。其所以如此，固与汉代小学发达、学问积渐这一重要前提有关，

---

　　① 司马相如：《上林赋》，载萧统《文选》，上海古籍出版社1986年版，第361、362页。
　　② 刘勰：《文心雕龙·诠赋》，载范文澜《文心雕龙注》，人民文学出版社1958年版，第134页。
　　③ 司马相如：《上林赋》，载萧统《文选》，上海古籍出版社1986年版，第369页。
　　④ 杨慎：《升庵诗话》，载《历代诗话续编》，中华书局1983年版，第640页。

但另一方面，汉赋名状之辞中生僻字的大量出现，则显然又与摹写对象声貌的需要相适应。此正是《文心雕龙·诠赋篇》所谓"极声貌以穷文"①之明证。

元嘉山水诗对山水之景摹声状物的语言，其实颇受汉赋的启发和影响。所不同之处在于，山水题材在晋宋之际受新自然观的影响而获致独立的描写意义之后，元嘉山水诗的景物摹写则开始由夸饰向写实、整蔚向深细的方向发展。王士禛谓："迨元嘉间，谢康乐出，始创为刻画山水之词，务穷幽极渺，抶山谷水泉之情状。"②王氏称"谢康乐出，始创为刻画山水之词"，显然对汉赋在山水题材中的摹写意义未有充分认识，但汉赋的山水描写毕竟旨在"润色鸿业"，故其摹写多以宏观铺叙为特征，其所摹写之辞亦多借知性学识以及想象、夸饰来堆砌。如司马相如作《上林赋》，"虽赋上林，博引异方珍奇，不系于一也"③。左思在其《三都赋序》中亦讥扬、马、班、张之赋是"假称珍怪以为润色，若斯之类，匪啻于兹。考之果木，则生非其壤；校之神物，则出非其所"，而称己作乃能"美物者贵依其本，赞事者宜本其实"④。其实，无论"本实"还是"假托"，其于博物知"类"上的学问功夫则一也。及至元嘉间，当山水确立为独立的表现题材之后，谢灵运"刻画山水之词，务穷幽极渺，抶山谷水泉之情状"的追求始获真实客观的现实基础。谢灵运以及此后的鲍照，其一生游历所至，或多为未经人道、未经开发的幽峭深秀之景，又或为从游经行所见的雄奇险峻之境。二人瞩目所及之山水，实为其时当于"厌黩旧式"、求新取异之际的诗歌语言变革提供了丰富的表现素材。而在语言实践中专事用以力矫易言熟语的生字、难字、奇字和僻字，也易于在幽林绝谷或挂瀑洄湍的山水摹写中找到合适表现和演练的场所。如谢灵运诗：

---

① 刘勰：《文心雕龙·诠赋》，载范文澜《文心雕龙注》，人民文学出版社1958年版，第134页。

② 王士禛：《带经堂诗话》卷五"序论"，张宗柟纂集，戴鸿森校点，人民文学出版社1982年版。

③ 《文选》李善注引晋灼语，载萧统《文选》，上海古籍出版社1986年版，第368页。

④ 左思：《三都赋序》，载萧统《文选》，上海古籍出版社1986年版，第173页。

初篁苞绿箨，新蒲含紫茸。(《于南山往北山经湖中瞻眺》)

澹潋结寒姿，团栾润霜质。(《登永嘉绿嶂山》)①

连嶂叠巘崿，青翠杳深沉。(《晚出西射堂》)

威摧三江峭，节汨两江驶。(《游岭门山》)

岱宗秀维岳，崔崒刺云天。

岝崿既崝嵼，触石辄千眠。(《泰山吟》)

状林木岩石则尽幽峭之致，拟峻岭急流又穷极险怪之状。方东树《昭昧詹言》引姚姜坞先生语云："康乐诗颇多六朝强造之句，音响作涩，亦杜、韩所自出。"② 按诸康乐山水诗，殆非虚语！

其后鲍照山水诗实"源出于康乐"，其幽隽或有不逮，但矫健过之，故其写景更觉森然：

千岩盛阻积，万壑势回萦。

宠岑高昔貌，纷乱袭前名。(《登庐山》)③

崭绝类虎牙，巑岏象熊耳。(《登庐山望石门》)

御风亲列涂，乘山穷禹迹。

含啸封雾岑，延萝倚峰壁。

青冥摇烟树，穿跨负天石。

霜崖灭土膏，金涧测泉脉。

旋渊抱星汉，乳窦通海碧。(《从登香炉峰》)

赤阪横西阻，火山赫南威。

身热头且痛，鸟堕魂来归。

汤泉发云潭，焦烟起石圻。

日月有恒昏，雨露未尝晞。

丹蛇逾百尺，玄蜂盈十围。

---

① 谢灵运：《登永嘉绿嶂山》，载黄节《谢康乐诗注》《鲍参军诗注》合刊本，中华书局2008年版，第114页。以下所引谢灵运诗均据此书。

② 方东树：《昭昧詹言》，人民文学出版社1961年版，第137页。

③ 鲍照：《登庐山》，载黄节《谢康乐诗注》《鲍参军诗注》合刊本，中华书局2008年版，第284页。以下所引鲍照诗均据此书。

含沙射流影，吹蛊病行晖。

郁气昼熏体，苘露夜沾衣。

饥猿莫下食，晨禽不敢飞。(《代苦热行》)

方东树曾从学鲍的角度特别指出鲍照庐山组诗的特征："欲学明远，须自庐山四诗入，且辨清门径面目，引入作涩一路，专事炼字炼句炼意，惊创奇警生奥，无一笔涉习熟常境。杜、韩于此，亦所取法。"①又谓其《代苦热行》"写炎方地险艰，字句奇峭"②。鲍诗所谓"奇警生奥"、"无一笔涉习熟常境"，即以奇难之字砌成，故陈祚明径称鲍诗"啄句取异，用字必生"③。方东树于鲍诗《从登香炉峰》曾下一断语："涩炼、典实、沉奥，至工至佳，诚为轻浮滑率浅易之要药。此大变革也，杜、韩皆胎祖于此。"④此中指出的"涩炼"一路对此后诗歌的镜鉴作用姑置不论，即以鲍诗语言"为轻浮滑率浅易之要药"这一旨趣言之，就颇能揭示山水题材在元嘉诗歌语言变革中的特殊意义。

第三，从诗歌语言实践看，元嘉山水诗"辞必穷力而追新"与其力矫的"陈言"之间其实又颇富辩证关系。

从诗歌语言演进的角度看，"陈言"实为知识、学问发展、积累到一定阶段的必然结果。元嘉山水诗在语言上既视"穷力追新"为目标，那么，其于语言的采择，自必以务去"陈言"熟语为手段。此在心态上正如此后唐宋"韩、黄之学古人，皆求与之远，故欲离而去之以自立"⑤。然而，务去"陈言"熟语又必以熟知"陈言"熟语为前提，欲求与古人远，亦必以熟稔古人为根基，否则，诗歌语言"穷力追新"固不免于因不谙"陈言"而蹈入力矫的"陈言"之径。方东树曾以用

① 方东树：《昭昧詹言》，人民文学出版社1961年版，第169页。

② 方东树评《代苦热行》语，载黄节《谢康乐诗注》《鲍参军诗注》合刊本，中华书局2008年版，第225页。

③ 陈祚明评《从登香炉峰》语，载黄节《谢康乐诗注》《鲍参军诗注》合刊本，中华书局2008年版，第289页。

④ 方东树评《从登香炉峰》语，载黄节《谢康乐诗注》《鲍参军诗注》合刊本，中华书局2008年版，第289页。

⑤ 方东树：《昭昧詹言》，人民文学出版社1961年版，第18页。

典为例来说明这种关系："能多读书，隶事有所迎拒，方能去陈出新入妙。"① 用典如此，语言的其他"追新"努力亦如此。追新与"陈言"的这种关系，正好从另一方面说明以旧有知识、学问为基础的"陈言"在元嘉诗歌的语言变革中显现出特殊的影响和作用。

元嘉山水诗语言的追新与陈言的辩证关系，还表现在"穷力追新，亦质于博学"（黄侃《诗品讲疏》）这一创作思想中。山水诗"辞必穷力而追新"的要求诚然是由山水诗的题材所决定的，但另一方面，对奇山异水作"钩深抉隐"的摹写又必然要出之以奇异生僻之字，此实非富才博学者不能办。方东树于诗歌务去陈言之法有颇为精辟的论述：

> 姜白石摆落一切，冥心独造。能如此，陈意陈言固去矣，又恐字句率滑，开伧荒一派。必须以谢、鲍、韩、黄为之圭臬，于选字隶事，必典必切，必有来历。如此固免于白腹杜撰矣，又恐掊掇稗贩，平常习熟滥恶，则终于大雅无能悟入。又必须如谢、鲍之取生，韩公之翻新，乃始真解去陈言耳。②

又曰：

> 读鲍诗，于取陈言之法尤严，只是一熟字不用。然使但易之以生而不典，则空疏杜撰亦能之；徒用典而不切，无真境真味，则又如嚼蜡、吃糙米饭。既取真境，又加奇警，所以为至。③

所论不限于谢、鲍，但其标揭的诗法当始于谢、鲍的实践则殆无疑义。前引姚姜坞称"康乐诗颇多六朝强造之句"，汪师韩《诗学纂闻》曾列举谢诗大量"不成句者"④，黄节注鲍诗也指出明远"形状写物之词"中多"自造词"⑤，但谢、鲍之"冥心独造"，又决非"白腹杜撰"

---

① 方东树：《昭昧詹言》，人民文学出版社 1961 年版，第 18 页。
② 同上书，第 19 页。
③ 同上书，第 165 页。
④ 汪师韩：《诗学纂闻》，载《清诗话》，上海古籍出版社 1999 年版，第 454 页。
⑤ 黄节：《谢康乐诗注》《鲍参军诗注》合刊本，中华书局 2008 年版，第 305 页。

或曰"空疏杜撰"，而是深根于"选字隶事，必典必切，必有来历"的学问基础。谢灵运作《山居赋》："辑采杂色，锦烂云鲜"，其自注云："《诗》云：'锦衾有烂'，故云锦兰。"① 此正谢氏现身说法。黄节曾以谢灵运诗例来说明"汉魏六朝时好因古语改为新词"的现象："观康乐《缓歌行》：'飞客结灵友'，不用羽人而用'飞客'，《鞠歌行》譬如'虬兮来风云'，又《登池上楼》：'潜虬媚幽姿'，不曰龙而曰虬可知。《苦寒行》云：'寒禽叫悲壑'，夫壑而曰悲者……此则为康乐创语。"② 方东树也以鲍照的"自造词"为"但见新妙，不见其袭。句重字涩，可悟造语之妙"③。

前文所引谢、鲍山水诗用以状写景物的生新、奇险之字，如团栾、嵝崿、威推、节泪、崔崒、岸崿、崄巇，千眠、茏苁、巑岏等，实则多出于楚辞和汉魏辞赋。而谢灵运"节泪两江驶"句以"驶"字状写两江水疾，则又为用法上的生新；又鲍照诗句："茏苁高昔貌，纷乱袭前名"中"高昔貌"、"袭前名"二语，一般认为系鲍照自铸新词，故陈祚明谓："昔貌前名，字无理，拟删之。"④ 黄节则广搜群籍，为其找到出处："宋支昙谛《庐山赋》曰：昔哉壮丽，峻极氤氲。又：咸豫闻其清尘，妙无得之称名也。昔貌、前名疑出此。"⑤ 至如"崭绝类虎牙，巑岏象熊耳"中的"虎牙""熊耳"二语，看似常语，其实亦有其来历："《荆州记》：虎牙山石壁红色，间有白文，如牙齿状。"又，"《尚书》疏：熊耳山在弘农卢氏县东。叶承曰：言庐山之形，其锐处如虎牙熊耳也"⑥。

以上谢、鲍诗歌的用字之法极为典型地说明，学问因素在元嘉山水诗歌创作中力求生新与务去陈言的这一矛盾关系中具有不容忽视的作

---

① 谢灵运：《山居赋》，载《宋书》卷六十七《谢灵运传》，中华书局 1974 年版，第 1762、1763 页。

② 萧涤非：《读谢康乐诗歌札记》，载葛晓音《谢灵运研究论集》，广西师范大学出版社 2001 年版，第 13 页。

③ 方东树：《昭昧詹言》，人民文学出版社 1961 年版，第 174 页。

④ 陈祚明评《登庐山》语，载黄节《谢康乐诗注》《鲍参军诗注》合刊本，中华书局 2008 年版，第 285 页。

⑤ 黄节：《谢康乐诗注》《鲍参军诗注》合刊本，中华书局 2008 年版，第 285 页。

⑥ 同上书，第 286 页。

用。方东树就鲍诗的用典进而又有辩证的阐述："生而不典则伧，典而不生则旧，亦在烹炼镕铸。典则生新，故又须择取而用之。有典而伧旧不新巧者，勿用也。"① 笔者以为，明乎此，诗歌语言的"取生"和"翻新"，方能"真解去陈言耳"！

第五节　魏晋六朝时期诗歌性情与学问关系的探讨

章太炎《国故论衡·辨诗》说道：

> 古诗断自简文以上，唐有陈、张、李、杜之徒，稍稍删取其要，足以继《风》、《雅》，尽正变。夫观王粲之《从军》，而后知杜甫卑门也；观潘岳之《悼亡》，而后知元稹凡俗也；观郭璞之《游仙》，而后知李贺诡诞也；观《庐江府吏》、《雁门太守》叙事诸篇，而后知白居易鄙倍也。淡而不厌者陶潜，则王维可废也；矜而不愇者谢灵运，则韩愈可绝也。要之，本情性限辞语，则诗盛；远情性憙杂书，则诗衰。②

太炎先生论诗推挹古诗、不屑近体的态度此处不论，仅就其结论言之，他从性情与学问（辞语、杂书）的消长关系来看诗的盛衰的视角是颇富启发意义的。

诚如上文所述，魏晋六朝是处于中国古典诗歌"畔古趋新"的诗运转关时期。对此一时期诗歌的嬗变，许学夷在其《诗源辩体》将之归纳为"五变"。由汉至建安之"初变"到最后的永明五言流为梁简文及庾氏诸子之"五变"，此为五言古体、古声渐亡之过程，而促成五言古诗体制上出现这"五变"的原因是"作用之迹"渐显所致。汉魏六朝五言古诗的衰亡，以章太炎先生观察的视角看，正是性情之用薄而问学之助长的缘故。

---

① 方东树：《昭昧詹言》，人民文学出版社 1961 年版，第 165 页。
② 章太炎：《国故论衡》，上海古籍出版社 2003 年版，第 90 页。

　　但魏晋六朝人对上述问题的思考颇显矛盾和复杂。一方面，他们认为事物由简至繁，诗歌由朴质趋向琢炼和藻饰是势所必然。萧统《文选序》云："文之时义，远矣哉！若夫椎轮为大辂之始，大辂宁有椎轮之质？增冰为积水所成，积水曾微增冰之凛，何哉？盖踵其事而增其华，变其本而加厉；物既有之，文亦宜然；随时变改，难可详悉。"① 萧子显于《南齐书·文学传论》更称："习玩为理，事久则渎，在乎文章，弥患凡旧，若无新变，不能代雄。"② 这种认识与当时创作实践中缔章绘句的祈向大致是吻合的。但另一方面，五言古体、古声的日衰，"作用之迹"的日显，又令六朝人对诗歌的"新变"怀有甚深的警惕。

　　本来，"吟咏性情"的诗歌理念发展到魏晋六朝，其与此时诗歌的"新变"并不相悖，相反，主于性情有利于诗歌挣脱政教束缚，唤醒文体的自觉，进而促进诗歌的"新变"。萧纲《与湘东王书》极言"未闻吟咏情性，反拟《内则》之篇；操笔写志，更摹《酒诰》之作。迟迟春日，翻学《归藏》；湛湛江水，遂同《大传》"③，即是针对守旧派裴子野的观点而发。其极力倡导的宫体诗亦蹈循此径。问题是，吟咏性情的主张落实到诗歌形式上的追求却是讲求"自然"与"真美"，这，便不免与可能会"伤其真美"的诗歌竞技性手段或学问化表现发生对立和冲突。钟嵘就是第一位明确反对诗歌学问化的人。其《诗品序》的一段文字屡被人们征引：

　　　　夫属词比事，乃为通谈。若乃经国文符，应资博古；撰德驳奏，宜穷往烈。至乎吟咏情性，亦何贵于用事？"思君如流水"，既是即目；"高台多悲风"，亦惟所见；"清晨登陇首"，羌无故实；"明月照积雪"，讵出经、史。观古今胜语，多非补假，皆由直寻。颜延、谢庄，尤为繁密，于时化之。故大明、泰始中，文章殆同书钞。近任昉、王元长等，辞不贵奇，竞须新事，尔来作者，寖以成

　　① 萧统：《文选序》，载萧统《文选》，上海古籍出版社 1986 年版，第 1 页。
　　② 萧子显：《南齐书·文学传论》，载《南齐书》卷五十二，中华书局 1972 年版，第 908 页。
　　③ 萧纲：《与湘东王书》，载姚思廉《梁书》卷四十九《庾肩吾传》，中华书局 1973 年版，第 690 页。

俗。遂乃句无虚语，语无虚字，拘挛补衲，蠹文已甚。但自然英旨，罕值其人。词既失高，则宜加事义，虽谢天才，且表学问，亦一理乎！①

在此，性情与学问被完全对立，其基于性情所标榜的"直寻"标准，显然也是针对晋宋以来以颜延之、谢庄竞于雕琢、繁于用事的诗风。钟氏的"直寻"标准与"自然英旨"的审美理想对其后的诗学理论具有深远影响，今人也多予高度的评价。但客观来看，钟嵘对性情与学问关系的理解颇有可议之处。兹就所见，论析如下：

首先，钟嵘立足性情，强调诗歌的抒情功能，固当利于将诗歌与"经国文符"、"撰德驳奏"等应用文章区别开来，凸显诗歌的美学特征。但自然性情如何发为文咏，对此问题，钟嵘似未有自觉而充分的认识。

钱锺书《谈艺录》谓："王济有言：'文生于情。'然而情非文也。性情可以为诗，而非诗也。诗者，艺也。艺有规则禁忌，故曰'持'也。持其情志，可以为诗；而未必成诗也。"②

"文生于情"一语见于《世说新语·文学》，是晋人王济读孙楚《除妇服诗》后所感。此语反映出魏晋人对性情于文的重要作用所具有的认识，这也正是陆机"诗缘情"观念生发的思想基础。相比于"文生于情"、"性情可以为诗，而非诗也"的观念显然是对"性情观"的进一步认识。而魏晋六朝人对这一问题也有相当的思考。这种敏锐的自觉是始于陆机的《文赋序》：

> 每自属文，尤见其情。恒患意不称物，文不逮意。盖非知之难，能之难也。③

此处"不称物"、"不逮意"二语尤其耐人思考。唐大圆《文赋注》

---

① 钟嵘：《诗品序》，载陈延杰《诗品注》，人民文学出版社1980年版，第4页。
② 钱锺书：《谈艺录》，中华书局1990年版，第39、40页。
③ 陆机：《文赋序》，载萧统《文选》卷十七，上海古籍出版社1986年版，第762页。

对此的解释是："所构之意，不能与物相称，则患在心粗；或意虽善构，苦无词藻以达之，则又患在学俭（学问贫乏）。欲救此二患，则一在养心，使由粗以细；一在勤学，使由俭而博。"① 释义诚为妥帖，其后的引申亦惬人意。揆之以中国古代诗学的发展进程，性情之吟咏，由汉魏古诗的径情直遂、快意直写，到晋人临文"意不称物"、"文不逮意"的忧虑，实已见出思致趋细之迹，虽然，《文赋》所论不限于诗，但毫无疑问，这是对诗歌性情观认识的一次深化！其后刘勰的《文心雕龙·神思》篇亦申此义：

> 方其搦翰，气倍辞前，暨乎篇成，半折心始。何则？意翻空而易奇，言徵实而难巧也。②

此言"意"（作者的构思、想象、情感）可以"翻空"纵横，恣意酣畅，但欲具体落实到如何以语言将之巧妙的表现出来，则殊为难事！故说"言徵实而难巧也"。此虽承陆机《文赋》中"恒患意不称物，言不逮意"之遗意，但用以表现包括性情在内的"意"的语言技巧问题已被凸显了出来。

试观《文心雕龙》《情采》、《丽辞》、《夸饰》、《事类》、《练字》、《隐秀》诸篇，其于文章艺能之事和学问化表现的探讨之广、之细，于时罕有其匹。刘勰的认识实际反映了诗歌创作在有了相当发展和积累之后，六朝人对诗歌自身特质和表现技能的总结和思考。

第二，性情与学问的关系，就其实质而言，也可以说是自然与学问的关系。钟嵘激于元嘉以来"善用古事，弥见拘束"的诗弊而标举"自然英旨"作为其诗歌理想，倘若进一步从齐梁诗歌的创作和批评的导向看，实亦一时风会之所趋。最早以"自然"作为诗歌绳衡标准的是元嘉时期的鲍照。《南史·颜延之传》载：

---

① 唐大圆：《文赋注》，载张少康《文赋集释》注引，上海古籍出版社 1984 年版，第 5 页。

② 刘勰：《文心雕龙·神思》，载范文澜《文心雕龙注》，人民文学出版社 1958 年版，第 494 页。

延之尝问鲍照，己与灵运优劣，照曰："谢五言如初发芙蓉，自然可爱；君诗若铺锦列绣，亦雕缋满眼。"①

迄至齐梁，讲求自然的风气渐盛。南齐谢朓提倡"好诗圆美流转如弹丸"②，"一代文宗"沈约亦标举文章"三易"。继之，则是前述钟嵘标举的"直寻"。至梁代，趋新派萧子显亦沿承其后，大倡此风。其《南齐书·文学传序》在评骘元嘉以来的文章"三体"后，又别立文章的新标准："若夫委自天机，参之史传，应思悱来，勿先构聚。"③

齐梁文翰出现此种讲求自然的风尚，反映了齐梁文人试图矫弊纠偏、别开生面的共同用心。不过，齐梁人对学问造诣之于"自然"的作用却又存在着颇为不同的认识。

钟嵘是诗歌学问化倾向的坚决反对者，其所标举的"自然英旨"自然是完全建基于个人的天分与禀赋，所以，他的诗论排斥任何人工知性的表现手段。其于《诗品》品论诗家亦多以"才"高"才"弱来评骘作家的品位。此种完全基于个人禀赋的"自然"标准，由于悬拟设置过高，故连钟氏本人亦不免有"罕值其人"之叹。概览《诗品》诗家诸条，各品中实亦无人真正当得起"自然"之目。

而早于钟嵘的沈约、谢朓的诗论则能从平易的角度来理解"自然"的旨趣。所以，其诗论主张较之钟嵘更具理论的指导意义和实际的操作意义。

从中国古典诗歌的体制及表现技能的发展来看，诗至永明，实际面临着一个如何消化、发展和革除颜、谢两种诗体形式的问题。对元嘉盛于一时的谢灵运和颜延之的诗体特点，前述的萧子显《南齐书·文学传论》将其分别概括为："一则启心闲绎，托辞华旷，虽存巧绮，终致迂回。宜登公宴，本非准的。而疏慢阐缓，膏肓之病，典正可采，酷不入情"；"次则缉事比类，非对不发，博物可嘉，职成拘制。或全借古语，用申今情，崎岖牵引，直为偶说。唯睹事例，顿失清采"④。颜、谢二

① 《南史·颜延之传》，载李延寿《南史》，中华书局1975年版，第881页。
② 《南史·王筠传》载沈约之言云："谢朓常见语云：好诗圆美流转如弹丸。"见李延寿《南史》，中华书局1975年版，第609页。
③ 萧子显：《南齐书·文学传论》，载《南齐书》卷五十二，中华书局1972年版，第908页。
④ 萧子显：《南齐书·文学传论》，载《南齐书》卷五十二，中华书局1972年版，第908页。

体均务为"深密"。谢诗"启心闲绎，托辞华旷"，故每多佳句，但其"疏慢阐缓"，又"颇为繁富为累"①；颜诗"缉事比类，非对不发，博物可嘉，职成拘制"，其病则又在于"用事之密"。② 仅就诗体的形式看，颜、谢二体可以说是专意讲求"铲锤之功"和学问化表现手段的典型诗体，是诗歌于"性情渐隐、声色大开"③ 之后诗体极尽人工琢炼的生动表现。以往，颜、谢二体每多为人诟病，但从诗歌的发展规律看，颜、谢二体却是诗体欲臻成熟必须迈出的一步。

不过，"繁芜"之累，"拘制"之病毕竟是其后的永明新体需要加以改进的问题。谢朓"好诗圆美流转如弹丸"的诗歌主张就是旨在消释颜、谢诗体的典重和板滞，以求化"芜"为精，变"密"为疏。其"弹丸"之喻就极为形象地揭示了永明体诗人的艺术追求：圆美、流转、流畅。这种追求显然赋予了"自然"以更实在的内涵。但诗歌的这种"自然"表现在微观文字上的具体要求，则是沈约倡导的所谓文章"三易"。据《颜氏家训·文章》篇云：

> 沈隐侯曰："文章当从三易：易见事，一也；易识字，二也；易读诵，三也。"邢子才常曰："沈侯文章，用事不使人觉，若胸臆语也。"深以此服之。祖孝徵亦尝谓吾曰："沈诗云：'崖倾护石髓。'此岂似用事邪？"④

从此处邢子才和祖孝徵的赞语可见，沈氏"三易"当主要侧重在使事的自然和平易上。若以沈约现存的诗歌来看，沈诗或许难与邢、祖二人的赞语相符，但"三易"说的提出，反映了永明体诗人努力将数典使事之技由积典向化典方向推进的自觉，这也正是中国古典诗歌的表现形式进一步蜕出滞重生涩，趋向精细化、成熟化的标志。

---

① 钟嵘：《诗品序》，载陈延杰《诗品注》，人民文学出版社1980年版，第29页。
② 吴乔：《围炉诗话》卷二引冯班语曰"用事之密，始于颜延之"。见《清诗话续编》，上海古籍出版社1999年版，第521页。
③ 沈德潜：《说诗晬语》，载《清诗话》，上海古籍出版社1999年版，第532页。
④ 王利器：《颜氏家训集解》，上海古籍出版社1980年版，第253页。

第三章

唐诗：古典诗歌学问化的发展

第一节 唐诗学问化的文化学术背景

学问与诗歌并非是截然对立的。学问进入诗歌，在各个不同的诗歌史发展阶段，并没有本质上的区别，而只有数量的多少、程度的不同与表现形式的差异。唐代的诗歌，尽管是"以丰神情韵擅长"，但表现出学问化特征者亦不在少数，且贯穿了整个唐代诗史发展的始终。

学问化诗歌的创作是以创作主体知识与学问的积累为最根本的基础的，因为创作主体的知识结构在很大程度上决定了诗歌学问的含量和学问的表现形态。相对于前人，唐代诗人普遍地表现出了一种追求博学的风气，尤其是到了中唐，诗人普遍具有了学者化的倾向。前代知识的积累，为唐人构建自己的知识结构提供了可能；而时代的文化氛围与学术背景，决定了他们选择何种知识来构建自己的知识体系以及这些知识能否有效地内化于他们的人格结构之中，从而决定了唐代学问化诗歌的基本面貌。因此，首先有必要从文化学术背景的角度来探讨唐人知识结构的基本构成及其构建的大致过程。

一、科举考试、学校教育与唐人的知识结构

自唐初起，统治者便确立了以儒治国的基本方略，其实质是为了实现思想上的大一统，以实现其以文治国而致天下太平的目的。唐代儒学的统一和复兴，在很大程度上可以说是以科举考试和学校教育为契机和背景而展开的。

为了选拔优秀的人才，巩固和维护其统治，唐代统治者继承了滥觞于隋代的科举考试制度。大致说来，唐代的科举，从太宗朝始，历高宗、武周、玄宗各朝，在实施的过程中不断得以增补和发展，并得以确立下来成为了一套较为系统而完备的考试制度，成为了中国封建科举制度的典型。

不同于先前的察举制和九品中正制主要从德行和才能等方面来考察人才，唐代的科举，所考核的是对知识和学问的占有程度与运用能力，因而是一套以学问和才华作为标准来选拔文士担任官吏的考试制度。对应考者学问修养的检验是科举考试极为重要的一个目的，应考者只有掌握了相关的考试科目所要求掌握的知识，才有可能获得选拔者的认可。客观地讲，相对于内在的才性而言，科举考试更能见出的是应考者的学问修养。为了达到统治者选取人才时对于知识与学问的要求，为了更好地适应考试以获得更好的评价，唐代士子大多以科举考试的基本内容为导向来构建自己的知识结构体系。所以，通过对唐代科举考试各科目基本内容的考查，我们也大致能够了解和明确唐代读书人基本的知识结构。

唐代科举考试的科目很多，据《新唐书·选举制》载："唐制，取士之科……其科之目，有秀才，有明经，有俊士，有进士，有明法，有明字，有明算。有一史，有三史，有开元礼，有道举，有童子。而明经之别，有五经，有三经，有二经，有学究一经。有三礼，有三传，有史科。此岁举之常选也。其天子自诏者曰制举，所以待非常之才焉。"① 仅就常科而言，从秀才到童子，就有十二科之多，其中明经又分为七科。从各科的名目来看，考试涉及的内容是极为广泛的，不仅包括各儒学经典，还包括历史、法律、文字、算术、老庄之学等方面的内容，由此我们也可以见出统治者对应试者知识与学问修养的要求。在这诸多的科目中，以明经和进士两科为最受重视，所以从整体上来说，常科中这两科对唐人构建自己的知识结构具有决定性作用。

大抵说来，明经科主要通过对应考者经学知识掌握程度的考查来选拔人才，考核的范围为《礼记》、《左传》、《毛诗》、《周礼》、《仪礼》、

---

① 欧阳修等：《新唐书》卷四十四《选举志》，中华书局 1975 年版，第 1159 页。

《周易》、《尚书》、《公羊传》、《榖梁传》、《论语》和《孝经》等儒学经典。而上引所言明经之"史科"，则又侧重于对应考者史学知识掌握程度的考查，内容涉及《史记》、《汉书》和《后汉书》。明经科考试的形式，如《新唐书·选举志》云："凡明经，先帖文，然后口试，经问大义十条，答时务策三道。"① 由此可以见出，明经科对应举者知识储备的要求就是要熟读并能背诵儒学与史学的经典，且能通晓这些经典的注疏。又韩愈《送牛堪序》云："以明经举者，诵数十万言，又约通大义、征辞引类、旁出入他经者，又诵数十万言：其为业也勤矣。"② 为了"征辞引类"而需"旁出入他经"，则又表明了应举者在专精于所考科目所要求掌握的经书的同时，还要拓展自己学识的范围，以求得知识的博洽。

在唐代，进士科更是受到特别的重视，其考试的办法与具体内容，几经变易才基本定型。大体说来，唐初只有试策一门，高宗末的调露二年（680）始加帖小经，强化了对应试者儒学修养的考查，自武则天实际掌权的高宗后期始，进士科需经帖经、杂文、策文三场考试，三场试的格局最后确定下来，此遂成为唐代进士试的定制。③ 此三场考试的目的，一在于考查应试者的学问根柢，二在于检验其运用知识与学问的能力，三在于考查其文学才华。这里需要指出的是，进士科考试中的策文，多有考查应试者习史以资治道的内容，即考查其借鉴、运用历史知识来解决现实问题的能力，因而"在学习过程中对儒家经典、诸子百家、历史典籍和现实情况就都比较注意"④。"既考儒家经典，也考历史知识；既考对圣贤学说的理解，也考对现实政治、经济问题的见解，而重点则放在考试应举者的'通理'程度和'辨惑'水平。这对于那些'祖习绮靡，过于雕虫'，只擅于甲赋、律诗、俪偶对属者来说，不啻是一道难关；而对于那些博览经史，关心时事，不囿于传统的学者来

① 欧阳修等：《新唐书》卷四十四《选举志》，中华书局 1975 年版，第 1161 页。
② 韩愈：《韩昌黎文集校注》，马其昶校注，上海古籍出版社 1986 年版，第 246 页。
③ 可参见傅璇琮《唐代科举与文学》第七章"进士考试与及第"，陕西人民出版社 1986年版。
④ 吴宗国：《唐代科举制度研究》，辽宁大学出版社 1997 年版，第 160 页。

说，则是一种福音。"① 由此也大致可以推断，在进士科发展的历程中，虽有阶段性的偏重于诗赋艺文的倾向，从整体上来看，举子所习之业，应以儒学之经典为重而兼及史学与诗赋。

再简单说说制举。制举是所谓的"天子自诏者"，由于应试时颇受优待，登第后即可授官，且所授官职要高于进士登第者，因而也颇受重视。《封氏闻见记》卷三之《制科》云："国朝于常举取人之外，又有制科，搜扬拔擢，名目甚众。"② 虽然各种典籍文献对制举科目记载的数量与名目不一，但名目繁多却是不争的事实。现略举数科目之名以见其一斑，如有：幽素科、抱儒素科、抱儒素之业科、业奥六经科、经学优深科、文史兼优科、文儒异等科、博学通儒科、博通坟典达于教化科、贤良方正能直言极谏科、材堪经邦科、抱器怀能科、文以经国科、详明政术可以理人科、详明吏理达于教化、博学通艺科、文词雅丽科、博学宏词科、文词秀逸科、词藻宏丽科、武足安边科、智谋将帅科、军谋越众科、乐道安贫科、高蹈邱园科、高才沉沦草泽自举科、高蹈不仕科等等。虽然名目繁多，内容亦略显繁杂，但以此观之，制科选拔人才的标准，大多也要求应考者要具有广博的经史知识和较好地运用这些知识解决问题的能力。

学校教育对唐人知识结构的构建也具有决定性的影响。从根本上讲，学校教育的发展状况取决于统治者的政治文化导向和经济的发展变化。同时，由于教育是国家培养人才的最基本手段，就个体而言，其最终指向是通过科举考试走向仕途。而在应试教育的体制下，科举考试的科目设置、具体的考试内容及考试的形式是学校教育的指挥棒，决定了学校教育的内容与方式，因而科举考试对学校教育产生影响是极大的。

针对特定的考试内容，既需要有一个统一的评判标准，也需要有一套可供拟参加应举者传习的教材。这一工作在唐初就基本已经完成，大抵经历了由颜师古校订《五经》和由孔颖达主持修订《五经正义》两个阶段，吴兢《贞观政要·崇儒学》载：

① 吴宗国：《唐代科举制度研究》，辽宁大学出版社1997年版，第163页。
② 封演：《封氏闻见记校注》，赵贞信校注，中华书局2005年版，第18页。

贞观四年，太宗以经籍去圣久远，文字讹谬，诏前中书侍郎颜师古于秘书省考定《五经》。及功毕，复诏尚书左仆射房玄龄集诸儒重加详议。时诸儒传习师说，舛谬已久，皆共非之，异端蜂起。而师古辄引晋、宋已来古本，随方晓答，援据详明，皆出其意表，诸儒莫不叹服。太宗……颁其所定书于天下，令学者习焉。太宗又以儒学多门，章句繁杂，诏师古与国子祭酒孔颖达等诸儒，撰定《五经》疏议，凡一百八十卷，名曰《五经正义》，付国学施行。①

其中，《五经正义》因"博综古今，义理该洽，考前儒之异说，符圣人之幽旨，实为不朽"② 而深受太宗褒奖，并成为儒家经典义理解释的唯一标准。知识分子对儒家经典的理解须以之为依据，每年科举考试的评判也须以之为标准。因此，《五经正义》的撰定和施行，不但为儒学思想在新的历史条件下更新了载体，也为各级学校提供了官学标准的教材，还为科举考试的评判制定了统一可行的标准，在唐代的文化史、思想史、教育史和科举史上，都是具有重要意义的一件大事。

以对经典的权威性解读为基础，以儒学的教育为基本手段，通过科举制度的推行，既扩大了儒学的影响范围，又深化了儒学的社会影响力。这样，教育、科举与儒学的相得益彰，共同促进了唐代儒学复兴，儒学（实际上还包括史学）经典也因之而成为唐人构建自己知识体系的根本性资源，经史知识也就成为了唐人人格结构构建之基。

以经史知识为核心来构建自己的知识体系，柳宗元的观点和做法十分具有代表性。他在《答韦中立论师道书》中说：

> 始吾幼且少，为文章，以辞为工。及长，乃知文者以明道，是固不苟为炳炳烺烺，务采色、夸声音而以为能也。凡吾所陈，皆自谓近道，而不知道之果近乎，远乎？……抑之欲其奥，扬之欲其明，疏之欲其通，廉之欲其节，激而发之欲其清，固而存之欲其重，此吾所以羽翼夫道也。本之《书》以求其质，本之《诗》以

① 吴兢：《贞观政要》，上海古籍出版社 1978 年版，第 220 页。
② 刘昫等：《旧唐书》，中华书局 1975 年版，第 2602—2603 页。

求其恒，本之《礼》以求其宜，本之《春秋》以求其断，本之《易》以求其动，此吾所以取道之原也。参之《谷梁氏》以厉其气，参之《孟》、《荀》以畅其支，参之《庄》、《老》以肆其端，参之《国语》以博其趣，参之《离骚》以致其幽，参之太史公以著其洁，此吾所以旁推交通而以为之文也。①

又其《故银青光禄大夫右散骑常侍轻车都尉宜城县开国伯柳公行状》云：

凡为学，略章句之烦乱，采撷奥旨，以知道为宗。②

同唐代诸多的学者一样，柳宗元一生都致力于"儒道"的复兴。在他看来，作文的根本目的在于传载和宣扬圣人之"道"，这"道"蕴含在儒家的典籍之中。欲"明道"而须先"知道"，因此，为了达到这"明道"的目的，学者须以儒学为根柢而广采子史诗赋来构建自己的知识结构体系。这一点在韩愈身上也得到了很好的体现，其《答侯继书》云："仆少好学问，自五经之外，百氏之书，未有闻而不求、得而不观者。"③ 亦是以儒学为基而博采百家。

最后需要指出的是，以经史之学的修养为基础来构建知识结构，如果说初盛唐之际，大抵只要求掌握各种基本典籍中一般性的知识的话，那么中晚唐之文人的知识结构则明显地趋向于征求隐僻而带有了博物的性质。这一特点的形成，在根本上说也是由于科举考试影响的结果。如在吏部组织的"宏词"和"拔萃"科考试中，为了增加考试的难度以提高淘汰率，出题者往往会依据经籍内容设计相关的案例，"乃征僻书、曲、学隐伏之义问之，惟惧人之能知也"④，考题有求难求偏的倾向。为了应对这样的考试，应试者也就只有费力费神去拓宽自己的知识面了。

---

① 柳宗元：《柳宗元集》，中华书局1979年版，第873页。
② 同上书，第181页。
③ 韩愈：《韩昌黎文集校注》，马其昶校注，上海古籍出版社1986年版，第164页。
④ 杜佑：《通典》卷一五《选举》三，王文锦等点校，中华书局1988年版，第361页。

二、儒道佛的碰撞交融与发展

儒学、道教与佛教，作为李唐王朝意识形态领域中具有影响力的思想，既具有政治上的意义，又具有学术上的价值。它们在唐代的实际情况是，统治者分别给出了它们比较适当的发展空间，并加以合理的引导和利用，用以维护自己的统治；同时，它们又在各自为自身争取最大的发展空间和机会，常呈现出此消彼长的状态，也都在相互的碰撞交融中获得了发展，并表现出三教合流的倾向，一起构成了唐人构建自己知识体系的学术资源。

在唐初统治者的心目中，只有儒学思想才能真正地用以经邦治国，因而他们表现出了对儒学的崇重。据《旧唐书》卷一百八十九《儒学传·陆德明传》载："高祖亲临释奠，时徐文远讲《孝经》，沙门惠乘讲《波若经》，道士刘进喜讲《老子》，德明难此三人，各因宗指，随端立义，众皆为之屈。高祖善之，赐帛五十匹。"[1] 这一场关于儒、释、道经典的讲论，其最终结论是以儒学统摄佛、道，这也反映了唐高祖区别对待三教的基本立场与观点。又如武德九年（626），高祖以"京师寺观不甚清净"为由，下了《沙汰佛道诏》，指斥了佛、道教徒的种种逸淫侈行，佛教徒中，"乃有猥贱之侣，规自尊高；浮惰之人，苟避徭役。妄为剃度，托号出家，嗜欲无厌，营求不息……不求闲旷之境，唯趋喧杂之方"。道教徒则"驱驰世务，尤乖宗旨"。最后规定："京城留寺三所，观二所。其余天下诸州，各留一所。余悉罢之。"[2] 明显具有抑制佛、道以倡扬儒学的意图。太宗也曾明确表示："朕今所好者，唯在尧、舜之道，周、孔之教，以为如鸟有翼，如鱼依水，失之必死，不可暂无耳。"[3] 这实际上是有鉴于前代崇玄尊道、兴佛佞佛的经验教训而形成的认识。他对佛道"蠹国病民"之弊看得很清楚，对它们也没有真正的好感，所以贞观八年（634）文德皇后对太子说："道释异端之教，蠹国病民，皆上素所不为。"[4] 他之所以没有采取有力的措施坚

---

[1]　刘昫等：《旧唐书》，中华书局1975年版，第4945页。

[2]　同上书，第16—17页。

[3]　吴兢：《贞观政要》，上海古籍出版社1978年版，第195页。

[4]　司马光：《资治通鉴》卷一百九十四，中华书局1956年版。

决抑制佛老，甚至在一定程度上为它们的发展提供了较优越的条件和宽松的环境，从佛教的角度来说，是因为其借佛教活动"所修功德，多别有用心"①的缘故，而从道教的角度来说，则是出于"崇道尊祖"抬高门第以神化和巩固其统治的目的。太宗之重臣魏征也提出类似的看法："儒之为教大矣，其利物博矣！笃父子，正君臣，尚忠节，重仁义，贵谦让，贱贪鄙，开政化之本源，凿生民之耳目，百王损益，一以贯之。虽世或污隆，而斯文不坠，经邦致治，非一时也。"②亦以儒学为治国之利器。所以，从根本上看，李唐之初的统治者，真正崇信的是儒学而非佛道二教，也正是基于此而确立了以儒治国的根本方针。

自此之后，以儒治国的方针贯穿了唐王朝始终。人们对儒学具有经世教化、维系人心功能的认识一直没有发生变化，儒学作为核心意识形态的地位基本上也从来没有发生过动摇。如高宗时期的刘祥道于显庆元年上陈奏疏曰："儒为教化之本，学者之宗。儒教不兴，风俗将替。"③高宗虽不像太宗那样崇儒，但对儒学也还是极为重视的，如永徽四年，"颁孔颖达《五经正义》于天下"，并规定"每年明经，令依次考试"④。唐玄宗亲自注释《孝经》，认为"欲求忠臣，必于孝子"。玄宗之后的各代皇帝，大多也都有崇儒之举。在儒教治国思想的指导下，唐代实行"重振儒学"的文教政策，通过采取一系列的措施，提高和巩固了儒学的核心地位，崇儒也成为了一种普遍的社会现象。而所谓的"三教论衡"，其最终旨归在于实现朝廷教化，所以，从统治者的最终目的来看，"三教论衡"的实质是要实现三教同归于儒教。

通观有唐一代，基本的国策大抵是以儒学为主而兼容其他二教。由于存在着教义的差别及利益的冲突等方面的因素，三教之间势必会产生各种的矛盾与斗争。从外在的形式来看，解决这些矛盾冲突的主要手段是通过聚集讲论的方式和统治者在政策上的调整来加以调和；从内容上来看，这些矛盾冲突也引发了儒道释各自对自身的反思，并不断进行自我的调整与改造，从而为自己争取更大、更合理的生存与发展的空间。

---

① 汤用彤：《隋唐佛教史稿》，江苏教育出版社 2007 年版，第 10 页。
② 魏征等：《隋书》，中华书局 1973 年版，第 1705 页。
③ 徐松：《登科记考》，中华书局 1984 年版，第 46 页。
④ 刘昫等：《旧唐书》，中华书局 1975 年版，第 4945 页。

从这个意义上讲，正是三教之间的斗争，孕育和促进了三教的合流。

儒、释、道三教之所以能够走向合流源，最根本的原因在于它们能在自身与对方内在的规定性中找到彼此的契合之处。最感官的现象是，三教论辩主要在佛、道之间进行，这体现的主要是佛、道之间的矛盾与斗争。事实上，单就佛、道而言，它们之间产生冲突的根本原因，主要是在于地位的争夺，而不是在于宗教教义的分歧，即这种冲突是关乎利益而非教义的。同样作为出世的哲学，在它们各自的内在规定性中，都有着诸多的可供对方取鉴、吸收的质素。

在佛道二家形成此消彼长、互有胜负的争斗状态的同时，唯独儒学的地位不受干扰，大抵只有儒学对佛道的单向批评。作为外来的宗教，佛教在顺应儒家的伦理道德方面做出努力的同时，也在努力追求实现自身的本土化。这本土化的追求，使佛教在保持自身独立的情况下，既能符合中国传统士人修习的心理与习惯，也使之在现实的价值上向儒学靠拢。如李华《扬州隆兴寺经律院和尚碑》云：

> 和尚与人子言，依于孝；与人臣言，依于忠；与上人言，依于敬。佛教儒行，合而为一。①

李华一方面推崇儒学，另一方面又信奉佛教。其碑文中所言之和尚，实际上是在做着援儒入佛的努力，这也从一个方面预示着儒佛合流的发展方向。尽管在一些特定的历史阶段，儒学学者有排斥佛老之举，但在唐人开放心态的大背景下，儒学也显示出了其巨大的包容性，通过从佛道中吸收具有创新特质的思想资源，为自身的发展和再次振兴创造了新的契机，也促进了三教合流的进程。如柳宗元说："浮图诚有不可斥者，往往与《易》、《论语》合，诚乐之，其于性情奭然，不与孔子异道……吾之所取者与《易》、《论语》合，虽圣人复生不可得而斥也。"② 他认为儒、佛在本质上有着一致性，从儒学发展的角度着眼，主张援佛入儒，从佛教中的吸取思想精华，对儒学加以改造。又如李翱

---

① 董浩等编：《全唐文》卷320，中华书局1983年版，第3245页。
② 柳宗元：《柳宗元集》，中华书局1979年版，第673—674页。

在《复性书》中，表面上是驳斥佛教的成佛说，实际则是上以佛教义理来解释儒家经典，用禅宗的"我以心通"功夫，来阐发《中庸》的意旨，且其中还包含有不少老庄思想。唐代儒学对佛老思想资源的吸收，对宋代理学（新儒学）的形成和发展产生了重大的影响。

也正是在"三教论衡"和三教合流这种特殊的思想与学术背景下，中晚唐的经学研究，表现出了一种全新的风气。中唐的啖助、赵匡、陆淳等治《春秋》学，不仅不为三传之陈说所拘限，且专攻三传之失，表现出极强的疑古惑经的怀疑精神，开启了"舍传求经"的新学风。这种新的学风，在很大程度上挖掘和强化了经学经世致用的实用价值，增加了儒学的时代感，同时在经学由汉学系统向宋学系统转换的过程中，发挥了决定性的作用。

三教并行的政策及三教合流的走向，不仅使它们各自获得了最大的发展空间，也促成了唐代学术理路的转换，为唐代文人的知识结构中具备更丰富的内涵提供了可能，使之在学术与知识结构上表现出了新的形态特征，形成了以儒学为主导、兼具佛道知识的人格结构。

三、类书学、文选学的兴起与唐人的学问修养及诗歌的学问化

唐代文化的繁荣与文学的兴盛，是与其时图书事业的繁盛分不开的。图书作为各类知识的基本载体，在唐人获取知识加强自身学问修养的过程中，起到了极为关键的作用。唐代的图书编撰事业取得了极大的成就，就内容而言，所涉极为广泛，四部皆备，尤以经史、法律和诗文类为多。从创作的角度来看，一是以类书的大量编撰为基础而兴起的类书学，一是以对《文选》的注释和讲授为基础而兴起的《文选》学，与唐代诗歌的学问化有着十分密切的关系。

唐代是我国古代类书编撰史上的第一个繁荣期。类书的大量编撰，是唐代一个比较特殊的文化现象。"类事之书，兼收四部，而非经、非史，非子、非集。"① 从内容的角度来看，类书的特殊之处在于其"非经、非史，非子、非集"的性质，所谓"非经、非史，非子、非集"的性质，可以理解为经、史、子、集兼而有之的性质，正如《总目》

---

① 纪昀等：《钦定四库全书总目》，中华书局1997年版（整理本），第1769页。

的《格致镜原》提要中所说的："是编乃其类事之书，其曰《格致镜原》者，自昔类书大抵缕陈旧迹，与史传相参，或胪列典章，与《会要》相佐。"① 类书多采录经、史、子、集诸典籍中之事物、典章、制度、典故、辞藻、诗文，具有兼及四部的性质，包含着非常丰富的知识。因此，类书作为文化学术的一个组成部分，集中反映了唐代学术发展的基本面貌与发展趋向，集中折射出了唐人对知识的需求状况，包括需求知识的类型、范围、深浅和对各类知识的需要程度等，也为使用者获得广博渊深的学识提供了可能。

从根本上说，类书的编撰缘于各类读者对于知识的需求。不同读者，所扮演和试图扮演的社会角色不同，他们对于所需求知识的类型也有着差异。类书在内容上四部皆备的特点，使其能够满足各类不同读者对于知识的需求，而内容上相对集中、形式上"以类相从"的特点，则又能够使读者易于获得想要掌握的知识，具有极强的实用价值。因而类书的读者群极为广泛，从封建帝王到一般士子，从皇族重臣到普通百姓，都可以从中获取构建自身知识体系的相关知识。

类书对于唐代学问化诗歌创作的影响，有几个方面值得注意。首先，从类书的编撰目的和使用的实际情形来看，其中就隐含着学问化的诗学观念。如《大唐新语》卷九载："玄宗谓张说曰：'儿子等欲学缀文，须检事及看文体。《御览》之辈，部帙既大，寻讨稍难。卿与诸学士撰集要事并要文，以类相从，务取省便，令儿子等易见成就也。'说与徐坚、韦述等编此进上，诏以《初学记》为名。"② "缀文"而须用事，这应该是当时一种较有代表性的认识。从体制上说，《初学记》的每一子目，都分为"叙事"、"事对"、"诗文"三个部分，这些"知识"，于人们的潜意识之中，或是作为可供融入作品的材料而存在，或是作为诗文创作的典范而存在，这就意味着在当时的诗学观念中，知识与学问对于诗歌的创作是非常重要的。现存的唐代类书中，前此的《艺文类聚》，后此的《白氏六帖》，大抵也都具有这样的功用，也都能体现出学问化的诗学观念。其次，唐代科举取士制度的确立与考试科目及

① 纪昀等：《钦定四库全书总目》，中华书局1997年版（整理本），第1797页。
② 刘肃：《大唐新语》，中华书局1984年版，第137页。

内容的基本稳定，为应试类书的产生提供了诱因，也使应试类书的产生成为了可能。科举考试要求举子具备广博的知识，"应试类书"也因此应运而生，它将经、史、子、集各部的各类典籍中的事类、典故或连缀成篇，或摘录出来，分别按类编排而便于检索和记忆。从客观上说，应试类书便于读者更快、更好地加强自己的学问修养和掌握创作诗赋的技巧，使广大文士更好地适应"以诗取士"的制度。再次，在诗歌的创作实践中，类书是诗人获得诗兴、临文检索事类、采撷词藻、敷设偶对的实用工具，诗歌也因此而具有了较鲜明的学问化特征。类书在诗歌创作中经常被用到，如王昌龄云："凡作诗之人，皆自抄古人诗语精妙之处，名为随身卷子，以防苦思。作文兴若不来，即须看随身卷子。"①即使是成熟的诗人，亦有诗思不到或者表达不畅的时候，类书就成了诗人进行创作的得力助手。虞世南撰《北堂书妙》，"集群书中事可为文用者"，②白居易撰《白氏六帖》，"杂采成语故实，备词藻之用"，③还有张九龄、元稹、李商隐、温庭筠、皮日休等，也都自编类书以备创作之需，这些都在很大程度上说明了诗人创作对类书的依赖。依靠类书来进行诗歌的创作，这在初唐诗人的创作中尤为显著，闻一多先生的《类书与诗》一文有详切的论析，无须赘论。

　　《文选》学作为一门专门的学问，兴起于隋唐之际。《文选》作为我国文学史上编选最早的一部文学总集，由南朝梁昭明太子编撰，其中选编了六朝以前各代的优秀作品，因此受到了知识分子的重视。最早治《文选》者是隋代的萧该；隋唐之际的曹宪，以研治《文选》而著名，并以之授诸生；稍后其弟子许淹、李善、公孙罗等，相继传授，于是其学大兴。李善为《文选注》，居汴郑间讲授，诸生自远而至，传其业。从此，对《文选》的注释与研究，便发展成一项专门学问——文选学，并且一度成为唐代的显学。

　　李善之《文选注》六十卷大行于当时，奠定了文选学作为一门显学

---

　　① ［日］弘法大师：《文镜秘府论校注》，王利器校注，中国社会科学出版社 1983 年版，第 290 页。

　　② 刘餗：《隋唐嘉话》（唐宋史料笔记丛刊），程毅中点校，中华书局 1979 年版，第 16 页。

　　③ 纪昀等：《钦定四库全书总目》，中华书局 1997 年版（整理本），第 1774 页。

的基础。从诗歌学问化的角度来看，李善《文选注》有三个方面值得注意，一是精于辨字、注音和释义，可以帮助读者扫除最初的障碍。二是详于释事，为选文中的典故、成语寻出最早的出处，即"诸引文证，皆举先以明后，以示作者必有所祖述也"（《文选两都赋序》李善注）其创注和补注皆以征引相关原文的方式进行。李善之注语典，常有追求字字有来历的倾向，注重释事而旧有"释事忘义"之讥。三是征引博赡，据统计，李善的《文选注》，所引书目和篇目，多达 1607 种。① 所有这些，一方面说明了他学问之博洽，或许还时可见出其有意炫博的倾向；另一方面也说明了《文选》的诗文中包含有广泛的知识与学问。因此，李善注释诗歌时征引了大量文献，既向读者阐明了客观存在于前代诗歌创作中一种习见的诗学现象——以学问入诗，也在无意间向读者传达了一个信息——以学问入诗作为一种诗学传统，是一种行之有效的创作手段。

文选学在唐代的盛行，是与当时崇尚文学的风气分不开的；而以诗赋取士制度的确立，更是使《文选》成为了士人举子必读的文学范本。《文选》中包含有丰富的知识和学问，而李善之注，则是为广大读者展示了这一丰富的知识世界。唐代文士普遍研习《文选》，其中杜甫的观点和创作就极具代表性。如其《宗武生日》云："熟精《文选》理。"又《水阁朝霁奉简严云安》云："续儿诵《文选》。"他之所以如此重视《文选》，究其原因，大抵是研习《文选》，既可以把握诗文创作的内部规律，也可以从中获得大量以资为诗的知识与学问即诗料。在创作实践中，杜甫将他在《文选》中获得的知识大量融入诗歌，从而也表现出了较为鲜明的学问化创作特征。清人李详有《杜诗证选》，而今人金启华则有《广〈杜诗证选〉》，都能充分地说明这一情况。

第二节　初盛唐诗歌的学问化

一个时代诗歌创作的基本面貌，不仅与诗人的生活经历、情感气质

---

① 孙钦善：《论〈文选〉李善注和五臣注》，载赵昌智，顾农主编《李善文选学研究》，广陵书社 2009 年版，第 33 页。

密切相关，而且与这一时代的学术文化环境及在这一环境熏陶和影响下的个人的文化修养也有密切的关系。也就是说，一个时代的学术文化知识，必然会融入到诗人的知识结构中，也必然会反映在他们的创作实践之中，从而使诗歌表现出学术化的特征。与其时的学术的日趋繁荣相关联，初唐时期作为中国古代诗歌发展历程中一个承前启后的阶段，学术化的特征也较为鲜明。

唐初之学术风尚，大抵是以尊崇儒学为宗而又兼收并蓄为基本特色。初唐统治者对儒学的倡扬，形成了普遍崇儒的学术风气，这自然也就形成了普遍以儒学的视角和思维方式来观察和思考问题的意识与倾向，必然也会影响到文学观念并进一步影响到创作的实践。

一、初唐的学术化诗歌

初唐以儒学为代表的主流文化对诗歌本质的探讨，就包含有强调诗歌的理性化内涵。从根本上说，这理性化的内涵源于对汉儒实用文学观的继承和对六朝浮艳文风的反思。为唐初儒学理性文艺观定下基调的，是开启了"贞观之治"的唐太宗，其《帝京篇·序》云：

> 予以万机之暇，游息艺文。观列代之皇王，考当时之行事。轩昊舜禹之上，信无间然矣。至于秦皇周穆，汉武魏明，峻宇雕墙，穷侈极丽，征税殚于宇宙，辙迹遍于天下；九州无以称其求，江海不能赡其欲，覆亡颠沛，不亦宜乎？予追踪百王之末，驰心千载之下，慷慨怀古，想彼哲人。庶以尧舜之风，荡秦汉之弊，用咸英之曲，变烂熳之音；求之人情，不为难矣。①

又如计有功《唐诗纪事》卷一载：

> 帝尝作宫体诗，使虞世南赓和。世南曰："圣作诚工，然体非雅正，上有所好，下必有甚；臣恐此诗一传，天下风靡，不敢奉

---

① 彭定求等编：《全唐诗》卷一，中华书局1960年版，第1页。

诏。"帝曰："联试卿尔！"帝后为诗一篇，述古兴亡，既而叹曰："钟子期死，伯牙不复鼓琴，联此诗何所示耶！"敕褚遂良即世南灵坐焚之。①

对历史上诸多王朝之"覆亡颠沛"原因的探讨，是作为帝王和政治家的唐太宗考察文学的最基本的出发点。要求以"尧舜之风"、"咸英之曲"来涤荡"秦汉之弊"与"烂熳之音"，对宫体诗则持彻底的否定态度，这非常清晰地表明了太宗关于文学的倡导与实践，是以对汉儒政教文学观的继承和对齐梁以来宫体诗风的深刻反思为基础的。作为在政坛和文坛均极具影响力的人物，唐太宗的这一认识，引导了初唐以儒学文艺观为主导的理论自觉，使得文人学者对于文学本质的认识，也都普遍地带有了理性化的内涵。魏征《隋书·文学传序》云：

　　然则文之为用，其大矣哉！上所以敷德教于下，下所以达情志于上。大则经纬天地，作训垂范；次则风谣歌颂，匡主和民……梁自大同之后，雅道沦缺，渐乖典则，争驰新巧。简文、湘东，启其淫放；徐陵、庾信，分路扬镳。其意浅而繁，其文匿而彩，词尚轻险，情多哀思，格以延陵之听，盖亦亡国之言乎！②

李百药《北齐书·文苑传序》云：

　　夫玄象著明，以察时变，天文也；圣达立言，化成天下，人文也；达幽显之情，明天人之际，其在文乎。逖听三古，弥纶百代，制礼作乐，腾实飞声，若或言之不文，岂能行之远也。③

姚思廉《梁书·文学传序》云：

---

① 计有功：《唐诗纪事校笺》，王仲镛校点，巴蜀书社1989年版，第7页。
② 魏征等：《隋书》，中华书局1973年版，第1729—1730页。
③ 李百药：《北齐书》，中华书局1973年版，第601页。

经礼乐而纬国家，通古今而述美恶，非文莫可也。①

这几位都是贞观之重臣，对隋唐之际的社会离乱给大众所带来的苦难深有了解和体察，并且也都参与了史书的编撰，他们以政治家兼史学家的眼光来打量文学，从文学与现实政治的关系入手，将以史为鉴作为文学的根本出发点，在对齐梁文学之浮靡与政治之衰弱的因果联系的认识中（显然他们有因果倒置之嫌），都异口同声地强调了文学的教化功能与价值导向作用。这种对文学教化作用的过分强调，虽说在一定程度上有悖于文学的审美品格，但又由于文学具有一般意识形态的性质，因而对其理性内涵的强调，也包含有合理的因素。

唐初（贞观时期）主流的文学观点对于儒学思想的认同，加之极为盛兴的史学影响，表现在诗歌创作实践上，大抵是诗人反思历史而着眼当下，或是以诗言志，或是以诗为谏，或是以诗歌表现史学见解，甚至是以诗歌作为载体来宣扬学术思想、发表学术见解。这样，初唐的一些诗歌就蕴含了较多的理性成分；理性成分的增加，则使得诗歌的学术化倾向趋于鲜明了。唐初诗歌的这一倾向从贞观时期一些作家的作品中可以见出一斑。如唐太宗之《赋尚书》云：

崇文时驻步，东观还停辇。辍膳玩《三坟》，晖灯披《五典》。寒心睹肉林，飞魄看沈湎。纵情昏主多，克己明君鲜。灭身资累恶，成名由积善。既承百王末，战兢随岁转。

诗歌没有堆砌华丽的辞藻，质朴平白，资史以为鉴的意图十分明显。诗人提倡经史而留意于坟典，认为能"克己复礼"而以仁为本者为"明君"，积善而能成就大的事业。诗人在作品中极清晰地展示了儒学的观点，表明了以儒治国的理想与主张。以这种特定的思维方式来打量和思考文学并有着创作实践的，还有王珪、魏征、虞世南等贞观诗人。如魏征之《赋西汉》云：

---

① 姚思廉：《梁书》，中华书局1973年版，第685页。

受降临轵道，争长趣鸿门。驱传渭桥上，观兵细柳屯。夜宴经柏谷，朝游出杜原。终藉叔孙礼，方知皇帝尊。

诗歌最后两句，以西汉叔孙通建立礼规以突出朝廷威严的史实，强调了儒家礼乐教化的重要性，也表现了诗人欲以儒术致太平的政治主张。全诗历数高祖、文帝、武帝等西汉时事，几乎句句用典，且典故都出自《史记》，这说明了诗人对史实达到了极高的熟知程度，而其中渗透的诗人的史学见解，则充分表明了诗歌主旨的历史意识的强化；同时，典故的大量运用，也从博洽的角度呈现了诗歌的学问化特征。又如虞世南之《赋得慎罚》诗亦是如此：

帝图光往册，上德表鸿名。道冠二仪始，风高三代英。乐和知化洽，讼息表刑清。罚轻犹在念，勿喜尚留情。明慎全无枉，哀矜在好生。五疵过亦察，二辟理弥精。憬巾示廉耻，嘉石务详平。每削繁苛性，常深恻隐诚。政宽思济猛，疑罪必从轻。于张惩不滥，陈郭宪无倾。刑措谅斯在，欢然仰颂声。

此诗为奉和太宗而作，兼有颂美与规箴之意；同时也是以诗歌的形式表现自己简政宽刑、慎用刑罚的法治思想，这是对儒学仁道思想的倡扬。诗歌以议论为主，风格质朴雅重，学术化特征极为鲜明。

二、初唐的类书化诗歌

唐代类书的发展和繁荣，在很大程度上可以说是为了适应诗歌的应酬化和普及化需要的结果，同时又反过来对诗歌的创作产生了很大的影响，其中最鲜明的表现就是诗人将从类书获得的各类知识运用于创作之中。

诗歌的创作须以诗人知识的积累为基础。类书因其以类相从的编排体例和所包含知识的丰富性，便于读者获取自己想要了解和掌握的知识，因而阅读类书是创作主体加强自身学问修养、通向博学的重要途径。通过阅读类书获取知识，诗人就将"学问"纳入了自己的创作能力系统。诗人从类书中所获取的知识，自然也就有可能以各种形式进入诗歌。即使许多的知识没有被纳入到诗人的人格结构之中，亦可通过临文翻检而进入诗歌。所以闻一多先生说：

> 本来这种专在词藻的量上逞能的作风，需用学力比需用性灵的机会多，这已经是文学的实际化了……若说唐初五十年间的类书是较粗糙的诗，他们的诗是较精密的类书，许不算强词夺理吧？①
>
> 唐初诗人一面继承了六朝的声律传统，把诗的形式更求工整，因而导致沈（佺期）宋（之问）律诗的完成；一面又继承了六朝那种学术材料的搜集工作，拿学术观点研究文学成为这时期的特色，最明显的表现便是类书的编辑，造成一时期内若干毫无性灵的类书式的诗。②

在闻先生看来，类书作为学术材料（词藻）搜集工作成果的一种表现形式，实际上给诗人提供了学力上的支持。在类书的影响下，初唐诗歌的学问化特征大抵表现在以下两个方面：

其一，排比使用典故。欧阳询编撰的《艺文类聚》之序云："事居其前，文列于后，俾夫览者易为功，作者资其用，可以折衷今古，宪章坟典云耳。"③类书的编撰，一个重要的目的就是方便写作诗文者取用典故。在类书中，围绕着一个个主题，汇集形成了大量的典故群，为诗人表达一个特定的主题提供了丰富的典故，使其不必搜肠刮肚、冥思苦想地去搜求材料。所以，在特定的诗歌传统和观念的影响下，类书中现成的典故，诗人可以直接拿来为自己的表达服务。不仅如此，他们还在诗歌中排比使用典故，以求得在显示学问的诗歌交际与创作活动中不落于下风；这样诗歌常常也就成为了"较精密的类书"。排比典故作为类书化诗歌的根本性特征，在初唐诗坛的各类题材的作品中都有着鲜明的表现，现分别以咏史怀古、咏物、箴规颂美三类唐初最常见的题材为例做简要说明。

---

① 闻一多：《类书与诗》，《唐诗杂论》，上海古籍出版社1998年版，第6页。
② 郑临川：《闻一多论古典文学》，重庆出版社1984年版，第91页。
③ 欧阳询：《艺文类聚》，汪绍楹校，上海古籍出版社1982年版。

咏史怀古诗的写作，须以诗人丰富的史学知识和较强的思辨性为基础。而初唐咏史诗比较多的出现，与其时重视史学的学术思维及史学的发达也有着密切的联系。上文所举魏征的《赋西汉》诗，就是这样一首典型的排比使用典故的咏史诗。又如李百药之《赋得魏都》云：

> 炎运精华歇，清都宝命开。帝里三方盛，王庭万国来。玄武疏遥𨻶，金凤上层台。乍进仙童药，时倾避暑杯。南馆招奇士，西园引上才。还惜刘公干，疲病清漳隈。

诗歌通过一系列有关于魏都人与事的典故，将诗人对曹魏这一段历史的认识与感慨表现出来，在透露出深沉的历史意识的同时也包含着个人的际遇之感。这一系列典故的运用，是诗人基于自己的史学修养、为了表达的需要而有意为之，也是使诗歌表现出深厚的传统内蕴的重要手段之一。

唐初的咏物诗获得了较大的发展。咏物诗之所以在初唐受到重视，其中一个重要原因就是能为诗人炫耀才学提供好的机会。随着诗歌交际功能的不断发展，诗人们往往在一些特定的场合通过咏物诗来展现自己的才华，如《唐诗纪事》卷四记李义府云：

> 义府初遇，以李大亮、刘洎之荐。太宗召令咏乌，义府曰："日里扬朝彩，琴中闻夜啼。上林如许树，不借一枝栖！"帝曰："与卿全树，何止一枝！"①

李义府之《咏乌》诗，前二句写景而各自暗用典故，分言己之才高与己之德厚，而后巧妙地寄寓了自己渴望见用的心理，虽为干谒，但委婉流畅，含而不露。诗歌虽短，但能较好地展现诗人的才学。又如上官仪之《咏画障》诗云：

---

① 计有功：《唐诗纪事校笺》，王仲镛校点，巴蜀书社1989年版，第100页。

芳晨丽日桃花浦，珠帘翠帐凤凰楼。蔡女菱歌移锦缆，燕姬春望上琼钩。新妆漏影浮轻扇，冶袖飘香入浅流。未减行雨荆台下，自比凌波洛浦游。

诗歌为典型的"上官体"。全诗八句不仅对仗工整稳当，用典绵密贴切，且能以类相从；既见雕琢之功，亦显博洽之学，受类书影响的痕迹极为明显。

相对于其他类型题材的诗歌，咏物诗更能见出诗歌创作者对于词藻典故的热情。唐初的一些类书，正是为了迎合、满足诗人对于词藻典故的需求而编撰的，其中摘抄汇集了大量有关物类的典故，方便诗人创作时取用，这样也就使得大量的咏物诗表现出了类书化的特征。如《初学记》天部"雪"条之"事对"部分列出了一些关于雪的词语典故：

玉马　铜驼；逾丈　盈尺；焦寝　袁门；周阙　齐宫；周雅　卫风；黄竹　幽兰；曹衣　班扇；麻衣　柳絮；映书　乘兴；周咏　郢歌；北阙车　东郭履；姑射神人　洛渚宓妃 ①

诗人在创作有关雪的诗歌时，根据表达的需要选取相关的词语典故连缀成篇，就可以构成一首完整的咏物诗。

初唐诗坛，随着诗歌交际功能的加强，产生了大量应制奉和与酬唱赠答的诗歌。尤其是产生于宫廷的箴规体和颂美体诗歌，前者不宜过于直露地表达诗人的观点，后者则必须较为含蓄地表达诗人的情感，因而分别需要遵循隐曲和庄雅的创作原则，而较多典故的运用则能起到理想的表达效果。

典故是一种极富内涵的文化意象，对典故的选择和运用的过程是一个理性化的思维过程。初唐诗歌中大量地使用成语典故，是在特定的时代文化氛围的影响下，基于诗人的学问修养和创作观念而形成的一种惯性文化思维；也是在特定的文化背景的影响下追求深度表达和恰当表达

---

①　徐坚：《初学记》，中华书局 1962 年版，第 27—29 页。

的必然表现。

其次是化用前人诗语诗句、点化前人诗境。类书在唐代得到了前所未有的发展。以唐代第一部类书《艺文类聚》为起点，类书在体制上的创新，即"事居其前，文列于后"的结构形式，不仅为诗歌的创作汇集了大量的典故，也为诗歌创作积累了丰富的经验。作为学习、创作中以简驭繁、实用性极强的工具书，类书中抄录汇集了前人大量的诗歌，实际上具有了知识的性质；这些知识经诗人"朝夕讽咏"至于烂熟之后化入自己的知识结构，在创作中往往也会自觉不自觉地进入自己的诗歌。这样，以前人诗句和诗境入诗，也是初唐诗歌学问化特征的鲜明表现之一。如虞世南的《拟饮马长城窟行》：

> 驰马渡河干，流深马渡难。前逢锦车使，都护在楼兰。轻骑犹衔勒，疑兵尚解鞍。温池下绝涧，栈道接危峦。拓地勋未赏，亡城律岂宽。有月关犹暗，经春陇尚寒。云昏无复影，冰合不闻湍。怀君不可遇，聊持报一餐。

诗歌所运用的是边塞题材的固有意象，将"都护"、"楼兰"、"轻骑"、"栈道"、"拓地"、"亡城"、"云昏"、"冰合"习见于前人诗歌中的词语进行排比与堆砌，构成了一幅所谓的边塞图景，诗境与前人边塞诗极为相似；而"有月关犹暗"则自陈后主同题诗中"月色含城暗"与隋炀帝同题诗中"雾暗关山月"的诗句脱胎点化而来。陈子昂诗歌也多有取鉴前人之处，如其《万州晓发放舟乘涨还寄蜀中亲友》一诗，其中"空濛岩雨霁，烂熳晓云归"两句，前句从谢朓《观朝雨》之"空濛如薄暮，散漫似轻埃"化出，后句出自沈约《奉华阳王外兵》之"烂熳蜃云舒"；诗歌末句"江海事多违"，则又是用沈约《直学省愁卧》之成句。又如其千古名篇《登幽州台歌》，也明显地是从屈原《楚辞·远游》篇之"惟天地之无穷兮，哀人生之长勤。往者余弗及兮，来者吾不闻"、曹丕《月重轮行》之"悠悠与天地久长"及王褒《洞箫赋》之"莫不怆然累欷"等诗句借鉴点化而来，这些都充分显示了陈子昂文学知识的渊博，也显示了其诗歌知识化、学问化的倾向与内涵。

从类书化的角度来看，还值得注意的是李峤创作的一组咏物诗即《李峤百咏》。在咏物诗极为盛行的时代，李峤有计划地精心组织、创作了这一百二十首咏物诗，并将之分为乾象、坤仪、居处、文物、武器、音乐、玉帛、服玩、芳草、嘉树、灵禽、瑞兽十二大类，每类十首。实际上是按分类编排的方式，将有关物象的常见典故组织成诗。李峤本博学多才，身为重臣又兼修文馆学士，具备掌握典籍秘闻的条件，因而较之一般作者拥有更为渊博的学识。所以，举凡历史故事、人物事迹、神话传说、经传奥义乃至前人诗文，随意掇取，都可以进入他的诗歌。而从汇集了大量的事典和"以类相从"的编排形式看，实际上与类书完全如出一辙。事实上，从功用方面来说，《李峤百咏》是用于一般士人学诗的大型咏物组诗，起着诗歌范式和蒙学教材的作用，与《艺文类聚》、《初学记》等指导诗文创作的类书有着一致之处。所以，在某种程度上我们或者可以直接称之为指导咏物诗创作的专门性类书，是典型的"较精密的类书"。

三、盛唐诗歌与学问

盛唐是唐诗发展的黄金时代。在这个时期，不仅出现了李白、杜甫这样分别代表浪漫主义和现实主义传统最高峰的伟大诗人，也产生了孟浩然、王维、高适、岑参、王昌龄、李颀等一大批优秀的诗人，他们也都各自有着独创的艺术风格，有着独特的艺术魅力。大致说来，他们或创造了兴象玲珑、韵味无穷的诗境，或表现了壮大浓烈之情思，或展现了清刚峻峭之气骨。从总体上来看，他们的诗歌创作减少了对学化问因素的关注，注重于对诗意的表达、诗境的创造与情韵的展现。由于诗境的创造是诗人情感与自然、社会融合的结果，而诗意则是诗人心灵状态与主观情意的呈现，因此，读者也常常会从他们的诗歌中获得诗情与画境，获得心物交融的情感体验，获得心灵的陶冶与审美的愉悦，与学问化诗歌在审美风格上有着较大的差异。

尽管如此，盛唐诗人的诗歌作品中，也在不经意间包含有了一些学问化的因素，这些学问化因素与初唐诗歌并没有本质上的不同，只有程度上的差异和有意与无意的区别。现就盛唐几位代表性诗人诗歌中所包含的学问化因素做一些简要说明。

先看孟浩然诗歌。苏轼批评其诗是"韵高而才短，如造内法酒手而无材料尔"①，"韵高"是言孟诗之长，"无材料"则是言孟诗之短。所谓"才"，指的是"才学"，"才短"而"无材料"，实际上是说孟浩然缺少足够的书本知识，学问不够深厚，无法做到"以才学为诗"，致使诗歌中少用典故，或者是诗句少有出处。但是如果稍加寻绎，我们也能在孟诗中发现学问的痕迹。如其《早寒江上有怀》诗云：

> 木落雁南渡，北风江上寒。我家襄水曲，遥隔楚云端。乡泪客中尽，孤帆天际看。迷津欲有问，平海夕漫漫。

此为孟浩然长安落第后东游吴越滞留江上，因早寒思归而作，其中首联从鲍照《登黄鹤矶》之"木落江渡寒，雁还风送秋"句化出；颈联之"孤帆天际看"，本自谢朓《之宣城郡出新林浦向板桥》之"天际识归舟"句；而尾联之"迷津"，则是用了《论语·微子》中孔子见隐者长沮、桀溺，派子路问津之典故。可见，诗歌虽然是通过景物的描写来表现诗人的情感，但其中也包含了一些学问化的因子。

王维有着博洽的学问知识和极高的文化造诣，对中国传统文化的汲取极为深刻，较之孟浩然，其诗歌中包含了更多的学问化因素，学问化的倾向在他的诗歌创作中也有着更为明显的表现。其诗歌的学问化倾向主要表现在两个方面：

其一，对前人诗句的取鉴与点化。李肇《唐国史补》云："（王）维有诗名，然好取人文章嘉句。'行到水穷处，坐看云起时。'《英华集》中诗也。'漠漠水田飞白鹭，阴阴夏木啭黄鹂。'李嘉祐诗也。"②清人王士禛的《池北偶谈》也拈出了数例王维对六朝诗人诗句的化用：

> 王右丞"积水不可极，安知沧海东"，本谢康乐"洪波不可极，安知大壑东"；"春草年年绿，王孙归不归"，本庾肩吾"何必游春草，王孙自不归"；"还家剑锋尽，出塞马蹄穿"，本吴均"野

① 陈师道：《后山诗话》，载《历代诗话》，中华书局1981年版，第308页。
② 李肇：《唐国史补》，上海古籍出版社1957年版，第16—17页。

战剑锋尽，攻城才智贫”；"结庐古城下，时登古城上"，本何逊"家本青山下，好登青山上"；"莫以今时宠，能忘昔日恩"，本冯小怜"虽蒙今日宠，犹忆昔时怜"；"飒飒秋雨中，潺潺石溜泻"，本王融"潺溅石溜泻，绵蛮山雨闻"；"白发终难变，黄金不可成"，本江淹"丹砂信难学，黄金不可成"；"如何此时恨，嗷嗷夜猿鸣"，本沈约"嗷嗷夜猿鸣，溶溶晨雾合"。①

　　王维诗歌中的化用古人诗句还远远不止王士禛所拈出的这些。如此大量的化用，当然不是无心的"暗合"，而是应该抱有"点铁成金"、"夺胎换骨"目的而"有意为之"。

　　其二，以禅境佛理入诗。王维潜心向佛，笃信禅宗，深谙禅理，且能将禅理转化为一种人生的审美情趣，因而也常常以诗歌的形式来表达和诠释自己对禅宗的领悟。以禅境佛理入诗之途大致有二：一是以禅境入诗而寄寓佛理。沈德潜《说诗晬语》卷下说："王右丞诗不用禅语，时得禅理。"② 王维诗歌以禅境入诗最典型的表现就是以"无我"诗境的创造来表现"寂灭"、"空无"等禅学之境，且常常也寄寓了诗人所领会到的禅悟之理。如《鸟鸣涧》、《竹里馆》、《辛夷坞》、《鹿柴》等诗歌，就是典型的入禅之作，既能给人以审美的享受，也能给人以禅悟的启示，所以明胡应麟评王维《辛夷坞》、《鸟鸣涧》二诗时说："读之身世两忘，万念皆寂。"③ 我们可以说，王维的这一类诗歌，既具有文学意义上的审美价值，亦具有哲学层面上的启迪意义。二是以诗歌的形式直接宣示佛理。此类诗歌在王维集中也为数不少，如《饭覆釜山僧》诗中有诗句云："一悟寂为乐，此生闲有余。思归何必深，身世犹空虚。"认为人的一生及所处之境皆同于空虚，宣扬的是"色空"、"诸法皆空"的佛学之理。又如其《胡居士卧病遗米因赠》诗云：

　　　　了观四大因，根性何所有。妄计苟不生，是身孰休咎？色声何

────────

① 王士禛：《池北偶谈》，靳斯仁点校，中华书局1982年版，第277—278页。

② 叶燮、薛雪、沈德潜：《原诗 一瓢诗话 说诗晬语》，霍松林校注，人民文学出版社1979年版，第252页。

③ 胡应麟：《诗薮》，上海古籍出版社1979年版，第119页。

谓客，阴界复谁守？徒言莲花目，岂恶杨枝肘。既饱香积饭，不醉
声闻酒。有无断常见，生灭幻梦受。即病即实相，趋空定狂走。无
有一法真，无有一法垢。居士素通达，随宜善抖擞。床上无毡卧，
镉中有粥否？斋时不乞食，定应空漱口。聊持数斗米，且救浮
生取。

　　诗歌多用禅宗的语言和典故，略显晦涩。诗人以抽象说理的形式，
直接阐释了自己所领悟到的禅法义理，认为"人身空虚"，根性本为空
无，法也无所谓真垢；由本性之空而体会万法之空，无须洗心悟道而自
悟。这在一定意义上可以看成是诗人在以诗歌来做学问，也是王维的佛
学理论修养在诗歌中的自然外化。

　　作为盛唐诗歌最具代表性的诗人之一，李白以诗歌的形式，抒发了
自己丰富的内心情感，表现了个人的性格气质，也反映了他所处时代的
精神风貌。在李白的诗中，常常是浓郁的情感爆发式地倾泻出来，或者
是变幻莫测的想象兴发无端，或者是清新明秀的山水景物融入笔触，几
乎让人意识不到学问要素的存在。而事实上，李白的一些诗歌，也分别
从不同的角度表现出了一定程度的学问化特征。

　　李白在读书上是花了不少工夫且读而有所得的，他曾在《安州裴长
史书》中自述："五岁诵六甲，十岁观百家，轩辕以来，颇得闻矣。"[①]
又在《赠张相镐》诗中说："十五观奇书，作赋凌相如。"诗人涉猎广
泛，遍览各类典籍，积累了博洽深厚的学问修养。在诗歌创作中，李白
常常也将自己积累的学问知识融入诗歌，甚至出现了一些"无一字无来
处"之作，所以明人胡震亨在《唐音癸签》卷九中评论他的诗歌时说：
"不读尽古人书，精熟《离骚》、选赋及历代诸家诗集，无由得其所伐
之材与巧铸灵运之作略。今人第谓太白天才，不知其留意乐府，自有如
许功力在，非草草任笔性悬合者。"[②] 其中最鲜明的表现就是大量典故
的运用。如其《梁甫吟》中有诗句云：

---

①　李白：《李太白全集》，（清）王琦注，中华书局1977年版，第1243页。

②　胡震亨：《唐音癸签》，上海古籍出版社1981年版，第87页。

　　阊阖九门不可通，以额扣关阍者怒。白日不照吾精诚，杞国无
事忧天倾。狾貐磨牙竞人肉，驺虞不折生草茎。手接飞猱搏雕虎，
侧足焦原未言苦。智者可卷愚者豪，世人见我轻鸿毛。力排南山三
壮士，齐相杀之费二桃。吴楚弄兵无剧孟，亚夫咍尔为徒劳。

　　诗人将一连串典故排比运用，以发泄胸中的郁愤，抨击世间之不
平。十四句诗共用了九典，分别来自《楚辞·离骚》、《列子》、《山海
经》、陆玑《诗疏》、《思玄赋》注、《抱朴子》、《汉书·司马迁传》、
《晏子春秋》、《史记·游侠列传·剧孟传》等诗文典籍，不仅用典绵
密，而且典源广泛，表现出了较大的学问含量和较强的学问化特征，可
以谓之为"无一字无来处"。如此高密度、大数量地用典，在李白的诗
歌中并非个例，如《答王十二寒夜独酌有怀》、《鞠歌行》等诗歌都是，
学问化的倾向比较明显。

　　李白诗歌也有很多诗句是从前人诗文中点化而来的。其化用方法多
样，或是就原句做些更改，或是化一句为两句，或是合两句为一句，或
正用，或反用，大都能做到青出于蓝，有"点铁成金"的效果。如其
《乌栖曲》中"青山犹衔半边日"与同题诗之"银箭金壶漏水多"，分
别从萧子显同题诗之"犹有残光半山日"和萧绎的"金壶夜水讵能多"
化出。王夫之《古诗评选》云："萧子显《乌栖曲》：'芳树归飞聚俦
匹，犹有残光半山日。'第二句为太白奄有，遂成绝唱。"①又如《将进
酒》之"烹羊宰牛且为乐，会须一饮三百杯"出自曹植《箜篌引》之
"中厨办丰膳，烹羊宰肥牛"句；《怨情》之"故人昔新今尚故，还见
新人有故时"句，从江总《闺怨篇》之"故人虽故昔经新，新人虽新
复应故"化出；《金陵城西楼月下吟》之"垂珠滴秋月"从江淹《别
赋》之"秋露如珠"化用而来；《怨歌行》之"为君奏丝桐"，本于王
粲《七哀诗》之"丝桐感人情，为我发悲音"；《白头吟二首》其一之
"东流不作西归水"，本自《乐府诗集·清商曲词·子夜歌》之"不见
东流水，何时复西归？"《古风》其四十四之"君子恩已毕，贱妾将何
为"，两句分别出自江淹《杂体诗》"君子恩未毕"和《古诗十九首》

　　① 王夫之：《古诗评选》，张国星点校，河北大学出版社2008年版，第64页。

之"贱妾亦何为"。这些点化，大多能做到推陈出新而更富于表现力，也使得李白的一些诗歌表现出了学问化的痕迹。

李白的诗歌还常常以道教的知识入诗。李白深受道教思想的影响，在他的诗歌中，较多地提及了自己的道教信仰，如受道箓、炼丹服药等，也表现了自己的道教思想；其现存九百多首诗歌中，涉及仙道思想的就有一百多首。如其《草创大还赠柳官迪》诗云：

> 天地为橐籥，周流行太易。造化合元符，交媾腾精魄。自然成妙用，孰知其指的？罗络四季间，绵微一无隙。日月更出没，双光岂云只？姹女乘河车，黄金充辕轭。执枢相管辖，摧伏伤羽翮。朱鸟张炎威，白虎守本宅。相煎成苦老，消烁凝津液。仿佛明窗尘，死灰同至寂。捣冶入赤色，十二周律历。赫然称大还，与道本无隔。白日可抚弄，清都在咫尺。北酆落死名，南斗上生籍。抑予是何者？身在方士格。才术信纵横，世途自轻掷。吾求仙弃俗，君晓损胜益。不向金阙游，思为玉皇客。鸾车速风电，龙骑无鞭策。一举上九天，相携同所适。

此为李白受道箓后所作，是其诗歌中最完整的一首炼丹诗。诗中引用了《老子》、《周易参同契》、《抱朴子》等道教典籍中大量的典故与句意；既有作者所体悟到的道教思想的表述（即以天地万物变化皆自然之道，昌明道生万物之玄理），亦有有关炼丹过程和方法的描述。这实际上是以有关道教的知识入诗。

盛唐诗人以他们的创作，开创了一个气象恢弘的诗歌新世界，展现了这个时代博大、深远、雄浑与超逸的精神面貌。他们通过意象的运用、意境的呈现、性情和声色的结合，形成了诗歌全新的美感内涵。但是通过上面对几位诗人的简要分析，我们也可以看出，即使是在以创造兴象玲珑意境为主的唐诗中，学问化的因子从来都没有消失过，个别的诗作甚至也表现出了较鲜明的学问化特征。

四、杜甫诗歌的学问化特征

杜甫作为中国文学史上最伟大的诗人之一，其诗歌成就集前代之大成，对后代的诗歌创作产生了极大的影响。如北宋孙仅在《读杜工部诗集序》中说："公之诗，支而为六家：孟郊得其气焰，张籍得其简丽，姚合得其清雅，贾岛得其奇僻，杜牧、薛能得其豪健，陆龟蒙得其赡博。皆出公之奇偏耳。"① 又叶燮于《原诗》中说："自甫以后，在唐如韩愈、李贺之奇异，刘禹锡、杜牧之雄杰，刘长卿之流利，温庭筠、李商隐之轻艳，以至宋、金、元、明之诗家，称巨擘者，无虑数十百人，各自炫奇翻异，而甫无一不为之开先。"② 杜甫之诗之所以能够从多个方面对后代诗人的创作产生有益的启示，在很大程度上是因为其集大成中包含有诸多的新变因素；在这些新变因素中，就包含着学问化方面的因素。杜甫的诗歌创作较多地依赖了学力，因而其诗既具有盛唐的"雄壮之美"，也因为学问因素较多的渗入而表现出了新的审美特征，正是在这个意义上可以说，杜甫的诗歌，是唐型诗向宋型诗转变的关捩，是中国古代诗史流程中两种不同的审美范型转折的关键一环。

作为宋人诗歌创作的典范，杜甫在诗学主张上一贯强调要加强诗人的学问修养，把学问的积累和知识的储备作为诗歌创作的重要前提。从学问化的角度来看，杜甫的诗学主张有几个方面值得注意，一是强调诗人要"读书破万卷"，通过博览群书，以学问的积累作为诗歌写作的基础。二是提出了"别裁伪体"、"转益多师"的创作主张，强调了兼收并蓄、全面继承前人优秀文学成果的重要性。三是强调要"熟精《文选》理"，明白地揭示出了《文选》之中蕴含着可以探求之"理"，这"理"也应该是诗歌所表现内容的一个重要方面。杜甫的这些诗句，作为经典话语常常被宋人所提起，并成为宋代学问化诗学理论的重要渊源，对宋人的学问化诗学观念的形成产生了重大影响。

在重视学问的创作观念的指导下，杜甫的诗歌也较全面地表现出了学问化的创作倾向，如以诗为史、大量运用典故、以议论为诗、以文为诗、崇尚理趣等；这些都是相对于正统的唐音而表现出来的新变特征。杜甫诗歌的这些新变，是宋代诗歌风格发生巨大变化的先导，也是宋代

---

① 杜甫：《钱注杜诗》附录，钱谦益笺注，上海古籍出版社 1979 年版，第 710 页。
② 叶燮、薛雪、沈德潜：《原诗 一瓢诗话 说诗晬语》，霍松林校注，人民文学出版社 1979 年版，第 8 页。

诗歌学问化特征的重要渊源。现对杜甫诗歌的学问化表现形式作简要
分析。

其一，杜诗的学问化倾向表现为其诗歌具有诗史的性质。关于杜诗
的"诗史"之说，始于晚唐的孟棨，其指的主要是杜甫诗歌的叙事特
色。后宋人沿用孟棨的说法，且进一步拓展了它的内涵：

> 甫又善陈时事，律切精深，至千言不少衰，世号"诗史"。①
>
> 先生以诗鸣于唐，凡出处去就、动息劳佚、悲欢忧乐、忠愤感
> 激、好贤恶恶，一见于诗。读之可以知其世。学士大夫，谓之"诗
> 史"。②
>
> 子美世号"诗史"，观《北征》诗云："皇帝二载秋，闰八月
> 初吉。"《送李校书》云："乾元元年春，万姓始安宅。"又《戏
> 友》二诗："元年建巳月，郎有焦校书。""元年建巳月，官有王司
> 直。"史笔森严，未易及也。③
>
> 或谓诗史者，有年月、地理、本末之类，故名诗史。盖唐人尝
> 目杜甫为诗史，本出孟棨《本事》，而《新书》亦云。④
>
> 子美与房琯善，其去谏省也，坐救琯。后为哀挽，方之谢安。
> 投赠哥舒翰诗，盛有称许。然《陈涛斜》、《潼关》二诗，直笔不
> 少恕。或疑与素论相反。余谓翰未败，非子美所能逆知，琯虽败，
> 犹为名相。至陈涛斜、潼关之败，直笔不恕，所以为诗史也。何相
> 反之有！⑤
>
> 辉复考少陵诗史，专赋梅才二篇，因他泛及者固多。取专赋，
> 略泛及，则所得甚鲜；若并取之，又有疑焉。叩于汝阴李退年。李
> 曰："诗史尤国史也。"《春秋》之法，褒贬于一字，则少陵一联一
> 语及梅，正《春秋》法也。如"巡檐索笑"、"满枝断肠"、"健步
> 移远梅"之句，至今宗之以为故事，其可退遗？非少陵，则取专赋

① 欧阳修等：《新唐书》，中华书局1975年版，第5738页。
② 杜甫：《杜诗详注》，仇兆鳌注，中华书局1979年版，第2243页。
③ 黄彻：《䂬溪诗话》，载《历代诗话续编》，中华书局1983年版，第348—349页。
④ 姚宽、陆游：《西溪丛语 家世旧闻》，孔凡礼点校，中华书局1993年版，第61页。
⑤ 刘克庄：《后村诗话》，王秀梅点校，中华书局1983年版，第59页。

可也。①

在宋人看来，杜甫的诗歌具有"史"的性质，因而普遍将其与"史"联系在一起。从上面所引材料来看，宋人以"诗史"誉杜诗，或是因为杜诗忠实地记录了他的时代，"史笔森严"，读之可以"知其事"；或是因为杜诗用"《春秋》之法，褒贬于一字"，"直笔不恕"，读之而可以见其意（史识）。事实上，杜甫的许多诗歌，在对具有历史价值的事件的叙述和议论中，表现了他对历史的客观态度和深刻的史学见解。从这个意义上说，杜甫具有以诗为史的创作意识，其诗歌既像历史一样忠实地记录了他的时代，也像史评一样发表了他的史学见解；他的某些诗歌创作实践，实际上也部分地承担起了史学的任务。如其《岁晏行》云：

> 岁云暮矣多北风，潇湘洞庭白雪中。渔父天寒网罟冻，莫徭射雁鸣桑弓。去年米贵阙军食，今年米贱大伤农。高马达官厌酒肉，此辈杼轴茅茨空。楚人重鱼不重鸟，汝休枉杀南飞鸿。况闻处处鬻男女，割慈忍爱还租庸。往日用钱捉私铸，今许铅锡和青铜。刻泥为之最易得，好恶不合长相蒙。万国城头吹画角，此曲哀怨何时终？

这里以时事入诗，真实地记录了"米贱伤农"、百姓被迫鬻男卖女的社会现实；同时，诗歌也打破了官修正史对弊政的掩饰："往日用钱捉私铸，今许铅锡和青铜。刻泥为之最易得，好恶不合长相蒙"，诗句所描述的与正史材料所反映的情况完全不同，可以用来补足史实。关于杜甫的诗史意识及其诗的诗史内涵，前贤已多有阐论，此不赘述。

其二，杜诗的学问化倾向表现为其诗歌的大量用典。张戒《岁寒堂诗话》云："诗以用事为博，始于颜光禄而极于杜子美。"② 杜甫在诗歌

---

① 周辉：《清波杂志校注》，历代史料笔记丛刊本，刘永翔校注，中华书局1994年版，第455页。

② 张戒：《岁寒堂诗话》，载《历代诗话续编》，中华书局1983年版，第452页。

中大量用典，且形式丰富多样，典故的来源也极为广泛，经、史、子、集无所不采，对诗意的表达起到了重要的作用，也充分显示了其涉猎的广博、学养的深厚与用典技巧的高超。对于杜诗用典的妙处，宋人深有体会，如王得臣就说："古善诗者，善用人语，浑然若己出，唯李杜。颜延年《赭白马赋》曰：'旦刷幽燕，夕秣荆越。'子美《骢马行》曰：'昼洗须腾泾渭深，夕趋可刷幽并夜。'……退之曰：'李杜文章在，光焰万丈长。'信哉！"① 又李颀说："作诗用事要如水中著盐，饮食乃知盐味，此说诗家秘藏也。杜少陵诗，如'五更鼓角声悲壮，三峡星河影动摇'，人徒见凌轹造化之工，不知乃用事也。《祢衡传》：'挝渔阳掺声悲壮'，《汉武故事》：'星辰影动摇'，东方朔谓'民劳之应'。则善用故事者，如系风捕影，岂有迹耶？此理殆不容声，今乃显言之，已落第二矣。"② 杜甫诗歌之用典，不仅精当，且贴切自然如若己出，达到了浑融无迹的境界。

　　杜甫诗歌较多地运用典故，且典源甚广，体现了其学问的博洽。通过宋人的解读，杜诗逐渐被看成了一部学问诗。宋人黄庭坚《论作诗文》说："作诗句要须详略，用事精切，更无虚字也。如老杜诗，字字有出处，熟读三五十遍，寻其用意处，则所得多矣。"③ 言老杜诗"字字有出处"，明确地提出了将反复研味杜诗作为达到"用事精切"的重要手段。在此基础上，黄庭坚还提出了"点铁成金"、"夺胎换骨"的创作方法，主张在饱读诗书的基础上，取古人之言与古人之意入诗；这实际上也是关于用典的方法，它有效地解决了诗歌的继承与创新的关系，从而成为江西诗派指导性的创作理论。言老杜之诗"无一字无来历"，虽有夸大之嫌，但确也指出了杜诗大量用典的现象。杜诗用典的出处，古今学者中多有寻绎阐发者。如明人杨慎《丹铅总录》、清人仇兆鳌《杜诗详注》以及近人李详所著《杜诗证选》等，对杜诗用典的出处均有大量发现。尤其是当代学者金启华所著的《杜诗证经》、《杜诗证史》、《杜诗证子》、《广〈杜诗证选〉》诸文，更

---

① 王得臣：《麈史》，俞宗宪点校，上海古籍出版社1986年版，第43页。
② 李颀：《古今诗话》，载郭绍虞《宋诗话辑佚》，中华书局1980年版，第270页。
③ 黄庭坚：《论作诗文》，载《全宋文》第一〇七册，上海辞书出版社、安徽教育出版社2006年版，第94页。

是一一排比陈述了杜甫学习、变化儒学经典、史传、诸子、《文选》及时人诗文的诗句，具体而微地实证了杜甫自身之"读书破万卷"、"熟精文选理"的学问修养，也实证了其创作中大量用典、大量化用前人诗句的事实。

其三，杜甫诗歌的学问化倾向还表现为以诗学入诗，其一般的表现形态为论诗诗，即以诗歌的形式阐明诗学领域的某些问题，其实质是诗学批评的一种特殊形式。以诗学入诗，大抵是由杜甫首开其端。其《戏为六绝句》，涉及了古典诗歌发展史和诗学理论的若干重要问题，如主张"别裁伪体"、"转益多师"，对前代诗歌艺术要兼收并蓄、博采众长；要辩证地看待六朝诗歌，不对其做全盘否定；既提倡"凌云健笔"、"碧海掣鲸"的诗歌风格，也强调学习前人的"清词丽句"。这些都是独到、精深的诗学见解。此外，他还有一些论诗诗，如《解闷十二首》、《遣闷戏呈路十九曹长》、《偶题》等，也谈到了诗歌理论主张，包括对诗歌发展史进程中的某些诗学现象的探讨、对各种理论问题的探讨、对各种流派及创作个体的评价。

其四，杜甫诗歌的学问化倾向还表现为以诗歌的形式来进行历史的考证辨析，这有点类似于史学学者纯粹的学术活动。如其《石笋行》诗云：

> 君不见益州城西门，陌上石笋双高蹲。古来相传是海眼，苔藓蚀尽波涛痕。雨多往往得瑟瑟，此事恍惚难明论。恐是昔时卿相墓，立石为表今仍存。惜哉俗态好蒙蔽，亦如小臣媚至尊。政化错迕失大体，坐看倾危受厚恩。嗟尔石笋擅虚名，后来未识犹骏奔。安得壮士掷天外，使人不疑见本根。

此诗虽为杜甫痛伤时事、影射世事、发泄忧愤而作，但亦可视为"考史"之作。诗歌所言及的成都的两个笋状大石，对于其来历，历来说法不一，有传说认为是神人用以镇海眼的灵石，如《华阳风俗记》中载：

> 蜀人曰：我州之西有石笋焉，天地之堆，以镇海眼，动则洪涛

大滥。①

又唐卢求《成都记》载：

> 距石笋二三尺，每夏月大雨，往往陷作土穴，泓水湛然，以竹测之，深不可及，以绳系石投其下，愈投愈无穷，凡三五日忽然不见，故有海眼之说。②
>
> 石笋之地，雨过必有小珠，青黄如粟，亦有小孔，可以贯丝。③

石笋因其形状奇异，且遗存年代久远，被世人蒙上了一层神秘色彩，以致形成了如此穿凿附会之说，杜甫对此进行了考辨。对于史话中的种种说法，杜甫持的是谨慎的怀疑态度："此事恍惚难明论"，同时也作出了自己的判断："恐是昔时卿相墓，立石为表今仍存"，推测这对笋状大石可能是古代卿相墓门前的石表。杜甫的这一判断虽然不一定准确，但是也有着一定的史料依据，据《华阳国志·蜀志》载：

> 时蜀有武丁力士，能移山，举万钧。每王薨，辄立大石，长三丈，重千钧，为墓志，今石笋是也，号谓笋里。④

董其祥在其《五丁新诠》一文中就这一首诗说："杜甫不愧为现实主义的大诗人，对于这样的历史文物，不是以讹传讹，任意猜测，谬种流传，遗误后世，而是亲自调查研究，核对文献记载，作出比较正确的判断。"⑤ 这也在很大程度上揭示了杜甫此诗具有古史考辨的性质与特点。这一类诗歌在杜集中数量虽不算多，但其作为学问化诗歌的一种类型，大抵开了后来考辨型的学人之诗的端绪。

最后，杜甫诗歌的学问化倾向还表现为较多地将议论引入诗歌。从

---

① 杜甫：《杜诗镜铨》，杨伦笺注，上海古籍出版社1980年版，第323页。
② 同上。
③ 同上。
④ 常璩：《华阳国志》，刘琳校注，巴蜀书社1984年版，第185—186页。
⑤ 董其祥：《巴史新考》，重庆出版社1983年版，第55—56页。

思维方式上说，与"以物象为诗"的主要依靠创作主体的直觉感受和形象思维不同，"以议论为诗"需要更多的理性思辨，需要主体更多的抽象思维活动。议论作为诗歌"达意"的一种重要手段，能让作者有效地阐明自己的观点、发表自己对社会和事物的认识。所以，议论较多地被引入诗歌，会在一定程度上使诗歌带上学术的色彩。

对于杜甫诗歌的议论化色彩，前人也多有所论及，叶燮《原诗》云：

> 唐人诗有议论者，杜甫是也。杜五言古，议论尤多。长篇如《赴奉先县咏怀》、《北征》及《八哀》等作，何首无议论![1]

又沈德潜《说诗晬语》云：

> 人谓诗主性情，不主议论，似也，而亦不尽然。试思二《雅》中，何处无议论？老杜古诗中，《奉先咏怀》、《北征》、《八哀》诸作，近体中《蜀相》、《咏怀》、《诸葛》诸作，纯乎议论。[2]

在唐人的诗歌创作中，杜甫开辟了以议论为诗的道路。议论较多地被引入诗歌，不仅丰富了诗歌的表现手段，其所表现出来的学问化特征，也极大地丰富了诗歌的审美内涵。

杜甫诗歌中表现出的较强的学问化特征，是其集大成的艺术成就表现的一个重要方面，不仅体现了杜甫自身的创作之变，也为后代诗歌的发展提供了创变的范本，产生了极大的影响。

---

① 叶燮、薛雪、沈德潜：《原诗 一瓢诗话 说诗晬语》，霍松林校注，人民文学出版社1979年版，第70页。

② 同上书，第249—250页。

第三节　中晚唐诗歌的学问化

一、学问化与韩愈诗歌之新变

与上文论及的数位唐代较为纯粹的诗人不同，韩愈是一位学者型诗人。作为道统学说的主要构建者和古文运动的发起人，韩愈少时即刻苦为学，尽通六经百家之学，奠定了广博的学问基础，如他在《上兵部侍郎书》中说："性本好文学，因困厄悲愁无所告语，遂得究穷于经传史记百家之说，沉潜乎训义，反复乎句读，砻磨乎事业，而奋发乎文章。凡自唐虞已来，编简所存，大之为河海，高之为山岳，明之为日月，幽之为鬼神，纤之为珠玑华实，变之为雷霆风雨，奇辞奥旨，靡不通达。"[①] 不仅涉猎广泛，学养深厚，而且表现出了非凡的自信；其勤勉为学，也使自己成为了中唐时期学识最渊深的学者之一。

韩愈之诗学杜而变杜，冀求独辟蹊径，在很大程度上背离了传统诗歌的表现手法，尤其是极大地发展了杜诗重视学问的一面，在一些方面表现出了较鲜明的学问化特征。如沈德潜《说诗晬语》云："昌黎豪杰自命，欲以学问才力跨越李杜之上。"[②] 由于有意识地凭借自己的学问与才识来作诗，学力因素较多地渗入诗歌，因而韩愈的诗歌表现出了较鲜明的学问化倾向；从整个诗歌史发展的流程来看，诗至韩愈为一大变，韩诗可视为从唐音到宋调转变过程中的重要一环。如苏轼就说："诗之美者，莫如韩退之，然诗格之变自退之始。"[③] 清人叶燮云："唐诗为八代以来一大变。韩愈为唐诗之一大变；其力大，其思雄，崛起特为鼻祖。宋之苏、梅、欧、苏、王、黄，皆愈为之发其端，可谓极

---

① 韩愈：《韩昌黎文集校注》，马其昶校注，上海古籍出版社 1986 年版，第 143 页。
② 叶燮、薛雪、沈德潜：《原诗 一瓢诗话 说诗晬语》，霍松林校注，人民文学出版社 1979 年版，第 211 页。
③ 胡仔：《苕溪渔隐丛话》前集卷十七引，人民文学出版社 1962 年版，第 109—110 页。

盛。"① 赵翼《瓯北诗话》卷五亦云："以文为诗，自昌黎始，至东坡益大放厥词，别开生面，成一代之大观。"② 如果说盛唐诗是诗人之诗的话，那么韩愈诗则已经是较为典型的学者之诗。他的这一类学者之诗在宋代产生了广泛而深刻的影响，亦为宋代学问化诗歌的重要渊源之一。

韩愈的诗歌，用语多有所本，且来源极为广泛。李重华《贞一斋诗说》云："诗家奥衍一派，开自昌黎，然昌黎全本经学，次则屈宋扬马，亦雅意取裁，故得字字典雅。"③ 韩愈运用他浸淫上古的广博学问，在浩如烟海的古籍中穷搜广觅，"涵泳经史，烹割子集"，把经史百家都变成其诗料，创作了众多饱含学问的诗歌。如其《苦寒》一诗：

> 四时各平分，一气不可兼。隆寒夺春序，颛顼固不廉。太昊弛维纲，畏避但守谦。遂令黄泉下，萌牙夭勾尖。草木不复抽，百味失苦甜。凶飙搅宇宙，硜刃甚割砭。日月虽云尊，不能活乌蟾。羲和送日出，怅怯频窥觇。炎帝持祝融，呵嘘不相炎。而我当此时，恩光何由沾？肌肤生鳞甲，衣被如刀镰。气寒鼻莫嗅，血冻指不拈。浊醪沸入喉，口角如衔箝。将持匕箸食，触指如排签。侵炉不觉暖，炽炭屡已添。探汤无所益，何况纩与缣……生风吹死气，豁达如褰帘。悬乳零落堕，晨光入前簷。雪霜顿销释，土脉膏且黏。岂徒兰蕙荣，施及艾与蒹。日萼行铄铄，风条坐檐檐。天乎苟其能，吾死意亦厌。

全诗共六十八句，诗语多有出处，且来源极广，遍及经史子集。诗歌引用了《庄子》、《礼记·月令》、《淮南子·天文训》、《汉书·贾谊传》、《淮南子·精神训》、《离骚》、《北史·虞世基传》、《南史·江谧传论》、《汉书·叙传》、《三国志·蜀志》、《论语》、《列子·汤问》、《南史·齐陈皇后传》、《北史·邢峙传》《史记·天官书》、《易经》、《封禅书》、《诗经》、《淮南子·原道训》、《左传》、《韩诗外传》、《九

---

① 叶燮、薛雪、沈德潜：《原诗 一瓢诗话 说诗晬语》，霍松林校注，人民文学出版社1979 年版，第 8 页。

② 赵翼：《瓯北诗话》，霍松林、胡主佑校点，人民文学出版社 1963 年版，第 56 页。

③ 李重华：《贞一斋诗说》，载《清诗话》，上海古籍出版社 1978 年版，第 932 页。

章》、刘向《九叹》、《礼纬》、《尚书》、《周语》、《楚辞·九叹》、《南方草木状》、谢朓诗、杜甫诗等众多典籍中或作家的诗文篇目中的语句。一首诗歌的创作，语料的来源如此广泛，在之前的诗人的作品中是绝少能够见到的，非有深厚的学养不能做到，由此也可以见出韩愈是以做学问的功夫来作诗的。

韩愈诗歌在用韵上也表现出了其深厚的学养。他工于押韵，欧阳修对他的赞赏就很具有代表性，其《六一诗话》云：

> 退之笔力，无施不可……余独爱其工于用韵也。盖其得韵宽，则波澜横溢，泛入傍韵，乍还乍离，出入回合，殆不可拘以常格，如《此日足可惜》之类是也。得韵窄，则不复傍出，而因难见巧，愈险愈奇，如《病中赠张十八》之类是也。①

刘克庄对韩诗用窄韵而能工亦极为赞赏，其《后村诗话》云：

> 韩、杜二公五言有至百韵者，但韩喜押窄韵，杜喜押宽韵。以余观之，窄韵尤难，如《叉鱼》诗押三"萧"字，十八韵，语多警策。②

韩愈诗歌押险韵而能做到稳妥精当，如《赠崔立之评事》、《病中赠张十八》、《叉鱼》等，都是其押险韵以见其才学的典型作品。险韵多是艰僻难押之字，选择的余地较小，作诗时受到韵字的限制较大，而深厚的学问素养是突破韵脚束缚的关键因素。韩愈诗歌喜押险韵窄韵，既表现出了不同凡响的艺术效果，也为了显示他读书的广博与学问的深厚。南宋张戒说："以押韵为工，始于韩退之，而极于苏黄。"③近人程学恂在评韩诗《寒食日出游夜归》时也说："押韵处别具锤炉，欧、梅、坡、谷皆宗之。"④韩愈诗歌善于用险韵的特点，对宋人有着极大

---

① 欧阳修：《六一诗话》，载《历代诗话》，中华书局1981年版，第272页。
② 刘克庄：《后村诗话》，王秀梅点校，中华书局1983年版，第221页。
③ 张戒：《岁寒堂诗话》，载《历代诗话续编》，中华书局1983年版，第452页。
④ 韩愈：《韩昌黎诗系年集释》，钱仲联集释，上海古籍出版社1984年版，第368页。

的启示，欧阳修、王安石、苏轼和黄庭坚等人，在诗歌的用韵上力求避熟就生，也形成了以押险韵为能事的作风。

与押险韵相关联的是多用奇僻之字。韩愈在《科斗书后记》中说："凡为文辞，宜略识字。"① 认为文学创作须以"识字"为基础。又其在《题张十八所居》中又说："端来问奇字，为我讲形声。"说明他曾花工夫对"奇字"作过专门的研究。韩愈搜罗了众多的古僻之字，运用到自己的诗歌创作中，作为他创造雄博崛荡、奇险生新诗风的重要手段之一。如其《陆浑山火和皇甫湜用其韵》中有诗句云："虎熊麋猪逮猴猿，水龙鼍龟鱼与鼋。鸦鸱雕鹰雉鹄鹍，焄臊煨爊孰飞奔。"或将难僻之名词组合、或将难僻之动词组合，构成了奇崛生新的诗句，这些诗句在某种程度上可以说是奇僻之字的排列堆砌，很有一些字书的意味。再如其长达一百零二韵的《南山》诗，其韵脚中就有大量的奇僻之字，如：囷、觏、凑岫、喝、酎、篕、狋、宥、甏、愁、鼜、迒、脴、督、鼬、雏、辏、箝、耨、谞、饂、柩、鹜、媾、馏、縠、橌、蘱、姤、遭、厬、琇、罍、狚、懋、縢、侑、疢、傲、鷽、酹等，而这些只是韩愈该诗中僻字的很小部分；其《石鼓歌》一诗及大量的联句诗亦是如此。读这一类诗歌，给人的感觉就是，韩愈是在刻意选用韵文字典里最深奥奇僻之字入诗。朱彝尊评《城南联句》时说："僻搜巧炼，惊人句层出不竭，非学富五车，才几八斗，安能及此？"② 又马位云："退之古诗，造语皆根柢经传，故读之犹陈列商、周彝鼎，古痕斑然，令人起敬。"③ 以做学问的功夫来作诗，往往能起到以奇制胜、创造新的诗歌风格的效果。赵翼《瓯北诗话》云："诸联句诗，凡昌黎与东野联句，必字字争胜，不肯稍让。"④ 他的联句诗，为了与人争胜而以才学为诗，在很大程度上是学问与才力的较量，有显示乃至卖弄和炫耀其学问之嫌。

"以文为诗"也是韩愈诗歌学问化倾向的表现之一。"以文为诗"不仅要求诗人须有广博的视界和知识，更得有高人一等的学识与胸襟。

① 韩愈：《韩昌黎文集校注》，马其昶校注，上海古籍出版社1986年版，第95页。
② 韩愈：《韩昌黎诗系年集释》，钱仲联集释，上海古籍出版社1984年版，第523页。
③ 马位：《秋窗随笔》，载《清诗话》，上海古籍出版社1978年版，第830页。
④ 赵翼：《瓯北诗话》，霍松林、胡主佑校点，人民文学出版社1963年版，第29页。

打破诗文的界限，用作文的方法来写诗，或以文的功用施加于诗，这不是韩愈的首创，但韩愈却把这一特色发挥得非常鲜明。作为唐代古文运动的领袖，韩愈提出了"文以明道"的文学命题，而"明道"的一个重要手段就是议论；用作文的方法来写诗，或以文的功用施加于诗，必然会使诗歌带上议论的色彩。这便于韩愈以诗歌的形式来表达他的一些学术见解。

韩愈的儒学道统论，是建立在其反佛道思想的基础上的。除了用古文以外，韩愈还以诗歌的形式来表现反对佛道的态度，以捍卫儒家思想的独尊地位。如其《谢自然》诗之后半部分云：

> 余闻古夏后，象物知神奸。山林民可入，魑魅莫逢旃。逶迤不复振，后世恣欺谩。幽明纷杂乱，人鬼更相残。秦皇虽笃好，汉武洪其源。自从二主来，此祸竟连连。木石生怪变，狐狸骋妖患。莫能尽性命，安得更长延？人生处万类，知识最为贤。奈何不自信，反欲从物迁。往者不可悔，孤魂抱深冤。来者犹可诫，余言岂空文！人生有常理，男女各有伦。寒衣及饥食，在纺织耕耘。下以保子孙，上以奉君亲。苟异于此道，皆为弃其身。噫乎彼寒女，永托异物群。感伤遂成诗，昧者宜书绅。

顾嗣立评论此诗曰："公排斥佛老，是平生得力处。此篇全以议论作诗，词严义正，明目张胆，《原道》、《佛骨表》之亚也。"[1]诗歌针对"寒女谢自然"白昼轻举这一当时传闻甚盛且影响极大的事件，通过议论阐明了道教神仙之说愚妄不足信的观点，结尾部分为正面的说教，完全是儒家学究的口吻。又如其《送灵师》一诗，阐述了佛教的传入对国家和社会造成的危害："佛法入中国，尔来六百年。齐民逃赋役，高士著幽禅。官吏不之制，纷纷听其然。耕桑日失隶，朝署时遗贤。"这里所表达的观点大致同于其《谏迎佛骨表》一文的主旨。再如其《送僧澄观》诗开头有诗句云："浮屠西来何施为？扰扰四海争奔驰。构楼架阁切星汉，夸雄斗丽止者谁？"则是指斥佛教徒的穷奢极侈、

---

①　韩愈：《韩昌黎诗系年集释》，钱仲联集释，上海古籍出版社1984年版，第34页。

挥霍浪费。可见，韩愈以诗歌的形式来表达他攘道排佛的思想，其诗歌也在一定程度上起到了"明道"、"载道"的作用。此外，像《寄卢仝》有如一篇史传，《赠崔立之》隐括了《庄子·大宗师》的理论，《君子法天道》则是由《荀子》的语录衍化而成，这些诗歌也都因带有较强议论的色彩、兼具学术散文的功用而表现出了学问化倾向。

韩愈还以诗歌的形式来表现他的诗学见解。韩愈不仅在诗歌的创作实践上有着杰出的成就，具有独特的风格，也在长期的艺术实践中形成了自己的诗学理论；他的这些诗学理论也常常是以诗歌的形式加以阐发的。如其《荐士》和《调张籍》就是专门论诗的作品。《荐士》诗系统地阐述了他对诗歌传统的认识：

> 周诗《三百篇》，雅丽理训诰。曾经圣人手，议论安敢到。五言出汉时，苏李首更号。东都渐弥漫，派别百川导。建安能者七，卓荦变风操。逶迤抵晋宋，气象日凋耗；中间数鲍谢，比近最清奥。齐梁及陈隋，众作等蝉噪。搜春摘花卉，沿袭伤剽盗。国朝盛文章，子昂始高蹈。勃兴得李杜，万类困陵暴。后来相继生，亦各臻阃隩。有穷者孟郊，受材实雄骜。冥观洞古今，象外逐幽好。横空盘硬语，妥帖力排奡。

在这里，韩愈对之前诗歌发展的历史做了简要述评，肯定了自《诗经》、汉魏乐府、陈子昂、李白、杜甫、直到孟郊的各个时代我国古典诗歌的优秀传统，而对晋宋、齐梁以及陈隋的诗风进行了批评，同时对谢灵运、鲍照的诗风也给予了充分肯定，可以看成是一部简明的小型诗史。在《调张籍》诗里，他力排众议，肯定了李、杜在中国古代诗史上双峰并峙的地位："李杜文章在，光焰万丈长。"这一评论成为盛唐以后对李、杜诗歌及其地位评价的定论。诗的中间一段云："徒观斧凿痕，不瞩治水航。想当施手时，巨刃磨天扬。垠崖划崩豁，乾坤摆雷硠。惟此两夫子，家居率荒凉。帝欲长吟哦，故遣起且僵。翦翎送笼中，使看百鸟翔。平生千万篇，金薤垂琳琅……我愿生两翅，捕逐出八荒。精诚忽交通，百怪入我肠。刺手拔鲸牙，举瓢酌天浆。腾身跨汗漫，不著织女襄。"以丰富奇特的想象和夸张恰切的比喻，对李、杜诗歌的创作实践进行了总结，探索了他们诗歌艺术所表现出的共同特征；在表达对他们极为推崇的同时，也阐述了自己的诗学理想与审美趣尚。

值得一提的还有他的《石鼓歌》，该诗也是一篇极为独特的充满强烈的学问化色彩的作品。诗歌取材于考古，是典型的以学术入诗，也是韩愈为研究和探索古代文化而付出艰辛努力的成果之一。唐初在天兴（今陕西省凤翔县）三峙原发现了十块鼓形石刻，分刻着十首一组的四言诗，字体为籀文，内容是记述贵族的田猎游乐生活，是我国现存最早的石刻文字，具有极高的学术价值。关于其来源，韩愈在诗歌中认为是周宣王时期的"猎碣"；他也以文人和学者的特有敏感，看到了石刻对于研究我国古代史学、文字学、书法史和文学史等各个方面的重要意义，且给予了极高的评价；同时，诗人还提出了保护的建议。韩愈以金石考古之学入诗，开了这一题材的先河。在诗歌中，诗人运用了散文化、议论化的方式来阐释上述内容。所以从形式到内容，诗歌的学问化特征极为鲜明。

赵翼《瓯北诗话》说："至昌黎时，李、杜已在前，纵极力变化，终不能再辟一径。惟少陵奇险处，尚有可推扩，故一眼觑定，欲从此辟山开道，自成一家。此昌黎注意所在也。"[①] 韩愈是作为具有文学发展使命意识的建设者出现在中唐诗坛的；其以学问为诗或者以学问入诗，正是他"诗格之变"的重要手段。而其"诗格之变"的意义，也正在于突破了业已形成的"诗人之诗"的格局，为诗坛拓展了新的空间，也为后代"学者之诗"的创作和发展给了极大的启示。

二、李商隐与杜牧

晚唐延续了中唐的理性化思潮，诗人也延续了中唐时期学者化的趋向；尤其是在诗人的人格与知识结构中，史学精神和史学知识的地位不断得到强化与提升。诗歌创作主体知识结构中的这些变化，在很大程度上影响了其自身思维的性质、广度和深度，从而影响了其创作观念，决定了其创作的面貌。此一时期的诗人较为普遍地表现出学问化的创作观念，他们的创作也表现出较强的学问化倾向；其中以杜牧和李商隐最具

---

① 赵翼：《瓯北诗话》，霍松林、胡主佑校点，人民文学出版社1963年版，第28页。

代表性。

杜牧秉承深厚的家学渊源，幼年即读《周礼》，弱冠之后，"读《尚书》、《毛诗》、《左传》、《国语》、十三代史书"①，博览群书，使他具备了广博深厚的学问修养，成为一位以经史之学为根柢的学者型诗人。他的文学观念带有较鲜明的学问化倾向，如其《答庄允书》云：

> 凡为文以意为主，气为辅，以辞采章句为之兵卫。未有主强盛而辅不飘逸者，兵卫不华赫而庄整者。四者高下圆折，步骤随主所指，如鸟随凤，鱼随龙，师众随汤、武，腾天潜泉，横裂天下，无不如意。苟意不先立，止以文采辞句，绕前捧后，是言愈多而理愈乱，如入阛阓，纷纷然莫知其谁，暮散而已。是以意全胜者，辞愈朴而文愈高；意不胜者，辞愈华而文愈鄙。是意能遣辞，辞不能成意。大抵为文之旨如此。
>
> 观足下所为文百余篇，实先意气而后辞句，慕古而尚仁义者，苟为之不已，资以学问，则古作者不为难到。②

从学问化的角度来看，这段引文有两个方面值得注意，其一，强调为文须以意为主，以理为重。此处所言之"意"与"理"，包含有丰富的内涵，不仅指儒家的思想，也指创作主体对历史与社会现状的观点与见解，还指文学家所体悟到的各个层面的哲学思理。杜牧重视文学的知性内涵，这在一定程度上强调了文学的学术品格，可以视为宋人重意尚理诗学的先导。其二，强调文学创作中必须"资以学问"，向前人书本学习，才能取得成功，至于古人之境界。又其《冬至日寄小侄阿宜诗》云："经书括根本，史书阅兴亡。高摘屈宋艳，浓薰班马香。李杜泛浩浩，韩柳摩苍苍。近者四君子，与古争强梁。愿尔一祝后，读书日日忙。一日读十纸，一月读一箱。"主张广采博收，转益多师，不仅要读经史典籍，还要读李杜韩柳之诗文；要多读书、勤读书，从书本中获取知识，并将其融入自己的知识结构中，以为诗文创作的根本。

---

① 杜牧：《樊川文集》，陈允吉校点，上海古籍出版社 1978 年版，第 151 页。
② 同上书，第 194—195 页。

杜牧的诗歌表现出了较鲜明的学问化倾向，大体表现在以下几个方面：

其一，以议论哲理入诗。基于深厚的学养，杜牧的思辨能力极强，所以他的诗歌创作表现出了重逻辑思维、讲求事理、喜发议论的特点。杜牧诗歌好发议论，前人已多有所论析，如宋人方岳《深雪偶谈》云：

> 牧之处唐人中，本是好为议论，大概出奇立异。如《四皓庙》："南军不袒左边袖，四皓安刘是灭刘。"如《乌江亭》："胜败兵家本可期，包羞忍耻是男儿。江东子弟多才俊，卷土重来未可知。"①

好发议论在杜牧的咏史诗中表现得尤为鲜明，他常常采用翻案的手法，大发议论，标新立异，提出了许多迥异于传统观点的见解；显然这些见解是源自于其深厚学养基础上的深刻的理性化思维。这类诗歌就好像是对文化元典的深度阐释，或者是对历史事实的深刻评价，有如一篇篇的史论。如上方岳所引之《四皓庙》全诗云："吕氏强梁嗣子柔，我于天性岂恩仇？南军不袒左边袖，四皓安刘是灭刘。"诗歌以汉初的一场宫廷斗争为题材而纯以议论出之，尤其是后二句针对"四老安刘"的传统观点，提出了截然相反的看法，认为四皓只不过暂时平息了争夺皇位继承权的斗争，从根本上来说，他们替刘汉王朝帮了倒忙，其结果是导致了后来吕后的专权，危及刘氏的社稷江山。诗歌词锋峻厉，有着较为严密的推理，议论精警，传达了诗人的历史观，也充分体现了他对历史本质的深刻把握，具有史论的价值。又如其《题桃花夫人庙》一诗："细腰宫里露桃新，脉脉无言度几春。至竟息亡缘底事？可怜金谷堕楼人。"诗人借息夫人之事，以他那独特犀利的批判态度，直接对古人加以评点，作出了道德的判断，表现了极强的历史意识；而这一道德价值的判断，则完全建立在诗人融经凿史的儒学修养基础之上；因而诗歌也被宋人许彦周誉为"二十八字史论"②。宋人张表臣也对诗歌进行

---

① 方岳：《深雪偶谈》，丛书集成初编本，商务印书馆 1985 年版，第 3 页。
② 许颉：《彦周诗话》，载《历代诗话》，中华书局 1981 年版，第 385 页。

了分析，他说："杜牧之《息夫人》诗（原诗略），与所谓'莫以今朝宠，能忘旧日恩。看花满眼泪，不共楚王言'，语意远矣。盖学有浅深，识有高下，故形于言者不同矣。"① 通过对比，他见出了诗人的学养及史识与创作的关系。再如其《咏歌圣德远怀天宝因题关亭长句四韵》诗：

圣敬文思业太平，海寰天下唱歌行。秋来气势洪河壮，霜后精神泰华狞。广德者强朝万国，用贤无敌是长城。君王若悟治安论，安史何人敢弄兵？

诗歌表面上是歌颂唐玄宗时期一度出现的中兴局面，但生当晚唐国事日衰之际，诗人出于学者强烈的忧患意识，站在维护唐王朝的立场上，总结历史经验，探讨治乱兴亡之源，对安史之乱出现的原因进行了综合分析，认为唐玄宗的不理治道是其真正根源，为政者只有"广德"和"用贤"，才能使唐王朝摆脱危机。诗人的这一见解非常深刻，极能引人深思。

可见，杜牧不仅谙熟史籍，善于别出新论，而且能够以学者理性的态度对待历史，总结经验。因此，他的这一类诗歌，是其才学的一种外化，也是其学人精神在诗歌创作中的自然流露；从诗歌议论言理的诗史进程来看，此亦为唐宋诗史转折过程中的重要一环，可视为宋代学人之诗的先导之一。

其二，以典故入诗。杜牧学问博洽，谙熟各类典籍，典故能够随手拈来，所以，他在诗中极好征引古事。其诗歌用典之特点首先表现为多而密集，如其《酬张祜处士见寄长句四韵》诗云：

七子论诗谁似公？曹刘须在指挥中。荐衡昔日推文举，乞火无人作蒯通。北极楼台长挂梦，西江波浪远吞空。可怜故国三千里，虚唱歌辞满六宫。

① 张表臣：《珊瑚钩诗话》，载《历代诗话》，中华书局1981年版，第471页。

此为杜牧写给自己的朋友张祜之诗。首二句分用七子与曹刘之典; 第三句用《后汉书·祢衡传》之孔融荐祢衡事; 第四句用《汉书·蒯通传》中蒯通向曹参举荐隐士时讲民间"乞火"的故事。第六句之"北极",源自于孔子为北辰"居其所而众星共之"之说; 最后两句,则用了张祜《宫词》之诗语。诗歌几乎句句用典,却都一气呵成而恰到好处。又如其《送王侍御赴夏口座主幕》一诗:"君为珠履三千客,我是青衿七十徒。礼数全优知隗始,讨论常见念回愚。黄鹤楼前春水阔,一杯还忆故人无?"诗歌前四句均用了典故,首句用《史记·春申君列传》中典故、次句用孔子有优秀弟子七十余人之事,第三句和第四句之典分别出于《战国策·燕策》与《论语·为政》。

杜牧的有些诗句还于典中复用典故。魏泰《临汉隐居诗话》云:"杜牧好用故事,仍于事中复使事,若'虞卿双璧截肪鲜'是也。"[1]"虞卿双璧截肪鲜"出自杜牧《怀钟陵旧游四首》其一,这首诗也是一句一典,其中"虞卿双璧"是用《史记·平原君虞卿列传》中典故:"虞卿者,游说之士也。蹑蹻檐簦说赵孝成王。一见,赐黄金百镒,白璧一双; 再见,为赵上卿,故号为虞卿。"杜牧用虞卿受知于赵孝成王以喻自己曾受沈传师的赏识; "截肪鲜"则是曹丕《与钟大理书》中典故:"窃见玉书称美玉:白如截肪,黑譬纯漆。"杜牧以此典来形容双璧之美,进一步比喻自己受沈传师礼遇之深。上文所引《酬张祜处士见寄长句四韵》之"乞火无人作蒯通"句,亦是典中复用典故者。

总体说来,杜牧诗歌用典大多比较贴切,但亦时有稍嫌深僻晦涩之处,有显示自己学问的创作意识。

其三,杜牧喜好在诗歌中使用奇僻之字、化用经史语句及点化前人诗意。一些本来可以用较为通俗易懂的字词表达的意思,杜牧却常喜欢用生僻的字词来代替,以显示自己的博学,这与其学习韩愈尚奇尚怪的诗风有关。宋吴聿《观林诗话》云:"杜牧诗喜用'缊'字:'半月缊双脸','如日月缊升','日痕缊翠巘'、'孤直缊月定'。"[2]这里的"缊"为生僻之字,"如日月缊升"为杜牧《雪中书怀》中诗句,化用

---

① 魏泰:《临汉隐居诗话》,载《历代诗话》,中华书局1981年版,第325页。
② 吴聿:《观林诗话》,载《历代诗话续编》,中华书局1983年版,第131页。

了《诗经·小雅·天保》中语句“如月之恒，如日之升”；又如《江上偶见绝句》“水纹如縠燕差池”中“燕差池”，出自《诗·邶·燕燕》之“燕燕于飞，差池其羽”。《杜秋娘诗》“雷音后车远”之“雷音”一词，从司马相如《长门赋》之“雷隐隐而响起，声像君之车音”句化出；《扬州》三首其三之“柂轴诚为壮”句，则化用了鲍照《芜城赋》“柂以漕渠，轴以昆岗”句意。

李商隐的诗歌也被宋人广泛接受而成为宋诗学问化特征的重要渊源之一。从学问化的角度来看，李商隐诗歌的学问化特征主要表现在两个方面：一是在诗歌中大量典故的运用；二是于咏史诗中征史以发议论。

李商隐喜好和擅长用典，用典绵密、巧妙、深隐是其诗歌的一个重要特点。关于诗歌的用事用典，叶燮说过一段极富启示意义的话：“作诗文有意呈博，便非佳处。犹主人勉强遍处请生客，客虽满座，主人无自在受用处。多读古人书，多见古人，犹主人启户，客自到门，自然宾主水乳，究不知谁主谁宾。此是真读书人，真作手。若有意呈博，搦管时翻书抽帙，搜求新事、新字句，以此炫长，此贫儿称贷营生，终非己物，徒见蹴踖耳。”① 叶燮对于诗歌用典的认识可谓深刻，既强调诗人学问的积累对写作的重要性，也反对把典故硬塞进诗歌的掉书袋式的写作。尽管同韩愈的“以文为诗”一样，人们对李商隐诗歌的用典也是毁誉参半，但大量的恰到好处的用典，也正好体现了他学养的深厚与才思的出众。

关于李商隐诗歌的用典深僻绵密的特点，前人已有了充分的讨论，这里只举《自桂林奉使江陵途中感怀寄献尚书》一诗以窥其全貌，诗云：

> 下客依莲幕，明公念竹林。纵然膺使命，何以奉徽音？投刺虽伤晚，酬恩岂在今。迎来青琐闼，从到碧瑶岑。水势初知海，天文始识参。固惭非贾谊，惟恐后陈琳。前席惊虚辱，华樽许细斟。尚

---

① 叶燮、薛雪、沈德潜：《原诗 一瓢诗话 说诗晬语》，霍松林校注，人民文学出版社1979年版，第68—69页。

怜秦痔苦，不遣楚醪沉。既载从戎笔，仍披选胜襟。泷通伏波柱，帘对有虞琴。宅与严城接，门藏别岫深。阁凉松冉冉，堂静桂森森。社内容周续，乡中保展禽。白衣居士访，乌帽逸人寻。佞佛将成缚，耽书或类淫。长怀五羖赎，终著《九州箴》。良讯封鸳绮，余光借玳簪。张衡愁浩浩，沈约瘦愔愔。芦白疑粘鬓，枫丹欲照心。归期无雁报，旅抱有猿侵。短日安能驻？低云只有阴。乱鸦冲晒网，寒女簇遥砧。东道违宁久，西园望不禁。江生魂黯黯，泉客泪涔涔。逸翰应藏法，高辞肯浪吟？数须传庾翼，莫独与卢谌。假寐凭书簏，哀吟叩剑镡。未尝贪偃息，那复议登临？彼美回清镜，其谁受曲针？人皆向燕路，无乃费黄金！

此诗为五言排律，是李商隐于大中元年（847）冬受府主桂管防御观察使郑亚委托出使江陵途中寄献郑亚之作，有感念郑亚知遇之恩、自陈酬恩知己之意。全诗共三十韵，其中明白地提到的历史人物有竹林七贤、贾谊、陈琳、伏波（马援）、有虞（虞舜）、周续之、展禽，五羖（百里奚）、张衡、沈约，江淹、庾翼、卢谌等数人，另还提到传说中的鲛人及根据佛经、旧史的记述虚拟的"白衣居士"和"乌帽逸人"等；先后用了《战国策》、《后汉书》、《汉旧仪》、《庄子》、《礼记·乐记》、《宋书·隐逸传》、《孔子家语》、《楞严经》、《隋书·礼仪志》、《维摩经》、《左传》、《史记》、《晋书》、《南史》、曹植《公宴诗》、江淹《别赋》、《述异记》、左思《吴都赋》、《诗经·邶风》、《三国志·吴书》等典籍诗文中的材料，几乎句句有出处，经史子集无所不包，显示了李商隐诗歌用典深密、典源广泛的特点。这类诗歌，显然是以诗人广博深厚的学养为基础的，也是诗人以学力为诗的创作意识的体现。

李商隐还善于将典故反用，这是学者化的思维在诗歌创作实践中的表现。魏庆之《诗人玉屑》引严有翼《艺苑雌黄》云："文人用故事，有直用其事者，有反其意而用之者。李义山诗：'可怜夜半虚前席，不问苍生问鬼神。'虽说贾谊，然反其意而用之矣。林和靖诗：'茂陵他日求遗稿，犹喜曾无封禅书。'虽说相如，亦反其意而用之矣。直用其事，人皆能之，反其意而用之者，非学业高人，超越寻常拘挛之见，不规规然蹈袭前人陈迹者，何以臻此！"① 典故运用的反义求新，是一种创造性思维，是以诗人的学养为基础的，须有渊博的学识方能做到。

在晚唐诗坛上，李商隐的咏史诗因极具创新性而独具风貌。清代施朴华《岘溪说诗》云："义山七绝以议论驱驾书卷，而神韵不乏，卓然有以自立，此体于咏史最宜。"② 他在继承了前人咏史传统的基础上，丰富了咏史诗的题材与表现手法，在深度和广度方面都有较大突破和超越。咏史诗以历史故事或传说为题材，必然要涉及用典，但对于诗人与读者来说，他们更为关注的是通过用典所传达出来的诗歌主题，因为新颖的主题往往更能够体现诗人独到的史观和史识。在很多时候，由于具有以史为鉴的意识，李商隐许多咏史诗的主题是通过议论表现出来的，这就形成了征史以发议论的特色；这与杜牧的咏史诗有着很大的一致性。如其《井络》诗云：

> 井络天彭一掌中，谩夸天设剑为峰。阵图东聚燕江石，边柝西悬雪岭松。堪叹故君成杜宇，可能先主是真龙。将来为报奸雄辈，莫向金牛访旧踪。

诗歌援引杜宇、刘备据蜀而亡的历史事实，指出了那些依恃险要地形进行分裂活动的藩镇割据者，必将重蹈灭亡的历史覆辙，表达了天险不足恃的思想。诗歌以史实为依托，加以适当的议论生发，表现出了诗人卓绝超人的史识，也具有极强的现实针对性。又如其《咏史》诗云：

> 北湖南埭水漫漫，一片降旗百尺竿。三百年间同晓梦，钟山何处有龙盘？

此诗为金陵怀古之作，借六朝三百年兴衰更替的历史事实，揭示了统治者因荒淫而误国的必然结局，也抒发了诗人历史兴亡的感慨，流露出对国家前景的深切忧虑，对当时内忧外患而又不思振作的晚唐王朝亦

---

① 魏庆之：《诗人玉屑》，上海古籍出版社 1978 年版，第 147 页。
② 施朴华：《岘溪说诗》，载《清诗话》，中华书局 1963 年版，第 998 页。

是一种警示；同时还能给人以哲理的启示。诗歌以极小的篇幅容纳了极丰富的内容，包含了极深刻的内涵。

李商隐的咏史诗，选取典型的历史事件或历史人物，或借古鉴今，或以古喻今，或借题托讽，在继承前人的基础上，进一步将感时与史论结合起来，现实指向性十分鲜明，也揭示了一定的历史规律。正是在这个意义上，李商隐极大地发展了咏史诗；他的咏史诗在宋代受到了好评并为许多诗家所接受，成为宋人征史以发议论表现才学的重要渊源之一。

三、皮日休与陆龟蒙

在晚唐博学之风盛行的大背景下，唐末的皮日休与陆龟蒙，作为具有代表性的民间学者和具有独特风格的诗人，他们的知识结构，以传统的经史之学为根柢，还带有较强的博物的性质[①]；他们的诗歌则表现出了较鲜明的学问化倾向，从杜甫、韩愈等到宋人的诗歌创作，他们起着桥梁的作用。袁枚《小仓山房文集》之《答沈大宗伯论诗书》论唐代诗歌的递变的几个阶段云："初盛一变，中晚再变，至皮陆，已浸淫乎宋氏矣。"[②]从唐音到宋调的转变过程中，皮、陆的诗歌创作具有转型的意义。

皮、陆的诗歌带有浓郁的学者气质，带有鲜明的学问化特征，表现出与晚唐其他诗歌流派截然不同的特点。从主观上来说，这一方面源于对杜甫、韩愈、李商隐等前辈诗人的学习，另一方面也源于他们藉学问与人争胜的创作意识；从客观上来说，则与他们苦学而博的学养是密切相关的。皮日休和陆龟蒙均对书籍有着强烈的嗜好与广泛的涉猎，他们藉此而积累了深厚的学养。如皮日休隐居鹿门时，就曾博览群书："阅彼图籍肆，致之千百编。携将入苏岭，不就无出缘。"入吴中之后，又向藏书世家徐修矩借其藏书数千卷，"酣饫经史，或日晏忘饮食"[③]。而陆龟蒙则是一位藏书甚丰的藏书家："千卷素书外，此外无余蓄。"广

---

①　李福标《皮陆研究》（岳麓书社 2007 年版）第三章"皮陆的知识结构"有详细论析，可参看。

②　袁枚：《袁枚全集》（二），江苏古籍出版社 1993 年版，第 284 页。

③　皮日休：《二游诗序》，载《全唐诗》卷六〇九，中华书局 1960 年版，第 7028 页。

博的学识为他们学问化诗歌的创作提供了便利的条件。

在以表现学问为争胜手段的诗学意识的支配下，皮、陆的诗歌创作，极尽用书使事之能事，不仅用典绵密，而且典源也极为广泛。如皮日休的《题潼关兰若》、陆龟蒙的《奉和袭美夏景无事因怀章来二上人次韵》等诗歌，几乎是句句用典。试看陆龟蒙之《孤雁》诗：

> 我生天地间，独作南宾雁。哀鸣慕前侣，不免饮啄晏。虽蒙《小雅》咏，未脱鱼网患。况是婚礼须，忧为弋者篡。晴鸢争上下，意气苦凌慢。吾常吓鸳雏，尔辈安足讪。回头语晴鸢，汝食腐鼠惯。无异驽骀群，恋短豆皂栈。岂知潇湘岸，葭菼蘋萍间。有石形状奇，寒流古来湾。闲看麋鹿志，了不忧刍豢。世所重巾冠，何妨野夫丱。骚人夸蕙芷，易象取陆苋。漆园《逍遥篇》，中亦载斥鷃。汝惟材性下，嗜好不可谏。身虽慕高翔，粪壤是盼盼。或闻通鬼魅，怪祟立可辩。萜蔟书尚存，宁容恣妖幻。

诗歌隐括前人诗文为诗，充满了各种典故和名物，大抵出自《诗经》、《庄子》、《离骚》、《周易》、《周礼》等典籍，表现出了较鲜明的学问化特征。在《甫里集》中，诗歌末二句下有原注云："萜蔟，《周礼·秋官·司寇下》：萜蔟氏掌覆夭鸟之巢。萜，郑司农读为摘，又他历反。蔟，读为爵蔟之蔟，谓巢也。夭鸟，恶鸣鸟。"这里所注不仅为难僻之字，亦为冷僻之典，作者自己以注释的形式交代典故的出处，以帮助读者了解典源，理解诗意；由此也可以更清楚地看出诗人因难见学的学问化创作意识。在《松陵集》中，这样明确地注明典故来源的作品很多，其所用之书，包括《尚书》、《吕氏春秋》、《尔雅》、《本草》、《佛律》、《道书》、《相鹤经》、《茶经》、《竹谱》、《名山记》、《交州记》、《典论·论文》、陆羽《玩月诗》等，从经史典籍到子书杂家、从诗文地志到佛典道藏，均有采引入诗者，大抵也都为冷僻少用之典。

作为来自于民间和底层的学者，皮、陆诗歌中的学问还表现出通俗化的倾向。一方面，他们常以物之俗（别）名、人之小名入诗。如皮日休《夏景冲澹偶然作二首》其二之"湖目芳来百度游"句，以"湖目"代莲子，《友人以人参见惠因以诗谢之》之"神草延年出道家"

句，以"神草"代人参，陆龟蒙《幽居有白菊一丛因而成咏呈一二知己》之"还是延年一种材"句，以"延年"代白菊，《袭美以鱼笺见寄因谢成篇》之"临风时辨白萍文"句，称鱼子为"白萍"。陆龟蒙还常以古人小名入诗，如《袭美病中闻余游颜家园见寄次韵酬之》用谢玄、谢川小字，《奉和袭美古杉三十韵》用王珉小字等。另一方面，他们还以渔樵农耕之事入诗。皮日休和陆龟蒙对渔具、樵事、茶事等非常熟悉，这些物事常常成为他们的吟咏对象。如陆龟蒙创作了一组《渔具诗》，包括《网》、《罩》、《罶》、《钓筒》、《钓车》、《渔梁》、《叉鱼》、《射鱼》、《鸣桹》、《种鱼》、《药鱼》、《舴艋》、《沪》、《笭箵》等，详细地介绍了各种捕鱼器具和捕鱼的手段；皮日休不仅奉和了陆的这一组诗，而且增作了《添渔具诗》五首。又陆龟蒙还创作了《樵人十咏》，均为与"樵"相关的物事，包括《樵溪》、《樵家》、《樵叟》、《樵子》、《樵径》、《樵斧》、《樵担》、《樵风》、《樵火》、《樵歌》十诗，皮日休亦奉和了十首。又如皮日休创作了《茶中杂咏》十首，分别题为《茶坞》、《茶人》、《茶笋》、《茶籝》、《茶舍》、《茶灶》、《茶焙》、《茶鼎》、《茶瓯》、《煮茶》，而陆龟蒙也都一一做了和唱。这样的诗作，不仅表现了诗人的情怀趣尚，也展现了诗人这些方面的学问知识。

　　为了显示学力与才气，皮、陆的诗歌在用韵方面亦极尽难僻之能事。他们在诗歌的往来唱和中，运用得最多、最普遍、影响最大的是次韵相酬的方式。他们承元、白有意识地大量创作次韵之作而又踵事增华，如宋严羽《沧浪诗话》云："古人酬唱不次韵，此风始盛于元白、皮陆。"[①] 明许学夷云："陆龟蒙、皮日休唱和，多次韵之作。"[②] 次韵作为和韵诗中难度最大的创作形式，须突破韵脚的限制，方能创作出可与原诗一争高下的作品来，这考验的也是作者的学问才力。《松陵集》中就有皮、陆之间相互次韵的大量诗作。除次韵外，皮、陆以用韵之难僻显示学力，还表现为他们大量创作长篇巨制与联句诗。如皮日休之《鲁望昨以五百言见贻过有褒美内揣庸陋弥增愧悚…微旨也》、《吴中苦雨因书一百韵寄鲁望》及陆龟蒙之和作、陆龟蒙之《江南秋怀寄华阳山

　　① 严羽：《沧浪诗话校释》，郭绍虞校释，人民文学出版社1983年版，第193—194页。
　　② 许学夷：《诗源辩体》，人民文学出版社1987年版，第297页。

人》等诗歌，均是长达百韵的诗作，将所属韵部的韵字几乎全都押遍；皮、陆创作的大量联句诗，其中多有用险韵与难僻之字者，这显然包含有类似于韩、孟以联句的形式来逞才斗学的创作意识。

皮、陆还多有通过议论以理取胜的诗作，表现出了较鲜明的学术化特征。如皮日休之《三羞诗》三首其一云："吾闻古君子，介介励其节。入门疑储宫，抚己思铁钺。忠者若不退，佞者何由达。君臣一殽膳，家国共残杀。此道见于今，永思心若裂……献文不上第，归于淮之沨。蹇蹄可再奔，退羽可后歇。利则侣轩裳，塞则友松月。而于方寸内，未有是愁结。未为禄食士，俯不愧粱籺。未为冠冕人，死不惭忠烈。如何有是心，不能叩丹阙。赫赫负君归，南山采芝蕨。"此诗为咸通七年作者参加进士考试落第、准备退居泌陵时作。行经都城门外，见到因冒犯当权者而获罪被发配的官吏，又联系到自己落第的遭遇，诗人由此而生发了感慨议论，阐述了自己基于原始儒学影响而形成的用行舍藏与时变化的处世之道。又如陆龟蒙的《读〈阴符经〉寄鹿门子》诗云："清晨整冠坐，朗咏三百言。备识天地意，献词犯乾坤。何事不隐德，降灵生轩辕。口衔造化斧，凿破机关门。五贼忽迸逸，万物争崩奔。虚施神仙要，莫救华池源。但学战胜术，相高甲兵屯。龙蛇竞起陆，斗血浮中原。成汤与周武，反覆更为尊……只为读此书，大朴难久存。微臣与轩辕，亦是万世孙。未能穷意义，岂敢求瑕痕。曾亦爱两句，可与贤达论。生者死之根，死者生之根。方寸了十字，万化皆胚腪。身外更何事，眼前徒自喧。黄河但东注，不见归昆仑。"这是一首评论道家经典《阴符经》读书诗，相当于一篇书评。在诗中，作者通过对道家眼里所理解的华夏民族历史的概述，阐释了自己对"生者死之根，死者生之根"的道家齐物观的理解，同时也表示了对这一观点的认同。皮日休对此诗有和作，题为《奉和鲁望读〈阴符经〉见寄》，诗人亦多以议论笔法行文，其中所表述的观点，表现了一位乱世中的知识分子对社会人生的思考与探索，在当时很具有代表性。

此外，皮、陆还有一些小诗，在短小的篇幅中阐述了一些深刻的哲理。如皮日休之《聪明泉》云："一勺如琼液，将愚拟望贤。欲知心不变，还似饮贪泉。"诗人于此借饮水言理，认为人的思想是决定人贤愚的根本；思想不变，不管饮多少聪明泉水，其结果还是与贪泉水一样的。又如陆龟蒙之《门前路》一诗："门前向城路，一直复一曲。曲去日中还，直行日暮宿。何必日中还，曲途荆棘间。"诗歌借道路以说理，曲路虽近，但在荆棘之间，行走艰难，所以还不如走直路，虽远而未在荆棘之中。再如陆龟蒙《有示》："相对莫辞贫，蓬篙任塞门。无情是金玉，不报主人恩。"诗歌不是针对具体物事而言，而是直接阐明感情和金钱二者孰重孰轻的观点。这一类小诗，或借物言理，或直接阐明义理，表现作者对于事物的理性评价，这显然与其时新《春秋》学派的影响有关，可视为宋代理趣诗的先驱。这些议论和说理，是皮、陆作为学者型诗人的理性化思维在诗歌中具体化、深刻化的表现形式之一。

从学问化的角度来说，作为唐末最具代表性的两位诗人，皮日休和陆龟蒙的诗歌所表现出的这些特征，相对于先前的杜甫、韩愈等，具有了一些新的特质，沾溉宋人颇深，成为开启"宋调"的最接近于宋人的前代资源。

第四章

宋诗：古典诗歌学问化的第一座高峰

第一节　宋代诗歌学问化特征形成的背景

一、宋诗学问化特征形成的文化背景

任何的文学创作活动，都是在一定的文化背景之下进行的。文学创作作为文化建设的重要一环，与统治者的文化政策及文化的其他组成部分，有着极为密切的联系。一定时期文化的观念及文化发展的进程，往往会对该时期的文学观念、创作手法和风格特征产生决定性的作用。一般来说，作为一个相对独立的系统，文化具有其自身较为稳固的内在机制。就其与社会政治的关系而言，二者的发展之间常常会表现出一定程度的不平衡性，即文化的发展变化往往要滞后于政治的发展变化。同时，文化的发展还有其自己独特的规律性，它以先前固有的成果为前提，以不断的积累为演进方式，且也往往不会因为政权的更迭而终止其延续性。这些特点都为某一特定时期文化的发展与繁荣提供了可能。如果我们把中国封建社会的政治与文化的发展形态分别划分为形成、兴盛、发展和衰落等几个阶段的话，在政治上走向衰落的中唐，在中华文化发展的进程中，却是处于一个上升的时期。之后随着晚唐五代分裂衰落局面的形成而经历了一个阶段的凋敝期后，中国古代的文化，以对前代积累起来的文化的继承为基础，在宋代发展到了它的极盛期。宋代诗歌的学问化倾向，可以说是在宋代文化逐步定型并走向成熟和高度繁荣的这一背景下形成的；宋代文化发展的独特性也从多个方面对宋诗的学

问化产生了重大影响。

（一）宋代的文化建设与学问化诗歌创作主体及接受主体

自宋初起，统治者就非常重视文化的建设，大约到元祐前后，中国古代文化的发展达到了其顶峰。宋代文化的发展与繁荣对知识分子产生了重大的影响；从诗歌创作的角度来看，比较明显的表现就是使他们在学问积累的广度和深度上超迈了前人，从而为宋代学问化诗歌创作主体、接受主体的产生创造了极为有利的条件。

在宋代最初的二十年里，统治者因忙于统一战争，对文化建设表现得心有余而力不足。这使得在宋初的一段时间里，整个社会的文化基本上还是一片荒芜，诗坛的文化背景也延续了五代时期贫学的特点。从创作主体和接受主体两方面来说，都不具备学问化诗歌大量产生的条件，因此，以浅易为特征的"白体"和以狭深为特征的晚唐体，就最先流行于宋初诗坛。

宋初的统一大业完成后，统治者就有了更多的精力投入到国家的文化建设上来，他们制定的以文治国的文化政策与措施也就更有可能得到落实，这也保证了宋代的文化得以接续中唐文化而发展到古代文化发展的巅峰。大体说来，对于宋代文人文化品格与学问修养产生较大影响的文化举措主要有以下几个方面的内容：

其一，优待文人。宋太祖有鉴于安史之乱以来武人乱国的教训，为了加强皇权、建立高度集中的中央集权制，采用赵普的建议，削去武将兵权，以文人作为治国的基本力量，确定了"兴文教，抑武事"的基本国策。这一基本国策的确立，从物质层面到精神层面都对文人产生了深刻的影响。从物质的层面来说，宋初实行积极的右文政策，使文臣享有了异常优厚的待遇，除了俸钱禄米外，又有职钱和职田，统治者对于他们，"恩逮于百官者惟恐其不足，财取于万民者不留其有余"[1]。从精神的层面来说，文人士大夫的社会地位得到了极大的提高。太祖赵匡胤始开崇文之风气，太宗、真宗继之而踵事增华，并由此形成了有宋一代重视读书人的风气；以文擢科也成为了文人走上仕途的重要途径。通过

---

① 赵翼：《廿二史札记校正》（补订本），王树民校正，中华书局1984年版，第534页。

科举考试，文人相对可以比较顺利地走上仕途，甚至进入统治阶级的权力中心，这也极大地鼓舞了他们的参政热情，使他们看到自己有了实现自古就深藏于中国传统文人骨子里的"治国平天下"的政治理想的希望。

进入仕途的知识分子，既享有丰厚的物质条件，社会地位也得到了大幅度的提高，还能在更大程度上实现自己的理想。这些都从多方面强烈刺激了社会各阶层人们对通过读书走上仕途的向往心理，使宋代社会普遍形成了一种喜好读书的习惯，对提高文人的学问修养和社会整体的文化水平，起到了极为重要的作用。

其二，改革科举。宋代的统治者，在沿袭的基础上，对隋唐以来的科举制度进行了改革，使之更趋于完善。首先，摧毁了隋唐以来犹存的门阀制度的残余，打破了门第观念，广开仕途，使大批"孤寒"之士有机会通过科举考试进入官吏的行列。同时，宋代科举考试还大幅增加录取的名额，一次录取的人数往往多达二三百人，有时甚至达五六百人，与唐代每年取士二三十人相比，超出了许多倍，而封弥、誊录等方法的推行，为公平竞争提供了保证。这些都使参考者中考的几率大增，吸引了大批中小地主阶级的士子参加考试，使宋代读书人的队伍得到了前所未有的壮大。在文学上稍有成就者，几乎都曾经走过研习举业参加科举之路。这也对普遍重学风气的形成、学问的增长起到了重要作用。其次，宋代统治者也多次对科举考试的内容进行改革，其中以王安石在神宗熙宁四年（1071）进士考试罢诗赋而专以经义、论、策取士最为著名。以此为界，宋代科举考试的科目设置可以划分为两个时期。前一时期，科目设置繁复，最多时达 11 个，有进士科、九经科、五经科、三礼科、三传科、学究科、三史科、明法科等。后一个时期，科目设置则趋向于简明。科目设置的精简，就意味着要求应考者要掌握更为广博的知识。在宋代的诸科取士中，进士科最受重视。据李焘《续资治通鉴长编》卷五十三载："今进士之科，大为时所进用，其选也殊，其待也厚。进士之学者，经史子集也。有司之取者，诗赋策论也。"① 又《宋史·选举志一》载："凡进士，试诗、赋、论各一首，策五道，帖《论

---

① 李焘：《续资治通鉴长编》，中华书局 1979 年版，第 1168 页。

语》十帖，对《春秋》或《礼记》墨义十条。"① 从这些记载可以看出，科举考试的内容涉及经、史、子、集各部的知识，备考的范围广，难度也较大，不仅要求应试者能够博闻强记，而且还要能自如地运用这些知识，以便见出其才学。从这个意义上讲，科举考试使得宋人的知识结构不断趋于全面。

以科举考试为导向，宋人的学问修养得到了普遍的提高，他们在苦读力学的基础上构建了广博的知识体系。这样，既产生了能创作出学问含量大的诗歌的创作主体，又产生了具备相应审美能力的接受主体，同时还在一定程度上影响到社会的审美心理对学问化诗歌的偏好。

其三，建立馆阁制度，加强人才储备和图书建设。自宋初起，统治者便极为重视人才的网罗与图书的搜集整理。立国之初，朝廷便设昭文馆、史馆和集贤院三馆，以作为储才藏书之所。曾巩《本朝政要策·文馆》云："三馆之设……太宗始度升龙之右，设署于禁中，收旧府图籍与吴蜀之书，分六库以藏之。又重亡书之购，而间巷山林之藏，稍稍益出，天下图书始复聚，而缙绅之学彬彬矣。悉择当世聪明魁垒之材，处之其中，食于太官，谓之学士。其义非独使之寻文字、窥笔墨也，盖将以观天下之材，而备大臣之选。此天子所以发德音、留圣意也。"② 三馆之中，既储藏了大量书籍以备取览，又聚集了天下英才以备时用，这些都极大地促进了宋代文化的发展和繁荣。而后又设秘阁，其功能与三馆相似，与三馆而合称馆阁；秘阁更是储藏历代重要典籍之所。

馆阁中储藏的大量文化典籍，为在馆中任职者博览群书创造了有利条件，也为有需要且能进入馆阁的文人提供了查寻和阅览的便利，使他们有可能掌握更多的知识，加深文化积淀，进一步淬炼学养。这一部分人，如果作为诗歌创作的主体，其诗歌一般也会表现出较强的学问化倾向；如果作为诗歌的接受主体，他们的接受兴趣一般也会倾向于学问化倾向较强的作品。作为社会文化活动的中心人物和文化潮流的引领者，他们的创作观念、创作手法和创作风格，也必然会对整个社会的文学创作产生导向作用。尤其值得注意的是，宋初的馆阁文人常常被统治者利

---

① 脱脱等：《宋史》，中华书局 1977 年版，第 3604 页。

② 曾巩：《曾巩集》，陈杏珍、晁继周点校，中华书局 1984 年版，第 675 页。

用来编修各类书籍,他们在编撰书籍的过程中获得了大量学问,其中以宋初四大类书的编撰最具典型性。由于类书具有兼收四部的特点,材料采撷的范围十分广泛,编撰者要尽可能地涉猎各类书籍,必然会起到砥砺学问、提高素养的作用。如在真宗朝,以杨亿为代表的参与大型类书《册府元龟》编撰的西昆派诗人,在编撰之余常常相互唱和,以表现学问为能事;他们的诗歌表现出极强的学问化倾向,宋诗也由此而进入了一个重视学问的时期。

(二) 宋学的构建与宋人思维方式的转变

中唐以来,由于思想的混乱和佛道的流行,传统的儒家思想受到了严重的怀疑,至五代而士气、文风衰飒,以致流靡不返;宋承五代之衰,面临着重建道统与文统以重振儒学的问题。以理学为核心内容的宋代新儒学,正是适应这一要求而构建起来的。作为传统儒学变革的产物,宋代理学以传统的儒家伦理礼法思想为基础,吸收融汇了佛、道的精神内核,成为了宋代文化体系中最重要的、同时也最具特色的一个组成部分。

对传统儒学所进行的改造,其中一个非常明显的影响就是促成了宋人思维方式的改变。不同于偏重于从人伦社会来阐释经世致用之学的原始儒学,新儒学作为一种重建的哲学,在维护儒家正统地位的基础上,对佛学、玄学等传统哲学的思维方式与思维成果及道家关于宇宙生成、万物化生的理论进行了吸纳,对天人关系即所谓的"天人之际"作了形而上的思考,在思维方式上表现出较强的思辨色彩与理性特征。宋人在思维方式上的这种转变,必然会在他们的思想观念和行为方式等方面表现出来,进而渗入他们的诗歌创作中,使得宋诗在思维方式上表现出学问化的特征。新儒学独特的学术思维风格对宋诗学问化特征的影响主要表现在以下两个方面:

首先,新儒学的疑古精神,作为一种新的时代学术精神,渗入了宋代诗歌的创作,使诗歌表现出学问化的特征。新儒学的构建虽然以传统儒学为本位,但一些学者又对原始儒家的经典提出了质疑。如王应麟的《困学纪闻》中载有陆游的一段话:"唐及国初,学者不敢议孔安国、郑康成,况圣人乎?自庆历以后,诸儒发明经旨,非前人所及。然排

《系辞》、毁《周礼》、疑《孟子》、讥《书》之《胤征》《顾命》、黜《诗》之《序》，不难于议经，况传注乎?"① 陆游所指，排《系辞》者为欧阳修，毁《周礼》者为欧阳修、苏轼和苏辙，疑《孟子》者为李觏、司马光，讥《书》之《胤征》《顾命》者为苏轼，黜《诗》之《序》者为晁说之。朱熹也指出："旧来儒者不越注疏而已，至永叔、原父、孙明复诸公，始自出议论。"② 在汉唐经学走向没落时，宋人的治经，不仅打破了传统的注疏之学，且由疑传而至于疑经，表现出了强烈的疑古精神。这股思潮自仁宗庆历间的孙复、欧阳修等人开始，一直延续到南宋末年。

这种疑古的思维特性渗入到诗歌的创作，成为宋诗创新的一个起点。这创新主要表现为不盲从古人，对人、事、物都有自己新颖独到的见解。其中最典型的是在诗歌创作中普遍形成了一股翻案之风，即就某一问题推翻前人陈说而自出议论；这自出的议论，可以充分显示出诗人的才识与学养。宋代诗人如欧阳修、王安石、苏轼等人，都具有强烈的疑古精神，在新儒学的构建中均占有重要的地位，同时他们的诗歌中也多翻案之作，我们显然不难看出这二者之间的联系。

宋人翻案诗歌中的许多作品，既不乏艺术的感染力，也不乏对社会历史与生活的深刻见解；这些见解，实际上都是以诗人们的学问修养为底蕴的，或者有些就是他们学术观点的具体体现。诗人以翻案手法进行创作所取得的成就，为宋诗的创作开启了新的门径，对宋人"以故为新"、"夺胎换骨"、"点铁成金"等学问化的诗歌创作观念和创作方法的形成和发展也具有较强的启迪意义。

其次，新儒学的思辨精神、理性精神与诗歌创作相结合，是促成宋诗好议论、尚理风格特征形成的重要原因。新儒学的构建，实际上就是儒家道统的重新确立，它往往以"文"作为重要的表现形式，因此宋人特别喜欢谈文与道的关系；这其中既有韩、柳的渊源，也有其思维方式转变方面的原因。但相对于韩、柳的将"道"道德化、感性化，宋人在思考文、道关系时，则注入了更多的理性思考。在文与道的关系

---

① 王应麟：《困学纪闻》，翁元圻注，中华书局 1935 年版，第 774 页。
② 朱熹：《朱子语类》，黎靖德编，中华书局 1986 年版，第 2089 页。

上，宋人一贯的主张是以道统文，或是以文明道，或是以文载道。他们文统与道统的意识，超出了传统儒家的道德范畴，扩展到了对宇宙万物运行规律和社会历史发展规律的探讨，且具有高度的思辨性和哲理性。如王安石《洪范传》云："道者，万物莫不由之也。"① 认为道普遍地存在于宇宙天地之间，并且是万物生成的根本。欧阳修在《答吴充秀才书》一文中也发表了对文、道关系的见解：

> 夫学者未始不为道，而至者鲜焉。非道之于人远也，学者有所溺焉尔。盖文之为言，难工而可喜，易悦而自足，世之学者往往溺之……圣人之文虽不可及，然大抵道胜者文不难而自至也。故孟子皇皇不暇著书，荀卿盖亦晚而有作。若子云、仲淹，方勉焉以模言语，此道未足而强言者也，后之惑者，徒见前世之文传以为学者文而已，故愈力愈勤而愈不至。此足下所谓终日不出于轩序，不能纵横高下皆如意者，道未足也。若道之充焉，虽行乎天地，入于渊泉，无不之也。②

这一段话集中体现了欧阳修文道结合的主张。他于此所强调的"道"，不仅包含了较多的感性成分，而且包括了作家对"物理"与"事理"的把握。这"道"既不是一个抽象的概念，也不是具体的感性存在，而是存在于事物背后的、在实践的基础上可以认识和把握的规律性。类似的说法还有很多，如王安石的《上邵学士书》说："某患近世之文，辞弗顾于理，理弗顾于事，以矍积故实为有学，以雕绘语句为精新……求其根柢济用，则蔑如也。"③ 张耒之《答李推官书》亦云："自《六经》以下，至于诸子百氏、骚人辩士论述，大抵皆将以为寓理之具也。是故理胜者文不期工而工，理诎者巧为粉泽而隙间百出。"④ 可见，宋人所言之"道"，其内涵与"理"大致是相同的。

在文道关系探讨的过程中，宋人理性思维得到了长足的发展。在新

① 王安石：《临川先生文集》，中华书局1959年版，第686页。
② 欧阳修：《欧阳修集编年笺注》（三），李之亮笺注，巴蜀书社2007年版，第266页。
③ 王安石：《临川先生文集》，中华书局1959年版，第799页。
④ 张耒：《张耒集》，中华书局1999年版，第829页。

儒学理性精神的影响下，道、理贯穿了宋代文人的大多数文学创作，宋代文学领域普遍出现了议论、尚理的风气。就诗歌而言，"理性精神无疑使宋诗更深刻，更冷静，更细腻，也更机智：虽褪去了感性的魅力，却焕发了智慧的光芒；虽损失了部分形象的美感，却增添了更多的文化内涵——哲学、政治、历史、伦理、宗教、艺术等内容"①。理性精神的渗入，使宋诗具有了哲理性内涵，从而丰富了宋诗的学问要素，加强了宋诗的学术品格，从一个侧面强化了宋诗的学问化倾向；宋诗也由此表现出了异于唐诗的审美情趣：由重情韵而转变为重理趣。

（三）　文人雅集与以学问相高风气的形成与加剧

雅集作为一种社会文化活动，是宋代文人士大夫文化生活的一个重要组成部分。文人雅集在宋代表现出不同于前代的特点：集会更为频繁，酬唱的规模更大，产生的作品数量更多；更为重要的是，宋人在集会的唱和中形成了比以往更强的争胜意识，这也逐步引发并加剧了诗歌创作中以学问相高的心理与风气。

为在竞争中获得优胜，宋人在作诗的技巧方面下了极大的工夫，使诗歌朝着新、巧、难的方向发展；其中，以才学为诗是他们求胜的一个重要手段。所谓新，即立意之新；巧，即使事之巧；难，就是用韵之难。这三个方面都可以见出写作者的才学。这样的创作环境培养了宋人的才学意识，他们常以学问含量的多少作为衡量诗歌优劣的一个重要标准。所以，我们常常会看到，在许多聚会唱和的场合，宋人会制订一些规则，以增加成诗的难度，表现诗人的才学。如欧阳修《六一诗话》载进士许洞与九僧分题作诗，"出一纸，约曰：'不得犯此一字。'其字乃山、水、风、云、竹、石、花、草、雪、霜、星、月、禽、鸟之类。"② 这些字都是诗歌创作中最常用的，一旦规定不得使用这些字时，学问浅薄者便难以下笔了。又如欧阳修在颍州作雪诗，后苏轼继守颍州，与客会饮，共和欧诗。清代贺裳就此而评之曰："固知钓奇立异，

---

① 周裕锴：《宋代诗学通论》，上海古籍出版社 2007 年版，第 101 页。
② 欧阳修：《六一诗话》，载《历代诗话》，中华书局 1981 年版，第 266 页。

设苛法以困人。"① 作诗前对种种事物进行限制，这对诗人的才学是一个极好的检验。所以，在集会的创作中，经常会出现学高者出尽风头，令其他参与者叹服而搁笔的现象，如：

> 荆公尝在欧公座上赋《虎图》，众客未落笔，而荆公章已就。欧公亟取读之，为之击节称叹，坐客阁笔不敢作。②
>
> 逢原一日与王平甫数人登蒋山，相与赋诗，而逢原先成，举数联，平甫未屈。至闻"仰跻苍崖颠，下视白日徂。夜半身在高，若骑箕尾居。"乃叹曰："此天上语，非我曹所及。"遂阁笔。③

在唱和中炫才使博的作风，在北宋的元祐年间达到了顶峰，尤以苏轼、黄庭坚等人的酬唱最为典型。据《苕溪渔隐丛话》载："东坡《送子敦诗》，有'会当勒燕然，廊庙登剑履'之句，山谷和云：'西连魏三河，东尽齐四履。'或云：东坡见山谷此句，颇忌之，以其用事精当，能押险韵故也。"④ 在切磋诗艺时，诗人常于用事、押韵等方面倾注心力，黄庭坚和苏轼更是争胜于毫厘之间，其在唱和中以学问来争胜的心理也由此可见一斑。

唱和诗的学问主要表现在三个方面，一是诗歌的立意，二是事典的使用，三是韵脚的选取。

诗人在唱和活动中所作的诗歌，往往力求以立意的新警取胜，要避免人云亦云，不能落入前人的窠臼。如果不能对原作的主题有所引申发挥，没有新颖的见解，就会在诗技的竞赛中处于下风。所以，宋人的许多唱和诗，在立意上常常是另辟蹊径而新见迭出。如关于王昭君事迹的唱和，王安石之云"君不见咫尺长门闭阿娇，人生失意无南北"，欧阳修之云"耳目所及尚如此，万里安能制夷狄"，均以立意新警而表现出诗人识见的高超。他们的诗歌之所以在立意上有创新，很大程度上得益

---

① 贺裳：《载酒园诗话》，载《清诗话续编》，上海古籍出版社1983年版，第243页。
② 胡仔：《苕溪渔隐丛话》前集卷三十四引《漫叟诗话》，人民文学出版社1962年版，第230页。
③ 张邦基：《墨庄漫录》，唐宋史料笔记丛刊本，中华书局2002年版，第44页。
④ 胡仔：《苕溪渔隐丛话》前集卷三十九，人民文学出版社1962年版，第265页。

于他们能很好地将才学融于诗歌之"意"。也就是说，其新颖、深刻的见解，是以深厚的学问修养为基础的，这些见解也是诗人学术思想的鲜明表现。

雅集唱和的诗歌中，用典也是诗人表现才学的一种重要方式。诗歌中典故的多少、典故的生熟及与诗情诗意结合的程度，一度成为宋人衡量诗歌优劣的一条重要标准。宋诗重视用典，始于宋初西昆诗人间的酬唱。他们在修书之余，更迭唱和，为了矜炫才学，在诗歌中密布典实，且多用僻典。西昆诗人大量用典的作风，对宋诗的创作产生了极大的影响；此后在宋人的酬唱中，用典以显示学问便成为了一种普遍的认识和做法。如王安石、苏轼、黄庭坚等诗人，他们之间的往来唱和颇多，争胜的意识也极强。通过用典来夸示学问，求得优胜，是这些唱和诗的一个非常突出的创作特色。相对于西昆诗人，他们运用的典故，出处更为广泛和冷僻，用典的技巧也更为纯熟，典故能更好地为所要表达的主题服务，也更能见出学问工夫。

在宋人雅集的诗歌唱和中，也常常会对押韵作出种种的限制，通过增加用韵的难度以见出创作者学问的深浅。对于诗歌的用韵，宋人有着特别的敏感和深刻的认识。如欧阳修《六一诗话》云："退之笔力，无施不可……此在雄文大手，固不足论，而余独爱其工于用韵也。盖其得韵宽，则波澜横溢，泛入傍韵，乍还乍离，出入回合，殆不可拘以常格，如《此日足可惜》之类是也。得韵窄，则不复傍出，而因难见巧，愈险愈奇，如《病中赠张十八》之类是也。"[1] 韩愈诗歌工于用韵，以押险韵、用僻字而见奇，表现出深厚的学问与高超的技巧；欧阳修也因此而表达了对他的推崇与向慕之情。集会上的诗歌创作，对韵脚的限制，一般来说有分韵与和韵、用韵、次韵等，其中最难也最能表现诗人才学的是次韵。次韵不仅是在一个比窄韵更小的范围内选择韵脚，而且需用原韵原字且先后次序均得相同，这样的限制显然容易看出才学的高下。"作诗难，和诗尤难。语意相犯一难也，趁韵二难也。惟意高者不

---

① 欧阳修：《六一诗话》，载《历代诗话》，中华书局 1981 年版，第 272 页。

蹈袭，料多者不拘窘。"① 和人之诗，须有深厚的学养，才能做到不蹈
袭、不拘窘。又如费衮说：

> 作诗押韵是一奇。荆公、东坡、鲁直押韵最工，而东坡尤精于
> 次韵，往返数四，愈出愈奇。如作梅诗、雪诗，押"皭"字，
> "叉"字；在徐州与乔太博唱和，押"粲"字，数诗特工。荆公和
> "叉"字数首，鲁直和"粲"字数首，亦皆杰出。盖其胸中有数万
> 卷书，左抽右取，皆出自然。初不著意要寻好韵，而韵与意会，语
> 皆浑成，此所以为好。若拘于用韵，必有牵强处，则害一篇之意，
> 亦何足称？②

王安石、苏轼、黄庭坚等人，都有大量的唱和之作，且都表现出了
押韵精工的特点。在费衮看来，他们之所以能够大量地以险韵相次，与
他们"胸中有数万卷书"是分不开的；深厚的学问素养是突破韵脚束
缚的关键因素。

在争胜心理的驱使下，宋人在酬唱赠答中表现才学的风气愈演愈
烈，以至于有时造成了忽视情感的表达而填塞成语典故、专注于诗韵的
现象，养成了将故事、旧诗作为基本素材写入诗歌的作风，使得许多集
会的诗歌创作变成了一种以炫耀学问为主要内容的智力竞技游戏，进而
也影响到了宋代诗歌的整体风貌。

(四) 文化典范的选择与宋诗的学问化

自安史之乱后，直至五代，士大夫阶层道德沦丧，人格堕落，并由
此而引发了整个士大夫阶层深刻的精神裂变与信仰危机。宋代的文化建
设，就是在这样的一个背景下进行的。宋初统治者大力倡导儒学，希望
通过儒学的重新构建来重振士风。在儒学重建的过程中，随着文化主题
的发展变化，宋人对文化典范的选择也不断作出相应的调整。

---

① 刘克庄：《魏司理定清梅百咏》，载《后村先生大全集》卷一〇九，《宋集珍本丛刊》
第八十三册，线装书局 2004 年版，第 125 页。

② 费衮：《梁溪漫志》卷七，据涵芬楼旧版影印，上海书店 1990 年版。

　　韩愈是宋人复兴儒学过程中所选取的最初典范。在中唐时局动荡、政教衰微、儒学受到佛老思想严重挑战的情况下，韩愈建立了一套"抵制异教，攘斥佛老"的道统论，以期重振衰落了的儒学，成为唐代儒学复古运动的一面旗帜。同样是在儒学走向衰落的情况下，出于大致相同的目的，宋初学者推尊韩愈，先是有柳开宣称要继承韩愈之道，继而有王禹偁提出要"远师六经，近师吏部"①。之后欧阳修作为文坛的领袖，更是联合了一批志同道合者，极力推崇韩愈，并提倡以古文为手段来恢复古道，重新建立了儒家的道统与文统。陈寅恪先生在《赠蒋秉南序》中说："欧阳永叔少学韩昌黎之文，晚撰五代史记，作义儿冯道诸传，贬斥势利，尊崇气节，遂一匡五代之浇漓，返之淳正。"② 在欧阳修的大力倡导下，至仁宗朝后期，韩愈的地位达到顶峰，一度成为宋人普遍承认的典范："后七年，举进士及第，官于洛阳。而尹师鲁之徒皆在，遂相与作为古文。因出所藏《昌黎集》而补缀之，求人家所有旧本而校定之。其后天下学者亦渐趋于古，而韩文遂行于世，至于今，盖三十余年矣。学者非韩不学也，可谓盛矣。"③ 韩愈的典范作用，对宋代的文化建设产生了深远的影响。

　　在宋代文化和诗学走向成熟的过程中，其选择的典范也在不断地进行调整。其中，政治和道德修养逐渐成为宋人衡量文化典范的主要标准。因此，尽管欧阳修一度以韩愈为典范重建了宋代的道统与文统，但韩愈最终还是因为自身的一些缺陷被北宋中后期的学者抛弃。如苏轼将韩愈与杜甫进行了比较，他说："退之《示儿》云：'主妇治北堂，膳服适戚疏。恩封高平君，子孙从朝裾。开门问谁来，无非卿大夫。不知官高卑，玉带悬金鱼。'又云：'凡此坐中人，十九持钧枢。'所示皆利禄事也。至老杜则不然，《示宗武》云：'试吟青玉案，莫羡紫香囊。应须饱经术，已似爱文章。十五男儿志，三千弟子行。曾参与游、夏，达者得升堂。'所示皆圣贤事也。"④ 后俞文豹之《吹剑录》外集、洪迈

　　① 王禹偁：《小畜集》卷十八《答张扶书》，载文津阁《四库全书》第363册，商务印书馆2005年版，第52页。
　　② 陈寅恪：《寒柳堂集》，上海古籍出版社1980年版，第162页。
　　③ 欧阳修：《欧阳修集编年笺注》（四），李之亮笺注，巴蜀书社2007年版，第406页。
　　④ 胡仔：《苕溪渔隐丛话》，人民文学出版社1962年版，第102页。

之《容斋三笔》等也都提到韩愈以利禄夸诱其子。在道德品格高下的
比较中，韩愈在宋代的典范地位逐渐被杜甫所代替。

"宋诗四大家"中，北宋的三家王安石、苏轼和黄庭坚，尽管在政
治思想和艺术观念上有很大不同，但在尊杜学杜这一点上是非常一致
的。在他们的努力下，杜甫人格结构中的儒臣之志、仁者之心及集大成
的诗歌艺术的价值得以凸显，成为了宋人心目中最高典范，在这个意义
上说，对杜甫的接受是从唐型文化走向宋型文化过程中极为重要的
一环。

尽管宋人也还曾经有过其他选择，但毋庸置疑，杜甫和韩愈是对宋
代文化影响最大的两个人。诗歌是唐宋文化的重要载体，宋人以杜、韩
为典范进行文化建设，必然要以对他们诗歌的接受和继承为重要手段。
杜甫和韩愈的诗歌，已经有了较为鲜明的学问化特征，宋人在接受他们
为文化典范的同时，实际上也就接受了他们以才学为诗的做法。

二、宋诗学问化的诗学背景

学问化特征的形成，是宋诗与"风骨兴象皆备"的唐诗争胜而寻求
自身发展的必然结果。唐诗作为中国古代诗歌发展的最高峰，取得了高
度成就，这也大大挤压了后代诗歌创作的空间，似乎给后代的诗歌创作
造成了一种盛极难继的局面。对生于唐后的宋人来讲，他们的诗歌创作
只有以唐诗为参照并极力走出唐人的畛域，走上创新之途，才有可能创
造属于自己的时代。因此，适应于诗歌自身发展的内在要求，也出于宋
人对诗艺的努力探索，学问因素大量渗入诗歌创作并作为一种诗学传统
逐渐积淀下来，使宋诗表现出了迥异于正统唐音的新变特征。这样，学
问化创作手段的运用也就成为宋人构建独具风貌的"宋调"的一条重
要途径。大体说来，宋代诗歌的学问化创作倾向，是在以下独特的诗学
背景下形成的。

（一）求变求新的创新意识

在特定的时代环境下，宋代诗人普遍具有了求变求新的创新意识。
宋代的诗歌创作是以对中晚唐诗歌的继承与沿袭为起点的。中晚唐的许
多诗歌，实际上已经包蕴了新变正统唐音的一些因素而表现出独特的风格

特征。这些由新变因素所形成的新的风格特征，是唐诗寻求自我发展的结果，这在很大程度上启发了宋人的创新意识，也为宋诗的创作开启了新的门径。宋人创新自立的意识，我们从下面的一些话语中可以见出一斑：

诗家虽率意，而造语亦难。若意新语工，得前人所未道者，斯为善也。必能状难写之景，如在目前，含不尽之意，见于言外，然后为至矣。① （《六一诗话》引梅尧臣语）

文章必自名一家，然后可以传不朽；若体规画圆，准方作矩，终为人之臣仆。② （《苕溪渔隐丛话》前集卷四十九引宋祁《笔记》）

出新意于法度之中，寄妙理于豪放之外。③ （苏轼《书吴道子画后》）

随人作计终后人，自成一家始逼真。（黄庭坚《题〈乐毅论后〉》）

妙在和光同尘，事须钩深入神。听他下虎口著，我不为牛后人。（黄庭坚《赠高子勉》）

传宗传派我替羞，作家各自一风流。黄陈篱下休安脚，陶谢行前更出头。（黄庭坚《跋徐恭仲省干近诗》）

近世人学老杜多矣，左规右矩，不能稍出新意，终成屋下架屋，无所取长。独鲁直下语，未尝似前人而卒与之合，此为善学。④

以上所引之语，或强调立意之新，或追求造语之奇，不随人作计而最终达于独具面目、自成一家，均推崇诗歌创新之可贵。对于宋人来说，因袭与继承并非他们诗歌创作的最终目的；其最根本的意图是，在继承前人的基础上，在最能体现时代精神的创新意识的指引下，创作出极具时代风格特征、且能自成一家的诗歌来。而宋人大量以学问入诗，并形成了学问化的创作倾向，正是他们创新意识的重要体现，也是宋诗

① 欧阳修：《六一诗话》，载《历代诗话》，中华书局1981年版，第267页。
② 胡仔：《苕溪渔隐丛话》，人民文学出版社1962年版，第333页。
③ 苏轼：《苏轼全集》，傅成、穆俦标点，上海古籍出版社2000年版，第2190页。
④ 吕本中：《童蒙诗训》，载郭绍虞《宋诗话辑佚》，中华书局1980年版，第596页。

寻求新变的重要手段。

（二）忌俗求雅的审美祈向

其次，与其创新意识与宋诗的求新求变相联系，宋人形成了忌俗求雅的审美趣尚，"雅"与"俗"也成为了宋代一对基本的文学审美范畴。雅俗之辨一直是我国古代衡鉴各体文学的一个重要标准。从整个文学发展的历史来看，就诗歌这种文学体裁而言，求"雅"大抵是诗人们努力的主要方向。由于文人的学者化及各体文学的雅俗分化等因素的影响，宋代更是一个严雅俗之辨的文学时代；如果说唐代诗学及诗歌是雅俗共赏的话，宋代的诗学则表现出了极强的忌俗求雅的审美趣尚，宋诗也从整体上具有了更强的雅化倾向而表现出新的审美特质。

与自我的定位相关，宋代文人士大夫对于本群体的人格精神所持的态度是忌俗崇雅，如苏轼《于潜僧绿筠轩》诗云："可使食无肉，不可使居无竹。无肉令人瘦，无竹令人俗。人瘦尚可肥，士俗不可医。"黄庭坚《书缯卷后》亦云："余尝为少年言：士大夫处世可以百为，唯不可俗，俗便不可医也。"[①] 宋世文人注重自身品格的涵养，形成了博学、深思、广识、彻悟、清旷、醇雅、独立等诸种文化人格，这种种不俗的人格精神也延伸入了宋人的诗学追求，如黄庭坚说："宁律不谐而不使句弱，用字不工不使语俗"，《后山诗话》有"宁僻毋俗"之说，陈与义之师崔鹏在陈氏向其请教诗法时也说："凡作诗，工拙所未论，大要忌俗而已。"[②] 宋人中诸如此类的论诗忌俗者，其实质大抵都是以雅为诗之正的。而作为宋代的重要诗学命题，雅与俗在一定的条件下是可以相互转化的，宋人对此也有着较为深刻的认识：

　　　　闽士有好诗者，不用陈语常谈。写投梅圣俞，答书曰："子

---

① 黄庭坚：《书缯卷后》，载《全宋文》第一〇六册，上海辞书出版社、安徽教育出版社 2006 年版，第 196 页。

② 蔡正孙：《诗林广记》，中华书局 1982 年版，第 369 页。

诗诚工，但未能以故为新，以俗为雅尔。"①

　　诗须要有为而作，用事当以故为新，以俗为雅。好奇务新，乃诗之病。柳子厚晚年诗，极似陶渊明，知诗病者也。②

　　庭坚老懒衰堕，多年不作诗，已忘其体律。因明叔有意斯文，试举一纲而张万目。盖以俗为雅，以故为新。百战百胜，如孙吴之兵，棘端可以破镞，如甘蝇飞卫之射，此诗人之奇也。③

　　以上所引，皆言诗歌之"以俗为雅"，从中我们至少可以作出以下几个判断：其一，诗歌创作中，雅与俗可以相互转化；其二，诗歌当以尚雅为旨归；其三，"以俗为雅"是使诗歌达于雅的重要手段。

　　在雅与俗之间，宋人选择了雅并以之为重要的诗学追求。相对于前代诗歌，宋诗走向雅化有了更多的选择；其中，学问化是宋诗求雅的重要途径之一。以学问化为手段使宋诗走向雅化，主要表现在两个方面：

　　一是诗歌言理成分的增加。理性增强而情景抒写淡化，是宋诗雅化的重要标志之一。宋人诗中之"理"，是诗人在自身拥有的知识的基础上，对事物进行深入思考而形成的有一定深度的或较为独特的认识，或为宇宙万物之理，或为社会人生之理，或为日常生活之理，完全不同于那些浅俗、陈俗或俚俗之物与事而具备了"雅"的内涵。宋代诗人自欧、王、苏、黄等始，大多于诗中以各种方式阐发或表现了他们思而所得之理，表现出学问化的审美倾向。二是大量以书本知识入诗。宋人把书本知识作为诗歌创作的重要源泉之一，把"资书"作为写诗的基本途径之一，在创造实践中大量以成语典故入诗、在用韵上求窄求险、以隐括的方法作诗、使用僻字等等，使诗歌从立意到下语用字，均表现出了博奥典雅的特点。因此，诗人们创造性地运用书本知识来创作诗歌，不但丰富了诗歌创作的手段，增加了诗歌的表现力，而且使诗歌呈现出浓郁的书卷气息，表现出清峻典雅之美。可见，以学问为诗也促进了宋

---

　　① 陈师道：《后山诗话》，载《历代诗话》，中华书局1981年版，第314页。
　　② 苏轼：《苏轼全集》，傅成、穆俦标点，上海古籍出版社2000年版，第2123页。
　　③ 黄庭坚：《黄庭坚诗集注》卷十二《再次韵杨明叔并引》，任渊等注，刘尚荣校点，中华书局2003年版，第441页。

诗的雅化倾向。

这样，学问含量的多少也成为了区别诗歌雅俗的一个重要标准。走向雅化的宋诗所面向的读者是那些具有较高文化修养的文人雅士，因此，无论是从作者的角度还是读者的角度来看，宋诗的雅化是与宋代文士趋雅的文化品性密切相关的，而学问化也成为宋诗走向雅化的绝佳途径。忌俗崇雅的诗学趣尚，是宋代诗歌的学问化倾向逐步形成的重要诗学背景之一。

（三）破体为文的创作意识

在宋代诗学中，辨体与破体成为诗人与论家重点讨论的一对范畴；而破体为诗的诗学理论与实践也成为宋诗学问化的一个重要背景。

辨体和破体是文学发展过程中的一对相反相成的矛盾运动。各体文学，其体制是大体定型的，表现方式与主体风格也都具有相对的独立性与稳定性，并由此表现出各类文体的本色当行而与其他文体区别开来；同时，作为表达特定内容的文体形式，必然会随着内容的变化而发生相应的变化。要言之，每一种文体均具有两重属性，即相对的稳定性与绝对的变异性，它一旦形成，就具有了相对稳定的结构形式与文体风貌，而每种文体又具有吸纳其他文体要素可能的开放性，文体形式必然会随着内容的变化而作出一定的调整，因此，各种文体之间没有不可逾越的界限。这也是宋人破体为诗的基本依据，因此他们大量以相对变异的形式来进行诗歌的创作；如果说宋诗的"以俗为雅"是以旧瓶装新酒的话，那么破体为诗则是大致类于用新瓶来装新酒。

对于应该辨体还是破体，宋人歧见迭出，颇有争议；但创作实践中出现了大量的破体现象，却是不争的事实。就诗歌这种体式而言，追求破体，亦是基于宋人创新求变的需要。破体为诗，不自宋始，但宋人于此亦颇有心得：

> 予尝论书，以钟王之迹，萧散简远，妙在笔画之外。至唐颜、柳，始集古今笔法而尽发之，极书之变，天下翕然以为宗师，而钟王之法益微。至于诗亦然。苏、李之天成，曹、刘之自得，陶、谢之超然，盖亦至矣，而李太白、杜子美以英玮绝世之姿，凌跨百

代，古今诗人尽废，然魏晋以来高风绝尘，亦少衰矣。①

　　律诗之作，用字平侧，世固有定体，众共守之。然不若时用变体，如兵之出奇，变化无穷，以惊世骇目，如老杜诗云……凡此皆律诗之变体，学者不可不知。②

　　诗不可无体，亦不可拘于体。盖诗非一家，其体各异，随时遣兴，即事写情，意到语工则为之，岂能一切拘于体格哉？③

　　诗本无体，《三百篇》皆天籁自鸣。下逮黄初，迄今，人异韫，故所出亦异。或者弗省，遂艳其各有体也。④

　　韩以文为诗，杜以诗为文，世传以为戏。然文中要自有诗，诗中要自有文，亦相生法也。文中有诗，则句语精确；诗中有文，则词调流畅。⑤

　　以上宋人标榜破体为诗者，于前代诗歌的创作实践中努力寻找破体为诗的依据，并认识到了由破体而产生的诗歌在体式格局上的变异与创新，以及由此而产生的诗歌的审美趣味的变化；同时，这种突破与创新在一定程度上也影响到了诗歌内容的表达甚至取舍。可见，宋人诗歌的创作，多有强调打破常体者，以期通过破体为诗使思想、情感与审美意象等得到充分、自由的展现，创造出新的审美风格。

　　宋代的破体为诗主要表现在以文为诗和以赋为诗两个方面。所谓以文为诗，就是打破诗文的界限，用作文的方法来写诗，或以文的功用施加于诗，这必然会使诗歌带上议论的色彩、在一定程度上兼具学术散文的功用而表现出较强的学问化倾向。如叶燮在其《原诗》中说："从来论诗者，大约伸唐而绌宋。有谓'唐人以诗为诗，主性情，于《三百篇》为近；宋人以文为诗，主议论，于《三百篇》为远'。何言之谬也！唐人诗有议论者，杜甫是也……如言宋人以文为诗，则李白乐府长

<hr />

①　苏轼：《书黄子思诗集后》，见《苏轼全集》，傅成、穆俦标点，上海古籍出版社2000年版，第2133页。

②　胡仔：《苕溪渔隐丛话》前集卷七，人民文学出版社1962年版，第42页。

③　俞文豹：《吹剑录全编》，张宗祥校订，古典文学出版社1958年版，第32页。

④　姜夔：《白石道人诗集自序》，见《白石诗词集》，夏承焘校辑，人民文学出版社1959年版，卷首。

⑤　陈善：《扪虱新话》卷七"欧公诗仿韩作"，据涵芬楼旧版影印，上海书店1990年版。

短句，何尝非文！"① 这里提到了前人将"宋人以文为诗主议论"和
"唐人以诗为诗主性情"对举而区别了宋诗与唐诗的特征，揭示的实际
上就是学问化诗歌与非学问化诗歌的一个主要的区别特征。

　　再说说以赋为诗。诗、赋异体，特点不同，作法亦不同，然亦多相
近之处，互有可供取鉴之资，因而有以赋为诗和以诗为赋之谓。所谓以
赋为诗，即吸纳赋的因素入诗和借鉴作赋的方法来创作诗歌。大体说
来，赋之体制较大，且须铺采摛文，多用典，重对仗，作者须博学多
才；赋之可资诗歌取鉴者亦多在于此。明代谢榛云："汉人作赋，必读
万卷书，以养胸次。《离骚》为主，《山海经》、《舆地志》、《尔雅》诸
书为辅。又必精于六书，识所从来，自能作用。"② 赋的知识容量，应
居各体文学之最，因而也最能表现作者才学之高下，故在特定的环境
下，古人多有以赋为诗者，如项安世《项氏家说》云：

　　　　文士之才力，尽用于诗。如李杜之歌行，元白之唱和，序事丛
　　蔚，写物雄丽，小者十余韵，大者百余韵，皆用赋体作诗。③

　　李、杜、元、白，皆为学高而才富者，其"用赋体作诗"，显然也
有逞才炫博的意味。而在唐季，韩愈的"学问"根柢似乎更富于李、
杜、元、白诸家，因而其以赋为诗的作风也要更甚，他既借此以示其学
问之渊博，亦期另辟诗歌之新境。

　　至宋，赋作的特点有了一些变化，"赋兼才学"的内涵也相应地有
所变化，即在先前多采山川、城池、历史、名物、习俗等知识入赋的基
础上，宋人还增加了言理的成分，并通过议论而显示其学理之深厚与学
植之艰深。孙梅《四六丛话》卷五引孙何《简寓》中语云："惟诗赋之
制，非学优才高不能当也。破巨题期于百中，押强韵示有余地。驱驾典
故，浑然无迹，引用经籍，若己有之。咏轻近之物，则托兴雅重，命词
峻整；述朴素之事，则立言遒丽，析理明白……观其命句，可以见学植

---

　　① 叶燮、薛雪、沈德潜：《原诗 一瓢诗话 说诗晬语》，霍松林校注，人民文学出版社
1979 年版，第 70—71 页。
　　② 谢榛：《四溟诗话》，载《历代诗话续编》，中华书局 1983 年版，第 1175 页。
　　③ 项安世：《项氏家说》，载《丛书集成初编》，中华书局 1985 年版，第 92 页。

之浅深；即其构想，可以觇器业之大小。穷体物之妙，极缘情之旨，识春秋之富艳，洞诗人之丽则，能从事于斯者，始可以言赋家流也。"①在宋人看来，赋作为一种文学体裁，与诗歌关系极为密切，且颇具知识化的特点，因而出于诗歌审美的需求与破体求新的需要，宋人发展并加剧了前人以赋为诗的作风。宋人通过取法赋体来拓展诗歌的艺术表现力，自然也会对赋重才学的意识加以接受，并通过以学问为诗和以学问入诗来展现才学，这也是宋代诗歌表现出较强的学问化特征的原因之一。

第二节　西昆派诗歌：宋诗学问化的肇端

一、宋初文坛的贫学背景与"白体"、晚唐体的盛行及西昆体的出现

所谓的宋初三体，西昆体与"白体"、晚唐体同时而稍晚。"白体"、晚唐体的盛行，与宋初文坛的贫学背景有着一定关系。五代战乱频仍，文化凋敝。宋初承五代之弊，太祖、太宗虽重视文化建设，但宋初的前二十年，战乱仍然不断，他们的主要精力还是放在削平诸国和平定叛乱的战争上，因此文化状况也还是十分萧条。如《宋史·路振传》载："淳化中举进士，太宗以词场之弊，多事轻浅，不能该贯古道。因试《厄言日出赋》，观其学术。时就试者凡数百人，咸觊眙忘其所出，虽当时驰声场屋者亦有难色。"②"厄言日出"语出《庄子·天下》，应试者数百人中，竟知无人知晓其出处。作为社会文化精英的应考士子，其文化水平尚且如此之低下，社会其他阶层的人就更不用说了。整个宋初社会文化之荒芜，也由此可以见出一斑。在贫学的文化背景下，一方面是诗人难以创作出学问含量大的诗歌来，另一方面是社会的审美心理

---

① 孙梅：《四六丛话》，载《续修四库全书》第 1715 册，上海古籍出版社 2002 年版，第266 页。

② 脱脱等：《宋史》，中华书局 1977 年版，第 13060 页。

与欣赏能力也难以接受学问含量大的作品。因此，以浅易为特征的"白体"和以狭深为特征的晚唐体，就先于以学问化为重要特征的西昆体而流行于宋初诗坛。

西昆体在真宗朝出现并得以迅速产生广泛影响，与当时学术文化的日益繁荣和诗人知识积累的日益丰富有着密切关系。从宏观的方面来说，经过了太祖、太宗二朝的积累，到真宗朝时，学术文化建设已经较为完备，整个社会都表现出一种尚学之风。从微观的方面来说，一是西昆体诗人身处馆阁，有机会查阅大量的文化典籍，二是参与了各种书籍尤其是大型类书的编撰，这些都为他们学养的加深创造了条件。可以说，社会学术文化水平的普遍提高与尚学的社会风气的形成，是西昆体形成和产生广泛影响的现实基础，而大型类书《册府元龟》的撰修，则直接引发了西昆诗人之间的酬唱，成为西昆体产生的直接动因。

从诗歌学问化问题的角度来看，宋初的西昆体对学问的重视，在唐宋诗史转换的进程中迈出了第一步，是宋诗学问化的肇端。西昆体在宋初曾风靡一时，对宋代诗歌学问化创作倾向的形成和发展产生了极大影响。

二、西昆派诗人的学问修养与他们重视学问的诗学观念

西昆派中参与酬唱的诗人，大多参与了《册府元龟》的编撰工作，有着深厚广博的学问修养。翻检《宋史》之传志，对西昆体诗人几乎都冠以"博学"的评语。杨亿"天性颖悟，自幼及终，不离翰墨。文格雄健，才思敏捷，略不凝滞。对客谈笑，挥翰不辍……博览强记，尤长典章制度，时多取正"[1]。钱惟演"于书无所不读，家储文集伴秘府"，"博学能文词"[2]；陈越"少好学，尤精历代史，善属文，词气峻拔"[3]；杜镐"幼好学，博贯经史"、"博闻强记"[4]。西昆体诗人在文、史等方面也多有所建树，不少人有编撰、点校和著述学术著作的经历，除了参与《册府元龟》的修撰外，如杨亿还参与了《太宗实录》的编

---

① 脱脱等：《宋史》，中华书局 1977 年版，第 10083 页。
② 同上书，第 10342 页。
③ 同上书，第 13066 页。
④ 同上书，第 9877 页。

修，杜镐参与了《史记》的校对，钱惟演和杜镐参与了《三国志》的校勘，刁衎和丁逊一起雠校了两《汉书》。个人的著述，据《宋史·艺文志》著录，杨亿有《虢略集》七卷、《蓬山集》五十四卷、《武夷新编集》二十卷、《颖阴集》二十卷、《刀笔集》二十卷、《别集》十二卷、《汝阳杂编》二十卷、《銮坡遗札》十二卷。《宋史·钱惟演传》对钱惟演的著述情况做了说明："所著《典懿集》三十卷，又著《金坡遗事》、《飞白书叙录》、《逢辰录》、《奉藩书事》。"① 刘筠的著述有七集《册府应言》、《荣遇》、《禁林》、《肥川》、《中司》、《汝阴》、《三入玉堂》等。可见，西昆体诗人大多是学问广博、学有所长的学者，具有集官僚、学者和诗人于一体的复合性文化品格。

　　西昆体诗人非常重视主体的学养，并把它提到了修身、治国的高度加以强调。如钱惟演说："翰林学士备顾问，司典诰，于书一有所不观，何以称职？"② 又据《宋史·寇准传》载：张咏"闻准入相，谓其僚属曰：'寇公奇材，惜其学术不足耳。'"③ 从这正反两方面的材料，我们可以见出西昆体诗人以深造学问为能事之一斑。不仅如此，他们论作诗为文也十分重视学问；作为"西昆酬唱"的中心人物和西昆派最具影响力的作家，杨亿的诗学见解最具代表性："历览遗编，研味前作；挹其芳润，发于希慕"④，"予亦励精为学，抗心希古，其期漱先民之芳润，思覩作者之壸奥"⑤，这是他对自己的要求；"文辞英发，学术渊深"⑥，"博综文史，详练经术，词采奋发，学殖艰深"⑦，"遍讨百家之言，深穷六义之要，以为诗者，妙万物而为言也"⑧，这是他对时人的

　　① 脱脱等：《宋史》，中华书局1977年版，第10342页。

　　② 李焘：《续资治通鉴长编》，中华书局1979年版，第914页。

　　③ 脱脱等：《宋史》，中华书局1977年版，第9533页。

　　④ 杨亿：《西昆集序》，载《西昆酬唱集注》，王仲荦注，上海古籍出版社2001年版。

　　⑤ 杨亿：《武夷新集自序》，载《全宋文》第十四册，上海辞书出版社、安徽教育出版社2006年版，第375页。

　　⑥ 杨亿：《贺试中贤良启》，载《全宋文》第十四册，上海辞书出版社、安徽教育出版社2006年版，第354页。

　　⑦ 杨亿：《送进士陈在中序》，载《全宋文》第十四册，上海辞书出版社、安徽教育出版社2006年版，第354页。

　　⑧ 杨亿：《温州聂从事永嘉集序》，载《全宋文》第十四册，上海辞书出版社、安徽教育出版社2006年版，第379页。

称道。在诗学观念上，西昆派诗人对学问十分重视，他们博赡与精深的学养，必然会反映到创作中来，使得其诗歌也带有了浓重的书卷气息和强烈的学问化特征。

三、西昆体诗歌的学问化特征

西昆体诗歌的学问化特征主要表现在以下几个方面：

（一）用典以示学问

典故的运用，包括典故的选取、典故的多寡及典故运用的技巧，极能见出作者学养之深浅。西昆派诗人对李商隐的诗歌有着全面、深刻的认识，并标举向他学习，从总体风貌上表现出了对他的继承。从用典的角度来看，西昆派诗人的作风较李商隐有过之而无不及；多用典故是西昆体最显著的特征之一，其用典的特点大致表现在以下三个方面：

其一，用典博赡。《钦定四库全书总目·西昆酬唱集提要》云："其取材博赡，炼词精整，非学有根柢，亦不能熔铸变化，自名一家。"① 西昆体诗人多为学识渊博的学问家，他们遍读各类典籍，精熟各种语典与事典，因而驱遣典故入诗时，经史子集、志怪小说、类书笔记、道书佛藏，几乎无不涉及。如郑再时《西昆酬唱集笺注》对杨亿《受诏修书感事述怀三十韵》一诗所作的笺注，引书就达五十一种之多，其用典之博，亦可见一斑。

其二，用典绵密。西昆体诗人的诗歌，不仅无诗不用典，且几乎句句用典，铺排紧密。袁枚说："用事如用兵，愈多愈难。以汉高之雄略，而韩信只许其能用十万。可见部勒驱使，谈何容易！"② 诗歌用典愈多，其难度也就愈大，对诗人学养的要求也就愈高。纵观《西昆酬唱集》中的诗歌，鲜有不用典实者。昆体用典之绵密者，如杨亿《始皇》诗："衡石量书夜漏深，咸阳宫阙杳沉沉。沧波沃日虚鞭石，白刃凝霜枉铸金。万里长城穿地脉，八方驰道听车音。儒坑未冷骊山火，三月青烟绕翠岑。"八句诗前后紧密勾连，先以"衡石量书"写始皇之刚愎自用，

---

① 纪昀等：《钦定四库全书总目》，中华书局1997年版（整理本），第2610页。
② 袁枚：《随园诗话》，王英志点校，江苏古籍出版社2000年版，第122页。

后依次写了其鞭石、隳金、筑长城、修驰道、焚书坑儒等故事，一气写尽了秦始皇事迹，不着议论痕迹而自寓褒贬之情与盛衰之理，使用赋笔而无一句不用典故。

其三，多用僻典。与博赡相联系，西昆体的用典还体现出冷僻的特征。唐人之用典，多为熟典，大多不出经史诸子，且多采自类书，如虞世南的《北堂书钞》、徐坚的《初学记》等，皆为唐代诗歌创作的重要的材料"宝库"。李商隐诗歌的用典却颇为例外，喜用冷典僻典；西昆体学李商隐诗歌，连这也一并继承过来了。如杨亿《樱桃》诗："离宫时荐罢，乐府艳歌新。石髓凝秦洞，珠胎剖汉津。三桃聊并列，百果独先春。清御来君赐，雕盘助席珍。甘余应受和，圆极岂能神。楚客便羊酪，归期负紫莼。"首联用《乐府诗集》中"石季龙宠惑优僮郑樱桃"故事，点明所咏之物；次联上句用任昉《述异记》中载武陵源中石洞生乳水、食之可不死之传说，下句化用扬雄《羽猎赋》中"剖明耳之珠胎"句；第三联"三桃"句出潘岳《闲居赋》，"百果"句出于后梁宣帝《樱桃赋》；最后一联，上句用《世说新语》所载陆机与王武子论羊酪事，下句则用《晋书·张翰传》中张翰事。诗歌几乎句句用典，典源广泛，且呈现出冷僻的倾向。刘筠的和诗也是如此，如"赤水分珠树"典出《山海经》，"昭楚萍已剖"出于《说苑·辨物》，"韩嫣弹争投"则事出《西京杂记》，如此等等，皆为冷僻之典。

祖望之《西昆酬唱集跋》说："窃谓古今掊击西昆之论，层见叠出，要皆便于空疏不学之人，不知其精工律切之处，实可自名一家。"[1]在他看来，对西昆体诗歌持批评态度者，大多为空疏不学之人。西昆体诗人用典的博赡、绵密与冷僻，充分显示了他们学养之深厚。在创作中大量融入各类典故，这是他们诗歌学问化特征的表现形式之一。

（二）咏史以见学识

西昆体作家多作咏史诗。《西昆酬唱集》中有以《宣曲》、《南朝》、《汉武》、《旧将》、《明皇》、《始皇》、《宋玉》等为题的咏史诗三十多

---

① 杨亿等：《西昆酬唱集注》附录二，王仲荦注，上海古籍出版社 2001 年版，第 347 页。

首；这些诗歌多含有以史为鉴的意味。曾枣庄《论西昆体》说："《西昆集》中的咏史诗所咏皆国家大事，在诗歌的题材上堪称一变。"① 题材的变化也能充分说明西昆体诗人咏史意图的变化。他们当中，很多人有着参与修史的经历，具备了史家的批判精神和反思意识，常以理性的眼光看待历史与现实，并力图从历史中寻求可供借鉴的意义。他们将历史和现实结合起来所进行的思考，常常以咏史诗的形式表现出来。因此，对于他们来说，咏史诗极易见出其史识。

诗人的史识，可以通过有倾向性地选取具有相应的文化历史意蕴的典故比较含蓄地表现出来，也可通过议论来加以展现；与议论相联系，在西昆体诗歌里又形成了"征史以发议论"的特色。如杨亿《南朝》诗："五鼓端门漏滴稀，夜签声断翠华飞。繁星晓埭闻鸡度，细雨春场射雉归。步试金莲波溅袜，歌翻玉树涕沾衣。龙盘王气终三百，犹得澄澜对敞扉。"前三联杂陈南朝帝王的种种荒淫史实：五鼓夜漏、车驾晓发、北埭鸡鸣、春场射雉、金莲试步、歌翻《玉树》，尾联则以长江的亘古不变反衬金陵王气的有终，不议论而议论自在其中，不言理而理自在其中。再如钱惟演之《此夕》诗："曲琼斜挂影沉沉，火齐屏风六曲深。春瘦已宽连理带，夜长谁有辟寒金。珠抛月浦空涵泪，琴到兰堂漫寄心。碧玉可能攀贵德，阮郎追骑已骎骎。"此诗为和杨亿之作，作者的情感与认识，全是通过用典、并在用典的基础上以议论性的语句表现出来的。

在咏史诗中通过议论以表现诗人的史观与史识，也是西昆体诗歌学问化的重要特征之一。而其中所表现出来的重理倾向，有向其他各种不同题材渗透的趋势，因此，西昆体明显带有向有别于唐诗的真正意义上的宋诗过渡的痕迹。

（三）以文字为诗见学问

西昆体诗歌作为"更迭唱和，互相切劘"的产物，在创作的过程中包含有竞技诗艺、以学问相高的意味。在诗艺技巧层面，西昆体诗歌表现出在"文字"上见学问的特点。这一特点主要表现在用韵和对仗两

---

① 曾枣庄：《论西昆体》，高雄丽文文化事业股份有限公司1993年版，第76页。

个方面。

诗歌唱和，总体说来有和意与和韵两种形式。《西昆酬唱集》中，多有和韵之作；而和韵之作中多长篇排律，这就增加了写作的难度。如杨亿《受诏修书述怀感事三十韵》，足可以称之为长篇巨制，因和诗难度极大而只有刘筠勉力和了一首。在和韵这一点上，西昆体诗歌体现出因难见学的特点。

刘勰《文心雕龙》云："丽辞之体，凡有四对：言对为易，事对为难，反对为优，正对为劣……凡偶辞胸臆，言对所以为易也；征人之学，事对所以为难也。"① 之所以"言对为易，事对为难"，是因为事对更能够考验作者的学问。一般说来，言对只须考虑如何巧妙地安排文字来构成对仗，限制相对较少，而事对则须考虑故实与文字的结合以构成对仗，受到的限制相对较多。西昆体诗歌大多能够做到对仗工稳，这已经很难得了，更为难得的是即使在长篇排律中，也常常可以见到通篇的对仗；尤其是多用事对者，更是体现了诗人学养的深厚。

通过上面的简略分析，可以得出这样一个结论：西昆体诗人学识广博，他们的诗歌也表现出极强的学问化特征，堪称宋代学人之诗的最初典范。翁方纲《石洲诗话》说："宋初之'西昆'，犹唐初之'齐梁'。宋初之'馆阁'，犹唐初之'沈宋'也。开启大路，正要如此。"② 翁氏论诗、作诗都极重学问，他也清楚地看出了西昆体诗歌的学问化特征，对独特的宋诗风格的形成具有导夫先路的作用。从这个意义上说，西昆体流行的时期可以称之为宋调的发轫期。

第三节 新变派与王安石诗歌：宋诗学问化的发展

一、以欧阳修为代表的新变派诗歌的学问化创作倾向

西昆体的出现，从学问化的角度影响到了宋型诗的构建。在宋调的

---

① 刘勰：《文心雕龙注》，范文澜注，人民文学出版社1958年版，第588—589页。
② 翁方纲：《石洲诗话》，陈迩冬校点，人民文学出版社1981年版，第81页。

初创期，欧阳修、梅尧臣等人，从根本上反对甚至否定西昆体典丽堆砌的诗风，主张平易诗风，具有较强的创新精神。相对于前人的诗歌创作，他们的诗歌具备了较多的新变特征，可以称之为新变派。但在追求宋诗自立的努力中，他们并没有放弃西昆体以学问为诗的做法，在一定程度上也凭借自己的学养来进行创作，在诗歌中揉进了一些学问因素，将以学问为诗作为创新的手段之一，拓展了诗歌中学问的广度与深度。相对于西昆体，新变派拓展了诗歌学问化的空间。

欧阳修作为宋代真正意义上的第一位学术大师级的诗人，其学识广博、学养深厚，长于学术文章，尤通经史之学，在北宋学术思想转变的过程中，起到了重要作用，为庆历新学风的主要代表。他以自己较完整的诗文理论和突出的创作成就，开启了宋代诗文革新运动的序幕，为宋代的诗文发展指明了方向。从诗歌学问化的角度来看，欧阳修广博精深的学问修养、对韩愈与西昆派的接受及其学古以创新的艺术精神，是他能够领导北宋的诗歌革新运动、成为宋调的主要奠基者之一的根本原因。其诗歌有着较鲜明的学问化特征，主要表现在以下几个方面：

（一）以典故入诗

欧阳修论诗虽然讲究平易，但他也并不反对在诗歌中运用典故。在他看来，西昆体诗歌中有大量虽用故事而又不失为佳句者。他之所以批评西昆体，主要原因在于西昆派诗歌对时人与后代的诗歌产生了不良影响，即学者学其"多用故事"而专注于事典的使用，一味地求僻求偏，以"至于语僻难晓"。实际上，欧阳修也写出了不少精于用典的诗歌。如其《小圃》诗云：

> 桂树鸳鸯起，兰苕翡翠翔。风高丝引絮，雨罢叶生光。蝶粉花沾紫，蜂茸露湿黄。愁醒与消渴，容易为春伤。

作为咏物诗，诗歌体物精细，从题材到意象、到词句的锻炼，都具有胎息于西昆体的痕迹。诗歌多处用典，且表现出了高超的技巧。如"兰苕"句化用晋代郭璞《游仙诗》中的诗句"翡翠戏兰苕，容色更相辉"；"愁醒"语则出自《诗经·小雅·节南山》中"忧心如醒"句，皆善于点化而不露痕迹。尤其显得巧妙的是"消渴"这一典故的使用，"消渴"典出《史记·司马相如列传》："相如口吃而善著书，常有消渴疾。"诗人借此典故点明自己体弱多病的文人身份，更是自然贴切，如盐入水，了无痕迹。较之西昆体诗歌往往单纯为了用典而用典所显示出的雕琢刻露，欧阳修的诗歌在用典的技巧上有了很大的提升，能使典故较好地为自己的表达服务，达到典故与诗情自然的结合；因此，诗歌虽胎息于西昆而又精胜之。

欧诗之用典，在其酬唱赠答、联句及一些游戏之作中表现得尤为突出，大有矜炫其学问之渊博的意味。联句诗如与陆经之《冬夕小斋联句寄梅圣俞》、与范仲淹、滕宗谅之《剑联句》、《鹤联句》等，均为典故密布之作。而其游戏之作如《数诗》：

> 一室曾何扫，居闲俗虑平。二毛经节变，青鉴不须惊。三复磨圭戒，深防悔吝生。四愁宁敢拟，高咏且陶情。五鼎期君禄，无思死必烹。六奇还自秘，海寓正休兵。七日南山雾，彪文幸有成。八门当鼓翼，凌厉指霄程。九德方居位，皇猷日月明。十朋如可问，从此卜嘉亨。

诗人以顺嵌法与联首法将十个数字镶嵌于诗中，且句句用典，极具游戏的性质。这一类的诗歌，创作的难度极大，诗人非有深厚的学问修养不能作出。从内容上来看，大多别无深意，使事用典往往也单单是为了显示学问。

欧阳修诗歌对词语选用，有时也极为讲究来历和出处。如《鹦鹉螺》诗，"刳肠"语出《庄子·外物》，"浓沙"语出《本草》，"陇鸟"出祢衡《鹦鹉赋》："惟西域之灵鸟兮，挺自然之奇姿。"李善注："西域，谓陇坻，出此鸟也。""娥眉"出《诗经·卫风·硕人》，"含浆"则出《尔雅·释鱼》，用字用词，皆是有所本而出。又如《奉答子华学士安抚江南见寄之作》中，"阴拱"、"隳颓"、"蚩蚩"、"宽猛相济"、"蠹弊"、"闵闵"、"玉音"等词语，分别出自《汉书·英布传》、白居易《短歌行》其一、《诗经·卫风·氓》、《左传·召公二十年》、陈子昂《上蜀川安危事》其三、《左传·召公十三年》、司马相如《长门赋》

等诗文，都是具有来历和出处的词语。

（二）以议论言理

欧阳修具有极强的理性精神，这首先表现在他治经的态度和作风中。在治经的实践中，他疑经惑传而不为成说所囿，几乎对所有的儒家经典都持怀疑的态度。欧阳修引领了时代学术的潮流，开创了以讲明义理为旨归的宋代新学风。叶适云："以经为正，而不汩于章读笺诂，此欧阳氏读书法也。"① 面对前人的解经观点，他不固守传统的章句义疏之说，表现出批判怀疑的理性态度；但其批判与怀疑，并非妄出己说，刻意求新以出惊人之论，而是必质之以旧说，揆之以人情物理，以求得六经之本义。所以他在《〈诗谱〉补亡后序》中说："苟非详其终始而抵牾，质于圣人而悖理害经之甚，有不得已而后改易者，何必徒为异论以相訾也？"② 他的做法是，在尊重传统的原则下，对旧说加以反省，采择其中的合理之处，摒弃先儒注疏之说中不合经旨、互相矛盾的部分，并融入自己的见解，对经典作出合乎经义的阐释。正是基于这种疑古的精神，欧阳修主张直接从经文出发来探求六经的原旨。在他看来，"六经之所载，皆人事之切于世者"③，认为六经中所讲的道理，是既合于人情且切于事理的。因此他对六经之旨的探求，极为重要的一个方面就是要探求六经所包含的自然和人事之理。如《周易》中所包含的阴阳变化、祸福消长的道理，既可用来推知人与自然的关系，也可用来察知人事。同时，欧阳修主张师法儒家"六经"，但他是从自己所理解的儒家之"道"出发来解读儒学经典的，特别强调通经致用，因此，他不为解经而解经，而是希望通过对经义的阐发，充分发挥其补世的功能，引导学者去关注现实，揭发社会弊端乃至解决现实中的各种问题。

欧阳修的理性精神，还表现于他治史的学术活动中。与其经学研究一样，欧阳修在史学研究中也表现出了疑古创新的精神。与通经致用的经学思想相联系，其治史的根本目的在于"知古明道"，强调史学的研

---

① 叶适：《习学记言序目》卷四十七，中华书局 1977 年版，第 703 页。
② 欧阳修：《欧阳修集编年笺注》（三），李之亮笺注，巴蜀书社 2007 年版，第 134 页。
③ 同上书，第 259 页。

究，也要着眼于"用"。因此，从现实的借鉴作用出发，欧阳修在治史活动中，多有反复论述、总结古今治乱盛衰之理者。他的史学著作，在记述历史的同时，强调运用"春秋笔法"来评定历史，且多有改史从论的做法，用以表明自己的政治主张和见解。如他撰《新五代史》写了五十多篇序和论，后奉敕参修《新唐书》本纪、志、表三部分，又写了序、赞等二十余篇。这些序、论、赞，所涉的内容非常广泛，其中不乏观点深刻、说理充分的篇章，表现了他史学说理议论的专长。

清人沈德潜说："有第一等襟抱，第一等学识，斯有第一等真诗。如太空之中，不着一点；如星宿之海，万源涌出；如土膏既厚，春雷一动，万物发生。"① 这"第一等襟抱"、"第一等学识"，实有待于诗人胸中有所蕴积，有赖于诗人经史之学的学问修养。诗人须襟抱阔大、学识渊博，方能作出"第一等真诗"。从本质上说，欧阳修的经史之学与其文学是作为一个整体而存在的，或者说，欧阳修的经史之学尤其是经学的观点，对其文学观念和文学创作产生了重要影响；他修史治经过程中所形成的观点与见解，必然要贯彻、渗入其文学理论与创作实践中去。所以，欧阳修在创作过程中引学入诗，或者以治学的方法来作诗，使其诗歌也部分地承担起经、史的任务，这也是情理之中的事情。

欧阳修在学术研治中所表现出来的理性精神，影响到他的诗歌创作，最鲜明的表现就是以诗言理，即通过议论来表现自己对宇宙自然、社会人生的万事万物进行探索的过程中所获得深刻识见。这使得他的诗歌如同经史之学一样，也表现出了较强的理性精神。

传统的文学观以"缘情"与"言志"作为诗歌的本质，因而抒情诗也就成为中国文学传统的典范。宋诗重理主意，其创作实践（在诗歌中发议论、讲道理）也证明，与意和理的关联，并不妨碍诗歌成为好的作品。宋诗以议论言理作为重要的创变手段来取得对传统的突破，从而获得了与唐诗争一席之地的资格。重理主意、以议论为诗作为宋诗的一个鲜明特征，这风气正是由欧阳修首开的。

欧阳修诗歌精于议论说理，朱熹就曾经赞誉道："欧公文字，锋刃

① 叶燮、薛雪、沈德潜：《原诗　一瓢诗话　说诗晬语》，霍松林校注，人民文学出版社1979年版，第187页。

利，文字好，议论亦好。"① 欧阳修在古文运动中提出了"明道致用"的口号，这是针对宋初浮靡险怪的文风而发的。所谓"明道致用"，即强调文学要体现人情事物本身的自然之理，要体现儒家的道德原则，强调文学要具有褒贬善恶、社会教化的作用；这与其经史之学的现实关怀是一致的。因此，我们可以看到，着眼于对现实的关怀，欧阳修诗歌的言理首先表现为用诗来批评时弊、议论朝政。如其《答杨辟喜雨长句》云：

> 吾闻阴阳在天地，升降上下无时穷。环回不得不差失，所以岁时常无丰。古之为政知若此，均节收敛勤人功。三年必有一年食，九岁常备三岁凶。纵令水旱或时遇，以多补少能相通。今者吏愚不善政，民亦游惰离于农。军国赋敛急星火，兼并奉养过王公。终年之耕幸一熟，聚而耗者多于蜂。是以比岁屡登稔，然而民室常虚空。遂令一时暂不雨，辄以困急号天翁。赖天闵民不责吏，甘泽流布何其浓。农当勉力吏当愧，敢不酌酒浇神龙！

欧阳修步入仕途，是北宋比较稳定的时期，但也是国家的各种积弊日益显现的时期，因而如何澄清吏治、去除积弊、解除民困等一系列问题都成为了饱读经史、具有极强责任感的欧阳修所思考和探讨的重要课题。在他看来，岁时无常丰，积谷以防饥荒，乃为当政者应尽职责。可是如今的"吏愚"，既不考虑劝农务本，又不体恤百姓疾苦，一旦丰收而又聚敛无度，"聚而耗者多于蜂"，虽连年丰收而"民室常虚空"，一遇荒歉"辄以困急号天翁"。全篇以议论为诗，阐发了备荒的重要性，揭露了朝廷的弊政，斥责了兼并者的巧取豪夺，体现了诗人劝农务本、节用爱民、改革吏治的思想。而稍后写的政论文《原弊》，也具体而微、深刻尖而锐地谈到了这些问题："农者，天下之本也，而王政所由起也，古之为国者未尝敢忽。而今之为吏者不然，簿书听断而已矣。闻有道农之事，则相与笑之曰鄙。夫知赋敛移用之为急，不知务农为先

---

① 朱熹：《朱子语类》，黎靖德编，中华书局 1986 年版，第 3309 页。

者，是未原为政之本末也。知务农而不知节用以爱农，是未尽务农之方也。"① 文章把"务农"与"节用"联系起来，尤其是把"冗兵"与农村凋敝、国家财用匮乏的内在联系揭示出来，并指出了"诱民"、"兼并"、"力役"三大时弊。两相对照，当可看出诗歌为《原弊》的浓缩版。又如其《奉答子华学士安抚江南见寄之作》诗："百姓病已久，一言难遽陈。良医将治之，必究病所因。天下久无事，人情贵因循。优游以为高，宽纵以为仁。今日废其小，皆谓不足论。明日坏其大，又云力难振……"黄震《黄日诗钞》云："《答子华安抚》诗，指陈治道之要者也。"② 诗歌纯为议论，针对庆历新政失败后政治上弊端累累的现实，提出了自己的观点，认为必须全面改革，而首要的问题是澄清吏治，任贤去不肖，且须坚决果敢，不能犹豫不决。这些思想，诗人在《本论上》、《论包拯除三司使上书》等政论文中也都反复阐发过。

其次，欧阳修诗歌的议论言理表现在其写景咏物诗中，在原本以抒情为主要元素的诗歌中注入了更多的议论成分。其写景诗如其《题滁州醉翁亭》：

四十未为老，醉翁偶题篇。醉中遗万物，岂复记吾年。但爱亭下水，来从乱峰间。声如自空落，泻向两檐前。流入岩下溪，幽泉助涓涓。响不乱人语，其清非管弦。岂不美丝竹，丝竹不胜繁。所以屡携酒，远步就潺湲。野鸟窥我醉，溪云留我眠。山花徒能笑，不解与我言。惟有岩风来，吹我还醒然。

这是一首描绘滁州山水之美的景物诗。诗人在表达乐而不返、醉而忘归的心情的同时，也融入了自己的人生思考，借自然风景来议论人生，阐发对人生的深刻认识。其《暮春有感》、《远村》等，皆属此类作品，亦于山水风景中寄寓了诗人的哲理情思。

欧阳修的很多咏物诗，在托物言情的同时，也揉进了议论说理的成

---

① 欧阳修：《欧阳修集编年笺注》（四），李之亮笺注，巴蜀书社 2007 年版，第 61 页。
② 黄震：《黄氏日钞》，载文津阁《四库全书》第 235 册，商务印书馆 2005 年版，第 457 页。

分，蕴含着深刻的哲理内涵，显示出了较强的理性色彩。如其《橄榄》诗云：

> 五行居四时，维火盛南讹。炎焦陵木气，橄榄得之多。酸苦不相入，初争久方和。霜苞入中州，万里来江波。幸登君子席，得与众果罗。中州众果佳，珠圆玉光瑳。愧兹微陋质，以远不见诃。饧饴儿女甜，遗味久则那？良药不甘口，厥功见沉疴。忠言初厌之，事至悔若何？世已无采诗，诗成为君哦。

诗歌从橄榄的产地等方面入手，先写其秋熟以后经水程万里运到中原，与其他果品罗列在一起；然后重点写了其外形与味道：貌不出众，初食酸苦，但遗味甘甜无穷。并由此而引发出议论："良药不甘口，厥功见沉疴。忠言初厌之，事至悔若何？"从橄榄入口的先苦后甘，想到了良药苦口、忠言逆耳，却为人所厌，而厌者最后只能徒然追悔。再如其《寄生槐》诗，透过凡木槐树寄生于凌云桧柏枝上的自然现象，生发出"偷生由附托，得势争葱蒨"、"剪除初非难，长养遂成患"、"惟当审斤斧，去恶无伤善"等议论。诗中的这些议论，加强并凸显了诗歌的哲理内涵，其背后所体现的是这个时代理性精神的日益彰显。

再次，欧诗议论言理还表现于其咏史诗中。翻检欧阳修诗集，计有《颜跖》、《唐崇徽公主手痕和韩内翰》、《和王介甫明妃曲二首》和《明妃小引》五首咏史诗，这些诗歌都表现出了欧阳修独到深刻的史识。其中，《唐崇徽公主手痕和韩内翰》和《和王介甫明妃曲二首》，亦均以议论见长，是欧阳修咏史诗中议论奇警、情韵俱备的佳篇。如《再和明妃曲》诗云：

> 汉宫有佳人，天子初未识。一朝随汉使，远嫁单于国。绝色天下无，一失难再得。虽能杀画工，于事竟何益。耳目所及尚如此，万里安能制夷狄！汉计诚已拙，女色难自夸。明妃去时泪，洒向枝上花。狂风日暮起，飘泊落谁家。红颜胜人多薄命，莫怨春风当自嗟。

　　此为欧阳修和王安石《明妃曲二首》所作的第二首和诗。诗歌首六句叙明妃未为天子所识而远嫁匈奴之史实，次六句为议论，后六句则以描写和抒情的笔调表达了对明妃的同情之意，全诗融叙述、议论、描写和抒情为一体。而其中的议论，都能够做到新警而不落窠臼，发人深思，实为诗歌不可或缺的组成部分；"耳目所及尚如此，万里安能制夷狄"两句，尤能做到"切中膏肓"①，堪为全诗的点睛之笔。诗歌不仅翻了画工之案，且将批判的锋芒直指汉元帝；联系北宋时期边患堪忧的状况，似乎也不难看出诗歌的议论具有现实的针对性。《唐崇徽公主手痕和韩内翰》一诗，其颈联"玉颜自古为身累，肉食何人与国谋"，亦以议论入诗，言崇徽公主为和亲而远嫁回纥，高官厚禄者却无人真正为国家和民族的命运操心，亦是针对现实而发。朱熹曾称赞这首诗说："以诗言之，第一等诗；以议论言之，第一等议论。"②独具只眼地揭示出了诗作议论言理的特点。欧阳修着眼于现实，在其咏史诗中发出了精警的议论，表现了卓越的史识，表达了对现实的关怀，成为了北宋时期咏史成就极高的诗人，这与他作为一位精研经史之学的学者的身份是分不开的。

　　总体说来，欧阳修诗歌中的议论说理，体现了作者对自然、社会、历史和人生的深邃思考，这些思考往往与当时的政治形势、作者的身世遭遇紧密联系在一起；同时，这些议论和说理是以诗人深厚的经史学根底为基础的，或者说是与其经史之学的理性精神、议论风气及"致用"的现实关怀分不开的，因此，虽议论而不显浅薄，虽说理而不显枯燥，在议论言理中蕴含着诗人凝练的情感。正是如此，欧阳修诗歌的议论说理，为宋诗指明了一个新的发展方向。

（三）以诗论学

　　欧阳修作为宋代著名的学者，一生致力于宋代学术文化的建设；他的许多学术见解，在诗歌中都有所体现，或者说，我们可以从欧阳修的

---

　　①　蔡正孙：《诗林广记》后集卷一引钱晋斋语，中华书局 1982 年版，第 189 页。
　　②　蔡正孙：《诗林广记》后集卷一引《朱文公语录》，中华书局 1982 年版，第 200—201 页。

诗歌中见出其学术的基本取向。

欧阳修极力排斥佛老之学，以醇儒的身份致力于儒家新道统与新士风的构建，他的学术思想在这一过程中起到了极为重要的作用。重振士风，其出发点在于人，最终的落脚点也在于人，因此，欧阳修十分重视伦理人事，其所进行的学术活动，在很大程度上为宋人澄清了是非善恶的标准，并由此而影响有宋一代的士风。

欧阳修用诗歌阐发儒家义理，对人伦是非表现出了极大的关注。如其《颜跖》一诗，将颜渊、盗跖两人生前遭遇及死后荣辱的对比，善者如颜渊，生前虽所得甚少（贫困、寿短），死后却所得甚多（名垂千古）；恶者如盗跖，生前虽所得甚多（富足、寿延），死后却一无所得（徒留骂名）。"生死得失间，较量谁重轻。善恶理如此，毋尤天不平。"孰长孰短，孰是孰非，昭然已揭，人伦善恶之标准，于此也斑斑可见。

从客观上说，颜子之善与盗跖之恶，只不过是人的外在表征；而这种外在的表征，则是由诸多的主客观因素所决定的。在这诸多的因素中，人本性的善恶是根本性的决定因素。出于劝恶从善的目的，中国古代许多学者很早就开始研究人性的善恶问题，并一直延续了下来。儒家创始人孔子认为人的本性相近，没有太大的差别，只是在后天的经历中才逐渐拉开了距离；而到了战国时代，孟子和荀子则针锋相对地提出了性善论与性恶论，他们的观点在儒学内部产生了很大影响，为历代治儒学者所争论不休。欧阳修对人性善恶问题的也有所探讨，并在其诗歌中有所表现。如上文所提到的《寄生槐》一诗，分别以桧和槐来比喻人所禀赋的善、恶之质，倡言当恶质萌芽之初，就当"剿绝须明断"，否则会"长养遂成患"以致淹没、扼杀其固有的善质。并且在将其"剿绝"时还应该要注意："惟当审斤斧，去恶无伤善。"非常明显，诗人是在阐说其基于儒家立场的性善与性恶学说。又如其《鸣鸠》诗，以"鸣鸠"起兴，由鸟的自然习性而推及人心之善恶；《庭前两好树》之"君子固有常，小人多变态"，脱意于《论语·述而》之"君子坦荡荡，小人长戚戚"句，亦是以诗歌来揭示人性之善恶。

欧阳修还常常以诗歌形式来阐发他在学术上的一些基本认识。如《读书》一诗就非常明确地阐明了其基本的经学见解，其中有诗句云："正经首唐虞，伪说起秦汉。篇章异句读，解诂及笺传。是非自相攻，去取在勇断。"这些诗句阐明了他对经学现状的基本认识，认为儒家经典始自《尚书》中的《尧典》与《舜典》，而秦汉以来的笺传注解真伪互存，多附会之说，且往往多自相矛盾。而经数传之后，学者各自为据，伪说漫滋，是非混淆，句读、训解互有歧义，舛错太甚者所在皆是。在这样的认识基础上，他提出了研读经书的方法与原则，认为面对先儒对经书的各种不同解释，不能为其所惑，一定要有自己的见解，要富于理性精神和创新意识，做到勇断是非。再如其《送黎生下第还蜀》诗云：

> 《黍离》不复雅，孔子修《春秋》。扶王贬吴楚，大法加诸侯。妄儒泥于鲁，甚者云黜周。大旨既已矣，安能讨源流？遂令学者迷，异说相交钩。黎生西南秀，挟策来东游。有司不见采，春霜滑归辀。自云喜三传，力欲探微幽。凡学患不强，苟至将焉廋。圣言简且直，慎勿迂其求。经通道自明，下笔如戈矛。一败不足恤，后功掩前羞。

此为黎生下第以后，诗人晓谕他如何学习经义的诗歌，也是作者对自己研习《春秋》的经验的总结。孔子修《春秋》，许多后学者误解了其本意而妄解经义，有人将《春秋》视为鲁国一国之史书，更有甚者，以为《春秋》尊鲁而贬周，以致连其根本的大旨都被歪曲了。各种学说交错混淆，令学者迷惑难解，更谈不上探求本义了。实际上，圣人所制定的经义，其道理是简易而明了的，因此学者只需从经文本身去探求大义，如果过于依赖甚至沉迷于笺传注解，那未免是舍本逐末的做法了。诗歌所体现的观点与作者的《春秋论》、《春秋或问》等经学著作中的观点如出一辙。

欧阳修还以诗歌的形式表现了他其他一些方面的学术见解，如《酬学诗僧惟晤》为劝僧人惟晤弃佛归儒之作，表现出毁佛尊儒的意识，我们也可以从中看出诗人的学术取向。而其在《和圣俞李侯家鸭脚子》诗中说："惟当记其始，后世知来由。是亦史官法，岂徒续君讴？"则又清楚地表现出了其诗、史相通的诗学意识。

（四）以诗学入诗

欧阳修能够在诗歌创作上取得重大成就并对宋诗的发展产生巨大影响，是与其进步的诗学观和创新的诗学意识分不开的。欧阳修常以诗歌的形式来评价、议论古今诗人及其诗作，表现自己的诗学主张，这似乎比他的《六一诗话》更富于理论的色彩。在欧阳修的诗歌中，有一些以诗论诗的作品，对古今诗人如韩愈、孟郊、梅尧臣、苏舜钦、石曼卿等诗人及其诗歌创作进行了评论，既有具体而微的分析，又有切中肯綮的评价，表现了其精深独到的诗学见解，具有理论的深度。如其《梅主簿》诗云：

> 圣俞翘楚才，乃是东南秀。玉山高岑岑，映我觉形陋。《离骚》喻香草，诗人识鸟兽。城中争拥鼻，欲学不能就。平日礼文贤，宁久滞奔走。

作为与梅尧臣过从甚密的诗友，欧阳修不但对梅尧臣诗歌风格的发展有着敏锐的感知，而且注意从他的创作实践中总结出相关的经验，形成具有普遍指导意义分诗学理论。这首诗称赞了梅尧臣才华的出众，尤其对他的诗歌赞赏有加，指出他善于继承《风》、《骚》的比兴传统的特点。又如其《水谷夜行寄子美圣俞》一诗，对比评论了苏舜钦与梅尧臣的诗歌风格：

> 子美气尤雄，万窍号一噫。有时肆颠狂，醉墨洒滂沛。譬如千里马，已发不可杀。盈前尽珠玑，一一难拣汰。梅翁事清切，石齿漱寒濑。作诗三十年，视我犹后辈。文词愈清新，心意难老大。譬如妖韶女，老自有余态。近诗尤古硬，咀嚼苦难嘬。初食如橄榄，真味久愈在。苏豪以气轹，举世徒惊骇。梅穷独我知，古货今难卖。

这是高屋建瓴式的、极富创见精神的典型的诗学批评。欧阳修对苏、欧两人诗歌风格有着深切的体认，认为苏诗超迈横绝而梅诗深远闲淡，并且肯定了他们诗歌中体现出的新风貌。尤其是这种认识出现在宋初诗人跳不出唐人圈子之时，对二人的标举，更是显示了欧阳修重视创新的诗学意识。梅诗于清新之中不失摇曳之余态，其"古硬"的特色更富于审美的韵味，读之如食橄榄，苦涩之后细细品味方得其隽永之味。究其实质，此"清新古硬"乃北宋诗文复古运动中借古以创新的表现之一端，既能准确揭示梅尧臣这位宋诗的"开山祖师"诗歌的风格特点，也表现了欧阳修自己的诗学倾向与诗学主张，兼有实践与理论的双重意义。

此外，欧阳修还有一些诗歌，如《读蟠桃诗寄子美》、《再和圣俞见寄》、《和刘原父澄心纸》、《盘车图》等，也都表现了诗人的诗学见解。如《盘车图》诗云："古画画意不画形，梅诗咏物无隐情。忘形得意知者寡，不若见诗如见画。"以画喻诗，表现了重意的诗学观；《寄圣俞》、《再和圣俞见寄》等诗则表现了欧阳修"诗穷而后工"的诗学思想；《读蟠桃诗寄子美》、《和刘原父澄心纸》则强调诗人要有博古通今的学问涵养。这些都是欧阳修以诗学入诗的学问化创作倾向的表现。

（五）摹仿前人诗歌体式与气格

欧阳修诗歌的学问化特征还表现在他对前人诗歌体式和格调的摹仿上。欧阳修在学术上以韩愈为典范重建宋代的道统，在文学创作上，他也以韩愈为自己的榜样。欧阳修领导的诗歌革新，完成了对宋诗议论化、散文化特征的初步建构，应该说，这也是与韩愈诗歌的典范作用分不开的。严羽说："国初之诗尚沿袭唐人……欧阳公学韩退之古诗。"[①]欧阳修继承韩愈的诗歌风格，在宋诗脱胎唐音、确立独具风貌的"宋调"的诗史转折过程中起到了关键性的作用。

欧阳修继承韩诗的风格，其实质是对以韩愈为领袖和代表的韩孟诗派诗歌风格特征的接受，力图以韩孟的雄豪劲健来矫正西昆体浮华柔弱的诗风。他对韩孟诗派诗风的接受，其中就包含对其诗歌体式与格调的摹仿。关于欧阳修对韩愈诗歌的摹仿，邵博《邵氏闻见后录》卷十八有这样一段记载：

---

① 严羽：《沧浪诗话校释》，郭绍虞校释，人民文学出版社 1983 年版，第 26 页。

刘中原父望欧阳公稍后出，同为昭陵侍臣，其学问文章，势不相下，然相乐也。欧阳公喜韩退之文，皆成诵。中原父戏以为"韩文究"，每戏曰："永叔于韩文，有公取，有窃取，窃取者无数，公取者粗可数。"①

如果粗加区分的话，这里所谓的"公取"，就是对韩愈诗歌诸如题材、句式、体式等较为显在的方面加以借鉴与仿效，而"窃取"则是在把握韩诗内质的基础上，从包括气格在内的具有内容与风格意义一些方面对韩诗加以摹仿，体现出与韩诗风格特征乃至精神实质的一致性。对韩愈诗歌体式的摹仿，我们单从一些诗歌的标题就可以看出，如《拟孟郊体秋怀》、《弹琴效贾岛体》、《拟玉台体七首》、《效李长吉体》、《刑部看竹效孟郊体》、《栾城遇风效韩孟联句体》等，这些诗歌在体式上都与韩孟等人的诗歌比较接近。吴之振《宋诗钞》云："其诗如昌黎，以气格为主。昌黎时出排奡之句，文忠一归之于敷愉，略与其文相似也。"② 欧阳修诗如《巩县初见黄河》，全诗长达 70 句，以赋法铺陈，全用单行散句，想象宏奇，议论风发，气格恢弘，极似韩愈。《庐山高赠同年刘中允归南康》一诗，更具有代表性。诗歌主要描写庐山风景，雄奇壮阔，变幻莫测，气势磅礴，大气包举，亦颇具韩诗之气格；多单行散句，句式长短错落；押险韵，且一韵到底，又于其间大发议论，点缀些奇僻之字，因难而见学，直可追攀韩愈。

作为庆历文坛的盟主，欧阳修具有极强的文学结盟意识，在他周围团结了以梅尧臣、苏舜钦等为代表的同时代的一批诗人，形成了一股诗文革新的力量。尽管他们的诗歌都具有独特的个性特征，但作为欧阳修诗歌革新运动的辅翼，或者说同为诗歌改革浪潮中的核心人物，梅尧臣、苏舜钦在学术思想倾向、诗学主张及审美情趣上，与欧阳修也有着某种程度的一致性，在诗歌风格上也表现出了一定程度的趋同；这种趋同性或者可以称之为新变派这一诗歌群体的群体特征。他们的群体特征，表现出了较多的不同于传统诗歌的特质，开启了宋代诗歌的新风

---

① 邵博：《邵氏闻见后录》，中华书局 1983 年版，第 140 页。
② 吴之振等：《宋诗钞》，中华书局 1986 年版，第 316 页。

格，奠定了宋代诗歌的基本面貌，在宋调成型的过程中具有划时代的意义。新变派诗歌的群体特征中的新质，有极大一部分是由学问因素的渗入而形成的；同欧阳修一样，梅尧臣与苏舜钦的诗歌也表现出较鲜明的学问化倾向。

刘克庄云："本朝诗，惟宛陵为开山祖师。宛陵出，然后桑濮之哇淫稍息，风雅之气脉复续，其功不在欧、尹之下。"① 清人叶燮也指出："开宋诗一代之面目者，始于梅尧臣、苏舜钦二人。"② 钱基博说："由修而拗怒，则为黄庭坚，为陈师道；由修而舒坦，则为苏轼，为陆游。诗之由唐而宋，惟修管其枢也。"③ 欧、梅、苏等人，上承韩孟，下接西昆，吸收了其诗歌中的"新质"，并加以创造性的运用，以极高的创作成就奠定了他们在两宋诗坛的地位；而对学问因素的重视，则使他们的诗歌表现出较为鲜明的学问化倾向，对宋诗创辟以学问化为主要特征的一代之独特风貌产生了重大影响。

二、王安石诗歌的学问化特征

王安石著述宏富，文学成就颇高，是宋代兼具学者与诗人身份的典型作家之一。就文学创作而言，他继承了欧阳修、梅尧臣等人所倡导的革新运动，巩固并发展了他们所取得的成果。相对于欧、梅等人，王安石诗歌的创作手法和风格特征，都有了较大程度的变化，学问化特征也更为鲜明，与典型的、独具面目的宋诗更接近了一步。

王安石的很多诗歌具有较大的学问含量，在宋人读来已有障碍，因而本朝即已有李壁为之作注，目为《王荆文公诗笺注》，为诗歌史上被本朝注家作注的第一位诗人。

作为北宋著名的学者，王安石读书甚多，他着眼于儒家经典的研治，对各家的思想学说，均能做到博观约取，获得了广博的知识与深厚的学问。其诗歌所表现出的鲜明的学问化特征，是他深厚的学问修养自然外化的鲜明表现。王安石诗歌的学问化特征主要表现在以下几个

---

① 刘克庄：《后村诗话》，王秀梅点校，中华书局1983年版，第22页。

② 叶燮、薛雪、沈德潜：《原诗 一瓢诗话 说诗晬语》，霍松林校注，人民文学出版社1979年版，第67页。

③ 钱基博：《中国文学史》，中华书局1993年版，第520页。

方面：

（一）用典博赡深僻，用语讲究来历

王安石对书本知识有着特殊的偏好，常常将书本知识融入到诗歌的创作中去，表现出了极强的学问化倾向："他的诗往往是搬弄词汇和典故的游戏、测验学问的考题；借典故来讲当前的事情，把不经见而有出处的或者看来新鲜而实古旧的词藻来代替常用的语言。"① 以典故词藻的"来头愈大"和"出处愈僻"来显示他的学问功夫。

王安石诗歌中的典故，不仅数量颇多，且典源广泛，来自经史子集各部的书籍及佛典道藏，表现出了既博且僻的特点。如其《赋枣》诗云：

> 种桃昔所传，种枣予所欲。在实为美果，论材又良木。馀甘入邻家，尚得馋妇逐。况余秋盘中，快啖取餍足。风苞堕朱缯，日颗皱红玉。贽享古已然，龂诗自宜录。缅怀青齐间，万树荫平陆。谁云食之昏，匪知乃成俗。广庭筋圣寿，以此参肴薤。愿此赤心投，皇明倘予烛。

全诗共十韵，据李壁《王荆文公诗笺注》注，用典达十六处之多，铺排典事，几乎句句用典，表现出了密与博的特征。又如其《次前韵寄德逢》一诗就三用佛典："如输浮幢海"出自《华严经》，"灭火十八隔"事出《佛书》，"如日照东壁"事、语皆出《涅槃经》，可以见出其诗用典密、僻的特点。

王安石还从理论上总结了诗歌用典的经验。《蔡宽夫诗话》引王安石语云："诗家病使事太多，盖皆取其与题合者类之，如此乃是编事，虽工何益？若能自出己意，借事以相发明，情态毕出，则用事虽多，亦何所妨。"② 王安石提出了用事的准则，认为"用事"不能拘泥于典故的原初义，而要能找到典故与所咏之意的非必然联系，做到旧典用新，

① 钱锺书：《宋诗选注》，人民文学出版社 1989 年版，第 41 页。
② 蔡天启：《蔡宽夫诗话》，载郭绍虞《宋诗话辑佚》，中华书局 1980 年版，第 419 页。

死典用活，从陈旧的典故中翻出新意，用事而不为事所使，使事而使人不觉，使典故较好地为"己意"服务。如其《书湖阴先生壁》之"一水护田将绿绕，两山排闼送青来"一联，"护"与"排闼"皆出自《汉书》，均用典之字面而与事无涉，属于"自出己意，借事以相发明"的范例，体现出了因难见学、以巧见学的特点，为历代读者所称道。

王安石诗歌在选词下字上也极为讲究，大抵是追求用字用语都有出处。宋代即已有许多学者关注到这一现象了，诗话中就多有探其用字用语之来历者，试看两例：

> 旧观《临川集》"肯顾北山如慧约，与公西崦斫苍苔。"尝爱其斫字最有力。后读《杜集》"当为斫青冥"，"药许邻人斫"；退之"诗翁憔悴斫荒棘"，"窦豁斫株橜"，子厚"戒徒斫云根"，虽一字之法，不无所本。①
>
> 予顷与荆南同官江朝宗论文，江云："前辈为文，皆有所本。如介甫《虎图诗》，语极遒健，其间有'神闲意定始一扫'之句，为此只是平常语，无出处。后读《庄子》：宋元君画图，有一史后至，儃儃然不趋，受揖下立。因之舍，解衣盘礴赢，君曰：'是真画者也。'郭象注：'内足者神闲而意定。'乃知介甫实用此语也。"②

王安石诗所用之"斫"字，能从前人的诗歌中找到依据，乃为有所本而出。《虎图》诗亦多用典，而"神闲意定始一扫"句，用郭象注《庄子》语，用典而使人不觉，以致使博学如李壁者，亦未能注出。

相对于前辈诗人，王安石资书以为诗的创作风气明显加强。宋人大规模地资书以为诗，大抵是从王安石开始的。

(二) 袭取前人诗句

王安石诗歌的学问化特征还表现为大量袭取前人诗句入诗。对此，

---

①　黄彻：《溪诗话》，载《历代诗话续编》，中华书局 1983 年版，第 363 页。

②　严有翼：《艺苑雌黄》，载郭绍虞《宋诗话辑佚》，中华书局 1980 年版，第 570 页。

钱锺书先生谓其"每遇他人佳句，必巧取豪夺，脱胎换骨，百计临摹，以为己有；或袭其句，或改其字，或反其意。集中作贼，唐宋大家无如公之明目张胆者"①。袭取前人诗句之多，宋人中无有出其右者。他袭取前人诗句大致有以下几种情况：

其一，化用。即撷取前人作品中现成的意象，或从语言的角度加以点化，或从诗意的角度加以改造和深化。其目的或是为了使诗歌语句更显精警，或是为了更准确地表达作者的诗情诗意。如其《梅花》（墙角数枝梅）诗，在王安石多首咏梅花的诗歌中，最为人们传诵，论者普遍认为其最妙之处在于一个"暗"字。实际上，"遥知不是雪，为有暗香来"句，是从南朝苏子卿《梅花》诗的"只言花是雪，不悟有香来"化用而来；苏子卿的诗句也表达了"暗"的意思，王安石这里既有语词的沿用，亦有诗意的袭取。王安石的诗句，论者或以为表达了对保守派坚贞不屈的斗争意志，或以为表现诗人善于发现人才之意，意蕴丰富，因此，从表情达意的角度来说，王诗是青出于蓝而胜于蓝。类似的点化，在王安石的诗歌中随处可见。如上面所提到的《书湖阴先生壁》中"一水护田将绿绕，两山排闼送青来"二句，本于五代沈彬的"地隈一水巡城转，天约群山附郭来"与唐代许浑的"山形朝阙去，河势抱关来"，较沈、许之诗，王诗能变平凡为奇崛，更显精警。再如《舟夜即事》诗之"水明鱼中饵，沙暖鹭忘眠"句，从杜甫诗《绝句》"沙暖睡鸳鸯"化出，王诗写动，杜诗写静，各臻其妙。《登飞来峰》中"不畏浮云遮望眼，只缘身在最高层"二句，源于李白《登金陵凤凰台》之"总为浮云能蔽日，长安不见使人愁"句，造语相似，而寄意似较李白诗为高。

王安石化用前人诗句，确实写出了一些好的诗句。前人对此也多有所论析，如薛雪《一瓢诗话》就指出："王荆公好将前人诗窜点字句为己诗，亦有竟胜前人原作者，在荆公则可，吾辈则不可。"② 王安石的点化，常常能起到化腐朽为神奇的效果，因此，这也是一种比较成功地

---

① 钱锺书：《谈艺录》，中华书局1984年版，第245页。

② 叶燮、薛雪、沈德潜：《原诗 一瓢诗话 说诗晬语》，霍松林校注，人民文学出版社1979年版，第145页。

使诗句、诗意或诗境更臻完美的创作经验。在继承的基础上实现对前贤的超越，给后来的江西诗派在探讨"点铁成金"的诗歌艺术创作的方法时以极大的启示。

其二，改易。即将前人的诗句或诗歌改易一字乃至数字以为己诗。王安石改易前人诗句以为己诗的习气很浓，究其心理，恐怕不外乎以下三种情况，一是争胜心理，觉得别人诗歌有一个好的主题或者题材，但在表达上还有欠火候，因而加以改易，以期使诗歌更具表现力。二是喜爱心理，诗人对前人的诗句或诗歌极为欣赏，因而加以改易以示喜爱。三是剽窃心理，别人的诗句与自己的心境较为契合，而自己却一时无法找到更好的表达方式，于是就借过来为己所用。当然还有一点需要说明，这是与诗人广博的学识和深厚的学养分不开的。诗人对前代作家的诗歌非常熟悉，提笔写来，别人的诗句不觉已见于笔下。王安石改易前人诗句之例极多，钱锺书《谈艺录》之"王荆公改诗"条就列举了数十例，现选录几例以见其一斑。如其《晴景》诗："雨来未见花间蕊，雨后全无叶底花。蜂蝶纷纷过墙去，却疑春色在邻家。"从晚唐王驾《雨晴》改易而来，王驾诗云："雨前初见花间蕊，雨后兼无叶底花。蛱蝶飞来过墙去，应疑春色在邻家。"王安石仅仅将题目改动了一字，正文改动了七字。再如《出定力院作》："江上悠悠不见人，十年尘垢梦中身。殷勤为解丁香结，放出枝间自在春。"改自晚唐陆龟蒙的名篇《丁香》诗："江上悠悠人不问，十年云外醉中身。殷勤解却丁香结，纵放繁枝散诞春。"二诗极为相似，亦只改动数字而已。《夜直》之"春色恼人眠不得"句，是将罗隐的《春日叶秀才曲江》之"春色恼人遮不得"句改动一字得来。而《韩子》之"可怜无补费精神"，则仅将韩愈的《赠崔立之评事》之"可怜无益费精神"改易一字。

应该指出，王安石对前人诗歌诗句所作的这种改易，并非信笔为之，乃是建立在有所思考、有所斟酌的基础之上的。"看似寻常最奇崛，成如容易却艰辛"，从王安石对诗歌写作的态度来看，他是一位精益求精的诗人，他对诗歌创作的基本态度应该也是严肃的，并且，对前人诗歌加以改易而又求后来居上，一般的诗人也不敢轻易为之，如果没有相当的学问功夫，这改易恐怕也很难做到。

其三，集句。王安石极喜集句，且大量创作，并确立了集句诗在诗坛的地位。明代徐师曾《文体明辨序说》解释集句诗说："杂集古今以成诗也。"① 也就是说，集句是择取古今不同诗歌中的诗句，根据表达的需要，将这些诗句重新组合，既能保留原句的精华，又能有新的创意的一种诗歌创作方式。质言之，集句诗就是荟萃古今一家或数家诗人诗句而创作出的一首新诗。

王安石现存集句诗有六十余首，其中最受人赏评的是仿蔡琰语气而作的《胡笳十八拍》组诗。严羽评价说："集句惟荆公最长，《胡笳十八拍》混然天成，绝无痕迹，如蔡文姬肝肺间流出。"② 诗人以集句的形式进行创作，不仅仅是在替他人立言，而且也融入了自己深沉的思想情感与丰富的人生体验。试看其一：

中郎有女能传业，颜色如花命如叶。命如叶薄将奈何，一生抱恨常咨嗟。良人持戟明光里，所慕灵妃媲萧史。空房寂寞施繐帷，弃我不待白头时。

八句诗，都是从不同的诗歌中拣择出来的，首句出自韩愈《游西林寺题萧二兄郎中旧堂》，二、三句出于白居易《陵园妾一怜幽闭也》，然后依次出自杜甫《负薪行》、张籍《节妇吟》、韩愈《谁氏子》、自己诗《一日归行》和张籍《白头吟》，叙写蔡文姬的才华与悲惨命运，诗句音韵流美，绝无凑泊的痕迹。

王安石的集句诗在宋代即已得到极高的评价。与他同时的沈括说："荆公始为集句诗，多者至百韵，皆集合前人之句，语意对偶，往往亲切过于本诗。后人稍稍有效而为者。"③ 王直方说："荆公始为集句，多至数十韵，往往对偶亲切。盖以其诵古人诗多，或坐中率然而成，始可为贵。"④ 周紫芝说："集句近世往往有之，唯王荆公得此三昧。"⑤ 陈正敏《遁斋闲览》亦云："荆公集句诗，虽累数十韵，皆顷刻而就，词意

① 徐师曾：《文体明辨序说》，人民文学出版社 1962 年版，第 1 页。
② 严羽：《沧浪诗话校释》，郭绍虞校释，人民文学出版社 1961 年版，第 189 页。
③ 沈括：《新校正梦溪笔谈》，胡道静校注，中华书局 1963 年版，第 156 页。
④ 王直方：《王直方诗话》，载郭绍虞《宋诗话辑佚》，中华书局 1980 年版，第 41 页。
⑤ 周紫芝：《竹坡诗话》，载《历代诗话》，中华书局 1981 年版，第 339 页。

相属，如出诸己，他人极力效之，终不及也。"① 从这些评价我们可以得出几个结论：其一，王安石的集句诗艺术水准极高，多者数十韵而对偶亲切，浑然天成，绝无拼凑的痕迹；其二，王安石集句诗的成就引起时人纷纷效仿，在宋代形成了一股写集句诗的热潮，使以前无人问津的集句诗在一定程度上引起了诗坛的注意，从而确立了集句诗在诗坛的地位。其三，王安石作集句诗，往往是率意而为，顷刻而就，这与他平日多读古今诗集、博闻强记有着密切的关系，体现的是诗人学问修养。

（三）以文字为诗

以文字为诗，在王安石诗歌中表现得也极为突出，主要表现于三个方面：

其一，多用难僻之字。王安石早年的苦读，使他打下了良好的文字学基础，其学问往往为常人所不及。后来他又对文字进行了深入的研究，并编撰了文字训诂学专著《字说》。正是因为有了深厚的文字学基础，所以他在以难字、僻字入诗时能够运用得比较自如。王安石诗歌多用难僻之字，在古体中尤多。如其作于元丰初期的《游土山示蔡天启秘校》有诗句云："正可藏一艓"，其中"艓"字，李壁注曰："扬雄《方言》：'艓，小舟。音叶。'《切韵》、《玉篇》不载此字。"又"簨虡雕捷业"句，李壁注云："《诗·有瞽》注：'捷业如锯齿，所以饰枸为县也。"朱自清解释说："乐器所悬横曰簨，植曰虡。""业，大板也，所以饰簨为悬也。捷业如锯齿，或曰画之。"② 五字之中就有四字生僻难解。

其二，押窄韵险韵。王安石作诗在押韵上也极为讲究，喜欢选用险韵，以显示学问，并藉此与人争胜。试看下面一段记载：

荆公在欧公坐，分韵送裴如晦知吴江，以"黯然消魂唯别而已"八字分韵，时客与公八人：荆公、平甫、老苏、梅圣俞、苏子

---

① 胡仔：《苕溪渔隐丛话》前集卷三十五引《遁斋闲览》，人民文学出版社1962年版，第238页。

② 朱自清：《宋五家诗钞》，上海古籍出版社1981年版，第64页。

美、姚子张、焦伯强也。时老苏得"而"字，押韵云："谈诗究乎而。"荆公乃又作"而"字二诗，有云："采鲸抗波涛，风作鳞之而。"盖用《周礼·考工记》之而颊也。又云："春风垂虹亭，一杯湖上持。傲兀何宾客，两忘我与而。"最为工。①

此处"而"韵为险韵，本由苏洵分得，且已成诗；虽然写作的难度不小，但王安石却还要再写两首，其藉学问与人争强斗巧的心理可见一斑；乃至有人认为苏洵因此而与王安石交恶。又如苏轼写了《雪后书北台壁二首》，二诗分押"尖"、"叉"二韵，韵险而语奇，颇受时人赏评。"尖"、"叉"本为韵部中字数极少之韵，极难押，王安石见技而心痒，一口气和了六首："（荆公）读《眉山集》雪诗，爱其善用韵，而公继和者六首。"② 王安石这种钟情险韵、"以押韵为工"的作风，上承韩愈而开了宋诗多用险韵、窄韵的风气。

其三，追求属对精切。王安石极讲究对仗的精严，以求得诗歌之工巧；在这一点上，宋人无有出其右者。王安石有专言对偶之语，《王直方诗话》载云：

> 荆公云："凡人作诗，不可泥于对属。如欧阳公作《泥滑滑》云：'画帘阴阴隔宫烛，禁漏杳杳深千门。''千'字不可以对'宫'字。若当时作'朱门'，虽可以对，而句力便弱耳。"③

又叶适《石林诗话》云：

> 荆公诗用法甚严，尤精于对偶。尝云："用汉人语，止可以汉人语对，若参以异代语，便不相类。"如"一水护田将绿去，两山排闼送青来"之类，皆汉人语也。此法惟公用之不觉拘窘卑凡。如"周颙宅在阿兰若，娄约身随窣堵波。"皆以梵语对梵语，亦此意。

---

① 詹大和等：《王安石年谱三种》，裴汝诚点校，中华书局1994年版，第152页。
② 孙规：《鸿庆居士文集》卷三十一《押韵序》，载《丛书集成续编》第102册，上海书店1994年版，第965页。
③ 王直方：《王直方诗话》，载郭绍虞《宋诗话辑佚》，中华书局1980年版，第90页。

尝有人面称公诗"自喜田园安五柳，最嫌尸祝扰庚桑"之句，以为的对。公笑曰："伊但知柳对桑为的，然庚亦自是数。"盖以十干数之也。①

王安石认为诗歌的对偶，一方面，在选字上应多加斟酌，不能拘泥于追求句面的工整而使诗句孱弱无力，否则会导致诗歌气格卑弱。另一方面，在保持诗句力度的前提下，应尽力追求对仗的工切，且对一些细微之处也要特别加以注意。王诗的精于对仗，可从其《晚春》诗窥见一斑，钱锺书曾对其中一联进行了分析：

　　王安石《荆文公诗》卷四八《晚春》："春残叶密花枝少，睡起茶多酒盏疏。""密"与"少"，"多"与"疏"，当句自对，"密"与"多"，"少"与"疏"，成联相对；而"多"紧承"少"，"疏"遥应"密"，又为丫叉法。诗律工细，不觉矫揉。②

又《西清诗话》载：

　　熙宁初，张掞以二府初成，作诗贺荆公，公和曰："功谢萧规惭汉第，恩从隗始诧燕台。"以示陆农师，农师曰："萧规曹随，高帝论功，萧何第一，皆撷故实；而请从隗始，初无恩字。"公笑曰："子善问也。韩退之《斗鸡联句》：'感恩惭隗始'，若无据，岂当对功字也。"③

作诗对仗如此精巧细微，未免使人感觉到有文字游戏的嫌疑，但即便如此，其诗句也大多对仗精切而不觉"拘窘卑凡"，究其原因，是与作者的用心锤炼分不开的；这种锤炼，并非能够垂手而得，须以诗人学问的积累为基础。王安石诗歌对仗的这种讲究，在一定程度上体现的是

①　叶适：《石林诗话》，载《历代诗话》，中华书局1981年版，第422—423页。
②　钱锺书：《管锥编增订》，中华书局1981年版，第72页。
③　胡仔：《苕溪渔隐丛话》前集卷三十五引《西清诗话》，人民文学出版社1962年版，第235页。

他对学问的崇尚；而自矜的背后，体现的则是他对自己学问的自信。

（四）以理入诗

王安石的诗歌创作，继承并发展了欧阳修等前辈诗人以议论言理的风气，议论化的倾向更为鲜明。其议论所涉及的范围是全方位的，融入了他对国事、民生、政局等诸多方面的观察与思考，所言之理大多具有极强的现实针对性。而其结缘佛门，将对佛禅的亲近之情与所精研的佛禅之理，也一并发之于诗。王安石诗歌的以理入诗主要表现在两个大的方面：

其一，以国事、民生、治乱、人事之理入诗。作为一位杰出的政治家与经学家，王安石的文学思想（尤其是早期）带有较强的功利色彩；他从政治与学术的角度，提出了"文贯乎道"①、"务为有补于世"、"要之以适用为本"② 观点，强调文学为政治和现实服务的功能。其所说的"适用"，是对欧阳修"文以明道"思想的继承、补充与发挥。他也把这一思想贯彻到他自己的创作实践中去，常以诗歌的形式来阐发自己在政治、经济、军事、教育科举等各个方面的见解，以言人事之理与治乱盛衰之理。

经济问题是一个国家命脉，是各项工作中的核心问题，也是国家能够保持稳定和各项政治措施能够得以顺利实施的基础，如果经济发展不平衡，或者财富集中到少数人手中而导致贫富差距过大，就会带来严重的社会政治问题，王安石早年所作的《兼并》，就是一首表达这样的见解的诗歌：

> 三代子百姓，公私无异财。人主擅操柄，如天持斗魁。赋予旨自我，兼并乃奸回。奸回法有诛，势亦无自来。后世始倒持，黔首逆难裁。秦王不知此，更筑怀清台。礼义日已偷，圣经久埋埃。法尚有存者，欲言时所咍。俗吏不知方，掊克乃为材。俗儒不知变，兼并可无摧。利孔至百出，小人私阛开。有司与之争，民愈可

---

① 王安石：《临川先生文集》，中华书局 1959 年版，第 799 页。
② 同上书，第 811 页。

怜哉。

当时的社会现实是：官僚地主从手操权柄的皇帝手中攫取了财政、经济等方面的部分特权，由此而产生了难以制衡的特权阶层；久而久之，社会财富就更加集中，贫富差距进一步拉大，危及王朝的统治。诗人表达了他抑制兼并的思想，认为必须对这些特权阶层加以制裁。这些思想与见解，也正是他日后实行改革措施的基础。与社会的经济密切相联系的人口问题，也关乎一个国家的治乱盛衰，对此王安石也看得非常透彻，如其《秃山》诗云：

> 吏役沧海上，瞻山一停舟。怪此秃谁使，乡人语其由。一狙山上鸣，一狙从之游。相匹乃生子，子众孙还稠。山中草木盛，根实始易求。攀挽上极高，屈曲亦穷幽。众狙各丰肥，山乃尽侵牟。攘争取一饱，岂暇议藏收？大狙尚自苦，小狙亦已愁。稍稍受咋啮，一毛不得留。狙虽巧过人，不善操锄耰。所嗜在果谷，得之常似偷。嗟此海中山，四顾无所投。生生末云已，岁晚将安谋。

诗歌可以看作是当时社会生活的真实写照。海中孤山上本来草木繁盛，但由于群猴于其上生活繁殖，为果腹而争攘抢夺，既不知藏收，又不会操锄耰，使得绿山变成了秃岭，也造成了"岁晚"生活没有着落的凄凉境况；诗人借此以讽喻当时的各级官吏不事生产、挥霍无度、坐吃山空的社会现实。"子众孙还稠"，诗人还看到了北宋人口的快速增长给国计民生造成的极大压力，统治者却忽视生产，使民无所养，导致社会道德发生了严重的扭曲，产生了严重的社会后果；蔡正华就认为此诗是"以经济理论入诗"，"简直是马氏《人口论》的注脚了"①。

对于一个国家来说，人才的选拔也是一个非常重要的问题。能否选拔出优秀的人才来为国家的治理服务，是评价一种考试制度是否合理的根本标准。王安石十分重视人才，对当时科举考试以诗赋取士的制度进行了反思，并以诗歌的形式批评了以词赋之工巧取士的弊端。如他在任

---

① 刘麟生、方孝岳等：《中国文学七论》，广西师范大学出版社 2007 年版，第 606 页。

试卷详定官时所写的诗歌：

> 少时操笔坐中庭，子墨文章颇自轻。圣世选才终用赋，白头来此试诸生。（《试院五绝》其一）
>
> 童子常夸作赋工，暮年羞悔有扬雄。当时赐帛倡优等，今日论才将相中。细甚客卿因笔墨，卑于《尔雅》注鱼虫。汉家故事真当改，新咏知君胜弱翁。（《评定试卷》其二）

王安石认为诗赋并没有实际用处，也选拔不出真正通先王之意而可以施于天下之用的人才。两诗都十分鲜明地表现了王安石对以诗赋取士的科举考试制度的否定态度。他在《上皇帝万言书》一文中也表达了大致相同的意思："方今取士，强记博诵而略通于文辞，谓之茂才异等、贤良方正。茂才异等、贤良方正者，公卿之选也。记不必强，诵不必博，略通于文辞，而又尝学诗赋，则谓之进士。进士之高者，亦公卿之选也。"① 以文辞诗赋取士，使从事雕虫篆刻之技者得以为公卿。正是基于这样的认识，王安石执政后，对科举考试的形式与内容都作了重大调整。

王安石以诗歌来议论言理，经史之学研究烙痕最明显的是其咏史诗。他共作了七十余首咏史诗，其中多有翻案新奇之论，表现出了新颖独特的史学见解，这也是他疑古的经史学风在创作中的反映。如其《谢安》诗云：

> 谢公才业自超群，误长清谈助世纷。秦晋区区等亡国，可能王衍胜商君。

诗歌非如唐人咏谢安时赞其"济苍生"的志向，而是针对谢安以秦实行商鞅变法二世而亡为自己尚清谈辩护的事例，指出清谈只能"助世纷"，并以西晋末年宰相王衍清谈误国的事实为根据，说明清谈不能与商鞅变法相提并论，从而批判了现实政治中"变法亡国"的谬论，议

---

① 王安石：《临川先生文集》，中华书局 1959 年版，第 418 页。

论精警，有极强的现实针对性。又如其《乌江亭》诗：

> 百战疲劳壮士哀，中原一败势难回。江东子弟今虽在，肯为君王卷土来。

诗歌针对杜牧的《题乌江亭》翻案而作。杜牧之诗表现了对项羽自刎乌江的深切同情，认为胜败乃兵家常事，江东子弟中还有不少人才，也许还有卷土重来的机会，议论新警而不落窠臼。而王安石则又翻杜诗之案，认为项羽的失败，是其违背社会发展规律与人心的必然结果，"江东子弟"们也不会为他卷土重来；"势"已不可挽回，卷土重来也就不符合历史发展趋势。

王安石的咏史诗，在经史新风的影响下，以翻新的议论，超越了其时代与传统的认识，表现了其独到的史学见解，具有"义理精深"的特点。曾季狸《艇斋诗话》评价王安石的咏史诗云：

> 荆公咏史诗，最于义理精深。如《留侯》诗，伊川谓说得留侯极是。予谓《武侯》诗，说得武侯亦出。又如《范增》诗云："有道吊民天即助，不知何用牧羊儿？"又："谁合军中称亚父，直须推让外黄儿。"咏史诗有如此等议论，他人所不能及。①

曾季狸对王安石咏史诗表现出来的精深义理与独到的史识推崇备至。这里所提到的《留侯》、《范增》诗共三首，从艺术上来说，都算不上是王安石诗歌中的上乘之作，但其以"义理"入诗而议论精深，在识见上都体现了诗人的过人之处。

王安石咏史诗在议论上极见功夫，咏史而如同史论，言理而义理精深，不拘常格，奇见迭出，表现出极大的创新。正是在这个意义上，王安石为宋代咏史诗的发展引导了一个较为明确的方向，从而成为宋型咏史诗的重要开创者之一。

其二，以佛道之理入诗。王安石虽号为通儒，但他以儒者的博大胸

---

① 曾季狸：《艇斋诗话》，载《历代诗话续编》，中华书局1983年版，第320—321页。

怀，包容并吸纳了佛学的思维方式与思想成果。他不仅非常熟悉佛禅典籍，而且对禅宗的深妙之理也颇有体会，因而也常常将佛禅的知识引入诗歌，或者以诗歌来阐说禅理。如其《读维摩经有感》云：

> 身如泡沫亦如风，刀割香涂共一空。宴坐世间观此理，维摩虽病有神通。

这里是直接以佛禅之理入诗。人生如泡如风，此身的虚幻不实，世间万法皆空。因此，在人生道路上，刀割也好，香涂也好，苦、乐无别。既然我身虚幻不实，不能超越时空而存在，因而身外浮名、生前利禄，终究也毫无意义。王安石以诗歌来阐释自己所理解的佛教"空观"，理路圆融通彻，略无滞碍。又如其《题半山寺壁二首》云：

> 我行天即雨，我止雨还住。雨岂为我行，邂逅与相遇。（其一）
> 寒时暖处坐，热时凉处行。众生不异佛，佛即是众生。（其二）

二诗以平易的语言、浅显的生活事例表达了佛家"因缘和合"、"众生即佛"的禅理，自然熨帖而耐人寻味。

王安石引禅入诗，以诗说禅，以艺术的形式表达了佛法与禅理，开启了有宋一代大量创作佛禅之诗的风气，正如梁启超所说，"此虽非诗之正宗，然自东坡后，镕佛典语以入诗者颇多，此体亦自公导之也。若其语道自得之妙，使学者读之翛然意远，此又公之学养，不得以诗论之矣"①。虽然对王安石诗歌直言佛理不无批评之意，但对其禅诗在宋代的开创性成就也给予了充分肯定；同时还明确指出了王安石禅诗表现禅意与禅理，实出之于其深厚的佛禅之学的修养，具有极强的学术品格。

王安石虽然从儒家本位和其改革的立场出发，对老庄的思想基本持否定的态度，但对老庄之学也颇有研究。而晚年在政治上受挫后，则表现出了对老庄的喜爱，对老庄之学亦颇有会心。如其《无营》诗云："无营固无尤，多与亦多悔。物随扰扰集，道与翛然会。墨翟真自苦，

① 梁启超：《王安石传》，百花文艺出版社 2005 年版，第 294 页。

庄周吾所爱。万物莫足归，此言犹有在。"他对老庄的亲近，从根本上
说是为了从中寻找心灵的慰藉和精神上的解脱。王安石常对老庄之理的
体会，常以诗歌的形式阐发出来。如《杂咏八首》其一云：

> 万物余一体，九州余一家。秋毫不为小，徼外不为遐。不识寿
> 与天，不知贫与奢。忘心乃得道，道不去纷华。近迹以观之，尧舜
> 亦泥沙。庄周谓如此，而世以为夸。

　　诗人于此阐释了自己对庄子"天人合一"、"道归自然"的哲学思
想的理解，驳斥了世俗以庄周为夸诞不经的观点，且对其秕糠尧舜的态
度也没有表示不满。其《绝句九首》其五、《陶缜菜示德逢》、《自喻》
等诗歌，体现出来的大抵也是不外乎道家齐万物、逍遥自然、不为物
使、委心任运、与物俱化等方面的哲学思想。
　　应该说，王安石诗歌是宋调发展过程中的重要一环，如果说欧阳
修、梅尧臣等人的诗歌创作所显示出来的学问化特征重在"破"而为
宋诗发展指明了方向的话，那么王安石诗歌创作则具有"立"的性质，
更能显示诗人才学，也更富于学术的品格，学问化的特征也更为鲜明。
因此，王安石在宋诗学问化特征形成的过程中的意义也更为重大，其诗
离独具面貌的"宋调"也更近，或学问含量更大，书卷气浓郁，或更
富于气骨，思理深长。

第四节　东坡体——宋代学问化诗歌的典范

　　宋诗完全不同于唐诗的独特面目，是到苏轼手中才真正形成的。苏
轼作为继欧阳修之后北宋文坛的领袖，其诗歌代表了宋代诗歌创作的最
高水平，也充分地体现出了宋诗富于学问化特征的创作特色。清人朱庭
珍云："至东坡则天仙化人，飞行绝迹，变尽唐人面目，另辟门户，敏
妙超脱，巧夺天工，在宋人中独为大宗。"[1]苏轼诗歌以学问化为重要

---

① 朱庭珍：《筱园诗话》，载《清诗话续编》，上海古籍出版社1983年版，第2329页。

特征，"变尽唐人面目"而"另辟门户"，被后人称为东坡体，与后来的江西诗派一起，最能代表宋诗的特色。苏轼作为中国诗歌史上最博学多才的诗人，学富而才大，其论诗有重视学问的一面，诗歌创作也达到了学问与才情的高度结合。苏轼的诗歌创作，或者说东坡体的出现，标志着以宋代文化的繁荣为底蕴的完全脱尽唐诗面目的宋调的成型。

　　苏轼坚持以儒学为本位的立场，从学术融会贯通的角度出发，对佛、道二家的学说也多有所涉，并藉此而构建起了极具宋代文化品格的、充满积极意义的文化人格。除贯通经史佛道之外，苏轼的知识结构中，还包括经济、文艺、教育、美食、保健与医药、文物考古、科学技术等各个方面的丰富内容，天地宇宙与社会人生，鲜有不为其所涉及者。清张道《苏亭诗话》云："东坡博极群籍，左抽右取，纵横恣肆，隶事精切，如不著力；尤熟于《史》、《汉》、六朝、《唐史》，《庄》、《列》、《楞严》、《黄庭》诸经，及李、杜、韩、白诗；故如万斛泉源，随地喷涌，未有羌无故实者。"[①] 深厚的学问修养和广博的知识结构，使苏轼拥有了丰富的创作素材，保证了他在创作时能够做到纵横恣肆而如万斛泉涌。他以自己的天纵之才情驭后天之学问来进行诗歌创作，流转自如，不见用力之迹，达到了诗情与学问的高度融合，既具有较强的学问化特征，又不失较高的审美价值。

　　不同于前辈诗人的是，苏轼对学问与诗歌创作的内在联系已经有了较为自觉而充分的认识，并从理论上进行了总结。他对知识学问如何进入诗歌，学问与诗情如何结合等都有较为深入的思考，如《次韵孔毅父集古人句见赠五首》其三云："名章俊语纷交衡，无人巧会当时情。前生子美只君是，信手拈得俱天成。"其四云："诗人雕刻闲草木，搜抉肝肾神应哭。不如默诵千万首，左抽右取谈笑足。"其五云："痴人但数羊羔儿，不知何者是左慈。千章万句卒非我，急走捉君应已迟。"苏轼在这里认为好诗出于诗人积学所得，诗人要将学问化入自己的才情，学问不能食而不化，诗情与学问也不能皮相分离，要做到二者自然结合，方能做到以巧见学，无用力雕琢之迹，无拘挛补衲之感。同时，苏

---

　　① 张道：《苏亭诗话》卷一，载《苏诗汇评》第 1 卷，四川文艺出版社 2000 年版，第376 页。

轼还认为，学问与情感的熔铸，可以促进诗人灵感的产生，而一旦诗情迸发，应及时捕捉而不让其丧失。这样，以学问为底蕴，以灵感为契机，诗人就有可能避免其作品只见学问而不见诗情，做到学问与性情兼胜。

在创作实践中，苏轼诗歌极鲜明的学问化倾向，主要表现在以下几个方面：

一、以典故入诗

苏轼的诗歌多有用典者。他在学习前人的基础上，发展了用典的技巧，并由此而增强了诗歌的审美内涵。苏轼诗歌用典的形式和手法丰富多样，赵夔在《集注东坡先生诗前集序》中进行了总结：

> 止用古人意不用字，所用古人字不用古人意，能造古人意，能造古人不到妙处，引一时事，一句中用两故事，疑不用事而是用事，疑是用事而不用事，使道经僻事、释经僻事、小说僻事、碑刻中事、州县图经事，错使故事使古人作用字成一家句法，全类古人诗句用事有所不尽，引用一时小话不用故事而句法高胜，句法明白而用意深远，用字或有未稳，无一字无来历，点化古诗拙言，间用本朝名人诗句，用古人词中佳句，改古人句中借用故事，有偏受之故事，有参差之语言，诗中自有奇对，自撰古人名字，用古谣言，用经史注中隐事，间俗语俚谚诗意物理，此其大略也。①

这样归纳虽未免过于琐屑，但亦可见出苏诗用典技巧的成熟与形式的多样化。大致说来，苏诗用典的特点，可以归纳为以下几个方面：

其一，用事切题达意。苏轼能根据题旨和感情表达的需要来选择和运用典故，较好地做到典故为诗情诗意服务，做到典故与诗情诗意的浑融无间。如其《和董传留别》诗云：

> 粗缯大布裹生涯，腹有诗书气自华。厌伴老儒烹瓠叶，强随举

---

① 苏轼：《苏轼诗集》，王文诰辑注，孔凡礼点校，中华书局 1982 年版，第 2832 页。

子踏槐花。囊空不办寻春马，乱眼行看择婿车。得意犹堪夸世俗，诏黄新湿字如鸦。

诗歌赞扬贫穷书生董传的才学与品格，表达了对他应举落第不幸遭遇的同情，并对他寄予深切期望。中间两联连用四个典故，第三句"烹瓠叶"用《后汉书·儒林传》刘昆设帐授徒"以素木瓠叶为俎豆"事，第四句"踏槐花"用钱易《南部新书》载长安谚语"槐花黄，举子忙"事，第五句"寻春马"用孟郊《登科后》"春风得意马蹄疾，一日看尽长安花"诗意，第六句"择婿车"用《唐摭言》卷三所记长安公卿于新进士放榜日在曲江之滨设宴"拣选东床，车马填塞"的故实。四个典故都与董传的读书应举密切关联，突出了他穷苦的儒生形象和为科举所付出的艰辛努力。在诗歌的主旨与情感的统摄下，几个典故被熔铸成一个有机的艺术整体，达到了与诗情诗意的妙合。

其二，用典精确，自然亲切，无斗凑之迹。胡仔《苕溪渔隐丛话》云："（东坡）《济南和李公择》诗云：'敝裘羸马古河滨，野阔天低惨玉尘。自笑餐毡典属国，来看换酒谪仙人。'为苏李也。东坡作诗，用事亲切类如此，他人不及也。"[1] 胡仔所引为苏轼《到济南李公择以诗相迎次其韵》二首其一之前两联。时苏轼由密州赴汴京，途中在济南稍作停留，与齐州知州李常会饮次其韵而作此诗。诗歌颔联出句用苏武任"典属国"职前在北海食雪餐毡事，借言自己冒雪旅行的艰苦狼狈之状，且切己之姓氏；对句用李白遇贺知章解金龟换酒事，喻李常能诗好客的个性，亦切对方之姓，用典精确自然、亲切得体。又叶适《石林诗话》云：

　　诗之用事，不可牵强，必至于不得不用而后用之，则事词为一，莫见其安排斗凑之迹。苏子瞻尝为人作挽诗云："岂意日斜庚子后，忽惊岁在己辰年。"此乃天生作对，不假人力。[2]

---

① 胡仔：《苕溪渔隐丛话》后集卷二八，人民文学出版社 1962 年版，第 211 页。
② 叶适：《石林诗话》，载《历代诗话》，中华书局 1981 年版，第 413 页。

　　苏诗用典无牵强凑合之迹，犹如"水中着盐"，浑融无迹，用典而不使人觉。又如其《余与李廌方叔相知久矣领贡举而李不得第愧甚作诗送之》诗之"平生漫说古战场，过眼终连日五色"两句，朱弁称誉道："其用事精切，虽老杜、白乐天集中未尝见也。"① 两句分别用唐人李华善古文、曾作名篇《吊古战场文》与李程以甲赋佳作《日五色赋》应举而被黜落之典，既切李廌之姓，又切合了他善为文而不为主考官赏识以致下第的应考经历。用典亲切自然，语句意脉流转，略无滞碍之感。

　　其三，用典繁密，典源广泛，且常有冷僻之典。黄彻《䂬溪诗话》云："坡集有全篇用事者，如《贺人生子》，自'郁葱佳气夜充闾，喜见徐卿第二雏'，至'我亦从来识英物，试教啼看定何如'；《戏张子野买妾》，自'锦里先生自笑狂，身长九尺鬂眉苍'，至'平生谬作安昌客，略遣彭宣到后堂'，句句用事，曷尝不流便哉！"② 黄彻所论二诗均是八句诗用七个典故，连续而层出地驱使事典，表现出了诗人超于常人的渊雅。不仅如此，苏轼诗歌典故的来源也极广，且常常使用冷僻之典。如《叶涛致远见和二诗复次其韵》其二云："闻公少已悟，拄杖久倚床。笑我老而痴，负鼓欲求亡。庶几东门子，柱史安敢望。嗜毒戏猛兽，虑患先不详。囊破蛇已走，尚未省啮伤。妙哉两篇诗，洗我千结肠。黮蚕不作茧，未老辄自僵。永谢汤火厄，泠然超无方。"将《礼记》、《庄子》、《列子》、《史记》、枚乘《七发》、《吴越春秋》、《朝野金载》等各类典籍中典故及佛典等杂陈并用，表现出了博与僻的特点。

　　赵翼《瓯北诗话》云："坡公熟于《庄》、《列》、诸子及汉、魏、晋、唐诸史，故随所遇，辄有典故以供其援引，此非临时检书者所能办也。如《送郑户曹诗》……以上数条，安得有如许切合典故，供其引证？自非博极群书，足供驱使，岂能左右逢源若是？想见坡公读书，真有过目不忘之资，安得不叹为天人也。"③ 苏轼的诗歌充分地表现了才情与学力的相得益彰：用典的博奥与深密，是其学问博洽、学力深厚的

　　① 惠洪、朱弁、吴沆：《冷斋夜话 风月堂诗话 环溪诗话》，陈新点校，中华书局1988年版，第104—105页。
　　② 黄彻：《䂬溪诗话》，载《历代诗话续编》，中华书局1983年版，第399页。
　　③ 赵翼：《瓯北诗话》，霍松林、胡主佑校点，人民文学出版社1983年版，第59—60页。

重要表现；将典故化入诗中而不露痕迹，精确亲切，则是其才气横溢的鲜明表现。

二、以文字为诗

以文字为诗，是宋代文化高度繁荣的产物，也是宋代诗学审美思潮发展的必然结果。诗人能否以文字为诗，或者其以文字为诗能够达到何种程度，是其才力与学问的综合体现。苏轼在创作实践中以文字为诗，重视语言文字的锤炼，在音韵上也颇为讲究，这显示了他语言文字方面的学问功底和极强的驾驭文字的能力。苏轼的以文字为诗，大体表现在两个方面：

其一，热衷于和韵与次韵，且好用窄韵和险韵，以险而致奇，因难以见学。苏轼有和韵诗八百余首，几达其诗的三之一，是和韵诗的集大成者，同时也是宋调"以押韵为工"的典型作家。后人对其和韵与次韵诗的用韵之妙赞不绝口，如朱弁《风月堂诗话》记晁以道语云：

> "指呼市人如使儿"，东坡最得此三昧。其和人诗用韵妥帖圆成，无一字不平稳。盖天才能驱驾，如孙、吴用兵，虽市井乌合，亦皆为我臂指，左右前却，在我顾盼间，莫不听顺也。前后集似此类者甚多，往往有唱首不能逮者。①

作和韵尤其是次韵诗，就像戴着脚镣跳舞，有着很大的拘束性。苏轼和人之诗，往往能突破韵脚的限制，做到"用韵妥帖圆成"，语言自然浑成，在命意、遣词、造语等各个方面都不乏创新，达到用韵与表意的高度统一。这也是诗人胸藏万卷的学问积累和极高艺术修养的自然显现。

苏轼诗歌之用险韵、窄韵者，如《雪后书北台壁二首》，分别用"尖"、"叉"而不见拼凑的痕迹，方回评价说："'马耳'，山名，与'台'相对。坡知密州时作，年二十九岁。偶然用韵甚险，而再和尤

---

① 惠洪、朱弁、吴沆：《冷斋夜话 风月堂诗话 环溪诗话》，陈新点校，中华书局 1988 年版，第 108 页。

佳。或谓坡诗律不及古人，然才高气雄，下笔前无古人也。观此雪诗，亦冠绝古今矣。虽王荆公亦心服，屡和不已，终不能压倒。"① 又如《送杨孟容》诗：

> 我家峨眉阴，与子同一邦。相望六十里，共饮玻璃江。江山不违人，遍满千家窗。但苦窗中人，寸心不自降。子归治小国，洪钟噎微撞。我留侍玉座，弱步敧丰扛。后生多高才，名与黄童双。不肯入州府，故人余老庞。殷勤与问讯，爱惜霜眉厖。何以待我归，寒醅发春缸。

诗歌用"江"韵，为险韵。全诗共十韵，几乎用了"江"韵中半数以上的字，尤其是"撞"、"扛"、"双"、"庞"、"厖"、"缸"等字，极为难押。纪昀曾评此诗"以窄韵见长"②。再如《入峡》诗，为五言长篇排律，共六十句，通篇对仗，其韵脚有不少是冷僻之字，如"夅"、"毿"、"蹡"、"妆"等，但诗人能做到对仗工稳，险韵与窄韵运用自如，语言警峭，气局开阔，显示了非凡的才力与学力。

其二，在对仗方面，除了追求精工外，还追求运思精妙、属对奇特而出人意表。其诗句如："我欲然犀看，龙应抱宝眠。"（《仙游潭》）"云散月明谁点缀，天容海色本澄清。"（《六月二十日渡海》）"岂意青州六从事，化为乌有一先生。"（《章质夫送酒六壶书至面酒不达戏作小诗问之》）"三过门间老病死，一弹指顷去来今。"（《过永乐文长老已卒》）皆为对仗工稳而不失其巧者。除此之外，苏轼还追求对仗新颖奇特的表达效果，如惠洪《冷斋夜话》云：

> 对句法，诗人穷尽其变，不过以事、以意、以出处具备谓之妙，如荆公曰："平日离愁宽带眼，迄今归思满琴心。"又曰："欲寄岁寒无善画，赖传悲壮有能琴。"乃不若东坡徵意特奇，如曰："见说骑鲸游汗漫，亦曾扪虱话辛酸。"又曰："蚕市风光思故国，

_____

① 方回：《瀛奎律髓汇评》，李庆甲集评校点，上海古籍出版社 2005 年版，第 880 页。
② 苏轼：《苏轼诗集》，王文诰辑注，孔凡礼点校，中华书局 1982 年版，第 1480 页。

马行灯火记当年。"又曰:"龙骧万斛不敢过,渔舟一叶纵掀舞。"以"鲸"为"虱"对,以"龙骧"为"渔舟"对,小大气焰之不等,其意若玩世,谓之秀杰之气终不可没者,此类是也。①

所引苏轼诗句,上下句的诗意相去甚远,形象的气焰大小极为悬殊,形成了鲜明的对比,诗语奇特,给人深刻的印象。从客观上说,苏轼追求属对新奇,虽然有时未免有游戏文字的意味,但其体现的也是诗人的才学意识及学问功底。

苏轼诗歌,用典、押韵、对仗等常常在同一首诗歌中表现得都很充分。如其著名的《石鼓歌》,结构严谨,气逸笔健,多用比喻,状难状之物如在眼前,表现出了超人的才气。同时,诗歌几乎全篇对仗,整饬中又有变化,用"厚"韵,又多僻字,如"莽"、"者"、"嗾"、"卣"、"嵝"、"杻"等,都是平常少用之字,诗语典故出入多种经史及其他文献,用来如数家珍,无不臻于极妙之境。

三、以理入诗

集学者、文人与官僚于一身的身份,使苏轼对国家与时代、社会与自然、宇宙与人生的诸多方面都有着深入的思考,他的思想也表现出了丰富性、复杂性和深刻性的特点。从"诗须要有为而作"、"言必中当世之过"的观念出发,苏轼常常在诗歌中以议论的方式来阐发和表现他的认识、思想与体悟到的道理。在意与象、情与理之间,苏轼做出了自己的有别于唐诗传统的选择:"出新意于法度之中,寄妙理于豪放之外",表现出重意尚理的美学祈向。这样一种不同于传统的美学祈向,是一种理性的自觉,它源自诗人异乎常人的政治、学术使命感,是其学术思维影响的结果。苏轼诗歌中所表达之理,不是常人易知之理,而是经过艰苦探索得来的"万物之理",它既源于诗人丰富的生活感悟,也源于诗人深厚的学问修养。

苏轼诗歌的言理,首先表现为以其经史之学为基础的、从政治家

① 惠洪、朱弁、吴沆:《冷斋夜话 风月堂诗话 环溪诗话》,陈新点校,中华书局1988年版,第36—37页。

的身份出发来关注现实而对国计民生及人事的诸多方面所进行的思
索。作为"蜀学"的主要代表人物，苏轼继承了前人怀疑经传的风
气，弃章句之说而以义理解经，表现出长于议论的特色，同时，又
"于治乱兴亡披抉明畅"、"多切人事"，表现出了关怀现实和切于人
事的特点。与其经学思想切于人事的特点相联系，苏轼的史学着眼于
借古鉴今，从古代的人事之得失中寻找可供借鉴的经验和教训，具有
极强的历史感和现实感，表现出了质史以发议论的特色，也体现了其
卓异的史学见解。

从其关注现实、切乎人事的经史之学的关怀出发，苏轼的诗歌
表现出了较强的事功精神和经世情怀。对时政及诸多的社会问题所
进行的思考，在其政治（议政）诗中有深刻的表现。其政治诗主题
多为关心民瘼，反映百姓疾苦，并通过议论揭示其苦难的根源，来
表现自己的政治见解。王安石颁行的新法，在实施过程中产生的诸
多弊端，其效果与他改革的初衷有着较大的反差，给百姓带来了许
多苦难。苏轼在各地从政的过程中，看到了百姓的苦难，看到了新
法的扰民，他把这一切都写进了诗歌，较客观地揭示了新法的弊病，
并时时加以议论，表现其反对新法的政治态度。如其《吴中田妇
叹》一诗：

> 今年粳稻熟苦迟，庶见霜风来几时。霜风来时雨如泻，杷头出
> 菌镰生衣。眼枯泪尽雨不尽，忍见黄穗卧青泥！茅苫一月垄上宿，
> 天晴获稻随车归。汗流肩赪载入市，价贱乞与如糠粞。卖牛纳税拆
> 屋炊，虑浅不及明年饥。官今要钱不要米，西北万里招羌儿。龚黄
> 满朝人更苦，不如却作河伯妇。

诗人借用田妇的口气，倾诉江南农民同时遭受天灾、人祸的双重苦
难。究其用意所在，诗人矛头指向当时推行新法及人事上的种种流弊。
这既是现实的真实，也是诗人在对现实真实把握的基础上的艺术表现，
其中蕴含了诗人对现实的深刻思考。这样的意思，苏轼在他给皇帝的奏
疏中也多次表达过，其《乞不给散青苗钱斛状》说："熙宁以来，行青
苗、免役二法，至今二十余年，法日益弊，民日益贫，刑日益烦，盗日

益炽，田日益贱，谷帛日益轻，细数其害，有不可胜言者。"① 这也是他反对王安石新法的现实依据。

苏轼还以咏史诗的形式表现了他对历史与现实进行的思考。其咏史诗，也是在"有为而作"的观念指导下进行创作的成果，既表现了他的史学见解，也表现了他对现实政治的关怀。咏史诗以历史人物、历史事件来言古今兴衰治乱之理，借古讽今，指斥现实，也在一定程度上表现出了经史之学的学术品格。如其《荔支叹》就是一首现实针对性极强的咏史诗：

> 十里一置飞尘灰，五里一堠兵火催。颠坑仆谷相枕藉，知是荔支龙眼来。飞车跨山鹘横海，风枝露叶如新采。宫中美人一破颜，惊尘溅血流千载。永元荔支来交州，天宝岁贡取之涪。至今欲食林甫肉，无人举觞酹伯游。我愿天公怜赤子，莫生尤物为疮痏。雨顺风调百谷登，民不饥寒为上瑞。君不见武夷溪边粟粒芽，前丁后蔡相笼加。争新买宠各出意，今年斗品充官茶。吾君所乏岂此物？致养口体何陋耶！洛阳相君忠孝家，可怜亦进姚黄花。

诗歌首十二句咏汉和帝、唐玄宗时从交州、涪州进贡荔枝而扰民之史实，突出了唐玄宗、杨贵妃等统治者骄奢淫逸、昏庸无道、只知享乐而无视民瘼的形象。当然，诗人叙史后面还隐含着一句潜台词，即荒淫误国。次四句议论，荔枝本为天生尤物，却成为了百姓的灾祸，统治者对荔枝的嗜爱，正是造成百姓饥寒的根源；其背后也隐含着"民为邦本，本固邦宁"的道理。由古而及今，贯串上下，既可见出诗人饱满之情绪，亦可见出其认识之深刻。最后八句感慨不但前代弊政未革，当政者却又花样翻新去满足皇上的口腹之欲，不但丁谓、蔡襄等人以武夷山的粟粒芽作为极品贡茶，即便是以忠孝传家的枢密使钱惟演，亦以牡丹名品"姚黄"去讨好皇上。诗篇虽然未直言贡茶贡花之扰民，但其本质实与前人之贡荔枝无异。诗人以"荒淫误国"之理来警示统治者，以古鉴今之意极为明了。

---

① 苏轼：《苏轼全集》，傅成、穆俦标点，上海古籍出版社2000年版，第1169页。

与其经史之学的疑古风气相联系，苏轼的咏史诗，还常从习见的历史材料中出翻新之论，发表独特的见解。如《虞姬墓》诗云：

> 帐下佳人拭泪痕，门前壮士气如云。仓皇不负君王意，只有虞姬与郑君。

苏轼咏虞姬，立意和角度均异于前人。前二句再现了当年垓下之围的悲壮场面，后二句称道虞姬、郑荣对项羽的忠诚坚贞，虞姬不因生死之危而移其情，郑荣不以威逼利诱之势而移其志。苏轼由见到虞姬之墓，想到了历史上的楚汉相争，想到了项羽的孤立与失败、虞姬的楚帐饮剑、郑荣的固忠，感慨良多；这种感慨，并非只是为古人而发，自有其指向现实的弦外之音。再如其《秦穆公墓》诗：

> 橐泉在城东，墓在城中无百步。乃知昔未有此城，秦人以泉识公墓。昔公生不诛孟明，岂有死之日而忍用其良？乃知三子殉公意，亦如齐之二子从田横。古人感一饭，尚能杀其身。今人不复见此等，乃以所见疑古人。古人不可望，今人益可伤。

王文诰辑注苏诗时有一按语："《秦穆公墓》诗，以不诛孟明作骨，全翻《诗经》后咏三良诗以晏子作骨，并翻前作。"[1] 据《左传》载，秦穆公死时，以子车氏的三个儿子殉葬，子车氏三子均为秦之良将，秦人感到哀痛，作《黄鸟》诗纪念他们。《黄鸟》之后，众多的咏三良之作，大多从《黄鸟》之说，揭露秦穆公的残暴，对三良深表同情。苏轼此诗，立意、角度亦均与前人不同，认为三良之殉穆公，完全是出于自愿的舍生取义的行为。诗人亦由古及今，感喟古人高义举止之不可追寻，今人则节义全无，以传世风日下、今不如昔之意。这种见解，表现了苏轼对历史的深刻思考与现实的深切关注。

苏轼诗歌的言理，还表现为以哲理入诗，即将他在追求实现人生价值的过程中对自然、社会、人生及艺术等方面的诸多问题进行哲学思考

---

① 苏轼：《苏轼诗集》，王文诰辑注，孔凡礼点校，中华书局1982年版，第119页。

而获得的"理"写入诗中,从而加深了诗歌的哲学底蕴,增加了其诗歌的哲理内涵。苏轼诗歌所言之言哲理,内容丰富广泛,有对一般意义上的哲理即宇宙自然之道的探索和阐述,有对人生价值与意义的思索,凡此种种,大多能给人以智慧的启迪。苏诗所表现的哲理,大致包括两个方面的内容:

其一,自然之理。此即通常意义上所说的事物的本质、运行规律或者事物之间的辩证关系。苏轼从年轻时期起就养成了"细思物理"的习惯,对宇宙、自然诸方面关系进行了深入的思考和探索,对事物之"理"的认识达到了一定的高度;诗人常常用诗歌来揭示自己所体悟到的这种"物理"。这一类理主要表现在他的山水景物诗及咏物诗中。如其《饮湖上初晴后雨》中就蕴含着哲理:"水光潋滟晴方好,山色空蒙雨亦奇。欲把西湖比西子,淡妆浓抹总相宜。"晴时水光潋滟,雨时山色空蒙,西湖景色之美,不受天气变化的左右;西湖美景犹如美女西施,不管是淡雅的妆饰,还是浓艳的涂抹,都不失其天生丽质。由此而给读者以哲理的启示:事物之美是由其本质所决定的,不会因其外在条件的变化而发生改变。苏轼诗歌还表现了自己对事物运行和发展规律的认识。如《六月二十七日望湖楼醉书》其一云:"黑云翻墨未遮山,白雨跳珠乱入船。卷地风来忽吹散,望湖楼下水如天。"看似变化无常,实则又是有常,这是诗歌所揭示的一条自然规律。又如《赠刘景文》有诗句云:"荷尽已无擎雨盖,菊残犹有傲霜枝。"荷花凋残时已无亭亭的叶子,而秋菊犹有傲枝与严霜相抗,这是诗人由观察自然体悟到的事物盛衰之理。《法惠寺横翠阁》中诗句:"雕栏能得几时好,不独凭栏人易老。百年兴废更堪哀,悬知草莽化池台。"造物不驻,景无长春,物无恒盛,则是诗人感悟到的普遍的自然法则。苏轼诗歌还表现了自己对事物辩证关系的认识,如《和述古拒霜花》诗云:"千株扫作一番黄,只有芙蓉独自芳。唤作拒霜知未称,细思却是最宜霜。"严霜对于百花来说,确实是一种扼杀,即便是对于芙蓉来说也未必不是如此。但换个角度来看,也许会得到一个全新的认识:正是这种恶劣的环境使芙蓉的品格得到了充分的展示与发挥,从这个意义上则又可以说,正是严霜"玉成"了芙蓉。这清晰地表明了诗人对客观事物的两重性的认识。当然,在大多数情况下,诗人不只是单单表现自然之理,在自然规律的背后，还往往寓含着深刻的人生哲理。

其二，人生之理。作为个体的人，苏轼对人自身存在的价值和意义也有着深入的思考，从宇宙与人生、社会与人生的种种关系中对人生的价值与意义作出理性的判断。如其《和子由渑池怀旧》云：

> 人生到处知何似，应似飞鸿踏雪泥。泥上偶然留指爪，鸿飞那复计东西。老僧已死成新塔，坏壁无由见旧题。往日崎岖还记否？路长人困蹇驴嘶。

诗人将人生比作行踪无定的鸿雁，表明在短暂的人生旅程中，每个人都如过客般来去匆匆，所过之处虽偶尔留下点点痕迹，但也都将转瞬即逝，正如鸿雁于雪泥中留下的爪痕。诗歌既充满了一种人生飘忽无定的悲凉感，也表现了诗人对人生无常的认识。但人生不应该仅仅如此，人生的道路很漫长，往日的崎岖也很难成为永久的悲哀；就如同自己曾经在旅途中人困驴蹇，也跨过坎坷走到了今天一样。展望前路，也就不必过于悲观。诗歌表现了诗人对人生的冷静思索，并超越了对人生无可名状的悲哀而走向了一种旷达的人生境界。

苏轼诗歌的哲理，大多能做到将议论与形象、情感有机地融合起来。如纪昀评其《和子由记园中草木十一首》其三说：“纯乎正面说理，而不入肤廓，以仍是诗人意境，非道学意境也。理喻之米，诗则酿之而为酒，道学之文，则炊之而为饭。”[1] 纪昀以米酒为喻，认为就如同好的工匠能将米酿成美酒一样，苏轼诗歌能将理渗透在诗之形象及诗情之中，以说理的方式形成诗歌独特的意境。苏轼的这首诗是这样的：

> 种柏待其成，柏成人已老。不如种丛篲，春种秋可倒。阴阳不择物，美恶随意造。柏生何苦艰，似亦费天巧。天工巧有几，肯尽为汝耗。君看黎与藿，生意常草草。

诗歌以种植柏、篲两种品性不同的植物的生长周期为话头，言美好

---

① 《苏轼诗集》，王文诰辑注，孔凡礼点校，中华书局1982年版，第204页。

之物生成艰难而费时，恶浊之物则常易成而"生意草草"。诗歌几乎通篇议论，但以比兴手法写成，因而不乏诗意。寓极富理性特征的意旨于物象的感兴之中，构造出了具有诗意的意境，这也正是苏轼诗歌同一般道学家诗歌抽象说理的区别所在。

　　这里有一点应该特别指出的是，在注重选择和运用意象的同时，苏轼的诗歌还常常通过精当的议论来突出哲理，显示出与唐人完全不同的审美情趣。勤于思考和善于思考是苏轼能够获得深刻的哲理体悟的前提，而渊博的学识、深邃的思想与充盈外溢的才情，则是苏轼诗歌极富哲理性审美内涵的重要保证。

　　应该说，宋代学术的产生和发展，激发了宋人诗歌尚理和议论的倾向，以议论言理，随着宋诗创作的发展和深入而遍布于诗歌的大部分体制中，欧阳修、王安石的诗歌，在议论说理方面已经初步显示了宋诗的基本风貌。而在时代学术及审美思潮的激荡下，苏轼的诗歌更是全方位地表现出了议论言理的特征，无论题材体制，还是创作旨趣，都大大超过了欧、王，而苏轼这种艺术实践的成功，极大地拓展了宋诗的审美内涵，因极为符合新的文化背景下宋代文人的文化品格和审美趣味而对宋代诗歌的创作产生了广泛、深远的影响。

四、以佛道之学入诗

　　作为宋代文化集大成的重要代表，苏轼的文化性格主要表现为儒道释三家的圆通融合。从其思想的实际来看，苏轼是从儒家的立场出发、以儒学为本位来构建他的思想体系的，但佛道思想在其人格结构中也发挥了重大影响，因此，尽管支配他文学创作的主要是儒家思想，但佛道对他文学创作的影响亦是极为明显的。因此，苏轼诗歌的学问化特征，还表现为以佛道之学入诗。

　　苏轼以佛道入诗，首先表现为好以佛道典故和佛道经典中的词语入诗。苏轼对佛经道藏之书非常熟悉，对其中的词语典故，常常能随手拈来，驱遣自如，用以表现诗情诗意。如其《纵笔》三首其二云："父老争看乌角巾，应缘曾现宰官身。溪边古路三叉口，独立斜阳数过人。"此诗写自己被贬海南父老争看的情景，其中"宰官身"典出《妙法莲华经》："妙音菩萨，现种种身，处处为众生说是经典，或现居士身，或现宰官身。"① 再如《次韵法芝举旧诗一首》中有诗句云："但愿老师真似月，谁家瓮里不相逢。"两句诗全用佛教典故，前一句用了《景德传灯录》中《证道歌》偈意："一月普现一切水，一切水月一月摄。"后一句用《高僧传·醋头和尚颂》典："揭起醋瓮见天下，天下原来在瓮中。"苏轼化用此两段佛偈成诗，表达了他与法芝的惜别之情，诗歌赠与僧人法芝，极为符合他的身份，同时又富有禅家机趣。

以道家典故入诗，在苏轼的诗歌中也极为常见，如上引苏轼《雪后书北台壁二首》其二中"冻合玉楼寒起栗，光摇银海眩生花"两句，"玉楼"、"银海"皆为道教典故。其《赠陈守道》诗，亦多用道教典故："一气混沦生复生，有形有心即有情。共见利欲饮食事，各有爪牙头角争。争时怒发霹雳火，险处直在嵌岩坑。人伪相加有余怨，天真丧尽无纯诚。徒自取先用极力，谁知所得皆空名。少微处士松柏寒，蓬莱真人冰玉清。山是心兮海为腹，阳为神兮阴为精。渴饮灵泉水，饥食玉树枝。白虎化坎青龙离，锁禁姹女关婴儿。楼台十二红玻璃，木公金母相东西。纯铅真汞星光辉，乌升兔降无年期。停颜却老只如此，哀哉世人迷不迷。"其中，"有形有心即有情"句，语出《庄子·德充符》，"阳为神兮阴为精"，出自《红铅火龙诀》与《黑铅水虎诀》，"乌升兔降无年期"则典出《玄奥集》，诗中"白虎"、"青龙"等也都为《道藏》中词语。

由于苏轼能圆融三教，因而其诗歌在很多情况下是佛老之典兼用，如《子由自南都来陈三日而别》诗：

夫子自逐客，尚能哀楚囚。奔驰二百里，径来宽我忧。相逢知有得，道眼清不流。别来未一年，落尽骄气浮。嗟我晚闻道，款启如孙休。至言难久服，放心不自收。悟彼善知识，妙药应所投。纳之忧患场，磨以百日愁。冥顽虽难化，镌发亦已周。平时种种心，次第去莫留。但余无所还，永与夫子游。此别何足道，大江东西州。畏蛇不下榻，睡足吾无求。便为齐安民，何必归故丘。

---

① 《苏轼诗集》，王文诰辑注，孔凡礼点校，中华书局 1982 年版，第 2328 页。

其中,"落尽骄气浮"用《庄子·达生》典:"纪渻子为王养斗鸡,十日而问:'鸡已乎?'曰:'未也,方虚骄而恃气。'十日又问,曰:'未也。犹应向景。'十日又问,曰:'未也。犹疾视而盛气。'十日又问,曰:'几矣,鸡虽有鸣者,已无变矣。望之似木鸡矣,其德全矣。异鸡无敢应者,反走矣。'"苏轼用此典,言苏辙学道而有得,看破尘世,没有了悲哀,已至"落尽骄气浮"的境界。"款启如孙休"亦用《庄子·达生》中孙休向扁子请教的典故,诗人以孙休自比,表示自己学道已晚。"悟彼善知识,妙药应所投",则是用《维摩诘经》典,《集注》云:"世尊现身为大医王,善疗众病,应病与药。"苏轼用此典以言苏辙学道"知有得"对自己的开化与启示。

第二,以佛禅与老庄的境界入诗。苏轼的宇宙观有很大一部分来自佛老思想,尤其在生活屡遭挫折的时候,佛道思想一度成为其主导思想,化解了他诸多的人生忧患、苦难与悲哀,使他在生活中能做到不为尘累所拘而超然物外、随缘自适,表现出通达的人生观。苏轼以佛禅与老庄的境界入诗,表达自己置身于佛道的思想理念与精神状态,因而其诗歌也显示出了丰富、深刻的佛道意蕴。如其《和文与可洋州园池三十首·望云楼》,即是以佛禅的境界入诗:

> 阴晴朝暮几回新,已向虚空付此身。出本无心归亦好,白云还似望云人。

诗歌所表现的是佛禅的"虚空"、"无心"境界。在诗人的思想意识里,正是因为彻悟了万物之"空"或非有非无的道理,所以作为主体的人能够做到像白云一样随风飘转,出处无心。这万物之"空",也正是佛教诸派别反复论证的观点。所以,"白云还似望云人",表现出的显然是一种以"空"观物的佛禅境界。可见,诗人于此以佛禅随缘悟道、立地成佛的思想方法为直接契机,选择了超然物外、随遇而安的人生境界。其《寄邓道士》一诗,则是以老庄的境界入诗:

> 一杯罗浮春,远饷采薇客。遥知独酌罢,醉卧松下石。幽人不可见,清啸闻月夕。聊戏庵中人,空飞本无迹。

　　合诗前之序文观之，诗歌通过抒写与世隔绝的山林道士独特的生活方式与情趣，显示了道士的神秘高洁，创造了一种幽静空旷的境界，揭示了"道"的"不可见"、"本无迹"。诗人在这里所展现的是道家的有无之境，并借此来获得心灵的自由。在命途多舛的日子里，道士们"山月伴君醒"、"醉卧松下石"的生活情趣给苏轼以莫大的启示，道家的生存哲学帮助他排遣了精神的苦闷，使得他在重重政治打击面前变得达观开朗。

　　佛、道思想，均为出世的人生态度，苏轼圆融三教，其中就包括将佛与道的打通，因而其诗歌中也常常表现出佛道兼具的境界。如其《迁居》诗中有句云：

　　　　吾生本无待，俯仰了此世。念念自成劫，尘尘各有际。下观生物息，相吹等蚊蚋。

　　"无待"出于《庄子》，指舍弃了对人生世事的一切依赖，从而获得心灵的自由。"劫"为佛家的时间概念，"尘"为道家的空间概念，后两句出自《庄子·逍遥游》："野马也，尘埃也，生物之以息相吹也。"诗人因迁居而感叹身世，通过诗歌展现了佛道生灭无常的观念：人生俯仰于世，无法把握自己的命运，无所谓祸福苦乐，无所谓生死得失；万物之生灭如同蚊蚋吹吸，不必心拘于尘世的无端扰攘，也不必汲汲于一己的穷通出处。苏轼于这些佛道观念中，领悟到了不为世俗所拘牵，不为得失生死所烦扰，顺其自然、随遇而安的人生态度。再如其《百步洪》一诗，所表现的是一种摆脱尘累、心无所住、旷达豁朗的佛道境界：

　　　　长洪斗落生跳波，轻舟南下如投梭。水师绝叫凫雁起，乱石一线争磋磨。有如兔走鹰隼落，骏马下注千丈坡。断弦离柱箭脱手，飞电过隙珠翻荷。四山眩转风掠耳，但见流沫生千涡。险中得乐虽一快，何异水伯夸秋河！我生乘化日夜逝，坐觉一念逾新罗。纷纷争夺醉梦里，岂信荆棘埋铜驼。觉来俯仰失千劫，回视此水殊委蛇。君看岸边苍石上，古来篙眼如蜂窠。但应此心无所住，造物虽驶如吾何？回船上马各归去，多言诮诮师所呵。

诗歌前半部分写洪水，用博喻之法，描绘长洪斗落、急浪轻舟之情景，奇势迭出；诗人于惊涛骇浪、险象环生之中获得心灵的震撼与快感。后半部分即景说理，面对洪水骏奔之景，诗人联想到了日夜逝去之不返，进而对人生短暂、沧海桑田、物是人非、宇宙永恒等重大哲学命题进行了深刻的反思，最后归于"心无所住"的佛禅之旨，俨然是对变与不变的华严法观界的诠释，因而方东树谓其"全从《华严》来"①。诗中用了"一念逾新罗"、"千劫"、"无所住心"等佛禅语，诗人以对佛家特殊的时空观的观照摆脱了心为物累、情随物转的缠缚，但由眼前之景所引发的人生思索却超越了佛理层面。"造物虽驶"，却也无奈我何，这体现的则纯然又是一种随缘自任、豁达超然的老庄式的精神追求。所以，此诗所表现的是一种佛道兼具的境界。

第三，以诗歌表现自己的佛道见解，或谈论佛道的相关问题。与上一类诗歌将自己人生感悟与情感融入佛道之境不同，苏轼还纯然以一个道教徒或者佛教徒的口吻，在一些诗歌中直接表达自己的佛道思想或对佛道的见解，或者阐述佛道的一些相关理论与原理。赵翼《瓯北诗话》云：

> 东坡旁通佛老。诗中有仿《黄庭经》者，如《辨道歌》、《真一酒歌》等作，自成一则。至于摹仿佛经，掉弄禅语，以之入诗……如钱道人有"认取主人翁"之句，坡演之云："主人若苦令侬认，认主人人竟是谁？"又云："有主还须更有宾，不知无镜自无尘，只从半夜安心后，失却当年觉痛人。"《过温泉》诗："石龙有口口无根，自在流泉谁吐吞？若信众生本无垢，此泉何处觅寒温？"《和柳子玉》诗："说静故知犹有动，无闲底处更求忙？"《答宝觉》诗："从来无脚不解滑，谁信石头行路难？"……此等本非诗体，而以之说禅理，亦如撮空，不过仿禅家语录机锋，以见其旁涉耳。惟《书焦山纶长老壁》云："法师住焦山，而实未尝住。我

---

① 方东树：《昭昧詹言》，人民文学出版社1961年版，第299页。

来辄问法，法师了无语。法师非无语，不知所答故。"又《闻辨才复归上天竺》诗云："寄诗问道人，借禅以为诙。何所闻而去？何所见而回？道人笑不答，此意安在哉！昔年本不住，今者亦无来。"此二首绝似《法华经》、《楞严经》偈语，简净老横，可备一则也。①

苏轼对佛道义理有着深刻的理解和把握，在很多情况下，他就把诗歌作为阐发其佛道见解的工具。这一类歌表现出了较强的学术化倾向，也失去了大部分我们通常所说的诗情诗性，常为历代诗家和学者所诟病。但也应该看到，这样的作风，是苏轼在特定的文化背景下的主理诗学观的必然表现。先看其《琴诗》：

　　若言琴上有琴声，放在匣中何不鸣？若言声在指头上，何不于君指上听？

诗歌形象地揭示了般若"缘起性空"的理论。琴能发声，但还少不了弹奏者指头的拨弄，否则就无法鸣奏成曲；由此可知，世间万物，必须因缘和合，才能生起。此即为佛家所说的缘起道理。《楞严经》云："譬如琴瑟、箜篌、琵琶，虽有妙音，若无妙指，终不能发。"这诗也正是这一段经文的形象化注解。再看其《无言亭》：

　　殷勤稽首维摩诘，敢问如何是法门？弹指未终千偈了，向人还道本无言。

苏轼深知禅宗明见清净本心的妙谛，更通晓禅机话头之意趣，以佛祖之无言为本，言众生礼佛诵经、执著外境而妄念徒生。诗人在此宣示的是禅宗拈花微笑，以心传心，不立文字，直指心源的要旨。其《读道藏》诗，写了他在太平宫读《道藏》的体会：

---

① 赵翼：《瓯北诗话》，霍松林、胡主佑校点，人民文学出版社 1983 年版，第 63—64 页。

　　嗟予亦何幸，偶此琳宫居。宫中复何有？戢戢千函书。盛以丹锦囊，冒以青霞裾。王乔掌关籥，蚩尤守其庐。乘闲窃掀搅，涉猎岂暇徐。至人悟一言，道集由中虚。心闲反自照，皎皎如芙蕖。千岁厌世去，此言乃籧篨。人皆忽其身，治之用土苴。何暇及天下，幽忧吾未除。

　　诗歌前半部分写宫中《道藏》收藏和保管的情形，并以仙人王乔和古神话中的蚩尤来衬托《道藏》的神圣不凡。后半部分写诗人读《道藏》所体悟到的道家义理。诗人最深切的体会是领悟了"中虚而道集"、"心闲而自照"的玄理和修身之法；虚即无，闲即静，苏轼领悟的正是道家和道教的真谛。而其《辨道歌》，有很大成分是为介绍当时道家流行的内丹功法而作，为传授道术而作：

　　北方正气名祛邪，东郊西应归中华。离南为室坎为家，先凝白雪生黄芽。黄河流驾紫河车，水精池产红莲花。赤龙腾霄惊盘蛇，姹女含笑婴儿呀。十二楼瞰灵泉霪，华池玉液阴交加。子驰午前无停差，三田聚宝真生涯。龟精凤髓填谽谺，天地骇有鬼神嗟。一丹休别内外砂，长修久饵须升遐。肠中澄结无余柤，俗骨变换颜如葩。

　　诗歌作于绍圣三年，时苏轼六十一岁，十分留心养生之术，对其时流行的龙虎铅汞内丹之说，已有深切的实践与体会。此处所引为诗歌的前半部分，诗人全然以一个道士的身份，把内丹的隐奥一一写入诗歌。此外，苏轼的《海上道人传以神守气诀》、《赠陈守道》等诗歌，也都阐述了道家养气、内丹学说的方法、原理和功用。在此，苏轼以诗歌的形式承担起了宣传其道教之术的任务。

五、以诗学、画论、书论入诗

　　作为罕见的文艺天才，苏轼不但工于诗词，也擅长绘画和书法。在实践的基础上，他对诗歌、绘画和书法艺术的创作规律都进行了总结，并形成了丰富的理论思想。这些理论也常常通过诗歌体现出来。

苏轼的诗学思想，内容丰富，涉及范围广泛，散见于他的各种体式的文字之中。在很多情况下，苏轼用诗歌来表现自己的诗学见解；这些见解也成为了他诗学思想不可或缺的组成部分。如其《次韵张安道读杜诗》中就蕴含了丰富的诗学思想：

> 大雅初微缺，流风困暴豪。张为词客赋，变作楚臣骚。展转更崩坏，纷纶阅俊髦。地偏藩怪产，源失乱狂涛。粉黛迷真色，鱼虾易辈牢。谁知杜陵杰，名与谪仙高。扫地收千轨，争标看两艘。诗人例穷苦，天意遣奔逃。尘暗人亡鹿，溟翻帝斩鳌。艰危思李牧，述作谢王褒。失意各千里，哀鸣闻九皋。骑鲸遁沧海，捋虎得绨袍。巨笔屠龙手，微官似马曹。迂疏无事业，醉饱死游遨。简牍仪型在，儿童篆刻劳。今谁主文字，公合抱旌旄。开卷遥相忆，知音两不遭。般斤思郢质，鲲化陋儵濠。恨我无佳句，时蒙致白醪。殷勤理黄菊，未遣没蓬蒿。

诗歌的内容可以归结为以下几个方面：其一，以高度凝练的语言概括了从《诗经》到唐代诗歌发展的历史，是对前代诗歌风格变迁的总结，表现了对骚雅传统的崇尚和对齐梁诗风的批判。其二，与王安石独尊杜甫而贬低李白不同，苏轼从风骚的创作传统和文学演进的视角，对杜甫和李白在诗歌发展史上的地位给予了高度评价，认为他们如两艘竞渡之舟，并驾齐驱，可为后世诗歌典范。其三，继承和发展了欧阳修"诗穷而后工"的思想，强调了生活的实践和真切的体验对诗歌创作的决定性作用。其四，对当前诗坛的创作实际和自己所肩负的诗歌革新的历史使命表现出了清醒的认识。又如其《送参寥师》诗云：

> 欲令诗语妙，无厌空且静。静故了群动，空故纳万境。阅世走人间，观身卧云岭。咸酸杂众好，中有至味永。诗法不相妨，此语当更请。

这里所引为诗歌的最后几句，诗人以禅言诗，探讨了一个十分重要的诗歌理论问题，即关于诗人创作心境的问题。认为诗人只有保持"空静"的心境，才能不被纷纭变化的外物所干扰，才能充分调动自身的审美关注，涵融万境，使诗歌达到淡泊隽永、意韵绵长的艺术境界。

以画论入诗，也是苏轼诗歌学问化特征的一个重要表现。苏轼的绘画思想和绘画理论，在中国绘画思想史上产生了深远的影响；他的这些思想和理论，有很大一部分是通过诗歌的形式表现出来的。苏轼以诗论画，较有代表性的作品有《王维吴道子画》、《书鄢陵王主簿所画折枝二首》其一、《次韵黄鲁直书伯时画王摩诘》、《书晁补之所藏与可画竹三首》其一、《韩幹牧马图》、《次韵子由书李伯时所藏韩幹马》、《题文与可墨竹》等。如《王维吴道子画》诗：

> 何处访吴画？普门与开元。开元有东塔，摩诘留手痕。吾观画品中，莫如二子尊。道子实雄放，浩如海波翻。当其下手风雨快，笔所未到气已吞。亭亭双林间，彩晕扶桑暾。中有至人谈寂灭，悟者悲涕迷者手自扪。蛮君鬼伯千万万，相排竞进头如鼋。摩诘本诗老，佩芷袭芳荪。今观此壁画，亦若其诗清且敦。祇园弟子尽鹤骨，心如死灰不复温。门前两丛竹，雪节贯霜根，交柯乱叶动无数，一一皆可寻其源。吴生虽妙绝，犹以画工论。摩诘得之于象外，有如仙翮谢笼樊。吾观二子皆神俊，又于维也敛衽无间言。

诗歌先总评王维和吴道子两人的画，认为他们的画品甚高，可为后世典范，表示对他们的推崇。然后分论二人画作的特点，以为吴画"雄放"而王画"清敦"。最后进行总结，说两人都妙绝、神俊，但重点还在于比较：吴道子妙尽象内，犹属画工；而王维则能传象外之境，颇具神韵。相形之下，苏轼表示对王维尤为钦佩。这样，苏轼的绘画主张也就不言自明了。尤其值得注意的是，苏轼在这里触及了一个重大的关于绘画的美学命题，即文人画与画工画分野的问题。诗歌也成为后来苏轼倡导文人画立论的基础。苏轼诗歌所阐发的绘画思想和绘画理论非常丰富，如《书鄢陵王主簿所画折枝二首》其一之"论画以形似，见与儿童邻"，强调的是神似；《次韵子由书李伯时所藏韩幹马》之"君不见韩生自言无所学，厩马万匹皆吾师"，强调的是"师法自然"的创作原则；《书晁补之所藏与可画竹三首》其一之"与可画竹时，见竹不见人，岂独不见人，嗒然遗其身。其身与竹化，无穷出清新。庄周世无有，谁知此凝神"，揭示的是创作过程中主体与物俱化的精神状态。

苏轼不仅在书法创作的实践中取得了极高的成就，对于书法创作也提出了许多见解独到的理论。这些见解，在他的《东坡题跋》中有较为集中的阐发，讲得极为清楚详细。同时，诗歌也是苏轼阐论书法见解的重要形式，他以诗论书，表达的见解也极为深刻，是后世研究其书法思想、书法理论的重要材料。如其《题王逸少帖》云：

> 颠张醉素两秃翁，追逐世好称书工。何曾梦见王与钟，妄自粉饰欺盲聋。有如市娼抹青红，妖歌嫚舞眩儿童。谢家夫人澹丰容，萧然自有林下风。天门荡荡惊跳龙，出林飞鸟一扫空。为君草书续其终，待我他日不匆匆。

诗歌涉及了王羲之、钟繇、张旭、怀素等一群书法家的艺术风格，表现了苏轼书法审美的倾向性。诗中尽情贬抑张旭与怀素，极力赞扬王羲之与钟繇，原因是张、怀二人的书法为迎合时尚而有意求工求好，人工雕琢的痕迹过于显露，其浓重的脂粉气不能与钟、王清雅淡远的书卷气相比。苏轼议论书法的诗歌颇多，内容涉及书法艺术的诸多方面，议论也极为细致。如《石苍舒醉墨堂》诗，诗人表示了对石苍舒书法的欣赏，并说："君于此艺亦云至，堆墙败笔如山丘。"肯定了勤学勤练的积学之功对书法创作的重要作用。《柳氏二外甥求笔迹二首》之"退笔如山未足珍，读书万卷始通神"，则强调书法创作要提高学养，兼取各家之长，以做到书中有"书卷气"。《次韵子由论书》和《孙莘老求墨妙亭诗》为历代学者探讨苏轼书学思想时必不可少的引用材料，如《次韵子由论书》云：

> 吾虽不善书，晓书莫如我。苟能通其意，常谓不学可。貌妍容有颦，璧美何妨椭。端庄杂流丽，刚健含婀娜……吾闻古书法，守骏莫如跛。世俗笔苦骄，众中强鬼騧。钟张忽已远，此语与时左。

《孙莘老求墨妙亭诗》云：

兰亭茧纸入昭陵，世间遗迹犹龙腾。颜公变法出新意，细筋入骨如秋鹰。徐家父子亦秀绝，字外出力中藏棱。峄山传刻典刑在，千载笔法留阳冰。杜陵评书贵瘦硬，此论未公吾不凭。短长肥瘦各有态，玉环飞燕谁敢憎……

两首诗集中反映了苏轼的书学观。首先，他认为书法是书家的自我表现。一名有自己风格的书家，应该具有自己独特的面目，哪怕是如西施因病捧心，美玉琢成椭璧，都不妨碍其成为成功的作品。其次，苏轼认为书法家应该有一种主导风格，同时又能吸取古贤书法的营养和其他风格之长，于多样化之中求得统一："端庄杂流丽，刚健含婀娜。""徐家父子亦秀绝，字外出力中藏棱。"对于笔墨的把握，要做到刚健与柔婉相济，秀美与拙朴互补，如果一味刚健拙朴，就易失于生硬直露，一味柔婉秀美，则往往会失之卑弱乏力。再次，苏轼倡导书风的多样性，从总体上来说，苏轼反对过分骄健、突兀不稳的瘦硬书风，标举瘦硬通神、丰腴厚实的书风。

在苏轼看来，诗歌、绘画、书法三种艺术之间是相通的，它们之间有着许多共同性，所以他又提出了诗画一律、诗书一体、书画同源或者类似的观点。他常常于同一首诗中诗画、诗书、书画、或者说诗书画兼论，或者虽有时单论某一种类型的艺术，亦可以通论视之。

苏轼以诗歌的形式来论诗、论书、论画，集中体现了他的艺术思想，论说精彩而得神理，在宋代就产生了重大影响。应该说，这也是宋代文化繁荣背景下诗、书、画高度发展的必然结果，是宋代尚意、主理诗学的重要表现，也极能代表宋诗的风格特征，为宋代诗歌学问化特征的典型表现之一。

从内容上来看，苏轼诗歌所包含的学问还涉及其他多个方面。如《赠眼医王生彦若》、《次韵子由清汶老龙珠丹》、《紫团参寄王定国》等，是以医学入诗，《石鼓歌》是以考古、地理之学入诗。《赠善相程杰》、《赠虔州术士谢晋臣》等，则是以卜相入诗。此外，苏轼还多以水利、科技等多方面的学问入诗。这些都充分体现了苏轼学识的广博，也体现了苏轼诗歌学问的广度。

苏轼云："乃知豪放本精微"，他将"豪放"与"精微"、"才华"

与"学问"密切地结合在一起，创作出了极具审美价值的、能真正体现宋诗独特面貌的诗歌作品，堪称宋诗的杰出代表。他尚意重理，既重技巧，亦重才学，以极强的议论化、才学化倾向，从整体上弱化乃至脱略了唐诗主情的形迹，从而强化了宋诗的美学特征，其诗歌也成为了宋调成型期的一种审美范型。"无意不可入"的内容和题材，极大地拓展了苏轼诗歌学问化的广度，而对"理"的开掘，则又极大地增加了其诗歌学问化的深度。在苏轼的门下聚集了众多的诗人，他们往来酬唱，盛极一时。《坡门酬唱集》张叔椿序云："诗人酬唱，盛于元祐间，自黄鲁直、后山宗主二苏，旁与秦少游、晁无咎、张文潜、李方叔驰骛相先后，萃一时名流，悉出苏公门下，嘻，其盛欤！"① 苏门诗人成为了盛宋诗坛的主要创作力量，应该说，苏轼学问化的诗歌创作理念和创作手法通过苏门文人对宋代诗歌产生了重要影响。

第五节　宋调凝定期：以黄庭坚为代表的江西诗派的学问化诗歌

尽管从创作手法和风格特征上来看，苏轼的诗歌已经是完全意义上的宋调，但其独特的个性、天纵之笔力与深厚的学养相结合所达到的艺术高度，非一般的诗人所能企及，其诗歌所体现出来的独特的风格特征，也具有超强的不可摹仿性与复制性。从这个意义上来看，苏轼的诗歌不是宋调最具典型性的代表。而苏轼的门人黄庭坚和陈师道，尤其是黄庭坚，面对前人留下的丰厚的文化遗产，总结了一套可以称之为"学问"的诗歌创作方法，并以他们自己的创作实践为宋代诗歌创作提供了有法可循的范本，由此而形成了宋代诗歌史上一个最为庞大的诗歌群体——江西诗派。"国朝文物大备，穆伯长、尹师鲁始为古文，成于欧阳氏；歌诗至于豫章，始大出而力振之，后学者同作并和，尽发千古之

_____

① 邵浩：《坡门酬唱集》卷首，载文津阁《四库全书》第450册，商务印书馆2005年版，第153页。

秘，无余蕴矣。录其名字，曰江西宗派，其源流皆出豫章也。"① 黄庭坚被奉为江西诗派的一代宗师。江西后学在诗学思想和创作理论上，皆有本于黄庭坚，多是对其诗学理论的阐述与发挥；他们在创作实践中则遵循黄氏所标举的诗法，"锻炼勤苦"、"用工深刻"，强调学问的运用，形成了以学问化为主导的、鲜明而相对稳定的群体特征，最鲜明地体现了宋诗与唐诗的差别，因而可以称之为宋调的典型；黄庭坚的诗歌尤其可以看作是宋调最典范的形态。缪钺先生在《论宋诗》一文中明确指出，相对于苏轼，黄庭坚诗歌更能代表宋诗的特色："宋诗之有苏黄，犹唐诗之有李杜。元祐以后，诗人迭起，不出苏黄二家。而黄之畦径风格，尤为显异，最足以表宋诗之特色，尽宋诗之变态。"② 以黄庭坚、陈师道等人为代表的江西诗派，在宋代诗坛延续时间之长，影响之大，无有出其右者。正是因为江西诗派具有这种相对稳定的群体特征和比较持久的影响力，把这一诗派走上和占领宋代诗坛的这一段时期称为宋调的凝定期，应该说还是比较恰当的。

一、黄庭坚诗歌的学问化创作倾向

黄庭坚自幼即多读儒家经典，后勤于攻读，遍览群书，具备了渊博的学识，表现出了深厚的学问修养和多方面的才华。在思想上，他以儒学为本，辅以佛、道之学，融三家于一体，构建了以心性论为核心的哲学思想。在史学上，他于宋哲宗元祐元年与范祖禹等校订《资治通鉴》，随后为《神宗实录》检讨官，参与《神宗实录》的编撰，后又入史局，故而具有深厚的史学修养。黄庭坚尤以书法和诗歌享誉北宋文坛。其书法自成一格，被誉为"宋四家"之一；其诗歌学问化的倾向极为明显，以鲜明的艺术个性典型地体现了宋诗基本的艺术特征，并以讲究法度、有法可循而成为后学者学习的典范。

黄庭坚具有自觉的理论意识，十分注重诗歌创作理论的总结，在诗学理论方面取得了极深的造诣。在其丰富的诗学理论中，最为引人注目的就是他的学问化诗学理论，其中包括对诗歌本质的认识、对诗歌审美

---

① 赵彦卫：《云麓漫钞》卷十四，中华书局 1985 年版，第 389 页。
② 缪钺：《诗词散论》，上海古籍出版社 1982 年版，第 35 页。

风格的认识、对创作主体学问的强调、在创作实践中如何运用和表现学问等各个方面的问题。如他在《答何静翁书》中以形象的比喻谈到了学问的积累与艺术修养及文学创作的关系："江出汶山，水力才能泛筋，沟渠所开，大川三百，小川三千，然后往而与洞庭、彭蠡同波，下而与南溟、北海同味。今足下之学，诚汶山有源之水也，大川三百，足下其求之师，小川三千，足下其求之友。方将观足下之水波，能遍与诸生为德也。"① 这一段话强调了创作主体的学问修养对于文学创作的重要作用。在黄庭坚看来，作家的创作，能做到如千汇万状而无不如志者，绝非偶然可成，要靠平日铢积寸累、广采博收的学问工夫。诗人之有学问，恰如江水之有源头，诗人的学问修养愈深厚，积累的诗材就愈多，思路也愈开阔，创作中也就愈能做到左右逢源而游刃有余。再如，黄庭坚以"不俗"为其诗学最基本的一个美学思想，在他看来，诗歌要至于不俗的境界，除了要求诗人有不俗的人品和精神境界外，还有赖于诗人知识学问的修养，如他评价苏轼作品的风格与其人格的关系时说："东坡道人在黄州时作，语意高妙，似非吃烟火食人语。非胸中有万卷书，笔下无一点尘俗气，孰能至此？"② 认为对书本知识和学问的运用是使诗歌形成不俗的审美风格的重要手段，于书卷学问中求得诗歌之高妙。此外，黄庭坚"以理为主"的诗歌本质论，"以俗为雅，以故为新"、"点铁成金"、"夺胎换骨"的创作方法论等，也都是其诗学理论极富学问化倾向的鲜明体现。

作为江西诗派的"诗家祖宗"，黄庭坚在创作实践中充分履践了其学问化诗学理论。相对于王安石和苏轼，黄庭坚在学术成就与哲理深度方面皆略有逊色，但其诗歌学问化的倾向却更为突出。黄庭坚现存有一千九百余首诗歌，其中有很大一部分具有鲜明的学问化特征，主要表现在以下几个方面：

（一）以成语典故入诗

黄庭坚诗歌的学问化倾向首先表现在典故的使用上。一方面，他的

① 黄庭坚：《答何静翁书》，载《全宋文》第一〇四册，上海辞书出版社、安徽教育出版社 2006 年版，第 290—291 页。

② 《全宋文》第一〇六册，上海辞书出版社、安徽教育出版社 2006 年版，第 181 页。

用典继承了西昆体作家及王安石、苏轼等前辈诗人的作风，表现出了富赡博奥、绵密深僻的特点；另一方面，他又发展了用典的技巧，或熟典妙用，化熟为生，或通过将意义不太相干的不同典故嫁接、熔铸，翻新出奇，有点铁成金之妙。

关于黄诗用典博、僻、富、密等特点，宋人就已经有了充分的认识。如任渊《黄陈诗集注序》云："一字一句有历古人六七作者。盖其学该通乎儒、释、老庄之奥，下至于医、卜、百家之说，莫不尽摘其英华以发之于诗。"① 许尹同书序云："宋兴二百年，文章之盛，追还三代，而以诗名世者，豫章黄庭坚鲁直……其用事深密，杂以儒、佛。虞初稗官之说，《隽永》《鸿宝》之书，牢笼渔猎，取诸左右，后生晚学，此秘未睹者，往往苦其难知。"② 魏泰《临汉隐居诗话》云："黄庭坚喜作诗得名，好用南朝人语，专求古人未使之事，又一二奇字，缀葺而成诗。"③ 刘克庄说："豫章稍后出，会萃百家句律之长，究极历代体制之变，搜猎奇书，穿穴异闻，作为古律，自成一家，虽只字半句不轻出。"④ 他们都从不同的角度谈到了黄庭坚诗歌用典的特征。黄诗用典的范围极广，涉及经史子集、佛典道藏的各类书籍，几乎到了无书不用的地步；为了达于"不俗"的表达效果，他还常常使用大量深僻之典，即所谓的"宁僻毋俗"；而讲究"无一字无来历"，则使得其诗歌"句句皆有所本"，在用典上表现出了富、密的特点。试看其《答钱穆父咏猩猩毛笔》诗：

　　　　爱酒醉魂在，能言机事疏。平生几两屐，身后五车书。物色看王会，勋劳在石渠。拔毛能济世，端为谢杨朱。

此诗吟咏毛笔，以用典精微，善于点化而著称。全诗以赋的手法铺排典故，所用之典分别取自唐裴炎《猩猩铭序》、《礼记·曲礼上》、《易·系辞上》、《晋书·阮孚传》、《庄子·天下》、《唐书·黠戛斯

① 黄庭坚：《黄庭坚诗集注》，任渊等注，刘尚荣校点，中华书局2003年版卷首。
② 同上。
③ 魏泰：《临汉隐居诗话》，载《历代诗话》，中华书局1981年版，第327页。
④ 刘克庄：《江西诗派小序》，载《历代诗话续编》，中华书局1983年版，第478页。

传》、班固《西都赋》、《列子·杨朱篇》等，具有博赡、密集、冷僻的特点。又如其《次韵马荆州》一诗："六年绝域梦刀头，判得南还万事休。谁谓石渠刘校尉，来依绛帐马荆州。霜髭雪鬓共看镜，茱糁菊英同送秋。它日江梅腊前破，还从天际望归舟。"诗歌通篇用典，分别用了西晋王濬、西汉刘向及东汉马融的事典和唐代杜牧、刘希夷、杜甫及南朝谢朓的语典。再如《郭明甫作西斋于颍尾请予赋诗》二首其二之前两联："东京望重两并州，遂有汾阳整缀旒。翁伯入关倾意气，林宗异世想风流。"首句用汉人郭丹、郭伋分别领并州故事，次句引用唐代郭子仪封汾阳郡王故事，第三句用西汉豪侠郭解故事，第四句用汉郭泰的故事，四句诗用五位郭姓历史人物故事以切合赠诗对象之姓。

黄庭坚诗歌用典的成功，不仅缘于其深厚的学问修养，也还缘于其灵活高超的用典技巧。黄庭坚以典故的运用作为使其诗歌至于"不俗"的重要手段，因而在使用典故时，一般不是着眼于典故的惯常意义，而是能够打破传统的思维定式，以平熟之典表达出不同寻常的新意，收到出人意表的效果。如《次韵刘景文登邺王台见思》之"公诗如美色，未嫁已倾城"句，诗人一反自李延年《佳人歌》以来诗人多用"倾城"、"倾国"等词语形容美色的传统，自出新意，极具新鲜感。又如《观王主簿家酴醾》诗之颔联："露湿何郎试汤饼，日烘荀令炷炉香。"前句用《世说新语》载何晏事："（何晏）美姿仪，面至白。魏明帝疑其傅粉，正夏月，与热汤饼，既啖，大汗出，以朱衣自拭，色转皎然。"[①]以何晏之出汗状酴醾为露水所湿之态；后句用东汉荀彧事，荀彧曾任尚书令，其衣带香气，人称为"令君香"，诗人以此形容酴醾花之馥郁芬芳。以男子喻花，在古诗中极为罕见，令人有耳目一新之感。从以上几例可以见出，黄诗能够借助典故生发出新奇的艺术联想，化熟为生，以生见巧，将典故运用得出人意料而贴切自然，这也是黄庭坚用典求变求新的创作心态和深厚的艺术功力充分表现。

为了达到翻新出奇的表达效果，黄庭坚用典还常常反其意而用之。如《古意赠郑彦能》诗中"金欲百炼刚，不欲绕指柔"句，典出刘琨《重赠卢谌》："何意百炼刚，化为绕指柔。"诗人反其意而用之，表明

---

① 刘义庆：《世说新语校笺》，徐震堮校笺，中华书局1984年版，第333页。

自己的人生态度，谓大丈夫不能俯仰由人，应该持心自重。又如其《池口风雨留三日》之"翁从旁舍来收网，我适临渊不羡鱼"句，典出《淮南子·说林训》："临河而羡鱼，不如归家织网。"《汉书·董仲舒传》亦有"临渊羡鱼，不如退而结网"之语，又孟浩然《临洞庭湖赠张丞相》诗中说："坐观垂钓者，徒有羡鱼情。"表现的都是积极用世的思想。黄庭坚于此却力翻成案，表达了自甘淡泊、与世无争的心境。再如《和答孙不愚见赠》之末联："小臣才力堪为掾，敢学前人便挂冠。"黄庭坚反用《南史》陶弘景挂冠神武门而不愿为官之事，言自己才力浅薄，正好做这样的小官，不敢学前人挂冠而去。可见，黄诗用典使用翻案之法，不仅只是反用其意，而是常常能做到自出机杼，有化腐朽为神奇之妙。究其原因，其中也不无逞才炫博的诗学意趣。

黄庭坚诗歌虽然有用典繁复的特点，有时句句用典甚至一句数典，但他并不是一味地堆砌典故，割裂成语，而是能将不同的典故巧妙地融合在一起，赋予它们以全新的表达功能，使诗歌具有更强的表现力。如《戏呈孔毅父》之首联："管城子无食肉相，孔方兄有绝交书。"两句用四典，"管城子"语出韩愈《毛颖传》，"食肉相"用《后汉书·班超传》之典，"孔方兄"用晋代鲁褒《钱神论》语意，"绝交书"则出自嵇康之《与山巨源绝交书》。诗人精心选择了四个相互之间毫无关联的典故，经熔铸锻炼后化为意新语奇的妙句，表达了丰富的内容，显得含蓄而不直露，既具有学问的含量，又增加了诗歌的趣味，产生了新奇的表达效果。上面所引论的《答钱穆父咏猩猩毛笔》诗亦是如此，诗人以众多的典故巧妙构思成篇，并从典故中翻出了新意，叙中有议，颇显学问与匠心，极具学问化特色。

（二）化用前人诗意、句意

黄庭坚的诗歌创作，十分重视对前人诗意的借鉴和承袭，以对前人诗意的借鉴和取用作为超越他们的重要前提和手段。据范温《潜西诗眼》记载："山谷言学者若不见古人用意处，但得其皮毛，所以去之更远。"① 在黄庭坚看来，学诗者须用心体会、潜心钻研，以见出古人诗

---

① 范温：《潜溪诗眼》，载郭绍虞《宋诗话辑佚》，中华书局 1980 年版，第 317 页。

歌的用意之处，然后才有可能做到化用其诗之意为己诗之意，创造出一种新的诗歌境界。如果仅得其皮毛而不见其用意，就不可能真正把握古人诗歌"妙处"之所在，那么也就谈不上超越古人另创新意了。

黄庭坚有"夺胎换骨"的创作理论，所谓"夺胎"和"换骨"，都是围绕诗"意"来做文章的，大体都是对原有诗意加以借鉴，进行发挥、引申，并用新的语言形式表现出来。如黄庭坚《和陈君仪读〈太真外传〉五首》其二云："扶风乔木夏阴合，斜谷铃声秋夜深。人到愁来无处会，不关情处亦伤心。"宋人曾季貍于《艇斋诗话》中指出此诗"全用乐天诗意"①，诗歌之"意"取自白居易之《和思归乐》诗："峡猿亦无意，陇水复何情？为到愁人耳，皆为断肠声。"两诗之意极为接近，显然黄庭坚是受到了白居易的启发，但他在遣词造句上全不相袭，而是进行了更新和提高，使诗意变得更为警醒有力。又如《子瞻诗句妙一世……故次韵道之》中有四句云："枯松倒涧壑，波涛所舂撞。万牛挽不前，公乃独力扛。"分别用杜甫《古柏行》和韩愈《病中赠张十八》诗意，杜甫诗句云："大厦如倾要梁栋，万牛回首丘山重。"韩愈诗句云："龙文百斛鼎，笔力可独扛。"诗人点化韩、杜之诗意，意虽袭而语益工，形成了全新的意象。再如其名作《登快阁》之颈联"落木千山天远大，澄江一道月分明"，则是同时承袭和化用了杜甫"常时任显晦，秋至辄分明""无边落木萧萧下，不尽长江滚滚来"、李白"水寒夕波急，木落秋山空""月下沉吟久不归，古今相接眼中稀。解道澄江静如练，令人长忆谢玄晖"、柳宗元的"木落寒山静，江空秋月明"等诗句之意而成联。

黄庭坚取前人诗意入诗，是一种以继承、借鉴为基础的创新。这是他在重意诗学下"以故为新"诗学主张的成功实践。其核心精神可以看作是如何在把握前人诗作之"意"的基础上进行创新，使诗歌既具有文化的底蕴，又具有学问的含量，同时还实现了其"意新语工"的审美理想。

（三）以前人诗歌的章法、句法、字法入诗

黄庭坚也极为重视诗歌的章法、句法和字法。其诗歌中就多有关于句法的论说："句法提一律，坚城受我降。"（《子瞻诗句妙一世……故次韵道之》）"诗来清吹拂衣巾，句法词锋觉有神。"（《次韵奉答文少激推官纪赠二首》）《潜溪诗眼》"句法"条也有他关于议论句法的记载：

> 句法之学，自是一家工夫。昔尝问山谷"耕田欲雨刈欲晴，去得顺风来者怨。"山谷云："不如'千岩无人万壑静，十步回头五步坐。'"此专论句法，不论义理，盖七言诗四字三字作两节也。此句法出《黄庭经》。①

黄庭坚这样的议论，是建立在对前人句法的研味揣摩、学习摹仿的基础之上的。清人方东树说："杜公所以冠绝古今诸家，只是沉郁顿挫，奇横恣肆，起结承转，曲折变化，穷极笔势，迥不由人。山谷专于此苦用心。"② 黄庭坚提倡以杜甫为诗学典范，其中重要的一点就是在章法、句法等方面取法于杜甫。如他的《王充道送水仙花五十枝，欣然会心，为之作咏》一诗，就学习了杜甫《缚鸡行》结尾"旁入他意"的行文章法。又如其《到桂州》之"李成不在郭熙死，奈此百嶂千峰何"的句法，则有取于杜甫《戏韦偃为双松图歌》之"天下几人画古松，毕宏已老韦偃少"。胡仔《苕溪渔隐丛话》云："《禁脔》云：鲁直换字对句法，如'只今满座且尊酒，后夜此堂空月明'……其法于当下平字处以仄字易之，欲其气挺然不群，前此未有人作此体，独鲁直变之。苕溪渔隐曰：此体本出于老杜。如'宠光蕙叶与多碧，点注桃花舒小红'……似此体甚多，聊举此数联，非独鲁直变之也。"③ 指出了黄庭坚诗歌中的换字对句之法并非己创，而是从杜甫那里借鉴过来的。

当然，黄庭坚诗歌章法、句法取法的对象并不仅仅局限于杜甫诗

---

① 范温：《潜溪诗眼》，载郭绍虞《宋诗话辑佚》，中华书局 1980 年版，第 330—331 页。
② 方东树：《昭昧詹言》，人民文学出版社 1961 年版，第 379 页。
③ 胡仔：《苕溪渔隐丛话》前集卷四十七，人民文学出版社 1962 年版，第 319 页。

歌。应该说，凡是独特而又具有较强表现力的前人的章法和句法，黄庭坚诗往往都会取来为己所用，"会萃百家句律之长"，在诗歌形式上表现出了极大的丰富性。试看其《送王郎》之前八句：

> 酌君以蒲城桑落之酒，泛君以湘累秋菊之英。赠君以黟川点漆之墨，送君以阳关堕泪之声。酒浇胸次之磊块，菊制短世之颓龄。墨以传万古文章之印，歌以写一家兄弟之情。

此为黄庭坚写给其妹夫王纯亮的送别之诗。所引八句都以散文的句法写与送别有关之物。诗歌以赋法如此铺陈排比，托物寓意，表现了对对方的惜别与关切之情。其章法与句法也都是取法于前人。且句句皆有所本，充分体现了诗人"无一字无来处"的诗学思想。钱锺书《管锥编》云："黄庭坚《送王郎》'酌君以蒲城桑落之酒'云云，历来谈艺者皆谓其仿鲍照《拟行路难》'奉君金卮之美酒'云云；然黄诗申说'酒浇胸中之磊块'云云，补出崔莺莺所谓'因物达情'，则兼师鲍令晖诗，熔铸兄妹之作于一炉焉。"①诗歌在章法句式上取法于鲍照《行路难》其一："奉君金卮之美酒，玳瑁玉匣之瑶琴。七彩芙蓉之羽帐，九华葡萄之锦衾。"在诗意上则有取于其妹鲍令晖《代葛沙门妻郭小玉作》二首其二之赠物以达情之意："君子将遥役，遗我双题锦。临当欲去时，复留相思枕。题用常著心，枕以忆同寝。"所以，诗歌既有篇章句法的承袭，又有诗意的借鉴。再如其《题竹石牧牛》：

> 野次小峥嵘，幽篁相倚绿。阿童三尺棰，御此老觳觫。石吾甚爱之，勿遣牛砺角。牛砺角尚可，牛斗残我竹。

这是一首为苏轼、李公麟合作的竹石牧牛图所写的题画诗。诗歌前半部分再现了画面的意境，后半部分从画面生发开去而议论抒情。后面的四句，从章法句式的结构上来看，几乎是李白《独漉篇》的翻版："独漉水中泥，水浊不见月。不见月尚可，水深行人没。"黄庭坚取鉴

---

① 钱锺书：《管锥编》，三联书店 2001 年版，第 1365 页。

李白诗歌的形式，推陈出新，表现了全新的诗意。

黄庭坚借鉴前人诗歌的章法和句法，为其诗意的恰当表达提供了良好的空间。这种取鉴使得他的诗歌更具文化的底蕴，也显得更为厚实。所以，对前人诗歌章法和句法的取鉴，亦为黄庭坚诗歌学问化特征表现之一端。

（四）以文字为诗

作为北宋元祐诗坛的中坚人物，黄庭坚置身于苏门文人为主体的文学圈内，常参与各种文人雅集，以诗会友，颇多酬赠次韵之作。在炫学逞博心理的驱使下，黄庭坚作诗也常于文字上下工夫，以显示自己文字学方面的功底和对文字的把握能力。

在押韵、用字方面，黄庭坚常有意选择险韵、僻字，以增加创作的难度。元代刘埙《隐居通义》卷八引孙瑞语云："山谷作诗，有押险韵处，妙不可言。如《东坡效庭坚体》诗云：'我诗如曹邻，浅陋不成邦；公如大国楚，吞五湖三江。赤壁风月笛，玉堂云雾窗。句法提一律，坚城受我降。'只此一'降'字，他人如何押到此？奇健之气，拂拂意表。"①《东坡效庭坚体》，即《子瞻诗句妙一世……故次韵道之》一诗，为黄庭坚次苏轼《送杨孟容》诗之韵所作。如上文所言，东坡所选之韵字，本来就极为艰僻难押，黄庭坚次韵道之，实际上是难上加难。诗人要做到不叶韵、出韵或转韵，极为不易。黄庭坚共用十韵而无一字旁出，且无重复的韵脚，并写出了"句法提一律，坚城受我降"这样颇具"奇健之气"的诗句，这与他渊深广博学问修养是分不开的。类似这样竞用"险韵"的例子，在黄氏的诗中颇多。如《陈荣绪惠示之字韵诗推奖过实非所敢当辄次高韵三首》：

> 纷纷不可耐，君子有忧之。鞅掌诚庄语，贤劳似怨诗。颓波阅砥柱，浊水得摩尼。知我无枝叶，刳心只有皮。
>
> 太丘胸量阔，一苇莫杭之。万事不挂眼，四愁犹有诗。状闲聊阚茸，心洁似毗尼。早晚同舟去，烟波学子皮。

---

① 刘埙：《隐居通议》，载《丛书集成初编》，中华书局1985年版，第93页。

十家有忠信，江夏可无之。政苦寄卖友，忽闻衡说诗。饥蒙青粝饭，寒赠紫陀尼。酬报矜难巧，深惭陆与皮。

"之"为艰险难押之韵，尤其是其中的"尼"字，字义极为单纯，可以合成的词语极少，用于诗韵之中，要凑成诗语已属不易，而要做到韵妥语工，其难度实在是太大了。但黄庭坚一连和了三首，其展示学问的心理由此也可见一斑。如前面引过的胡仔《苕溪渔隐丛话》中记载的一段话也很能说明问题："东坡《送子敦》诗，有'会当勒燕然，廊庙登剑履'之句，山谷和云：'西连魏三河，东尽齐四履。'或云：'东坡见山谷此句，颇忌之，以其用事精当，能押险韵故也。'"① 说苏忌黄，可能不一定会有此事，但黄诗之能押险韵，却是不争的事实。吕本中《与曾吉甫论诗第一帖》云："和章固佳，然本中犹窃以为少新意也。近世次韵之妙，无出苏、黄，虽失古人唱酬之本意，然用韵之工，使事之精，有不可及者。"②

黄庭坚的"以文字为诗"，还表现为其诗歌文字的"游戏性"。此处所谓的"游戏性"，是指在一定程度上将诗歌创作当作文字游戏看待，巧妙运用各种文字，使诗歌带有较强的趣味性和谐趣性，具有游戏般愉悦的性质。与险韵、僻字的运用一样，游戏性的文字在很大的程度上所考验的也是诗人的学问与智力。黄庭坚创作了大量各种类型的"游戏性"文字。金代王若虚《滹南诗话》卷二云："山谷最不爱集句，目为百家衣，且曰正堪一笑。予谓词人滑稽，未足深诮也。山谷知恶此等，则药名之作，建除之体，八音列宿之类，独不可一笑耶？"③ 黄庭坚游戏笔墨，应该说有着逞才炫学的心理，从中我们也可看到他娴熟的文字技巧和游刃有余的文字功夫。这也在无形中使其诗歌形成了一种既富趣味、又见学力的美学特质。赵翼对黄庭坚的这一类诗歌做了较详细的介绍与分析：

---

① 胡仔：《苕溪渔隐丛话》前集卷三十九，人民文学出版社 1962 年版，第 265 页。
② 胡仔：《苕溪渔隐丛话》前集卷四十九，人民文学出版社 1962 年版，第 333 页。
③ 王若虚：《滹南诗话》，载《历代诗话续编》，中华书局 1983 年版，第 520 页。

《诗苑类格》有"建除体"一种，以建、除、满、平、定、执、破、危、成、收、开、闭十二字冠于句首，此本鲍照所创。又有"药名诗"，王融所创，专用药名嵌于句中，而不必句首。山谷每好仿之，其《赠晁无咎》，用"建除体"，《荆州即事》八首，用"药名体"，又有《八音歌》赠晁尧民、郑彦能、徐天隐各一首，金、石等字，亦冠于句首。更有《二十八宿诗》赠无咎，以二十八宿嵌于句内，则山谷创体也。最后《托宿逍遥观诗》，专用字之偏旁一样者，缀合成句："逍遥近道边，憩息慰惫懑，草莱荒蒙茏，室屋壅尘坌，僮仆侍偪侧，径渭清浊混。"此亦山谷创体。盖文人无所用心，游戏笔墨……固不必议其纤巧，近于儿戏也。①

这种所谓的"建除体"、"药名体"、"八音诗"之类的诗歌，被后人统称为镶嵌体杂诗。好的镶嵌体诗歌要求将名物嵌入诗中而显得妥帖圆融，机巧自然。从内容上看，这些诗歌涉及了天文、地理、医药、卦象、宫殿、车船、文字、音乐戏曲、人名、动植物之名等在内的极为广泛的领域的知识，大致是孔子"多识于鸟兽草木之名"的诗学观念的充分实践，是诗人学力与才气结合的产物。如黄庭坚所作八音诗《古意赠郑彦能》云：

金欲百炼刚，不欲绕指柔。石羊卧荒草，一世如蜉蝣。丝成蚕自缚，智成龟自囚。竹箭天与美，岂愿作嚆矢。匏枯中笙竽，不用系墙隅。土偶与木偶，未用相贤愚。革辙要合道，覆车还不好。木讷赤子心，百巧令人老。

从内容上看，诗歌每两句表现一个相对完整的意思，反映了作者对人生的态度，包含着丰富的哲理意蕴。从形式上看，诗歌一共八联，依次以"金、石、丝、竹、匏、土、革、木"八音嵌于每联上句之首，在文字上表现出"游戏性"的特点；诗歌中所嵌入之字的字面意义能吻合"八音"之义，没有强凑的痕迹。全篇多用比喻，巧于用典，具

① 赵翼：《瓯北诗话》，霍松林、胡主佑校点，人民文学出版社 1963 年版，第 177 页。

有一定的独特性与较强的趣味性,也显示了诗人镕化学问的功力和把握文字的能力。再如其《二十八宿歌赠别无咎》,也是诗人以才运学精心创作的一首佳构。作为一首送别诗,此诗既具有游戏的笔墨,又表现了严肃的内容。全诗一共二十八句,诗人把二十八星宿的名称按次序一一嵌于诗句之中,每句嵌入一星名,且于诗句中融入了大量的典故,诗歌在形式上显得独特新颖。此外,诗人还有一些诗歌如《定交诗效鲍明远体呈晁无咎》、《晁无咎八音歌》、《荆州即事药名诗》八首、《冲雨向万载道中得逍遥观遂托宿戏题》等,均是以游戏文字的态度创作而成,是趣味性与才学性兼具的作品。

(五) 以理入诗

宋人的学术思想和思维品质,相对于唐人,经历了从重事功到重思辨、从外向到内倾的转变。黄庭坚以儒学为本、融摄佛道思想而建立了以主体心性修养论为核心的伦理思想体系,带有极强的内省性思维特性。与前辈诗人相比,黄庭坚的诗歌减少了政治的关怀,弱化了政治情感的抒发,更多的是从理性的层面去思索人生的诸多问题,以沉静的理性思索消释了诗人的热情,其诗歌也常常表现出以理性化为根本特性的学人之诗的特征。葛立方《韵语阳秋》云:"柳展如,东坡甥也。不问道于东坡而问道于山谷,山谷作八诗赠之,其间有'寝兴与时俱,由我屈伸肘。饭羹自知味,如此是道否'之句,是告之以佛理也;其曰'咸池浴日月,深宅养灵根。胸中浩然气,一家同化元',是告以道教也;'圣学鲁东家,恭惟同出自。乘流去本远,遂有作书肆',是告之以儒道也。"① 黄庭坚精通儒、佛与道家之学,会通三教于一心,以其极强的理性思维探求自然、人事的诸多道理与精神。由其思维的深刻性所决定,黄庭坚诗歌之"理"也表现出了深刻性的特点。

黄庭坚之以理入诗,首先表现为他在诗歌中表现了其以儒学义理为基础的对人生、社会的思索及获得的深刻见解。他在《与王立之承奉》

---

① 葛立方:《韵语阳秋》,载《历代诗话》,中华书局 1981 年版,第 577 页。

一文中说："思义理则欲精，知古今则欲博，学文则观古人之规摩。"①
将文学创作与"思义理"、"知古今"联系起来。他多次强调文学创作
须以治经为基础②，这实际上就是从"理"的表现和传达出发的，其目
的在很大程度上是为了以儒学经典的义理作为加强自身思想和心性修养
的根本，进而增加其所体认和把握之"理"的深刻性。黄庭坚的许多
诗歌表现了这种以儒学思想为底蕴而形成的深邃之"理"，具有鲜明的
理性色彩和普遍的启示意义。如《次韵杨明叔见饯十首》其六云："山
围少天日，狐鬼能作妖。睒闪载一车，猎人用鸣枭。小智窘流俗，蹇浅
不能超。安得万里沙，霜晴看射雕。"诗人以打猎射雁为喻，借事以言
理，谓人在精神上不要为眼前的环境所拘限，应有宽广的胸怀与高远的
视野，才有可能在思想修养与学问事业上有所建树。这阐明的是儒学的
积极用世之理。再如其《送赠张叔和》诗云："我提养生之四印，君家
所有更赠君。百战百胜不如一忍，万言万当不如一默。无可简择眼界
平，不藏秋毫心地直。"以"忍"、"默"的态度来对抗来自外部的压
力，重视自身的名节，这是黄庭坚对其妹婿张叔和的谆谆告诫，也是他
自己立身处世的人生态度。

　　黄庭坚常在诗歌中谈有关人生与学问的道理，表现他用行舍藏的人
生态度，这是儒家传统对待穷通兼达的不同处境的处世哲学，是儒家中
庸思想的深刻体现，也是他在特定的学术文化背景下对社会与人生的理
性认知。

　　其次，黄庭坚诗歌的以理入诗，还表现为以佛道之理入诗。黄庭坚
从小即喜佛学，后多与诗僧、法师交往，最终在晦堂祖心禅师指示下开
悟，归心于禅学，是宋人以居士身份而深入于佛教禅宗堂奥的典型代

---

　　①　黄庭坚：《与王立之承奉帖》，载《全宋文》第一○五册，上海辞书出版社、安徽教
育出版社2006年版，第24页。
　　②　黄庭坚：《与洪甥驹父》："颇得暇治经否？此乃文章之根，治心养性之鉴，又当及少
壮耐辛苦时加钻仰之勤耳。"（《全宋文》第一○五册，上海辞书出版社、安徽教育出版社2006
年版，第176页）《与徐甥师川》："须精治一经，知古人关捩子，然后所见书传，知其旨趣，
观世故在吾术内。"（《全宋文》第一○四册，上海辞书出版社、安徽教育出版社2006年版，
第312页）《答苏大通书》："凡读书法，要以经为主，经术深邃，则观史易知人之贤不肖，遇
事得失易以明矣。"（《全宋文》第一○五册，上海辞书出版社、安徽教育出版社2006年版，
第71页）

表。黄庭坚修习禅学，其主要目的在于加强自己的内心修养，培养一种平衡无碍的心境，以禅宗理性的处世观念作为内心的精神支柱和立身行事的依据，藉以摆脱和消释现实纷争中的种种烦忧与痛苦。黄庭坚习禅而精通佛教典籍，不仅是典籍中包含的禅宗义理，其中记载的许多悟禅公案、机锋棒喝等轶闻故事及禅宗语录等也构成了他知识结构的重要组成部分，这些知识也成为他诗歌主旨、题材和典故的重要来源。在诗歌创作中，黄庭坚常常运用禅宗的思维方式，融入禅学典故，来表达他基于禅宗思想而形成的人生见解。如《又答斌老病愈遣闷二首》其一云：

> 百疴从中来，悟罢本谁病。西风将小雨，凉入居士径。苦竹绕莲塘，自悦鱼鸟性。红妆倚翠盖，不点禅心净。

诗歌首联即以佛典入诗，出语奇警，言人致病的根本原因在于心中诸种烦恼的滋扰，去除了烦恼，也就去掉了病患的根源，这实际上是借病而说佛言禅。颔联是对景物的写实，其中透露出一种清凉无限之感。后两联则用对比与象征的手法，言自己从病患、烦忧与苦闷之中解脱出来，最终达到了“禅心净”的旷达境界。诗人以禅宗典故入诗，表现了自己对于人生的见解和所理解的生活的境界，既具有禅理，又富于禅意禅趣；全诗的事与理融合得极妙。

黄庭坚运用禅宗的思维方式进行诗歌创作，其诗亦多有直接阐明禅学义理者，这与禅师的示法诗有相近之处。如其《深明阁》一诗，就引用禅典来说明佛性真如的禅理：

> 象踏恒河彻底，日行阎浮破冥。若问深明宗旨，风花时度窗棂。

首句用《涅槃经》典，三兽渡河，“象踏恒河”彻底截流是深，兔渡为浅，马渡及半，诗人分别以象、马、兔三兽渡河比喻悟道的浅深，谓参禅须参透彻，深得禅学之精义，才可修成正果。次句之“阎浮”，语出于《华严经》，诗句谓有如日出于“阎浮提”而普照一切大地，彻底修行参禅者悟道而能自心清净明朗。后两句则以禅宗公案的形式喻示了佛禅恒静不变之深明宗旨，实是深契于佛性真如、万法平等的观念。再如《次韵杨明叔见赠十首》其八之"皮毛剥落尽，唯有真实在"，借用《涅槃经》之典，阐发脱落烦恼之心而彰显本原心性之理。《次韵答斌老病起独游东园》二首其一之"万事同一机，多虑乃禅病"，《题竹尊者轩》之"平生脊骨硬如铁，听风听雨随宜说。百尺竿头放步行，更向脚跟参一节"等诗句，都颇似禅家的偈语。《送昌上座归成都》则阐发了"向上一路，直指本心"的禅理。

　　黄庭坚读书广博，于道家典籍亦多有所涉猎，并于其中吸纳构建自己思想体系的养分。因此，在他的知识结构中，道家思想和来自于道家的知识也占有较大比分。黄庭坚诗歌也常常以道家的典故入诗，表现他所悟解的老庄义理。如《寂住阁》云："庄周梦为蝴蝶，蝴蝶不知庄周。当处出生随意，急流水上不流。"诗人以庄子化蝶之典故，阐发了他所体悟到的生死变化之理，即生死乃世间寻常之事，不必惊恐。又如《寺斋睡起》二首其一云："小黠大痴螳捕蝉，有余不足夔怜蚿。退食归来北窗梦，一江风月趁渔船。""小黠"句用《庄子·山木》之典，写彼此倾轧之可笑可叹，"有余"句分别用《老子》和《庄子·秋水》典，写人生欲求之痴顽无谓。前两句谓人世中的智愚巧拙、顺逆穷达都只有相对的意义，相互间的巧诈相欺，实际上无异于这些虫儿间的愚昧相角。后两句写诗人暂离充满倾轧欺诈的官场所获得的精神解脱，于梦境之中寄寓向往随缘任化、逍遥自由的人生理想。再如其《秋声轩》诗云：

　　　　谁居空闲扇橐籥，情与无情并时作。是声皆自根极来，更莫辛勤问南郭。

　　诗中"橐籥"语出《老子》，"根极"用《庄子·性缮》语，"南郭"则用《庄子·齐物论》典故，诗歌亦是全用老庄故事以言道家义理。

　　在黄庭坚的知识结构中，儒佛道的思想是融合在一起的。因此，其诗歌往往是儒、道、佛的典故意象杂陈并出，体现着儒、道、佛的融合，浸染了极为浓郁的理性内涵。如其《题胡逸老致虚庵》云："藏书万卷可教子，遗金满籝常作灾。能与贫人共年谷，必有明月生蚌胎。山随宴坐画图出，水作夜窗风雨来。观山观水皆得妙，更将何物污灵台？"诗歌的前四句，写生活中获得的人生见解，皆以议论的形式直言而出，言理深刻而颇具启发性。后四句在山水景物的描写中又寓含着理致，其中就包含着儒家的"山水之乐"、道家的"虚静"、禅宗的"参悟"等理性的内容。其《次韵杨明叔四首》更具有典型性：

　　鱼去游濠上，鹓来止坐隅。吉凶终我在，忧乐与生俱。决定不是物，方名大丈夫。今观由也果，老子欲乘桴。

　　道常无一物，学要反三隅。喜与嗔同本，嗔与喜自俱。心随物作宰，人谓我非夫。利用兼精义，还成到岸桴。

　　全德备万物，大方无四隅。身随腐草化，名与太山俱。道学归吾子，言诗起老夫。无为蹈东海，留作济川桴。

　　匹士能光国，三屠不满隅。窃观今日事，君与古人俱。气类莺求友，精诚石望夫。雷门震惊手，待汝一援桴。

　　这几首诗的典故意象皆杂出儒、道、佛三家。而尤为奇胜者，往往能在一句或者一联之内做到其中的两家甚至儒道佛三家的自然融合。如其二之"心随物作宰，人谓我非夫"一联，前句用《楞严经》典："一切众生，从无始来，迷己为物，失于本心，为物所转。"后句之"非夫"出于《左传》宣公十二年："命为军帅，而卒以非夫"，此句系融合儒佛。其三之"全德备万物"句，则是融合儒道，其中"全德"出于《庄子·德充符》："而况全德之人乎！""备万物"用《孟子·尽心上》典："万物皆备于我矣。"再如其一之"决定不是物，方名大丈夫"联，"决定"语出《圆觉经》"生决定信"；"不是物"见于《传灯录》："不是心，不是佛，不是物，且教你后人怎么行履"；"大丈夫"则兼参儒、释，《孟子》"富贵不能淫，贫贱不能移，威武不能屈，此之为大丈夫"，同安禅师《十玄谈》曰："丈夫皆有冲天气，不向如来行处行。"其二之"道常无一物，学要反三隅"一联，"道常"语出于《老子》第三十二章之"道常无名"，"无一物"语本于《六祖坛经》之

"本来无一物","反三隅"则用《论语·述而》典:"举一隅不以三隅反,则不复也。"都是儒道佛的融合。

诗人以典故意象的杂糅融合,来表现基于他儒道释思想的融合而形成的理性认识,其所表现出来的学问,既具有广泛涉猎的广博性,亦具有深入思考的深刻性,使其诗歌表现出了鲜明的学术品格和极强的学问化特征。

再次,黄庭坚诗歌的以理入诗,还表现为他以诗歌的形式阐发了以其史学修养为基础而形成的历史见解和体悟到的史学义理。

黄庭坚在强调深造经术的同时,也强调要多观史书以熔炼史识,加强史学修养。因而他也常将观史与读经并提。如《与洪氏四甥书》云:"比来颇得治经观史否? 治经欲钩其深,观史欲融会其事理,二者皆精熟涉猎。"① 诗歌创作要以读经观史为基础,大抵读经能加强学问修养的深度,而观史则能因事明理;有了经学的修养为基础,可以加强诗歌之"意"的深度,有了史学的修养为基础,则可以拓展诗歌"理"的内涵。同时,在黄庭坚看来,考史还可以致"博",如其《与子智书》云:"足下诚勤笃,不忘探经术以致其深,考史传以致其博。虽观先王之言,而以事明之,古人不难到也。"② 即考史可以拓展人的知识面,增加学问的广度。从诗歌创作的角度来看,研读史学典籍,加强史学修养,是诗歌具有学问含量和学问化特征的重要前提条件。

黄庭坚重视自身史学的修养,同时也具有史书编撰的实践,必然要对历史事件进行深入的思考,因此对历史规律的认识也有着自己独到的见解。就诗歌而言,黄庭坚的史学见解主要体现于其咏史诗中。与时代学术疑古的风气相一致,黄庭坚咏史诗所表现出来的史学见解,也突破了传统史学对历史事件和人物的评价所形成的既定的思维模式,议论新颖奇警,独具史识。试看其《书摩崖碑后》:

　　春风吹船著浯溪,扶黎上读《中兴碑》。平生半世看墨本,摩

---

① 黄庭坚:《与洪氏四甥书》,载《全宋文》第一〇五册,上海辞书出版社、安徽教育出版社 2006 年版,第 105 页。

② 黄庭坚:《与子智书》,载《全宋文》第一〇五册,上海辞书出版社、安徽教育出版社 2006 年版,第 84 页。

挲石刻鬖成丝。明皇不作苞桑计，颠倒四海由禄儿。九庙不守乘舆
西，百官已作乌择栖。抚军监国太子事，何乃趣取大物为？事有至
难天幸尔，上皇蹢躅还京师。内间张后色可否，外间李父颐指挥。
南内凄凉几苟活，高将军去事尤危。臣结春陵二三策，臣甫杜鹃再
拜诗。安知忠臣痛至骨，世上但赏琼琚词。同来野僧六七辈，亦有
文士相追随。断崖苍藓对立久，冻雨为洗前朝悲。

　　此诗为崇宁三年春诗人被除名羁管宜州途经永州时，面对记载一代
兴衰的历史遗迹，感慨万千而作。诗人由碑及史，回顾了安史之乱这一
段唐王朝的惨痛历史，生发了对唐玄宗、唐肃宗的评介。他痛惜玄宗晚
年失德、耽乐荒淫而导致安史之乱；于肃宗则直斥其尽失人子之道，国
难当前却专意于袭取帝位，懦弱无能受制于张后、李辅国等奸邪小人。
对所谓的"中兴"伟业，诗人犀利地指出："事有至难天幸尔"，平息
暴乱实属侥幸，所谓中兴乃天意垂怜，并非统治者在人事上有什么过人
之处。张戒就曾评价此诗说："若《中兴碑》诗，则真可谓入子美之室
矣。"[1] 全诗融议论于叙史之中，表现出诗人过人的史识，此诗实可视
为一篇见解极深刻的诗体史论。再如其《读〈谢安传〉》云：

　　　倾败秦师琰与玄，矫情不顾驿书传。持危又幸桓温死，太傅功
　名亦偶然。

　　谢安作为东晋潇洒风流的名相，指挥了中国历史上著名的以少胜多
的经典战役之一——淝水之战，支撑了东晋偏安的大局，为历代史家所
称赏。他在接到"驿书"时沉着冷静、优雅从容的表现，也使他成为
魏晋名士风流的代表性人物而为人所称诵。但是黄庭坚于此却对他进行
了彻底的否定，以为在破苻坚之师的淝水之战中，真正有功的是谢玄等
人；谢安故作沉着之态，未免有矫情之嫌。他之所以能够扶持东晋偏安
的危局，一方面是桓温的推荐为其做了铺垫，另一方面，桓温的病重身
亡为他施展谋略提供了机会，所以，他成就功名纯粹是由于偶然的原

---

①　张戒：《岁寒堂诗话》，载《历代诗话续编》，中华书局 1983 年版，第 463 页。

因，并没有什么值得称道之处。诗人一反世人习见之说，道人所未道，表现出了可贵的探索精神和新颖创辟的史学见解。

此外，黄庭坚还有一些诗歌如《鸿沟》、《颜阖》、《何萧二族》、《韩信》、《淮阴侯》、《夜观蜀志》、《读〈曹公传〉》、《绝句》（馆甥宫里叹才难）等，皆为咏史言理之作，议论新警，极能见出诗人的史识，以史学知识的渗入而表现出了较鲜明的学问化特征。

（六）以诗论、书论入诗

黄庭坚以诗论入诗主要表现在两个方面，一是通过对别人诗歌的评介表现自己的诗学观点与审美趣味，一是在诗歌中直接议论，表明自己的诗学主张。黄庭坚的诗学理论，虽然零散地分布于各处，但实际上构成了一个相对完整的理论系统，包括诗歌的本体论、创作论、作家论、风格论、鉴赏论等各个方面的内容；黄庭坚以诗论诗，内容也非常丰富。

黄庭坚主张学古，但学古不是他的目的，其根本的落脚点还是在于创新；创新是其诗学理论的核心精神。他在诗歌中多次表达了自己创新的主张，如其《题〈乐毅论〉后》诗云："随人作计终后人，自成一家始逼真。"《赠高子勉》诗云："听他下虎口著，我不为牛后人。"《赠谢敞王博喻》诗云："文章最忌随人后。"诗歌中的这些言论，都明了他力主独创而自成一家的诗学思想。又其《几复读〈庄子〉戏赠》云："物情本不齐，显者桀与尧。烈风号万窍，杂然吹籁箫。声随器形异，安可一律调。"物情不齐，故作品的风调也应该因人而异，这"异"的前提当然是创新。黄庭坚的创新意识，还表现为他常以诗歌的形式对在艺术上具有独创性的作品加以评论，给予充分的肯定和高度的赞扬。如其《次韵答宗汝为初夏见寄》云："诗词清照眼，明月丽珠箔，间出句崛奇，芙蕖依绿蒻。"《次韵文潜立春日三绝句》云："谁怜旧日青钱选，不立春风玉笋班。传得黄州新句法，老夫端欲把降幡。"至于诗歌创新的途径，黄庭坚提出了"以故为新"的创作原则，而"点铁成金"和"夺胎换骨"的创作理论就是这一原则的具体化。他也在诗歌中表达了这样的意思："领略古法生新奇。"在继承的基础上创新，这也是黄庭坚对传统的复古诗学思想最明显的发展之处。

黄庭坚还在诗歌中表达了他关于诗歌的审美理想。大致可以说，不俗、清雅、神韵等是黄庭坚诗歌审美理想追求之一端，老崛、瘦硬、生新等则为其美学追求之另一端，两个方面一起构成了他诗学理想的两重境界。就"清雅"一端而言，黄庭坚在诗歌中有很多的表述，如其《再次韵兼简履中南玉三首》其一云："李侯诗律严且清，诸生赓载笔纵横。句中稍觉道战胜，胸次不使俗尘生。"《都下喜见八叔父》云："诗成戏笔墨，清甚韦苏州。"《谢仲谋示新诗》云："赠我新诗许指瑕，令人失喜更惊嗟。清于夷则初秋律，美似芙蓉八月花。"《赠高子勉四首》其三云："妙在和光同尘，事须钩深入神。"他评王稚川的诗歌说："韵与境俱胜，意将言两忘。"（《次韵答叔原会寂照房呈稚川》）黄庭坚也在诗歌中表明了他对瘦硬老成风格的认同，如他曾称赞石长卿说："胸中已无少年事，骨气乃有老松格。"（《送石长卿太学秋补》）评邢惇夫诗说："诗到随州更老成，江山为助笔纵横。"（《忆邢惇夫》）"儿中兀老苍，趣造甚奇异。"（《次韵答邢惇夫》）黄庭坚还在诗歌中表达了他提倡自然、反对华丽诗风的诗学主张，"皮毛剥落尽，惟有真实在"（《次韵杨明叔见赠十首》其八）是对自然诗风的提倡；"后生玩华藻，照影终没世"（《奉和文潜赠无咎》）、"炊沙作糜终不饱，镂冰文章费工巧"（《送王郎》）则是对浮艳雕镂诗风的批判。

作为北宋尚意书风的代表人物之一，黄庭坚有着丰富的书法思想与精深的书法理论。他的书学思想主要表现在三个方面："自成一家"的创新理念、"书以韵胜"的美学观及"苦修"与"参悟"并行的方法论，既具有强烈的时代特征，也表现出了独特的精神个性，对中国古代书法史产生了深刻的影响；这些思想和理论有很大一部分是以诗歌的形式表现出来的。

与其诗学思想一样，黄庭坚的书论也极为重视创新。如他将在《题〈乐毅论〉后》中的诗句"随人作计终后人，自成一家始逼真"移入了《以右军书数种赠邱十四》一诗，用来表明他强调独创的书学思想。在表达"书以韵胜"的美学观时，他强调以"平淡"之晋韵作为根柢。他在诗歌中多次表达了要向晋代书法家尤其是王羲之学习的意思，试看下面这些诗句：

少时草圣学钟王，意气欲齐韦与张。（《观王熙叔唐本草书歌》）

字身藏颖秀劲清，问谁学之果《兰亭》。（《以右军书数种赠邱十四》）

想见山阴书罢，举群驱向王家。（《题刘将军鹅》）

鲁公笔法屋漏雨，未减右军锥画沙。（《书扇》）

世人但学《兰亭》面，欲换凡骨无金丹。（《跋杨凝式帖后》）

当然，黄庭坚说了这么多，其意图并不是要对晋人亦步亦趋，而是主张通过学古以达到"韵胜"的境界，其最终的目的还是在于创新。他主张要以王书为法，"世人但学《兰亭》面，欲换凡骨无金丹"，其中所体现的书学思想，与其"点铁成金"、"夺胎换骨"的诗学思想，在内在精神和学理逻辑上是完全一致的，认为唯有学习王羲之书法的内在气韵，才能获得"金丹"而脱略凡骨，方能使自己的书法超俗出群而至于"韵胜"之新境。与"韵胜"的美学观相适应，黄庭坚还以诗歌的形式表达了他尚意自然的书法审美观："归来妙意独追求，坐想蓬山二十秋。"（《次韵米芾二王书跋尾》）"使形如是何尘缘，苏、李笔墨妙自然。万灵拱手书已传，传非其人恐飞骞。"（《次韵子瞻书〈黄庭经〉尾付蹇道士》）他也在诗歌中表达了他追求笔力刚柔兼济、精神高古隽秀的书学见解："学书池上一双鹅，宛颈相追笔意多。"（《吴执中有两鹅为余烹之戏赠》）"移灯近前拭眼看，精神高秀非人力。"（《观王熙叔唐本草书歌》）

最后，从学问化的角度来看，黄庭坚的诗歌值得一提的还有《演雅》一类的作品。《演雅》诗是诗人在特定的文化学术背景下创作的一首奇作佳构，极富创造性，学问化特征也极为鲜明，在诗歌史上产生了较大的影响，引起了后代诗人的纷纷仿效。其诗略云：

桑蚕作茧自缠裹，蛛蝥结网工遮逻。燕无居舍经始忙，蝶为风光勾引破。老鹳衔石宿水饮，稚蜂趋衙供蜜课。鹊传吉语安得闲，鸡催晨兴不敢卧。气陵千里蝇附骥，枉过一生蚁旋磨。虮闻汤沸尚血食，雀喜宫成自相贺。晴天振羽乐蜉蝣，空穴祝儿成蜾蠃。蛣蜣转丸贱苏合，飞蛾赴烛甘死祸。井边蠹李蟠苦肥，枝头饮露蝉常饿……伯劳饶舌世不问，鹦鹉才言便关锁。春蛙夏蜩更嘈杂，土蚓壁蟫何碎琐。江南野水碧于天，中有白鸥闲似我。

我们可以从以下几个方面来理解此诗的学问化倾向与特征。其一，诗歌题目本身具有较强的学术意味。所谓"演雅"，就是演述《尔雅》所训释的虫鱼鸟兽之义；而《尔雅》是儒学门徒解释词义和各种名物的训诂学著作，由汉代学者缀辑周秦旧文、递相增补而成，唐代被列入"十三经"。以此而推论，"演雅"应该也包含着解释名物的意思在内，实际上是对儒学经典的演绎，其本身就包含有较强的学术意味。其二，《演雅》一诗的创作有着清晰的学术背景。从宏观上看，诗歌是在当时"格物致知"的大的学术思潮背景下创作出来的；而从微观的方面来看，新学著作王安石的《字说》特别是陆佃《埤雅》，对此诗的创作有着直接的影响。① 其三，从内容上来看，诗歌以罗列名物的形式，构成密集的意象和意象群。全诗四十句共写到了四十余种虫鸟，如此大数量地罗列名物，诗人未免有矜学炫博之嫌；而在实际的表达效果上，诗歌与《尔雅》之训诂注释"以识鸟兽草木之名者"，有着很大的一致性。其四，诗歌中所表现的对鸟兽虫鱼习性的认识，不是直接来源于诗人的生活经验，而是来自于其丰富的书本知识。黄庭坚运用书本知识、大量以典故入诗而写成了这一长篇奇作，使诗歌具有了较大的学问含量，也充分体现了他"笔语皆有所从来，不虚道，非博极群书者不能读之昭然"② 的学问化诗学主张。其五，诗歌表现出了较强的理性精神。诗歌中录入了诸多的名物，这并不仅仅只是简单的罗列，而是通过自己思想情感的酝酿重铸出诗的意象，以动物的世界象征、影射人类社会的种种现象，表现了一个理性的主题。再如其《答永新宗令寄石耳》诗，虽为答谢诗，但诗歌采用赋体的写法，铺罗陈列各种食品，将同类的事物归列在一起，如同汉代史游的小学著作《急就篇》，也在一定程度上表

---

① 可参看周裕锴《宋代〈演雅〉诗研究》，载《文学遗产》2005 年第 3 期。
② 黄庭坚：《毕宪父诗集序》，载《全宋文》第一〇六册，上海辞书出版社、安徽教育出版社 2006 年版，第 148 页。

现出了学术著作的某些特征。

黄庭坚诗歌全方位地表现出了学问化的创作倾向，这一倾向也正是"山谷体"瘦硬老崛、奇峭生新的风格特征形成的重要原因。他论诗重学，在创作实践中也凭借自己的才学为诗，以学者的学问与理性消弭了诗人的激情，将唐诗的以风神情韵取胜一变而为宋诗的以筋骨思理为主，使宋诗表现出了迥异于唐诗的美学风貌，其诗歌也因"有径可循"而成为江西诗派的创作典范，引导着诗歌朝着"锻炼精而性情远"的才学化、理性化方向发展。

二、陈师道诗歌的学问化创作倾向

陈师道自幼好学，后受业于曾巩，从其学古文，受《史记》沾溉颇多，所作文字言约意丰，成为一位优秀的古文作家。他不仅有着丰富的诗学思想，而且有着成功的创作实践，也是宋代江西诗派诗学理论和创作实践的代表性人物。

陈师道极为推重黄庭坚的诗歌与他的诗学见解，倾力向其学习作诗的方法，如其《答秦觏书》云："仆于诗初无师法，然少好之，老而不厌，数以千计。及一见黄豫章，尽焚其稿而学焉。豫章以谓，譬之弈焉，弟子高师一着，仅能及之，争先则后矣。仆之诗，豫章之诗也。"[①] 陈师道尽焚其先前的诗稿而从黄庭坚学习作诗，其最根本的原因就在于黄氏的诗歌深契于他的审美理想；这也显示了他对黄诗创作成就之倾慕、对其作诗法门的折服及学黄的决心。他的诗歌创作基本上是沿着黄庭坚开辟的艺术道路进行的，重视诗人后天的学问修养，注重从前人的诗作中汲取养分，讲究作诗的技巧和法度，精心锤炼诗句与字词，形成了朴拙瘦硬、奥峭生涩的风格特征，也表现出了较鲜明的学问化倾向。

陈师道论诗极重后天之学力，强调用功深刻。"学诗如学仙，时至骨自换"（《次韵答秦少章》），这一说法实际上是本于黄庭坚"夺胎换骨"的观点，学诗日久，工夫自然就会深刻，也自然就会悟入作诗的道理，亦会在对前人诗歌的涵咏体悟中实现对其诗歌之"意"的超越。他对"换骨"的理解，重点还是在于诗歌"立格命意用字"等方面，

---

① 　陈师道：《后山居士文集》，上海古籍出版社 1984 年版，第 542 页。

张表臣《珊瑚钩诗话》中记载自己与陈师道之间的一段对话就很能说明问题：

> 陈无己先生语余曰："今人爱杜甫诗，一句之内，至窃取数字以仿像之，非善学者。学诗之要，在乎立格命意用字而已。"余曰："如何等是？"曰：《冬日谒玄元皇帝庙诗》，叙述功德，反复外意，事核而理长；《阆中歌》，辞致峭丽，语脉新奇，句清而体好，兹非立格之妙乎？《江汉诗》，言乾坤之大，腐儒无所寄其身；《缚鸡行》，言鸡虫得失，不如两忘而寓于道，兹非命意之深乎？《赠蔡希鲁诗》云"身轻一鸟过"，力在一"过"字；《徐步》诗云"蕊粉上蜂须"，功在一"上"字，兹非用字之精乎？学者体其格，高其意，炼其字，则自然有合矣。何必规规然仿像之乎！①

　　这里陈师道对杜甫诗歌的评价，皆是着眼于诗歌之"意"的把握与探讨，其实质是，在自己诗学实践的基础上对黄氏"夺胎换骨"之论进行了更为深入的阐释。同时，陈师道极为赞同欧阳修"看多、作多、商量多"的创作观，将创作主体的涵蓄学问与诗歌创作联系了起来，因此他主张"饱参"："世间公器无多取，句里宗风却饱参。"（《答颜生》）通过饱览前人的作品，从中吸取多方面的滋养，以用于自己的诗歌创作。而在创作实践中，陈师道习惯于"闭门觅句"，这就在很大程度上排除了获得诗兴与灵感的"江山之助"，也势必使他对自身学问与书本知识的依赖性加强。这种遍参前人之作的诗学观点和"闭门觅句"的创作方式，决定了陈师道诗歌必然会有着较鲜明的学问化特征。
　　陈师道诗歌的学问化特征首先表现为他刻意于句法的锻造，融化前人诗意、诗句入诗。"闭门觅句"的创作方式使他经意于前人诗歌的体格、意蕴、章法、句法及语句和词语等，并将其内化于自己的知识结构之中，于惨淡经营中彰显出自己的个性。陈师道诗歌远绍杜甫，近师黄庭坚，还旁及韩、柳、孟、贾等诗人。他提出了向杜甫学习的诗学主张："学诗当以子美为师，有规矩故可学……学杜不成，不失为工。无

---

① 张表臣：《珊瑚钩诗话》，载《历代诗话》，中华书局 1981 年版，第 464 页。

韩之才与陶之妙，而学其诗，终为乐天尔。"① 这也是对宋人学习杜甫的创作经验的深刻总结。陈师道从杜甫的诗歌中找到"规矩"，获取经验，用以锻炼己意而自成一家。葛立方《韵语阳秋》云：

> 鲁直谓陈后山学诗如学道，此岂寻常雕章绘句者之可拟哉。客有为余言后山诗，其要在于点化杜甫语尔。杜云"昨夜月同行"，后山则云"勤勤有月与同归"。杜云"林昏罢幽磬"，后山则云"林昏出幽磬"。杜云"古人去已远"，后山则云"斯人日已远"。杜云"中原鼓角悲"，后山则云"风连鼓角悲"……如此之类甚多，岂非点化老杜之语而成者？余谓不然。后山诗格律高古，真所谓"碌碌盆盎中，见此古罍洗"者。用语相同，乃是读少陵诗熟，不觉在其笔下。②

陈师道细读精研杜甫之诗，对其遣词命意烂熟于心，在此基础上大量化用其诗句入诗，或师其语，或用其意，或仿其句法，或用其成句，都能够做到运用自如。陈师道现存诗六百九十余首，范月娇就拈出了其诗化用杜甫诗句者六百余条③，由此也可以见出陈氏看重和学习杜诗之一斑。当然，陈师道化用熔裁别人诗意、诗句入诗，并不只是限于杜甫一家，其选取的对象是相当广泛的，既有古代的诗人，也包括与他同时代的作家。其实际的表达效果，往往能达于黄庭坚所谓的"点铁成金"、"夺胎换骨"之妙。

陈师道诗歌的学问化特征还表现为多以典故成语入诗。披读陈师道诗集，其中用典之句所在皆是。"用事深密，杂以儒佛虞初稗官之说"④，其诗在使事用典上表现出了深密、广博、艰僻的特点。陈诗用典的类型大致有以下几种形式，其一，以古人古事入诗。如《赠二苏公》之"异人间出骇四方，严王陈李司马扬"联，前句用《南史·萧

① 陈师道：《后山诗话》，载《历代诗话》，中华书局1981年版，第304页。
② 葛立方：《韵语阳秋》，载《历代诗话》，中华书局1981年版，第495页。
③ 范月娇：《陈师道及其诗研究》，文史哲出版社1988年版，第198—261页。
④ 许尹：《黄陈诗集注序》，载陈师道《后山诗注补笺》，任渊注，冒广生补笺，中华书局1995年版，第593页。

子显传》事："尝闻异人间出，今日始知是萧尚书。"后句则列了严君平、王褒、陈子昂、李白、司马相如、扬雄等六人之姓氏，此六人亦皆蜀人；陈师道用典以言三苏父子皆为不世出之奇才而不被重用。又如其《赠魏衍三首》其二之诗句云："崔蔡论文不足过，新诗平处到阴何。"其中"崔蔡"指崔瑗和蔡邕，"阴何"指阴铿与何逊，陈氏于此用典以言魏衍之能文能诗。其二，以经史之语入诗。陈师道多以经史之语入诗而或自然妥帖，或见出新意，使诗歌兼具典重之美与知性之美。陈氏之诗歌，大多用经史故语而不显陈腐，关键的原因就在于他能根据表达的需要而加以灵活运用，或直用，或反用，或借用，或活用[①]，这些都是在学习前人的基础上有所发展的表现。其三，以佛道之典入诗。陈师道多读佛道之书，有着较深的佛道修养，因而在创作中也多以佛道之典入诗。其诗所用佛禅典故，多出于《法华经》、《华严经》、《楞严经》、《维摩诘经》、《金刚经》、《传灯录》等佛教经典，其中尤以用《传灯录》之典为最多，如"步有黄金莲"（《城南寓居》二首其二）、"时寻赤眼老"（《次韵苏公涉颍》）、"从此辞世故"（《次韵苏公劝酒与诗》）、"白社双林去"（《晁无咎张文潜见过》）、"出尘解悟多为路"（《送苏迨》）、"青奴白牯静相宜"（《斋居》）等，均用《传灯录》中典故；"潭潭光明殿，稽首西方仙"（《城南寓居》二首其二）、"了知不是梦"（《示三子》），则出于《华严经》。陈师道诗歌典故亦多有出道家典籍者，如"濠梁初得意"（《送江楚州》）、"善而藏之光夺月"、"太阿无前锋不缺"（《次韵答学者四首》其四）"万里一身浮"（《送外舅郭大夫夔路提刑》）、"可堪亲老须三釜"（《送赵教授》）等诗句，皆用《庄子》之典。

　　后山作诗极讲究用意，其诗歌也具有"以意胜"的特点。陈师道诗歌之意，有以议论的形式直接表达出来者，亦有深意而曲说者。其以议论直接表达诗歌之意，有先于诗歌之首立诗歌之大意者，如《赠鲁直》云："相逢不用早，论交宜晚岁。"《寄答王直方》云："人情校往复，屡勉终不近。"《赠赵奉议》云："为惠不必广，但问与者谁。受施何用

---

　　① 范月娇的《陈师道及其诗研究》对陈师道之用经史语入诗的类型和方法有详细的论析，可参看。

多，名义以为资。"有于诗中点明诗歌之意者，如《寄侍读苏尚书》：
"经国向来须老手，有怀何必到壶头。"亦有于篇末总结说明诗意者，
如《丞相温公挽词三首》其一："若无天下议，美恶并成空。"与诸多
宋代诗人往往作冗长的议论言粗浅的道理不同，后山的这些诗句，大多
能够做到以简约的语言，道出深刻的诗意。陈师道还常以"深意曲说"
的方式，把诗歌写得用意深刻，如任渊为其作注时说："读后山诗，大
似参曹洞禅，不犯正位，切忌死语。非冥搜旁引，莫窥其用意深处。"①
陈师道诗歌之深意曲说者，大抵或以典故出之，或以隐晦之笔道出，须
"冥搜旁引"方能见出其意。如其《归雁》二首其一云："弧矢千夫志，
潇湘万里秋。宁为宝筝柱，肯作置书邮。远道勤相唤，羁怀误作愁。聊
宽稻粱意，宁复网罗忧。"方回评曰："此诗乃元符三年，徽庙登极，
南迁诸公次第北还，故后山寓意于归雁。'弧矢千夫志'，以言群小之
欲害君子也；'筝柱'、'书邮'，以言诸贤之有所守，朋友有急难之义，
旁观者以为忧怨也。末句则所以为诸贤喜者深矣。后山诗幽远微妙，其
味无穷，非粘花贴叶近诗之比。"② 诗歌表达了北还诸人对徽宗柄政之
初时政治形势的复杂的心理感受，既有"白首逢新政"的心里喜悦，
亦有忧谗畏讥的满腔忧虑，诗意深曲。这种对"意"的重视和表达方
式，是陈师道诗歌学问化特征的重要表现，也是他作为严肃的学者型诗
人在诗歌创作中的必然表现。

　　陈师道"宁拙毋巧，宁朴毋华，宁粗毋弱，宁僻毋俗"③ 的诗学追
求及在这种追求下形成的朴拙古淡的风格特征，也是他诗歌学问化倾向
的重要表现。苏轼曾称其诗"文词高古，度越流辈"④，罗大经亦曾赞
其诗"意高词古，直欲追踪骚雅"⑤，陈师道诗歌在立意深远的同时，
也表现出了高古雅正的一面。而这种高古与雅正，是以诗人的学问修养
为基础和底蕴的；诗人只有修习大量的典籍和经典作品，并在诗学典范

---

　　① 任渊：《后山诗注目录序》，载陈师道《后山诗注补笺》，任渊注，冒广生补笺，中华
书局 1995 年版。
　　② 方回：《瀛奎律髓汇评》卷二十六，李庆甲集评校点，上海古籍出版社 2005 年版，第
1167 页。
　　③ 陈师道：《后山诗话》，载《历代诗话》，中华书局 1981 年版，第 311 页。
　　④ 苏轼：《苏轼全集》，傅成、穆俦标点，上海古籍出版社 2000 年版，第 1177 页。
　　⑤ 罗大经：《鹤林玉露》，中华书局 1983 年版，第 100 页。

的确立上做出严格的选择，才有可能达于这样的境界。陈师道诗的高古雅正，常以奥涩古拙的形式表现出来，这种形式在一定程度上也是诗人思想深度的体现，蕴含了厚重典则的意味。从总体上说，陈师道诗歌形成了以筋骨思理为胜、简古洗练、意深思长的创作特色，这些可以说是学者之诗的典型特征；与诗人之诗诗意的畅达和语言的流丽有着极大的不同。

郑振铎《插图本中国文学史》云："真实的为宋诗开辟了一条大道的，乃是黄、陈二人所领导着的江西诗派。"① 黄庭坚与陈师道作为江西诗派的领袖，都有着极强的主体精神，他们一方面因前人的典范作用而注重诗歌的法度与规范，另一方面因内省的思维方式而着意于内心的体验，这两个方面的结合，也构成了江西诗派变革与创新最根本的前提。以黄庭坚和陈师道为领袖的江西诗派，以诸多学问因素的渗入作为他们变革与创新的重要手段之一，"宋调"也由此而建立了自己最典范的形态。此后，江西诗派的诗风风行天下，后学者遵循黄、陈的技巧和法度进行诗歌的创作，他们以杜甫为最高典范，恪守黄、陈"点铁成金"、"夺胎换骨"之"妙法"，在往来唱和、相互影响中，或注重用典，或多用险韵僻字，或化用前人诗句，或用字下语讲究有来历，重视诗意的锻造与表达，用功深刻而形成了大致相同的群体风格。如果说黄庭坚、陈师道诗歌大抵还能做到学问与性情兼具的话，那么江西后学，尽管也不乏佳作，但由于自身的才情所限，大多拘囿和着意于黄、陈之规矩，无法做到很好地以才情驾驭学问，或一味因循，或学而难化，在创作时常常片面地强调学问而无法顾及性情，因而其诗歌往往只见学问，难见性情。

以学问的渗入为基本手段对传统诗歌进行变革，这也正是宋诗建立自己的范式的重要途径。而江西诗派的学问化创作观念与创作实践，则是宋诗这一变革精神的极度发展，对之后诗史的嬗变产生了重大影响，从而也使学问化与意境化一样，成为后代诗学理论及诗歌创作中颇受关注的重要一维。

---

① 郑振铎：《插图本中国文学史》，上海人民出版社2005年版，第538页。

第六节　刘克庄的学问化诗学理论与
其诗歌创作的学问化特色

宋室南渡之后，在诗坛上为人所称道的是以陆游、杨万里、范成大等为代表的中兴诗人群体。中兴诗人被后人视为一个文学群体，并不因为他们像之前的江西诗派或稍后的永嘉四灵的成员之间一样有着相同或相似的创作主张和风格特征，而是因为他们在实践中都意识到了江西诗派的诗学观念和创作方法会把诗歌创作引向逼仄之途，在力求摆脱江西诗风束缚自创诗格的创新精神上表现出了极大的一致性。在诗歌创作实践中，他们都是从江西入而不从江西出，最终走出江西诗派的畛域，表现出了独特的个性特征。这也就是说，中兴诗人在创新意识的指引下进行创作，实现了对江西诗派的超越，而他们之间在具体的创作理论和风格特征上却是有着较大的差异性，这也造成了一个时代文学的丰富性与多样性，开创了宋代乃至中国文学史上一个新的时代。从这个意义上说，南宋中兴时期的诗歌创作，相对于以江西诗派为代表的典型宋调而言，具有促使文学时代转型的意义。

陆游、杨万里、范成大等诗人都是成就卓著的学者型诗人，他们的创作成就与诗歌的某些风格特征的形成，与他们自身的知识结构、后天学养是分不开的。一方面，他们力求摆脱江西诗派的学问化创作理念和创作手法，走出藩篱而自立面目、自成一家；另一方面，他们有时也无法割舍对自身学问的自矜，无法舍弃对以诗歌表现学问的青睐。所以，他们的诗歌在表现出极强的创新精神的同时，也表现出了一定程度的学问化特征。但他们诗歌学问化的程度，要远逊于江西诗派，他们的学问化诗歌在其全部诗作中所占的比例，也远不及江西诗派。这也是宋诗在发展过程中，在宋调的转型期这一特殊阶段所必然呈现出来的特征。

与中兴四大诗人同时而稍后，活跃于诗坛并享有诗名的是以徐玑、徐照、翁卷和赵师秀为成员的四灵诗派，他们自身才学不甚富赡，倡学唐诗，但只局限于学习晚唐诗歌，大抵是欲以晚唐诗之"浮声切响、单字只句"来补救"近世"诗歌"连篇累牍、汗漫而无禁"①之弊。他们的诗歌以五律为主，多以清幽的山水景物入诗，走的是晚唐苦吟锻炼的路径，以求得字句的工稳、音律的和谐与意境的清雅幽深为基本特征，回归晚唐诗歌的审美趣味。从这个意义上来说，不同于以筋骨思理取胜的典型宋调，他们的诗歌是以造境为意的较为典型的诗人之诗，正如清代顾嗣立《寒厅诗话》引冯班语云："四灵以清苦为诗，一洗黄陈之恶气象、狞面目，然间架太狭，学问太浅，更不如黄、陈有力也。"②四灵无意于以学问为诗，也无力做到以学问为诗，因而他们的诗歌并没有明显的学问化倾向。

　　稍后于四灵出现的江湖诗派，则是一个队伍较为庞杂、没有相对统一的创作主张的、比较松散自由的、以行谒江湖的游士为主体的诗歌创作群体，他们的审美趣味与诗歌的风格特征也呈现出多样性，从整体上表现出了相对于宋调的变异。大致说来，他们既不满于四灵派的"捐书以为诗失之野"，更不满于江西诗派的"资书以为诗失之腐"，但也找不到更好的创作途径与方法来实现对他们的超越，因此往往游走于二者之间，在唐音与宋调之间寻找平衡点，自觉不自觉地做着调和二者的努力和尝试。从整体上来看，江湖诗派的诗人，大多才气学问不够博大，文化修养不够深厚，因而他们大多既没有学问化的创作意识，也没有创作出富有学问含量的作品来；但其中也有部分诗人，尤以刘克庄等人为代表，学问知识极为深厚丰富，在创作中也较为充分地调动了自己的才学与修养，其诗歌也表现出了一定程度的学问化倾向。

　　刘克庄自小天资聪颖，一生苦学不辍，积累了丰富的知识与深厚的学养，这也使他在创作上取得卓越的成就而成为一代文宗："自少至老，使言诗者宗焉，言文者宗焉，言四六者宗焉。"③作为江湖诗派的领袖，刘克庄的诗学思想极为丰富、复杂，其中也不乏看来自相矛盾的论诗旨趣，这矛盾的焦点便是关于诗歌性情与学问关系的问题：一方面，他似乎提倡以性情为主的"风人之诗"，极力反对以书本学问为主的"文人

---

　　①　叶适：《徐文渊墓志铭》引徐玑语，载《四部丛刊初编·水心先生文集》（卷21）。

　　②　顾嗣立：《寒厅诗话》，载《清诗话》，上海古籍出版社1978年版，第83页。

　　③　林希逸：《后村先生刘公行状》，《宋集珍本丛刊》第八十三册，《后村先生大全集》卷一百九十四，线装书局2004年版，第145页。

之诗"和以义理为主的"学者之诗";另一方面,他又在一些场合强调创作主体的学问修养及学问之于诗歌的重要性,也较为鲜明地体现出了重视学问的诗学意识。在创作实践中也表现出了较强的学问化倾向。

一、刘克庄的学问化诗学理论

刘克庄的学问化诗学意识主要表现在以下几个方面:

(一)"以意为主"的尚意诗学观

刘克庄继承和发展了前人"以意为主"的尚意诗学观。其《张文学卷跋》云:"宁不足于辞而有余于意。意,本也;辞,末也。"① 又《答赵检察书》说:"若欲做向□□大,则书其材料也,意其工宰也。必多读然后能□□,必精思然后能妙巧。"② 又《何谦诗跋》云:"翁诗质实而饱足,坐胸中书融化……盖乃翁机轴近于余所谓以书为本、以事为料者,君又能以意为匠,书与料将受役于君矣。"③ 这三则材料集中表达了两个意思。其一,诗人要饱读诗书以获取各种材料,融化汇聚于胸中,以备诗歌创作之需。其二,"意"是诗歌的主宰、灵魂和根本,所以诗歌创作应该以对诗人之"意"的表现为主要任务;而诗歌创作的过程,在很大程度上就是以诗人之"意"来役使、统摄和融合诗人所拥有的各种诗歌材料的过程。这里的"意",大抵可以理解为是诗人在长期的社会实践中形成的对社会和生活的见解与哲理性认识。因此,对诗人之"意"的传达,相对于来自生活实践的诗料来说,来自于书本的诗料如典故和古语等,更具有表现上的优势。

刘克庄"以意为主"的诗学主张,强调用诗人之"意"来融化各种事料,其实质是要求诗人要能够自如地驱遣学问入诗,根据所要表达的思想或哲理来组织和处理从书本中获取的诗料,同时也借助这些诗料

① 刘克庄:《后村先生大全集》卷一一一,《宋集珍本丛刊》第八十二册,线装书局2004年版,第148页。
② 刘克庄:《后村先生大全集》卷一三四,《宋集珍本丛刊》第八十二册,线装书局2004年版,第365页。
③ 刘克庄:《后村先生大全集》卷一○六,《宋集珍本丛刊》第八十二册,线装书局2004年版,第88页。

来传达诗人之"意"。因此，刘克庄也极为重视"炼意"。如他在《跋方俊甫小稿》中说："余观古诗以六义为主，而不肯于片言只字求工。季世反是，虽退之高才，不过欲去陈言以夸末俗。后人因之，虽守诗家之句律严，然去风人之情性远矣。君诗之病，在于炼字而不炼意，予窃以为未然。若意义高古，虽用俗字亦雅，陈字亦新，闲字亦警。"认为加强"意"的锻炼，可以使诗歌至于不俗的境界。诗人如果能够做到立意高古，在处理"炼字"等细枝末节方面的问题时也就能够迎刃而解，游刃有余。刘克庄认为诗歌"以意为主"，强调"炼意"，这实际上是以承认诗歌与学问在本质上有着某种内在的联系为前提的。

（二）以学问为根柢的主体修养论

刘克庄论诗，也极为重视创作主体的学问修养。如其《跋林合诗卷》云："古之善鸣者，必养其声之所自出……养之厚然后鸣，故其声有和者、有畅者，其尤高者，几于雅矣。"[1] 唯其养之厚而后能发，积之深而后善鸣，诗人只有具备了全面、深厚的学养，才能至于"善鸣"之境，才能创作出合乎审美理想的优秀作品。诗人的修养，既包括道德的砥砺，亦包括学问的锤炼，还包括诗技的磨炼。他还在其他一些文章中也提出了类似的看法，如其《赠刘玉隆道士》诗云："诗非易作须勤读，琴亦难精莫废弹。"《题六二第诗卷》云："万卷胸中融化成，却怜郊岛太寒生。"《跋方元吉诗》云："君家诗境公诗，天才奇逸，笔力宏放，亦书卷撑肠柱腹，英华发外而然。"[2] 积于内而发于外，唯有勤读广学，贮万卷于胸中，积累起深厚的学养，才能做到厚积薄发，才能成就诗歌阔大的境界、劲峭的力度与遒健的风骨。同时，诗人的学问修养还决定着他对诗歌主题和题材的选择，如《听蛙诗序》云：

> 晚又得其别集凡五十余首，皆大篇险韵……近时小家数，不过点对风月花鸟，脱换前人别情闺思，以为天下之美在是。然力量

---

① 刘克庄：《后村先生大全集》卷一〇六，《宋集珍本丛刊》第八十二册，线装书局2004年版，第92页。

② 同上书，第113页。

轻，边幅窄，万人一律。翁独以胸中万卷，融化为诗。于古今治乱，南北离合，世道否泰，君子小人胜负之际，皆考验而施衮斧焉，山泽而抱廊庙之志者也，藜藿而任肉食之忧者也。①

　　"近时小家数"，因胸中所积学问不富，其诗歌题材也只能局限于"风月花鸟"、"别情闺思"，显得极为狭窄，风格境界也因此而显得"力量轻"、"边幅窄"。而"翁"（方审权）不仅学识广博，且能做到融化胸中万卷为诗，其题材之广，胸襟之阔，诗境之高，非"小家数"可比。

（三）融液众作、锻炼求工的创作方法论

　　江湖派诗人多学"四灵"以晚唐诗为圭臬而造成了"边幅窄"的诗歌弊端，刘克庄对此进行了反思，并在反思的基础上提出了广泛学习、融液众作的诗学主张，以期藉融化书本学问来疗救其浅易寒俭之弊。如其《晚觉翁稿序》云："贯穿融液，夺胎换骨，不师一家，简缛浓淡，随物赋形，不主一体。"②《韩隐君诗序》云："其辞出入贯穿百家，虽袭旧体，各有新意，博而不腐，质而不野。"③《陈秘书集句诗跋》云："昔之文章家，未有不取诸人以为善，然融液众作而成一家之言，必有大气魄；陵暴万象而无一物不为君用，必有大力量。"④他以学问家兼诗人的眼光和气度，提出了"不师一家"、"不主一体"的诗学主张，认为诗人要能够做到"融液众作"而"夺胎换骨"，"不师一家"而"自成一家"，通过对前人的学习和继承，以知识学问来增益和充实自己的人格结构。在此基础上开展诗歌的创作，就能够树立起独特的风格与面貌。又其《答陈主簿开先书》云："读古人文字，有一篇善

---

　　① 刘克庄：《听蛙诗序》，《宋集珍本丛刊》第八十二册，《后村先生大全集》卷九十七，线装书局 2004 年版，第 6 页。

　　② 刘克庄：《后村先生大全集》卷九十七，《宋集珍本丛刊》第八十二册，线装书局2004 年版，第 2—3 页。

　　③ 刘克庄：《后村先生大全集》卷九十六，《宋集珍本丛刊》第八十一册，线装书局2004 年版，第 794 页。

　　④ 刘克庄：《后村先生大全集》卷一〇九，《宋集珍本丛刊》第八十二册，线装书局2004 年版，第 120 页。

者，片言只字，口诵而心之。读今人文字亦然，读愈多，久之不觉心通
意悟，下笔若道家所谓颅门，所谓桶底脱者。"① 认为读书为诗为文者，
在阅读好的作品时，其中的知识也就会内化于自己的人格结构中。这
样，在创作时，从书本中获得的各种知识材料也会不自觉地融化于诗人
自己的作品之中，无意于摹仿而古今诗人之诗句不觉已在笔下。这种创
作思想，与江西诗派"点铁成金"、"夺胎换骨"的诗学思想有着一致
之处。

　　刘克庄论诗还特别讲究"锻炼"，认为"锻炼"是诗人不断提高自
己诗艺过程中必不可少的一环，因此他多次强调了"锻炼"的重要性。
如其《竹溪间道至水南不入城而返小诗问讯》云："即今耆旧多凋谢，
从古文章要琢磨。"《跋赵孟俟诗》云："诗必穷始工，必老始就。必思
索始高深，必锻炼始精粹。"②《和黄户漕投赠二首祖润又二首》其二
云："诗家事业可怜生，骨朽人间有集行。锻炼鬼犹惊险语，折磨天亦
妒虚名。"《答括士李同二首》其二云："微露毫芒足奇怪，少加锻炼愈
高深。"在刘克庄看来，锻炼和推敲，是自古不易的为诗之法，不但可
以使诗歌形式更加精粹，而且可以使诗意愈显高深。刘克庄的"锻炼"
说，从诗法的层面上来看，主要表现为驱遣学问，以学力融化诗材诗
料，以求得工巧奇险的形式风格；这又具体地表现在对诗歌的章法句
法、用事、对偶和押韵等方面的讨论上。如他评价黄庭坚说："豫章稍
后出，会萃百家句律之长，究极历代体制之变，搜猎奇书，穿穴异闻，
作为古律，自成一家，虽只字半句不轻出，遂为本朝诗家祖宗，在禅学
中比得达摩，不易之论也。"③ 称赏黄庭坚着力于锻炼，注重句法的锤
炼，以成语典故和前人诗文语、词入诗而巧加熔铸，融汇众体而自创新
格，形成了独具面目的"山谷体"。又如他说："押宽韵易，押险韵难，
宽韵虽累至百，有甚工致。"④ 险韵难押，但用好了，更能显示诗歌的

---

①　刘克庄：《后村先生大全集》卷一三四，《宋集珍本丛刊》第八十二册，线装书局
2004 年版，第 365 页。
②　刘克庄：《后村先生大全集》卷一○六，《宋集珍本丛刊》第八十二册，线装书局
2004 年版，第 94 页。
③　刘克庄：《江西诗派小序》，载《历代诗话续编》，中华书局 1983 年版，第 478 页。
④　刘克庄：《后村诗话》，王秀梅点校，中华书局 1983 年版，第 220 页。

工致，更能见出诗人的学力。他还在评论陆游诗句时说："古人好对偶，被放翁用尽。"① 对陆游诗歌在对仗艺术上所取得的成就深为推许。用典、押韵、对仗等诗歌技巧的运用，在很大程度上依恃的是诗人的学力，因此，诗歌创作中的"锻炼"精神，实际上也是诗人重视才学的表现。

（四）偏嗜学问的作家论和诗歌鉴赏论

刘克庄偏嗜学问的诗学倾向在其对作家的倾向性评价和诗歌的鉴赏中也有着较明显的体现。前引刘克庄的部分文字已能在一定程度上说明这一问题，此处试再略加展开，稍作阐论。刘克庄比较注重从学问的角度来对作家加以评论，如他说："放翁，学力也，似杜甫；诚斋，天分也，似李白。"② 言陆游之学力近于杜甫，杨万里之天分似于李白，表面上似乎无意于在学力与天分之间分出轩轾，但从他在很多场合对杜甫与陆游的尤为推崇来看，实际上还是更倾向于学问的，试看下面的几则材料：

> 余谓善评杜诗，无出半山"吾观少陵诗，谓与元气侔"之篇，万事不易之论。③
>
> 三百篇寂寂久，九千首句句新。譬宗门中初祖，自过江后一人。（《题放翁像二首》其一）
>
> 近岁放翁、稼轩一扫纤艳，不事斧凿。高则高矣，但时时掉书袋，要是一癖。④（《跋刘叔安感秋八词》）

一般说来，学问因素的渗入，会深化诗歌的理性内涵，使诗歌带上一定的知性色彩而形成特殊的审美风格特征；对这种审美风格的认同，正是刘克庄推崇杜甫与陆游的重要原因之一。刘克庄对学问与知识的重视，还可以从他对其他诗人的评价中窥见一斑，如其《魏司理定清梅百

---

① 刘克庄：《后村诗话》，王秀梅点校，中华书局1983年版，第30页。
② 同上书，第33页。
③ 同上书，第152页。
④ 刘克庄：《后村题跋》，载《丛书集成初编》，中华书局1985年版，第113页。

咏》云："建阳魏君和余百梅诗，铸伟词新新，押险韵易易，盖意高而料多者。"① 诗人的学问知识丰富了，积累的诗料也多了，作起诗来也会显得轻松，也易于创新，在此，刘克庄把诗歌创作取得成功的首因归于诗人的学问修养。

在诗歌的鉴赏方面，刘克庄也显示出了偏嗜学问的倾向。如他在《后村诗话》中列举了陆游诗歌中的数十组对偶，表示对其诗歌对仗艺术的激赏。又如其《后村诗话》云：

半山《挽裕陵》云："玉暗蛟龙蛰，金寒雁鹜飞。"《挽吴春卿》云："曲突非无验，方穿有不行。"炼字砑对无遗巧。②

东坡《中秋》诗云："此生此夜不长好，明月明年何处看。"与高适"今年人日空相忆，明年人日知何处"之句暗合。罗隐《中秋不见月》诗云："只恐异时开霁后，玉轮依旧养蟾蜍。"本于卢仝《月蚀》诗，然尤简明。林和靖《绝句》云："山水未深猿鸟少，此生犹拟别移居。直过天竺溪流上，独树为桥少结庐。"然贾岛已云："犹嫌佳处人知处，见拟移家更上山。"杨诚斋五言诗云："犹道山中浅，仍移水上居。俗人又剥啄，棹入白芙蕖。"亦本此。③

茶山《种竹》云："余子不足数，此君何可无。"上句虽非竹事，不觉牵强。《荔枝》云："绝知高韵倾桃柱，未觉丰肌病玉环。"上下句皆切，又妙于融化。④

韩、杜二公五言有至百韵者，但韩喜押窄韵，杜喜押宽韵。以余观之，窄韵尤难，如《叉鱼》诗押三"萧"字，十八韵，语多警策。⑤

① 刘克庄：《后村先生大全集》卷一〇九，《宋集珍本丛刊》第八十二册，线装书局2004年版，第125页。
② 刘克庄：《后村诗话》，王秀梅点校，中华书局1983年版，第24页。
③ 同上书，第41页。
④ 同上书，第29页。
⑤ 同上书，第221页。

　　细味刘克庄对这些诗歌或诗句的评论，他或称赏诗歌之语句有所本而讲究出处来历，或赞誉诗人能融化前人诗书入诗而显得精工巧妙，或激赏诗歌之对偶亲切、用事自然而露书卷气息，或称述诗人押险韵窄韵能工而使诗语显得警策，由此我们也可以见出刘克庄偏嗜书本与学问的诗学倾向。

二、刘克庄诗歌的学问化特色

　　"刘克庄对于江西诗派的批评，恰恰是真正的关心，他本人是无江西之名而有其实。江湖诗派发展到刘克庄，又重新与江西合流，故其诗文理论批评，颇多相续相蝉而互相发明之处。"① 刘克庄不仅在诗学理论上对江西诗派多有所继承，在创作实践中亦多有取于江西诗派，学江西之以学力驱遣书卷入诗，欲以此彰显自己学识之渊深、力量之魄大和思想之深刻，并用以补救江湖诗派学"四灵"而形成的才思浅俗、格局狭小之偏失。这样，刘克庄也自觉不自觉地表现出了逞才炫学的创作倾向，其诗歌也因此而表现出了较强的学问化特色。刘克庄诗歌的学问化特征主要表现在以下几个方面：

（一）多用典故，对偶精切，强押险韵

　　刘克庄早年崇尚晚唐体而极少以典故入诗，但随着创作观念的拓展和对学问的重视，用事也逐渐成了其诗歌创作的重要手段。刘克庄诗歌用典具有深僻广博的特点，且大多也用得较为精当恰切，显示出了他深厚的学问修养与锻炼功夫。对于这一点，前人也多有所认识，如元代韦居安《梅磵诗话》云：

　　　　东坡诗注云："有一贫士，家唯一瓮，夜则守之以寝。一夕，心自惟念：'苟得富贵，当以钱若干营田宅，蓄声妓，而高车大盖，无不备置。'往来于怀，不觉欢适起舞，遂踏破瓮。故今俗间指妄想者为瓮算。"又诗序云："刘几仲饯饮东坡，中觞闻笙箫声，若

① 顾易生、蒋凡、刘明今：《宋金元文学批评史》，上海古籍出版社1996年版，第222页。

在云霄间，抑扬往返，粗中音节。徐察之，出于双瓶，水火相得，自然吟啸。食顷乃已。作《瓶笙》诗纪之。"刘后村《即事》诗一联云："辛苦谋身无瓮算，殷勤娱耳有瓶笙。"以"瓮算"对"瓶笙"甚的。①

后村《南岳稿·观元祐党籍碑》诗云："岭外瘴魂多不返，冢中枯骨亦加刑。更无人敢扶公议，直待天为见彗星。早日大程知反覆，暮年小范要调停。书生几点残碑泪，一吊诸贤地下灵。"后改第三第四句云："稍宽末后因奎宿，暂仆中间为彗星。"按《夷坚志·戊志》云："崇宁大观间，蔡京当国，设元祐党禁，苏文忠文辞字画，存者悉毁之，王诏以重刻《醉翁亭记》至于削籍。由是人莫敢读苏文……上问：'奎宿何人？所奏何事？'曰：'所奏不可得闻，然此星宿者，故端明殿学士苏轼也。'上为之改容，遂一变前事。时婺守陈子象之父为温州掾曹，传其说如此。"后村第三句"稍宽末后因奎宿"，谓政和中一变前事也。又按宋国史编年，崇宁五年春正月，彗出西方，其长竟天。上求直言，大赦。刘逵为中书侍郎，劝上碎元祐党碑，宽上书系籍人禁。夜半，遣黄门毁石刻。后村第四句"暂仆中间为彗星"，谓崇宁中因星变毁党碑也。此一联用事停当，"奎宿"对"彗星"尤的，乃知作诗不厌改也。②

　　两段文字均是分析刘克庄诗歌用典之出处与特点。其《即事》之"辛苦谋身无瓮算，殷勤娱耳有瓶笙"一联，上下句所用之典故，均出自苏轼诗注。上句用"瓮算"之典，言自己赋闲在家，每日辛勤劳作，只为"谋身"而已，心中并无"瓮算"之妄想；下句以"瓶笙"之典，谓田园之居，虽无丝竹之乐，但有"瓶笙"天籁之响，亦足可资以娱耳遣心。诗句用典虽略显深僻，但也较为恰切地表现了诗人闲居田园的恬淡自适之心境。而《观元祐党籍碑》一诗，改"更无人敢扶公议，直待天为见彗星"为"稍宽末后因奎宿，暂仆中间为彗星"，不仅改一句用典为两句用典，且因隐括史实而使诗歌内容愈显厚重，更见深刻。

---

①　韦居安：《梅磵诗话》，载《历代诗话续编》，中华书局1983年版，第560页。
②　同上书，第570—571页。

韦居安于此所要着重强调的是刘克庄诗歌深密的用典与工整的对仗相结合的特点，即所谓"甚的"、"尤的"。这种用事精切、对仗工妙的诗句，在刘克庄的诗作中极多，如下面这些诗句：

> 白发羞弹铗，青山去荷锄。(《答客》)
> 不干铁锁楼船力，似是蒲葵麈柄功。(《新亭》)
> 清于楚客滋兰日，贫似唐人乞米时。(《答友生》)
> 今无斫鼻成风手，古有埋腰立雪人。(《和答北山》)
> 未必朱三能跋扈，都缘郑五欠经纶。(《黄巢战场》)

这些诗句，不仅典故的来源极为广泛，且上下句均是以事典相对，创作的难度极大，但刘克庄能够做到用典恰切而不失对仗工稳。这是诗人崇尚学问的诗学思想和创作实践的学问化倾向的极好体现。又叶寘说："六言之诗，古今独少……信乎其难也……今后村集中多六言，事偶尤精，近代诗家所难也。"① 刘克庄的六言诗歌，尤能见出其精于用典、对仗工稳的特点。如其《芙蓉六言四首》其二云："王姬何彼秾矣，美人清扬婉兮。"《试笔六言二首》其二云："薰玉蕤香鲜秒，挽银河水涤尘。虽非补造化笔，不似食烟火人。"《得江西报六言十首》其五云："金骑越天堑至，水犀破雪浪回。儿单于鸣镝走，父令公免胄来。"都是将内涵丰富的典故，组织成精巧的对仗，再加上六言诗的创作本身有较高的难度，因此这些诗句更是体现了刘克庄因难见学的学问化倾向创作意识。当然，刘克庄过于注重事典的使用和事对的工巧而写出的一些诗句，如："为《梁甫咏》常存汉，累《太玄经》坐美新。"(《洪秘监、徐常丞有诗贺余休致，次韵四首》其一)"儒生曰山东无盗，方士云海中有仙。"(《读秦纪七绝》其五)虽能逞炫自己的"博辩"与"才力"，但是诗句了无诗味，以致被讥为"现成得似乎店底的宿货"②。

刘克庄诗歌之因难见学，还表现为他在唱和往还中多写次韵之作，

---

① 叶寘：《爱日斋丛钞》，载《历代史料笔记丛刊》，中华书局 2009 年版，第 65 页。
② 钱锺书：《宋诗选注》，人民文学出版社 1989 年版，第 251 页。

且常用险韵而一和再和。如他曾写过《昔陈北山赵南塘二老各有〈观物十咏〉笔力高妙暮年偶效颦为之韵险不复和也》，题下有《五憎》分咏蚊、蝇、蚋、蜚、蛙，《五爱》分咏蚕、蜂、萤、蝉、龟；这些诗歌，因韵险而难押，刘克庄认为是不得和韵而另为之者。但他后来又连和了两组共二十首诗，分别是《诘旦思之，世岂有不押之韵，辄和北山十首》与《又和南塘十首》。这样一和再和，且言"世岂有不押之韵"，这也表现了他对自己学养的充分自信和通过强押险韵以矜炫才学的学问化创作意识。

（二）点化前人诗文语句、语意

化用前人诗文语句、语意，是前辈诗人通过创作实践证明了的一种行之有效的诗歌创作手段，刘克庄"融液众作"的诗学主张也正是这一创作实践的理论总结。在创作实践中，刘克庄在广泛涉猎和精深理解前人诗文的基础上，充分履践了这一诗学主张。他驱遣自己的学力，大量融化前人诗文语句、语意以为诗料。

刘克庄点化他人诗文语、意入诗的诗句颇多。如其《海口》诗之"吏人不禁山排闼，客子思倾海入杯"联，上句用王安石《书湖阴先生壁》之"两山排闼送青来"句，下句从李贺《梦天》之"一泓海水杯中泻"句化出；《送叶士岩》其二"拈花弟子知谁悟，撼树群儿不自量"一联之下句，自韩愈《调张籍》之"不知群儿愚，那用故谤伤。蚍蜉撼大树，可笑不自量"化出；《梅花百咏》之"故横瘦影禁持月，时送微香漏泄春"联，则是化用了林逋《山园小梅》之"疏影横斜水清浅，暗香浮动月黄昏"诗意；《访陈纲草堂不遇》之"青苔地滑跌卢老，苍耳林深迷谪仙"一联，上句点化卢仝《村醉》之"摩挲青莓苔，莫嗔惊着汝"句而成，下句则化用了李白《梦游天姥吟留别》之诗意。又其《示同志一首》云："满身秋月满襟风，敢叹栖迟一壑中。除目解令丹灶坏，诏书能使草堂空。岂无高士招难出？曾有先贤隐不终。说与同袍二三子，下山未可太匆匆。"前四句用孔稚珪《北山移文》文意，"同袍"句则出自《诗·秦风·无衣》之"岂曰无衣，与子同袍"。这些诗句，或化用前人语句，或化用前人语意，大抵都是虽有袭用而不少锻化，虽用陈言而不乏创新；诗人将学问知识融化于创造之中，基本上达到了"借他人酒杯浇自己之块垒"的目的。

刘克庄大量化用前人诗文入诗,以之作为自己重要的一种创作手段,尤其是在创作思想和实践发生了极大变化的后期,这种化用几乎也就成了他诗歌创作惯用的一种格套。当然,在刘克庄的诗歌中,有些化用得比较成功,既能用以恰当地表达诗情诗意,亦能显示出诗人的学养之深厚。但大量地化用,有时也在很大程度上使他的诗歌创作产生了只见才学而难见性情、陈陈相因而少有创新的弊端。

(三) 以政论入诗

刘克庄构建起了以儒学思想与儒学知识为主导的、兼容佛道之学的人格结构,这也从多个方面对他的创作产生了较大的影响。因此,尽管他极力反对"经义策论之有韵者",但实际上他的诗歌创作也存在着这样的倾向,在一定程度上表现出了学术的品格。其中最鲜明的表现就是以诗歌的形式表达了在儒学精神的影响下对现实的关怀和获得的理性认识。

刘克庄身处道学独尊的学术背景之下,且有师事晚宋道学代表真德秀的经历,但是他对道学空谈心性义理的虚伪矫狂学风的弊端也有着清醒的认识,因此,他在学术上采取"遍参"的态度,广泛汲取了其他学术派别的思想滋养;其中尤以对事功学派的取资为多。刘克庄常将经世致用的思想贯穿于他的学术之中。与其学术的这一特点相联系,刘克庄表现出了对现实的高度关注和对政事的极大热情,极论朝政之得失,且介入了晚宋政治的纷争之局。这一特点在他的诗歌创作中也表现了出来,即在表现经世情怀的同时,他还通过诗歌来发表对现实政治的见解,在对现实的冷峻透视中显露出了极强的理性精神;其中最典型的是以政论入诗。

刘克庄的很多诗歌,尤其是时事类的诗歌,大多以重大的社会问题为题材,发表他对国事与时局的政治见解,有如一篇篇短小精悍、深邃精警的政论文章。如其《感昔二首》云:

　　谈攻说守漫多端,谁把先朝事细看。弃夏西陲亡险要,失燕北面受风寒。傍无公议扶种李,中有流言沮范韩。寄语深衣挥麈者,

身经目击始知难。（其一）

　　先皇立国用文儒，奇士多为礼法拘。澶水归来边奏少，熙河捷外战功无。生前上亦知强至，死后人方诔尹洙。蝼蚁小臣孤愤意，夜窗和泪看舆图。（其二）

　　二诗批评了北宋以来所制定和奉行的国策，笔调极似政论文。其一指斥当年朝廷边防决策的失误，造成了后来边争不断、乃至半壁河山都难以固守的悲惨境地。其二则是批评了宋王朝重文轻武的国策，造成了国力不振、兵力衰弱的局面，以致对外战争屡战屡败，忠臣义士有心恢复而无力回天。再如其《送方蒙仲赴辟江阃分韵得既字》有诗句云："猃狁至于泾，颛臾近于费。譬如寝积薪，徒幸火然未。"南宋边防松懈，随时都可能有外族入侵之患，诗人对这一形势看得极为清楚，对其可能造成的危害也有着深刻的认识，提醒当政者要防患于未然。此外，像《穴蚁一首》，诗人通过寓言与对比的形式表达自己防患于未然的政治主张。《端嘉杂诗》（其十七）一诗，则是指斥朝廷封赏之滥、得官之易和功名过甚。这一类的诗歌，大抵都从观照重大的社会政治问题出发，追寻这些问题形成的深层根源，并试图进一步探索解决的途径，这就使他的诗歌在一定程度上带有了政论文的品格与功用，其诗歌也因此而富有理性的内涵，在美学风格上也呈现出知性之美。

（四）以诗学入诗

　　以诗学入诗，也是刘克庄诗歌学问化特征的一个重要表现。刘克庄的诗学思想，主要体现在其《后村诗话》一书和大量的序跋文中；在他的许多论诗诗、题跋诗及和赠诗中也有着较充分的体现。这些论诗诗、题跋诗与和赠诗，是刘克庄以诗学入诗的基本表现形式，也体现了他对中国古典诗学研究所达到的学术水平。从内容上来看，刘克庄的以诗学入诗主要表现在以下两个方面：

　　其一，以诗歌的形式表现了对中国古典诗学发展历史进程的各个阶段的认识。刘克庄对自《诗经》以来的各朝诗人、诗歌的艺术成就、风格特征及诗史地位等都有着自己的认识与评价；梳理他的诗歌，我们可以看到一部较为完整的宋代及宋以前的诗歌艺术发展的历史。其中包含的内容极为丰富，体现了刘克庄对于中国古典诗学发展进程的概括性认识和总体性把握，且具有相当的全面性与客观性。在诗歌中表现出来的这些认识，是他较具系统性的诗歌发展史观的重要组成部分，也显示了他极强的学问功力和对诗歌艺术的审美感受能力。试看下面的诗句：

商颂以前殊简短，卫风而下稍淫哇。（《答林文之》）

文律不论先汉后，诗源远自《国风》来。（《和北山》）

骚在堪争日月光。（《训蒙二首》其一）

不能抱祭器，聊复著离骚。（《杂咏一百首·屈原》）

古来诗律推曹氏，不数河梁与董逃。唐季三家松最胜，建安七子植尤高。（《曹路分赠诗次韵一首》）

谁云子建卷波澜，诗至黄初最可观。（《再次竹溪韵三首》其一）

叔夜真龙凤矣，嗣宗犹蜾蠃然。一以广陵散死。一以劝进表全。（《夜读几案间杂书得六言二十首》其一）

南朝有脂粉气，季唐夸锦绣堆。接休文声响去，梦太白脚板来。（《冬夜读几案间杂书得六言二十首》其二十）

汉魏以前犹古雅，宋齐而下稍淫哇。（《训蒙二首》其一）

宁草两都卿云赋，不作六朝徐庾诗。（《杂咏七言十首》其四）

将这些诗句所表达的意思加以简单整合，我们似乎就可以理出一条宋以前中国古典诗歌发展的简要线索。这些诗句较清楚地表明，从《诗经》到《离骚》，从汉魏到六朝，刘克庄较为准确地把握了各个时期诗歌创作基本的艺术特点、风格特征及其在诗史上的地位与影响。

最能体现刘克庄诗学诗史意识的是他对唐宋诗史的认识。现试以他对唐代诗史的认识为例略作说明。关于唐诗分期的问题，刘克庄已经形成了"四唐说"的基本认识①，试看下面的诗歌与诗句：

方开元际唐风盛，自建安来汉道衰。（《和竹溪披字韵一首再和

---

① 可参看王锡九《刘克庄诗学研究》，黄山书社2007年版，第2页。

二首》其一)

瀛洲学士风流远，中叶唐惭贞观唐。灵武拾遗脱羁旅，开元供奉老伴狂。戏苦翡翠非伦拟，撼树蚍蜉不揣量。赖有元和韩十八，骑麟被发共翱翔。(《唐诗》)

李杜文章宗，继者宜重黎。伯禽视熊罴，未易分高低……生于隋唐后，名与姬姜齐。吾家中垒公，惜不经品题。(《李杜》)

翰林万里出峨嵋，曾受开元帝异知。只道高奢能毁鬲，无端环子亦嗔痴。空传飞燕当时句，难觅骑鲸以后诗。的是长庚星现世，秕糠伯友与王师。(《读太白诗一首和竹溪》)

向来诔墓人，其报在身后。柳车不免埋，硫黄安能寿。流传碑板多，篇篇说不朽。溘先同露电，沙魇曰山斗。(《退之》)

王何变晋为东晋，郊岛催唐入季唐。(《和季弟韵二十首》其十六)

从这些可诗歌和诗句看来，虽然刘克庄没有明确地提出所谓的"四唐说"，但他对唐代诗歌发展的几个阶段已经有了一个较为清晰的认识，对每一个阶段的代表性诗人及其诗歌的风格特征也有着较为准确的把握，具有较鲜明的诗歌史意识。尤其是《唐诗》一诗，涉及了唐诗发展进程中几个关键的阶段，肯定了李白、杜甫、韩愈等人的诗史地位，这是诗人根据自己的审美理想对唐代诗歌发展的客观进程加以观照而获得的结果，最典型地反映了刘克庄对唐诗的几种代表性风格特征的认识及其价值的体认，相当于一部微型的唐代诗歌史。

其二，刘克庄以诗歌的形式阐论了自己的诗学见解、诗学主张和诗学理想。这方面的内容非常丰富，涉及诗学理论的多个方面。如其《湖南江西道中》诗云："从今诗律应超脱，新吸潇湘入肺肠。"《海口》诗曰："自古诗从登览得，莫辞绝顶共追攀。"认为诗歌源自社会生活，诗人应该从生活的各个方面去获取主题和题材，这可以说是对陆游"江山之助"、"诗外工夫"和杨万里"只是征行自有诗"等诗学命题的认同与继承。又如其《有感》诗云："忧时元是诗人职，莫怪吟中感慨多。"认为诗人要关心现实、忧念国事，以反映现实和抚时感事为自己的职责。又如其《四和》诗云："炊黍有时成幻梦，著书自古要穷愁。"

则是对司马迁的"发愤著书"说、韩愈的"不平则鸣"说以及欧阳修的"诗穷而后工"说的继承与发展。刘克庄用以表现自己诗歌审美理想的诗句也很多,如:

> 贯虱功夫须切近,脍鲸力量要雄深。(《还黄镛诗卷》)
> 投竿鳌堪钓,拔剑鲸可脍。(《答庐陵彭士先》)
> 万卷楼高谁敢上,五言城小不能当。几曾费我挥斥力,尚欲传君啮镞方。(《题方至诗卷》)

从审美的角度来看,刘克庄极为欣赏和称道境界高阔、气魄宏大的诗歌作品。在他看来,以李白、杜甫等人为代表的盛唐诗人的雄壮浑成、气象开阔的风格特征,是唐诗最具代表性、最为鲜明的艺术特色。这实际上出于刘克庄欲以这种风格来补救晚宋江湖诗派多学"四灵""小家数"而产生的诗歌格局狭小之弊的用心。

江湖诗派作为南宋时期一个庞大的诗歌群体,其成员的构成多样化,但大多是以布衣、游士为主体的下层知识分子。对于他们来说,最重要的事情也许是求得每日的温饱,解决生计的问题。所以他们也很难再进一步深造自己的学问,也无法专意于学术的研治,在学问修养上无可与欧、王、苏、黄及陆、杨等诸多前辈诗人相提并论,所以一般也无法写出像前辈诗人那样富含学问的诗歌。由于其时商品经济进一步发展,在为求得生存的过程中,他们大多在一定程度上接受了日益加强的商品经济意识,他们的身份也逐渐朝着新兴的市民阶层靠拢,而游走江湖的经历,更是使他们从思想到行为都无限接近于普通市民。因此,在他们的身上,体现了由先前的政治家意识和学者意识向平民意识的回归,这也造成了他们审美趣味由雅向俗的整体性转移。这样,江湖派诗歌的学问化倾向也有很大的减弱,有着向浅易的晚唐体回归的迹象,这一方面是在世道日衰的境况下诗道日益走向衰靡的表现,另一方面又从审美趣尚的角度开启了元明诗学的先声。

第五章

元明诗：古典诗歌学问化的洄溯

第一节 由金入元：反"学问化"思潮的兴起

由两宋绵延而来的诗歌学问化倾向，发展到金代，由于女真文化处于较为原始的形态，金朝统治者在吸收、融合汉民族文化时，具有自身的民族文化抵抗力，因而以勇悍起家的游牧民族淳朴而粗犷的文化心理并未被完全同化，其清新朴健的诗风为诗歌增添了新的活力。

一、金代诗学的反学问化倾向：尚奇与师古之争

与宋诗相较，金诗很少用典，也没有浓厚的以文为诗的趋向；宋诗所长的思致理趣，金诗也不突出。以金诗发展的历程来看，金初诗坛的主要诗人是由宋入金的士人，如宇文虚中、吴激、张斛、蔡松年、韩昉、施宜生等，这些诗人大多有较高的社会地位，诗歌中充满故国黍离之悲，受金源文化的影响，这些诗歌已具有不同于宋诗的一般风貌。大定、明昌时期，社会安定，君王提倡文艺，诗歌创作呈现出繁荣的局面，蔡珪、党怀英、赵秉文、刘迎、王庭筠开创了气骨苍劲的"国朝文派"诗风，诗歌总体上具有清雅的特质。

贞祐南渡以后，金朝国势益衰，但诗歌并没有走向衰败。宣宗南渡以后紊乱的时局，喜吏恶儒的政风，使得士人们普遍感到压抑。原本性格天生较为豪放的金代文人在此态势之下，心中的郁勃悲愤自然宣泄而出，形成一股"尚奇"的诗风，这与前中期偏于质朴清雅的诗风有所不同。此时在诗歌创作上出现了两大不同诗歌流派：一派以赵秉文、王

若虚为代表；一派以李纯甫、雷渊为代表。

刘祁《归潜志》对两派诗学观存在的明显歧异记述说："李屏山（纯甫）教后学为文，欲自成一家，每曰：'当别转一路，勿随人脚跟。'故多喜奇怪。……赵闲闲教后进为诗文，则曰：'文章不可执一体，有时奇古，有时平淡，何拘？'李尝与余论赵文曰：'才甚高，气象甚雄，然不免有失支堕节处，盖学东坡而不成者。'赵亦语余曰：'之纯文字止一体，诗只一向去也。'又：'赵诗多犯古人语，一篇或有数句，此亦文章病。'"① 这段文字明确地说明了以李纯甫为代表的"尚奇"派反对赵秉文一派"师古重学"的情形。

赵秉文论诗有"学问化"倾向，他特别强调诗歌创作的摹拟师承，注重诗家对前代诗人创作经验的知识性积累。他说："为诗当师《三百篇》、《离骚》、《文选》、《古诗十九首》，下及李杜。……非有意于专师古人，亦非有意于专摈古人也。自书契以来，未有撰古人而独立者，若扬子云不师古人，亦有拟相如四赋。韩退之'惟陈言之务去'，若《进学解》则《客难》之变也，《南山诗》则子厚之余也，岂遽汗漫自师胸臆，至不成语，然后为快哉！然此诗人造语之工，古人谓之一艺可也。至于诗文之意，当以明王道，辅教化为主。六经吾师也，可以一艺名之哉？贾谊、董仲舒、司马迁、扬子云、韩愈、欧阳、司马温公，大儒之文也，仆未之能学焉。梁肃、裴休、晁迥、张无尽，名理之文也，吾师之。……渊明、乐天，高士之诗也，吾师其意，不师其辞。然吾老矣，眼昏力荼，虽欲力学古人，力不足也。……愿足下以古人之心为心，不愿足下受之天而不受之人，如世轻薄子也。"② 在这封书信中，赵秉文对"尚奇"一派的李经有所讥刺，认为其诗只不过是李贺、卢仝的变格，如同"枭音"；作诗如"受之天而不受之人"，"独自师心，虽终身无成可也"。他特别注重对前人的学习，取法的范围包括诗歌的造语用辞、意理神思，甚至要求创作者以古人的知识构成、精神素养为创作的主导。这表明他在肯定作诗的知识性技巧的基础上，还对创作主

----

① 刘祁：《归潜志》，中华书局1983年版，第87页。
② 赵秉文：《闲闲老人滏水集》卷19《答李天英书》，载《四部丛刊》初编第124册，商务印书馆1936年版，第93—103页。

体如何运用知识，如何依托前代诗人的智识对事物、社会进行探求都有确定的要求，他的观点偏重肯定学问对创作的积极意义，也带有一定的复古倾向。他以儒家文统继承者自命，说"诗文之意，当以明王道，辅教化为主"，显露出其"宗经"的儒家文艺观，正是在儒家经学的影响下，才使得他有如此"学问化"诗学观。

赵秉文重学养功力，讲究规矩方圆，诗风类似陶、谢、王、孟含蓄平淡一派，在金末诗坛上可能处于下风。刘祁曾说："李屏山雅喜奖拔后进，每得一人诗文有可称，必延誉于人。……然屏山在世，一时才士皆趋向之。至于赵所成立者甚少。……至今士论止屏山也。"① 李纯甫名震一时，声望影响超越赵秉文。李纯甫论诗力主新创，矛头直指中唐以来的诗歌学问化倾向。他说："人心不同如面，其心之声发而为言。言中理谓之文，文而有节为之诗。然则诗者，文之变也，岂有定体哉。……大小长短，险易轻重，惟意所适，虽役夫室妾悲愤感激之语，与圣贤相杂而无愧，亦各言其志已矣，何后世议论之不公邪？齐梁以降，病以声律，类俳优然，沈宋而下，裁其句读，又俚俗之甚者。自谓灵均以来，此秘未睹，此可笑者一也。李义山喜用僻事，下奇字，晚唐人多效之，号西昆体，殊无典雅浑厚之气，反訾杜少陵为村夫子，此可笑者二也。黄鲁直天资峭拔，摆出翰墨畦径，以俗为雅，以故为新，不犯正位，如参禅着末后句为具眼。江西诸君子，翕然推重，别为一派，高者雕镂尖刻，下者模拟剽窃，……此可笑者三也。"② 这篇序文集中表达了李纯甫的诗学观，即主张文学创作以表现作家的"志意"为本，如果舍本逐末，拘泥于文章的形式因素，如齐梁以降追逐声律字句，晚唐人摹仿李商隐堆积典故，江西后学模拟剽窃古人字句，只不过是贻笑大方。李纯甫对"德圣"、"宗经"的文学观不太重视，他高度肯定"役夫室妾"的"悲愤感激之语"，并以为可以与圣贤之言并列。这明显与封建士大夫的"雅"文化异流，也直接讥刺了儒家诗教精神。正由于李纯甫力倡诗歌自成一

① 刘祁：《归潜志》，中华书局1983年版，第87页。
② 元好问《中州集》卷2"刘西岩汲"条下，载《传世藏书·集库·总集》第13册，海南国际新闻出版中心1996年版，第22页。

家，独抒心声，所以对种种学问化诗学要素，他是坚决反对的，在金代文学思想史上，有重要意义。

赵、李之间的诗学论争，在理论基础上是同中有异，都有着自己的积极作用和局限性。赵秉文认为"文以意为主，辞以达意而已。古之人不尚虚饰，因事遣辞，形吾心所欲言者耳。间有心之所不能言者，而能形之于文，斯亦文之至乎。譬之水不动不平，及其石激渊洄，纷然而龙翔，宛然而风蹙，千变万化，不可殚穷，此天下之至文也"①。在这段话中，赵秉文指出文学创作是一种心灵创造活动，要"以意为主"，这与李纯甫"唯意所适"的观点基本一致。但要注意区分的是赵秉文注重的是创作主体的学问修养，尤其昌以儒家经典为思想规范。在《商水县学记》中，他说："今之学者，则亦异于古之所谓学者矣；为士者钩章棘句，骈四俪六，以圣道为甚高而不肯学，敝精神于骞浅之习，其功反有背于道。"②秉此可见赵氏所言创作者的个体思想感情是受儒家思想学问所规约的，与李纯甫所言"唯意所适"之"意"偏重于强调个体情感的自我抒发，强调创作者"人心"之间的差异有所不同，也明显表现出主张诗歌创作根源于创作者学问修养，同坚持诗歌来源于个人无所凭借的自然性情之间的理论差异。

金代后期除了赵秉文一派流露出诗歌学问化倾向外，整体而言诗坛上的风气是崇尚个性自由，不满于诗歌的学问化，对江西派末流多有批评。与赵、李同时的著名批评家王若虚亦如此。例如他在《滹南诗话》、《文辨》等文中主张"天全"、"自得"和"以意为主、字句为役"，强调文学创作中的性情之真。他对江西派的学问化倾向有激烈的批评。他说："山谷之诗，有奇而无妙，有斩绝而无横放。铺张学问以为富，点化陈腐以为新，而浑然天成，如肺肝中流出者，不足也。"③

---

① 赵秉文：《竹溪先生文集引》，载《闲闲老人滏水集》卷 15，《四部丛刊》初编第 124 册，商务印书馆 1936 年版，第 173 页。

② 赵秉文：《闲闲老人滏水集》卷 13，载《四部丛刊》初编第 124 册，商务印书馆1936 年版，第 160 页。

③ 王若虚：《滹南诗话》卷 39，载《丛书集成初编》2052 册，中华书局 1985 年版，第252 页。

"鲁直论诗，有奇胎换骨、点铁成金之喻，世以为名言。以予观之，特剽窃之黠者耳。"①　"古之诗人，虽趣尚不同，体制不一，要皆出于自得，至其辞达理顺，皆足以名家，何尝有以句法绳人者！鲁直开口论句法，此便是不及古人处。"②"扬雄之经，宋祁之史，江西诸子之诗，皆斯文之蠹也。"③　凡此等等，皆可见当时反学问化之风潮。

　　金末大诗人元好问在诗歌创作方面也倾向于批评诗歌学问化。元好问认为诗歌的本原应当是"诚"，而这种"诚"的品质，又发源于诗人的"心声"，表现为"豪华落尽"的天然本色风格；在诗歌史上，唐诗由于"知本"，所以能"绝出三百篇之后"④。建立在以上的美学规范上，元好问以"诗中疏凿手"自任，别裁伪体，把《诗》、汉魏建安、陶渊明而至盛唐诗的风雅传统当做追踪的对象，而对由杜甫以来的诗坛风气多有批判。他认为"排比铺张"不是杜诗的精华之处⑤；对"切切秋虫"的李贺诗与"险怪纵横"的卢仝诗，元好问也深恶痛疾；对宋代元祐诗风，元好问有所不满，对苏轼、黄庭坚、陈师道、王安石等有微词。总的来看，元好问不能认同中唐以来诗歌出现的种种学问化因素，他说"今就子美而下论之，后世累以诗为专门之学，求追配古人，欲不死生于诗，其可已乎？虽然方外之学，有为'道日损'之说，又有'学至于无学'之说，诗家亦有之。……诗家圣处不离文字，不在文字。"⑥　可见元好问明显反对在诗歌技巧上的刻意锻炼。他还将《诗》当作永远的范本，认为远古文明，现今之人"传之师、本之经，真积之力久而有不能复古"，是因为秦以前"民俗醇厚，去先王之泽未远。质胜则野，故肆口成文，不害为合理。使今世小夫贱妇，满心而发，肆口

　　①　王若虚：《滹南诗话》卷40，载《丛书集成初编》2052册，中华书局1985年版，第257页。
　　②　同上。
　　③　王若虚：《滹南诗话》卷37，载《丛书集成初编》2051册，中华书局1985年版，第239页。
　　④　元好问：《杨叔能小亨集引》，载姚奠中编《元好问全集》卷36，山西古籍出版社2004年版，第763页。
　　⑤　元好问：《论诗三十首》其十，载姚奠中编《元好问全集》卷11，山西古籍出版社2004年版，第269页。
　　⑥　元好问：《陶然集诗序》，载姚奠中编《元好问全集》文集卷37，山西古籍出版社2004年版，第772页。

而成，适足以污简牍，尚可辱采诗官之求取邪？故文字以来，诗为难；魏晋以来，复古为难，唐以来，合规矩准绳为难。"① 这段文字明显可见严羽《沧浪诗话》的影响，值得注意的是元好问有一种崇古的反文明思想，而且直接提出了文学"复古"的主张；他的论述又与明代李梦阳《诗集自序》中提出"真诗乃在民间"的观点有相通之处。可以说，元好问的宗唐诗学主张，实际上是明代声势浩大的反学问化、反宋诗的复古文学风潮的先声，只是长期以来，两者的关系不为研究者所关注而已。

二、元代诗学反"学问化"的两个侧面："吟咏性情"与"雅正"

元代诗歌发展的过程中，宗唐复古是总的趋向，正如顾嗣立所言："骚人以还，作者递变。五言始于汉魏，而变极于唐，七言盛于唐，而变极于宋。迨于有元，其变已极，故由宋返乎唐而诸体备焉。"② 在此潮流之下，元诗基本上完成了对宋诗种种"学问化"风气的批判，江西诗派诗歌在元代不受重视。对于元诗反"学问化"的各种表现，我们无须一一赘述，仅就以下两个方面，就可以窥其略。

元代的理学，是宋明之间的过渡环节，尽管从总体上来说并无重大的发展，但崇儒的风气大倡却是事实。陈垣《元西域人华化考》中说："元时并不轻视儒学，至大元年加号孔子为大成至圣文宣王，延祐三年，诏春秋释奠，以颜、曾、思、孟配享，皇庆二年，以许衡从祀，又以周、程、张、朱等九人从祀，至顺元年，以董仲舒从祀，至正廿一年，以杨时、李侗等从祀。"③ 这是上孔子尊号，以先秦儒家诸子、宋儒配祀孔庙的活动。元仁宗皇庆二年开科举，以朱熹《四书集注》为教科书，并自泰定元年开经筵讲授制度，教导太子与诸王大臣子孙接受儒家学说。元代教育发达，学校遍布，元代后期，全国学校有两万余所，并在中央机构设置奎章阁，设大学士，这些都说明元代儒学的重要地位，但在理学与诗歌的关系方面，元代与宋代的情况不同。宋儒轻视文艺，

① 元好问：《陶然集诗序》，载姚奠中编《元好问全集》文集卷37，山西古籍出版社2004年版，第771页。
② 顾嗣立：《元诗选·凡例》。中华书局1997年版，第7页。
③ 陈垣：《元西域人华化考》，上海古籍出版社2000年版，第133页。

理学家程颢说："今之学者，歧而为三，能文者为之文士，谈经者泥为讲师，惟知道者乃儒学也。"① 表达了理学与文学的关系。程颐更是指斥"作文害道"，重性理勔以辞章。无人对宋代的道学之文有不同看法，刘将孙说："尚其文者，不能畅于理。据于理者，不能推之文。"② 他们主张将文统与道统结合起来，将学术与文学结合起来。《宋史》分"道学"、"文苑"传，而元史单列"儒学"传，其序言："元兴百年，上自朝廷内外名宦之臣，下及山林布衣之士，以通经能文显著当世者，彬彬焉众矣。今皆不复为之分别。"可见元代诗文家往往兼理学家与文学家的双重身份，邓绍基主编的《元代文学史》所具体论述的诗文作家45人，其中理学家有21人，元代著名的理学家许衡、刘因、吴澄、郝经、虞集等，诗文创作成就也相当可观。这种学者与文人合二为一的文化背景，自然是诗歌学问化的重要话题，但元代作家除个别人外，大多已经抛弃"作文害道"的观念，转而强调文对道的作用。名列《宋元学案》的戴表元说："后宋百五十年，理学兴而文艺绝"③，救危振敝之法只有回归自然与性情。元代理学三大家之一刘因则说："孔子曰：'志于道，据于德，依于仁矣，艺亦不可不游也。'今之所谓艺，与古之所谓艺者不同。礼乐射御书数，古之所谓艺也，今人虽致力而亦不能，世变使然耳。今之所谓艺者，随世变而下矣。虽然，不可不学也。诗文字画，今所谓艺，亦当致力，所以华国，所以藻物，所以饰身，无不在也。"④ 他认为诗文有经国治事之大用，不可忽视。可见元人否定宋儒过于强调学术的诗学观，要求恢复诗歌的性情。

"性情"是中国诗学的一个基本命题，也是元人讨论频率很高的话题。在古典诗学领域，"吟咏性情"这一话题自汉代《毛诗大序》提出后，在诗学史的进程中，不同阶段不同诗论家对其有不同倾向的解释。宋代理学家对"吟咏性情"的解释可以以邵雍和程颐为代表。邵雍将

---

① 程颐、程颢撰，王孝鱼点校：《二程集》卷6，中华书局2004年版，第95页。
② 刘将孙：《赵青山先生墓表》，载《养吾斋集》卷29，文津阁《四库全书》第400册，商务印书馆2005年版，第656页。
③ 袁桷：《戴先生墓志铭》，载《清容居士集》卷28，《丛书集成初编》2070册，中华书局1985年版，第488页。
④ 刘因：《叙学》，载《刘文靖公集》卷24，《北京图书馆古籍珍本丛刊》第93册，书目文献出版社1998年版，第158页。

理学家"观物"的修养功夫运用到诗歌创作中来,他在《伊川击壤集自序》中主张"其或经道之余,因闲观时,因静照物,因时起志,因物寓言,因志发咏,因言成诗,因咏成声,因诗成音。是故哀而未尝伤,乐而未尝淫,虽曰吟咏性情,曾何累于性情哉!"① 他认为在主体与客体发生审美活动时,主体应该排除情感的干扰,超于物而不累于物,诗人由此才能把握天道自然的本真。程颐提出了另一派看法,他说:"兴于诗者,吟咏性情,涵畅道德之中而歆动之,有'吾与点'之气象。"他显然认为"吟咏性情"就是将圣人的德行气度通过诗歌表现出来一种儒者的气象。即便是宋代的诗文作家,也普遍崇尚理性精神,认为诗歌的作用是"陶写性情"、"理性情",用来陶冶作者积聚的感情,使之达到恬淡。

对于宋诗的整体取向偏重于理性,尽管宋人也以"性情"论诗,但宋代理学家的性情论不为元代理学家诗人所接受,所以胡应麟说:"近体至宋,性情泯矣。元人之才不若宋高,而稍复缘情。"② 元代诗人以"吟咏性情"为口号来反对宋诗理性化、学问化的特征。理学家诗人吴澄就说:"黄太史必于奇,苏学士必于新,荆国丞相必于工,此宋诗之所以不能及唐也。王实翁为诗,奇不必如谷,新不必如坡,工不必如半山,性情流出,自然而然,充其所到,虽唐元、白不过如是。"③ 他提出来要用自然性情来克服宋诗刻意雕琢的毛病。刘将孙对宋诗的批评更为激烈,他说:"盖余尝忾然于世之论诗者也。标江西,竞宗支,尊晚唐,过风雅。……至苏、韩名家,放为大言概之曰:'是文人之诗也'。于是常格外,不敢别写物色;轻愁浅笑,不复可道性情。"④ 宋诗与晚唐诗一样,背离了诗歌的抒情性原则。尤其是他提到"文人之诗",实际上是对自宋以来诗歌文人化、学问化的直接批判。

元代理学家诗论家在诗歌性情论方面,对作者主体感情是有所规约

① 邵雍:《伊川击壤集》卷首,载《四部丛刊》初编第90册,商务印书馆1936年版。
② 胡应麟:《诗薮》外编卷5,中华书局上海编辑所1962年版,第204页。
③ 吴澄:《王实翁诗序》,载《吴文正集》卷18,文津阁《四库全书》第400册,商务印书馆2005年版,第65页。
④ 刘将孙:《黄公诲诗序》,载《养吾斋集》卷11,文津阁《四库全书》第400册,商务印书馆2005年版,第595页。

的，往往希图能够把封建道德性与个体情感相结合；将诗歌的社会功能与个体的适志抒愤相结合；但在性情、学术、事功三者的关系上，性情被置于首位。理学家吴澄说："诗以道情性之真。十五国风，有田夫闺妇之辞，而后世文士不能及者，何也？发乎自然而非造作也。汉魏逮今，诗凡几变，其间宏才硕学之士，纵横放肆，千汇万状，字以炼而精，句以琢而巧。用事取其功，模拟取其似，功力极矣，而识者乃或舍旃而尚陶、韦，则亦以其不炼字、不琢句、不用事而性情之真近于古也。今之诗人，随其能而有所尚，各是其是，孰有能知真是之归者哉。"①在这里吴澄认为文艺创作今不如古的原因是随着文化的积累，创作技巧日益精进，但这些学问化的要素实际上损害了作家主体性情的抒发，使之矫揉造作而不自然。其尚自然、主真情的主张明显反对学问化。

当然，作为理学家，吴澄的"性情之真"并不是完全等同于创作主体的个人情感。他认为"性情"又可分为"性"、"情"。"性"统"情"，对"情"有规摄作用。他说："约爱、恶、哀、乐、喜、怒、忧、惧、悲、欲十者之情而归之于礼义智仁四端之性，所以性其情而不使情其性也。……礼也、义也、智也、仁也，皆冶情之具也。"②但他又深刻地认识到封建儒家思想发展到后期其自身的矛盾，个体的情感此刻已经不能与社会理性相一致，因此他说："性发夫情，则言言出乎天真，情止乎礼义，则事事有关于世教。古之为诗者如是，后之能诗者亦或能然，岂徒求其声音采色之似而已哉！"③在此对于性情的天真与社会理性是否能融合已不是十分自信，他的这一理论阐发正好表达了理学家对学问对诗歌渗透的反对。

元人的诗歌性情论发展到元末，杨维桢的理论表现得十分突出。杨维桢说："或问：诗可学乎？曰：诗不可以学为也。诗本性情，有性此

---

①　吴澄：《谭晋明诗序》，载《吴文正集》卷17，文津阁《四库全书》第400册，商务印书馆2005年版，第63页。

②　吴澄：《邹昀兄弟字说》，载《吴文正集》卷10，文津阁《四库全书》第400册，商务印书馆2005年版，第41页。

③　吴澄：《萧养蒙诗序》，载《吴文正集》卷19，文津阁《四库全书》第400册，商务印书馆2005年版，第69页。

有情，有情此有诗也。……诗之状未有不依情而出也。虽然不可学，诗之所出者不可以无学也。"① 在这里他集中探讨了"性情"与"学"的关系，认为诗歌本于性情，不能够凭借学问就可以创作成功，性情是诗歌创作的"第一义"；学问对于性情有辅助作用。杨维桢性情论强调诗人的个性面目，他说："诗之情性神气，古今无间也。得古之情性神气，则古之诗在也。然而面目未识而谓得其骨骼，妄矣；骨骼未得而谓得其情性，妄矣；情性未得而谓得其神气，益妄矣。"② 杨维桢明确提出了两个问题：一是以性情论诗，他非常重视诗歌的"神气"，即艺术个性；二是他认为"学古"要学古人之"神气"，通过学古，可以得性情之真。他的这种主张，实际上以性情为第一位，由学古来求真诗，以此反对诗歌的理性化、学问化，下启明七子格调诗论，总的来说元代诗学性情论，基本上是反对宋代理学诗，反对宋诗学问的倾向，其诗歌取法的目标总体倾向于唐音。

由元人对诗歌"吟咏性情"的解释，可见元代诗论家与理学家大都抛弃了"作文害道"、"作诗妨事"的观念，转而认为道不离文，文不乖道。理学家袁桷对宋代理学家文学观明确提出异议。他认为诗歌具有自身的艺术体式和审美追求，与言"理"的道学有所差别，理想的诗歌应该是符合诗歌的审美特点而理在其中。他说："诗以赋比兴为主，理固未尝不具。今一以理言，遗其音节，失其体制，其得谓之诗与？"③ 诗歌必须符合文学体制的要求，如果以理学入诗，就会使得诗歌失去情韵意趣，不成为诗。对学术渗透入诗歌中而对其艺术法则造成新变，袁桷认为："诗本性情，能知之矣；本于法度，知之不详矣。……江西大行，诗之法度益不能振。夷陵渡南，糜烂而不可救，入于浮屠、老氏，证道之言弊，敦能以救哉？"④ 对于佛、道与诗歌的碰撞，他明显持否

① 杨维桢：《剡韶诗序》，载《东维子集》卷7，《传世藏书·集库·别集》第9册，海南国际新闻出版中心1996年版，第40页。
② 杨维桢：《赵氏诗录序》，载《东维子集》卷7，《传世藏书·集库·别集》第9册，海南国际新闻出版中心1996年版，第39—40页。
③ 袁桷：《题闵思齐诗集》，载《清容居士集》卷50，《丛书集成初编》2076册，中华书局1985年版，第854页。
④ 袁桷：《跋吴高子诗》，载《清容居士集》卷49，《丛书集成初编》2075册，中华书局1985年版，第843页。

定态度，甚至直接批评道："宋世道儒，一切直致，谓理即诗也。取乎平近者为贵，禅人偈语似之矣。"① 在诗歌的学问化要素与诗歌的意境化表现手法发生冲突时，宋代理学家往往牺牲文学性而突出学术性。对此，袁桷说："至理学兴而诗始废，大率皆以模写宛曲为非道，夫明于理者犹足以发先王之底蕴，其不明理则错冗猥俚，散焉不能成章，而诿曰：'吾唯理是言'。诗实病焉。"② 由此可见，其诗学精神是与宋代理学文学观相背离的，是反对诗歌理学化的。

就元代文学家的文学观念而言，他们是偏重于强调诗歌的抒情性；反对学问化的；在具体的诗歌创作方面，元诗总体上趋向宗唐复古。元代大德、延祐时期，诗歌发展至高峰，其最突出的审美特征，时人和生世论者众口一辞称为"雅正"。欧阳玄记载道："我元延祐以来，弥文日盛，京师诸名公，咸宗魏晋唐，一去金宋季世之弊，而趋于雅正，诗丕变而近于古，江西士之京师者，其诗亦尽弃旧习焉。"③ 这段话指出盛元时期，诗坛上"宗唐"风气浓厚，而宋代江西诗派学问化、议论化的风气遭到摒弃，"雅正"诗风盛行。所谓的"雅正"诗风就是"诗不轻儇，则日进于雅；不锼薄，则日造于正，诗雅且正，冶世之音也，太平之符也。"换而言之是指一种典正阔大、符合儒家观念、具有中和之美、雍容含蕴、情韵和厚的艺术风格。他还说："诗得于性情者为上，得之于学问者次之。……《离骚》不及《三百篇》，汉、魏、六朝不及《离骚》，唐人不及汉、魏、六朝，宋人不及唐人，皆此之以，而习诗者不察也。"④ 把"性情"与"学问"视为诗歌创作的两种要素，重性情、轻学问，并把学问要素在诗歌中的分量当作其逐步退化的原因，这一重要的命题清晰表现了盛元雅正诗风反"学问化"的特点。

大德、延祐时期最能代表雅正诗风的是有元诗四大家之称的虞集、杨载、范梈、揭傒斯，其诗歌理论与创作实践均体现出宗唐学古和雅正

---

① 袁桷：《书括苍周衡之诗编》，载《清容居士集》卷28，《丛书集成初编》2075 册，中华书局 1985 年版，第 488 页。
② 袁桷：《乐侍郎诗集序》，载《清容居士集》卷28，《丛书集成初编》2069 册，中华书局 1985 年版，第 386 页。
③ 欧阳玄：《罗舜美诗序》，载《欧阳玄集》卷8，岳麓书社 2010 年版，第 87 页。
④ 欧阳玄：《梅南诗序》，载《欧阳玄集》卷8，岳麓书社 2010 年版，第 84 页。

追求。在诗学理论方面，虞集在《唐音序》中推重唐诗说："有风雅之遗"，"度越常情远哉"。《元史》卷 190《儒学传》载杨载论诗之语："诗当取材于汉、魏，而音节以唐为宗。"范梈《杨仲弘诗集》云："余尝观于风骚以降，汉魏下至六朝，弊矣。唐初，陈子昂辈乘一时元气之会，卓然起而振之。开元、大历之音，由是不变，至晚宋又极矣。今天下同文，而治平盛大之音，称者绝少。"范梈秉持复兴风雅的立场，视六朝为诗歌衰敝的时代；当今承宋以来之颓流，新开盛大之音有待于今世的"陈子昂"。署名揭傒斯作的《诗宗正法眼藏》提到师法宗尚时说："学诗宜以唐人为宗，而其法寓诸律。"① "（五古）悲喜含蓄，而不伤美刺，宛曲而不露，要有《三百篇》之遗意。"② 这时明确要求诗歌符合"雅正"的审美标准。由以上的诗论，明确表达了盛元时期宗唐雅正的诗风。

从创作方面看，虞集诗五古"欲攀陈子昂，上参郭璞"，七古"具体李白"，五言律"王维之遗音"，七律"杜陵之矩矱"③。其诗以柔厚之唐音，一洗宋诗之伧调，如七律名篇《挽文丞相》中云："云暗鼎湖龙去远，月明华表鹤归迟。不须更上新亭望，大不如前洒泪时。"《元诗选》以唐人诗歌审美观"意到、气到、神到"评此诗。杨载的创作，胡应麟评为："虞、杨间法王、岑而神骨乏"④，钱基博则认为其诗"词气豪迈而风调清深"⑤。其歌行体题画诗如《题赵千里山水扇面歌》、《题秋两长吟时》尤能代表其风格。范梈的诗作虞集评为"晋帖唐临"，钱基博评其诗"以魏晋之缥缈，发唐人之沉郁"⑥。如《钟陵夜宿闻钟》："中年江海梦灵皇，夜半闻钟似上阳。一百八声犹未已，更兼云外雁啼霜。"⑦ 情韵邈远，一唱三叹，深得唐人三昧。揭傒斯的诗《四库总目》论为"清丽婉转"而又不失于妩媚，"神韵秀削，寄托自深"。

---

① 张健：《元代诗法校考》，北京大学出版社 2001 年版，第 325 页。
② 同上书，第 333 页。
③ 钱基博：《中国文学史》，中华书局 1993 年版，第 811 页。
④ 胡应麟：《诗薮·外编》卷 6，中华书局上海编辑所 1962 年版，第 227 页。
⑤ 钱基博：《中国文学史》，中华书局 1993 年版，第 819 页。
⑥ 同上书，第 817 页。
⑦ 范梈：《范德机诗集》卷九，载《北京图书馆古籍珍本丛刊》第 94 册，书目文献出版社 1998 年版，第 610 页。

如《归舟》"江洲春草偏，风雨独归时。大舸中流下，青山两岸移。鸦啼木郎庙，人祭水神祠。波浪争掀舞，艰难久自知"①，劲媚中有一股深沉苍凉的感慨。综而言之，元诗四大家的诗学取向确实朝宗唐崇雅、反对学问化的方面倾斜。

元代反学问化的倾向还表现在元人承袭了晚唐、五代诗格、诗法创作的风气，涌现出一批诗法著作，张健《元代诗法校考》搜集整理诗坛著作 25 种。这些著作对宋人重视诗话而轻诗法不满意，认为"宋人诗尚意，而不理会句法，所以不足观"②，作诗"初学必须步步要学古，作为样子模写之，如学书之临帖也。岁月久，自然声韵相合于古人矣。"③ 这些主张实际上开明七子宗唐摹拟论先声，在学理上陷入"学问"与"性情"背反的困境。元人诗法著作还基本上认同严羽《沧浪诗话》的诗学观，将元前诗史分为几大段落。《诗法家数》中说："三百篇流为楚词，为东府，为《古诗十九首》；为苏、李五言，为建安、黄初，此诗之祖也。《文选》刘琨、阮籍、潘、陆、左、郭、鲍、谢诸诗，渊明全集，此诗之宗也。老杜全集，诗之大成也。"④《诗法源流》认为："盖唐人以诗为诗，宋人以文为诗。唐诗主于达性情，故于《三百篇》为近，宋诗主于立议论，故于《三百篇》为远。"⑤ 这里将先秦、汉魏、南北朝与唐代视为诗歌发展的三大高峰，对唐、宋诗两种诗型用创作主体"诗人"与"文人"之别、诗歌旨意、"抒情"与"议论"之分作了对比。尤其是《诗法源流》接着说："诗至宋南渡末，而弊又甚焉。……至此而古人作诗之意泯矣。"⑥ 其"扬唐抑宋"的观念明确可见。元人诗法著作宗唐的倾向，具体表现在对唐诗法度的探寻摹仿。这些诗法讨论诗歌作法时，门类繁多，细大不捐。如《木天禁语》有"六关"，分篇法、句法、字法、气象、家数、音节六门，篇法之下又有七言律诗、五言长古、七言长古、五言短古、七言短古、乐府、绝句

---

① 揭傒斯《归舟》，载《揭曼硕诗集》卷二，《丛书集成初编》2268 册，中华书局 1985 年版，第 29 页。

② 张健：《元代诗法校考》，北京大学出版社 2001 年版，第 375 页。

③ 同上书，第 372 页。

④ 同上书，第 33 页。

⑤ 同上书，第 236 页。

⑥ 同上书，第 237 页。

七门，这些门目，尽管有流于格套、细碎凡琐之弊，但也为初学诗者提供了不少入门的途径，其中如对结构上起承转合的探讨，对诗歌章法中情景关系的处理，对种种对仗方法和用字技巧的分析，在中国古典诗歌形式论方面作出了宝贵的贡献。而诗法著作偏重于由辞章、声律方面论唐诗，无疑对明人的格调诗论有着影响。

元人吟咏性情，宗唐学古，注重诗法而批评宋代江西派，反学问化倾向，对元代的诗学复古运动有着深远的影响；明人承嗣元人的反学问思潮亦由反对理学开始。

第二节　明代古典主义诗歌性情与学问的二律背反

金元两代，皆为异族主政，明代汉族政权的复兴，明王朝用夷夏之辨意识来自命为文化正统，造成一股刻意确立正统的思想运动。在这种文化背景下，士人自觉或不自觉地维护正统思想。明初颁定科举定式，专修《四书大全》、《性理大全》，力主朱子学，宋濂、方孝孺、薛瑄等皆以朱熹为尺蠖。统治者在思想上的禁锢和对科举选官制度的强化，无疑对明代前期士人的精神心理构成造成强大的渗透和规范。入明之初的宋濂、刘基等人的诗歌创作尚带有元明之际"各抒心得"的表现特点，真正表现具有明前期文学自身特点的应该是所谓的"台阁体"与"性理诗"。

一、从"台阁体"、"性理诗"到"反理学"、"反宋诗"

台阁体文人身居高位，诗歌创作多以歌咏盛世为目的，风格雍容平易、典雅正大，但流于萎靡不振、呆板枯燥。台阁体诗人群中大部分是江西人，江西宋代理学与诗学皆盛行。台阁体的代表杨士奇就说："元之世江右经师为四方所推服，五经皆有专门，精神明彻讲授外，各有著书以惠来学。……迄国朝龙兴，江右老师宿儒往往多在，学者有所依归。……而有志经学者所必至。"[①] 这里说的经学基本上就是理学，因

① 杨士奇：《蠖圃集序》，载《东里续集》卷14，文津阁《四库全书》第413册，商务印书馆2005年版，第712—713页。

而台阁体文人在文学思想上与理学联系紧密。理学家的文论以"宗经"、"明道"、"崇圣"为主，台阁体也不例外。杨士奇认为"为学不求诸经，为教不本诸经，皆苟焉而已。经者圣人之精也，不明诸经，则不达圣人之道"①。南宋理学家真德秀编撰的《文章正宗》是一部贯彻道学家文学观的文章选本，问世以后屡遭文论家批判。但是杨士奇却特别地重视。他在《文章正宗三集题跋》中表彰此书说："非明理切用源流之正者不与，盖前后集录文章未有谨严若此者。学者用志于此，斯识趣正而言不悖矣。"② 在诗歌创作方面，江西诗派一直有着自己的地域渊源，陶渊明奠定了江西诗派风格的基础。宋代黄庭坚为代表的"江西诗派"追求造语精工而又简易平淡的艺术境界。元诗四大家中有三家是江西人，其中虞集影响较大，其诗宗尚北宋理学家邵雍，坚持正统观念，主张"性情之正"。到元末，江西诗人危素、刘嵩最为有名，是台阁体诗人中江西诸子的前辈。《列朝诗集》中说："国初诗派，西江则刘泰和（嵩），闽中则张古田。……江西之派，中降而归东里，步趋台阁，其流也卑冗而不振。"③ 这里指出明初江西诗派与台阁体的关系，也说明台阁体的诗风与"以学问为诗"的江西诗派有很深的渊源。因此"台阁体"诗歌可以说是"程朱理学"与宋代"江西诗派"的合流，诗歌的"说理明道"与"以文为诗"的"学问化"倾向都很明显。

　　盛行于明仁宗、宣宗两朝的台阁体文风，延续到英宗、景帝时还有较大的影响，但英宗、景帝时，经历一系列的政治事件后，文风、学风有所转变。理学家觉得台阁体过于肤浅，不能起到涵养道德、感化人心的作用，因而提倡性理诗，试图从文学的角度加强对理学的宣扬，其代表人物是陈献章和庄昶。性理诗的写作成为一时的风尚，构成一个松散的文学流派。理学诗在宋代的兴起，直接导致了"学人之诗"这一重要的诗歌学问化话题的兴起，形成"道学诗派"。作为理学家，明代性

　　① 杨士奇：《蝼蝈集序》，载《东里续集》卷14，文津阁《四库全书》第413册，商务印书馆2005年版。第712页。
　　② 杨士奇：《东里续集》卷18，载文津阁《四库全书》第413册，商务印书馆2005年版，第732页。
　　③ 钱谦益：《列朝诗集小传》甲集"刘嵩"条，《列朝诗集小传》，上海古籍出版社1959年版，第88页。

理诗诗人直接以宋代理学家邵雍的诗为典范，性理派重倡邵雍"安乐吟咏"的旨趣，向往超脱于事功之外的萧散兴趣；于是诗家吟咏，可感物即事，漫然有兴，又与风化体制相关。陈献章《认真子诗集序》曰："夫诗小用之则小，大用之则大，可以动天地，感鬼神；可以和上下，可以格鸟兽，四时行焉，百物生焉。皇王帝霸之褒贬，雪月风花之品题，一而已矣。小技云乎哉！"① 其中"和上下"是指政事治功，"格鸟兽"是指自然景物，"和"指人伦之规范，这里指诗关教化。"格"者，格物致知，此言诗关观物，这是一种褒贬美刺与风月题咏相兼综的文学观念。它的出现，是由台阁体重视诗歌传达理道的作用，转变为明代性理诗人力图将诗与理学加以汇通。陈献章曾经说："大抵论诗当论性情，论性情先论风韵，无风韵即无诗矣。"② 又说："会而通之，一真自如，故能枢机造化，开阖万象，不离乎人伦日用，而见鸢飞鱼跃之机。"③ 因而他对宋代重道轻文的理学家颇为不满，认为："须将道理就自己性情上发出，不可作议论说去，离了诗之本体，便是宋头巾也。"④ 就理学本身而言，则主张"心与道一，自不知天地万物也"⑤，明显出现了由道学向心学的转向。明初性理派诗人在诗学路径上的这种转向，虽然比台阁体将诗歌当做润色鸿业、明道说理的工具向诗歌的抒情特性靠近了一步，但那种试图在诗歌中将理学规范和情感体验统一起来的创作模式，实际上还是带有崇尚理学所内化的道德情操倾向，作家的情感依旧局限在哲学的架构之下，"学问化"的气息依然很浓厚。

成化、正德年间，皇室荒淫，宦官专权，社会矛盾日益突出。统治者虽然间有施展强暴，但已经不复有朱元璋父子时代的绝对权威，士大夫的境遇有所改变，地位有所提高。随着现实的变化，台阁体诗歌雍容典雅的风格和枯燥贫乏的内容，性理诗流于僵化的理论教条和虚伪的说教，不符合社会政治改革的呼声，其地位已经动摇。因此文坛的主流转

① 陈献章：《陈献章集》卷1，中华书局1987年版，第5页。
② 《陈献章集》卷2，中华书局1987年版，第203页。
③ 陈献章：《夕惕斋诗集后序》，载《陈献章集》卷1，中华书局1987年版，第11—12页。
④ 陈献章：《次王半山韵诗跋》，载《陈献章集》卷1，中华书局1987年版，第72页。
⑤ 庄昶：《友山诗序》，载《定山集》卷六，文津阁《四库全书》第419册，商务印书馆2005年版，第154页。

而为反"台阁体"、"理学诗"，而发展成一股反对学问化的"反宋诗"潮流。

这股潮流始于以李东阳为领袖的茶陵派。在朝政弊端丛生的背景下，身为馆阁大臣的李东阳的现实心态与台阁"三杨"有所不同，对庙堂文化有所离心，徘徊"庙堂之文"与"山林之文"之间，而且偏向于"山林之文"。李东阳很大程度摆脱了理学的束缚，对诗歌的理性化进行批评。他在《怀麓堂诗话》中说："诗在六经中，别是一教，盖六艺中之乐也。乐始于诗，终于律。人声和则乐声和，又取其声之和者，以陶写情性，感发志意，动荡血脉，流通精神，有至于手舞足蹈而不自觉者。后世诗与乐判而为二，虽有格律，而无音韵，是不过为排偶之文而已。使徒以文而已也，则古之教，何必以诗律为哉！① 这里从抒情功能和乐教两个方面强调诗歌的审美特征，如果有"格律"而无乐，那么作品只是押韵的文章。他实际上指出了文学与非文学的差别。李东阳还曾对诗歌理性化的两大表现进行批判。一是诗歌的"散文化"。他指出"赋、比、兴"手法的不同，作为艺术技巧"赋"具有"正言直叙，则易于穷尽，而难于感发"的特点，如果在诗歌中大量地运用"赋"的手法，就会"以文为诗"，伤害诗歌自己的文体特性，诗歌应该"贵情思而轻事实"②。二是诗歌的"学问化"。他对严羽《沧浪诗话》中的主要观点辩驳说："诗有别材，非关书也；诗有别趣，非关理也。然非读书之多、明理之至者，则不能作。论诗者无以易此矣。彼小夫贱隶妇人女子，真情实意，暗合而偶中，固不待于教。而所谓骚人、墨客、学士、大夫者，疲神思，弊精力，穷壮至老而不能得其妙，正坐是哉。"③ 只有作者的真情实感才是创作的源泉，具有真情，不需要多读书明理，也能暗中偶合诗学规律。如果没有情感为基础，文人学士再苦心构思、费力力学也无济于事。值得注意的是，严羽本属竖起"反宋诗"大纛的诗论家，而李东阳出于反理学的立场，对严羽写诗要"读书明理"以辅助"别材"的说法有微议，可见其坚持"诗贵

---

① 李东阳撰，李庆立校释：《怀麓堂诗话校释》，中华书局2009年版，第80页。
② 同上书，第132页。
③ 同上书，第1页。

情思"的力度。由此可见，茶陵派主将李东阳主张坚持诗歌的抒情特性与文体特性，反对宋诗的散文化倾向和性理诗派的融合诗学、理学的观点。

李东阳领导的茶陵派"如衰周弱鲁，力不足以抵御强横"①，尚不能完全冲破台阁体的樊篱。李梦阳、何景明等前七子兴起于弘治、正德年间。由于"弘治中兴"的稍纵即逝，在政治上前七子希望破灭，他们转而发起以复古而革新的文学热潮，寄托其以文学救弊补时的苦心。前七子对明代八股文取士制度有逆反心理，他们反对八股文"干荣要利"的时俗，反对宣扬理学的八股文。在这样的政治、文化背景下他们倡导"文必秦汉，诗必汉唐"，进一步批驳了明初文坛上"学问化"气息浓重的台阁体与性理诗。

针对以陈、庄为代表的"性理诗派"，李梦阳在《缶音序》中说："宋人主理作理语，于是薄风云月露，一切铲去不为，又作诗话教人，人不复知诗矣。诗何尝无理，若专作理语，何不作文而诗为耶？今人有作性气诗，辄自贤于'穿花蛱蝶'、'点水蜻蜓'等句，此何异痴人前说梦也。即以理言，则所谓'深深''款款'者何物耶？《诗》云：'鸢飞戾天，鱼跃于渊'，又何说也？孔子曰：'礼失而求之野。'予观江海山泽之民，顾往往知诗，不作秀才语，如缶音是也。"②他所说的今人很可能就是指陈献章和庄昶等继承邵雍诗风的性理派。钱谦益《列朝诗集小传》丙集《庄郎中昶》中的一段话作印证："丰城杨廉，妄评其诗，以为高出于唐人：杜子美'穿花蛱蝶深深见，扑水蜻蜓款款飞'比定山（庄昶）'溪边鸟讶天机语，担上梅挑太极行'尚隔几尘。""穿花"二句见于杜甫《曲江二首》，宋本《杜工部集》为"穿花蛱蝶深深见，点水蜻蜓款款飞。""溪边"二句见于庄昶《定山集》卷四《与谢汝申饮北山周纪山堂石洞老师在焉》一诗。③同样李梦阳的"小友"杨慎也对陈献章诗调侃说："白沙之诗，五言冲淡，有陶靖节遗意，然赏者少；徒见其七言近体，效简斋、康节之渣滓，至于'筋

---

① 纪昀等：《钦定四库全书总目》，中华书局1997年版（整理本），第2299页。

② 李梦阳：《空同集》卷52，载文津阁《四库全书》第422册，商务印书馆2005年版，第112页。

③ 钱谦益：《列朝诗集小传》丙集，载《列朝诗集小传》，上海古籍出版社1959年版，第266页。

斗'、'样子'、'打乖'、'个理'，如禅家呵佛骂祖之语，殆是《传灯录》偈子，非诗也。若其古诗之美，何可掩哉？然谬解者，篇篇皆附于心学性理，则是痴人说梦矣。"① 可见以理学入诗的"性理诗派"是前七子否定的对象。

性理派诗歌的种种弊端，成为前七子批评诗歌中引入学问因素而议论说理的"主理"诗风的主要原因。前七子的另一主将何景明就认为诗歌的中心是感情，文章的中心是事理。文章可以作理语，而诗歌不可以作理语，这是诗歌与文章的文体界限。他说："夫诗之道尚情而有爱，文之道尚事而有理。是故召和感情者，诗之道也，慈惠出焉；经德纬事者，文之道也，礼义出焉。"② 在对诗歌与文章体裁辨别的基础上，他们更深入地体会到学与诗歌的复杂关系，这也是使其否定宋诗的重要诱发因素。严羽《沧浪诗话》中认为宋诗"尚理而病于辞理意兴"，这是宋诗不如汉魏、唐诗的主要原因。宋诗的总体特征，南宋刘克庄序《竹溪诗》为宋诗主流倾向作了总结："迨本朝则文人多，诗人少。三百年间，虽人各有集，集各有诗，诗各自为体，或尚理致，或负材力，或逞辩博，少者千言，多至万首，要皆经义策论之有韵者尔，非诗也。"③用"宋人主理"来概括宋诗和它的写作特点，基本上点明了宋诗的主要特征。宋代是一个知性反省为主导的时代，"理"可以说代表了宋代文化的精神面貌。宋代的大诗人大都与"理"有重要关系。宋诗也与理学有精神相通之处。但程朱理学发展到明代中期本身已经僵化蜕变，日益沦为虚伪的说教和沽利的工具。李梦阳就直接反对理学，他说："宋儒兴而古之文废矣。非宋儒废之也，文者自废之也。古之文，文其人，如其人便了。如画焉，似而已矣。是故贤者不讳过，愚者不窃美。而今之文，文其人，无美恶皆欲合道，传志其甚矣。是故考实则无人，抽华则无文，故曰宋儒兴，而古之文废。或问何谓？空同子曰：'嗟，宋儒言理不烂然欤！童稚能谈焉。渠尚知性行有不必合邪'。行天地间

----

① 杨慎撰，王大厚笺证：《升庵诗话新笺证》，中华书局2001年版，第694—695页。

② 何景明：《内篇·二十五篇》，载《何大复先生集》卷31，台湾伟文图书出版公司1984年版，第1156页。

③ 刘克庄：《后村先生大全集》卷94，载《宋集珍本丛刊》第81册，线装书局2004年版，第780页。

即道，人之日为不悖即理，随发而验之即学。是故撦陈言者腐，立门户者伪，有所主者偏。"① 在李梦阳看来，自从宋儒讲习养心存性以来，无不以本心自觉为目的，而在此本心自觉中，"心有善恶，性无善恶"，其中包含有一种道德理想主义的精神因素。在文学中直接表现本性时，理想这时恰恰成为表现真情实感的障碍。李梦阳并非完全否定性理心气，而是面对理学性理之义而强调文学的抒情的"别是一体"。在性情与理学的冲突面前，李梦阳站在性情的立场上。秉持这样的观点，他认为宋人因为"主理作理语"而忽视了诗歌的"意象"，不符合诗歌的艺术特点。不赞同宋诗"主理"的诗风。所以他甚至在《潜虬山人记》中说："山人商宋梁时犹学宋人诗，会李子客梁，谓之曰：宋无诗。"② 同样，何景明在《杂言十首》之五中说："秦无经，汉无骚，唐无赋，宋无诗。"③ 虽然他们的主张潜在地具有恢复华夏民族汉唐雄风的心理，实际上是对宋诗"学问化"的抵制，同时对清代"格调"、"神韵"、"性灵"诗说也有深远的影响。

二、由"因情立格"到"晚年自悔"

前七子反对宋诗的"学问化"，要求诗歌以"性情"为本位，关于诗歌以至整个文学的本质，《尚书·尧典》标示"诗言志"之说，大约产生于汉代的《毛诗大序》承此阐发其旨意。诗歌是原始社会文化发展到一定程度的产物。原始诗歌所表现的思想感情，是一种群体性的感情。所谓"诗言志"的"志"，是一种经典化的东西，其具体的内涵是礼义、道德、政治及外交意图等。可见，"诗言志"的"志"并非纯粹个体性的东西。先秦时期的赋诗、教诗、引诗等诸项"用诗"活动偏重于实用理性而不重审美，这些虽未明确提出诗与学问的关系问题，但却孕育了诗歌"学问化"的因子。④ 钟嵘《诗品》中提出"吟咏性

---

① 李梦阳：《论学上篇第五》，载《空同集》卷66，文津阁《四库全书》第422册，商务印书馆2005年版，第160页。

② 李梦阳：《空同集》卷48，载文津阁《四库全书》第422册，商务印书馆2005年版，第107页。

③ 何景明：《何大复先生集》卷38，台湾伟文图书出版公司1984年版，第1438页。

④ 钱志熙：《从群体诗学到个体诗学——前期诗史发展的一种基本规律》，《文学遗产》2005年第2期。

情"，树立了个体的抒情原则。这就形成了古典诗论中"诗缘情"与"诗言志"两大命题。由于"诗言志"说强调诗歌的泛文化意义，后代理学家往往利用它来宣扬"文以明道"的观念。有鉴于此，复古派诸子都不约而同地选择了"诗缘情"之说。

李梦阳在《梅月先生诗序》中指出："情者，动乎遇者也。……故遇者物也，物者情也。情动则会心，会则契神，契者音所谓随寓而发者也。……故天下无不根之萌，君子无不根之情。忧乐潜之中而后感触应之外，故遇者因乎情，诗者形乎遇。"① 情以物迁，辞以情发，诗歌来源于情，情又是现实生活中感触的产物，它最终又通过所感触的物象表现出来。在这里他不仅突出"情"的地位并强调其主动性，但他同时又指出："夫天下百虑而一致，故人不必同，同于心；言不必同，同于情。故心者，所为欢者也。情者，所为言者也。是故科有文武，位有崇卑，时有钝利，运有通塞。后先长少，人之序也；行藏显晦，天之界也。是故其为言也，直宛区，忧乐殊，同境而异途，均感而各应之矣。至其情，则无不同也。何也？出诸心者一也。故曰诗可以观。"② 这实际上就是说，虽然创作主体的个体情感在诗歌中表现出彼此不同，但却可以彼此感动。显然李梦阳是在普通性与特殊性相统一的意义上来使用"情"这一概念的。这里最值得注意的是李梦阳在"情"方面没有完全突破儒家封建伦理道德规范。尽管他受明代商品经济的推动，肯定现实生活中的情欲，疏离甚至背离程朱理学；但其思想资源的架构还是在儒学的范围之中，其本人的处世持身也以封建正直的士人道德操守来砥砺自己。可以说对"情"的这一倾向在七子中基本一致，这也是七子论诗主情，但不像公安派那样主张"独抒性情"的原因。如徐祯卿就说："夫词人轻偷，诗人忠厚。上访魏晋，古意犹存。故苏子之戒爱景光，少卿之厉崇明德，规善之词也。……究其微旨，何殊经术？作者蹈古辙

---

① 李梦阳：《空同集》卷51，载文津阁《四库全书》第422册，商务印书馆2005年版，第115页。

② 李梦阳：《叙九日宴集》，载《空同集》卷59，文津阁《四库全书》第422册，商务印书馆2005年版，第139页。

之嘉粹，刊佻靡之非经，岂值精思，亦可以养德也。"① 徐祯卿对诗人
所抒发的感情，要求其不离温柔敦厚之旨。七子中其他人如康海长期与
吕柟、何塘、马理等人交往，也沾染了一些理学家气息。王廷相更是兼
具理学家的身份。在强调"诗缘情"这一点上，他们与李梦阳、徐祯
卿基本相同，在"发乎情"之说的后面，往往要补上一句"止乎礼
义"。如康海在《太微山人张孟独诗集序》中说："夫因情命思，缘感
而有生者，诗之实也；比物陈兴，不期而与会者，诗之道也。"② 王廷
相《巴人竹枝歌》序说："是故温柔敦厚者，诗人之体也；发乎情止乎
礼义者，诗人之志也；杂出比兴，形写情志，诗人之辞也。"③ 总而言
之，由于七子并不能明显地在"情"方面超越儒家的传统理念，使得
其"反宋诗"的"主情"说不能在古典诗歌的基本范式外另寻出路，
只能是在传统诗歌的遗产之下寻找自我。这也使得其"反理学"、"反
学问化"的倾向，将与"宋诗"相区别的诗歌传统"汉魏、盛唐诗"
最后作为七子学习摹仿而前行的工具。其对前人诗歌格调的恪守宗法，
相对于宋诗"说理议论"的"学问化"，相对于江西诗派的"点铁成
金"、"脱胎换骨"来说，实质上是走入了另一重"学问化"的圈子。

　　前七子在强调诗歌的"情感"特征的同时，对中国古典诗歌的审美
特征进行了全面的探讨，提出了"格调"的理论。七子派论"情"，基
本上是在格调说的总体布局中展开的。李梦阳认为："夫诗有七难：格
古、调逸、气舒、句浑、音圆、思冲。情以发之。七者备而后诗昌
也。"④ 在他看来，诗歌有七种要素，"情"的抒发不能脱离这些要素。
王廷相在《与郭介夫学士论诗书》中说"然措手施斤，以法而入者有
四务。……所谓四务，运意、定格、结篇、炼句也。"⑤ 徐祯卿《谈艺

---

　　① 徐祯卿：《谈艺录》，载徐祯卿撰、范志新笺注《徐祯卿全集编年笺注》，人民文学出
版社 2009 年版，第 770 页。
　　② 康海：《对山集》卷 33，载《续修四库全书》第 1335 册，上海古籍出版社 2002 年
版，第 377 页。
　　③ 王廷相：《王氏家藏集》卷 20，载《四库全书存目丛书》第 53 册，齐鲁书社 1997 年
版，第 78 页。
　　④ 李梦阳：《潜虬山人记》，载《空同集》卷 48，文津阁《四库全书》第 422 册，商务
印书馆 2005 年版，第 107 页。
　　⑤ 王廷相：《王氏家藏集》卷 28，载《四库全书存目丛书》第 53 册，齐鲁书社 1997 年
版，第 164 页。

录》中说："然思或朽而未精，情或零落而未备，词或罅缺而未博，气或柔狞而未调，格或莠乱而未叶，咸为病焉。"① 他们所提到的"思"、"格"、"气"、"调"、"音"、"意"等概念，是对诗歌形式、内容多层面的艺术要求，也是七子心目中所认定的中国古典诗歌的审美规范。他们认为诗歌的作品的旨趣和意蕴与诗歌的语言、句法、章法等因素的古雅含蓄有重要的关系，古典诗歌所具有的圆融深厚的境界，是由特定的法度、语言等要素共同构成的。不具备这些要素，古典诗歌的审美意境就难以存在。要打破"宋诗"、"台阁体"、"性理诗"的不良风气，就必须摹仿古典诗歌的特定法度、规范。我们可以用西方新古典主义思潮了审视明七子的理论，新古典主义盛行于 17 世纪的法国、英国。新古典主义作家表现出强烈的传统主义，对古希腊、罗马作家无限敬佩，认为其作品为所有文学类型创立的永久范本。新古典主义作家从优秀的古典作品中总结出一套诗歌法则，并在很大程度上尊重这些艺术法则，作家借助这些法则来表达自己的思想感情。新古典主义还强调人类所共有的，具有代表性的特征和广为接受的经验、思想、情感。七子派在理论和实践上如同新古典主义，他们以汉魏古诗、盛唐律诗作为典范；他们坚守诗歌体裁的规范性，始终把一种诗体极盛时期的代表风格视为"第一义"而不得逾越。胡应麟《诗薮》中就说："曹、刘、阮、陆之为古诗也，其源长，其调高，其格正。陶、孟、韦、柳之为古诗也，其源浅，其流狭窄。其调弱，其格偏。"② 七子派这种"学习前代"的古典主义立场，如王廷相所说："有高才矣，复不能刻力古往，任情漫道，畔于尺矩，以其洒翰美丽，应情仓促可也；求诸古人格调，西施东邻之子颦笑意度，绝不至相仿佛矣。"③ 如果诗歌之性情能背道违礼，则前人的艺术法则不复存在，这是七子所不认同的。这让其对诗歌审美特征的发展容易忽视，而他们在诗歌的情感、思想等方面又基本操持儒家的道德理想，这使得其理论和创作都产生了一些矛盾和

---

① 徐祯卿：《谈艺录》，载徐祯卿撰、范志新笺注《徐祯卿全集编年笺注》，人民文学出版社 2009 年版，第 758—759 页。

② 胡应麟：《诗薮》内篇卷二，中华书局上海编辑所 1962 年版，第 28 页。

③ 王廷相：《王氏家藏集》卷 27《寄孟望之》，载《四库全书存目丛书》第 53 册，齐鲁书社 1997 年版，第 146 页。

流弊。

　　前七子的诗歌既然"学习前代"的经典，那么范围也就不会太宽。其学习的范围一般被概括为"诗必盛唐"，但前七子中没有人提过"诗必盛唐"的口号。其取法的范围，李梦阳的看法是："三代以下，汉魏最近古"①；六朝诗可学，但必须"择而取之"②；元、白、韩、孟、皮、陆以下不足学③。何景明说"学歌行近体，有取于（李白、杜甫）二家，旁及唐初盛唐诸人，而古作必从汉、魏求之"④。康海、王九思两人意见完全相同，都主张"文必先秦两汉，诗必汉魏盛唐"。徐祯卿在《谈艺录》中未谈到近体诗。在古体诗方面，他认为："魏诗，门户也；汉诗，堂奥也。"⑤ "惟汉氏不远逾古。"⑥ 王廷相说："余尝谓诗至三谢，当为诗变之极，可佳亦可恨耳，惟留意五言古者始知之"⑦；"律句，唐体也。天宝、大历以还，等而下之。晚唐不足言。苏、黄有高才远意，格调风韵则失之。元人铺叙藻丽耳，古雅含蓄恶能相续"⑧。由此可知，前七子取法范围基本上古诗以汉魏为尚，兼及六朝；近体以盛唐为主，旁涉初唐。前七子推重汉魏、盛唐诗歌，是在对中国古典诗歌发展的轨迹深入体认之下的抉择。之所以要师法汉魏、盛唐，是因为受严羽《沧浪诗话》中"入门须正，立志须高"的影响。⑨ 李梦阳说：

　　① 李梦阳：《空同集》卷62《与徐氏论文书》，载文津阁《四库全书》第422册，商务印书馆2005年版，第146页。

　　② 李梦阳：《空同集》卷56《章园饯会诗引》，载文津阁《四库全书》第422册，商务印书馆2005年版，第130页。

　　③ 李梦阳：《与徐氏论文书》，《空同集》卷62，载文津阁《四库全书》第422册，商务印书馆2005年版，第146页。

　　④ 何景明：《海叟诗序》，载《何大复先生集》卷34，台湾伟文图书出版公司1984年版，第1258页。

　　⑤ 徐祯卿：《谈艺录》，载徐祯卿撰、范志新笺注《徐祯卿全集编年笺注》，人民文学出版社2009年版，第762页。

　　⑥ 徐祯卿：《与李献吉论文书》，载徐祯卿撰、范志新笺注《徐祯卿全集编年笺注》，人民文学出版社2009年版，第696页。

　　⑦ 王廷相：《王氏家藏集》卷27《答黄省曾秀才》，载《四库全书存目丛书》第53册，齐鲁书社1997年版，第149页。

　　⑧ 王廷相：《王氏家藏集》卷27《寄孟望之》，载《四库全书存目丛书》第53册，齐鲁书社1997年版，第107页。

　　⑨ 郭绍虞：《神韵与格调》，载《照隅室古典文学论集》，上海古籍出版社1983年版，第358页。

"且夫图高不成，不失为高；趋下者。未能有振者也。"① 与严羽如出一辙，认为汉魏、盛唐后的作品，代表了文学类型的永久范本；如果学习其他时期的诗歌，就会沾染不良习惯而难以自拔。

至于学古的方法，李梦阳的说法是："以我之情述今之事，尺寸古法，罔袭其辞，犹班圆，倕之圆。倕方，班之方。而倕之木，非班之木也。此奚不可也？"② 他还说："夫文自有格，不祖其格，终不足以知文。"③ 而前七子的另一领袖人物何景明的看法是："追昔为诗，空同子刻意古范，铸形宿镆，而独守尺寸。仆则欲富于材积，领会神情，临景构结，不仿形迹。诗曰：'惟其有之，是以似之。'以有求似，仆之愚也。" 又说"仆尝谓诗文有不可易之法者，辞断而意属，联类而比物也。……今为诗不推类极变，开其未发，泯其拟议之迹，以成神圣之功，徒叙其已陈，修饰成文，稍离旧本，便自杌陧。"④ 在学古的一般原则方面，李、何之间并无根本性的差别，学术史上"李、何之争"，实际上是两位恪守古典主义原则的诗论家在具体摹拟前代范本时所坚持的不同途径。他们都肯定其认定的古典诗歌艺术法则"法"，只不过李梦阳注意其中的体裁法度，从具体的字法、句法、章法摹仿入手；何景明则主张在领悟前代名作的神情风韵基础上，自然掌握古典诗歌形式上的规则，在创作中自由抒写而合于法度。按照七子的诗学逻辑，李、何的学古主张和实践，是建立在其"因情而鸣"的诗歌抒情性原则的基础上的，徐祯卿就很明确地说："诗以言其情，故名因昭象。合是而观，则情之体备矣。夫情既异其形，故辞当因其势。譬如写物绘色，倩盼各以其状。随规逐矩，圆方巧获其则。此乃因情立格，持守圜环之大略也。"⑤ 但所谓的"因情立格"，最终落脚点还在"规矩"、"法度"之

---

① 李梦阳：《与徐氏论文书》，载《空同集》卷62，文津阁《四库全书》第422册，商务印书馆2005年版，第146页。

② 李梦阳：《驳何氏论文书》，载《空同集》卷62，文津阁《四库全书》第422册，商务印书馆2005年版，第147页。

③ 同上。

④ 何景明：《与李空同论诗书》，载《大复集》，《何大复先生集》卷32，台湾伟文图书出版公司1984年版，第1216—1222页。

⑤ 徐祯卿：《谈艺录》，载徐祯卿撰、范志新笺注《徐祯卿全集编年笺注》，人民文学出版社2009年版，第765—766页。

上，这就使得他们站在"性情"立场上，反对"宋诗"、"性理诗"的"学问化"，却要通过诸种"学问化"的手段来实现。"尺寸古法"与宋人讲究"炼字"、"取意裁成句法"，很难说有根本性的差别。七子颇有不满的杜甫所说的"读书破万卷，下笔如有神"，与"富于材积，领会神情"意思也基本相似。所以七子的诗学主张内在存有不可避免的矛盾，七子所认定的古典诗歌的审美特征"古法"与现实的情感内容相分裂。要追求古法势必要摹仿学习，而中国文学传统有重视摹拟的风气。古代中国由于史官具有掌管藏书、读书、作书、祭祀等特殊职责与地位，在殷周之际，文化从宗教精神中挣脱出来，从而逐步地染上人文气息，这一转变就是由史官完成的。春秋战国，学在官府一变而学在民间，学术的领地遂由贵族而转到民间，由史官而转到诸子，由官学而转到私学。由于古代学术与史的关系密切，遂影响到古代学术的普通性格。虽然诸子百家的学说各异，但其学术性格，即著书立说多采取"托古"的方式则一。孔子更是奠定了"述而不作"的学术性格，也就是寓作于述、寓开来于继往的文化发展基本性格。这就形成了中国古代学术的重视传统，强调"通变"的特色，这种精神贯注到学术，就形成了学术上的重视师承的传统；这种精神作用于文学，便形成了文学史上的摹拟传统。在摹拟传统的形成中，史官文化传统的影响最为根本。而在创作实践中，因阅读而受到感动，并进而摹拟其作，在创作心理上是一普通现象；而掌握写作法则，达到"以故为新"、"点铁成金"的目的，摹拟也是一种有效的手段；再加上文学体裁过早成熟并定型，虽然为后人提供了丰富的文学遗产，但同时留下一座座难以逾越的高峰。七子派的"学古"风气，正是在中国文化注重传统知识和文化的积累，喜好在经典的基础上建立自己的文化成果，使其成为"旧学"与"新知"结合体这一大背景下的产物。这也是中国古典诗学重视过去的"学问"，在明代诗学中的集中反映。

前七子其兴起的目标之一就是要"反学问化"，而其在创作实践中却不免因过于"学古人、重古法"而流于剽窃摹拟，所以其成员在复古运动的过程中大多有悔过的心态，"追悔"心态的产生是他们对复古运动中的失误和弊端的反思、修正的必然结果。李梦阳在《诗集自序》中记载了他二十年前听取王子武"今真诗乃在民间"的教导时，先是

"怃然失"，继而"洒然醒"，最后他进一步反思自己所作的诗，发出感慨说："予之诗，非真也。王子所谓文人学子韵言耳，出之情寡而工之词多也"；他"每自欲改之以求其真"①。尽管据考证，这是李梦阳早年的经历，那时复古才刚刚开始，在当时他就主张诗歌必须"抒情"优先，但他在晚年还在反省，这说明他认为自己的诗在长期的创作实践中依然无法摆脱文人化、学者化的特征，无法实现真正的、纯粹的"情之自鸣"。这也正说明了中国古典诗歌的一个特点，即诗歌的"文人化"、"士大夫化"，所谓"学人与诗人二而一之"。中国古代的士人从小致力于科举之途，普遍具有较深学养，以学问为诗正是他们才性气质的反映，古代诗人往往自置其中而不自觉。前七子的复古实践也表明了在古典诗歌发展的后期，要想完全脱离"学问化"这一古典诗歌自身的特点，无疑是想拽着自己的头发而离开地球。前七子中其他人如徐祯卿与王阳明相交，立志于儒道。王廷相晚年将全部精力转向体道之学，对早年致力古文辞的经历深感悔恨，他们对自身文学家的身份产生了质疑，而有意为"学问家"了，历史老人所推动的明七子复古运动这一由"反学问"开始而以"尊学问"而结束的奇异轨迹，难道不值得深思吗？

第三节 中晚明"学问化"思维下的性灵追求

前七子的复古思潮在嘉靖前期趋于低落，继而起之的是以唐顺之、王慎中、茅坤、归有光等人为代表的"唐宋派"。"唐宋派"以复兴儒学、恢复文统、道统为目的，他们以唐宋八大家为宗、反对摹拟，主张直抒胸臆，提倡本色，受到王阳明心学思想的影响。他们用师法唐宋、以理取胜，对前七子的主张进行反拨。但唐宋派带有比较浓厚的道学气，又回到了文艺明道的老路。继之后七子在复古运动衰退二十年以后，在此号召复古。但后七子比前七子持论更严，趋向更专一，取法途径更狭窄，对诗歌体裁的审美特征限制更多，对诗歌的格调强调过于僵

① 李梦阳：《李空同全集》卷50，明万历浙江思山堂本。

化，这就难免重蹈前七子的覆辙，造成"惮于修词，理胜相掩"①的偏差，再次陷入赝古雷同的误区。后七子所处的时期政治比较腐败，复古派精神力量不够饱满，对现实政治的关注也不如前七子；更重要的是这时候思想文化领域的浪漫思潮已经显山露水，七子派还坚守古典主义的理想、坚持传统就显得步履蹒跚，落后过时了。到万历、天启年间，诗歌领域出现了一股新的美学潮流，这主要是受心学与禅学的双重影响，公安派以尚今尚俗来抒写性灵，突破古调的诗风。

前七子基本上处于理学到心学的嬗变时期，虽然阳明心学在他们的思想中留下了一定的印记，但当时的社会还不具备冲击理学的条件，他们对理学的批评还只是为了恢复孔孟的原始儒学，其诗歌的情感论在创作实践中没能实现。王阳明的心学在嘉靖、隆庆以后成为思想界的主流。尤其是王学左派泰州学派具有强烈的叛逆精神和人文主义的倾向，在思想上有着翻天掀地的作用。在此背景之下，万历二十六年，公安三袁、江盈科、黄辉等人在北京结葡萄社，标志着公安派正式结派，步入文学、学术后动的高峰。公安三袁中袁宏道无疑是主将，而袁宗道则是首开风气者，宏道、中道与焦竑、李贽等思想家的交往，也是以袁宗道为中介。公安派的诗学主张的内部动因是七子派方面的刺激，袁宗道《论文》中说："空同不知，篇篇模拟，亦为反正。……迄其以后以一传百，以讹传讹，愈趋愈下，不足观矣。"又说"沧溟而强赖古人无理，凤洲则不许今人有理，何说乎？……故学者诚能由学生理，由理生文，虽驱之使模，不可得矣。"②七子派及其末流创作中过于重视摹拟，而流于优孟衣冠；七子派反对诗歌中"说理"而至于"无识无理"；这两大方面的弊病遭到袁宗道的批评，而公安派的主要文学观点是性灵说。

"性灵说"在理论上有着其历史渊源，唐代以前在刘勰、钟嵘、谢灵运、颜之推等人的文章中已经提及。颜之推《颜氏家训·文章》中就认为文章有两种，一种是"陶冶性情，从容讽谏，入其滋味"的比

---

① 李维桢：《梦古斋稿略序》，载《大泌山房集》卷12，《四库全书存目丛书》第150册，齐鲁书社1997年版，第544页。

② 袁宗道：《白苏斋类集》卷20，上海古籍出版社1989年版，第284页。

较单纯的文学文体，而写作此类文章的为"文人"，就已经涉及性灵与学问、文人与学人的问题。在古代文论史的间接影响外，公安派"性灵说"受阳明心学与禅学的直接影响最大。公安派的主要代表袁宏道对阳明及其后学十分推崇，认为明代可以超越前人的唯有心学，他说："宋儒有腐学而无腐人，今代有腐人而无腐学。宋时讲理学者多腐，而文章事功不腐；今代讲文章事功者腐，而理学独不腐。宋时君子腐，小人不腐；今代君子小人多腐。故仆谓当代可掩前古者，惟阳明一派良知学问而已。"① 袁宏道赞扬阳明心学是因为他认为王学"不腐"，具有革新的精神，为其高张文学革新的旗帜提供思想资源。袁宏道在《答陶周望》这封信中说："罗近溪曰：'圣人者，常人而肯安心者也。常人也，圣人而不肯安心者也。'此语抉圣学之髓。然近溪少年亦是撇清务外之人。……弟少时亦微见及此，然毕竟徇外之根，盘据已深，故再变而为苦寂。若非归山六年，反复研究，追寻真贼所在，至于今日，亦将为无忌惮之小人矣。夫弟所谓徇外者，岂真谓借此以欺世哉？源头不清，致知工夫未到，故入于自欺而不自觉，其心本为性命，而其学则为的然日亡。无他，执情太甚，路头错走也。"② 袁宏道在这封信里和陶望龄讨论其师傅周海门所著的《圣学宗传》。在袁宏道看来，《圣学宗传》所应表彰的"正脉络"应该是没有虚伪、极其真诚、能够真正表现自我的那些人。正是从这点出发，他欣赏罗近溪的关于"圣人"、"常人"的议论，实际上就是要求儒家圣人能像常人一样真诚、安心地处世。袁宏道指出那些故意标榜自己的虚伪的儒家之徒不仅"欺世"，而且"自欺"，因为他们"路头错走"，所以其学也"的然日亡"。袁宏道对罗近溪这些真儒的论述，即自身本来具有的圣心，领悟到此，则吃饭穿衣、行住坐卧、应物接人，任何施为皆可，可以自然随意，随缘运用。袁宏道对"常人"、"安心"的肯定，实际上是张扬生命之我、本然之我，走到我心即圣、我即是圣，这无疑为其抒写"自我情感"的诗学主张奠定了基础。

　　"性灵说"受到阳明及其后学的心性理论的影响较多。"心性"是

---

① 袁宏道：《答梅客生》，载《袁宏道集笺校》，上海古籍出版社1981年版，第738页。
② 同上书，第1277页。

中国古代哲学的重要范畴，尤其是宋明理学大谈心性。"心"在中国古代主要是指其作为思维器官和功能，表示人的主体精神，而"性"与"心"联系密切，主要是指人的本质而言。宋明时期心性问题成为理学家围绕的焦点问题。不同时代的不同哲学家对心性的阐释存在着一定的差异，对文学思想的影响也各自有别。左派王学继续了王阳明心性论"昭明灵觉"的特点，同时，道德色彩明显淡化。何心隐直截了当地提出"心不能以无欲"，王襞等人则将偏枯的道德之"心"改造成了"莹彻虚明"、"通变神应"、活泼充融的心体。袁宏道的"性灵说"进一步把儒学心性论的灵知特点化成了"变化纵横，不可方物"①的灵动才思，乃至视为文学创作的本源，一以"独抒性灵"为旨归。这种心性论将传统的儒家道德律令视若草芥，认为孝、悌、忠、廉、信、节都是"冷淡不近人情之事"，主张"率性而行"、"任性而发"②，具有明显的叛逆色彩，这就使得公安派在对"情"的理解上彻底突破了儒家的传统理念，具有某些近代自然人性论的色彩。

其次，"性灵说"受禅学的浸润甚深，袁宏道对佛教有较深的研究，著有《珊瑚林》、《金屑编》、《德山麈谈》、《西方合论》、《六祖坛经节录》等佛学著作。袁宏道在万历十三年到二十五年间，基本上还处于对禅悟的探索思考期，这段时间里他认同杨歧路禅，体悟到禅者的思维方式，撰写了《金屑编》。后来因拜访李贽，其禅学思想更加通达，"能为心师，不师于心，能转古人，不为古转。"③万历二十六年到二十八年间，袁宏道广泛阅读佛教典籍，对自己原来的看法有所修正，主要表现为反对"狂禅"，反对以儒滥禅、以禅滥儒，主张修行，著述了一些净土宗和法相宗的著作，但并没有完全背离禅悟立场。万历二十九年到三十八年，他又回到了激进的禅悟立场，反对琐碎的修行，对过去排挤狂禅表示悔过，认为净土宗是低于禅宗的学派，并且不再反对以儒滥

---

① 杨汝楫：《新刻袁中郎全集序》，载《袁宏道集笺校》，上海古籍出版社 1981 年版，第 1720 页。

② 袁宏道：《为寒灰书册寄阳郧陈玄朗》，载《袁宏道集笺校》，上海古籍出版社 1981 年版，第 1225 页。

③ 袁中道：《吏部验封司郎中中郎先生行状》，载《珂雪斋集》卷 18，上海古籍出版社 1989 年版，第 754 页。

禅、以禅滥儒，认为两者可以融合相通。在《答陶周望》中说："第往见狂禅之泛滥，偶有所排，非是妄议宗门诸老宿。自今观之，小根之弊，有百倍于狂禅者也。"[①] 在这里他对过去抨击狂禅表示忏悔，认为只有那种只知道禁欲、打坐，一味修行，而不懂得禅悟的"小根之弊"才是真正要批判的对象。他还将禅学提到极高的位置，认为"儒宗出目睹而外求，故之致而天地位，万物教育；禅宗绝心意识学，故一人发真，十方皆阒。天地位，万物育，此震旦古佛之教也，非耳提而面命也。十方消阒，此西方圣人之教也，非黄卷赤轴也。不阒则不位，不位则不阒，阒与位似反而实相成也。"[②] 在袁宏道看来，禅宗、儒宗都是讲人的主观精神力量，只不过立论的角度不同，儒禅可以互补合一，无论"儒服而禅心"，还是"禅服而儒心"皆可。

禅学与心学的合流在晚明时期已经成为不可逆转的潮流，阳明心学就自身的特点而言，具有两种潜在的价值取向，一是趋于超脱世俗的解脱境界，一是趋于济世救民的社会关注。阳明本人为了摆脱现实险恶环境的威胁，必须以佛学的空虚超越世俗的缠绕，达成万物一体之仁的愿望。而讲求心性，具有叛逆精神的禅学，其本意是要人们通过修悟使本心良知更加澄明清静、无牵无碍，从而达到自由境界。自从嘉靖以来，阳明后学中追求自我解脱的人越来越多，他们又不能完全忘怀自我的社会责任，在自我解脱的同时，遂将禅学作为补充世儒之学的工具。袁宏道就在《为寒灰书册寄郧阳陈玄朗》文中，一方面赞扬王阳明心学流派能真正继续原始儒学的精髓，另一方面又欣赏王阳明心学流派能灵活继承禅宗中最活跃的马大师诸人的传统："故余尝谓唐、宋以来，孔氏之学脉绝，而其脉遂在马大师诸人，及于近代，宗门之嫡派绝，而其派乃在诸儒。"[③] 他一方面反对"拘儒"、"腐儒"，创造性地阐释原始儒家思想，认为这才是孔氏真正的精髓；另一方面他积极参禅，要像马大师那样具有禅者的胆量，要像马大师那样灵活地获得禅悟。在此社会思潮的影响下，在文学上则表现为"情"被提高到一个新的高度，徐渭、

---

① 袁宏道：《答陶周望》，载《袁宏道集笺校》，上海古籍出版社1981年版，第1253页。

② 袁宏道：《明教说》，载《袁宏道集笺校》，上海古籍出版社1981年版，第1227页。

③ 袁宏道：《为寒灰书册寄郧阳陈玄朗》，载《袁宏道集笺校》，上海古籍出版社1981年版，第1225页。

李贽、汤显祖等人继承中国诗学的"缘情"传统，极力推举文学中的纯真自然的情感。这样在心学与禅学的强大合力之下，僵化的儒家名理被冲破，从台阁体、性理诗到七子派，诗歌中基本上情在理先的基本关系，一步步演化到公安派主张"独抒性情"的诗学理论；凭借中国学术潮流的新变的外力，呈现于历史舞台。这也体现了"学问"始终明里暗里伴随着诗学的潮流。

公安派的"性灵说"基本出发点是强调作家的主体素养对创作的重要性。使得儒家传统的"明道"、"教化"作用得到淡化，而将心学、禅学的虚明之良知理论转化为无心无执的人生观，再推向超然的审美心境。袁宏道在《答李子髯》中评论七子派说："草昧惟何李，闻知与见知。机轴虽不异，尔雅良足师。后来富文藻，诎理竞修辞。挥斥薄大匠，裹足戒旁歧。"① 认为七子的最大弊病是只知道玩弄外在的文辞、修辞，在师法的对象面前裹足不前；而没有表现作家主体素质的灵心慧性，也就是"诎理"。他在《叙小修诗》中记叙袁中道的创作道路说："弟少也慧，十岁余即著《黄山》、《雪》二赋。……然弟自厌薄之，弃去。顾独喜读老子、庄周、列御寇诸家言，皆自作注疏，多言外趣，旁及西方之书、教外之语，备极研究。既长，胆量愈廓，识见愈朗，的然以豪杰自命，而欲与一世之豪杰为友。……足迹所至，几半天下，而诗文亦因之以日进。大都独抒性灵，不拘格套，非从自己胸臆流出，不肯下笔。有时情与境会，顷刻千言，如水东注，令人夺魂。其间有佳处，亦有疵处，佳处自不必言，即疵处亦多本色独造语。然予则极喜其疵处；而所谓佳者，尚不能不以粉饰蹈袭为恨，以为未能尽脱近代文人气习故也。"② 在这篇著名的序文中，人们容易忽略的是袁中道创作道路转变的关键是阅读了大量的道家、佛教书籍，也就是说，学问的积累对其思想的转化起到了重要作用。中国传统文论一贯重视作家的精神修养，精神修养渗透到艺术创作的方方面面。我们不要因为袁中道所致力的是儒家经典之外的学问，就忽视"学问"在性灵诗说中的关键意义。

---

① 袁宏道：《答李子髯》，载《袁宏道集笺校》卷2，上海古籍出版社1981年版，第81页。

② 袁宏道：《叙小修诗》，载《袁宏道集笺校》卷4，上海古籍出版社1981年版，第187页。

袁宏道曾经说："余谓文之不正，在于士之不知学。圣贤之学惟心与性，今试问诸举业者，何谓心，何谓性，如中国人语海外事，茫然莫知所置对矣，焉知学！于是圣贤立言本旨，晦而不章。"① 可见，公安派是主张以身外之学问，化心内之情性，明心悟道，发其慧智良知，而达于艺之大道。这与儒家文艺观的"道艺合一"只有取资的思想不同，而在理论思考的路径上则如出一辙。袁宏道还指出创作的途径是由学问所养就的性灵之心出发进行创作，以心摄境，以手写心，只要能充分表达自我的性情，则无论哪种外在的形式都是有价值的。外界的事物的美丑、语言的雅俗、诗歌时代风格的古近、诗歌法度的有无等等皆不足虑。所谓的"疵处"、"佳处"是秉承禅宗的正话反说，"疵处"意谓具有灵性慧心的不择地而发。

　　建立在心学、禅学的基础上，公安派对作家超然的审美心境的追求，使得其在诗歌美学方面提出一系列的观点。他们反对诗歌七子派的拟古主义"尚法"的主张，而特别阐述了"时"与"法"的关系，在《雪涛阁集序》中，袁宏道指出："文之不能不顾而今也，时使之也。妍媸之质，不逐目而逐时。……夫古有古之时，今有今之时，袭古人之迹，而冒以为古，是处严冬而袭夏之葛也。"② 他从因变的角度说明法度应该应时而变，而以自然性情为依归。针对七子派，他说："盖诗文至近代而卑极矣，文欲准于秦、汉，诗则必欲准于盛唐，剿袭模拟，影响步趋，见人有一语不相肖者，则共指以为野狐外道，曾不知文准秦、汉矣，秦、汉人曷尝字字学《六经》欤？诗准盛唐矣，盛唐人曷尝字字学汉、魏欤？秦、汉而学《六经》，岂复有秦、汉之文？盛唐而学汉、魏，岂复有盛唐之诗？唯夫代有升降，而法不相沿，各极其变，各穷其趣，所以可贵，原不可以优劣论也。"③ 一代有一代之文学，不必崇古而鄙今。他推许宋诗，认为宋不以唐诗为标准，我们也应不以宋人

────────────

① 袁宏道：《叙四子稿》，载《袁宏道集笺校》卷 18，上海古籍出版社 1981 年版，第 679 页。

② 袁宏道：《雪涛阁集序》，载《袁宏道集笺校》卷 18，上海古籍出版社 1981 年版，第 709 页。

③ 袁宏道：《叙小修诗》，载《袁宏道集笺校》卷 4，上海古籍出版社 1981 年版，第 187 页。

不似唐而轻视宋诗，"古何必高，今何必卑"①。在破除七子之弊后，他们主张从自我主体性灵出发，别创新法。"文章新奇。无定格式，只要发人所不能发，句法、字法、调法一一从自己胸中流出，此真新奇也。"② 公安派此外还提出了尚"趣"、尚"俗"等主张，学界关注已多，不必赘说。

　　虽然公安派与七子派在理论与创作实践上都有较大差别，但其诗学指向的却都是诗歌的"情感"特征（尽管两者对性情的理解有所不同），与七子派中晚年自悔的李梦阳相同，袁宏道特别推崇民歌，他非常自信地写道："吾谓今之诗文不传矣。其万一传者，或今闾阎妇人孺子所唱《擘破玉》、《打草竿》之类，犹是无闻无识真人所作，故多真声，不效颦于汉、魏，不学步于盛唐，任性发展，尚能通于人之喜怒哀乐嗜好情欲，是可喜也。"③ 他之所以重视民歌，是因为民歌是"无闻无识"的妇人孺子，在没有受文化理性的束缚的情况下，抒发出来的先天具有的艺术天性，这种民歌也就是李梦阳所谓的"真诗"。实际上袁宏道肯定的是诗歌中所表现的那种无拘无束、通体圆融的灵心，也可以说，公安派的"性灵"主张是对七子无法实现以重建古典诗歌的审美规则而抒写"情感"的弥补，恰好承继了七子派后期对自身反思而得出的结论。尽管如此，公安派在创作实践中还是存在着很大的缺点，袁中道说："至于一二学语者流，粗知趋向，又取先生（袁宏道）少时偶尔率易之语，效颦学步。其究为俚语，为纤巧，为莽荡，譬之百花开而棘刺之花亦开，泉水流而粪壤之水亦流。"④ 袁中道清楚地意识到，袁宏道诗歌新变中的某些"疵"点，流变为公安派末流中的一种通病。晚明文人在"独抒性灵"、"宁今宁俗"的解放思潮中，以为仅凭借自己的才情所发便成旷世奇作，思尔操觚即得垂名不朽，这只能是对主体

---

① 袁宏道：《丘长孺》，载《袁宏道集笺校》卷 6，上海古籍出版社 1981 年版，第 283 页。

② 袁宏道：《答李元善》，载《袁宏道集笺校》卷 22，上海古籍出版社 1981 年版，第 786 页。

③ 袁宏道：《叙小修诗》，载《袁宏道集笺校》卷 4，上海古籍出版社 1981 年版，第 187 页

④ 袁中道：《中郎先生全集序》，载《珂雪斋集》卷 11，上海古籍出版社 1981 年版，第 521 页。

精神的狂妄崇拜，这只有在心学、禅学鼓荡的晚明才可能出现。王夫之就指出："如必不经思维者而后为自然之文，则夫子所云草创、讨论、修饰、润色，费尔许斟酌，亦黻姜呷醋邪？"① 面对这种"景无所不写。情无所不收"而趋于俚俗的倾向，袁中道对公安派的理论自我修正说："是故性情之发，无所不吐，其势必互异而趋俚；趋于俚，又将变矣，作者不得不以法律救性情之穷；法律之持，无所不束，其势必互同而趋于浮，作者始不得不以性情救法律之穷。"② 他希望贯通七子派的"格法"与公安派的"性情"，以达到诗歌审美形式与思想内容的统一，这标志着公安派由性灵张扬的浪漫主义又朝坚持传统的古典主义靠拢。

　　同样，大约万历三十年以后，袁宏道提出了"淡"、"质"的美学旨趣，对"性灵说"作了自我修正。在道家思想的旨趣下，受白居易、苏轼的影响，袁宏道向往陶渊明诗歌平淡朴素的风格，认为"淡"是"文之真性情"、"文之真变态"③，将"淡"与自然、纯真联系起来，这与他前期任情直率、尚俗尚今的主张形成鲜明的对照。最重要的是他由尚趣尚俗转为"求质"，把"质之至"作为诗歌审美的标准。他说："物之传者必以质，文之不传，非曰不工，质不至也。……故今人所刻画而求肖者，古人皆厌离而思去之。古之为文者，刊华而求质，弊精神而学之，唯恐真之不极也。博学而详说，吾已大其蓄矣，然犹未能会诸心也。久而胸中涣然，若有所释然焉，如醉之忽醒，而涨水之思决也。虽然，试诸手犹若掣也。一变为去辞，再变而去理，三变而吾为文之意忽尽，……曰是质之至焉者矣。"④ "质"的精髓在于"真"，"质"是"真"的美学。怎样达到"质"？袁宏道认为首先必须具有渊博的"学问"，然后以"学问"陶冶性灵而"会诸于心"，形成敏锐而灵慧的识力。这时候胸中储积已多，才思如江海之水，不择流而出；再援笔为文，洗净脂粉，不为理障，而妙合自然。这与前期提倡的"信手而出"

---

①　王夫之：《薑斋诗话》，人民文学出版社1997年版，第179页。
②　袁中道：《花雪赋引》，载《珂雪斋集》卷10，上海古籍出版社1981年版，第459页。
③　袁宏道：《叙呙氏家绳集》，载《袁宏道集笺校》卷36，上海古籍出版社1981年版，第1103页。
④　袁宏道：《行素园存稿序》，载《袁宏道集笺校》卷54，上海古籍出版社1981年版，第1570页。

的创作方法不同，前期所强调的是反对七子的模拟学古，而这样的创作方法往往使作品停留在生活的粗糙反映阶段，艺术对生活表现的深度和品味皆不如人意。而"求质"的表现方法强调后天"学问"对"性灵"的熏染养育作用，在经过复杂的学习培养过程，使艺术作品达到更高层次的"抒发性灵"，这与刘勰所说的"积学以储宝，酌理以富才"在本质上有相通之处。尚"质"理论的提出是对袁宏道前期矫激理论的反拨，也说明公安派在心学、禅学的基础上对作家超然的审美心境的追求，于创作实践中也有片面之处，最终不得不逐步注重"学问"的涵养，走向深厚蕴藉的道路。

公安派的这一重"学"转向，在袁宗道那里早就埋下了伏笔。宗道一贯重学尚本，他曾说："晚代文士，未窥厥本，呶呶焉日私其土而诧于人，单辞偶合，辄气志凌厉，片语会意，辄傲睨千古，谓左、屈以外，别无人品，词章以外，别无学问。……其器诚狭，其识诚卑也，故君子者口不言文艺，而先植其本，……信乎器识文艺，表里相须，而器识猥薄者，即文艺并失之矣。虽然，器识先矣，而识尤要焉。盖识不宏远者，其器必且浮浅。"①谈文艺必须先重器识，也就是学问，文学与文学相表里。在这里，他深刻地认识到"学问"与中国古典诗学的密切关系，这与袁宏道晚期谈到的"质"是相契合的。把"学问"的地位拔得最高的是晚期的袁中道，他说："禅与诗，一理也。汝诗人之后也，姑与汝以诗论禅。汝祖诗，体无所不备，而其源实出于《雅》、《颂》，则《三百篇》非乎！夫昙氏之教，《华严》诸经，佛教也，《三百篇》也。《瑜珈师地》、《起信》、《大智论》，菩萨语也，汉魏诗也。支那撰述，若生、肇、台、贤及五宗诸提唱之篇，皆诸老宿语也，三唐诗也。诗必穷经，禅可舍经而旁及枝蔓也乎哉？虚白云：'然。'遂有志读经，而往秣陵首请《华严》。"②他认为《华严》诸经在佛教中的地位，相当于《诗经》在诗歌史上的地位；《瑜珈师地》、《起信》、《大智论》在佛教中的地位，相当于汉魏诗在诗歌史上的地位；支那撰述在

---

①　袁宗道：《士先器识而后文艺》，载《白苏斋类集》卷7，上海古籍出版社1989年版，第91页。
②　袁中道：《送虚白请经序》，载《珂雪斋集》卷10，上海古籍出版社1981年版，第490页。

佛教中的地位，相当于三唐诗在诗歌史上的地位。所以学诗同学禅，必须自穷《经》开始，在这里他把禅学传统、诗学传统、经学传统结合起来，希望汲取经典中深蕴的文化观念和道德理想，以此来提升自我在激变的社会中的情性，用此来审视思考自然、社会、人性。这就正面肯定了"学问"与诗歌的关系，尤其是经学对诗歌的作用。可以说公安派前期以突破儒家正统思想而抒写"灵心慧智"的诗学理想，发展到最后由于其所取资的思想资源的局限性，并不能真正地转化作家的思想层次，而古典诗歌长期以来形成的审美形式也不适应这种转变。所以禅学、心学思维对诗歌的渗透，虽然起到了思想解放的作用，但最终公安派还是要回到"法度"，回到"博学"，回到"经"，这就比七子派在学古方面走得更远，诗史在"学问"与"性情"的交叉关系中曲折前进。

第四节　明末"学问"与"性灵"的合流

万历二十八年袁宗道病逝，袁宏道隐居柳浪之间，李贽、紫柏死于狱中，晚明党争日益加剧，公安派的狂放精神日益衰落，公安派后学的流弊使得他们对自我作了不少修正，甚至是自我否定，其在诗文领域已经不再具有主导地位。万历四十五年左右，以钟惺、谭元春为代表的竟陵派在文坛上兴起。钟惺与公安派渊源颇深，袁中道曾希望以"楚"风的名义将钟惺等人笼络在公安的麾下来清理公安的"末流"，后钟惺自立门户与中道分歧日益明显。竟陵派"另立幽深孤峭"之宗，一时"海内称诗者靡然从之。"他们评点的《诗归》，人们曾"家置一编，奉知如尼丘删定"[1]，其影响达三十余年。竟陵派针对七子派末流"学古"的剿袭之风，公安派后学"尚今"的粗俗、浅率之弊，提出了"真诗"的主张。其在诗学上承沧浪、后启渔洋，针砭时弊，"以厚为诗学，以灵为诗心"，超越"七子"、"公安"而独标异响。

---

① 钱谦益：《列朝诗集小传》丁集中，载《列朝诗集小传》，上海古籍出版社1959年版，第570页。

（一）"约为古学，冥心放怀"的竟陵派

与七子、公安相同，竟陵派也突出诗歌的"抒情"特征，不过他们对此有自己的看法。钟惺说："真诗者，精神所为也，察其幽情单绪，孤行静寄于喧杂之中，而乃以其虚怀定力，独往游于寥廓之外。"① 这段最为人熟知的名言揭集了其诗学理论的核心，即文学的本质在于创作主体感情的抒发，"作诗者一情独径，万象具开，口忽然吟，手忽然书"②，这样得来的就是真诗，这与公安派的"独抒性灵"并无差别。竟陵派的诗学理论，真诗有两个方面，一则近似公安派，要求独抒性灵，有自己的独特感受。二则是其所言性情不尽同于公安，而是要求诗歌表现的精神与古人合，具有人类千古共有的诗心。作诗必"务求古人精神所在"③，艺术创作中表现出的情感不仅仅是个人情感的胡乱发泄，而要求所表现的性情是经过诗人改造提高后，符合封建社会士人共同的心理机制，具有历史的普遍性和典型性。一个成功的诗人。其作品可与古代的经典作家相提并论，读者在阅读过程能产生一种与作者息息相通的情感，"见古人诗久传者，反若今人新作诗。……仓卒中，古今人我，心目为之一易"④。这种"诗意情感"才是真诗所产生的源头。如果创作主体一味泛滥情感，就会如同公安后学那样，"效颦学步，其究为俚俗，为纤巧，为莽荡"⑤，只能使诗歌变得俗不可耐。在探索诗中性情的历时性本质时，钟惺先于黄宗羲"有一时之性情，有千古之性情"的观点，提出何谓"真性情"的理论，是具有其独到的历史眼光，实际上具有以"学古"而求"性灵"趋向。

竟陵诗派作家钟惺、谭元春共同标举"真诗"，他们格外重视"学问"对创作的重要性，其所编选的《诗归》，就是要引导后学"求古人

---

① 钟惺：《诗归序》，载《隐秀轩集》卷16，上海古籍出版社1992年版，第236页。

② 谭元春：《谭元春集》卷23《汪子戊己诗集序》，上海古籍出版社1998年版，第622页。

③ 钟惺：《隐秀轩集》卷17《隐秀轩集自序》，上海古籍出版社1992年版，第259页。

④ 谭元春：《谭元春集》卷23《汪子戊己诗集序》，上海古籍出版社1998年版，第622页。

⑤ 袁中道：《中郎先生全集序》，载《珂雪斋集》卷11，上海古籍出版社1981年版，第521页。

之精神"，在"师古"的前提下"师心"。就学问而言，钟、谭谙熟古人诗歌的精华。钟惺少年时所作"大要取古人近似者，时一肖之，为人所称许，辄自以为诗文而已"①；谭元春则一部《文选》摹拟殆遍。其次，钟惺精于佛学，犹长于《楞严》，纳兰容若认为钟惺在《楞严》诠解方面的造诣在钱谦益之上。谭元春同样浸淫于佛教中，甚至视《大藏经》为治理天下之书。再加上万历中期以后，明代政治处于最黑暗的时代，严酷的政治现实在钟、谭心中投下阴影。钟惺在残酷的党争中，长期仕途坎坷；谭元春虽然尽力不介入党争，但多次应科举考试都落第。在这样的学术、政治背景之下，酿成了竟陵派特定的文化心态与诗学观念。

　　竟陵诗论最遭后人诟病的就是其对"孤怀孤诣"、"幽情单绪"审美意境的追求，论者以为把诗文创作引向了一条更为狭窄之路，实则此为一大偏见，钟惺所说的"幽情单绪，孤行静寄"、"虚怀定力"②与谭元春所说的"夫人有孤怀，有孤诣，其名必孤，行于古今之间，不肯遍落寥廓，而世有一二赏心之人，独为之咨嗟旁皇者，此诗品也。"③首先，他们认为作诗要远离"喧闹"，要做到"凡为诗者，非特此纳交也，所赏人诗者，非为我交好也"④，并指出"今诗人皆文人也。文人为诗，则欲有诗之名，则其诗不得不求工者，势也。……愚以为名无损益于诗，而盛名之下，使不善处名者，心为之不虚，而力为之不实。见诗出而名为之，是则诗而已。"⑤这些见解暗中针对源自公安派诗歌的"俗化"倾向，诗歌成为士人社会交往中的工具，人们学诗作诗不过为求名附庸风雅罢了。造成这种现象的原因是公安派"独抒性灵"理论对创作中作者"情感"作用的片面强调，而使得诗歌空前的"俚俗化"。人人皆可随意为诗，却不需要艺术的修为，这自然导致社会上士人附庸风雅，诗歌文体的地位日益低落。竟陵之所以要追求孤怀、孤

---

① 钟惺：《隐秀轩集》卷17《隐秀轩集自序》，上海古籍出版社1992年版，第259页。
② 钟惺：《诗归序》，《隐秀轩集》卷16，上海古籍出版社1992年版，第236页。
③ 谭元春：《诗归序》，《谭元春集》卷23，上海古籍出版社1998年版，第594页。
④ 谭元春：《醉药轩遗诗序》，《谭元春集》卷23，上海古籍出版社1998年版，第615页。
⑤ 钟惺：《黄崇相诗序》，《隐秀轩集》卷17，上海古籍出版社1992年版，第263页。

诣，远离市井，不能不说与当时诗歌为"求名、纳交"而滥作之风有关。其次，钟惺、谭元春所学，广涉三教，对佛家尤有研究，钟、谭诗论也受佛教思想的影响。佛教所谓的"定"，是说要心定一境，不能散动，这与钟惺认为创作者不能在喧氛中迷其智识，要心定神闲相类似。佛教思想都提倡人们彻底从自己内心排除利益观念，离形去智，来观照万物的根源—道，也与竟陵派有关审美心境的认识联系密切。其三，钟惺所说的"乃以虚怀定力，独往冥游于寥廓之外"①，既指明了作诗要学习古人那样具有幽独特立的感情，说明在处理这种感情时要"伫然凝思，思接千载"，独往来于天地之间。特别值得注意的是其用一"冥"字，这是指人的心灵在虚静冥想状态。通过"虚怀冥游"，诗人就可无拘无束地漫游天地，去寻觅那真精神了。所以在下文钟惺说："如访者之几于一逢，求者之幸于一获，入者之欣于一室。"据此看来，钟惺认为真诗的产生必先有孤怀（即独到的感情），然后排除外界功利干扰，再经历"冥游"，即对自己曾经体验过的感情进行反复的观照，使之"行于古今之间"，以期对这种另具心眼的感情提高、升华成为竟陵派所言的"真性情"。"冥游"是个人的情感转化为真性情的关键。那么如何达到这一境界呢？谭元春曾指出"冥心放怀，期在必厚"②，"厚"是通往"真性情"的基础。

竟陵派认为"厚出于灵，而灵者不能极厚"。灵指灵心，即作者的性灵。光有灵心还不行，要先"保此灵心"，后"读书养气以求其厚"③。诗有"从名入，才入，兴入者"，这样"心躁而气浮"，而"从学入者，心平而气质"④。作诗不仅要发见灵心慧性，更重要的是从学入手，养气以求得对性情的陶冶，去其浮躁之病，气厚则诗必厚。特别值得重视的是，钟惺主张诗不应该"由才入，由兴入"，明显批判公安派"性灵"绝对优先的理论。诗不是简单的驰逐才力或感物吟志，不能单凭个人先天艺术创造的潜质而为，也不单凭借一时感情的激发，信口信手，自然成诗。诗只有本之以性情，又干之以学力，才能既清且

---

① 钟惺：《诗归序》，载《隐秀轩集》卷16，上海古籍出版社1992年版，第236页。
② 谭元春：《诗归序》，《谭元春集》卷23，上海古籍出版社1998年版，第593页。
③ 钟惺：《与高孩之观察》，《隐秀轩集》卷28，上海古籍出版社1992年版，第474页。
④ 钟惺：《孙昌生诗集序》，《隐秀轩集》卷17，上海古籍出版社1992年版，第270页。

厚。诗心需要的是个人的孤诣，经苦学深思升华以后的真精神。从某种角度来看，对"厚"的论述，又回到了个人独至之情与古今之真精神的起点上。有独至之慧心，方能"幽情单绪"。有"厚"，方能通于"古今之真精神"。在寻求真精神时所要求的是"孤行静寂于喧闹之中"；在求厚的过程中，要"读书养气"；二者都要求作者摆脱功利因素的困扰，摆脱个人感情任意的宣泄，提醒诗人要读书、冥思，注意理性在诗歌创作中的指导作用，可以说竟陵诗学的这种理论是对公安派后学率易诗风的深刻反思。当然，竟陵派对七子派的学古摹拟也有批判，在《诗归序》中，谭元春指出七子派"务自雕饰"而"不暇求于灵迥朴润"，而趋于"滞、熟、木、陋"①。但当时七子派已经没落，竟陵派主要把矛头指向公安派，谭元春认为"调"与"志"相对立，有"志"的诗人，"内行醇备"而不能蹈袭前人陈言古调。但不同于公安派对作家主体性的理解，他认为"志无人不同"②，这就是说，竟陵派在心性修持的方向上，不同于公安派偏于"心学"、"禅学"，而是开始转向儒家的工夫论，并在一定程度上与朱熹的"格物致知"说相一致。这样钟惺、谭元春将公安派的个性主义抒情原则转化为自己的"求古人之真精神"原则，又为社会提出了读书学道、养气储理的文学实践方向。与七子派相较，七子的学古主张是由"格法"求性情之真，而竟陵派是由"古人精神"求性情之真；在本质上来看，前者是形而下层面的诗歌"学问化"，而后者的"读书养气"，是形而上层面的"学问化"，其共同的目标是为解决诗歌的"性情"问题。

竟陵派的诗学主张，一方面强调性灵，强调真，继承了公安派的学说；另一方面又强调学古，要求遵循审美传统，并试图将两者结合起来，一段时期内海内靡行，但旋即就遭群起攻击。就诗歌本真而言，抒情性是其内在的价值尺度之一。个人情感在诗歌中最终要上升为审美意象，真实性只是情感的一个方面，它也要求与之相适应的艺术形式。竟陵派在个人情感与艺术法式相结合的途径上，选择了一条"幽情单绪"之路。从现代诗学的角度而言，这并非完全不可行。但这与中国诗学中

---

① 谭元春：《诗归序》，《谭元春集》卷23，上海古籍出版社1998年版，第594页。
② 谭元春：《万茂先时序》，《谭元春集》卷23，上海古籍出版社1998年版，第623页。

长期积淀下来的儒家政教传统不合，更重要的是在明清之际家国之难面前，竟陵派的幽寒风格不合时宜。崇祯初年以陈子龙为代表的云间派继承前后七子，重新倡导复古主义。

（二）"文以法古为美，诗以独至为真"的云间派

云间派的复古主张对晚明文风持激烈的批评态度。陈子龙认为万历年间，"士大夫偷安逸乐，百事堕坏"，而文人墨客创作的诗歌受公安派的影响，或"迂朴若老儒"或"柔媚若妇人"①。这使得天下士子丧失了建功立业的理想。竟陵派虽然对公安的弊病有所纠正，但走入空虚荒诞的境地，而不能作盛大之音，缺乏挽救政治的讽谏精神。在反思明代诗学的历程后，他在《仿佛楼诗稿序》中思慕七子，明确以他们的继承者自期。在结合公安、性灵诗学的基础上，陈子龙提出"情以独至为真，文以范古为美"②的主张。前一句强调真情，后一句讲究形式上学古，力图将两者统一起来。

我们已经指出七子、公安、竟陵、云间派都非常重视诗歌的抒情言志特征。如果抛开性情的内容不谈，由各自诗学逻辑上来说，七子派基本上是由格法而表现"情"，公安派是重"情"而轻视、甚至否定格法。竟陵派是在读书养气的基础上，由"己情"求"古人之情"再到"幽情单绪"的艺术风格。陈子龙在《青阳何生诗稿序》中，对诗歌性情与表现形式的关系作了明确的界定。他说："明其源，审其境，达其情，本也；辨其体，修其辞，次也。"③可见陈子龙在评判诗歌时，把情志放在首要的位置，要求诗歌具有怨刺精神，反映时代现实，抒发个人的真情实感。对于艺术方面的辨体、修辞，他认为是次要问题。这种以情志为本、形式风格为次的观点，与他们所承继的七子派"因情立格"的主张有何区别呢？七子派所谓的"因情立格"，出发点是"因情自鸣"，而落脚点却是诗歌的法度体裁，这要求先考略诗歌的形式方面

---

① 陈子龙：《答胡学博》，载《陈子龙文集·安雅堂稿》卷14，华东师范大学出版社1988年版，第424页。

② 陈子龙：《佩月堂诗稿序》，载《陈子龙文集·陈忠裕公全集》卷7，华东师范大学出版社1988年版，第380页。

③ 陈子龙：《陈子龙文集·安雅堂稿》卷2，华东师范大学出版社1988年版，第36页。

是否符合古典审美规范。陈子龙虽然也重视形式风格，但以情志为本，这与七子派"因情立格"有明显的区别。

正因为陈子龙重视情感与形式风格的关系，所以他主张性情与形式应该统一，在分析诗歌发展的基础上，陈子龙说："盖古者民间之诗，多出于衽织井臼之余，劳苦怨慕之语，动于情之不容已耳。至其文辞，何其婉丽而隽永也。得非经太史之采，欲以谱之管弦，登之燕享，而有所润饰其间与？若夫后世之诗，大都出于学士家，宜其易于兼长，而不逮古者，何也？贵意者率直而抒写，则近于鄙朴；工词者黾勉而雕绘，则苦于繁缛。盖词非意则无所动荡，而盼倩不生；意非词则无所附丽，而姿制不立。此如形神既离，则一为游气，一为腐材，均不可用。夫三代以后之作者，情莫深于十九首，文莫盛行于陈思王。今读其'青青河畔草'、'燕赵多佳人'，遂为靡丽之始。至《赠白马王彪》、《弃妇》、《情诗》诸作，凄恻之旨，溢于词调矣。故二者不可偏至也。"[①]"贵意者"只注意抒发情感，而忽视诗歌的形式美。"工词者"偏重形式美的讲究，而遮蔽了性情，两者都有弊端。他认识到这是诗歌史上的重要问题，在深层次上涉及俗文学与雅文学、学问化与抒情化之间的复杂关系，他们追求的目标是"民间之诗"的"情"与"太史"、"学士家"之词结合起来，达到情感与词采的完美统一。

既然云间派这么重视情感与形式风格的关系，那么其对情感、形式有哪些规约呢？在情感方面，陈子龙秉持儒家传统的诗教精神，与公安派有着明显的距离，他说："我于是而知诗之为经也。诗繇人心生也，发于哀乐而止于礼义。故王者以观其风俗、知得失、自考正也。世之盛也，君子忠爱以事上，敦厚以取友，是以温柔之音作，而长育之气油然于中，文章足以动耳，音节足以竦神。王者乘之，以致其治。其衰也，非辟之心生，而兀丽微末之声著，粗者可逆，细者可没，而兵戎之象见矣。王者识之，以挽其乱。故盛衰之际，作者不可不慎也。"[②]在这里，陈子龙沿袭《诗大序》的观点，继承了儒家的"温柔敦厚"说，对作

---

① 陈子龙：《佩月堂诗稿序》，载《陈子龙文集·陈忠裕公全集》卷7，华东师范大学出版社1988年版，第380页。

② 陈子龙：《皇明诗选序》，载《陈子龙文集·陈忠裕公全集》卷7，华东师范大学出版社1988年版，第357页。

者的"性情"进行限制，特别突出了在治乱盛衰之际，诗歌应该具有的"美刺"精神。对不具备"美刺"精神的作品，他认为不可取。他指出："一人有盛名，余读其诗，谓之曰：'君之诗甚善，然传之后世，不知君为何代人，奈何？'夫作诗而不足以导扬盛美，刺讥当涂，托物连类而见其志，则是《风》不必列十五国，而《雅》不必分大小也，虽工而余不好也。"① 诗歌应该有时代感，具有现实政治功能，将诗人的性情与社会政治联系起来，这无疑与他们复兴古学、经世济时的政治要求相一致。对于诗歌中如何运用"美刺"来干预政治，陈子龙在《诗论》中指出今人不能像《诗经》时代那样"美刺"，时代现实使得今人"美刺"有陷于谄媚或获罪的危险。他认为今人可以不颂"美"；可以用颂扬古代圣王、离人思妇的爱情、痛骂古代圣王等方法表现对现实政治的"甚深之思"、"过情之怨"②。就感情表现的强度，陈子龙为代表的云间派尽管面对天崩地裂的时代，还是主张感情的抒发要温柔和平，陈子龙在《三子诗选序》、《宋尚木诗稿序》等文中指出时代有盛衰，性情有"和平"、"哀怨"，诗人虽然不能决定时代的正变，但能决定自己的"性情"，"性情"的表现方式"词贵和平"③。由此可见，陈子龙对诗歌中表现的"性情"约束在儒家的伦理道德规范中。陈子龙虽然像李梦阳、袁宏道那样推扬民歌，但他对民歌中所表现的那种质朴之情并不全面赞赏，他在《六子诗序》中认为诗歌的根本"盖忧时托志者之所作也。苟比兴道备，而褒刺义合，虽途歌巷语，犹有取焉"④。就此看来，云间派虽然反对"宋诗"、反对诗歌"说理"，但他们对诗人抒发感情作了许多"儒学"的限制，这是当时政治现实的要求，云间派在学术上深受东林学派、蕺山学派的影响，对心学有所纠正，强调以性约情、关心世事。学术思想非常自然地影响了云间派的诗学思想，

---

① 陈子龙：《姑篾余式如纯师集序》，载《陈子龙文集·安雅堂稿》卷3，华东师范大学出版社1988年版，第83页。

② 陈子龙：《诗论》，载《陈子龙文集·陈忠裕公全集》卷3，华东师范大学出版社1988年版，第140页。

③ 陈子龙：《宣城蔡大美古诗序》，载《陈子龙文集·安雅堂稿》卷2，华东师范大学出版社1988年版，第35页。

④ 陈子龙：《六子诗序》，载《陈子龙文集·陈忠裕公全集》卷7，华东师范大学出版社1988年版，第375页。

这也称得上"学问"在大背景上对诗学的渗透与影响。

在诗歌的形式层面，陈子龙提出"文以范古为美"，就是要求诗文在形式上摹拟古人。他在《青阳何生诗稿序》中有言："生于后世，规古近雅，创格易鄙。然专拟则貌合而中离，群汇则采杂而体私"①。陈子龙主张"规古"，反对"创格"，这与公安派的"不拘格套"形成鲜明对比。公安派主张"世道既变，文亦因之"，故而"今之不必摹古"②。这是因为陈子龙认为古雅的艺术风格已经非常完备，后继的诗人没有创造的可能性。他说："既生于古人之后，其体格之雅，音调之美，此前哲之所已备，无可独造者也。"③ 陈子龙并没有否定后人的创造力，而是认为诗歌应该遵循古代的审美典范，后代诗人的创造的新风格会趋向于"鄙俗"，因此他反对形式上的"独造"。在《皇明诗选序》中，陈子龙陈述了衡量古典诗歌的多项标准："一篇之收，互为讽咏；一韵之疑，共相推论。揽其色矣，必准绳以观其体；符其格矣，必吟诵以求其音；协其调矣，必渊思以研其旨。大较去淫滥而归雅正，以合于古者九德六诗之旨。"所谓"色、体格、音调、旨"等，也就是诗歌的文采、体裁、音律、立意等方面的要求。他们还提出了"审气、审声"说。这些形式上的要求，实际上是要求诗歌符合古典主义的审美理想，在这方面云间派与七子派基本出发点相同，只不过他们所认定风雅正宗比七子稍宽，对六朝、晚唐诗歌传统比较重视。

从上述对情感、形式方面规约的分析来看，云间派在诗歌内容上主张发扬儒家传统诗论积极的一面，张扬诗歌政治批判功能；在诗歌的艺术层面上要求诗歌的艺术体式应该遵循古典诗歌传统的体裁法度要求。在性情与形式风格的关系问题上，从创作上看，一方面性情的表现要通过形式，不同的性情有不同的表现形式；另一方面，古典诗歌的形式风格是在历史的发展过程中长期积淀而成的，其中融合了民族文化的精

---

① 陈子龙：《青阳何生诗稿序》，载《陈子龙文集·安雅堂稿》卷2，华东师范大学出版社1988年版，第36页。

② 袁宏道：《与江进之》，载《袁宏道集笺校》卷11，上海古籍出版社1981年版，第84页。

③ 陈子龙：《仿佛楼诗稿序》，载《陈子龙文集·陈忠裕公全集》卷7，华东师范大学出版社1988年版，第376页。

神，与诗体结合在一起，形成之后具有经典性和超稳定性，其本身具有
美学价值。从诗歌审美上来看，诗歌的风格一旦从意义上抽出来就只是
一些语言符号，同样，没有形式的内容也是一种不真实的抽象，用不同
的语言来表示就成为不同的事物。所以成熟诗歌的诗体形式与诗体内容
联系紧密，不可绝对割裂。就诗歌发展的历程来看，中国古典诗歌抒情
传统的形成，在清以前有三次重要的价值判断，前两次以钟嵘的《诗
品》、严羽的《沧浪诗话》为代表。第三次是以七子派为代表，以公安
派、竟陵派为辅，坚持诗歌的抒情本位的诗学潮流。七子派重视诗歌的
经典法则，由学古进而求"真诗"，而导致亦步亦趋如"优孟衣冠"。
公安派重视诗歌的内容，希望通过自我性情无所拘束的表达来求"真
诗"，却导致俗不可耐如"张打油"。云间派的诗学主张力求纠正两大
派的弊端，在形式与内容上都予以规约，将两者完美地统一起来，实际
上是希望诗歌重新回到《诗经》那种原初状况，回到诗歌"学问化"
与"抒情化"混一的境界。但是中国古典诗歌的艺术形式与内容在盛
唐就已经达到高度的统一，在此之后，形式与内容日趋分裂。要想寻求
新的完美结合，只能期望出现新的艺术体式与思想内容，这实际是现代
新诗应该完成的任务了。就云间派而言，其对诗歌内容的规约使得其诗
歌在创作上不以正面描写时代的歌哭为主流。在形式上又与七子的学古
同流，使他们不能解决"表真情"与"学古法"的矛盾。陈子龙曾自
道这种困境为"二者交讦，皆不胜，今之所难也"①，但他们的努力使
得诗歌又回到了古典诗歌内容与形式兼济的道路。这种古典主义审美理
想的追求，来源于古典诗歌"学问化"民族特征。他们对诗歌政教功
能的追求，来源于从《诗经》即已开始的赋诗、教诗、引诗等诸项
"用诗"活动的实用理性功能；而他们对诗歌形式的恪守，对汉魏、六
朝、盛唐诗歌的宗尚师法，更是中国独特的重学术源流、重知识积累的
文化观的反映。事实上，云间派在明末清初廓清了公安派重"性情"、
轻"学问涵养"的倾向（尽管公安派的主张由学术着手），为清代钱谦
益高举"学问化"的大纛开辟了道路。

————————

① 陈子龙：《思讬室集序》，载《陈子龙文集·陈忠裕公全集》卷7，华东师范大学出版
社1988年版，第366页。

　　综合前几章所述，从学问化的角度来考察明代诗歌的新变走向，其诗学逻辑大致包括以下几个方面的内容：在反台阁体、性理诗背景之下兴起的反宋诗"理性化"、"学问化"风潮；由七子派复古文学运动"反理主情"意向而萌生的强调文法、格调，重视摹拟师古的宗唐倾向；在阳明心学与狂禅精神相结合而形成的启蒙思潮背景下，诗坛上以公安派为主导的"反理学"、"反格调"诗学主张；在围绕"理"、"情"、"摹拟"、"师心"、"理学"、"心学""禅学"等方面激烈争斗后，竟陵派主张"约为古学，冥心放怀"、云间派提倡"文以法古为美，诗以独至为真"，力求把"性情"与"学古"结合起来的主张。从基本的态势来看，明代诗学是对宋代诗学总体"尚学"风气的反拨，强调坚持诗歌的"性情"本位，但这并不意味着明代诗学就与"学问化"，完全背离。值得深思的是作为中国古典诗学民族特征的"学问化"，自先秦以来就与"抒情化"紧密联系不可分割；明代诗论家对诗歌"性情"本位的追求，尽管在诗学指向上往往排斥诗歌"学问化"，而其自身所凭借的思想资源与艺术手段却又无法摆脱"学问化"的影响，形成奇特的二律背反；这与中国诗学发生时自身的泛文化特点相关，也与中国古典诗歌发展到后期，诗歌的审美理想、艺术体式稳固定型，在古典诗歌自身的文化资源内难以创立新的诗体相关。因而明代诗坛上，七子派由主"因情立格"而趋于学问化；公安派以心学、禅学为基础而追求"独抒性灵"；竟陵派、云间派结合"性情"与"学古"，试图回到古典诗歌原始的"抒情化"与"学问化"相混融的境界，这些都表现为以"学问化"而追求性情本位，成为明代诗学的重要特征。

第六章

清诗：古典诗歌学问化的第二座高峰

第一节　清诗以学胜

钱锺书先生说："唐诗多以丰神情韵擅长，宋诗多以筋骨思理见胜。"① 缪钺先生认为："唐诗以韵胜，故浑雅，而贵蕴藉空灵；宋诗以意胜，故精能，而贵深析透辟。唐诗之美在情辞……宋诗之美在气骨。"② 唐诗、宋诗各有独到胜处，形成中国古典诗歌双峰并峙的局面。"清代诗歌虽然处于唐宋这两座诗史高峰之后，却能够超越元明，直追唐宋，成为中国诗歌史上的第三座高峰。"③ 清诗凭什么而能直追唐、宋呢？"清诗之所以桃元明而配唐宋，恰恰就在于它'以学问为诗'"④，"唐诗以情韵胜，宋诗以理趣胜，清诗以学问胜，故能鼎峙于诗史上"⑤。

一、繁盛学术影响下的清代诗学

学术发展到清代，"问学之业绝盛，固陋之习盖寡，自六经、九数、经训、文辞、篆隶之字，开方之图，推究于汉以后、唐以前者备矣"⑥，

---

① 钱锺书：《谈艺录》（补订本），中华书局1984年版，第2页。
② 缪钺：《谈宋诗》，载《诗词散论》，陕西师范大学出版社2008年版，第31页。
③ 蒋寅：《中国古代文学通论·清代卷》，辽宁人民出版社2005年版，第40页。
④ 吴孟复：《别才非学最难凭——略谈清代的诗风与学风》，载《明清诗文论文集》，江苏古籍出版社1986年版，第1—6页。
⑤ 吴孟复：《吴山萝诗文录存》，黄山书社1991年版，第20页。
⑥ 谭献：《箧中词序》，载《近代文论选》，人民文学出版社1999年版，第361页。

极为繁盛而集大成，"有清一代，为中国的文艺复兴时代，各种学术，都很发皇，有人说，清代的文化，是以前中国旧文化的总结束，以前所有种种的东西，在那时无不一一重现，这句话实在是很确适的"①。

刘成禺总结清代学术繁盛的原因说："有清一代，经史、词章、训诂、考订各种有用之学，名家蔚起，冠绝前朝，皆从事学问……论其原因：一、继承家学，如二钱、三惠、王氏父子之例。二、各有师承，读《汉学师承记》、《宋学渊源记》等书自知。自明季黄梨洲、顾炎武、李二曲、王船山四大儒出，学术风尚，焕然大变。其后如徐健庵、王贻上、朱竹君、翁覃溪、阮芸台、曾涤生，皆能提进学者，建树学宗。虽咸丰以至光绪中叶，人崇墨卷，士不读书，而研究实学之风，仍遍于全国。"② 说出了清代学术之盛的一些原因。

徐珂《清稗类钞》的分析则更加全面详细："爱新觉罗氏自太祖肇基东土，至世祖入主中夏，传十帝，历二百六十八年，一朝文学（注：泛指学术文化，非狭义之文学，以下同）之盛，所以轶明超元，上驾宋唐，追踪两汉者，盖有六大原因焉。一，由于开国之初，创制满洲文字，译述汉人典籍，而满人之文化开。二，由于信任汉人，用范文程之议，特选士于盛京，而汉人之文教行。三，由于入关以后，一时文学大家，不特改仕新朝者多明之遗老，即世祖、圣祖两朝正科所取士，及康熙丙午年博学宏词科诸人，其人以理学、经学、史学、诗词、骈散文名家者，亦率为明代所遗，而孙奇逢、顾炎武诸儒隐匿山林，又复勤于撰著，模范后学。四，由于列祖列宗之稽古右文，而圣祖尤聪明天亶，著述宏富，足以丕振儒风。五，由于诏天下设立书院，作育人才。六，由于秘府广储书籍，并建七阁分贮，嘉惠士林。有此六原因，是以前古所有之文学，至是而遂极其盛也。"③

清代学术极盛，当然还有国家统一，疆域宽广，经济繁荣，政治相对稳定等原因。从学术文化本身来说，中国传统学术自身的发展，经过了两三千年甚至更长的时间，已到了加以总结的时候，清代学术正好处

---

① 胡行之：《中国文学讲话》，上海光华书局民国 1932 年版，第 125 页。
② 刘成禺：《世载堂杂记》，辽宁教育出版社 1997 年版，第 10—11 页。
③ 徐珂：《清稗类钞·文学类》，中华书局 1986 年版，第 3860 页。

于继往开来的关捩点上。

清代深厚的学术积累对诗坛的影响表现为清代诗学能兼收并蓄。清代诗人的学问普遍胜于前代，谙熟传统典籍，究心学术文化。近代西学东渐，引入了西方的思想学说、制度文化、器物技术、人文景观，更增加了清代诗学外域文化的色彩，赋予了清诗前所未有的新活力。清代诗学传载着许多本应由专门学科来承担的学术思想，负荷着先前历代诗歌都无法承载的文化内容，以致清代大量的诗学文本可以当作政治、经济、思想和学术史来阅读，无形中将人们对清代诗学的注意引向学术而非只是审美的方向，读清人诗集和诗学著述有种沉甸甸的感觉。再加上清代诗人文艺兴趣广泛，"街谈巷议、土音方言以及稗官小说、传奇演剧、童谣俗谚、秧歌苗曲之类，无不入诗，公然作典故成句用"①，在诗歌的题材、内容、意境、体式、语言等方面都有大幅度的拓展。

黄人在《清文汇序》中对清代诗文在学术浓厚的氛围之下而呈现的学问化倾向有一个总括，"矧今朝文治，轶迈前古，撰著之盛，尤奄有众长。当定鼎之始，山泽遗耆，抱器陈畴，綦多宾服。即有愤衔轩轾，志切鲁戈，旋审大命攸归，亦退而绍申、伏之传，修河汾之业，出其学术思想，播佳种于龙野。存国粹于沧桑，以塞麦秀采薇之痛。故其文云雷郁勃，风涛轩怒，震国民之耳鼓，至今渊渊作响。继世之主，懋学右文：两举词科，而骏雄游骇；宏开四库，而文献朝宗。贤王硕辅，又致设醴之敬，企吐哺之风，从而提倡。虎观无其备，兔园无其盛，龙门无其广；文运日昌，士气日奋。相率湔雪牢愁，服膺古训：息邪距诐，张天水道学之军；析义正名，干炎刘经生之蛊。而撷词幽雅，穷理则吐尘羹，订古则谢饤饾。即词人墨客，亦蓬生麻中，赤缘朱近，类能贾余勇，尚立言，咸有根柢，绝异稗贩。盖几于凤麟为畜，鸡犬皆仙，集周、秦、汉、魏、唐、宋、元、明之大成，合性理、训诂、考据、词章而同化"②。

纵观有清一代，清初诗坛多为明末遗老，他们提倡经世致用，力纠束书不观、空谈心性的晚明学风，诗歌多根柢于经史和实用之学。乾嘉

---

① 朱庭珍：《筱园诗话》卷 2，中华书局 2001 年版，第 290 页。
② 黄人：《清文汇序》，载《近代文论选》，人民文学出版社 1999 年版，第 494 页。

中叶，以考据为代表的朴学大兴，诗坛受此浸染，大量以朴学入诗，以学术入诗之风以此为盛。晚清虽承续嘉乾之学，然今文经学兴起，学风为之一变，经世实务之学与考据之学有并行之势，经世派写出了许多策论诗和实学诗。清末西学东渐，域外的新学理、新知识拓开了新诗界。"有清一代诗学自钱谦益中经翁方纲终至陈衍，主学之声贯穿始末，不同于神韵、格调、性灵等说的各擅一时，而是一曲和声中的主调。"①

难能可贵的是，清代诗人虽重学问，但也重性情，能辩证处理性情与学问的关系，没有表现为偏激和失衡。汪辟疆就说"宋人处理性情和学问在诗歌中的关系不如清人"②。钱谦益《定山堂诗序》将性情和学问对举，说："诗之为道，性情学问参会者也。性情者，学问之精神也；学问者，性情之孚尹也……执性情而弃学问，采风谣而遗著作，舆讴巷谣，皆被管弦；《挂枝》、《打枣》，咸播郊庙，胥天下用妄失学，为有目无睹之徒者，必此言也。"③ 钱澄之首先肯定"诗之为道，本诸性情，非学问之事"，接着又说："然非博学深思，穷理达变者，不可以语诗。当其意之所至，而蓄积不富，则词不足以给意；见解未彻，则语不能以入情。学诗者既已贯通经史，穷极天人之故，而于二氏百家之书无有不窥，其理无有不研，然后悉置之，而一本吾之性情以为言。于斯时，不必饰词也，而词无有不给；不必缘情也，而情无有不达。是故博学穷理之事，乃所以辅吾之性情，而裕诗之源也。"④ 曾灿说："诗贵性情，然欲其朴至而文，则必有学问。"⑤ 张希良提出"以真性情为根柢，真学问为枝叶"⑥ 的主张。许缵曾称"大雅元音，本之于学问，得之于性灵"⑦。王元文《邱昆奇诗序》引严羽"诗有别才"之语，盛称邱昆奇的才情，但又进一步指出："非学何以拓其胸次，开其眼界，深其酝酿

① 蒋寅：《中国古代文学通论》（清代卷），辽宁人民出版社2005年版，第193页。
② 汪辟疆：《汪辟疆说近代诗》，上海古籍出版社2001年版，第6页。
③ 钱谦益：《定山堂诗集序》，载《定山堂诗集》，《续修四库全书》第1402册，第340页。
④ 钱澄之：《文灯岩诗集序》，载《田间文集》卷14，《续修四库全书》第1401册，第157页。
⑤ 王尔纲：《名家诗永》卷首，康熙间砌玉轩刊本。
⑥ 刘谦吉：《讱庵诗钞》卷首，康熙刊本。
⑦ 许缵曾：《含晖堂诗序》，载《宝纶堂稿》卷5，《四库全书存目丛书》集部218，第569页。

哉？太白之天才，犹读书匡庐十九年；少陵独有千古，亦曰读书破万卷。"① 舒位也说："天地有生气，终古不能死。人受天地中，同此一气耳。发而为诗歌，亦是气所使。如涂涂附非，活泼泼地是。然非读书多，不能鞭入里。……经以三百篇，纬以十七史。纵以五千年，衡以九百里。铸出真性情，凿成大道理。"② 因为比较正确地处理了诗歌与学问的关系，使得清诗学有根柢，显出质实厚重的特征，同时也没有失却诗性而偏离诗歌发展的健康之路。

（一）繁盛学术影响下的清代诗歌创作

清代被称为"经学复兴的时代"，到清代中期，经学研究衍变为朴学，以朴实的考据手段主要用于儒家经典和语言文字学的研究，但考据的对象已扩大到历史、地理、天文历法、音律、典章制度。以经学研究为核心的朴学直接影响到清代诗坛。正如黄孝平在《清诗汇叙》中所说："考据之学，后备于前，金石之出，今胜于古。海云鼎籀，纪事西樵；杜陵铜檠，征歌石笋。钟彝奇字，敷以长言；碑碣荒文，发为韵语。看核《坟》、《典》，粉泽《苍》、《凡》。并足证经，亦资补史。"③ "上自陶唐，下暨秦代，凡经、史、诸子中有韵语可采者，当歌咏之，以探其原。"④ 清代朴学对诗歌创作的影响主要表现在三个方面：

1. 以专门之学（主要是朴学）入诗

与先前朝代的诗歌相比，清诗学问化最具时代特征的是以专门之学入诗，尤其是以考据、金石之学入诗。

经学发展到宋、明时期，形成了宋明理学，在不断流播的过程中，其弊端也日益明显，形成了虚浮、空疏、浅陋以及"袖手谈心性"的风气。这种风气在晚明尤甚，"王学"末流师心而妄，束书不观。因此，明末清初士人将"神州荡覆，宗社丘墟"的责任归到了"王学"

---

① 王元文：《北溪文集》卷下，嘉庆十七年王氏随善斋刊本。

② 舒位：《与瓯北先生论诗并奉题贴续诗钞后》，载《瓶水斋诗集》卷13，《续修四库全书》第1487册，第46页。

③ 徐世昌：《晚晴簃诗汇序》，载《晚晴簃诗话》，华东师范大学出版社2009年版，第1527页。

④ 沈德潜：《说诗晬语》，载《清诗话》，上海古籍出版社1999年版，第525页。

身上，认为在阳明心学的影响下，明人"束手游谈"不读书，不仅士气沦丧，而且腹中空空。为了匡扶时难，挽救社会危机，振兴士林气象，必须要重新找回失落的儒家道统，最好的途径就是回归儒家经典，直接从儒家经籍那里获得前贤先圣的昆仑之玉。

但他们面临两个重要的问题，一是由于年代已久，这些古籍已变得佶屈聱牙，脱字、漏字等讹误不断，字词都很难被清晰地理解，遑论准确地理解前贤的本意。二是这些典籍又存在被篡改甚至于造假的情况。因此，要拨开历史的迷雾，直接面对经典的本初面目，那就要重拾汉学的考据途径，所谓"汉儒说经重训诂，授受专门先后印。三代遗文近可推，大义微言条不紊"①，对儒家经典进行辨析去疑、去伪存真的清洗，还其本意。由此便由文字入手，在训诂、校勘、考订等方面展开纠误还原的学术活动，这样清初的经学研究便日趋汉学化了，朴学成为清代学术研究的中心。而碑刻崖拓、鼎文彝字作为古典文化的一部分载体，其上面的文字图案保存了许多元典文化，因而金石学也成为考据学不可或缺的部分，并日益发展成为一门独立的学科。

在这种学术思潮的背景下，诗歌作为复合型文化的载体，不可避免地做了朴学的策应工作，于是出现了以金石考据等朴学入诗的局面，"只觉时流好尚偏，并将考证入诗篇"②。

清人以朴学入诗不仅表现在诗歌中有大量的内容是考订典章制度，考索金石文物，考证地舆山川，考释音义训诂，考论诸子学术，还把考据的方法思理引入诗歌创作中，在某种程度上造成了诗歌思维方式的趋细、趋实，而这样一种思维方式，则在一定程度上吞噬了人们的独创精神，进而吞噬诗性，造成诗性的迷失。考据式的思维方式壅塞了诗人的创造力、领悟力，窒息了他们的心灵，他们的诗歌创作缺乏唐诗那种想象、情感、凝练和跳跃。诗性的缺乏，是乾嘉诗坛啴缓疲软的一个原因。

朴学以儒家经典和语言文字学的研究为中心，考据的对象已扩大到

---

① 钱大昕：《题惠松厓征君授经图》，地《嘉定钱大昕全集》第十册，江苏古籍出版社1997年版，第205页。

② 洪亮吉：《道中无事偶作论诗截句二十首》，载《洪北江诗全集·更生斋诗集》卷2，光绪阳湖授经堂校刊本。

考究历史、地理、天文历法、音律、典章制度，这在诗歌的题材及其表现领域有明显的反映，如咸丰、同治间诗人张应昌编了一部大型清诗选《清诗铎》，选诗五千余首，收录诗人自顺治期间的秦镛、钱澄之起至同治间诗人止，共九百余家。编者把入选的诗分为152类，我们从这些"类"中可以看出清人以学识入诗的倾向：如事关政治的有"总论政术"、"善政"、"用人"、"察吏"、"官箴"等；有关军事刑狱的有"刑狱"、"兵事"、"武功"、"军器"、"屯田"、"边防"、"怀远"等；事关专门之治的有"财赋"、"米谷"、"漕政"、"漕船"、"海运"、"钱法"、"盐筴"、"关政"、"丈量"等；事关社会生产的有"水利"、"农政"、"田家"、"树艺"、"蚕桑"、"木棉"、"纺织"、"商贾"、"淘金"、"采矿"、"采石"、"采木"等；有关灾害的有"捕蝗"、"伐蛟"、"勘灾查户"等，涉及了多方面的政治问题和社会问题。

2. 典故运用的经常化和偏僻化

典故的运用不仅可以辅助诗歌构筑意境，精练传达诗歌的意蕴，而且成为诗歌语言的组成部分，"作为艺术符号的典故，乃是一个个具有哲理或美感内涵的故事的凝聚形态，它被人们反复使用，加工，转述，在这过程中，它又融摄与淀积了新意蕴，因此，典故是一些很有艺术感染力的符号。它用在诗歌里，能使诗歌在简练的形式中，包容丰富的、多层次的内涵，而且使诗歌显得精致、富赡而含蓄"①。典故运用的经常化是清代诗歌学问化倾向的一个主要表现，几千年的文化积淀使清代诗歌面临前所未有的知识厚度。"清代诗人所生也迟，有前代丰富的现成的典故可资运用，在这方面得天独厚，同时又处在异族统治之下，生活在'文字狱'盛行的环境之中，加上本身又往往多有学问，修养高深，所以，用典也就成为一个十分普遍的现象。"② 如清代诗坛巨子钱谦益"为文博赡、谙悉朝典，诗尤擅其胜"③，他写诗，"金银铜铁，不妨合为一炉"④，在一首诗中他可以做到句句用典，一句连用数典，古

---

① 葛兆光：《论典故——中国古典诗歌中一种特殊意象的分析》，《文学评论》1989年第5期。

② 朱则杰：《清诗史》，江苏古籍出版社2000年版，第67页。

③ 赵尔巽：《清史稿》，中华书局1977年版，第13324页。

④ 沈德潜：《清诗别裁集》，岳麓书社1998年版，第1页。

典今典并用等，使诗歌具有历史盆景之奇观。钱谦益对典故运用的娴熟与巧妙决非饾饤者所能望其项背。毛奇龄"作七律一首而翻检书籍，动或数十种，直獭祭耳"①。沈曾植诗歌差不多通篇用典，句句用典。

用僻典主要表现在浙派诗和晚清宋派诗中，他们不喜甜熟的典故，而是极力求新求异，恶熟恶俗。用的典故太偏僻，读者读不懂，以致在诗中又用长长的注疏对掌故来龙去脉作详细的解释，实际上是考据之风在诗歌创作中有意无意的体现。如厉鹗用典往往不从经史之中出，多从宋人的笔札、说部中出，郑珍的诗歌虽经无数学人研读，但其中还是有若干用典不知何意，也不知出于何处。沈曾植的诗歌大量使用佛典道藏，偏僻得差点无人敢作郑笺。

3. 诗坛总体上宗宋

清代诗坛流派众多，但大体上不外乎两个大派——尊唐派和宗宋派，各个诗派的争论也不外乎尊唐祧宋的框架。如果我们从流派纷呈、争论熙嚷的复杂现象中抽绎出来，就可以看到清代繁盛学术影响下的诗坛总体上不是尊唐而是宗宋，也就是说清代诗歌与含蓄蕴藉的唐诗风格较远，而与学理较重的宋诗风格比较接近。例如以人文渊薮而著称的江浙地区是清代诗坛的重心，出现的清代最大的诗歌流派——浙诗派总体上就是个宗宋诗派，晚清诗坛的主流道咸宋诗派和同光体诗派更是宗宋诗派。此外，对宋人以学为诗一路的创作，自严羽至明代批评家皆以否定性的指责为主，宋诗处于被贬抑的地位，而重根柢学问的清人对凿空议论的明人总体上持批评的态度，自然会抬高以学为诗的宋诗。明人维护并强化了唐诗的传统，那么清人则是最终发现并高度肯定宋诗的价值，极大地提升了宋诗在中国诗歌传统中的地位和作用。②

宋诗重学识，宗宋者多为学者。清代宗宋诗派大体经历了五个时期，从清初钱谦益、黄宗羲提倡宋诗算起，康熙时期以吴之振、田雯、汪懋麟等为代表，乾嘉时期以杭世骏、厉鹗为代表的浙派和以钱载为代表的秀水派，道咸时期以程恩泽、祁隽藻、何绍基、郑珍、莫友芝为代表的宋诗派，同光时期以陈衍、沈曾植、陈三立、郑孝胥为代表的同光

① 赵元礼：《藏斋诗话》，载《民国诗话丛编》第二册，上海书店2002年版，第248页。
② 邬国平：《清诗的优势和研究》，《苏州大学学报》2005年第3期。

体派，一代又一代，看不出有明显的衰微之相——它与清代浓厚的文化学术氛围桴鼓相应。

清代宗宋诗派标举学问根柢，肯定以学问为诗，主张学问与性情合一，学人与诗人合一，体现出清代理性主义的诗歌美学趋向，"故示以宋人之诗，非读书多、学力厚不易成章"①。它的思想实质在于以考据求义理、治经史而探本原，将朴学的求是精神和考据手段融入诗歌创作之中，并作为诗歌价值的衡量标准。宋诗派虽然在话语形式上主张诗与学合一、性情与学问合一、文辞与考据合一、诗人之诗与学人之诗合一，实际上合一论中有重点论，偏欹于学问、考据、学人之诗的一面。学问第一，性情第二；经义为本，诗艺为辅。

清代宗宋诗派强调学力对诗歌创作的决定性作用，以学问根柢、考辨功力来衡人品诗，不知不觉地把朴学家的重征实的观念引入诗学价值论中，力倡以经术考据入诗，把治经的精神和方法输入诗歌创作而形成学问诗，在一定程度上可以说是对汉代以经学取代文学之路的回复，透露出学问至上的优势心理和诗为学作的文学工具观，讲求质实、厚重而排斥神韵、空灵，以博学慎思能力和征稽考辨能力代替审美感悟力和艺术想象力，以智性之光遮蔽性灵之光，导致清代许多诗歌演变成学问诗，以学识功底制胜，不惮屑屑征引，孜孜求证，以考据性诗材诗料等同于诗境诗味，这当然是诗的一种异化，表现出非审美的倾向。何绍基曾指出考据之风对清代诗歌的负面影响："考据之学，往往于文笔有妨，因不从道理识见上用心，而徒务钩稽琐碎，索前人瘢垢。用心既隘且刻，则圣贤真意不出，自家灵光亦闭矣。"② 重学问而轻才情，重理义而轻情趣的诗歌，究非本色当行。

（二）繁盛学术影响下的清代诗学研究

高翔在《康雍乾三帝统治思想研究》中说："以考据学为特征的乾嘉士人学术思想，是中国传统思维方式取得的一项重大成就，它对儒家

① 由云龙：《定庵诗话》卷上，载《民国诗话丛编》第三册，上海书店 2002 年版，第577 页。
② 何绍基：《与汪菊士论诗》，载《何绍基诗文集》文钞卷5，岳麓书社 2008 年版，第734 页。

文化而言，是集大成的，但却不是开创性的，它系统整理了数千年中国学术思想及历史文献。"① 清代诗学研究也呈现出集大成的盛况，难以数计的诗学著述系统整理了数千年中国诗学思想及诗学文献。清人诗学著作中，既有借编订诗选标举其诗论主张的，也有纯粹的诗学理论著作，更有品种繁富的诗话体，蔚为大观。②

清代士人研究诗学完全是把它作为一门正儿八经的学问来进行的。以清代诗话为例，"诗话之作至清代而发展到高峰，数量之多，远远超过前代，即质量也比前代为高"③，特别是大量学者的参与，形成了规模较大的学者型诗话，以致诗话"成为专门家之学"④。清代学者写作诗话多是把它作为一种学术行为来对待，"都是取的严肃认真态度"⑤，不是"居士退居汝阴而集以资闲谈也"⑥ 的轻松随笔之类，而是"博采群编，以正史为宗，以志乘、说类为佐，上自宫廷，下及谣谚，事典而核，语赡而雅"⑦。郭绍虞先生说："清人治学确是比较严肃，即诗话方面，也有相当的学术研究价值。"⑧

清代诗论家叶燮自谦地说他于"诗文一道稍为究论，而上下之，然又不敢以诗文为小技，即已厌弃雕虫饾饤之学，则此亦必折衷于理道而后可"⑨，他是以严肃的态度和认真的精神来谈诗论文的。蒋寅说："清人研究文学，却常出于学术的兴趣，所以他们常像治经一样，用实证方法来探讨文学问题。清代批评家不像明人那样喜欢大而化之地泛论历代诗文，他们更多地致力于专门问题如文人传记考证、语词名物训释、声调格律研究、修辞技巧分析等，做持续、深入的研究……这种追求精密

---

①　高翔：《康雍乾三帝统治思想研究》，中国人民大学出版社 1995 年版，第 431 页。

②　根据张寅彭比较审慎的统计，现存的清人诗学著作多达八百余种，这个数字，约为现存明代诗学著作数量的五倍，更是现存宋元诗学著作数量的九倍左右。根据蒋寅先生的保守估计，清诗话的总数超过一千五百种是没有问题的（《清诗话考·自序》）。

③　郭绍虞：《照隅室古典文学论集》下编，上海古籍出版社 1983 年版，第 536 页。

④　同上。

⑤　同上。

⑥　欧阳修：《六一诗话》，载《历代诗话》，中华书局 1981 年版，第 264 页。

⑦　吴骞：《拜经楼诗话》，载《清诗话》，上海古籍出版社 1999 年版，第 757 页。

⑧　郭绍虞：《照隅室古典文学论集》下编，上海古籍出版社 1983 年版，第 536 页。

⑨　叶燮：《答沈昭子翰林书》，载《己畦集》卷 13，《四库全书存目丛书》集部 244 册，第 135 页。

的实证态度，成就了清代文论的学术性和专门性。"① "诗学在清代不同
于以往的最大特点，即它是被当作学问来做的。无论是钱谦益、朱彝尊
的诗史研究，还是王士禛、李因笃的诗歌声律学，都体现了这一点。诗
学在走向学术化的同时，也要为诗歌安顿一个知识基础。"②

　　扎实的文献基础，积淀了两千年的诗学成果，再加上实事求是、无
证不信、广参互证、追根穷源的实证学风，使清诗研究显示出高度的学
术性，其丰富性、系统性、专门性和实证性是先前朝代诗学研究所无法
比拟的。

　　1. 清代诗学著述的系统性

　　清代士人大量记载清代诗坛名人逸事、交游创作、名篇佳构的景
况，表现出清人重视诗"史"的观念，从而建立起了从明末清初直到
清末民初几乎无有间断的诗坛史料长编。这也是前代所无的一个可观的
现象。如吴伟业的《梅村诗话》记述了明末清初鼎革之际作者与陈子
龙、龚鼎孳等操守迥异的大诗人的交往；王士禛《渔洋诗话》记述生
平经历及与兄弟友朋辈交游谐谈之状，勾勒出康熙间他主盟诗坛、神韵
说风靡海内的一时盛况，其自述记录动机云："古今来诗佳而名不著者
多矣，非得有心人及操当代文柄者表而出之，与烟草同腐者何限?"③
一代诗宗为诗存史的责任之心与自觉意识溢于言表；袁枚《随园诗话》
录存本人及同时诗人诗作更为广泛，入录之乾嘉人物竟有千余之众；周
春《耄余诗话》、李调元《雨村诗话》、法式善《梧门诗话》等亦为乾
隆、嘉庆时期诗坛的记录详备之作；林昌彝《射鹰楼诗话》、《海天琴
思录》记录道光及咸丰、同治间的诗坛风云，颇能反映当时抗御外侮的
时代情绪；魏秀仁《陔南山馆诗话》亦同此旨；王闿运《湘绮楼说诗》
系其弟子王简辑成，广泛记录同治、光绪时人之吟事；陈衍《石遗室诗
话》三十二卷，广为辑评晚清时期的诗人诗作，而尤详于道、咸以来渐
成显宗的学宋诗派；梁启超《饮冰室诗话》则以晚清"诗界革命"运
动之参与者为对象，传达出传统诗歌向新时代、新诗体转变的具体信

---

① 蒋寅:《古代文论研究的回顾与前瞻》,《文学遗产》2008 年第 1 期。
② 蒋寅:《在传统的阐释和重构中展开——清初诗学基本观念的确立》,《中国社会科
学》2006 年第 6 期。
③ 王士禛:《渔阳诗话》,载《清诗话》,上海古籍出版社 1999 年版,第 194 页。

息……仅上述十余种，记录下的有清一代诗坛的热闹繁华，几乎达到了逐年不间断的程度。

清人在倾力撰录本朝诗史之外，对历代诗史、诗学文献的系统整理也达到了空前的规模，同样成绩斐然，编纂齐全了唐以后历朝诗歌的《纪事》和《诗话》，表现出为诗歌"修史"的异乎寻常的热情。清初有沈炳巽的《续全唐诗话》一百卷；乾隆间又有孙涛的《全唐诗话续编》二卷；由王士禛、郑方坤等人纂成的《五代诗话》；乾隆间厉鹗编成《宋诗纪事》（后道光、咸丰间罗以智、光绪间陆心源纂有《宋诗纪事补遗》）；乾隆间孙涛与嘉庆间钟廷瑛辑有《全宋诗话》；乾隆间周春辑有《辽诗话》；民国后陈衍编成《元诗纪事》、《辽诗纪事》和《金诗纪事》。明代诗歌资料的整理，有钱谦益《列朝诗集小传》和朱彝尊《静志居诗话》这样的系统之著，又有苏之琨《明诗话》和陈田《明诗纪事》。

2. 清代诗学著述的专门性

清代学者"喜专治一业，为窄而深的研究"①，清代学术发达，学术分工日精，分类日细，诗学研究领域同样存在这种情况。以清代学者对杜诗的研究来说，钱谦益的《杜工部集笺注》、朱鹤龄的《杜工部诗集辑注》、张溍的《读书堂杜工部诗注解》、仇兆鳌的《杜诗详注》、黄生的《杜诗说》、王士禛的《点定杜工部诗集》、朱彝尊的《杜诗评本》，他们注解杜诗"参考精详"、"考据分明"、"征引时事"、"搜寻故实"、"能补旧注"②，"汰旧注之楦酿丛脞，辨新说之穿凿支离。夫亦据孔孟之论诗者以解杜，而非敢取凭臆见为揣测也。"③从他们对杜诗的注解中，我们可见清代诗学研究精细深入的状况。

清代诗话也更趋于专门化，大不同于以前的零碎和随机。它们或以专代而著，如王士禛等人的《五代诗话》、厉鹗《宋诗纪事》、钱大昕《元诗纪事》、朱彝尊的《静志居诗话》；或以专地而称，如郑方坤的《全闽诗话》、陶元藻的《全浙诗话》、梁章钜《闽川诗话》、杭世骏

---

① 梁启超：《清代学术概论》，上海古籍出版社1998年版，第47页。
② 仇兆鳌：《杜诗详注凡例》，载《杜诗详注》，中华书局1979年版，第24页。
③ 仇兆鳌：《杜诗详注序》，载《杜诗详注》，中华书局1979年版，第2页。

《榕城诗话》；或以专家而名，如纪昀《李义山诗话》、赵翼《瓯北诗话》、潘德舆的《李杜诗话》等，这些专门性的诗学著述绝不是"以资闲谈"（欧阳修《六一诗话》自题），也不是"人趋风好名之习，著惟意所欲之言"（章学诚《文史通义·诗话篇》）。

（三）清代诗学著述的实证性

清代士人学赡而精审，最明显地表现在对诗歌声调的研究上。如郑先朴《声调谱阐说》以图表形式，一一注明其所属调性为古、律、拗、半律或柏梁体，把七古平仄的变化列举无遗。这样一种彻底的量化研究，避免了举例的随意性和结论的不周延性，从而可以检验前人提出的规则是否周延，是否能涵盖平仄变化的各种调式，达到科学的水平。①用如此精确的数学模型来统计、分析一个文学现象，验证一条写作规则，在清代以前绝对是难以想象的，这是清代朴学的实证学理在诗学研究领域的反映。汪师韩《诗学纂闻》针对有人提出五古可通韵，七古不可通，杜甫七古通韵者仅数处，检核杜诗，知杜甫通韵共有十一例，又考唐宋诸大家集，最后得出结论："长篇一韵到底者，多不通韵；而转韵之诗，乃有通韵者。盖转韵用字少，故反不拘；不转韵者用字多，故因难见巧。"②像这样一个细小的论断，也要将有关作品全部加以覆核、统计，这就是清代诗学追求精密的实证态度，它成就了清代诗学学术性强的一面，反映了当时诗学研究中实证精神的兴起，这种实证精神一直贯穿在清代的诗学研究中。

他们在诗话写作中也大量运用"考据"之法，以"考据"为特征的学术性几乎成了他们诗话的首要风格。他们引证材料更繁富，选择材料更精审，论诗时的主观臆断更少，那些无根之游谈，不实之虚论，多是被排斥的，因而其诗话的学术价值有了一大飞跃。以致有些考据家评诗，太拘泥于实事，于古人的片言只字上攻瑕索疵，以为此处失考，彼处杜撰，评诗琐碎不堪，流于学究气，虽为以考据家的眼光评诗而又走向极端之流弊，然其精严谨慎的作风却不容抹杀。

---

① 蒋寅：《清代诗学研究之我见》，《苏州大学学报》2005 年第 3 期。
② 汪师韩：《诗学纂闻》，载《清诗话》，上海古籍出版社 1999 年版，第 450 页。

二、清诗学问化被强化的原因

中国古典诗歌的学问化从诗歌进入个人创作时期就开始了，并形成一个持续性过程。到清代，古典诗歌学问化啴缓之音终汇成一代响调——学问化成为清诗的一个主要特征。

《文心雕龙·时序》篇云："文变染乎世情，兴废系乎时序。"① 一个时代的文风必然受所处时代"世情""时序"等社会环境的影响。丹纳说："要了解一件艺术品，一个艺术家，一群艺术家，必须正确地设想他们所属的时代的精神和风俗的概况。这是艺术品最后的解释，也是决定一切的基本原因。"② 巴赫金说："每一种文学现象（如同任何意识形态现象一样）同时既是从外部，也是从内部被决定。从内部——由文学本身所决定；从外部——由社会生活的其他领域所决定。不过文学作品被从内部决定的同时，也被从外部决定，因为决定它的文学本身整个的是由外部决定的。而从外部决定的同时，它也被从内部决定，因为外在的因素正是把它作为具有独特性和同整个文学情况发生联系（而不是在联系之外）的文学作品来决定的。这样，内在的东西原来是外在的，反之亦然。"③ 清诗学问化倾向超出先前任何一个朝代，除了战乱结束、国家统一、政局稳定、经济恢复而带来了文化的复苏和繁荣等环境背景外，主要还应从古典诗歌自身的发展机制，以及与之相关的清代政治文化等外部因素来考虑。

（一）以学问见长是古典诗歌发展到最后的必然选择

"凡一种文学体裁之演变，大抵初起时多浑成自然，生新活泼，其后渐重技术，渐重雕琢，以人工掩天机，遂流为匠气。"④ 可以说古典诗歌一开始就潜藏暗伏地沿着学问化方向在演变，清诗作为古典诗歌的最后一个阶段，负载历代积累而成的知识文化，呈现出性情化相对弱化而学问化愈显强势的臃肿病态。

---

① 刘勰：《文心雕龙》，人民文学出版社1978年，第675页。
② 丹纳：《艺术哲学》，人民文学出版社1963年版，第7页。
③ 巴赫金：《文艺学中的形式主义方法》，漓江出版社1989年，第38页。
④ 缪钺：《诗词散论》，陕西师范大学出版社2008年版，第71页。

鲁迅先生说过："我以为一切好诗到唐已被作完，以后倘非能翻出如来掌心之齐天大圣，大可不必动手。"① 唐代是近体律绝各体形成的时代，基本形式体制已无可发展。但宋代诗人还是翻新出奇，他们经过广泛的探索与实践，在诗歌题材内容、创作途径、表现手法等方面变化出新，推出风格独具的宋诗，与唐诗并峙鼎立，各领风骚。翁方纲说："而盛唐诸公，全在境象超诣，所以司空表圣《二十四品》及严仪卿以禅喻诗之说，诚为后人读唐诗之准的……宋人之学，全在研理日精，观书日富，因而论事日密。如熙宁、元祐一切用人行政，往往有史传所不及载，而于诸公赠答议论之章，略见其概。至如茶马、盐法、河渠、市货，一一皆可推析。南渡而后，如武林之遗事，汴土之旧闻，故老名臣之言行、学术，师承之绪论、渊源，莫不借诗以资考据。"② 在翁方纲看来，唐诗以境象超诣见长，宋诗则以学问事理见长。钱锺书先生说："唐诗多以丰神情韵擅长，宋诗多以筋骨思理见胜。"③ 缪钺先生认为："唐诗以韵胜，故浑雅，而贵蕴藉空灵；宋诗以意胜，故精能，而贵深析透辟。唐诗之美在情辞……宋诗之美在气骨。"④

唐诗、宋诗形成双峰并峙的局面后，更增加了古典诗歌超越创新的难度，所以明代的胡应麟说"东京后无诗矣"⑤。清代的赵翼说："好诗多被古人先"⑥，"古来好诗本有数，可奈前人都占去"⑦，"恨不奋身千载上，趁古人未说吾先说"⑧。蒋士铨更是说："唐宋皆伟人，各成一代诗。变出不得已，运会实迫之。"（《辩诗》）钱锺书先生在《宋诗选注》中说："紧跟着伟大的诗歌创作时代而起来的诗人准有类似的感

---

① 鲁迅：《致杨霁云》，载《鲁迅全集》第十二册，人民文学出版社1981年版，第612页。

② 翁方纲：《石洲诗话》卷4，载《清诗话续编》，上海古籍出版社1983年版，第1428—1429页。

③ 钱锺书：《谈艺录》（补订本），中华书局1984年版，第2页。

④ 缪钺：《谈宋诗》，载《诗词散论》，陕西师范大学出版社2008年版，第31页。

⑤ 胡应麟：《诗薮》内编卷1，上海古籍出版社1958年版，第2页。

⑥ 赵翼：《即事》，载《瓯北集》卷27，上海古籍出版社1997年版，第599页。

⑦ 赵翼：《连日翻阅前人诗，戏作效子才体》，载《瓯北集》卷35，上海古籍出版社1997年版，第812页。

⑧ 赵翼：《管午思赴选，病殁于清江浦，悼之》，载《瓯北集》卷51，上海古籍出版社1997年版，第1315页。

想。当然诗歌的世界是无边无际的，不过前人占领的疆域愈广，继承者要开拓版图，就得准备更大的人力物力，出征得愈加辽远，否则，他至多是一个守成之主，不能算光大前业之君。"① 清人要在唐宋以后再在诗坛开辟疆域自然非是易事，无疑需要付出更大的努力，没有高度的文化修养和艺术天才很难取得成功。古典诗歌在唐宋两代所取得的高度成就给清代诗人力图创新造成了不利条件。因此对清代诗人的每一寸新进展，所开拓的新的空间都不能低估其价值。②

从唐诗到宋诗，由"以丰神情韵擅长"到"以筋骨思理见胜"。唐诗的"丰神情韵"其实是积累了从西周到唐代两千多年的诗学精髓，唐诗确实已没有留下太多可供拓展的空间。唯有宋诗的"筋骨思理"才经过三百多年的积累，自然有可供开垦的町畦。"由情趣到理趣，宋人已经这样做了。但宋人的理只是玄学家与理学家的理，邵雍、朱熹大抵如此。另一些由读书或观物时感觉到的事理，王安石、苏轼的言理大多如此……（但他们）思想不够活泼，学问不够坚实，诗料不够丰富。"③ 清人看出了其中可供开垦的大空间。于是诗歌根柢于学，大量引学入诗成为有清一代诗坛的风尚。

整个有清一代，尽管存在着唐、宋诗之争，但宗宋倾向更多，从清初钱谦益、黄宗羲、朱彝尊（晚期）、吴之振、查慎行，到清中叶的杭世骏、厉鹗、钱载、翁方纲，到晚清的程恩泽、祁寯藻、何绍基、郑珍，再到晚清的陈衍、陈三立、沈曾植，其诗歌艺术取向都是宗宋的。与其说他们崇宋宗宋，倒不如说他们看看自己在丰神情韵方面无法达到唐人的高度，唯有宋人开创的以学为诗的这条路还可以走下去，还可走得很远，于是被"逼"得只能选定了这条路走。以学问为诗可以说是清人不得已而为之的制胜之道，所谓"竹垞以经解为韵语，赵瓯北以史论为韵语，翁覃溪以考据金石为韵语，虽各逞所长，要以古人无体不

————————

①　钱锺书：《宋诗选注序》，载《宋诗选注》，人民文学出版社1989年版，第10页。

②　马亚中：《中国近代诗歌史》，台湾学生书局1992年版，第123页。

③　吴孟复：《别才非学最难凭——略谈清代的诗风与学风》，载《明清诗文论文集》，江苏古籍出版社1986年版，第9—10页。关于王安石和苏轼的学问不够精深，汪辟疆也说"荆公《字说》，腾笑千古，东坡经学，尤其粗疏"（《汪辟疆论近代说》）。

备，不得不另辟町畦耳"。① 钱仲联先生说："中国诗歌发展到清代，前面已有从《诗经》到汉魏六朝唐宋这样悠久丰富的传统，欲想另辟蹊径、再造天地，就非要具备厚实的学识与广博的艺术修养不可，这是古典诗歌发展的大趋势，也是清诗发展的必由之路。"② 指出了清诗以学问见长是古典诗歌圆熟后要求得新生的必然途径。

（二）对明代诗坛的反省

从诗歌发展史来看，能体认诗文化的政治性和功利性的时代，往往是诗歌振兴的时代。唐代以诗赋取士，作诗是士人们取得功名的必要能力之一，所以受到社会的普遍重视。吴乔说："唐人重诗，方袍、狭邪有能诗者，士大夫拭目待之。北宋犹然，以功名在诗赋也。既改为经义，南宋遂无知诗僧妓，况今日乎！"③ 在唐及北宋时代，由于诗歌能够给人带来实际的利益，所以受到重视。但自南宋以后，由于诗歌没有这种功能了，所以诗歌不受世人甚至士人的重视。

明代科考主时文而摒诗歌对诗坛负面影响很大，科场只重时文，时文能够给人带来实际的利益，但诗歌却不能，诗歌失去了实际的功利作用，因而在世人心目中做得再好的诗歌也是无用的东西。年轻人习八股文被看作正道，习诗则被看作歧途，常常受到家长的反对。施闰章《汪舟次诗序》云："尝见前辈言，隆、万之间，学者窟穴帖括，舍是而及它文辞，则或以为废业；比其志得意满，稍涉声律，余力所成，无复捡括。"士人们都致力于举业，从事于诗文就被看作是荒废学业，直到功名已就（或功名无望）才从事诗学，已是年老余力，率意而为，一般成就不大。只是到中了科举以后，才开始作诗。陈子龙称其少时喜读李梦阳、王世贞诗文，想学作诗，但是，"是时方有父师之严，日治经生言。至子夜人定，则取乐府、古诗拟之"④。白天受家长、老师的严厉管束，学习举业，不敢作诗，只有在夜深人静时偷偷作之，作诗如同做

① 吴仲贤：《小匏庵诗话》卷1，光绪八年刊本。
② 钱仲联、严明：《沈曾植诗歌论》，《文学遗产》1999年第2期。
③ 吴乔：《围炉诗话》卷1，载《清诗话续编》，上海古籍出版社1983年版，第477页。
④ 陈子龙：《仿佛楼诗稿序》，载《陈子龙文集》卷7，华东师范大学出版社1988年版，第376—377页。

贼，可见明代诗歌地位之惨。冯班云："吾见人家教子弟，未尝不长叹也，不读诗书，云妨于举业也。"① 陈维崧《陈迦陵文集》卷一《徐唐山诗序》引徐唐山言曰："昔予之为诗也，里中父老辄谯让之，其见仇者则大喜曰：夫诗者，因能贫人贱人者也。若人而诗，吾知其长贫且贱矣。及遇亲厚者，则又痛惜之。以故吾之为诗也，非惟不令人知也，并不令妇知。且日，妇从门屏视余之侧弁而哦，若有类于为诗也，则诟厉随焉，甚且至于涕泣。盖举平生之偃蹇不第、幽忧愁苦而不免于饥寒，而皆归咎于诗之为也。"在明世人的心目中，作诗是与贫贱联系在一起的，所以人们看见仇人作诗就高兴，见到亲朋好友作诗就痛惜。正因为如此，徐氏作诗不仅不敢让外人知道，连自己的妻子也不敢让知道。而妻子一旦窥见他有作诗的样子，就痛哭流涕，就诟骂相加。如果不见到这段文字，我们简直无法想像到诗歌在明世人心目中竟会沦落到这种地步，有人甚至说："诱人子弟入饮博之门，其罪小。诱人子弟入诗文邪路，当服上刑。"②

由此看来，明代士人舍诗歌而趋时文并非是兴趣使然，博取功名、光宗耀祖的功利性迫使他们不得不忍痛割爱，日攻举业时文，诗歌不为所重。

明代士人即使学诗，或在中科举之后，或在举业无望以后，学诗也只是为了应酬而已。吴乔说："诗坏于明，而明诗又坏于应酬。朋友为五伦之一，既为诗人，安可无赠言……唐人赠诗已多，明朝之诗，惟此为事。唐人专心于诗，故应酬之外，自有好诗。明人之诗，乃时文之尸居余气，专为应酬而学诗，学成亦不过为人事之用，舍二李（李梦阳、李攀龙）何适矣！"③ 吴乔认为明人学诗的目的是为了应酬，七子派诗歌之所以风行于世，是因为他们的诗歌"易成而悦目"，适于应酬。

诗歌上不能为统治者所用，下不能为世人所重，而只是应酬的工具。故有明一代诗歌可说是士人以微余之力事之，为应酬而作。这样的诗歌，不可能学力深厚，也不可能在诗歌领域内有大的创获，有明一代

① 周永年：《先正读书诀》，中华书局1985年版，第45页。
② 阮葵生：《茶余客话》卷11，中华书局1959年版，第304页。
③ 吴乔：《围炉诗话》卷4，载《清诗话续编》，上海古籍出版社1983年版，第594页。

诗歌总体上空疏无学，诗学不振有其深刻的时代社会原因。

　　明代诗学空疏的另一个原因是受心学的影响。明代中期以来，作为官方意识形态的程朱理学受到了王阳明心学的挑战。心学吸收了禅学佛性人人具足的思想，认为良知为人心所固有，圆满自足。儒家经典之于心学就像佛经之于禅学——既然佛性人人自足本具，成佛的依据在于个人自身，佛经对于成佛就不是必需的；从众生都具佛性而言，人人都是潜在的佛，那么对于心学来说，良知人人自足本具，成圣的根据就在个人内心，儒家经典对于成圣就不是必需的，不读儒家经典也都可能成为圣人，故王阳明说"满街都是圣人"①。圣心都可自成于心，诗歌自然可以师心而成。心学为晚明诗人轻学提供了学理依据。当心学发展到晚明王学左派，这种师心而妄的思想成为异端思潮的一部分。王学左派为士人轻视典籍、学无根底做足了理论上的铺垫。李贽无疑是具有异端思想且影响最大的人物，李贽从心学良知本有自足的基本命题出发，反对儒家经典对人精神的内在束缚，对圣人与经典抱以嘲弄与轻蔑的态度。②据朱国桢《涌幢小品》称士人"全不读《四书》、《五经》，而李氏《藏书》、《焚书》，人挟一册，以为奇货"。

　　受王学左派影响，有明一代学风浇漓，士人习于"束书不观，游谈无根"。这实是明代尤其是晚明诗学学植浅薄、俚俗率易的一个深层次原因。从七子派到公安、竟陵派，除了后七子的王世贞和不属于七子派的杨慎外，共同的缺点就是学识浅薄或空疏不学，"其所谓经术，蒙存浅达，乃举子之经术，非学者之经术也"③。七子派耽于格调模拟，公安派陶醉于师心非古，竟陵派偏嗜枯偏荒僻。

　　经过明代众多流派的一番闯荡，留给清代诗人的反省是必须力戒虚浮，尊经复古，务实好学。在一定程度上促成了清代诗坛趋近于"通经汲古之学"（钱谦益《答山阴徐伯调书》），强调诗歌要根柢于学，清代诗歌呈现出明显的以学问为诗的特征。他们认为"诗篇虽小技，其源本经史。必也万卷储，始足供驱使"（朱彝尊《斋中读书十二首》），诗人

---

　　① 江潘：《汉学师承记》，中华书局1983年版，第269页。

　　② 李贽：《童心说》，载《焚书》卷3，远方出版社2001年版，第107—108页。

　　③ 黄宗羲：《郑禹梅刻稿序》，载《黄梨洲文集》卷1，《传世藏书》别集12，海南国际新闻出版中心1996年版，第62页。

"宜博经史考订，而后其诗大醇"（翁方纲《志言集序》）。于是"六经三史诸子别集之书，填塞腹笥"（钱谦益《黄孝翼蟫窠集序》），"于学无所不窥，一发之于诗"（《清史稿·厉鹗传》），"自诸经传疏，以及史传之考订、金石文字之爬梳，皆贯彻洋溢于其诗"（陆廷枢《复初斋诗集序》）。

（三）清统治者的"文治"政策诱导着士人以典籍考据为诗

清朝统治者吸取元朝马上得天下，复于马上治天下的教训，并不满足于以武力征服中原，他们在文化上也要与汉族士大夫竞争，从文化心理上彻底征服汉族士人，以便更好地实行学汉以治汉的政策。

诗文化作为汉文化一个重要的环节，自然不会被清朝皇帝忽视。诗作为心灵之窗，作为高层文化之一种，特别又与科举文化密相复合，实在是变演风气、制约心态的关键之环，足以带动其他"文治"之事，在"文治"的长链中，制控住诗这一最敏捷、最灵动、最易导播的抒情文体，制约、笼络、消纳汉族士子的心性，也就把握了一种主动性和制控权。爱新觉罗氏皇族在整个统治时期从未放松过对包括诗歌在内的文化的制控力，在前期尤为突出。在康、雍、乾三朝间即已建构成庞大的朝阙庙堂诗歌集群网络，覆盖面极为广阔，其所呈现的翰苑化、贵族化、御用化风尚是空前的，随之而鼓胀起的纱帽气、缙绅气同样是空前的，诗文化也就达到了空前的盛况。

为了获取汉族士人的认同感以巩固统治，清朝皇帝对汉族文人视为身份象征的吟诗作赋津津乐道，清朝几乎历代皇帝都有诗，前期诸帝尤好诗，于政事之暇，笔耕不辍，以他们一代圣主的政治情怀及渊博的学识，留下了相当丰富的诗篇，"庙堂巨制，炳若日星，鸿博两征，召试累举。柏梁联句，朝元歌咏，雅道既兴，流飚斯广"[1]。他们的诗歌作为廊庙正音，必然要典雅和庄重，就离不开从典籍中去寻找故实字句来装扮润饰，以体现出盛世"文治"陶冶下的质厚堂皇之状。乾隆帝"御制诗五集，至十万余首。每一诗出，令儒臣注释，不得原委者，许

---

① 徐世昌：《晚晴簃诗汇叙》，载《晚晴簃诗话》，华东师范大学出版社 2009 年版，第1527 页。

归家涉猎，然多有翻撷万卷莫能解者。尝于《塞中雨猎》诗内用'制'字，众皆莫晓。上笑曰：'卿等一代巨儒，尚未尽读《左传》耶？'盖用陈成子杖制以行也。又出《污厄赋》试词臣，众皆误为窳尊。上徐检出，乃拟傅咸《污厄赋》也。彭文勤尝进呈百韵排律，上读之，曰某某出韵。后考之，信然。"①

又据赵翼《檐曝杂记》记载，乾隆皇帝于燕闲之时，"或作书，或作画，而诗尤为常课，日必数首，皆用硃笔作草，令内监持出，付军机大臣之有文学者，用折纸楷书之，谓之诗片。遇有引用故事，而御笔令注之者，则诸大臣归遍翻书籍，或数日始得；有终不得者，上亦弗怪也。余扈从木兰时，读御制《雨猎诗》，有'著制'二字，一时不知所出。后始悟，《左传》齐陈成子帅师救郑篇'衣制杖戈'注云'制，雨衣也'。又用兵时，谕旨有硃笔增出'埋根首进'四字，亦不解所谓。后偶阅《后汉书·马融传》中始得之，谓决计进兵也。圣学渊博如此，岂文学诸臣所能仰副万一哉？"② 身为皇帝，既要在一班文臣面前卖弄诗词里的学问，又要考察词臣的学问，于是上行下效，诗歌中以学问相高几成一种风气。

在清帝及皇室的带动下，整个纱帽诗群都重学勤学，不论是内阁朝臣，还是外任督抚，他们不以功名累学，也不以政事废学，成为当时诗坛博学之士的领袖人物，所谓"身履缨绂之路，而泊乎若忘；器蕴汪洋之波，而渊乎莫罄"③。他们以学深质实的诗歌应承了朝廷主子博雅好文的风范，也为士人的以学为诗树立了典范。

清统治者为了表明自己的"稽古右文"、"优待士人"的文治政策，拉拢一批文士编辑大型典籍，以此安排一些文士，免得他们流落民间，成为与朝廷对立的力量，这也是实行文化专制软的一手。编纂了一系列的大型书籍如《佩文乐府》、《骈字类编》、《渊鉴类函》、《康熙字典》、《全唐诗》、《历代题画诗》、《历代咏物诗》。修《明史》，后来编《古今图书集成》，编刻"三通"——《通志》、《通典》、《文献通考》和

---

① 徐珂：《清稗类钞·文学类》，中华书局 1986 年版，第 3919 页。
② 赵翼等：《檐曝杂记·竹叶亭杂记》，中华书局 1982 年版，第 7—8 页。
③ 徐仁铸：《人境庐诗草跋》，载《人境庐诗草笺注》，上海古籍出版社 1981 年版，第 1087 页。

续"三通"等等，指不胜屈。① 直到乾隆时编纂《四库全书》，把古今所有书籍集为一编，搞一个旷世未有的巨大"工程"，当时几乎所有的著名学子都被笼络进去，授以四库馆纂修、编修、翰林院庶吉士头衔。

这些别有用意的软硬兼施的文化政策给包括广大诗人在内的清代士人以两个导向，一是借以向世人显示，只要安心做学问、学有所成的人，都能为朝廷所用，做官享禄，光宗耀祖。二是不要谈时政，埋头于"好古"。于是经史、小学、金石、音韵、校勘、辨伪、辑佚、方志、地理、谱牒、历算等领域成为清代士人寻求独善其身，躲开身心摧残，挥洒生命精力的最佳场所，"束发就学，皓首穷经"。备受统治者关注的诗人自然同其他士人一道，被驱进这片狭小的天地中。文学是对现实生活的反映，既然他们生活在这样一片天地之中，诗歌内容日益脱离现实，以前诗歌所承载的政治功能被严重削弱，物胞民与的士人怀抱被掩抑敛藏，诗人转而向典籍考据寻求诗材。所作出来的自然是晦涩难懂、学究味十足的学问诗，也就难以责备诗人们漠视现实，忽略性情了。清代诗歌的学问化倾向不但响应了统治者"文治"的号召，而且是对"文治"背后所隐藏的恐怖作了文化人特有的屈服。缪钺先生说："一时代之诗，亦足以见一时代之心也"②，此言得之矣。

（四）试帖诗促使士子必须以学问为诗

乾隆二十二年科考恢复类似唐宋时的"试帖诗"，在乡试、会试中增入五言八韵诗一题。此后各地"童试"须考五言六韵一首，生员例行岁考、科考以及考贡生、复试朝考等，均用五言八韵一题加考。官韵只限一字，所谓"得某字"，用平声；诗内不许有重复的字；出的题目必有出处，或用经、史、子、集语，或用前人诗句。

清代科举会试加五言八韵诗，自乾隆二十二年（1757）至光绪二十四年（1898）戊戌变法宣布废除试帖诗，有清六代帝王142年之间举行的67场会试（包括正科与恩科），诗题完整保存在《清秘述闻三

---

① 受上层影响，各地方州、府、县修订方志亦蔚然成风，民间私人纂辑、刻印、收藏丛书，许多士人家庭不以门第显贵而以家族文化传名，在学术界造就了一种相当浓厚的究心古学的氛围。

② 缪钺：《诗词散论》，陕西师范大学出版社2008年版，第41页。

种》中，这 67 场会试试帖诗考题除道光三年（1823）《云随波影动，得波字》出处不明外，乾隆四十年（1755）的《灯右观书，得风字》一题属于帝王的随意性命题外，其他命题的出处具体统计如下表：

朝代（会试次数）	经	史	子	集	其他
乾隆（18）	7	1	6	3	1（灯右观书）
嘉庆（12）	1	3	1	7	
道光（15）	4	3	2	6	
咸丰（5）	—	2	—	3	
同治（6）	—		—	6	
光绪（11）	—	—	1	10	
总计（67）	12	9	10	35	1

以经部为出处的试题：《诗经》2 次，《尚书》3 次，《礼记》2 次，《周易》1 次，《春秋》1 次，《中庸》1 次，《论语》1 次，兼用《诗经》和《论语》1 次。

以史部为出处的诗题：《国语》、《晏子春秋》、《春秋》、《汉书》、《旧唐书》、《吕氏春秋》、《左传》、《史记》、《后汉书》各一次。

以子部为出处的诗题除《邓析子》、刘向《说苑》各两次外，李斯《谏逐客书》、葛洪《抱朴子》、王充《论衡》、张君房《云笈七签》、《管子》、刘向《说苑》、《太平御览》各一次。从中可看出，子书数量繁多，内容庞杂，许多书不在士子基本阅读范围之中。虽然这 10 道诗题所讨论的内容很普通，但如果知识面过于狭窄，考场上很可能睹试题而不知出处，也就很难把诗作得熨帖得体。

以集部为出处的诗题：乾隆朝 3 题，诗、赋、骈文各居一题，均为中唐之前的作品。嘉庆朝 7 题，四诗二赋一文，诗赋出处为汉魏六朝至初唐人作品，一文出自《朱子》。道光朝 5 题，均出诗歌，其中以宋人诗歌为多，这是嘉、道以来一个非常值得注意的命题倾向。咸丰朝 3 题，皆出诗作。同治朝 6 科会试，诗题皆出集部，除了 2 题出自宋代吕公著《进十事·无逸》奏折，其余全出自诗歌。光绪朝 10 题，均出唐宋人诗作。

清代科考重视把诗题出处列为试帖诗的潜在考核项目。比较清代试帖诗的六代，乾隆朝会试诗题出处最为广泛，乾隆帝在清代帝王中堪称博雅，平日作诗好用廋辞僻典，且以考问侍从文臣为乐事。会试命题既是高宗自炫渊博学识的一个机会，亦是借科举之力，影响广大学子博学好求的一种方式。①

乾隆帝恢复中断了七百年的试帖诗科考，将科举功利重新引入诗的领域，科考指挥棒直接刺激了士子们博览群书的兴趣，其主要目的当然是实行文化统制、钳制才思的特定需要，但改变了明代诗歌的无功利化状况，使得诗歌几乎取得了与八股文一样的地位，诗歌被堂而皇之地端上了广大士人学子的书桌，再也不用躲躲闪闪了。清代诗歌的繁盛与此是有很大关系的。而考题必有出处，或是经、史、子、集语，或是前人诗句，无疑加重了诗歌学问知识的含量，作好诗必须以博览群书为前提，必须讲究根柢。

试帖诗实施于科举考试，乃是诗坛纱帽气和学究气进一步流延汇合的一个关键性契机，它刺激和逼迫了广大学子必须浸淫于经、史、子、集四部之中，广泛涉猎，才不会对试题茫然不知所出，以致作答时牛头不对马嘴，功利化因素诱导着清代诗歌走上学问化之路。严迪昌先生在分析翁方纲"肌理说"诗学观的时代背景时就指出："把诗与考据训诂并视为一，抹煞诗歌的抒情特质……恰恰是顺应'试帖诗'重行的孪生形态。"②

还要补充的是，清代诗学兴盛，同清王朝实行博学鸿词选拔制度也有一定的关系。清代学者兼诗人郑梁就指出：

> 三四十年来，士人之没溺于科举者，不知何故，以诗为厉禁，父兄师友，摇手相戒，往往名登甲乙，而不识平平仄仄为何物。当此之时，诗学几亡。戊午、乙未之间，天子命内外臣工各举博学之儒，进之于廷，而亲试之以诗赋。其中选者为翰林院编修、检讨，否亦优赐品服而归。一时海内荣之，咸共叹息以为作诗之效。于是

---

① 杨春俏、吉新宏：《清代会试试帖诗题目出处及类容类型分析》，《晋阳学刊》2007年第2期。

② 严迪昌：《清诗史》，浙江古籍出版社2002年版，第714页。

攘臂而起，倡和纷然，几于家李、杜而户岑、王矣。①

郑梁此文作于庚申年，前此一年即康熙十八年，博学鸿儒试题为诗、赋各一篇，赋题为《璇玑玉衡赋》，诗题为《省耕诗》，体裁限五言排律二十韵。不考策论而考诗赋，与宋代以来的进士科不同，倒与唐时的进士科相近了。因此，当时读书人受此鼓舞而潜心于诗赋。又其晚年所作《四明四友诗序》中亦云："自鸿博之途一开，邀荣竞利之徒，始有夸声律，以取妍当事。"徐世昌在《晚晴簃诗汇序》中也指出清诗学问化与"鸿博两征召试"有很大的关系。

（五）清代诗坛坫为学人所把持

在清代学风兴盛这一文化氛围的熏陶下，清代儒林与文苑的融合，诗人的学人化比以前任何一个朝代都明显，学者几乎皆通诗文，且相当部分人有诗文集、论诗专著传世。在学人兼诗人的成员中，相当大部分要么是朝廷馆阁之臣，要么是都抚要员，他们一方面以自己精深的学术研究，另一方面又依靠政治地位，进一步提高了他们在清代诗坛上的影响。也有一些是学术大师，通过学派的推重，师承关系的流传，在诗坛上也挟他们的学名之重。如"国初则顾亭林（炎武）也，朱竹垞（彝尊）也，毛西河（大可）也；继之者朱竹君（筠）也，邵二云（晋涵）也，孙渊（星衍）也，洪稚存（亮吉）也，阮芸台（元）也，罗台山（有高）也，王白田（懋竑）也，桂未谷（馥）也，焦里堂（循）也，叶润臣（名澧）也，魏默深（源）也，何子贞师（绍基）也……诸君经术湛深，其于诗，或追踪汉魏，或抗衡唐宋"②，这些名重学深的士人，"都是开创一代学风的学人，又是影响当时诗风的诗人"③。他们在数量上不占优势，却是清代诗坛的"舆论领袖"，有很重的话语权，对诗坛的影响大大超过数量众多的普通诗人，清诗坛坫总体

---

① 郑梁：《垩吟集序》，载《郑寒村全集·见黄稿》，康熙间紫蟾山房刊本。

② 林昌彝：《射鹰楼诗话》卷7，载《续修四库全书》第1706册，上海古籍出版社2002年版，第362页。

③ 钱仲联：《清代学风和诗风的关系》，载《当代学者自选文库·钱仲联卷》，安徽教育出版社1999年版，第153页。

上被这些学人所把持。

把持清诗坛坫的学人所创作的诗歌，为清诗学问化（甚至可以说是学术化）起到了导向和示范的作用。清诗坛坫逐渐为学人把持，他们或累掌文衡，或为士林耆宿。他们论诗注重于根柢学问，以学问为中心来评定诗歌的价值，以学人之诗高于诗人之诗。创作时不仅大量引入专门之学的内容，而且也引入学术研究的方法。乾嘉时期盛兴的朴学对诗坛的影响尤其明显，大有以考据学统治诗学的态势，形成了与官方学术相契合的考据诗派。

三、清诗学问化的基本历程

清诗在开创之初，学问化倾向主要受三个人的影响：一是钱谦益，一是顾炎武，一是黄宗羲。钱谦益的诗歌以经史佛学为根柢，囊括诸子百家，基本上成为清代诗人以学为诗的典范。顾炎武从经史典籍中引经世致用之学入诗，他的诗歌精审雅正，成为清代学人之诗创作的一个范式。钱谦益和顾炎武又痛批晚明诗学空疏无学，束书不观，为清代诗人重学问功力做了理论上的导向。

黄宗羲是钱谦益的门人，他可作为广义浙诗派的开创者。他同钱、顾对诗须重学问功力的观点是一致的，但诗歌创作的路径却与二人不同，不喜欢在诗歌中引入学问。

受钱、顾二人的影响，王士禛、朱彝尊好资书以为诗，在诗歌中大量征引典实。到清中叶时，厉鹗专喜引宋人笔记小说中的僻冷故实入诗，从小处把资书为诗的风气发挥到了极致，浙派诗风很受厉鹗的影响。如果说清代一般诗人以学问为诗具体表现为多用书卷典故，翁方纲的诗歌则好似以韵语形式来作学术文章，可以说是以学术为诗，把以学问为诗发展到了极端。

受黄宗羲的影响，清代诗歌存在另一条创作路径，那就是重视学问对诗歌潜在的润饰作用，但在诗歌中不直接引入学问，或者像查慎行一样纯用白描手法作诗，或者像袁枚一样化学入诗，如盐入水，不见痕迹。

下面就以钱谦益、顾炎武、朱彝尊、厉鹗、袁枚、翁方纲的诗歌为例，从清诗学问化历程中的这几个闪亮之点，窥"几"斑以求见全豹。

第二节　本于经史佛学、囊括诸子百家的钱谦益

钱谦益字牧斋，江苏常熟人，明万历中进士。他于经学、史学、文学及佛藏道籍，无不通晓，可谓"才大学博"、"浩无涯涘"。同时代的朱鹤龄说他"高才博学，囊括古今，则瓊乎卓绝一时矣"①。

钱谦益没有被列入儒林之中，主要原因有三：一是他的主要成就在诗歌方面，学名为诗名所掩盖，这和同时代的顾炎武、王夫之、黄宗羲不同——顾、王、黄倾其力于学术，诗是他们的余事，钱谦益主要从事诗歌创作和诗学研究，他所开创的虞山派基本上是个诗歌流派。二是他对于经学、史学、佛学等多门学科都有研究，门门都通反而显得没有哪一门有特别精深的造诣，他也没能如顾炎武、黄宗羲等人一样有大部专门的学术著作，他主要的学术观点都是从他的文集中体现出来的。三是钱谦益"生平著述大约轻经籍而重内典，弃正史而取稗官，金银铜铁不妨合为一炉"（沈德潜《清诗别裁集》卷一），其学问有点驳杂而偏，不太符合中国传统学术的标准。当然，就学问而言，无论是博还是精，他不见得比清代儒林中的一些人逊色，至少我们可以说他是个通人。

钱谦益学问淹博，尤精于经学、史学和佛学。论清学的开山大师，人们总推顾亭林、黄宗羲，而不及牧斋，除了他没有像顾炎武、王夫之、黄宗羲一样有大部的学术专著，"岂不因为他是贰臣的缘故吗？岂不因为他仅仅是文人的缘故？"②

钱谦益在学术上可能不算大家，但在诗歌方面却取得了很大的成绩，他"主持坛坫五十年"，有"一代文宗"③之称。《清史稿·文苑传》置他为清代文人之首，称之"以诗文雄于时，足负起衰之责"。其时"前后七子而后，诗派即衰微矣，牧斋宗伯起而振之，而诗家翕然宗

---

① 朱鹤龄：《与吴梅村祭酒书》，载《愚庵小集》卷10，上海古籍出版社1979年版，第483页。

② 郭绍虞：《中国文学批评史》，百花文艺出版社2008年版，第462页。

③ 邃汉斋：《校印牧斋全集缘起》，载《牧斋初学集》附录，上海古籍出版社1995年版，第2221页。

之，天下靡然从风，一归于正。其学之淹博、气之雄厚，诚足以囊括诸家，包罗万有，其诗清而绮，和而壮，感叹而不促狭，论事广肆而不诽排，洵大雅元音，诗人之冠冕也！"（凌凤翔《初学集序》）

钱谦益学识渊博，文才极高，为文纵横排奡，材藻丰富，数典过多，好谈禅理，又处易代之际，悒郁难言，曲笔微旨，颇不容易读懂。说他的诗是学人之诗或许还不妥，但说他的诗是具有学人之诗风貌特征的诗人之诗，却是恰当的。

（一）钱谦益以学入诗的主要表现

1. 以史学入诗

钱谦益擅长经史之学，一生治学的重点在史学，并躬行编史、考史之实践。他对史学的价值评价极高，认为天地万物运行之道，古今朝代兴亡之理，无不为史学所包含，"史者，天地之渊府，运数之勾股，君臣之元龟，内外之疆索，道理之窟宅，智谞之伏藏，人才之薮泽，文章之苑囿，以神州函夏为棋局，史为其方。"[①] 他还认为经、史不可分，经史并重，"六经，史之宗统也。六经之中皆有史，不独春秋三传也，六经降而为二史，班马其史中之经乎。"[②] 钱谦益把诗看作是一种广义的史，他说："人知夫子之删《诗》，不知其为定史；人知夫子之作《春秋》，不知其为续《诗》。《诗》也，《书》也，《春秋》也，首尾为一书，离而三者也。三代以降，史自史，诗自诗，而诗之义不能不本于史。曹之《赠白马》，阮之《咏怀》，刘之《扶风》，张之《七哀》，千古兴亡升降，感叹悲愤皆于诗发之。驯至于少陵，而诗中之史大备，天下称之曰'诗史'。"[③]

正因为他尊史、重史、精于史，所以他诗歌中史学成分是很重的。如《西湖杂感》之十八：

---

① 钱谦益：《毛氏新刻十七史序》，载《牧斋有学集》卷14，上海古籍出版社1996年版，第681页。

② 钱谦益：《再答苍略书》，载《牧斋有学集》卷38，上海古籍出版社1996年版，第1310页。

③ 钱谦益：《胡致果诗序》，载《牧斋有学集》卷18，上海古籍出版社1996年版，第800页。

冬青树老六陵秋，恸哭遗民总白头。南渡衣冠非故国，西湖烟水是清流。早时朔漠翎弹怨，它日居庸宇唤休。苦恨嬉春铁崖叟，锦兜诗报百年愁。（《有学集》卷3）

诗中隐括着一个个亡国悲剧："冬青树老"，南宋亡于蒙元；"南渡衣冠"，西晋灭于五胡；"白翎弹怨"，元朝灭于朱明，以说明自古至今，每当国家民族危难之际，正是士大夫气节品格最为昭彰激昂之时。

钱谦益不仅大量以史料入诗，而且融入了他的史才和史识，如《戊寅元日偶读史记戏书纸尾》（其四）："汉家争道孝文明，左右临朝问亦轻。绛灌但知谗贾谊，可思流汗愧陈平。"（《初学集》卷13）点出小人为己之禄位谗害能人是历代都有的事，就连文景之治时都不免。又如《春夜读汉书寄南海陈侍郎》："……文帝自能分代北，贾生空复策淮南。曲江羽扇何须叹，东市朝衣更不堪。且学袁丝能日饮，牖城瘴海共沉醺。"（《初学集》卷13）列举历史上的贤臣能士屡遭嫉忌和残害，只有韬光养晦，才得以苟全性命。

2. 以佛学入诗

钱谦益在佛学上有很深的造诣，释家类著作构成他著述的重要组成部分，据说"晚年绛云楼火，惟一佛像不烬，遂归心释教"（《清史稿》列传271），于是"束身空门，皈心胜地，义天法海，日夕研求"①，故于佛学造诣颇深，他在诗歌中大量运用佛典，接二连三，数典过多。如《古诗赠新城王贻上》（《有学集》卷11）一诗多处用佛典佛语："风轮持大地"语出《楞严经》："故有风轮，执持大地。""千灯咸一光"语出《维摩诘所说经》："譬如一灯，然百千灯，冥者皆明，明终不尽。""井月痴猿号"典出《法苑珠林·愚戆篇》猕猴捞月的故事。"鸟空而鼠即"语出《摩诃止观》："谬谓即，是犹鼠唧，若言空空、如空、鸟空。""熠耀点须弥，可为渠略标"典出《时轮经》，谓南瞻部洲等四大洲的中心，有须弥山，处大海之中；诗语又化用《放光般若经》："譬如萤火虫，不作是念，言我光明，照阎浮提，普令天明。""挑起长明灯，忏除坐寒宵"用的都是佛家语。

---

① 王士禛：《古夫于亭杂录》卷3，中华书局1988年版，第75页。

再如《庚午二月憨山大师全身入五乳塔院属其徒以瓣香致吊奉述长》（其二）：

> 如王气宇更谁先？蹴踏平欺龙象筵。断取陶轮凭手掌，破除弥戾等云烟。空山月照苍龟里，春日莺啼石塔前。犹有六地喧瀑布，诸方惊倒野狐禅。（《有学集》卷9）

诗中用到了《五灯会元》、《维摩诘经》、《首楞严经》等禅语佛典，表达对憨山大师的敬仰及对他法力德行的赞扬。

3. 诗括诸家，广采博取

汪辟疆说钱谦益"记丑学博，其诗出入李、杜、韩、白、温、李、苏、陆、元虞之间；兼以留心内典，名理络绎，辞采瑰玮，故独步一时"[1]。如果对钱谦益的诗歌渊源和风格特色进行概括的话，我们可以用下面这几句话来表述：于杜甫，得其神髓骨力，表现为苍凉激越，沉着雄厚；于李商隐，撷其风神华采，表现为婉约蕴藉，典丽宏深；于两宋诗人苏轼、陆游，把其气势豪迈，接近宋诗面目，表现为宏肆奔放，纵横雄健。[2]

钱谦益在沧桑巨变中经历国亡家破的深创巨痛，深沉的禾黍之哀和强烈的悔恨自责，使他和杜甫的思想精神相互沟通，感情上也极为接近，给学习杜甫提供了坚实基础，而后运其学问笔力，使诗歌带有杜诗的明显特色。

钱谦益的诗歌有时化用杜甫的诗，颇具杜甫的风调。如他的诗歌《遵王敕先共赋胎仙阁看红豆花诗吟叹之余走笔属和八首》（其六）：

> 金尊檀板落花天，乐府新翻红豆篇。取次江南好风景，莫教肠断李龟年。（《有学集》卷11）

再如他的诗歌《辛卯春尽歌者王郎北游告别戏题十四绝句……》

① 汪辟疆：《汪辟疆说近代诗》，上海古籍出版社2001年版，第2页。
② 裴世俊：《钱谦益诗歌研究》，宁夏人民出版社1991年版，第226页。

（其八）：

> 可是湖湘流落身，一声红豆也沾巾。休将天宝凄凉曲，唱与长安筵上人。（《有学集》卷4）

这两首直接熔铸了杜甫的《江南逢李龟年》，一唱三叹，含蕴无尽，情韵皆佳，世运之治乱，华年之盛衰，彼此之凄凉流落，俱在其中。

钱谦益另一个主要学习对象是晚唐诗人李商隐，隶事用事，精密贴切，他"近体芬芳悱恻，神矣圣矣，义山复生，无以复加"①。他一些诗歌既"寄托遥远"，"深情绵渺"，又笼罩上一种朦胧恍惚、隐晦含闪的色彩，深得李商隐诗的精髓，像长篇情诗《有美诗一百韵》（《初学集》卷18），把李商隐的诗做为典故取材的重要来源，如"灞岸偏萦别，章台易惹颠"，来自李诗的"灞岸已攀行客手"（《柳》），"章台从掩映"（《赠柳》）；"娉婷临广陌，婀娜点晴川"，来自李诗的"娉婷小苑中，婀娜曲池东"（《垂柳》）；"眉怃谁堪画，腰纤孰与攎"，来自李诗的"眉细从他敛，腰轻莫自斜"（《谑柳》）。

钱谦益说："眉山之学，实根本六经，又贯穿两汉诸史，演迤弘奥，故能凌躐千古。"②苏轼是钱谦益乐于效法的榜样，苏诗被他频频引用。如《和东坡西台诗韵六首》（其一）："恸哭临江无壮子，徒行赴难有贤妻。重围不禁还乡梦，却过淮东又淮西。"（《有学集》卷1）这四句均融化了东坡全集材料故实。"恸哭临江无壮子"化用苏轼《到昌化军谢表》"子孙恸哭于江边，以为死别"和《黄州上文潞公书》"轼始就逮赴狱，有一子稍长，徒步相随"。"重围不禁还乡梦，却过淮东又淮西"化用苏轼自注"狱中闻湖杭民为余作解厄斋经月"。再如他的《崇祯元年元日立春》"故知青帝攒新令，不是天公厌两回"（《初学集》卷5），化用苏诗《次韵秦少游王仲至

---

① 钱仲联：《梦苕庵诗话》，载《民国诗话丛编》第六册，上海书店出版社2002年版，第182页。
② 钱谦益：《复遵王书》，载《牧斋有学集》卷39，上海古籍出版社1996年版，第1359—1360页。

元日立春三首》（其一）"省事天公厌两回，新年春日并相催"；
《济上逢总河李侍郎》"执手俱为未死人，参差病鹤记城阇"（《初
学集》卷8），化用苏诗《次韵蒋颖叔钱穆父从驾景灵宫二首》（其
一）"归来病鹤记城囷，旧踏松枝雨露新"。《赠胡泌水》"甲第轩
车互却迎，万人如海隐王城"（《初学集》卷13），化用苏诗《病中
闻子由得告不赴商州三首》（其一）"惟有王城最堪隐，万人如海一
身藏"。

　　陆游的诗对钱谦益影响也很大。计东《梅村题词》说："虞山暮
年之诗，心摹手追于眉山、剑南之间。"① 《柳絮词为徐于作六首》
（其六）"沈园柳老绵吹尽，梦断春销向阿谁"（《初学集》卷4），化
用陆诗《沈园》（其二）"梦断香消四十年，沈园柳老不吹绵"；《崇
祯元年元日立春》"钓船游屐须排日，先踏西山万树梅"（《初学集》
卷5），化用陆诗《小饮梅花下作》"排日醉过梅落后，通宵吟到雪残
时"；《次韵答士龙二首》（其一）"白首孤臣践骇机，天门梦断翻犹
飞"（《初学集》卷11），化用陆诗《书感》"铄金消骨从来事，老矣
何心践骇机"。

　　钱谦益学优奥博，取材宏富，经、史、释、道，涉猎极广，搜罗范
围远及稗家小说。他在诗中使用经史外的其他典故，也是顺手拈来，妥
贴恰当。

（二）钱谦益的诗学主张

1. 博学为诗文之要

　　钱谦益认为博学是诗歌创作得心应手的重要条件，强调诗歌根于经
史。他在《颐志堂记》中说："古之学者，自童丱之始，《十三经》之
文，画以岁月，期于默记。又推之于迁、固、范晔之书，基本既立，而
后遍观历代之史，参于秦、汉以来之子书，古今撰定之集录，犹舟之有
舵，而后可以涉川也，犹秤之有衡，而后可以辨物也"②，于是"六经

① 范补：《渔洋感旧集小传》卷1，清宣统二年国学扶轮社铅印本。
② 钱谦益：《颐志堂记》，载《牧斋初学集》卷43，上海古籍出版社1985年版，第1115
页。

三史诸子别集之书，填塞腹笥，久之而有得焉。作为诗文，文从字顺，宏肆贯穿，如雨之膏也，如风之光也，如川之壅而决也"①。他以自己的经历说明博学对诗的重要性，"尽发其向所诵读之书，泝洄《风》、《骚》，下上唐、宋，回翔于金、元、本朝，然后喟然而叹，始知诗之不可以苟作，而作者之门仞奥窔，未可以肤心末学，趿而及之也。自兹以往，濯肠刻肾，假年穷老而从事焉，庶可以窃附古人之后尘"。②

他认为古人诗文创作挥洒自如，才思滚滚，根本原因在于博学，"古人学问，自羁贯就传以往，岁有程，月有要，年未及壮，而九经、三史、七略、四部之枢要，已总萃于胸中。其有著作，叩囊发匮，举而措之而已。"③ 在《再答杜苍略书》中说："仆之才与志，未必不逮今人。而学问则远不逮古人。古人之学，自弱冠至于有室，六经三史，已熟烂于胸中，作为文章，如大匠之架屋，楹桷榱题，指挥如意。"④

2. "通经汲古"

猛烈抨击宋、明理学"胥天下不知穷经学古，而冥行擿埴，以狂瞽相师"，"嗤点六经"，"眦毁三传"，"学术蛊坏"⑤。针对宋、明理学"离经言道"的弊端，钱谦益提出"通经汲古"，"反经""正经"的思想，消除宋、明理学穿凿附会的风气，恢复汉、唐注疏经书的传统，返回到经学的原始本貌，打出汉学的旗帜，"六经之学，渊源于两汉，大备于唐、宋之初，其固而失通，繁而寡要，诚亦有之，然其训故皆原本先民，而微言大义，去圣贤之门犹未远也。学者之治经也，必以汉人为宗主"⑥。

本于"通经汲古"，他要求诗学要返于《诗》，向《诗经》学习：

---

① 钱谦益：《黄孝翼蝉窠集序》，载《牧斋初学集》卷32，上海古籍出版社1985年版，第934页。

② 钱谦益：《虞山诗约序》，载《钱牧斋初学集》卷32，上海古籍出版社1985年版，第922—923页。

③ 钱谦益：《答山阴徐伯调书》，载《牧斋有学集》卷39，上海古籍出版社1996年版，第1348页。

④ 钱谦益：《再答苍略书》，载《牧斋有学集》卷38，上海古籍出版社1996年版，第1309页。

⑤ 钱谦益：《新刻十三经注疏序》，载《初学集》卷28，上海古籍出版社1985年版，第851页。

⑥ 钱谦益：《与卓去病论经学序》，载《牧斋初学集》卷79，上海古籍出版社1985年版，第1706页。

古之为学者，莫先于学《诗》，《诗》也者，古人之所以为学也，非以《诗》为所有事而学之也。古之人，十有三年学乐诵《诗》舞勺，成童舞象，春诵夏弦，秋学《礼》、冬学《书》。其于学《诗》也，没身而已矣。师乙之论声歌，自歌《颂》歌《雅》以逮于歌《齐》，各有宜焉。自宽柔静正，以逮于温良能断之德，各有执焉。清浊次第，宫商相应，辨其体则有六义，考其源则有四始五际六情。今之为诗者，不知《诗》学，而徒以雕绘声律剽剥字句者为诗，才益驳，心益粗，见益卑，胆益横，此其病中于人心，乘于劫运，非有反经之君子，循其本而救之，则终于胥溺而已矣。①

3. 学问与性情并重

钱谦益认为诗文"萌折于灵心，蛰启于世运，而苗长于学问"②，三位一体，如"灯之有炷、有油、有火而燃发焉"③，把性情与学问的沟壑填补起来。他说："诗之为道，性情、学问参会者也。性情者，学问之精神也；学问者，性情之孚尹也。"④诗以性情为主，学问有助于性情的抒发。这正是钱谦益作为一个诗人所具有的诗性的自觉性。

从钱谦益对明代学人杨慎的诗歌评价中深刻反映出他学问与性情并重的思想。明代文人号称空疏不学，然而杨慎的博学是出名的，是否他的诗就好呢？钱谦益指出："前代以诗鸣蜀者，无如杨用修。用修之取材博矣，用心苦矣，然而傭耳剽目，终身焉为古人之隶人而不知也。"学问固然重要，而更重要的还是"深情"，在"深情"的基础上，学问才能起点化作用。所以他说："古之善为诗者……平心而思其所怀来，皆发抒其中之所有……求其一字一句出于安排而成于补缀者无有也。"⑤

---

① 钱谦益：《娄江十子诗序》，载《牧斋有学集》卷20，上海古籍出版社1996年版，第844—845页。

② 钱谦益：《题杜苍略自评诗文》，载《牧斋有学集》卷49，上海古籍出版社1996年版，第1594页。

③ 同上。

④ 钱谦益：《尊拙斋诗集序》，载《牧斋有学集文补遗》，上海古籍出版社2007年版，第411页。

⑤ 钱谦益：《瑞芝山房初集序》，载《牧斋初学集》卷33，上海古籍出版社1985年版，第959页。

　　钱谦益批评了七子派诗歌学古却忽视了性情，"今之名能诗者，庀材惟恐其不博，取境惟恐其不变，引声度律惟恐其不谐美，骈枝斗叶惟恐其不妙丽，诗人之能事可谓尽矣，而诗道固愈远者……其中之所存者，固已薄而不美，索然而无余味"①。也指出公安派诗歌有情趣却空疏寡学，"核其病源，曰无本而已矣"。

　　他从七子派赝古倒退端正了学古态度，又从公安、竟陵俚俗肤廓认识到学古的必要性。既强调诗歌要植根于学，又兼顾其抒发性情的美学特征。既避免七子派缺乏灵性、牵率模拟的弊端，又避免了公安、竟陵寡学空疏、师心而妄的不良风气。

（三）钱谦益开创了清诗质实重学之风

　　钱谦益的诗学主张是在深刻反思明代诗学模拟空疏的弊病，对古典诗歌发展历程冷静思索后提出来的。钱谦益作为清代诗坛最初的盟主，不仅提出较为完整的诗学理论，而且以他丰硕的诗歌创作成就，为清代诗人之诗树立了一个样板。钱谦益提出性情学问融合的主张，以他在诗坛的耆宿元老的地位，这一思想影响到整个有清一代的诗坛，以后的诗家无论属于何种流派，无论审美趣味存在着何等差异，学问与性情结合几乎是他们的共识。

　　刘世南说："和顾炎武相比，顾偏于学人之诗，钱则总学人之诗与诗人之诗而为一。清代二百六十八年中，诗人辈出，流派纷繁，即使宗唐派，也不仅表现为诗人之诗，而是同时表现出深厚的学力；即使宗宋派，也不仅表现为学人之诗，而是同时表现出悠长的情韵。这一诗风实在由谦益开其端。"②确实，清代经世致用、务实考证的学风主要是在顾炎武的影响下开创的，而清代通经汲古、根柢学问的诗风主要是在钱谦益的影响下开创的。他"才大学博，主持东南坛坫"③，在清诗开端

---

　　①　钱谦益：《族孙遵王诗序》，载《牧斋有学集》卷19，上海古籍出版社1996年版，第827页。

　　②　刘世南：《清诗流派史》，台北文津出版社1995年版，第93—94页。

　　③　徐世昌：《晚晴簃诗汇诗话》卷19，北京出版社1996年版，第208页。

之际"起而振之，而诗家翕然宗之，天下靡然从风，一归于正"①。

　　钱谦益又非常注意培养新秀，奖掖后进，经他褒扬成名的大家就有黄宗羲、王士禛、冯舒、冯班、施闰章等人，在他身旁，环绕着许多新星，这些人都能重根柢、重学问。因此，钱谦益可以说是既"开风气"又"为师"，为清诗造就了一支强大的生力军。② 清初质实重学的诗风的形成，钱谦益有不可埋没的贡献。

第三节　清代学人之诗的肇启者顾炎武

　　顾炎武初名绛，字宁人，江苏昆山人，学界称之为亭林先生。落落负大志，耿介绝俗。终其一生为匡复明室而奔波劳碌，可谓节高志诚之士。

　　"炎武之学，大抵主于敛华就实。凡国家制度、郡邑掌故、天文仪象、河漕兵农之属，莫不穷原究委，考证得失。"（《清史稿·列传二百六十八》）他倡导经世，重视实证，治学一以"六经之指、当世之务"③为鹄的，意在"明学术，正人心，拨乱世，以兴太平之事。"④ 他评价自己治学和著作时说："君子之为学，以明道也，以救世也。徒以诗文而已，所谓'雕虫篆刻'，亦何益哉！某自五十以后，笃志经史，其于音学深有所得。今为《五书》以续《三百篇》以来久绝之传，而别著《日知录》，上篇《经术》，中篇《治道》，下篇《博闻》，共三十余卷。有王者起，将以见诸行事，以跻斯世于治古之隆，而未敢为今人道也。"⑤ 于学术之中，寓经世之意。

　　顾炎武毕生的精力在于学术，作诗仅是余事；其诗以质实深厚为特征，体现出学人治学严谨的特征。卓尔堪说："（炎武）昆山名儒，识

　　① 凌凤翔：《初学集序》，载《钱牧斋全集》第三册，上海古籍出版社 2003 年版，第2229—2230 页。

　　② 朱则杰：《清诗史》，江苏古籍出版社 2000 年版，第 54—55 页。

　　③ 顾炎武：《与人书三》，载《亭林文集》卷 4，中华书局 1983 年版，第 91 页。

　　④ 顾炎武：《初刻〈日知录〉自序》，载《亭林文集》卷 2，中华书局 1983 年版，第 27 页。

　　⑤ 顾炎武：《与人书二十五》，载《亭林文集》卷 4，中华书局 1983 年版，第 98 页。

高学博，有不屑屑章句之志。"（《遗民诗》卷五）沈德潜说："宁人肆
其余力于学，自天文地理，古今治乱之迹，以及金石铭碣，音韵字画，
无不穷极根柢。韵语其余事也，然词必己出，事必精当，风霜之气，松
柏之质，两者兼有。就诗品论，亦不肯作第二流人。"① 潘德舆说："亭
林作诗不如道园之富，然字字皆实，此修辞立诚之旨也。"② 朱庭珍称
赞他作诗用事用典，勘酌分寸，"用典征书，悉具天工，有神无迹，如
镜花水月矣，……非好学深思之士，心细如发者，断不能树极清之诗
骨，提极灵之诗笔，驱役典籍，从心所欲，无不入妙也"③。顾炎武之
诗，体现了学人之诗的本色。

1. 以经史之学入诗

顾炎武平生致力于经史学，吴宓说他"经史之学，要就平日养成，
积之既多，到时自然奔赴。于是经义史事，遂与我今时今地之事实感情
融合为一，然后入之辞藻，见于诗章"④。

在经学中，顾炎武之以《易》理入诗为最多，盖借《易》理最便
于阐发反清复明之思想。如《书女娲庙》："如冬复如春，日月如更旦。
剥复相乘除，包牺肇爻象。不见风陵之堆高突兀，没入河中寻复出，天
回地转无多日。"（《亭林诗集》卷 4）这里用了"复"卦喻明重兴，
"剥"卦喻清衰亡，"剥复相乘除"之理，充分表达全诗之主旨。《赠路
舍人泽溥》："明夷犹未融，善保艰贞利"（《亭林诗集》卷 2），"明
夷"，离下坤上，离为日，代表明；坤为地，代表暗。"明入地中"，即
时处暂时的黑暗。《永夜》："当时多少金兰友，此际心期未许同"（《亭
林诗集》卷 3），则用了孔子在《系辞传》中对"同人"卦的解说，
"同人"，离下乾上，内卦由同而异，外卦由异而同，诗意谓在一定条
件下，同也可变为异，在清王朝的高压和博学鸿词科的招抚下，一些当
时的"金兰友"，此际却"心期未许同"了。

---

① 沈德潜：《明诗别裁集》卷 11，中华书局 1975 年版，第 128 页。

② 潘德舆：《养一斋诗话》卷 3，载《清诗话续编》，上海古籍出版社 1983 年版，第 2044 页。

③ 朱庭珍：《筱园诗话》卷 3，载《清诗话续编》，上海古籍出版社 1983 年版，第 2381 页。

④ 吴宓：《空轩诗话》，载《民国诗话丛编》第六册，上海书店 2002 年版，第 22 页。

他的诗歌寓今事于史事，多方面反映了明王朝败亡和清入关的这场战争，"既光国诗，尤裨史乘"①。著名的《感事》（之六）就写出了当时的战斗形势："传闻阿骨打，今已入燕山。竁幕诸陵下，狼烟六郡间。边军严不发，驿使去空还。一上江楼望，黄河是玉关。"（《亭林诗集》卷 1）借历史上的人物赞扬了明代遗民志节耿介之士，如《又酬傅处士次韵》："清切频吹越石笳，穷愁犹驾阮生车。时当汉腊遗臣祭，义激韩雠旧相家。"（《亭林诗集》卷 4）以刘琨、阮籍赞扬了傅山高尚的气节，以陈咸的不忘汉腊和张良的义报韩仇，比傅山的不忘明室。

2. 以名物考据入诗

顾炎武是清代金石考据学开创者，他的诗集中有多篇专述金石考据的学问诗。如《浯溪碑歌》（《亭林诗集》卷 1）追述了湖南祁阳县内《大唐中兴颂》摩崖石刻的缘起。《井中心史歌》（《亭林诗集》卷 6）记述了宋末郑思肖《心史》的发现和保存；再如《齐祭器行》（《亭林诗集》卷 5）追溯了清初临淄发地所得古祭器的渊源。顾炎武以考据入诗不同于乾嘉考据诗，其目的并不在于以诗述考据之学，而是"当桑海之世变，怀夷夏之严防"②，追怀华夏文明，有防夷变夏之虞。

3. 以地志学入诗

顾炎武的地志学著述非常丰厚，也显示出他追念前朝、规复大计之旨。如《孝陵图》（《亭林诗集》卷 2），"念山陵一代典故，以革除之事，《实录》、《会典》并无纪述"，实为补《实录》等书之缺。诗歌详述了明孝陵的地理方位、结构布局、陵宇名物。再如《劳山歌》（《亭林诗集》卷 3）叙述了劳山的地理方位、地貌景观、传闻轶事、独特的地域价值。其他如《潼关》（《亭林诗集》卷 4）、《华山》（《亭林诗集》卷 4）、《骊山行》（《亭林诗集》卷 4）等诗中把地舆、历史、景观有机地融合起来。

顾炎武学通多门，他诗集中还有许多诗篇显示了他其他方面的学术思想。因篇幅所限，不展开讨论了。

4. 诗歌中体现出学人严谨的学术精神

① 吕效祖：《吴宓诗及其诗话》，陕西人民出版社 1992 年版，第 6 页。
② 缪钺：《诗词散论》，陕西师范大学出版社 2008 年版，第 78 页。

　　顾炎武诗歌中的用典用事可以"精切谨严"论之，这是他严谨的治学精神在诗歌创作中的体现。这也是学人之诗与诗人之诗不同的地方，如后七子李攀龙"经义寡稽"，因而其诗往往"援据失当"①，而顾炎武是经学家，"读书多而心思细"②，尤熟于史，因而"用典使事，最精确切当"③。朱彝尊《静志居诗话》卷二二说他的诗"诗无长语，事必精当，词必古雅"，"诗无长语"就是没有废话，不辞浮于意。因为他诗中的故实、用典及用语，多出自正史，所以能"事必精当，词必古雅"。他用典字无虚发，句句落实，朱庭珍说他"使事运典，确切不移，分寸悉合，可谓精当"，"顾宁人……读书多而心细，（用典）则斟酌分寸"④。

　　如《延平使至》："万里干戈传御札，十行书字识天颜"（《亭林诗集》卷1），"十行书字识天颜"用《后汉书·循吏传》"（光武）一札十行，细书成文"，不但因光武和唐王朱聿键（立于福州，年号隆武）都是皇帝，可以相比，而且光武是汉代中兴令主，以比唐王，更寓兴复之意。又如《陈生芳绩，两尊人先后即世，适皆以三月十九日，追痛之作，词旨哀恻，依韵奉和》中的"祭祢不从王氏腊"（《亭林诗集》卷3），用典源于《后汉书·陈宠传》："宠曾祖父咸，成（帝）哀（帝）间以律令为尚书。及（王）莽篡位……父子相与归乡里，闭门不出入，犹用汉家祖腊。人问其故，咸曰：'我先人岂知王氏腊乎？'"陈芳绩和陈宠都姓陈，此其一；气节相同，此其二；以新莽比清，余分闰位，不承认其为正统，此其三；希望朱明后裔有如光武中兴者，此其四。再如《汾州祭吴炎、潘柽章二节士》中的"千秋仁义在吴潘"（《亭林诗集》卷4），用《宋书·孝义传》王韶之赠潘综、吴逵诗："仁义伊在？惟吴惟潘。……投死如归，淑问若兰！"潘综、吴逵皆吴兴乌程人，吴炎、潘柽章皆吴江人，此其一；潘综、吴逵以孝义著，吴炎、潘柽章以节义（民族气节）著，事虽不同，仁义则一，此其二；恰巧都是吴、潘同

　　① 钱谦益：《列朝诗集小传》丁集上，上海古籍出版社1983年版，第429页。
　　② 朱庭珍：《筱园诗话》卷2，载《清诗话续编》，上海古籍出版社1983年版，第2381页。
　　③ 同上书，第2351页。
　　④ 同上书，第2381页。

姓，此其三。

顾炎武不仅学问可当清学之祖，且作诗喜以学入诗，他的诗歌是典型的学人之诗。学人之诗首先必须是"诗"，然"诗"中又有"学"。这就要求学人之诗的创作主体必须"诗""学"兼顾，对学术和艺术有较强的协调融合能力。学者诗人不仅不能像一般的诗人那样崇尚感觉而排斥学问，相反还必须在两者激烈的矛盾中去寻求一种看似不可能的统一，所生成的则正是康德所谓"既思维又直观"的"理智直观"①，尽管"思维"与"直观"的统一是一般士人都难以处理得当的心智能力，但它们也有可能在特殊历史境遇中以及在特殊个体身上实现完美的统一。如果要在清初诗坛找这样的"特殊个体"，首选人物便是学者型诗人顾炎武。有论者把顾炎武与同时代的遗民诗人作过比较后说："惟顾炎武学余于诗，称心而言……在此数人中，当别有位置也。"②"清诗的一大特色，是学人之诗和诗人之诗的统一。这首先由顾炎武开其端。"③吴孟复先生认为在繁盛学术的影响下，有清一代诗歌的正宗应当是顾炎武④。清诗坛坫总体上是由学人来把持的，顾炎武无疑是坛坫最早的盟主。他的诗学观、对诗歌题材的开掘以及创作手法都为后来许多学者诗人继承和推扬。

第四节　开资书为诗风气的朱彝尊

朱彝尊字锡鬯，号竹垞，浙江秀水人。他"博识多闻，学有根柢，复与顾炎武、阎若璩颉颃上下"⑤。当时"王渔洋工诗而疏于文，汪苕文工文而疏于诗，阎百诗、毛西河工考记而诗文次乘，独先生兼擅其

---

①　［加］约翰·华特生：《康德哲学原著选读》，华中师范大学出版社2000年版，第57页。

②　汪辟疆：《汪辟疆说近代诗》，上海古籍出版社2001年版，第4页。

③　刘世南：《清诗流派史》，台湾文津出版社1995年版，第168页。

④　参见吴孟复《别才非学最难凭——略谈清代的诗风与学风》，载《明清诗文论文集》，江苏古籍出版社1986年版，第17页。

⑤　纪昀等：《钦定四库全书总目》，中华书局1997年版（整理本），第1135页。

长"①。康熙曾赐"研经博物"四字给他。王士祯评他曰："独肆力古学，研究六艺之旨，于汉唐诸儒著述皆务穷其指归……所至丛祠荒冢，金石断缺之文莫不搜剔考证，与史传参互同异。"② 沈德潜评曰："竹垞先生生平好古，自经史子集及金石碑版，下至竹木虫鱼诸类无不一一考索。如《经义考》、《日下旧闻》、《诗综》、《词综》，其最著者。……顾宁人先生不肯多让人，亦以博雅称许之。"③

朱彝尊"于书无所不窥"（查慎行《曝书亭集》卷首），搜书、抄书、藏书成为他一生中最大的癖好，"凡天下有字之书，无弗披览"（潘耒《朱竹垞文集序》）。林昌彝说他是"大海回流入笔端"，"罗胸十万缃囊记"（《论本朝人诗一百五首》）。陈衍赞他："十六毕六经，颇识无尽藏。十七为骈文，馈贫索供张。廿二治许书，形义辨诸状。因知音韵学，千古受欺诳。卅五刑考工，算率核图样。《周官》并《戴记》，纤悉逮醴盎。《尚书》今古文，平议敢孟浪。经余乃治史，本末纪最当。书局晚随身，方志修实创。"④

朱彝尊学问广博，对经学、史学、地舆学、目录学、金石学尤有深入的研究，作诗也经常援学入诗。翁方纲说："竹垞学最博，全以博学入诗。"（《评渔洋精华录》）钱锺书《谈艺录》说："竹垞记诵综赅，枕箧经史，驱遣载籍，自是本色"，"旁搜远绍，取精用宏，与二李之不读唐后书，谢四溟之高谈作诗如煮无米粥，区以别矣。其菲薄沧浪，亦犹此志。盖纯乎学人之诗，斯所以号'贪多'欤！"⑤ 他资书以为诗主要表现在三个方面，一是在表现对象方面，直接以学问为表现对象，也就是说诗歌表现的内容是学问的问题；其二是在抒情方式方面，用典故作为抒情手段；其三是在审美风格方面，通过对诗歌语言出处的选择有意造成某种审美风格。⑥

---

① 支伟成：《清代朴学大师列传》，岳麓书社 1998 年版，第 523 页。
② 王士祯：《竹垞文类序》，载《王士祯全集》第三册，齐鲁书社 2007 年版，第 1540 页。
③ 沈德潜：《国朝诗别裁集》，中华书局 1975 年版，第 204 页。
④ 钱仲联：《清诗纪事》，江苏古籍出版社 1987 年版，第 2710—2711 页。
⑤ 钱锺书：《谈艺录》（补订本），中华书局 1984 年版，第 108 页。
⑥ 张健：《清代诗学研究》，北京大学出版社 1999 年版，第 612—613 页。

1. 以诗述学

最能体现朱彝尊学人之诗特色的是他的述学诗，如他的《斋中读书十二首》（《曝书亭集》卷21）简直是他《经义考》的诗化。第一首论《易》，批判陈抟和邵雍的先天河图说。第二首仍论《易》，批判周敦颐的太极图说。第三首论《书》，批判宋儒的排抵小序。第四首仍论《书》，批判邵雍的《皇极经世书》。第五首论《诗》，批判王柏的《诗疑》。第六首仍论《诗》，赞成吕祖谦对"思无邪"的解释，而不同意朱熹的"淫奔之诗"说。第七首论《春秋》，批判胡安国的《春秋传》，甚至说胡氏由秦桧荐引，因而也反对抗金，惟知偷安。第八首论《论语》，着重指出明代不应据《论语》之言而罢公伯寮从祀。第九首论郑玄不当罢从祀。第十首论经传的注疏家简要。只有第十一、十二两首是论诗歌创作的。这一组诗作于七十六岁时，可算是他一生学术思想的总结。

2. 用典用事广博而僻奥

朱彝尊的诗歌喜欢大量堆垛掌故，正如朱庭珍所说："朱竹垞诗，书卷淹博……往往贪多务博，散漫驰骤，无归宿处，有类游骑矣。"①

他的《谒广陵侯庙》、《固陵怀古》、《鉴湖》、《雨坐文昌阁》、《风怀二百韵》等等，均典故迭出，而且他驱遣典故，分寸切合，真称得上"寓典则于文从字顺之中，阖辟卷舒，妥贴排舁"②，"句酌字斟，务归典雅……且无微不臻"（查慎行《曝书亭集序》）。如《雨中陈三岛过偕饮酒楼兼示徐晟》："却话平生同调人，吹篪击筑皆知己。皋桥桥西多酒楼，妖姬十五楼上头。百钱一斗饮未足，半醉典我青羔裘。坐中临觞忽不语，南州孺子高阳侣。同是东西南北人，明朝酒尽归何处？"（《曝书亭集》卷4）"吹篪"说的是伍子胥，《史记》卷七九载他曾"膝行蒲伏，稽首肉袒，鼓腹吹篪，乞食于吴市"。"击筑"说的是高渐离，《史记》卷八六载："酒酣以往，高渐离击筑，荆轲和而歌于市中，相乐也。已而相泣，旁若无人者。""南州孺子"本指东汉人徐孺子，他

①　朱庭珍：《筱园诗话》卷2，载《清诗话续编》，上海古籍出版社1983年版，第2357—2358页。

②　阮元：《两浙辅轩录》，载《续修四库全书》第1684册，第272页。

不满宦官专权，不肯出来做官，当时人称"南州高士"。"高阳侣"本指秦末高阳酒徒郦食其。据《史记》卷九七载他曾帮助刘邦不费一兵一卒，得"七十余城"。诗中用伍子胥、荆轲、高渐离、徐孺子、郦食其作比，暗指自己和陈三岛隐于风尘之中而胸怀大志，甘为南明政权出谋划策。

朱彝尊喜欢用僻典偏学入诗，以致博学的士人一时也摸不着来历出处，王士禛曾说："昔见朱竹垞检讨诗云：'捉卧瓮人选新格'，初不解。及观《通志》，有赵昌言捉卧瓮人格，及采珠局格、旋棋格、金龙戏水格等名，始悟所语。"① 林昌彝说："（竹垞有）《赠河南周栎园先生亮工长排二十韵》，句有'万牛杜陵镵，五鹘曲端军'。上句易晓，下句检《宋史》曲端本传及各传志，不详所谓。后见《齐东野语》，方知出典。……竹垞先生读书多，造句雅，诗之隶事，神妙如此。"（《海天琴思录》卷二）以王士禛、林昌彝之博学，对朱彝尊诗歌尚且"不解"、"不晓所谓"，可见其用典之僻。

如他的《和田郎中雯移居韵》："布衾不睡我亦尔，牵牛独处笑匏娲"（《曝书亭集》卷 10），用曹植《洛神赋》的"叹匏瓜之无匹兮，咏牵牛之独处"，却因王献之十三行帖"匏瓜"作"匏娲"，朱氏此诗乃特如此写。又如《鸳湖櫂歌》有云："留客最怜乡味好，屠坟秋鸟马嗥鱼。"（《曝书亭集》卷 9）自注："闽人卓成大，元末侨居甓川马嗥城，殆即《水经注》所云'马窨城也，鱼可为腊'云云。今人写作'马交'，或写'马胶'，皆以未知'马嗥'出处而误。"

3. 选词用字讲求来历

朱彝尊作诗还力求做到无一字无来历，如林昌彝说他的《论画和宋中丞》十二首之十云："先子韶年写云壑，当时心折董尚书。后来舍弟亦能画，可惜都无片纸储。"（《曝书亭集》卷 16）或疑"舍弟"、"片纸"入诗不典，却不知朱彝尊用此字词均有来历，《能改斋漫录》："兄称弟曰舍弟，亦有所本。魏文帝与钟繇书曰：'是以令舍弟子建因荀仲茂时从容喻鄙旨。'"此"舍弟"二字有来历也。苏轼有句云"只字片

---

① 王士禛：《池北偶谈·谈异》卷 23，载《王士禛全集》第五卷，齐鲁书社 2007 年版，第 3399 页。

纸皆收藏"，此"片纸"二字有来历也。（林昌彝《海天琴思续录》卷五）再如他的《来青轩》："天书稠迭此山亭，往事犹传翠辇经。莫倚危栏频北望，十三陵树几曾青？"（《曝书亭集》卷8）"翠辇"、"危栏"、"北望"等皆有来历，"翠辇"指饰有翠羽的皇帝所乘之车，如唐太宗《过旧宅》："新丰停翠辇，谯邑驻鸣笳。""危栏"、"北望"则来自李商隐《北楼》"此楼堪北望，轻命倚危栏"之句。他喜欢仿古，大量运用汉魏六朝及唐人的语汇甚至句式，以求得醇雅的风格，如他的《晋祠唐太宗碑亭题壁》："步屧深林晓，春池赏不稀。文章千古事，社稷一戎衣。野日荒荒白，悲风稍稍飞。无由睹雄略，寥落壮心违。"（《曝书亭集》卷9）此诗全用杜诗原句，切人切事，语无漫设，浑成自然，天衣无缝。

朱彝尊力批评晚明诗坛空疏不学，"自明万历以来，公安袁无学兄弟，矫嘉靖七子之弊，意主香山、眉山，降而杨、陆，其辞与志，未大有害也。景陵钟氏、谭氏从而甚之，专以空疏浅薄诡谲是尚。便于新学小生操奇觚者，不必读书识字，斯害有不可言者矣。"[1] 强调诗歌须本于学问，"诗篇虽小技，其源本经史。必也储万卷，始足供驱使。别材非关学，严叟不晓事。顾令空疏人，著录多弟子。"（《斋中读书十二首》，《曝书亭集》卷21）与顾炎武的诗歌相比，顾诗有学人之诗之大气，朱诗有学人之诗的玄博；与王士禛的诗歌相比，王士禛的诗以才胜，朱诗以学胜。王士禛认为诗歌中学问与性情并重，朱彝尊却把学问置于兴会之上，学问成为其诗歌主要的价值取向。刘世南说："以学问为诗，朱氏自然不是始作俑者，但他援宋人之说而变本加厉，贻误后人，却是不得辞其责的。"[2] 又说："回溯一下，资书以为诗，在中国古代诗坛上，真是源远流长。从六朝的'文章殆同书钞'到唐代刘禹锡的不敢题糕，李商隐的獭祭，到宋人的'杜诗韩文无一字无出处'到朱彝尊的'根柢考据'，影响到后代人以数典（尤其是僻典）为能事，愈演愈烈。"[3]

---

① 朱彝尊：《胡永叔诗序》，载《曝书亭集》卷39，《传世藏书》集部12，海南国际新闻出版中心1996年版，第222页。
② 刘世南：《清诗流派史》，文津出版社1995年版，第195页。
③ 同上书，第196页。

　　朱彝尊属不属于浙派，学界大有争论，但朱彝尊对浙派诗人的影响是客观存在的，他强调学力，"直开了主宋诗的浙派以及肌理派的理论先河"①。乾隆年间吴树虚序浙派诗人翟灏《无不宜斋稿》云："吾浙国初衍云间派，尚榜王、李门户。秀水朱太史竹垞出，尚根柢考据，擅词藻而骋謦欬，士大夫咸宗之。俭腹咨嗟之吟，摈弃不取，风云月露之句，薄而不为，浙诗为之大变。"②诚所谓："竹垞一灯，流衍之远，持择之精，几如唐之韩门，非他人所能比并。"（朱祖谋序金蓉镜《滮湖遗老集》）浙派诗越往后越重视学问，无疑受朱彝尊"诗篇虽小技，其源本经史"的影响。朱彝尊开启了浙派乃至清代宗宋诗派资书为诗的风气。

第五节　喜冷僻琐碎书料的厉鹗

　　厉鹗字太鸿，号樊榭，浙江钱塘人。《四库全书总目》说厉鄂生平博览群书，"于宋事最为博洽"③。沈德潜《国朝诗别裁集》中说他"学问淹洽，尤熟精两宋典实，人无敢难者"④。王昶《蒲褐山房诗话》说他"性情孤峭，义不苟合。读书搜奇爱博，钩新摘异，尤熟于宋、元以来丛书稗说"⑤。

　　厉鹗与其他学人不同的是他用力于诗，做学问也仍着眼于诗，"（厉鹗）始学为诗，即有佳句。于书无所不窥，所得皆用于诗，故时多异闻轶事。内阁学士李绂典浙江试，闱中得鹗卷，阅其谢表，曰：'此必诗人。'亟录之。计偕至京，尤以诗见赏于侍郎汤右曾。"（《清史列传》卷71）其诗作主要收集在《樊榭山房集》中。

　　厉鹗学人之诗的特征主要表现在以下几个方面：

---

　　①　张健：《清代诗学研究》，北京大学出版社1999年版，第480页。

　　②　翟灏：《无不宜斋未定稿》，载《续修四库全书》第1441册，上海古籍出版社2002年版，第259页。

　　③　纪昀等：《钦定四库全书总目》，中华书局1997年版（整理本），第1505页。

　　④　沈德潜：《清诗别裁》第三册，台湾商务印书馆1978年版，第172页。

　　⑤　王昶：《湖海诗传》卷1，商务印书馆1958年版，第17页。

1. 喜用宋典宋事

厉鹗诗歌多用典用事，大半为前人未用之僻事僻典。他力求"辞必未经人道"，刻意避免"大路货"而偏取那些世所稀见的冷僻典故。他"清疏窈眇之思，其博奥足以副之，自诸子百家杂出于神林鬼冢金石可喜可异之事，能令读者荡心震目"①。

厉鹗精熟宋事，其著述大都与宋代有关，他可能是清代读宋人笔记最多的人，故诗歌尤喜用宋人轶闻僻典。经史之典和唐以前典，前人和当时人常用之，厉鹗则少用；宋典时人用得少，厉鹗则多用。他作诗时宋事宋典顺手拈来，陆廷枢评他说："厉樊榭之沉博，而其神理若专熟南宋事者，亦平日精诣所到，流露于不自知也。"（《复初斋诗集·序》）如《九里松至西山道中同金寿门、周少穆、王雪子作》："高冢多风松落子，空田无雪稻生孙。"（《樊榭山房集》卷1）"稻生孙"出宋人叶真《坦斋笔衡》，谓米芾秋日登楼宴集，见已刈之稻田有禾，青青可爱，亟呼老农问之，农曰："稻孙也。稻已刈，得雨复抽余穗，故稚色如此。"米芾喜，因以"稻孙"名其楼。《吴长公自梁溪移家来杭，用沈陶庵题石田有竹庄韵奉简》："裁花更辟三三径，煮茗休寻二二泉。"（《樊榭山房集》续集卷8）自注："《鹤林玉露》：周益公访杨诚斋于南溪，诗云：'回环自辟三三经。'尤扤《万柳溪边旧话》：兵侍公棐，于许舍山中凿地得泉，不异二泉，名之曰二二泉。泉盖在梁溪也。"

上引的"稻孙"、"二二泉"之类，出处尚不甚僻，字面亦不甚怪，即使不明出处，亦大致可解，在厉鹗诗中属于生新而不伤于僻涩之例。至如下述典故，可就不免遭人讥评了。

《南归夜行赵北口同范希声作》："参差人语知异方，作事五角与六张。"（《樊榭山房集》卷3）"五角六张"出自宋人马永卿笔记《嫩真子》："五角六张，此古语也。谓五日遇角宿，六日遇张宿，此两日作事多不成。"

《二月三日同少穆、竹田诸君集湖上题酒楼壁》："鱼羹宋嫂犹遗俗。"（《樊榭山房集》续集卷4）"宋嫂"出宋人袁褧著《枫窗小牍》：

---

①　杨钟羲：《雪桥诗话》三集卷五，载《近代中国史料丛刊续辑》第240册，文海书社1984年影印本，第629页。

"旧京工伎，固多奇妙，即烹盘案，亦复擅名。若南迁湖上鱼羹宋五嫂、羊肉李七儿，奶房王家、血肚羹宋小巴之类，皆当行不数者。"

"五角六张"虽然《嫩真子》称之为古语，然而用者甚少，一般工具书查不到。至于"鱼羹宋嫂"之类地方掌故，也许只有参与编纂《西湖志》的厉鹗等少数人才知道。厉鹗用如此僻涩典故，是遭人诟病的一个重要方面。他诗中自注生僻典故者甚多，以此来弥补用生僻典故造成的不足，但显然是无法完全弥补的。

方南堂在他的《辍锻录》中说："近有作者，谓《六经》、《史》、《汉》皆糟粕陈言，鄙三唐名家为熟烂习套，别有师传，另成语句，取宋、元人小说部书世所不流传者，用为枕中秘宝，采其事实，摭其词华，迁就勉强以用之，诗成多不可解。令其自为疏说，则皆逐句成文，无一意贯三语者，无一气贯三语者。乃侗然自以为博奥奇古，此真大道之波旬，万难医药者也。"① 不知他是否是针对厉鹗而发，但厉鹗的诗却正有方氏所说的缺点。沈德潜说："然近代人诗，似专读唐以后书矣。又或舍九经而征佛经，舍正史而搜稗史、小说；且但求新异，不顾理乖。淮雨别风，贻讥踬驳，不如布帛菽粟，常足厌心切理也。"② 批评的应该是厉鹗等浙派。

2. 遣词造句搜奇好异

厉鹗诗歌中多使用代字代词来取代事物通俗的名称。如《题嶰谷、半槎南庄七首·鸥滩》："待君秋雨余，同盟三品鸟。"（《樊榭山房集》续集卷5）"三品鸟"即鸥，出于陶谷《清异录》："隋宦者刘继迁得芙蓉鸥二十只以献，毛色如芙蓉，帝甚喜，置北海中，曰：'鸥字三品鸟，宜封碧海舍人。'"《首夏雨中即事》："平生闲却笼鹰手，自试隃糜写小诗。"（《樊榭山房集》卷1）"隃糜"本为地名，此处借指墨。汉代有隃糜县，故地即今陕西千阳县，其地产墨。汉制，尚书丞、郎，月赐赤管大笔一双，隃糜墨一丸。（《宋书·百官志》）其他诸如"桥"为"略彴"（《独游沧浪亭五首》其二，《樊榭山房集》卷五），"芋"为"蹲鸱"（《袚江在越州以竹火笼二枚见寄》，《樊榭山房集》卷四），

---

① 方南堂：《辍锻录》，载《清诗话续编》，上海古籍出版社1983年版，第1943页。
② 沈德潜：《说诗晬语》，载《清诗话》，上海古籍出版社1999年版，第553页。

"杜鹃"为"谢豹"（《清明日城东顾氏庄看花分得耕字》，《樊榭山房集》卷六），"瓶"为"军持"（《小雪初晴，访敬身于城南，同游梵天讲寺》，《樊榭山房集》卷八）等等，这些替代词新则新矣，却使初读者不知所云。

厉鹗诗歌中的遣词造句宗旨是求瘦硬以反软媚，求生涩以抑松滑，紧峭以制汗漫，奇崛以医腐熟。这是在博学基础上按其审美情趣对字句所作的一种筛选，他"总由胸有积书，是以语多隽味"①，这不是空疏浅滑的平庸诗人所能做得到的。

厉鹗论诗的文字不多，但大多针对明清诗坛的弊病而发，不乏真知灼见。他说："诗之有体，成于时代，关乎性情，真气之所存，非可以剽拟似，可以陶冶得也。"如何陶冶呢？他接着说："去卑而就高。避缛而趋洁，远流俗而向雅正。少陵所云'多师为师'，荆公所谓'博观约取'，皆于体是辨。众制既明，炉鞲自我，吸揽前修，独造意匠。又辅以积卷之富，而清能灵解，即具其中。盖合群作者之体而自有其体，然后诗之体可得而言也。"② 他把"多师为师"和"博观约取"作为陶冶诗歌性情的途径，方法主要是"积卷之富"，只有在采众家之长的基础上才能生化出自己的风格。

在《绿杉野屋集序》中他说：

> 故有读书而不能诗，未有能诗而不读书。夫栔，屋材也；书，诗材也。屋材富而㭉瘤桦桷，施之无所不宜；诗材富而意以为匠，神以为斤，则大篇短章均擅其胜。③

他把"书"作为诗歌题材最重要的来源，就像"㭉瘤桦桷"等建筑材料对造屋子的重要作用一样。

浙派先驱黄宗羲、查慎行等只是单纯强调学问对作诗的重要性，而

---

① 张维屏：《国朝诗人征略》卷22，中山大学出版社2004年版，第325页。
② 厉鹗：《查莲坡蔗塘未定稿序》，载《樊榭山房集·文集》卷3，上海商务印书馆1936年版，第460页。
③ 厉鹗：《绿杉野屋集序》，载《樊榭山房集·文集》卷3，上海商务印书馆1936年版，第466页。

厉鹗在这一点上过之而无所不及。他不只强调学问对作诗的重要性（重要到没有学问就无法作诗，就像没有建筑材料就无法盖房子一样），而且在学问的内涵上也大大扩展。黄宗羲强调的学问是"经史百家"，查慎行虽未明言，但他是治《周易》的专家，学问的内容大概也不出"经史"的范围。另一位对浙派诗学理论有较大影响的浙人朱彝尊的学问范围也是"经史"①。而厉鹗在《汪积山先生遗集序》中称赞友人之诗"群籍之精华经纬其中"，在学问的范围上由"经史百家"扩大到"群籍"，佛典、说部、山经、海志都在他涉猎的范围之中。

　　清代诗坛在康熙时期就出现了喜用僻典奇字的现象，这种诗风到了厉鹗时期越加厉害，他专学宋代小家，从小处把宗宋发展到了极端。②饾饤獭祭一时竟成风气，"浙人自厉太鸿、万循初后，乡人沾其余习，渐流为饾饤琐屑一派。康古、鱼门皆奉二子为正法眼藏"③。这虽为厉鹗之始料不及，但作为有清诗坛上此风的发起人，他不得辞其咎。

　　厉鹗后面的诗人在用事用典上要求新避熟不可能再超过他，且惩于步武厉鹗用冷僻典难免不露斧凿之迹，终是小名家耳④，于是便向第二个方向去发展，以专门之学入诗，特别是以乾嘉学人擅长的金石考据入诗，与厉鹗为诗之路大不相同。⑤翁方纲等人的学问诗最能代表厉鹗以后乾嘉诗坛学问化的另一个衍变方向。

第六节　化学入诗如盐入水的袁枚

　　在论袁枚的诗歌前，先说一下与他诗学主张和创作路径十分接近的黄宗羲与查慎行。

　　黄宗羲，字太冲，浙江余姚人。少受学于刘宗周。明亡，举义师谋

---

①　朱彝尊《斋中读书十二首》之十一中有"诗篇虽小技，其源本经史"。

②　参见朱则杰《清诗史》，江苏古籍出版社2000年版，第228页。

③　阮葵生：《茶余客话》卷11，中华书局1959年版，第301页。

④　参见黄曾樾《陈石遗先生谈艺录》，载《民国诗话丛编》（一），上海书店2002年版，第705页。

⑤　参见严迪昌《清诗史》，浙江古籍出版社2002年版，第873页。

匡复，终不成，奉母里门，毕力著述。李邺嗣说他"更以一身，上穷六经之源，下泛百氏之海，采二十一史之林，旁猎方技诸家之圃"①。上下古今，穿穴群言，自天官地志，九流百家之教，无不精研。

黄宗羲是位学者，然后才是诗人，诗歌对他来说是"余事"。阮元说他"经史冠乎昭代，诗其余事耳"②，徐世昌也说他"于学无所不通，诗其余事"③。

黄宗羲诗主性情，较少见他直接以学入诗，诗歌中的学问化倾向不明显。他的学问不在诗中发露。他说："读经史百家，则虽不见一诗，而诗在其中"④，"文必本之六经，始有根本，唯刘向、曾巩多引经语，至于韩、欧，融圣人之意而出之，不必用经，自然经术之文也。近见巨子，动将经文填塞，以希经术，去之远矣"⑤。他的诗歌也是融典籍而出之，不在诗中填书塞典，也许用朱庭珍《筱园诗话》中的话最好解释："大方家数非不能用此种故实字样，大方手笔非不能为此种姿态风趣，乃不屑用，并不屑为，不肯自贬气格，自抑骨力，遁入此种冷径别调耳。是小家卖弄狡狯伎俩，非名家之品也。"⑥ 黄宗羲的学问当进入诗歌创作活动时，就化为一种识力，一种对人生、社会意义的深层理解，在诗歌创作时，与现实生活相印证，变成作者内心诗情化的思考，然后表现在鲜明的艺术形象之中，这才能给读者以深刻的启迪。这正是黄宗羲的诗不同于清代其他学人之诗的地方。

查慎行字悔馀，浙江海宁人。他学问淹贯，幼年肆力于经史百家，及长，游黄宗羲之门，所学益进。深于经，尤邃于《易》，著有《周易玩辞集解》10卷，《易说》1卷，"其言皆明白笃实，足破外学附会之疑……其说经则大抵醇正而简明，在近时讲《易》之家特为可取焉"⑦。

────────────

　　① 李业嗣：《黄先生六十序》，载《杲堂文钞》卷3，《四库全书存目丛书》集部235册，第538页。
　　② 阮元：《重刻南雷文定跋》，载《定香亭笔谈》，中华书局1985年版，第162页。
　　③ 徐世昌：《晚晴簃诗汇诗话》，载《晚晴簃诗汇》卷11，北京出版社1996年版，第94页。
　　④ 黄宗羲：《南雷诗历题辞》，载《黄梨洲文集》卷2，《传世藏书》别集12，第81页。
　　⑤ 黄宗羲：《论文管见》，载《黄梨洲文集》卷9，《传世藏书》别集12，第295页。
　　⑥ 朱庭珍：《筱园诗话》卷2，载《清诗话续编》，上海古籍出版社1983年版，第2367页。
　　⑦ 纪昀等：《钦定四库全书总目》，中华书局1997年版（整理本），第62页。

　　查慎行的诗"平生所作，不下万首"（许汝霖《敬业堂诗集序》）。《四库全书总目提要》中说："明人喜称唐诗，自国朝康熙初年，窠臼渐深，往往厌而学宋，然粗直之病亦生焉。得宋人之长而不染其弊，数十年来，固当为慎行屈一指也。"[1]

　　查慎行少以学问入诗，但他强调读书积学，以学问培养诗力，可以看作是对宗羲诗学的继承。他在《酬别许旸谷》中说："天资必从学力到，拱把桐椅视培养"，"闭门更读书十年，尚翼成章附吾党"（《敬业堂诗集》卷11）。在《题项霜田读书秋树根图》中说："文成有韵或吞剥，事出无据徒捎撍"（《敬业堂诗集》卷19）。在《题项霜田读书秋树根图》中说："向来正得读书力，闭门万卷曾沉酣"（《敬业堂诗集》卷19）。他认为"诗之为道，虽发于性情，而授受渊源，必推所自学之贵有本也"[2]，主张以学力滋养天资，读书以培根固本，反对空疏的学风，嘲笑七子"文成有韵或吞剥，事出无据徒捎撍"（《题项霜田读书秋树根图》），空疏不学，游谈无根。

　　查慎行虽以读书力倡于同道之间，作诗时却不卖弄学问。他只把学问当作诗人所必须具备的一种修养，在从事诗歌创作时，撇开了学问，以平易之语抒写性情。主张性灵的袁枚，特别欣赏他这一特色，他在《仿元遗山论诗》中云："他山书史腹便便，每到吟诗尽捐弃。一味白描神活现，画中谁似李龙眠？"[3] 把查比作北宋画家李公麟。同样的意见见于《随园诗话》卷八："查他山先生诗，以白描擅长；将诗比画，其宋之李伯时乎！"[4] 以白描论查慎行诗，不是袁枚，而恰是慎行自评，袁枚只是为拈出而已。《敬业堂诗续集》卷三《东木与楚望叠鱼字凡七章……》其二云：

　　　　插架徒然万卷余，只图遮眼不翻书。
　　　　诗成亦用白描法，免教人讥獭祭鱼。

---

　　① 纪昀等：《钦定四库全书总目》，中华书局1997年版（整理本），第2352页。
　　② 查慎行：《赵功千澬舫小稿序》，载《敬业堂文集》卷中，四库备要缩印本。
　　③ 袁枚：《仿元遗山论诗》，载郭绍虞等《万首论诗绝句》，人民文学出版社1991年版，第386页。
　　④ 袁枚：《随园诗话》卷8，江苏古籍出版社2000年版，第195页。

末注："来诗夸余藏书之富，故有此答。"

查慎行白描手法，实兼有二义：其一为摆脱书卷。赵翼在《瓯北诗话》卷 10 专论查慎行之诗说："初白好议论，而专用白描，则宜短节促调，以遒紧见工，乃古诗动千百言，而无典故驱驾，便似单薄。"[1] 查慎行作诗用白描手法使得他的诗歌往往篇幅较长，不喜欢用典，又使得他的诗歌缺乏文人韵士所喜的雅致和凝练，以致赵翼认为他的诗"惟书卷较少，故稍觉单薄"。这还是以学人的眼光和情趣来看待诗歌，其实这正是查慎行诗歌的特色。

历来以白描论查慎行之诗者，大概只注意到这一层意思，以为所谓白描，只是不卖弄学问，不堆砌典故而已。然而查慎行之白描，应该还有另一层意思，即不事文饰。《自题庐山纪游集后》云："诗成直述目所睹，老矣焉能事文饰。"《雨中发常熟回望虞山》：

> 钱生约看吾谷枫，轻装短棹来匆匆。
> 夕阳城西岚气紫，正值万树交青红。
> 天工似嫌秋太浓，变态一洗归空濛。
> 湖波蒸云作朝雨，用意不在丹黄中。
> 大痴殁后无传派，此段溪山复谁画？
> 老夫新句亦平平，要与诗家除粉绘。

可见查慎行白描的第二层意思：直述目睹，不事文饰；求天然趣韵，不要傅粉调朱。

查慎行诗歌总的特点是白描，他不喜欢在经史子集中到处挦扯而大量引学入诗，这是他同清代大部分作诗的学人不同的地方，他在诗歌创作时保留了"诗心"，不让学问掩抑了性情。他不是因学问苍白而使诗歌具有"伧气"，而是有意避免直接用学问来填充诗歌内容，用典故来代替情感的深度挖掘。

下面我们就来探究袁枚的"诗""学"思想和诗歌创作。

---

① 赵翼：《瓯北诗话》卷 10，载《清诗话续编》，上海古籍出版社 1983 年版，第 1314—1315 页。

袁枚字子才，浙江钱塘人，乾隆四年进士。他的著述主要是诗文类，有《随园诗话》16卷、《随园诗话补遗》10卷、《小仓山房文集》30卷、《小仓山房诗集》31卷、《小仓山房外集》7卷、《续同人集》13卷、《随园女弟子诗选》6卷、《袁家三妹合稿》3卷。此外他还有《随园随笔》28卷、《随园食单》1卷。

袁枚是乾嘉时期著名的诗人、诗论家，"性灵诗"派的巨擘，"诗名压倒九州人，文阵横扫千军强"①。由于袁枚诗主"性灵"，有人以为他是晚明公安派"性灵"说的继续，是"心灵无涯，搜之愈出"（袁中道《中郎先生全集序》）等师心而妄论在清代的翻版。（当然两"性灵说"有共通的地方，这里暂搁置不论）他针对清诗日益学问化所露出的弊端，剑走偏锋似的说"自《三百篇》至今日，凡诗之传者，都是性灵，不关堆垛"②，"诗有章节清脆如雪竹冰丝，非人间凡响，皆由天性使然，非关学问"（《随园诗话》卷9，《随园诗话》下简称《诗话》），又说"学荒翻得性灵诗"，"读书久觉诗思涩"（《诗话》卷3）。于是他一直受到"游戏浮滑"的非议，章学诚甚至对他一笔抹倒，"彼方视学问为仇雠，而益以胸怀之鄙俗，是质已丧而文无可附矣。斤斤争胜于言论之工，是鹦鹉、猩猩之效人语也。不必展卷而已知其诗无可录矣"③。诸多原因使袁枚成为清代诗坛遭人误解最多、偏见最深的人之一，他的"性灵"说似乎是主张空灵妙悟，别材别趣，不关学问；他好像是个专靠灵感和顿悟，偶得薄学的人物；"性灵派"仿佛是个肤廓浮滑、游学无根的诗派。

事实上袁枚非常重视诗歌与学问的关系，他"只是以性灵识力为主，学问为辅"④，他没有太多地强调"学"，但他绝对没有轻"学"。他对"诗"与"学"的关系有三个基本主张：一是力肯诗须有学，二是反对在诗中填书塞典，三是主张化学入诗。

① 惠龄：《寄祝随园先生八十寿》，载《随园八十寿言》卷2，《袁枚全集》（八），江苏古籍出版社1993年版，第28—29页。
② 袁枚：《随园诗话》卷5，江苏古籍出版社2000年版，第110页。本章节后面的内容对《随园诗话》的引用只在正文中注出卷数。
③ 章学诚著，叶瑛注：《文史通义校注》，中华书局1985年版，第569页。
④ 钱锺书：《谈艺录》（补订本），中华书局1984年版，第262页。

（一）诗须有学

袁枚自幼发愤刻苦，"七岁上学解吟哦，垂老灯窗墨尚磨"（《全集编成自题四绝句》，《小仓山房诗集》卷 24）。他少时嗜书如命，"少贫不能买书，然好之颇切。每去书肆，垂涎翻阅；若价贵不能得，夜辄形诸梦寐"，成年后，有了较好的经济条件，于是贮书满架，沉酣其中，"藏书三万卷，卷卷加丹黄。栽花一千枝，枝枝有色香"（《子才子歌示庄念农》，《小仓山房诗集》卷 15）。他惜时如金，兀兀穷年，唯恐老之将至，"掩卷吾已足，开卷吾乃忧。卷长白日短，如蚁观山丘。秉烛逢夜旦，读十记一不？更愁千秋后，书多将何休？吾欲为神仙，向天乞春秋。不愿玉液餐，不愿蓬莱游。人间有字处，读尽吾无求"（《读书二首》之一，《小仓山房诗集》卷 6）。他著述颇丰，见解精辟，"我自持冠来，著述穷晨昏。于诗兼唐宋，于文极汉唐。六经多创解，百氏有讨论"（《送嵇拙修大宗伯入都》，《小仓山房诗集》卷 20）。袁枚十九岁那年，浙江督学帅兰皋亲自考查他的古学，问他"'国马'、'公马'，何解？"袁枚对曰："出自《国语》，注自韦昭……。"帅兰皋又问："'国马'、'公马'之外，尚有'父马'，汝知之乎？"袁枚回答说："出《史记·平准书》。"帅兰皋又问："汝能对乎？"袁枚说"可对'母牛'。出《易经·说卦传》。"（《诗话》卷 12）帅兰皋不得不赞叹他广博的学问。

杨鸿烈《袁枚评传》中说他在文学、史学、政治经济学、法律学、教育学、民俗学、食物学等诸多领域中都有造诣。蔡尚思认为袁枚的重要思想体现于"哲学思想"、"美学思想"、"经济思想"、"政治思想"、"法律思想"、"史学思想"、"文学思想"、"教育思想"等八个方面，"袁枚之列于文学史中，称为诗人、文人，这未免太小看他了。他首先是思想家，而且是一位伟大的思想家，秦汉以后，实不多见。至于文学家、诗人，只是次要的。"[1]确实在传统之学中，除了他不感兴趣的禅学和金石考据之学稍逊外，他的学问是很富赡的。且看他二十八卷的

① 蔡尚思：《一位被冷落的大思想家——袁枚》，载《蔡尚思文集》，上海人民出版社 2001 年版，第 116 页。

《随园随笔》，内容十分广博，包罗丰富，涉及诸经、诸史、金石、职官、科第、典礼、政条、称谓、术数、天时地志、诗文著述等各个方面。也正因他的博学，他才敢指陈苏轼"天分高，学力浅"（《诗话》卷7），鄙薄袁宏道的文章"根柢浅薄，庞杂异端"①，讥笑清代诗文大家王士禛、方苞"一代正宗，而才力自薄"（《诗话》卷2）。

袁枚倡导多读书，重视学问，厚积薄发，作诗才能如行云流水，他认为："凡多读书，为诗家最要事。所以必须胸有万卷者，欲其助我神气耳。其隶事、不隶事，作诗者自知，读诗者亦不知。"（《诗话》补遗卷1）钱锺书曾指出人"只知随园所谓'天机凑合'，忘却随园所谓'学力成熟'"②。潘英、高岑在《国朝诗萃初集》中早就指出过这一点："先生（指袁枚）蚤岁知名，中年退隐，生平出处，卓有可观。聚书数万卷于小仓山房，吟诵不辍者四十余年。诗自汉魏以下，迄于本朝，无所不窥，亦无所全依傍。惊才绝艳，殊非株守绳墨者所能望其项背。"徐珂《清稗类钞》中载："袁子才自谓幼时记性不佳，故看书必加摘录，分门别类，以补健忘。阅时既久，积成卷帙，自备作诗文时之獭祭，或谈论时作中郎枕秘以欺人。然晚年于幼时事，辄能津津道之，盖凡有见闻，无不笔之于册，披书握笔，寒暑无间也。"③ 袁枚不愧是一位博学、勤学、苦学、善学的诗人。

袁枚论诗尚才重情，但并不因此而排斥书和学问，他绝代诗才与超众灵气离不开读万卷书的滋养。他反对的原是泯灭"天籁"（性灵）的那种"人工"（生吞死学），何曾主张过不要学识修养？他所说的"灵犀一点是吾师"以及"解用多为绝妙词"（《遣兴》其七，《小仓山房诗集》卷33）的功夫，毕竟还是从博览群籍、广取百家之长中得来的。他在《随园诗话》中说："人功未极，则天籁亦无因而至。虽云天籁，亦须从人功求之。"（《诗话》卷5）在《续诗品》"博习"中说："万卷山积，一篇吟成。诗之与书，有情无情。钟鼓非乐，舍之何鸣？易牙

---

① 袁枚：《答朱石君尚书》，载《小仓山房尺牍》卷9，《袁枚全集》（五），江苏古籍出版社1993年版，第182页。
② 钱锺书：《谈艺录》（补订本），中华书局1984年版，第205页。
③ 徐珂：《清稗类钞·文学类》，中华书局1986年版，第3877页。

善烹，先羞百牲。不从糟粕，安得精英？曰'不关学'，终非正声。"①
他认为书能启思，"求诗于书中，得诗于书外"（《诗话》卷3）；书能
医俗，"诗难其雅也，有学问而后雅；否则俚鄙率意矣"（《诗话》
卷7）；书能医涩，"医涩须多看古人之诗"（《诗话》卷4）。时人郭麐
曾有一段评论颇中肯綮："浙西诗家颇涉饾饤，随园出而独标性灵，天
下靡然从之，然未尝教人不读书也。余见其插架之书，无不丹黄一过。
《文选》、《唐文粹》，尤所服习，朱墨圈无虑数十遍，其用心如此。"②

　　袁枚不只是重学，更强调要博学，他肯定了杜甫"读书破万卷，下
笔如有神"的经验，认为作诗需博通经史之学，兼熟诸子百家，涉猎类
书小说。他说："学问之道，四子书如户牖，九经如厅堂，十七史如正
寝，杂史如东西两厢，注疏如枢阃，类书如厨柜，说部如庖湢井匽，诸
子百家文词如书舍花园。厅堂正寝，可以合宾。书舍花园，可以娱神。
今之博通经史而不能为诗者，犹之有厅堂大厦，而无园榭之乐也。能吟
诗词而不通经史者，犹之有园榭而无正屋高堂也。是皆不可偏废。"
（《诗话》卷10）他认为只有博览，方能博采众长，成为大家，否则只
守一家，终是孤陋寡闻，"文尊韩，诗尊杜：犹登山者必上泰山，泛水
者必朝东海也。然使空抱东海、泰山，而不知有天台、武夷之奇，潇
湘、镜湖之胜，则亦为泰山上一樵夫，海船上之舵工而已矣。学者当以
博览为工"（《诗话》卷10）。又说："专习一家，硁硁小哉！宜善相
之，多师为佳。"③他很不喜欢考据之学，但为了尽量扩展自己的学问，
他还是从事过考据之学，有论者提出："袁简斋大令亦有考据，究非专
家，故诗文造诣特深。"④

　　袁枚如此重视学问，博览群书，为什么反遭浮滑浅学的讥讽呢？又
是郭麐说得最好："承学者既乐其说之易，不复深造自得，迄今轻薄为
文者，又从而嗤点之，转相诟病，此少陵所谓汝曹者也。孙伯渊观察谓
余言：前辈何可轻议，今之訾随园诗者，果能过随园之学否？未敢遽信

---

①　袁枚：《续诗品》，《清诗话》，上海古籍出版社1999年版，第1029页。
②　郭麐：《灵芬馆诗话》卷8，载《续修四库全书》第1705册，第389页。
③　袁枚：《续诗品》"相题"，载《清诗话》，上海古籍出版社1999年版，第1030页。
④　袁枚：《袁枚全集·附录三》（八），江苏古籍出版社1993年版，第149页。

也。"① 性灵派后学者浅率轻学，世人颇深的成见，是袁枚遭嗤点最主要的原因。他本人从未轻学，只是针对乾嘉诗坛堆砌典故、以考据为诗、性情因"学问"而日益泯灭的不良诗风，下了一剂猛药，剂量有时可能是猛了点，但绝不是偏方怪方。

（二）反对在诗中填书塞典

袁枚倡导"性灵"说，强调诗人应具真情、诗才和个性，反对在诗中填书塞典。他认为诗歌以抒情达意为本色自足，用事用典总显讳饰做作，"余以为诗文之作意用笔，如美人之发肤巧笑，先天也；诗文之征文用典，如美人之衣裳首饰，后天也。至于腔调涂泽，则又是美人之裹足穿耳，其功更后矣"（《诗话》补遗卷6）。他指出填书塞典是乾嘉诗坛最大的毛病，"不料今之诗流，有三病焉：其一填书塞典，满纸死气，自矜淹博……"（《诗话》补遗卷3）

袁枚认为乾嘉诗坛填书塞典主要表现在三个方面：一是大量以考据入诗，二是诗中频繁用典，三是用僻典偏事入诗。

1. 袁枚不喜考据之学。他说："考据之学，枚心终不以为然……考史证经，都从故纸堆中得来。我所见之书，人亦能见；我所考之典，人亦能考。虽费尽气力，终是叠床架屋，老生常谈。……（考据之学），不过天生笨伯借此藏拙消闲则可耳，有识之士，断不为也。"② 又说："近日穷经者之病"，在于"以琐琐为功。"③ 他在《……戏仿太白嘲鲁儒一首》中写道："东逢一儒谈考据，西逢一儒谈考据。不图此学始东京，一丘之貉于今聚。《尧典》二字说万言，近君迷入公超雾。八寸策讹八十宗，遵明竭竭强分疏。或争《关雎》何人作，或指'明堂'建何处。考一日月必反唇，辩一郡名辄色怒。干卿底事漫纷纭，不死饥寒死章句？专数郢书燕说对，喜从牛角蜗宫赴。……男儿堂堂六尺躯，大笔如椽天所付。"（《小仓山房诗集》卷31）

① 郭麐：《灵芬馆诗话》卷8，载《续修四库全书》第1705册，第389页。
② 袁枚：《寄奇方伯》，载《小仓山房尺牍》卷7，《袁枚全集》（五），江苏古籍出版社1993年版，第149页。
③ 袁枚：《答惠定宇书》，载《小仓山房尺牍》，《袁枚全集》（五），江苏古籍出版社1993年版，第1529页。

他以相如之赋、杜甫之诗说明诗文创作当重意而不是重词，琐琐于考词究字，不观大略，苛求枝节，何能发挥作者才情，"鲸吞鳌掷杜甫诗，高文典册相如赋。岂肯身披腻颜袷，甘遂康成车后步！陈述何妨大略观，雄词必须自己铸。待至大业传千秋，自有腐儒替我注。或者收藏典籍多，亥豕鲁鱼未免误。招此辈来与一餐，锁向书仓管书蠹"（《……戏仿太白嘲鲁儒一首》，《小仓山房诗集》卷31）。又说："且勿论建安、大历、开府、参军，其经学如何；只问'关关雎鸠'、'采采卷耳'，是穷何经何注疏，得此不朽之作？陶诗独绝千古，而'读书不求甚解'，何不读此疏以解之？"（《诗话》补遗卷1）

袁枚反对乾嘉诗坛专以考据入诗有三点理由：

（1）诗本性情，以考据入诗，汨没性情。他说："近今诗教之坏，莫甚于以注夸高……一句七字，必小注十余行，令人舌绎口哤而不敢下手。于性情二字，几乎丧尽天良。"[1] 又说："梁昭明太子与湘东王书云：'夫六典、三礼，所施有地，有用有宜。未闻吟咏情性，反拟《内则》之篇；操笔写志，更摹《酒诰》之作。'迟迟春日'，翻学《归藏》；'湛湛江水'，竟同《大诰》。'此数言，振聋发聩，想当时必有迂儒曲士以经学谈诗者，故借此语以晓之。"（《诗话》补遗卷1）他还写了一首诗讥讽翁方纲等金石考据诗派："天涯有客号诗痴，误把钞书当作诗。乐到钟嵘《诗品》日，该他知道性灵时。"（《仿元遗山论诗》，《小仓山房诗集》卷27）

（2）诗文有别，以考据入诗歌，破坏了诗歌的审美特性，以诗歌代替学术散文做考据，终非诗之正道，"人有满腔书卷，无处张皇，当为考据之学，自成一家；其次，则骈体文，尽可铺排，何必借诗为卖弄？"（《诗话》卷5）又说："近见作诗者，全仗糟粕，琐碎零星，如剃僧发，如拆袜线，句句加注，是将诗当考据作矣。"（《诗话》卷5）他批评了翁方纲等人"教人作诗，必须穷经读注疏，然后落笔，诗乃可传"（《诗话》补遗卷1）的言论，更批评了他们"自诸经传疏，以及史传之考订、金石文字之爬梳，皆贯彻洋溢于其诗"（《复初斋诗集

---

① 袁枚：《答李少鹤书》，载《小仓山房尺牍》卷8，《袁枚全集》（五），江苏古籍出版社1993年版，第497页。

序》）的做法。

（3）考据之学与诗歌创作有质的不同，"考据之学，离诗最远"（《诗话》补遗卷2），"凡攻经学者，诗多晦滞"（《诗话》卷13）。考据家重思理，诗人重意兴，考据家用的是逻辑思维，诗人用的是形象思维。总的说来，考据之学对诗歌带来不利影响，他说："余尝考古官制，检搜群书，不过两月之久，偶作一诗，觉神思滞塞，亦欲于故纸堆中求之。方悟著作与考订两家，鸿沟界限，非亲历不知。"（《诗话》卷6）又举孙星衍为例说："余向读孙渊如诗，叹为奇才。后见近作，锋芒小颓。询其故，缘逃入考据之学故也。"（《诗话》卷16）又说："著作之文形而上，考据之学形而下。各有资性，两者断不能兼……考订数日，觉下笔无灵气。有所著作，惟捃摭是务，无能运深湛之思。"① 总而言之，"考据家不可与论诗"（《诗话》卷13）。

2. 袁枚反对频繁用典，以为妨碍了诗歌真情的表达。他说："诗生于心，而成于手；然以心运手则可，以手代心则不可。今之描诗者，东拉西扯，左支右捂，都从故纸堆来，不从性情流出，是以手代心也。"（《诗话》补遗卷4）又说："古人所谓诗言志，情生文，文生韵；此一定之理。今人好用典，是无志而言诗；好叠韵，是因韵而生文；好和韵，是因文而生情。"（《诗话》卷3）用典太多还会造成诗歌枯涩无味，失去艺术上的圆润，"填砌太多，嚼蜡无味"（《诗话》卷13）。他认为古来大家的文章从来就是以己之辞达己之意，不在其中填充学问，韩文杜诗"所以独绝千古，转妙在没来历……亦从不自注此句出何书，用何典。昌黎尤好生造字句，正难其自我作古，吐词为经"（《诗话》卷3）。他对清初标榜"神韵"的王士禛不无微辞，认为其诗最大的毛病在于用典太多，缺乏实实在在的真性情。他曾说过："阮亭（指王士禛）主修饰，不主性情，观其到一处必有诗，诗中必用典，可以想见其喜怒哀乐之不真矣。"（《诗话》卷3）

再者，诗歌中用典太多，注疏连篇，滞塞不畅而难显诗艺之美，必然会影响诗歌表达的连贯和气势，诗歌会因之少了灵气和情趣，"空诸

---

① 袁枚：《随园随笔序》，载《小仓山房续文集》卷28，《袁枚全集》（二），江苏古籍出版社1993年版，第497页。

一切，而后能以神气孤行；一涉笺注，趣便索然"（《诗话》卷7），
"诗有待于注，便非佳诗"（《诗话》卷4），"一字一句，自注来历，谓
之古董开店"（《诗话》卷5）。他批评陆奎勋、诸锦、汪师韩等人"经
学渊深，而诗多涩闷，所谓学人之诗，读之令人不欢"（《诗话》卷
4）。尤其是汪师韩的诗歌堆砌太甚，如他的"《蚊烟诗》十三韵，注至
八行，便是蚊类书，非蚊诗也……作诗何苦乃尔？"（《诗话》卷4）用
典过多，还会使诗歌旨意难睹，妨碍主题的表达，如同"博士卖驴，书
券三纸，不见'驴'字"（《诗话》卷3）。他举例说："近见某太史
《洛阳怀古》四首，将洛下故事，搜括无遗，竟有一首中，使事至七八
者。编凑拖沓，茫然不知作者在何处。"（《诗话》卷6）他还认为诗中
过多用典，也是无才的表现，"才有不足，征典求书"①。

3. 袁枚反对使用偏典偏事、饾饤琐碎入诗，因为这会使人看不懂，
诗歌就失去了创作的价值和意义，"用一僻典，如请生客"②。他批评厉
鹗等浙派好用僻典及零碎故事，廋词谜语，了无余味，直是"偷将冷字
骗商人"（《诗话》卷9），以致诗歌"专屏采色声音，钩考隐僻"③，
"捃摭琐碎，死气满纸"④。他反对在诗中押险韵长韵，争奇斗险，动不
动则使用叠韵、次韵，"次韵自系，叠韵无味"⑤，"好叠韵、次韵，刺
刺不休者，谓之村婆絮谈"（《诗话》卷5），"李、杜大家，不用僻韵；
非不能用，乃不屑用也"（《诗话》卷6）。他还批评了那些故弄玄虚，
在诗中使用别名代字夸耀学问的做法，"舍近今恒用之字，而借古字之
通用以相矜者，此文人之所以自文其略也"（《诗话》卷5）。

袁枚所说的填书塞典，主要是指诗中之学来自于类书、志书、韵
书，如果是自己广稽博览得来的学问而用之于诗，只要稳当，他并不反
对，他说："古无类书、志书、韵书，故《三都》、《两京》，各矜繁富，
今三书备矣，登时阑入，无所不可。过后自读，亦不省识；即识之，亦

① 袁枚：《续诗品》"葆真"，载《清诗话》，上海古籍出版社1999年版，第1032页。
② 袁枚：《续诗品》"选材"，载《清诗话》，上海古籍出版社1999年版，第1030页。
③ 袁枚：《万柘坡诗集跋》，载《小仓山房尺牍》卷10，《袁枚全集》（五），江苏古籍
出版社1993年版，第201页。
④ 袁枚：《答李少鹤书》，载《小仓山房尺牍》卷10，《袁枚全集》（五），江苏古籍出
版社1993年版，第170页。
⑤ 袁枚：《续诗品》"择韵"，载《清诗话》，上海古籍出版社1999年版，第1031页。

复何用。"① 指出班固、张衡等人以己之学入赋同后世以类书之学入诗,在价值上不能相提并论。

(三) 主张化学入诗

袁枚反对以学填诗,但并不一概反对以学入诗,他认为在诗中填书塞典是故意炫耀学问,堆砌掌故,搬弄奇字僻句。如果能化学入诗,不仅使诗歌学有根柢,且不会破坏诗歌的艺术之美。他认为化学入诗,一是入得当,二是入得巧。

入得当则"用典如陈设古玩,各有所宜:或宜堂,或宜室,或宜书舍,或宜山斋",如同"世家大族,夷庭高堂,不得已而随意横陈,愈昭名贵";入得不当,如同在诗中故意显露才学,无异于"暴富儿自夸其富,非所宜设而设之,置械睿于大门,高尊罍于卧寝:徒招人笑"(《诗话》卷6)。他还认为考据也可入诗,但要适量,且要切入得好,考据诗也是诗歌大家庭中的一员。他说:"考据之学,离诗最远;然诗中恰有考据题目,如《石鼓歌》、《铁券行》之类,不得不征文考典,以侈侈隆富为贵。但须一气呵成,有议论、波澜方妙,不可铢积寸累,徒作算博士也。其诗大概用七古方称,亦必置之于各卷中诸诗之后,以备一格。若放在卷首,以撑门面;则是张屏风、床榻于仪门之外,有贫儿骤富光景,转觉陋矣。"(《诗话》补遗卷2)袁枚认为以考据入诗忌铺排罗列、用笔平衍,而应述论结合,结构有起有伏;由于考据诗容量大,且以之述学,所以最好以七古处理;切忌诗集开篇就是考据诗,最好把它附翼在诗集末编,以示其非诗之正格。

入得巧则"用典如水中着盐,但知盐味,不见盐质"(《诗话》卷7)。以取意为上,切合为上,虽用了典,读之浑然不察,反觉雅致优美,方是用典妙境。袁枚的女弟子严蕊珠说道:"人但知先生之四六用典,而不知先生之诗用典乎。先生之诗,专主性灵,故运化成语,驱使百家,人习而不察,譬如盐在水中,食者但知盐味,不见有盐也。然非读破万卷,且细心者,不能指其出处。"(《诗话》补遗卷10)何绍基

---

① 袁枚:《答洪华峰书》,载《小仓山房续文集》卷19,《袁枚全集》(二),江苏古籍出版社1993年版,第337页。

赞美袁枚以考据入诗，巧妙地化为诗歌能自然容纳的内容，"词章考据辩斤斤，本共源流任合分。我有随园著书墨，研山香动小仓云"①。

袁枚认为化学入诗必须具备两个条件，一是"学"，二是"才"。"学"就是学问功底，"才"就是诗人选材运意的本领，只有两者皆备，才能"役使万书籍，不汩方寸灵"（《改诗》）。他说："人闲居时，不可一刻无古人；落笔时，不可一刻有古人。平居有古人，而学力方深；落笔无古人，而精神始出"（《诗话》卷10），强调的是"学"；"诗人无才不能役典籍、运心灵"②，"学士大夫破万卷，穷老尽气，而不能得其阃奥者"（《诗话》卷3），"书多而壅，膏乃灭灯"③，强调的是"才"。

袁枚认为乾嘉诗人痼症不在于贫学，而在于乏才，他说："酒肴百货，都存行肆中。一旦请客，不谋之行肆，而谋之于厨人。何也？以味非厨人不能为也。今人作诗，好填书籍，而不假炉锤，别取真味；是以行肆之物，享大宾矣。"（《诗话》卷6）他也正是以才气横溢的诗作力转乾嘉诗坛"饾饤书卷，死气满纸，了无性情"④ 的诗风。近人丘炜菱说："随园先生《小仓山房诗集》能言古人所未言，能达今人所欲言，是以语妙当时，而传后世。其不满于书庸亦以此。要知先生胸罗万卷，下笔有神，自兼众妙。今观集中典实诸题，一片灵光，流走贯注。若在他人为之，当不知如何使力矜词，死气满纸。"（《五百石洞天挥麈》）⑤

袁枚认为化学入诗最主要的方法就是融会贯通，师其意而不师其词，"余每作咏古、咏物诗，必将此题之书籍，无所不搜；及诗之成也，仍不用一典"（《诗话》卷1）。实事求是地说，他不是不用典，而是综百家之典而取其意（否则就不必做"必将此题之书籍，无所不搜"的

① 何绍基：《袁简斋杖乡图诗为少兰大令题》，载《何绍基诗文集》，岳麓书社1992年版，第310页。
② 袁枚：《蒋心余藏园诗序》，载《小仓山房续文集》卷28，《袁枚全集》（二），江苏古籍出版社1993年版，第489页。
③ 袁枚：《续诗品》，载《清诗话》，上海古籍出版社1999年版，第1030页。
④ 朱庭珍：《筱园诗话》卷2，载《清诗话续编》，上海古籍出版社1983年版，第2364页。
⑤ 袁枚：《袁枚全集·附录》（八），江苏古籍出版社1993年版，第22页。

无用功)。他又说"我有神灯,独照独知。不取亦取,虽师勿师"①,
"不取""勿师"就是不师其词,"虽师""亦取"就是师其意。

袁枚还认为化用要取其精华,弃其糟粕,"或问:'诗不贵典,何
以杜少陵有读破万卷之说?'不知'破'字与'有神'三字,全是教人
读书作文之法。盖破其卷,取其神,非囫囵用其糟粕也。蚕食桑而所吐
者丝,非桑也;蜂采花而所酿者蜜,非花也。读书如吃饭,善吃者长精
神,不善吃者生痰瘤"(《诗话》卷13)。要敢于推陈出新,"不学古
人,法无一可。竟似古人,何处著我? 字字古有,言言古无。吐故吸
新,其庶几乎! 孟学孔子,孔学周公。三人文章,颇不相同"②。同时
还要不断探索,积累经验,掌握化用的技能技巧,他认为初学诗者,
"正要他肯雕刻,方去费心;肯用典,方去读书",到轻车熟驾之时,
就能"用巧无斧凿痕,用典无填砌痕"(《诗话》卷6)。

(四) 袁枚力纠乾嘉诗坛之弊

袁枚的性灵诗学并不是否定学问对诗歌的根柢作用,他反对三种做
法:一是压抑个性,压抑真实情感的做法,主要的批评对象是沈德潜的
格调说;二是反对耽于考据,大量以考据入诗,主要的批评对象是翁方
纲等肌理派;三是反对以僻事偏典、琐碎之学入诗,主要的批评对象是
厉鹗等浙派诗人。这是他作为诗人,其"诗心"本能的警觉和抗争。
他是以诗人的眼光看待学问,认为考据入诗,以琐碎之学入诗,必然会
妨碍诗人创作时真情、个性、诗才的发挥。

"如果说诗史上曾经有过本来意义上的'专业'诗人,即以毕生心
力集注于诗的理论和实践,持之为唯一从事的文学文化事业的话,那么
袁枚就是这样的专业诗人和诗学理论家;而且,至少在清代他是唯一全
身心投入诗的事业者。"③ 袁枚并没有否定学问对诗歌的根柢作用,"由
随园之诗论言,实在并无主浮滑纤佻之旨"④。他的诗歌在一定程度上
扭转了乾嘉时代因考据学风而形成的板滞的诗风,体现出古典诗歌由清

---

① 袁枚:《续诗品》"尚识",载《清诗话》,上海古籍出版社1999年版,第1031页。
② 袁枚:《续诗品》"著我",载《清诗话》,上海古籍出版社1999年版,第1035页。
③ 严迪昌:《清诗史》,浙江古籍出版社2002年版,第731页。
④ 郭绍虞:《中国文学批评史》下册,百花文艺出版社1999年版,第535页。

中叶过分注重学问逐渐向晚清学问与性情并重过渡。以袁枚为代表的性灵派看似同清初以来通经汲古的主流诗坛相异，其实性灵派总体上并没有脱离清诗质厚重学的时代特征，只是清代前期主流诗坛为力挽晚明诗坛空疏不学更强调学问，性灵派为纠治清中叶乾嘉诗坛考据诗风更强调性情。因此，袁枚的诗歌不是清诗的变异，而恰好是这个茂盛园圃里敢于争春怒放的花朵。

第七节　把诗作成学术韵文体的翁方纲

　　翁方纲（1733—1818）字正三，一字忠叙，号覃溪，晚号苏斋，顺天大兴（今属北京市）人。

　　翁方纲作为乾嘉学者，经学功底自然深厚，但他学问擅长之处却在金石、谱录、书画、碑版、词章之学。张维屏云："覃溪先生精心汲古，宏览多闻，于金石、谱录、书画、碑版之学尤能剖析毫芒。"① 《续修四库全书总目提要》说他"精心汲古，博览多闻，于金石谱录书画词章之学，渊雅精审，所著《两汉金石记》直欲驾江文惠而上之"②。

　　翁方纲诗集有《复初斋诗集》66卷，共古今体诗5138首；《集外诗》24卷，又得2100余首。此外又有不少佚诗。清人诗作所存之多，或非翁方纲莫属。（沈津《翁方纲年谱序》）诗学著作有《石洲诗话》8卷、《苏诗补注》8卷、《小石帆著录》8卷。

　　翁方纲论诗主学。他说："所谓'诗有别才非关学'之语，亦是专为务博滞迹者偶下砭药之词，而非谓诗可废学也。须知此正是为善学者言，非为不学者言也。司空表圣《诗品》亦云'不着一字，尽得风流'，夫谓不著一字，正是函盖万有也，岂以空寂言邪？"③ 他赞扬黄庭坚会萃百家句律之长，究极历代体制之变，搜讨古书，穿穴异闻，作为

---

　　① 张维屏：《国朝诗人征略》，中山大学出版社2004年版，第501页。
　　② 中国科学院图书馆：《续修四库全书总目提要》第34卷，齐鲁书社1996年版，第561页。
　　③ 翁方纲：《神韵论下》，载《复初斋文集》卷8，《续修四库全书》第1455册，第425页。

古律，自成一家，虽只字半句不轻出，遂为宋朝诗家宗祖。① 赞扬"宋人之学，全在研理日精，观书日富，因而论事日密"，"皆从读书学古中来，所以不蹈袭唐人也"②。

翁方纲的诗歌创作体现出他的诗学思想，呈现出鲜明的学问化（学术化）特征。钱锺书先生在《谈艺录》中说："同光以前，最好以学入诗者惟翁覃溪。"③ 他的诗歌题材单一，多以金石考据书画之学入诗。张问陶批评翁方纲等人"文场酸涩可怜伤，训诂艰难考订忙"④，"何苦颟预书数语，不加笺注不分明"⑤。朱庭珍《筱园诗话》说："朱竹君、翁覃溪北方之雄，记问淹博。朱讲经学，不长诗文。翁以考据为诗，饾饤书卷，死气满纸，了无性情，最为可厌。"⑥ 洪亮吉《北江诗话》说"翁阁学方纲诗如博士解经，苦无心得"，并说"最喜客谈金石例，略嫌公少性情诗"⑦。林昌彝说："覃溪诗患填实，盖长于考据者，非不能诗，特不可以填实为诗耳。以填实为诗，考据之诗也。故诗有别才，必兼学识三者，方为大家……覃溪经学非其所长，至考订金石颇有可取。"⑧

张仲良说："清诗中也有一些卖弄才学的'学问诗'和掉书袋的'典故诗'，如翁方纲就把经史考据、金石的勘研等写入诗中，毫无形象和韵味可言，令人生厌。"⑨ 刘世南则说翁方纲等人的诗"皆经义策论之有韵者尔，非诗也"⑩，"既酸且腐，不成其为诗"⑪。像他们这样"以学为诗是完全违背诗的审美本质的"⑫。马亚中则说他忽视了"灵

---

① 翁方纲：《石洲诗话》卷4，载《清诗话续编》，上海古籍出版社1983年版，第1426页。

② 同上书，第1427页。

③ 钱锺书：《谈艺录》（补订本），中华书局1984年版，第178页。

④ 张问陶：《论文八首》，载《船山诗草》，中华书局1986年版，第230页。

⑤ 张问陶：《论诗十二绝句》，载《船山诗草》，中华书局1986年版，第262页。

⑥ 朱庭珍：《筱园诗话》卷2，载《清诗话续编》，上海古籍出版社1983年版，第2364页。

⑦ 洪亮吉：《北江诗话》卷1，人民文学出版社1983年版，第15页。

⑧ 钱仲联：《清诗纪事》，江苏古籍出版社1989年版，第5455页。

⑨ 张仲良：《清代诗歌的两大特点》，《江汉论坛》1987年第2期。

⑩ 刘世南：《清诗流派史》，文津出版社1995年版，第347—348页。

⑪ 同上书，第350页。

⑫ 同上书，第345页。

性"和"灵机"，创作的诗歌往往缺乏诗的情趣和生气，更有甚者则成为装死学问的口袋。①

从上述批评来看，翁方纲诗歌之弊主要表现在：一、以金石、考订、书画等为主题的诗歌太多，偏离诗歌抒情言志的常态；二、诗歌严重的散体化，体裁基本上是长韵古诗，缺乏诗歌应有的凝练；三、诗歌太质实板滞，缺乏诗人所应有的灵机和才情；四、由于诗歌学术性太强，不得不在诗歌中处处加注予以说明，以致破坏了诗歌的完整性和流畅性。

一、专门化的学问诗太多

翁方纲的诗大致可以分为三类：一类是记述作者宦海行踪、世态见闻或徜徉山水之作；二类是金石、古玩、碑版等学问诗；三是书画品题之作。这三类诗中，第一类披沙拣金，尚有佳作，第二类和第三类诗数量比起清代其他诗人尤多，在诗集中所占的比重特别大。例如《复初斋诗集》存诗5138首，据笔者统计，《复初斋诗集》中以题画、书帖、金石、古玩、碑版、古籍考订等为主题的诗歌有多达2900余首，差不多占了整个诗集的三分之二。

翁方纲对金石、碑版、古玩、书画"嗜好笃而发为性灵"②，他的诗体现出他嗜好太"笃"而性灵不足。如他的《唐泰山磨崖铭》：

> 完完岳色千字存，此拓二百年前论；神飞四千九百丈，手摸日观凌天门；鸾翔凤翥磴道表，俯照碧海黄河奔；宏农歌未兆得体，金轮拜洛坛已燔；不闻后妃与献礼，景云舞鹤登降烦；金绳玉检贞观议，乾封朝觐碑字昏；犹言礼备德施溥，告成之义垂后昆；绀珠记事张学士，定仪遂抗临漳源；黑龙既伏大弧利，白骡还等封树尊；升山执事官穰穰，陕右上党接太原；兵二十万五百里，金桥画本轩乾坤；当时精裡叩秘玉，意薄前代求仙言；四明狂客亦谲谏，

---

① 马亚中：《中国近代诗歌史》，台湾学生书局1992年版，第158页。
② 沈津：《翁方纲年谱序》，载《翁方纲年谱》，台湾"中研院"中国文哲研究所2002年版，第1页。

出牒受福于黎元；河东祈穀河北赐，青齐兖濮胥拜恩；四方治定岁
大稔，宜荐岳伯天帝孙；上帝之休祖考庆，若迷后稷歌姜嫄；又云
毖患微在位，何异惩鉴桃虫翻；使其守此弗逾越，颂美岂必嫌文
繁；八方雄杰去臃肿，四言典质追胚浑；欧理集古所未录，远思嫉
梦岱顶骞；摩挲七十有二代，古篆风雨长松根。（《复初斋诗集》
卷1）

诗歌记述了泰山唐摩崖的历史：开元十三年，唐玄宗为宣扬国力，
挑选各种颜色的马各一千匹，组织了浩浩荡荡的队伍来泰山，举行封禅
大典。封泰山神为天齐王，在大观峰下凿出巨大的摩崖石碑。碑文《纪
泰山铭》由玄宗亲自撰写，用隋唐风行的八分字体凿就于石崖之上，其
书浑厚苍劲，"若鸾凤翔于云烟之表"，碑铭典雅，遒逸婉润。碑文连
题目整整一千字，记述了封禅告祭之始末，申明封禅的目的是为苍生祈
福，铭赞高祖、太宗、高宗等先皇之功绩，表明自己实行三德（慈、
俭、谦）之诸言。这首诗篇幅不是很长，却流宕铺叙铭刻所关涉的唐代
人、事、军功等历史事件。其他如《九曜石歌》、《玉枕兰亭和象星
作》、《安南钟歌》、《观象台浑天仪歌》、《甘泉宫瓦歌为侯官林道山
赋》、《长毋相忘汉瓦歌》、《后九曜石歌》等皆融金石、碑帖、书画、
人事考证等内容于一体。

从翁方纲诗歌中的学术内容来看，是足可以显示他学力功底的。陶
凫芗曰："先生诗分两种，金石碑版之作，偏旁点画剖析入微，折衷至
当，品题书画之作，宗法时代，辨订精微。盖其学问既博，而才力又足
以副之，故能洋溢纵横，别开生面，不可谓非当代一大家也。"[1] 易宗
夔说他"精心汲古，宏览多闻，于金石、谱录、书画、词章之学，皆能
抉摘精审。所著《两汉金石记》剖析毫芒，皆贯澈洋溢于其中，盖真
能以学为诗者"[2]。翁方纲的诗歌是以学问为本，而不是以性情为本。
其诗歌创作多是洋洋学问的浸润，而不是情感的兴发。他的诗很大程度

① 钱仲联：《清诗事纪》，江苏古籍出版社1989年版，第5455—5457页。
② 易宗夔：《新世说》（文学类），载《近代中国史料丛刊》第180册，台湾文海出版社
1973年影印本，第117页。

上可看作是他学术著作的翻版。

二、诗歌严重散体化，多是长韵古诗

翁方纲诗集中的近体诗多用来写山水之趣或世情感悟，金石、谱录、书画、碑版等方面的诗歌基本上是古体长篇。近体的四句或八句之诗，既无此容量，又无此气势，容纳不了他的铺陈学问的泱莽情趣。古体长篇在他的诗集中特别多，这是其诗集不同于乾嘉其他诗人之处。

翁方纲铺叙学问的诗歌呈现出散文化的特征，把以文为诗推到了一种差不多脱离诗歌体裁的状态，成为一种有韵的散文体，诗中多用虚词，缺乏凝练性和跳跃性，诗句长短也不一，诗歌的齐整和节奏感很不明显，好像处在一种写学术文章的心境中来写诗歌。如他的《九曜石歌》：

> 九曜亭边九曜石，南汉刘龑故苑之遗迹。爱莲种莲事俱往，千载仙湖水犹碧。前秋访石因登亭，周遭顾盼疑列星。五日辄乘使车去，未得剜苔剔藓恣留停。古色摩挲入梦寐，巾箱仿佛图真形。一石圆顶如建瓴，危根下削漱清泠；一石四达如疏椒，旁有直干撑玲珑。树与石抱石转青，往往树皆过百龄。不独昔日太湖灵璧浮海至，影沙激浪增珑玲。崩云散雪那遽一一数，但觉嵌岩兀势欲凌沧溟。昨归经冬水初退，坐看家僮洗萍块。雨溜磨崖字尚存，泥淤仙掌痕还在。卢程许刻次第寻，陈九仙书竟晦昧。不知米家诗句刻何处，想在老榕巨根内。文藻同时有传否，亭沼何心叹兴废。九曜石，今日谁能识（音式）为九。一石独合三石成，此语闻又百年后。"药洲"两字亦是元章题，斜日苍烟但翘首。（《复初斋诗集》卷2）

"九曜亭边九曜石，南汉刘龑故苑之遗迹"，"树与石抱石转青，往往树皆过百龄"，"不知米家诗句刻何处，想在老榕巨根内"，"九曜石，今日谁能识为九。一石独合三石成，此语闻又百年后"，"'药洲'两字亦是元章题，斜日苍烟但翘首"，这些句子如果不是出现在诗集中，很难认同其为诗句。

三、诗歌质实板滞

翁方纲诗歌艺术风格的总体特征是"质实",也就是诗歌内容切实,对所要表达的事物只是客观地描述事物。没有联想、比拟、想象等创作手法,缺乏空灵、蕴藉、情趣等诗歌常有的审美特征。按现在的艺术心理学的话来说,主导诗歌创作主要是理性思维,而不是形象思维。写出来的诗只有"事境"没有"意境"。章学诚说:"近日学者风气征实太多,发挥太少,如桑蚕食叶而不能抽丝。"① 刘衍文说:"翁覃溪欲以肌理之质实救神韵之空疏,惜为诗板滞,而以考证金石为能,故洪北江讐之为'博士解经,苦无心得',世人遂亦皆以尘羹土饭视之。"②

也许"诗以道性情,至咏物则性情绌,咏物至金石则性情尤绌"③,翁方纲诗描写的对象金石碑版等的诗性精神、诗性审美的构成相对平板,也就决定了考据诗更多的是体现了一种学者性情,反映的是书斋内的学者情趣,遣词造句难免平板枯涩。但"诗心"强的学人写学问诗也不失诗性,如晚清著名诗人郑珍写过很多学问诗,然而他就"不同于翁方纲之流的'叶韵的考订文'……即使是最沉闷的题材,也有一股活气和亮色,有一种'盘盘之气,熊熊之光'"(白敦仁《巢经巢诗钞笺注前言》)。

翁方纲不只是金石碑版等考据诗写得质实板滞,其他题材的诗歌也体现出这一特点,如他的《韩文公手植橡树歌》:

　　韩公祠中韩公树,公昔手植山之阿。乃知此祠因树建,以志公所尝经过。树不知名或曰橡,其蒂成斗房成窠。苞苧苞栩岭外少,柞棫瑟彼神居那。棠思召公柏思葛,况乃教泽留菁莪。我来阶下肃拜罢,手量先自旁垂柯。其围三尺寸有二,高及丈有三尺多。孤生根自溜风雨,拔地气已蟠山河。谁知实堪皂色染,但见干作青铜

---

① 章学诚:《与汪龙庄书》,载《章氏遗书》卷9,吴兴刘氏嘉业堂同治元年刊本。
② 刘衍文:《雕虫诗话》卷1,载《民国诗话丛编》第六册,上海书店2002年版,第424页。
③ 程恩泽:《金石题咏汇编序》,载《程侍郎遗集》卷7,道光二十五年刻本。

磨。我笑郡人好傅会，以花盛衰卜甲科。祥征蕊榜自宋始，绍圣崇宁与宣和。岂知人亦公所植，加膏希光日切磋。言公之言行公行，但在自励非关它。濛濛绿雨晚来急，满城新阴垂婆娑。(《复初斋诗集》卷3)

这首诗与其说是诗，倒不如说是篇记叙加议论的小品文，写得过于平直，没有诗歌的意兴与灵巧。语言显得过于平实枯燥，像"韩公祠中韩公树，公昔手植山之阿。乃知此祠因树建，以志公所尝经过"，"其围三尺寸有二，高及丈有三尺多"，"言公之言行公行，但在自励非关它"，都没有诗歌语言应有的韵味。

四、诗中处处加序添注

翁方纲诗中加小注、序、引、跋的现象广泛存在着，旨在标明作诗的缘由、事境、故实、事与物的考证、文字训诂等。故诗中的小注、序、跋作考订的作用乃为阐明诗词主旨。《拱北楼刻漏歌》(《复初斋诗集》卷2)于诗名下作注135字介绍刻漏的位置、来历、形状、奇巧，颇似序文；《九曜石歌》(《复初斋诗集》卷2)"既歌之而跋于后"，诗仅254字，跋竟达1152字之多。该跋简介其位置、历史，随后便详细考证，悉录九曜石上面的字，并对内容释义、简评。

诗中夹杂着长短小注，诗名、字、词、句、篇皆作注，经常出现诗短注长的情况，确实破坏了诗歌形式上的整体性和流畅性，割断了诗歌表意的连贯性，显得支离破碎，有碍于诗歌阅读的整体美感。袁枚在《随园诗话》中批评说："人有满腔书卷，无处张皇，当为考据之学，自成一家。其次，则骈体文，尽可铺排，何必借诗为卖弄？……句句加注，是将诗当考据作矣。虑吾说之害之也，故续元遗山《论诗》，末一首云：'天涯有客号呤痴①，误反抄书当作诗。抄到钟嵘《诗品》日，

---

① 《颜氏家训·文章》云："但成学士，自足为人；必乏天才，勿强操笔。吾见世人，至于无才思，自谓清华，流布丑拙，亦以众矣，江南号为呤痴符"。"呤痴"即这里的"呤痴符"，是对那些本无天才又好操笔作诗夸耀于人的人的嘲讽，说他们的诗作不过是自献其丑的标签罢了。

该他知道性灵时。'"①

　　翁方纲以一代宗师的身份崛起于清代诗坛，高调标举诗歌与考据的关系，"考订训诂之事与词章之事未可判为二途"（《蛾术编序》），"为学必以考证为准，为诗必以肌理为准"②。"肌理"即义理，即诗中要把考据得来的学问道理阐发出来，试图探出一条以义理、考据入诗的路径。他在诗学中强调考据，欲以之来纠补晚明诗学中的空疏无根之弊。《神韵论·下》云："有明一代，徒以貌袭格调为事，无一人具真才实学之副之者。至我国朝，文治之光，乃全归于经术，是则造物精微之秘，衷诸实际，于斯时发泄之。"③ 在他生前身后形成了一个影响很大的考据诗派。

　　谢启昆是翁氏"入室弟子，笃信师说。……为诗不名一家，而详于咏史，足资后来考证"④。张埙从方纲游，喜考订金石书画。⑤ 翁树培，翁方纲之子，"诗多题咏书画金石之作。"⑥ 夏敬颜于"复初斋诗中屡有唱和，其诗派亦颇近覃溪"⑦。张廷济"诗多题咏金石书画，古藻新声，与覃溪伯仲"⑧。梁章钜"才学赡博，用笔生俏，喜选险韵，而能控制自如"⑨。吴重憙"诗派出于覃溪，论古诸篇赅洽醇雅，他作亦藻韵兼具，不愧学人之诗"⑩。特别是阮元，"题咏金石之作，不因考据伤格，兼覃溪之长而祛其弊，才大故也"⑪。而且这一诗派代有传人，流风未沫，影响很大。道、咸年间的程恩泽（程恩泽是翁氏的再传弟子）、郑珍、何绍基以及清末的李慈铭、沈曾植等人的诗歌创作，都受翁方纲的影响。近人袁行云说："生平为诗，几与乾嘉考据学派相始终，同时及

① 袁枚：《随园诗话》，江苏古籍出版社 2000 年版，第 110—111 页。
② 翁方纲：《志言集序》，载《复初斋文集》卷 4，《续修四库全书》第 1455 册，第 391 页。
③ 翁方纲：《神韵论下》，载《复初斋文集》卷 8，《续修四库全书》第 1455 册，第 425 页。
④ 王昶：《湖海诗传》卷 22，商务印书馆 1958 年版，第 573 页。
⑤ 王昶：《湖海诗传》卷 29，商务印书馆 1958 年版，第 782 页。
⑥ 徐世昌：《晚晴簃诗汇诗话》卷 105，北京出版社 1996 年版，第 1631 页。
⑦ 徐世昌：《晚晴簃诗汇诗话》卷 111，北京出版社 1996 年版，第 1734 页。
⑧ 徐世昌：《晚晴簃诗汇诗话》卷 113，北京出版社 1996 年版，第 1767 页。
⑨ 徐世昌：《晚晴簃诗汇诗话》卷 117，北京出版社 1996 年版，第 1836 页。
⑩ 徐世昌：《晚晴簃诗汇诗话》卷 161，北京出版社 1996 年版，第 2584 页。
⑪ 徐世昌：《晚晴簃诗汇诗话》卷 107，北京出版社 1996 年版，第 1654 页。

后世以填实为诗者，无不效之。"①

乾嘉诗风从厉鹗到翁方纲，大致转变的方向正如陆廷枢所言："吾友覃溪盖纯乎以学为诗者欤！然近日如厉樊榭之沉博，而其神理若专熟南宋事者，亦平日精诣所到，流露于不自知也。而覃溪自诸经传疏，以及史传之考订，金石文字之爬梳，皆贯彻洋溢于其诗。"② 厉氏等以学问入诗还是一种饾饤偏僻的不自觉状态，翁方纲等人则是自觉将学术"贯彻洋溢"于诗中，反映出古典诗歌发展到清代，已突破了用事用典等以琐碎学问入诗的门径，学术全面介入诗歌创作之中。大量以学术入诗，只有学术达到全面盛兴的清代才能出现。

翁方纲等人的诗歌是乾嘉考据之风对诗坛影响发展到极致的结果。不过这种极端的学人之诗马上引起清诗坛的警醒，林昌彝批评翁氏道："眩目何为绣色丝？西江宗派竟多师（覃溪北人，诗效西江）。词章经术难兼擅，徒博徐凝笑恶诗。（覃溪诗患填实，盖长于考据者，非不能诗，特不可以填实为诗耳。以填实为诗，考据之诗也。）"（《论本朝人诗一百五首》）后来的诗人没有甩开以学问为诗的道路，却力图将考据诗派已忽略或忘却了的"诗心"和情趣找回来，不但在理论上提出学人之诗与诗人之诗的合一，在诗歌实践中也开始把性情与学问、学理与经世结合起来。乾嘉诗坛逐渐转入了晚清以宋诗派为创作主流的路子。

---

① 沈津：《翁方纲年谱序》，载《翁方纲年谱》，台湾"中研院"中国文哲研究所2002年版，第7页。

② 陆廷枢：《复初斋诗集序》，载《续修四库全书》第1454册，第361页。

第七章

古典诗歌学问化的嗣响、新变与终结

第一节　古典诗歌学问化的嗣响

古典诗歌作为中国古代文学中的主要抒情文体，经历过璀璨多姿而又波澜起伏的演变历程，发展到近代，由于中西文化的大规模交流，社会体制和结构急剧变化，文学的载体语言的重大变化，古典诗歌的辉煌景象至此已是暮霭余晖，其自身对思想内容、功能体用以及艺术手法的"潜能发掘"也已趋极致。近代诗坛众多的流派尤其是宋诗派高远的诗学理想和实际的创作缺陷，有力地说明古典诗歌在以学问为诗的途径上再难有新的拓展。近代宋诗派恶熟恶俗，力图使学问与性情完美融合，使学人之诗与诗人之诗有机结合，试图超越清代前期宗宋诗派（尤其是浙派），但是他们的尝试和努力并没有取得成功，他们在实际创作中轻视诗歌的情感特征，大量以学入诗，诗歌成为他们阐发学问的工具，在语言形式上险涩求新，将古典诗歌推上了奥僻险怪之路。他们没能在古典诗歌学问化的路子中走出新径，只是在这条道路的尽头踩出了蜿蜒前伸的小道，使之又呈现了某些新的气象，实际上是传统学人之诗的嗣响。钱仲联先生说："清中期以考据为诗的诗风，这时（指晚清时期）却又以学人之诗、诗人之诗合而一之的面目重又出现于诗坛。"[①] 严迪昌先生说："晚清又复一度呈现的"学人诗"，只能说是一种回光返照

---

① 钱仲联：《清代学风和诗风的关系》，载《当代学者自选文库·钱仲联卷》，安徽教育出版社 1999 年版，第 159 页。

式的现象，无论就文化背景或诗体自身的生命历程看，均属病态景象”①，这是很有见地的肯綮评价。②

近代诗坛无论是学人之诗，还是学问根柢深厚的诗人之诗，主体集结于道咸时期的宋诗派和光宣时期的同光体诗人，“晚清诗家，多为宋人一派”③。

陈衍对道咸宋诗派的学人之诗有一段精练的论述，《石遗室诗话》卷一云：“道咸以来，何子贞绍基、祁春圃寯藻、魏默深源、曾涤生国藩、欧阳磵东辂、郑子尹珍、莫子偲友芝诸老，始喜言宋诗”④，“文端（祁寯藻）学有根底，与程春海（恩泽）侍郎为杜、为韩、为苏黄，辅以曾文正、何子贞（绍基）、郑子尹（珍）、莫子偲（友芝）之伦，而后学人之言与诗人之言合，而恣其所诣”⑤。大体上说来，道咸宋诗派是延续钱载、翁方纲等人的诗路，偏向于以专门的金石考据之学入诗，且把考据学的思理方法引入诗歌写作之中。

光宣时期同光体诗人走的诗路则是延续厉鹗等人的路子，喜用僻典，不用熟典，刻意避熟就生，具有强烈创新意识，反对模拟，用典琢字朝生、僻、怪、碎的方向发展。陈衍《近代诗钞》评同光体魁杰陈三立诗云：“散原为诗，不肯作一习见语，于当代能诗巨公，尝云：某也纱帽气，某也馆阁气，盖其恶俗恶熟者至矣。”⑥ 这种创作倾向，与厉鹗等人正相一致。

下面分别以道咸宋诗派诗人郑珍的诗歌和同光体诗人沈曾植的诗歌为例加以说明。

---

① 严迪昌：《清诗史》，浙江古籍出版社 2002 年版，第 725 页。

② “回光返照”的现象不只存在于古典诗歌当中，古典散文都出现了这种情况，胡适在《五十年来中国之文学》中就说曾国藩一死之后，古文的运命又渐渐衰微下去了，曾派的文人，郭嵩焘、薛福成、黎庶昌、俞樾、吴汝伦……都不能继续这个中兴的事业，再下去，更成了“强弩之末”了。这一度的古文中兴，只可算是痨病将死的人的“回光返照”，仍旧救不了古文的衰亡。

③ 钱仲联：《梦苕庵诗话》，载《民国诗话丛编》（六），上海书店出版社 2002 年版，第 339 页。

④ 陈衍：《石遗室诗话》卷一，载《陈衍诗论合集》，福建人民出版社 1999 年版，第 6 页。

⑤ 陈衍：《近代诗钞序》，载《陈衍诗论合集》，福建人民出版社 1999 年版，第 875 页。

⑥ 陈衍：《近代诗钞述评叙》，载《陈衍诗论合集》，福建人民出版社 1999 年版，第 907 页。

一、传统学人之诗最后一朵奇葩：郑珍的诗歌

郑珍字子尹，贵州遵义人，清代道、咸年间著名学者。少时受业于舅父黎恂，颇受沙滩黎氏家族文化浸染。及长，深受贵州学政程恩泽的赏识，并从程恩泽问学。与莫友芝同时崛起于贵州学界，并称西南两大儒。

郑珍生平学术以精深见长，张舜徽《清人文集别录》云："郑珍著述虽不甚多而甚精。"黎庶昌对郑珍的学术做了比较全面的勾勒："盖经莫难于《仪礼》，婚丧尤人道之至重，则为《仪礼私笺》；古制莫晦于《考工》，则为《舆轮私笺》、《凫氏图说》；小学莫尊于《说文》，以段玉裁、严可均二家之说綦备，则为《说文逸字》、《说文新附考》；奇字莫详于郭忠恕《汗简》，而谬俗实多，则为《汗简笺证》；汉学莫盛于康成，则为《郑学录》。每勘一疑，献一义，刊漏裁诬，卓然俟圣不惑。"（《郑征君墓表》）①他在经学、小学方面的成就，尤受到学术界推重。

郑珍"学擅专门，诗本余事，然心境与世运相感召，遂不觉流露于文字间也"②。他自认为"由来研经徒，吟咏非所暇"（后集卷5《吉堂老兄示所作〈鹿山诗草〉题赠》）③，"作诗诚余事"（前集卷7《诸生次昌黎〈喜侯喜至〉……》）。然他学问富赡而溢为声诗，其诗歌是典型的学人之诗。陈衍的《近代诗钞》、钱仲联的《论同光体》都以郑珍的诗歌来标举晚清学人之诗。

（一）郑珍学人之诗之表现

学人之诗与诗人之诗很大的不同在于前者常以专门之学入诗，而不是以撏扯零散的知识典故为能事。当学人进行诗歌创作时，一般都倾向于把自己的学术研究融入诗歌意境的构造中，因而学人之诗可以看作是"学之别体"。郑珍学人之诗的特征主要就体现在引学术入诗。

---

① 郑珍著，白敦仁笺注：《巢经巢诗钞笺注》，巴蜀书社1996年版，第1472页。
② 汪辟疆：《汪辟疆说近代诗》，上海古籍出版社2001年版，第10页。
③ 本文引用的诗歌如没有特别注出，均出自白敦仁《巢经巢诗钞笺注》，巴蜀书社1996年版。《巢经巢诗钞笺注》分前后两集，前集九卷，后集六卷。

1. 化经学章句入诗

郑珍的诗歌没有专门的篇章阐述经学的要义，然而经学典籍的引用在郑珍的诗歌中如天女散花，随处可见，顺手拈来，随意驱遣，毫不费力。他力图将经学思想与吟咏的事理打通，经学字句已成为他诗歌语言的一个重要的组成部分，与一般撏扯经学章句迥乎不同，非经学大师无以致此。

郑珍长于礼学研究，他引"三《礼》"入诗比其他诗人尤多。如在《郴之虫次程春海恩泽先生韵》（前集卷1）一首诗中引用"三《礼》"就有四次。"蜿垣出户阈"出自《礼记·曲礼》上"不践阈"；"可怜倮虫长"出自《大戴礼·曾天子圆》"倮虫之精者曰圣人"；"圣王除狸物，赤发有专职"、"更以蜃灰水，洒彼屋与隙"都出自《周礼·秋官·赤发氏》"掌除墙屋，以蜃炭攻之，以灰酒毒之。凡隙屋除其狸虫"。郑珍对其他经学典籍的引用也十分普遍。《芝女周岁》（前集卷1）："所幸越七日，先生尔如达"，直接化用《诗·大雅·生民》中的"先生如达"。《晦雨》（前集卷2）："肯怨行多露，度阡还破庐"，"多露"源自《诗·召南·行露》"畏行多露"。《正月陪黎雪楼恂舅游碧宵洞》（前集卷1）："钟鼓千羽帗，又杵臼磨硐"，句意及文辞化用《尚书·大禹漠》中的"舞千羽于两阶"，《易·系辞》中的"断木为杵，掘地为臼"。

2. 以考据入诗

郑珍的考据诗主要包括古物名考据、金石考据和案头文物考据三类。

（1）古物名考据诗。《玉蜀黍歌》就是非常典型的一首，作者考证了多种古籍，证明"玉黍乃是古来之木禾"；《四月八日门生馈黑饭，谓俗遇是节家家食此，莫识所自，余曰此青精饭也，作诗示之》（后集卷2）也是通过多种典籍，考证青精饭的来由及烹制工艺的衍变。

（2）金石考据诗。郑珍对金石颇有嗜好，"少年嗜古心胆雄，余力颇喜欧赵风"（前集卷9《检藏碑本，见莫五昔为〈汉宜禾都尉李君碑考释〉并诗，次其韵》），金石考据是其诗歌中的重要内容。如《腊月廿二日遣子俞季弟之綦江吹角坝取汉卢丰碑石，歌以送之》据拓本和典籍论证《汉夜郎碑》、《姜维碑》和《江州邑长卢丰碑》其实就是同一碑，详尽分析了一碑三名的原因。《寄仲渔大定，属访〈济火碑〉》讲述济火碑概况，指出碑上内容足可以补《三国志》的阙漏，兼述了黔地其他两处石刻《卢丰碑》和红崖石刻的金石价值。

（3）案头文物考据诗

《文待诏凤砚并序》为遵义太守平翰考证了他所得明代文征明凤兮砚辗转流传的历史，以及文征明另两只"流晖"砚和"高斋"砚现今归落之处。《题唐鄂生藏东坡马卷真迹》考论了《东坡书马券》的价值、券之由来以及黄庭坚跋缺失的原因。

3. 以史学入诗

郑珍许多诗篇反映出他广博的史学知识，如《题〈北海亭图〉》（前集卷8）以明代鹿善继为中心，概述了晚明忠义之士与魏党的斗争历史以及明清民族争战的历史，并纠正了北海亭之掌故传记中的错误。郑珍还善于通过史实而推衍出史论，如《书子何藏明周东村竹林七贤图》（前集卷8）联系历史上诸多人物指出像王戎等虽有贤人美名却品行恶劣的大有人在。一些诗篇反映出他深邃的史家眼光，如《竹王墓》（后集卷4）以历史唯物主义的眼光批驳了史籍关于竹王离奇传说的记载，"初时天启一州主，必有奇雄传似续。世久莫复识根原，遂缘竹姓谓天育。人非血气焉从生，盘瓠虽奇种犹畜"，指出虽《史记》和《汉书》亦难免此病，"常志传讹范沿谬，故是迁固为实录"。

4. 以其他学术入诗

《题莫郘亭藏文衡山西湖图》（前集卷2）可作绘画史与绘画思想史看。《与赵仲渔婿论书》（前集卷5）则可作书法史和书法思想史看。《携诸生游卧龙冈，饮抱膝亭》（前集卷7）叙述了古州城（今贵州榕江县）的名胜古迹，水文地理、历史文化，显示了他对黔地地理方志了如指掌；《浯溪游》显示了他对湖南祁阳一带的地理方志非常的熟稔。《玉孙种痘》（后集卷4）先叙晋葛洪《肘后备急方》、宋闻人规《痘诊论》、钱乙《小儿药证直诀》等古籍对痘症的记载，再考叙了"食母秽说"、"时疾说"、"淫火说"、"孕期同房说"等痘疹病因，可做古医文看。《彬之虫次程春海先生韵》可作古代关于蚊虫的类书看。

5. 以奇字异文入诗

郑珍在文字训诂方面的造诣很深，他不无自负地说道："我为许君

学，实自程夫子……从此问铉锴，稍稍究《滂喜》，相见越七年，刮目
视大弟。为点《新附考》，诩过非石氏。"（后集卷2《王个峰言某友家
有〈说文〉宋刻本，亟属借至，则明刻李仁甫〈韵谱〉也，书凡二函，
皆锦赗金签，极精善，细审》）他的咏物诗中许多内容直接来自于文字
训诂典籍，如《瘿木诗》（后集卷4）就征引了《尔雅》、《说文解字》、
《广雅》、《释文》等文字学经典。郑珍"通古经训诂"还表现在"奇
字异文，一入其诗，古色斑斓，如观三代彝鼎"（陈田《黔诗纪略后
编》）①，如"谽谺见巨口，俯瞟㖹焉退。定魂下窅复，窦窱半明晦。一
声欻啸呼，声砰磅礚硼"（前集卷1《正月陪黎雪樵舅游碧宵洞》）。诗
中的一些僻字，有时不得不自注其意，如《浯溪游》："当日能死阿，
乃见天王下殿走"，自注曰："即昏，次山创此字谥隋炀帝"，"炀帝小
字'阿'"（前集卷1）。

（二）郑珍在晚清诗坛的地位

郑珍的诗歌深受近代士人的赞赏。汪辟疆说他"学术淹雅，诗则植
体韩黄，典赡排奡，理厚思沉"②，翁同书说他的诗"简穆深淳"③，陈
衍龙说"奥衍渊懿"④，陈柱说"深厚渊奇"⑤，黄万机则以"淳博"⑥
二字标之。事实上，郑珍的学人之诗无论是考镜源流、详征制作，还是
精研利病，精神所注都在经世致用和民生日用，"不同于翁方纲之流的
'叶韵的考订文'……即使是最沉闷的题材，也有一股活气和亮色，有
一种'盘盘之气，熊熊之光'"⑦，"隽伟宏肆，见者诧为讲学家所未有，
而要其横驱侧出，卒于大道无所抵牾，则又非真讲学人不能为"⑧。他

① 郑珍著，白敦仁笺注：《巢经巢诗钞笺注》，巴蜀书社1996年版，第1486页。
② 汪辟疆：《汪辟疆说近代诗》，上海古籍出版社2001年版，第10页。
③ 翁同书：《巢经巢诗钞序》，见郑珍著，白敦仁笺注《巢经巢诗钞笺注》，巴蜀书社
1996年版，第1507页。
④ 陈衍龙：《遵义郑征君遗书序》，见郑珍著，白敦仁笺注《巢经巢诗钞笺注》，巴蜀书
社1996年版，第1518页。
⑤ 贵州人民出版社：《贵州三十年文艺评论选》，贵州人民出版社1979年版，第215页。
⑥ 黄万机：《论郑珍诗歌的艺术风格》，《苏州大学学报》1987年第3期。
⑦ 白敦仁：《巢经巢诗钞笺注·前言》。
⑧ 莫友芝《巢经巢诗钞序》，见郑珍著，白敦仁笺注《巢经巢诗钞笺注》，巴蜀书社
1996年版，第1505页。

的学问诗既有学理价值，同样有审美价值。

中国古典诗歌向来有如许缺憾，"于诗外别无专门学术也。若学术可称，而诗又为余事；且以学赡而累及于诗者"①。崛起于晚清诗坛的郑珍是能填补这一缺憾的，作为学者的"才识学力"与作为诗人的"审美直观"在他的诗歌中得到了较完美的结合，他的诗歌具备了"诗之兴"与"学之理"的双重内涵。陈柱认为郑珍的诗歌"天人交至，诗人之诗兼学人之诗者也……自宋以后，已无人能及者"②。陈田说："余尝论次当代诗人，才学兼全，一人（郑珍）而已。"③ 汪辟疆说："巢经巢是清诗家之一大转捩，以学为诗而非填死语；以性情为诗而不落率滑……元、虞而后只有巢经。"④ 评价也许过高，却能显示郑珍在晚清乃至整个清代诗坛的独特地位。

二、传统学人之诗的绝调：沈曾植的诗歌

沈曾植，字子培，号乙庵，晚号寐叟，浙江嘉兴人。他对经、史、佛、道、医、典制、地舆、书画、乐律、版本目录、音韵训诂无不通晓。王国维对他的学术面目作了勾勒："少年固已尽通国初及乾、嘉诸家之说；中年治辽、金、元史，治四裔地理，又为道、咸以降之学，然一秉先正成法，无或逾越。其于人心世道之污隆，政事之利病，必穷其源委，似国初诸老；其视经史为独立之学，而益探其奥窔，拓其区宇，不让乾、嘉诸先生；至于综览百家，旁及两氏，一以治经、史之法治之，则又为自来学者所未及。"⑤

沈曾植致力于学术研究，诗歌仅其余事而已，"偶有所感，辄缀数言"⑥。然学问富赡而溢为声诗，其诗歌是典型的学人之诗。钱仲联先

---

① 汪辟疆：《汪辟疆说近代诗》，上海古籍出版社2001年版，第17—18页。

② 《答吕生芳子论诗书》，见《贵州三十年文艺评论选》，贵州人民出版社1979年版，第215页。

③ 《黔诗纪略后编》，见郑珍著，白敦仁笺注《巢经巢诗钞笺注》，巴蜀书社1996年版，第1486页。

④ 汪辟疆：《汪辟疆说近代诗》，上海古籍出版社2001年版，第285页。

⑤ 王国维：《沈乙庵先生七十寿序》，载《王观堂先生全集》第三册，台湾文华出版社1968年版，第1147页。

⑥ 沈曾植：《苻娄庭漫稿自序》，载《沈曾植集校注》，中华书局2001年版，第11页。

生说："沈曾植的学人之诗，表现在其诗的融通经学、玄学、佛学等思想内容以入诗，表现在腹笥便便，取材于经史百子、佛道二藏、西北地理、辽金史籍、金石篆刻、医药等方面的奥语奇词以入诗"①，他的学问积累深厚，又能融会贯通，发之于诗，"从而形成了奥僻奇伟、沉郁盘硬的风格"②。

（一）沈曾植的学人之诗首先表现在他能融通"经学、玄学、佛学等思想内容以入诗"，即以专门之学入诗

沈曾植认为诗歌与经、史、佛、道等学问是相通的，如他以唐诗为例，指出诗歌与绘画、佛学相通，"吾尝论诗人兴象与画家景物感触相通。密宗神秘于中唐，吴、卢画皆依为蓝本。读昌黎、昌谷诗，皆当以此意会之"③。他又以宋诗为例，指出诗歌与史学相通，"以事系日，以日系月，史例也。宋人以之治诗，而东坡、山谷、后山之情际，宾主历然，旷百世若披帷而相见。彼谓诗史，史乎史乎！"④

沈曾植的许多诗作可同他的学术著作印证参看。

如《病僧行》（《海日楼诗注》卷3）体现出他认为有世间法而后有出世间法，针砭僧徒不识世间心，故无法从世间心转向出世间心的佛学思想。《病山示我鬻医篇喜其怪伟属和一章》（《海日楼诗注》卷7）对中国历代以来的诸医家医书进行考订，完全可作为一部医学史来研读，诗中以气论荣卫，驳斥专以卫属气、血属荣的谬见，可为医理研究提供参考。《六月十二日山谷生日超社第七集会于泊园观余所藏宋本山谷内集任注各和集中七古韵一首用浯溪诗韵》《傅沅叔得北宋本〈广韵〉于厂肆泽存堂祖本之祖也为题四绝》《积畬观察以所藏常丑奴墓志索题此志平生凡再见皆羽琌山馆物也覃溪极称此书为欧法今拓泐浅无以证之意世间尚当有精拓本》《题知不足斋钞校本棠阴比事二首》等体现

---

① 钱仲联：《当代学者自选文库·钱仲联卷》，安徽教育出版社1999年版，第331—332页。

② 钱仲联：《沈曾植集校注》前言，载《沈曾植集校注》，中华书局2001年版，第4页。

③ 沈曾植著，钱仲联辑：《海日楼札丛海日楼题跋》，辽宁教育出版社1998年版，第264页。

④ 同上书，第268页。

出沈曾植在古籍版本方面的造诣，他澄清了前人的误说，比勘版本的异同与优劣，还原了相关版本的本来面目。《题唐子畏雪景》评价唐寅之画，别具只眼；《题宋芝山晴江列岫图卷三首》批判麓台、石谷、南田末派之失，体现出他对绘画艺术的精深研究。

沈曾植还认为诗歌须通古今之变、通人伦政事之得失，实际上就是提出诗歌必须发挥社会政治功能，表现儒者图谋天下、审定号令、深虑远图的经世情怀。他说："夫所谓雅人者，非即班孟坚鲁诗义'小雅之材七十二，大雅之材三十二'之雅材乎？夫其所谓雅材者，非夫九能之士，三代之英，博闻强识而让，敦善行而不怠之君子乎？夫所谓深致者，非夫函雅故，通古今，明得失之迹，达人伦政事，文道管而光一是乎？"① 他的《送伯愚赴热河》《简黄公度》《入城》《南皮公青山大阅偕节庵往观》《南皮公霜郊校射即席赋呈》《寄陈伯严》等表现了他的经世情怀，围绕着如何实现富国强兵，把救危之术、济世之策用诗歌的形式"撰写"出来。

（二）沈曾植的学人之诗其次表现在以"经史百子、佛道二藏、西北地理、辽金史籍、金石篆刻、医药等方面的奥语奇词以入诗"。他不是有意在诗中杂拉生词、炫学矜奇，而是在完全通融了学术之后，不自主地将其中的学术用语、典事奥语引入诗作之中，运用自由，毫无滞涩之感，完全是他深厚学术功底的自然发露

1. 由于他能将诸多学问通融会合，他的诗中往往会出现以经史佛道、金石考据、地舆方志、医学农学等诸多学术术语同时入诗的情况，真是包举万象、沉博奥邃。学术术语已成为他诗歌语言的一个重要的组成部分，与刻意堆垛生词硬语迥乎不同，非学术大师无以至此。下面仅引他《病山示我鬻医篇喜其怪伟属和一章》中的一小节加以说明：

> ……医术始黄帝，神仙能养生。厥流托方技，厥典先群经。燕齐迂怪人，悲愤思飞腾。仲景厨及流，不依刘景升。大慈启金匮，善救苏灾盱。黄公北山隐，思邈终南迎。剑首映隋唐，刀圭战魑

① 《瞿文慎公止庵诗序》，见钱仲联《沈曾植海日楼佚序》，《文献》1991 年第 1 期。

魕……（《海日楼诗注》卷7）

“医术始黄帝，神仙能养生。厥流托方技，阙典先群经”，语出《汉书·艺文志》关于《黄帝内经》和方技典籍的论述。“燕齐迂怪人，悲愤思飞腾”，上句出于《史记·封禅书》里的“而海上燕齐迂怪之士多来言神仙矣”；下句出于曹植《仙人篇》中的“飞腾逾景云”。“仲景厨及流，不依刘景升”见《名医录》和《后汉书·刘表传》，刘表为荆州刺史后，任张仲景为长沙太守。“大慈启金匮，善救苏灾眊”的“大慈”意出《大智度论》里的“大慈与一切众生乐”，“金匮”即张仲景所撰的《金匮要略》三卷。“黄公北山隐，思邈终南迎”意出文中子《中说》里的“子谓北山黄公善医，先寝食而后针药”以及《旧唐书·孙思邈传》中的“思邈以王室多故，乃隐居太白山”。“剑首吷隋唐，刀圭战魖魕”，上句“剑首吷”语出《庄子》里的“吹剑首者，吷而已矣”，下句“刀圭”语出《抱朴子》里的“服之三刀圭，三尸九虫，即皆消坏”。

这首诗被王国维称为“杰作”，连串了一系列史学、地舆学、医学以及道佛之学的典故术语，澜翻不穷，迥出蹊径。辞艰句奥给读者解读造成了难以忍耐的障碍，真可谓“雅尚险奥，聱牙钩棘中”①。

沈曾植的诗歌喜好融合数典，典中有典。如《国界桥》中“修多罗说家常语，冥漠君为化乐身”（《海日楼诗注》卷7）系融合数典而成。“修多罗”出自《大智度论》，指诸经中直说者；“家常话”源自杨潜《云间志》中《聪道人灵鉴塔铭》：（仰德聪）“结庐佘山之东峰，有二虎大青小青随侍。有造之者，见挂一书梁间，问之，曰：‘如人看家书一遍，即知其义，何见读为？’”“冥漠君”用谢灵运《祭古冢文》：“冢有二棺，刻木为人，既不知其名字远近，故假为之号曰冥漠君云尔。”“化乐身”出自《起世经》中的“化乐天身长八由旬”。

2. 沈曾植诗歌最让人难明的是大量以佛典道藏入诗。张尔田说：“沈寐叟邃于佛……三洞之籍，神经怪牒，纷纶在手，而一用以资为

① 徐珂：《清稗类钞》第八册，中华书局1986年版，第3961页。

诗。"① 汪辟疆说："（其诗）贯穿百代，奥衍瑰奇，尤喜掇佛藏故实，融铸篇章，一篇脱手，见者知其宝而不名其器。"② 胡先骕本欲称赞他的诗歌，却不经意点出了他大量运用佛典道藏给读者造成的滞塞，"先生（指沈曾植）学问奥衍，精通汉、梵诸学……其诗本清真，但以攟拾佛典颇多，遂为浅学所訾病"③。

如《西摩路》（《海日楼诗注》卷5）一诗云："欣然名字即，已释尘沙凝。老母米潘因，晚华曼陀姿。"前两句意为天台宗化法四教：藏、通、别、圆；又分为六即，所谓理即、名字即、观行即、相似即、分证即、究竟即；后两句中的"老母"用《大智度论》典，"曼陀"，即曼陀罗，梵语音译词，佛教中的圣洁之花，《法华经》载佛说法时，曼陀罗花自天而降，花落如雨。由云龙说沈曾植的诗精深沈郁、晦僻不可也特意标出这两句，尤其是"老母米潘因"一语，由氏百思不得其解。④再如《病僧行》（《海日楼诗注》卷3）云："苏迷庐山芥子小，石女行歌木儿笑，岚风撼松藤袅袅。""苏迷庐山""芥子纳须弥"都源自于《维摩诘所说经》；"石女"句暗用《本嵩华严七字经题法界观三十门颂》里的"岭上木人叫，溪边石女歌"；"岚风"句暗用《大宝积经》中的"此三千大千世界，为毗岚猛风之所吹坏，一切散灭，无有遗余"。三句用典都用"故事之语意，而不显其名迹"。

(三) 沈曾植的诗歌在晚清诗坛的意义

沈曾植将清代学人以学问为诗引向更险更僻的路数，他的诗歌不仅有深奥的学术思想，而且"僻典奥语，层见叠出，不加详注，很难索解"⑤。在他的诗中，古典诗学中兴象、气韵等审美内涵退居其次，传统士大夫抒情言志的雅致越来越接近一种纯粹学术趣味。他"以六籍百氏叶典洞笈为之溉，而度材于绝去笔墨畦町者"⑥，引学问入诗力求开

① 张尔田：《海日楼诗注序》，载《沈曾植集校注》，中华书局2001年版，第1页。
② 汪辟疆：《汪辟疆说近代诗》，上海古籍出版社2001年版，第28页。
③ 沈曾植著，钱仲联校注：《沈曾植集校注》，中华书局2001年版，第23页。
④ 由云龙：《定庵诗话》卷下，载《民国诗话丛编》第三册，上海书店2002年版，第584页。
⑤ 钱仲联：《沈曾植集校注》前言，中华书局2001年版，第5页。
⑥ 沈曾植著，钱仲联校注：《沈曾植集校注》，中华书局2001年版，第14页。

拓出新，除了全面驱动其心智，从典籍书本的字里行间仔细搜寻前人遗漏的点点滴滴以为诗料外，还大量引入释典，释典中又取其中的僻典，此前的学人虽也引释典入诗，但远不如他信手拈来、频频调用。

　　沈曾植的诗歌可以说达到了中国古典诗歌以学问入诗的巅峰状态，造"学人之诗"之极①，此前此后都没有人引学问入诗如此之深、之繁、之僻。沈诗的笺注者钱仲联先生深有体会地说沈氏"是近代学者中知识最广博的一人"②，注其诗"难度超过了任何一位大家名家的专集"③。沈曾植在以学问为诗的这条创作之路做了艰苦的探索，他融涵学理、广征典籍的做法，已调动传统学问各门类的知识来扩张诗体的表现力。但这样的诗歌性情不足，学理有余；但见其"学境"，少见"意境"。

　　与沈曾植同为同光体派魁杰的陈三立说沈氏"于学无所不窥，道篆梵笈，并皆究习。故其诗沉博奥邃，陆离斑驳，如列古鼎彝法物，对之气敛而神肃。盖硕师魁儒之绪馀，一弄狡狯耳，疑不必以派别正变之说求之也"④，"子培（即沈曾植）诗多不解，只恨无人作郑笺了"⑤，认为其诗歌中的学问过深过僻，于己几乎成为玩弄学问的游戏、于人则无从解读其诗意。其诗"钩章棘句，僻涩聱牙……使读者悄然而不怡"⑥，"人读之，舌挢不下，几不能句"⑦（《嘉兴沈乙庵先生学案小识》），虽在学风浓厚光宣诗坛，"宗乙庵（即沈曾植）者绝无。有之，仅一金甸丞蓉镜，亦不过得其一体，岂以其包涵深广，不易搜穷故耶？"⑧虽学识渊博的同辈学人，也"时时钦其宝，莫名其器"⑨，"睨之背芒，慄不

　　①　马亚中：《中国近代诗歌史》，台湾学生书局1992年版，第394页。
　　②　钱仲联：《钱仲联自传》，巴蜀书社1993年版，第26页。
　　③　同上书，第16页。
　　④　沈曾植著，钱仲联校注：《沈曾植集校注》，中华书局2001年版，第18页。
　　⑤　汪辟疆：《光宣诗坛点将录》，载《民国诗话丛编》第五册，上海书店2002年版，第331页。
　　⑥　陈衍：《小草堂诗集序》，《陈衍诗论合集》，福建人民出版社1999年版，第1074页。
　　⑦　卞孝萱、唐文权辑：《民国人物碑传集》第六卷，团结出版社1995年版，第447页。
　　⑧　钱仲联：《梦苕庵诗话》，《民国诗话丛编》第六册，上海书店2002年版，第205页。
　　⑨　陈衍：《石遗室诗话》第26卷，《民国诗话丛编》第一册，上海书店2002年版，第355页。

敢近"①，更不用说普通的读者了。学人之诗发展到此已是高处不胜寒了。这实际上表现了古典诗歌发展到近代后期，日趋雅致深奥而走入象牙之塔的绝路，基本丧失了清新朴实的天然之风，学问化长期累积起来的负面影响使古典诗歌的生息气脉已经折耗殆尽。

第二节 古典诗歌学问化之路的新变

乾隆之世，清王朝达到繁盛的顶峰之后，逐渐滑向下坡，到道光年间封建统治已是内忧外患，处于风雨飘摇之中。封建阶级的开明有识之士，逐渐失去了无征不信、引经据典的雅致，力图从旧学中找寻匡救的药方，学风由乾嘉时期的崇实求证、考据训诂转向了近代经世致用、崇变求新。受学风的影响，近代诗风也为之一变，广大士人"大抵怵于世变，思以经世之学易天下，及余事为诗，亦多咏叹古今，指陈得失"②。

一、道、咸时期经世派的策论诗

这一时期，龚自珍、魏源、张际亮、林昌彝、包世臣、蒋敦复、郑观应、张穆、姚莹、汤鹏等一批学人，继承和发扬清初顾、王、黄"经世"、"务实"的学风，"留心时务"、"擅经济才"，不喜空谈，身体力行，以经世致用为己任。

受这股经世学风的影响，他们掀起了不同于前的近代经世诗风，他们不屑于"春夜伤心坐画屏"（龚自珍《夜坐》），"相对新亭空洒泪"③（孙义钧《读史杂感》），要求诗歌也应倡言变法；讥切时政，诋责官僚集团腐朽无能；"谈瀛海故实以谋御外"，消弭烟灾，抵御外患。这才是这一时期经世派诗歌的主要特征。

经世派诗人强调诗歌首先要"经世"、"务实"，以文学的方式表现了他们的经世情怀和经世之术。因此这一时期他们的诗歌，针对性强，

---

① 沈曾植著，钱仲联校注：《沈曾植集校注》，中华书局 2001 年版，第 14 页。
② 汪辟疆：《汪辟疆说近代诗》，上海古籍出版社 2001 年版，第 40 页。
③ 阿英：《鸦片战争文学集》，北京古籍出版社 1957 年版，第 64 页。

有深刻的思想性和强烈的现实性，凡不关时局、不谈海氛之诗都被搁在一边，围绕着如何消除烟灾、如何打击侵略者，把救危之术、制敌之策用诗歌的形式"撰写"出来。

魏源就从政治的高度指出了禁绝烟患的根本措施，"中朝但断大官瘾，阿芙蓉烟可立尽"（《阿芙蓉》）①。面对列强的船坚炮利，要挽救颓废之势，只有"师夷长技以制夷"，选派人员，学习外国，"周礼刑书周诰法，大宛苜蓿大秦艘。欲师夷技收夷用，上策惟当选节旄"（《寰海十章》）②。他总结了清海防纰漏百出、首尾难顾的教训，认为清水师的布置极不合理，重海防而轻河防，"瀚州绝地海天涯，不与前朝版籍偕。那用敌人归郓邑，更分兵力守珠崖。金汤分踞三方垒，斧钺森严十二牌。但识守江贤守海，何虞骚浙更骚淮"（《秋兴后十首》）③。必须尽快加以改变，"更使江防亟海防"（《寰海后十章》）④，才能改变不利的战局。

从战略的制定到战术的运用，他们提出了许多克敌制胜之法。面对战争失利，军不堪战，人心动摇，他们指出中国幅员辽阔，民心可信，民力可用，只要善于筹划，必定能打败一小撮侵略者，"忠义乃在民，苟禄亦可耻。古人重召募，乡团良足倚。剿抚协机宜，猖獗胡至此？我朝况全盛，幅员二万里，岛夷至么麽，沧海眇稊米，庙堂肯用兵，终当扫糠秕"（朱琦《感事》）⑤。认为一些地方割据武装作战骁勇，足以当敌，又有杀敌立功之心，可以招抚，让他们为国出力，"制敌当以奇，攻毒从其类。巨盗招使降，结之以恩义。大府跃马来，群酋皆罗拜。谓公能用我，奋勇当一队"（朱琦《纪闻八首》）⑥。

侵略者长于火器，必须避敌所长，因地制宜，尽量利用有利的地形地势，使敌人炮火的威力无法施展，躲开炮火，短兵相接，"溃乱知何因，猥云炮猛利。我思炮所施，岂在肘腋地。先登苟共争，短兵杂相

---

① 阿英：《鸦片战争文学集》，北京古籍出版社 1957 年版，第 12 页。
② 同上。
③ 同上书，第 18 页。
④ 同上书，第 14 页。
⑤ 同上书，第 4 页。
⑥ 同上书，第 8 页。

继。谁能十步内，轰击不自避。下吴想开平，竹端布交系炮来随低昂，破之固有计"（陆嵩《感事》）①。多采用突袭战，用火攻法烧毁敌舰，"我苟聚精锐，仓卒乘三更，上流复纵火，巨舰焚纵横，何难尽厥类，歼戮空城堈"（陆嵩《有问贼中事者，诗以答之》）②。敌军长于水战，我方要尽力避免水上作战，诱其登陆，围而歼之，"敢抛水棚舍飞舻，百里往还胜可图。空炮悬樯方弃远，包原背阡合摧枯。青塘韦綮沈渊易，赤壁周瑜纵火无？"（孙义钧《读史杂感》）③，"出水鲸鲵困，登山虎豹雄。用长先诱敌，得势乃论功"（黄爕清《闻浙抚督师海上》）④。也可采用骄兵法，"重颣赤帜骄夷帜"（魏源《寰海后十章》）⑤，趁其麻痹轻敌之时一鼓而击之。

他们分析了清军战斗力不强的癥症，指出招募征调良莠不齐，缺乏管理和训练，结果不是驱民至死，就是纵兵为患，临战怯阵，自乱阵脚，危害不浅，"官兵调不足，下令团乡民。乡民习耰鉏，那解刃杀人。应募但游手，本皆椎埋伦。卒闻贼船至，四散奔郊村。因之恣淫掠，荼毒耳忍闻。其中狡黠徒，更利奸夷银。倒戈或前导，溃乱先官军。诛之不胜诛，痛矣将谁论"（陆嵩《感事》）⑥。

黄爵滋在友人即将带兵出征之际，就行营的筹划和管理，提出了应注意的问题和应遵循的原则，"庙堂夫何为，吁咈咨皋禹。何以决难壬，何以符乐胥？何以绝因循，何以戒莽卤？何以贱金银，何以足仓庾？何以减征调，何以息疾苦？上断下必行，内安外自御。惟动而不居，惟静而有所。惟恒以为规，惟一以为矩"（《海防篇赠臧牧庵从军行一百韵》）⑦。朱琦寄诗给在台湾率军抗英的姚莹，要他注意内乱，防止奸民与英军内外勾结，滋生祸害，"木冈环乱山，野番恒杂处。奸民恣劫略，蛇豕纷蟠踞。滋蔓当预图，番夷渐归附。内乱苟不生，外寇岂足惧？"

---

① 阿英：《鸦片战争文学集》，北京古籍出版社1957年版，第142页。
② 同上。
③ 同上书，第64页。
④ 同上书，第29页。
⑤ 同上书，第14页。
⑥ 同上书，第141—142页。
⑦ 同上书，第925页。

（《纪闻八首》）①。贝青乔看到外敌火器之利，建议我方也要多用杀伤震慑力大的大炮，才足以与之抗衡，"千斤重拽佛朗机，破敌全凭一震威"（《咄咄吟》）②。

鸦片战争结束后，经世派在痛叹之余，以深远的眼光指出，侵略者贪婪之心绝对不会满足，割地赔款换不到永久的和平，必须积极备战，切不可陶醉于眼前暂时的平静。"魏绛和戎岂息兵，君看唐汉最分明，匈奴累岁窥秦塞，回纥频番逼渭城。自古鬼方须挞伐，即今王土尚承平。素馨落尽花田在，蛋户休悲战鼓声。"（张际亮《传闻广》）③

近代经世派不同于乾嘉学者，他们学术的最高理念是"学为政本"或"通经致用"，采取了"天下兴亡，匹夫有责"的人生价值观，具有"为帝王师"或"匹夫而为百世师"的生命豪气。他们诗歌中的学问从古典诗歌的经史考据、用事用典转向务实之学、有用之学，他们把如何消除烟灾、如何打击侵略者，把救危之术、制敌之策应用于诗歌之中，体现出近代诗歌学问化之路从传统深奥的经史之学转向与时事紧密相连的实学，可以说传统诗歌更多的是关注学问中形而上的文化层面，经世派诗歌看重学问中形而下的术数层面。同样是以学入诗，传统诗歌偏重于学理的阐述，近代诗歌偏重于学术的运用。

二、近代新版"学人之诗"

近代中后期的学者除了受道、咸时期公羊学和实务之学的影响，最大影响还是来自于西学东渐。所谓"西学"，即西方自然科学和社会科学的总称，主要是指文艺复兴以来以科学与民主为基本精神的资本主义上升时期的欧美文化。

第一，以马礼逊为代表的西方传教士揭开了近代西学东渐的序幕，他们一方面言传身教基督教及近代西方的思想文化，另一方面又设立出版机构，如上海的墨海书馆、广学会等，出版中文书籍和期刊，其中主要是宣传宗教的，但也有一些书刊是介绍世界历史、地理、政治、经济

---

① 阿英：《鸦片战争文学集》，北京古籍出版社1957年版，第8页。
② 同上书，第234页。
③ 同上书，第895页。

知识的。

第二，随着科举考试于 1905 年被废止，全国主要城市都建立了新式学堂，使得许多学子离开旧的私塾转而接受新学，教学内容从四书五经逐步转向了新式的自然科学和社会科学，从封闭式教学逐步转向开放式教学。19 世纪 60 年代北京、上海、广州同文馆相继设立，标志着中国新式学校得到了统治阶级的认可，正式跻身于中国教育机构的行列，将培养出一批新式的人才。

第三，近代一系列抵抗外侵的战争无不以失败告终，特别是甲午中日战争堂堂的"天朝上国"竟败于"蕞尔岛类"，引起了士人深入的思考。他们觉得西方的强大并不全在坚船利炮，更重要的是他们先进的社会制度、民主政治，以及与之相关的法律、教育、哲学等社会科学。近代学者接触西学经历着从器物层面到政治制度层面再到思想文化层面不断深入的过程。

第四，留学生和出国人员成为西方学术传入中国的桥梁，徐世昌在《晚晴簃诗汇序》中说："海通以后，闻见日恢、三山引舟，八纮置驿，倚衡奉使，梦咏波涛。人境羁宾，集开世界。兰阁唱诺，瘴野谐声。槎路低徊，莼斋珥笔，能言四裔，散见诸家，兴寓竹枝，目营卉服，辎轩游履，极迹区寰，捃实撼华，夐焉博物。"特别是留日学生，他们除了自身浸染西学，学成回国后又影响着周围的一大批人，而且他们创办了出版机构，大量印译西方学术著作。

近代西学东渐对诗界的影响就是"新学诗"的出现，严迪昌先生说这些诗歌读起来有种以"'新学'入诗，是学人诗新版本的感觉"①。主要表现为：

（一）引入西方民主政治学说（群学、法治、民约、共和、公理、公德、平等、自由之类）。如蒋观云的《卢骚》盼实现西方的民主政治制度，"世人皆欲杀，法国一卢骚。民约倡新义，君威扫旧骄。力填平等路，血灌自由苗。文字收功日，全球革命潮"。梁启超倡言接受西方的民主科学思想，"世非混浊兮不必改革，众安混浊而我独否兮，是我先与众敌，阐哲理指为非圣道兮，倡民权谓曰畔道"（《举国皆敌我》），

---

① 严迪昌：《清诗史》，浙江古籍出版社 2002 年版，第 1080 页。

"每惊国耻何时雪，要识民权不自尊"（《奉酬星洲寓公见怀一首次原韵》）。陈三立（早年的陈三立完全可以看作是个维新人士）的诗歌中体现出受西学的影响，诗歌中阐述了西方政治思想，如《崝庐书所见》："民有智力德，昊穹锡厥美。振厉掖进之，所由奠基址。列邦用图存，群治抉症痼。雄强非偶然，富教耀历史。"① 《江行杂感五首》第二首云："鞭顽绷万途，诱进综一术。学道基小人，政化至纤悉。芽萌可怒生，涵濡俟其实。所恐堕冥丛，芜秽亏素质。"② 在《读侯官严复氏所译英儒穆勒约翰群己权界论偶题》、《读侯官严氏所译社会通诠讫聊书其后》、《感春五首》（其二）、《雪晴放舟题寄南昌乐群学舍诸子》等诗中，主张汲取西方民主自由思想，会通中西，建立民主政治制度。

（二）引入西方社会科学知识。达尔文的进化论思想引入诗歌最多，如无名氏的《悲恐龙》："哀龙哀龙，产行美国槐衣乌密州，长三丈兮高丈五，前短肢兮后长肢，尾大脊巨气虎虎。借问此种何处寻？石垩层中时太古。吁嗟乎！此鸟非无同种禽，始祖鸟兮名最尊。无嘴之口森利齿，强莫强兮皆不存。汝与哀龙共血族，恐龙殄灭何速速。白华丽国好战场，得毋同种相鱼肉？"再如严复的《何嗣五赴欧观战归出其纪念册子索题为口号五绝句》（其二）指责欧洲一些关于战争为进化之大具的说法，谓可汰弱存强，却适得其反，"汰弱存强亦不能，可怜横草尽飞腾。十年生聚谈何易，遍选丁男作射弸"。

（三）引入西方英雄人物、历史人物、著名学者或文学家以及历史文化掌故。梁启超的诗热情歌颂民权自由，歌颂西方资产阶级的政治家和思想家，华盛顿、拿破仑、卢梭、孟德斯鸠等都在他诗中受到热情讴歌。如他的《举国皆敌我》："君不见苏格拉底瘐死兮，基督钉架，牺牲一生觉天下！以此发心度众生，得大无畏兮自在游行。渺躯独立世界上，挑战四万万群盲。一役战罢复他役，文明无尽兮，竞争无时停；百年四面楚歌里，寸心炯炯何所撄。"再如他的《广诗中八贤歌》："哲学初祖《天演》严（严复），远贩欧铅攙亚椠。合与莎米（谓莎士比亚与米儿顿）为鲽鹣，夺我曹席太不廉。"此外，文廷式的《俄罗斯帝大彼

---

①　陈三立：《散原精舍诗文集》，上海古籍出版社 2003 年版，第 28 页。
②　同上书，第 35 页。

得》、《法兰西帝拿破仑第一》、《美利坚总统华盛顿》、《题埃及断碑为伯希祭酒作》；马君武《报载某志士送其未婚妻北行，赠之以诗……》"娶妻当娶苏菲亚，嫁夫当嫁玛志尼"等等。

（四）引入西方近现代自然科学，包括数学、天文、物理、化学、医学、历法、地理、水利之学，形成了"科普诗"。钱锺书《谈艺录》中说维新派诗歌"差能说西洋制度名物，猗摅声光电化诸学，以为点缀"①。如丘逢甲的《题地球画扇》："墨澳欧非尺幅收，就中亚部有神州。普天终见大一统，缩地真成小五洲。畏日遮余占摄力，仁风扬处遍全球。如何世俗丹青手，只写名山当卧游？"引入了近代地理学知识。蒋智由《鸣鸣鸣鸣歌》中的"文明度高竞亦烈，强者生存弱者仆"，丘炜菱《寄怀梁任公先生》中的"以太同胞关痛痒，自由万物竞争存"，引入了达尔文的进化论思想。文廷式的《夜坐向晓》："遥夜苦难明，他洲日方午。一闻翰音啼，吾岂愁风雨。"借地球昼夜向背之理，兴九域沦胥之忧与风雨鸡鸣之怀。许承尧的《言天》："星球有老少，斯语非我斯。试观流与彗，确证何然疑。原质不生来，游衍无边际。最初果何有？名爱耐卢尼。此爱耐卢尼，非出真宰为。更思求其朔，冥阒不可窥。万球本一祖，盈缩相推移。为有互吸力，遂生成毁期。成毁递相禅，年寿亦不奇。"以西方近代天体知识为依据，叙述了诗人对星球形成、物质转化的看法。

（五）引入西方新出现的电话、电灯、照相、自鸣钟等新式发明以及火炮、机械、交通之具。如黄遵宪的《日本杂事诗》写照相："镜影娉婷玉有痕，竟将灵药摄离魂；真真唤遍何曾应，翻怪桃花笑不言。"康有为的《爱国短歌行》："今为万国竞争时，惟我广土众民霸国资，遍鉴万国无似之。我人齐心发愤可突飞，速成学艺与汽机。民兵千万选健儿，大造铁舰游天池，舞破大地黄龙旗。"如严复《何嗣五赴欧观战归出其纪念册子索题为口号五绝句》（其三）曰："洄漩螺艇指潜渊，突兀奇肱上九天。长炮扶摇三百里，更看绿气坠飞鸢。"言欧洲自有潜艇，而海战之术一变。又以飞机，而陆战之术亦一变。炮之远者，及三百里外，而氯气火油诸毒机，其杀人剧于火器。楚北迷新子的《新游仙

---

① 钱锺书：《谈艺录》（补订本），中华书局1984年版，第24页。

诗》："乘兴清游兴倍长，骖鸾驾鹤总寻常；神仙亦爱翻花样，拟坐轻球谒玉皇。""休言一步一莲花，洛女凌波貌绝佳；着得一双弓样袜，踏来水面自由车。""瑶池阿母绮窗开，窗外殷殷响似雷；侍女一声齐报道，穆王今坐汽车来。"①

（六）引入西方的名胜古迹和名都大衢。如康有为"戊戌遭祸，遁迹海外，五洲万国，靡所不到，风俗名胜，诧为咏歌"（《南海先生诗集自序》），"戊戌后周历欧美各国凡十余年，其诗多言域外古迹，恢诡可喜"，他有大量诗篇描绘了欧洲名胜名都。黄遵宪也有许多诗篇描写国外都市名城，陈衍《石遗室诗话》说："其（黄遵宪）关于外邦名迹之作，颇为夥熙。"徐世昌《晚晴簃诗汇》中说："公度负经世才，少游东西各国，所遇奇景异态，一写之以诗。其笔力识见，亦足以达其旨趣。"②

（七）引入西方的风土人情。如黄遵宪的诗歌"开卷盖如入文明之国，至其境而耳目益新，抵其都市，游历宫廷，过其府舍，无一不新者。察之，则政政毕立，而创因见焉；事事毕举，而疏密见焉。即其治象，其国度之高下，可得而言矣。"③ 他的《日本杂事诗》对日本"民俗、物产、国政、人才，瞭如豁如，如家人子之自道其家人产也"④。

（八）引入反映外国思想文化的用语词汇。梁启超明确说诗界要创新，就"不可不求之于欧洲。欧洲之意境语句，其繁富而玮异，得之可以陵铄千古，涵盖一切"⑤。夏敬观《映庵臆说》说黄遵宪"其诗集中所写外国之事，及用译音名词，不胜枚举"。陈三立诗中也有许多新名词，如"希腊竺乾应和多"、"洲显椭圆形"、"人极公例可灌输"、"手摘海王星"、"主义侈帝国"、"人权拟天赋"、"宪法顿灌输"、"今代汽

① 梁启超：《饮冰室诗话》，载《梁启清学术论集·文学卷》，华东师范大学出版社1998年版，第444页。
② 徐世昌：《晚晴簃诗汇诗话》，载《晚晴簃诗汇》卷171，北京出版社1996年版，第2753页。
③ 丘逢甲：《人境庐诗草跋》，载《人境庐诗草笺注》，上海古籍出版社1981年版，第1088—1089页。
④ 康有为：《日本杂事诗序》，载陈永正编《康有为诗文选》，广东人民出版社1983年版，第370页。
⑤ 梁启超：《夏威夷游记》，载《饮冰室合集·专集》之二十二，中华书局1989年影印版，第189页。

船兴"、"限权立宪供揶揄"、"争尸宪政名"、"暂凭跳舞警蹉跎"、"罗
马名师不可攀"等。

在近代众多诗人中,黄遵宪的诗歌能比较全面地反映出"新学诗"
创作的成就。

三、黄遵宪的"新学"诗

黄遵宪字公度,广东嘉应人。1876 年中举,第二年就随何如璋出
使日本。1882 年又奉命赴美国任旧金山部领事。1889 年随薛福成出使
英、法、意、比四国,黄遵宪任驻英二等参赞。1891 年,离英赴新加
坡做总领事。1894 年甲午战争爆发,为张之洞奏调回国。

近二十年的外交生涯,"周历大地,略佐使轺,求百国之宝书,罗
午旁魄,其故至博以滋"(康有为《日本杂事诗序》),使黄遵宪较早较
多地受到了海外文化的影响,加深了对世界形势和资本主义社会的了
解,饱览异国的自然风光,领略了西方光辉的历史文化、文明的政治制
度以及先进的科学成就,形成了比较开阔的世界性眼光。特别是他接触
到日、美、法、英各国政治制度,尝"取卢梭、孟德斯鸠之说读之,知
太平世必在民主也"。因此主张"奉主权以开民智,分官权以保民生,
及其成功,则君权民权,两得其平"①。

在学术思想方面,他也有不少新的见解。论宋学、汉学,以为宋人
义理,汉人考据,都是无用之学。论保存国粹,以为"中国旧习,病在
尊大,病在固蔽,非病在不能保守"。论孔教,以为"儒教不过九流之
一,可议者甚多",而劝梁启超"倡方排击之无害",反对康有为之尊
孔子为教主。他要求严复造新字,变革文体,严复以为"文界无革
命",他不同意,以为"无革命而有维新"②。这些进步思想在当时中国
明显带有近现代化的超前性。

黄遵宪是个具有新思想的学者型诗人。梁启超说:"彼其矻心营目
憔形,以斟酌损益于古今中外之治法,以忧天下,其言用不用,而国之

---

①　钱仲联:《人境庐诗草笺注·前言》,上海古籍出版社 1981 年版,第 3 页。本节引用
黄遵宪的诗歌如没有特别注出,均来自《人境庐诗草笺注》,简称《笺注》。

②　钱仲联:《梦苕庵清代文学论集》,齐鲁书社 1983 年版,第 85 页。

存亡，种之主奴，教之绝续，视此焉，吾未见古今之诗人能如是也。"（《人境庐诗草跋》）钱仲联先生《梦苕庵诗话》也说："今日浅学妄人，无不知称黄公度诗，无不喜谈诗体革命。不知公度诗全从万卷中酝酿而来，无公度之才之学，决不许妄谈诗体革命。"①

总而言之，黄遵宪是个具有超前眼光的近代"新一代"学者，他"识度越寻常"，仅以余事写诗（致仕前尤其如此），然即便如此，其诗歌"殚究事物，神解独具；摆落世眼，心光湛然"，可作近代"论世之学"② 看。

黄遵宪以"新学"入诗表现在以下几个方面。

（一）以近代地理学及其他自然科学入诗

黄遵宪的诗体现近代地理学观念，对以"我"为中心妄自尊大的天朝大国情结予以坚决否定。"休唱攘夷论，东西共一家。……万方今一概，莫自大中华。"（《大狱四首》，《笺注》卷二）"环顾五部洲，沧海不可隔，函关一丸泥，势难复闭壁。""昔日同舟多敌国，而今四海总比邻。更行二万三千里，等是东西南北人。"（《奉命为美国三富兰西士果总领事留别日本诸君子》，《笺注》卷4）他指责愚昧无知和夜郎自大者："芒芒九有古禹域，南北东西尽戎狄。岂知七万余里大九洲，竟有二千年来诸大国。"（《感事三首》，《笺注》卷6）"又天可汗又天朝，四表光辉颂帝尧。今古方圆等颅趾，如何下首让天骄？"（《赠梁任父同年》，《笺注》卷8）中国之外，地球上还有许多具有悠久文明历史的国家，他们并非"夷狄"。诗人又清醒地指出：当今世界，弱肉强食，中国岌岌可危，不正视现实，就有亡国灭种的危险。他警告一些顽固派："鄂罗英法联翩起，四邻逼处环相伺。着鞭空让他人先，卧榻一任旁侧睡。古今事变奇至此，彼己不知宁勿耻。"（《感事三首》，《笺注》卷6）诗人完全摆脱了所谓华夷之界，站在世界潮流的前列，用一种开阔的世界性眼光和意识来批评旧士大夫许多虚妄骄矜的世俗陋见。

---

① 钱仲联：《梦苕庵诗话》，载《民国诗话丛编》第六册，上海书店出版社2002年版，第291页。

② 徐仁铸：《人境庐诗草跋》，载《人境庐诗草笺注》，上海古籍出版社1981年版，第1087页。

《以莲菊桃杂供一瓶作歌》一诗中希望随着世界各民族、各国的发展，我们的祖国应该是"尔时五羊仙城化作海上山，亦有四时之花开满县"（《笺注》卷7），他希望将来的世界"黄白黑种同一国"，"众花照影影一样，曾无人相与我相"，"传语天下万万花，但是同种均一家"，成为各种族、各民族平等和睦相处的大同世界，表达了一种新思想、新观念，抒发了诗人一种四海一家的开放意识，一种携手共进的理想。

他的《今别离》（其四）将东西半球昼夜相反之新知识与男女相思之情结合起来，别开生面，独具韵味，是"以旧风格含新意境"的典范之作，陈三立推其为"千古绝作"。

> 汝魂将何之？欲与君追随。飘然渡沧海，不畏风波危。昨夕入君室，举手搴君帷。披帷不见人，想君就枕迟。君魂倘寻我，会面亦难期。恐君魂来日，是妾不寐时。妾睡君或醒，君睡妾岂知？彼此不相闻，安怪常参差。举头见明月，明月方入扉。此时想君身，侵晓刚披衣。君在海之角，妾在天之涯。相去三万里，昼夜相背驰。眠起不同时，魂梦难相依。地长不能缩，翼短不能飞。只有恋君心，海枯终不移。海水深复深，难以量相思。（《笺注》卷6）

地理学中昼夜相反这一现象对当时中国绝大部分国民来说，是个新知识。诗人以此写男女相思，不仅带有中西文化交融的特色，而且构思新颖。《八月十五夜太平洋舟中望月作歌》在对月思乡的咏叹中也表达了东西昼夜有别，地大如圆的"新"现象：

> 举头只见故乡月，月不同时地各别，即今吾家隔海遥相望，彼乍东升此西没。嗟我身世如转蓬，纵游所至如凿空。……九州脚底大球背，天胡置我于此中。（《笺注》卷5）

黄遵宪的诗歌也以近代其他自然科学或发明入诗。如他《以莲菊桃杂供一瓶作歌》："……即今种花术益工，移枝接叶争天功，安知莲不变桃桃不变为菊，回黄转绿谁能穷？化工造物先造质，控抟众质亦多术，安知夺胎换骨无金丹，不使此莲此菊此桃万亿化身合为一。众生后果本前因，汝花未必原花身，动物植物轮回作生死，安知人不变花花不变为人。六十四质亦么麽，我身离合无不可，质有时坏神永存，安知我不变花花不变为我。……"梁启超评价说："半取佛理，又参以西人植物学、化学、生理学诸说，实足为诗界开一新壁垒。"①

（二）以近代社会科学入诗

最具有代表性的是他的《锡兰岛卧佛》：

　　……噫嗟五大洲，立教几教皇？惟佛能大仁，首先唱天堂。以我悲悯心，置人安乐乡。古分十等人，贵贱如画疆。惟佛具大勇，自弃铜轮王。众生例平等，一律无低昂。罪畏末日审，报冀后世偿。佛说有弥勒，福德莫可当，将来僧祇劫，普渡胥安康。此皆大德慧，倾海谁能量。古学水火风，今学声气光，辩才总无碍，博综无不详。独惜说慈悲，未免过主张。臂称穷鸽肉，身供饿虎粮，左手割利刃，右手涂檀香。冤亲悉平等，善恶心皆忘。愈慈愈忍辱，转令身羸尪。兽蹄交鸟迹，一听外物戕。人间多虎豹，天上无凤凰。虎豹富筋力，故能恣强梁。凤凰太文彩，毛羽易摧伤。惟强乃秉权，强权如金刚。吁嗟古名国，兴废殊无常。罗马善法律，希腊工文章。开化首埃及，今亦归沦亡。念我亚细亚，大国居中央，尧舜四千年，圣贤代相望。大哉孔子道，上继皇哉唐。血气悉尊亲，声名被八荒。到今四夷侵，尽撤诸边防。天若祚中国，黄帝垂衣裳。浮海率三军，载书使四方。王威镇象主，鬼族驯狼腊。归化献赤土，颂德歌白狼。共尊天可汗，化外胥来航。远及牛贺洲，鞭之如群羊。海无烈风作，地降甘露祥。人人仰震旦，谁侮黄种黄？弱供万国役，治则天下强。明王久不作，四顾心茫芳。（《笺注》卷6）

诗中阐发佛教教义，叙说宗教与政治的相互影响，纵横恣肆，博奥

①　梁启超：《饮冰室诗话》，载《梁启超学术论著集·文学卷》，华东师范大学出版社1998年版，第357页。

奇谲，广征博引，堪为洋洋大观。梁启超高度评价诗歌可作为印度近史、佛教小史、地球宗教论、宗教政治关系说来读。[①] 诗歌最后作者感慨面对弱肉强食、武力相争的现代社会，佛教"普度众生"、"大德大慧"的教义也无能为力，甚至显得迂拙，反映出黄遵宪作为近代学人独特的眼光和深邃的洞察力。

（三）以他国历史文化入诗

黄遵宪在《日本杂事诗》修订本自序中说："论者或谓日本外强中干，张脉偾兴……余所交多旧学家，微言刺讥，咨嗟太息，充溢于吾耳。虽自守居国不非大夫之议，而新旧同异之见，时露于诗中。及阅历日深，闻见日拓，颇悉穷变通久之理，乃信其改从西法，革故取新，卓然能自立……嗟夫！中国士夫，颇见狭陋，于外事向不措意。今既闻之矣，既见之矣，犹复缘饰古义，足已自封，且疑且信；逮穷年累月，深稽博考，然后乃晓然于是非得失之宜，长短取舍之要，余滋愧矣！"（《〈日本杂事诗〉自序》，《笺注·附录一》）足见他写海外事，不是"志怪"，而是带着启蒙新民的意识，用诗歌来阐述穷则变、变则通的世界进化的道理。

他以西方诸国（尤其是日本）之史为鉴，反复说明通过"变"，弱国能成为强国；向他国学习，弱国才能成为强国。《西乡星歌》歌颂了日本西乡隆盛等维新派通过武装暴动，推翻了幕府的腐朽统治，日本从此走上维新，一派蒸蒸日上的气象，"尊王攘夷平生志，联翩三杰同时起。锦旗遥指东八州，手缚名王献天子。河鼓一将监众军，中宫匡卫罗藩臣。此时赤手同捧日，上有一人戴旒冕，是为日神之子天帝孙。下有八十三州地，满城旭彩辉红轮。乾坤整顿兵气息，光华复旦歌维新"（《笺注》卷3）。《樱花歌》述说日本幕府统治时期花天酒地、骄奢淫逸、醉生梦死的生活状况，"千金万金营香巢，花光照海影如潮，游侠聚作萃渊薮，真仙亦迷脂夜妖。……十日之游举国狂，岁岁欢虞朝复暮。承平以来二百年，不闻鼙鼓闻管弦，呼作花王齐下拜，至夸神国尊

---

① 梁启超：《饮冰室诗话》，载《梁启超学术论著集·文学卷》，华东师范大学出版社1998年版，第334页。

如天。当时海外波涛涌，龙鬼佛天都震恐。欧西诸大日逞强，渐剪黑奴及黄种。芙蓉毒雾海漫漫，我自闭关眠不动。一朝轮舶炮声来，惊破看花众人梦。我闻桃花源，洞口云迷离，人间汉魏了不知；又闻净土落花深四寸，每读《华严经》卷神为痴。拈花再作开耶姬，上告丰苇原国天尊人皇百神祇，仍愿丸泥封关再闭一千载，天雨新好花，长是看花时。"（《樱花歌》，《笺注》卷3）这里表面上看来是写日本幕府后期的历史，实际是借以描述清道咸之世统治者真实心态；暗寓日本也曾有过一段昏聩时期，只要变革图强，羸弱的局面完全可以扭转。得出的结论就是"滔滔海水日趋东，万法从新要大同"，"尧天到此日方中，万国强由法变通"（《己亥杂诗》，《笺注》卷9）。

（四）以西方英雄人物或历史名人入诗

通过缅怀他们的事迹勋业，旨在唤起一种刚豪之气，一种开拓进取的勇士精神，一种领先世界文明的情怀。在《西乡星歌》中黄遵宪赞美了日本西乡隆盛"嶔崎磊落"、"发扬蹈厉"、勇于反抗的英雄之气（《笺注》卷3）；在《近世爱国志士歌》中，他歌颂了蒲生秀实、林子平、梁孟纬、吉田矩方、僧月照等人在反对幕府、倡导维新时舍身报国的精神，"卒以成中兴之业，维新之功"（《笺注》卷3）。

在《感事三首》中，他赞扬哥伦布勇于探索世界新埠，发现新大陆的贡献，"可伦比亚尤人豪，搜索大地如追逃。裹粮三月指西发，极目所际惟波涛。行行匝月粮且罄，舟人欲杀鬼夜号。忽然大陆出平地，一钩手得十五鳌。即今美洲十数国，有地万里民千亿"（《笺注》卷6）。在《己亥杂诗》中他赞美拿破仑冲击欧洲封建制度的英豪之举，"生是天骄死鬼雄，全欧震荡气犹龙。世间一切人平等，若算人皇只乃公"（《己亥杂诗》，《笺注》卷9）。

在《己亥杂诗》中他赞美美国第一任总统华盛顿，"一夫奋臂万人呼，欲废称臣等废奴。民贵遂忘皇帝贵，莫将让国比唐虞"。在《纪事》中他借华盛顿之理想，表达了自己对中国乃至世界未来的期待，"吁嗟华盛顿，及今百年矣。自树独立旗，不复受压制。红黄黑白种，一律平等视。人人得自由，万物咸遂利。民智益发扬，国富乃倍蓰"（《笺注》卷4）。

（五）以西方异国风光、民俗人情入诗

读黄遵宪诗集"开卷盖如入文明之国，至其境而耳目益新，抵其都市，游其宫廷，过其府舍，无一不新者。察之，则政政毕立，而创因见焉；事事毕举，而疏密见焉。即其治象，其国度之高下，可得而言也。"①

他多年出使日本，日本是他最熟悉的外邦，略依国势、天文、地理、政治、文学、风俗、服饰、技艺、物产等内容为次第而写成大型组诗《日本杂事诗》，"游扶桑之都，迈武门之酷炎，美维新之昌图，嘉高蒲之秀烈，庶王朱之令模。其于民俗、物产、国政、人才，瞭如豁如，如家人子之自道其家人产也"②，可与他《日本国志》相参证。他自己也说："余于丁丑之冬，奉使随槎。既居东二年，稍与其士大夫游，读其书，习其事，拟草《日本国志》一书，网罗旧闻，参考新政，辄取其杂事，衍为小注，串之以诗，即今所行《杂事诗》是也。"（《日本杂事诗自序》，《笺注》附录一）

在《人境庐诗草》中也有许多篇章叙写日本。《樱花歌》述写在日本街头赏花的场景，写出了富有诗意的异国风土人情：

鹐金宝鞍金盘陀，螺钿漆盒携巨罗，伞张胡蝶衣哆啰，此呼奥姑彼檀那，一花一树来婆娑。坐者行者口吟哦，攀者折者手挼莎，来者去者肩相摩。墨江泼绿水微波，万花掩映江之沱。倾城看花奈花何！人人同唱樱花歌。（《笺注》卷3）

《都踊歌》记录了日本民众"七月十五至晦日，每夜亘索街上，悬灯数百。儿女艳装靓服为队，舞蹈达旦，名曰都踊"。甚至是日本街头的小吃，他也写得兴味盎然，"薄薄樱茶一吸余，点心清露挹芙蕖。青衣擎出酒波绿，径尺玻璃纸片鱼"（《不忍池晚游诗》，《笺注》卷3），

---

① 丘逢甲：《人境庐诗草跋》，载《人境庐诗草笺注》，上海古籍出版社1981年版，第1088—1089页。

② 康有为：《日本杂事诗序》，载陈永正编《康有为诗文选》，广东人民出版社1983年版，第370页。

说的是东京街头的樱茶和纸片鱼。

1884 年美国总统选举，时任清朝驻旧金山总领事的黄遵宪曾写《纪事》一诗以纪其事。不仅写出美国总统选举的盛大豪华的场面气氛，而且写出竞争之激烈及其间屡发之丑闻。

在做新加坡领事时，黄遵宪作有《新嘉坡杂诗十二首》，纪新加坡地理、历史、风俗、人情、物产、饮食、服饰。其中第十首就记载了新加坡的物产：

> 舍影摇红豆，墙阴覆绿蕉。问山名漆树，计斛蓄胡椒。黄熟寻香木，青曾探锡苗。豪农衣短后，遍野筑团焦。（《笺注》卷 7）

《番客篇》中详细叙述了南洋的婚礼习俗、人们的创业史以及当地华人的情状。

在他笔下有苏彝士河的宏伟："万国争推东道主，一河横跨两洲遥。破空椎凿地能缩，衔尾舟行天不骄。"（《苏彝士河》，《笺注》卷 6）"一刀截断大河横，省却图南六月程。"（《己亥杂诗》）有伦敦弥漫数十日的大雾："芒芒荡荡国昏荒，冥冥蒙蒙黑甜乡。""时不辨朝夕，地不识南北，离离火焰青，漫漫劫灰黑。""出门寸步不能行，九衢遍地铃铎声。"（《伦敦大雾行》，《笺注》卷 6）还有高耸入云的巴黎铁塔："拔地崛然起，峻峥矗百丈。自非假羽翼，孰能蹑履上？""一览小天下，五洲如在掌。"（《登巴黎铁塔》，《笺注》卷 6）

黄遵宪的这些诗歌用的虽然仍是中国古典诗歌的体式，但因为他写的是域外的事物，奇思妙想，令人向往，使这部分"新意境"之作具有诱人的艺术力量。

（六）以近代新名词、术语入诗

黄遵宪的诗中也有不少新名词，如《罢美国留学生感赋》、《纪事》、《今别离》、《感事》、《以莲菊桃杂供一瓶作歌》等都是善用新名词的成功例子，所用新名词多系舆地、人物以及近代海外文明产物，也有少量社会科学和自然科学术语和概念，如"留学生"、"地球"、"赤道"、"国会"、"殖民地"、"总统"、"校长"、"合众"、"共和"、"自由"、"平等"、"五洲"、"同种"、"美利坚"、"耶稣"。他诗中绝大多数新名词用得较自然、和谐，不像谭嗣同、夏曾佑诗中的新名词那样生造硬套，令人无从索解。这些"新名词"的涌现即有不得不如此的时势所逼，同时也是学术进步本身的要求。①

黄遵宪的诗歌在近代有很大的影响，他是个积极的维新主义者，是近代维新派的主将，他的诗因他广泛的社会交往而广为人知，传诵甚远。

他敢于以西学新知入诗，"用今人所见之理、所用之器、所遭之时势，一寓之于诗。务使诗中有人，诗外有事"②，本着"我手写我口，古岂能拘牵"（《杂感》，《笺注》卷1）的精神，诗歌意境让人耳目一新，诗歌语言可雅可俗，无所拘束，官书会典、口语方言，凡"切于今者"多方采用，深受读者的喜爱。

梁启超评价黄遵宪在近代诗坛的地位时说："公度之诗，独辟境界，卓然自立于二十世纪诗界中，群推为大家，公论不容诬也。"③是论非过誉阿谀之辞，但也应看到黄遵宪的诗歌从严格意义上说还只是以西方新的学识入诗，与后来精通西学的王国维等人相比，他对西方文化的渊源、西方学理的精髓的理解和把握还缺乏深度，因而他的诗与王国维等人的新学诗相比，差距是明显存在的。尽管如此，他的诗歌总体上能反映"新版学人之诗"的创作成就。

四、王国维的欧西哲理诗

王国维是近代中国著名学者。他"不仅在能承续先哲将坠之业……尤在能开拓学术之区宇，补前修所未逮，故其著作可以转移一时之风气而示来者以轨则也"（陈寅恪《〈王静安先生遗书〉序》）。论者多认为他"扮演着现代学术开山祖的角色"④，"在传统学术走向现代学术的途

---

① 王国维：《论新学语之输入》，载《王国维文集》第三卷，中国文史出版社1997年版，第41—42页。
② 黄遵宪：《黄遵宪全集》，中华书局2005年版，第1582页。
③ 梁启超：《饮冰室诗话》，人民文学出版社1959年版，第24页。
④ 刘梦溪：《传统的误读》，河北教育出版社1996年版，第78页。

路中，举凡一些关节点上都印有静安先生的足迹"①。

相应地，中国传统诗学向现代诗学转变过程中，王国维是近代第一个用西学哲学、美学，并结合中国传统诗学，来审视中国诗学的人，起到了披荆斩棘、导夫先路的作用。事实上，中国传统诗学与西方诗学之间的碰撞与融合，是20世纪中国现代诗学的一个核心主题。在融会中西诗学再造中国现代诗学的过程中，王国维无疑起着开风气的先驱者的作用。正如有学者所指出的："在西方文明'滔滔而入中国'的晚清末期，他（王国维）抱着'发明光大'祖国文化学术的热忱，奋力钻研和引进西方哲学美学，并结合传统诗论，试图建立一种新的诗学体系。他的一系列哲学诗学著述，在我国新旧社会、新旧文化交替之际，起了一定的思想启蒙作用。"②

王国维融欧西哲理入诗的篇章多集中创作于1903至1912年之间，这段期间他大力阅读西人著述，其诗学思想和诗歌创作明显受他们哲学和美学思想的影响。对此钱锺书先生作过分析：

> 《杂感》云："侧身天地苦拘挛，姑射神人未可攀。云若无心常淡淡，川如不竞岂潺潺。驰怀敷水条山里，托意开元武德间。终古诗人太无赖，苦求乐土向尘寰。"此非柏拉图书馆之理想，而参以浪漫主义之企羡乎？《出门》云："出门惘惘知奚适，白日昭昭未易昏。但解购书那计费，且消今日敢论旬。百年顿尽追怀里，一夜难为怨别人。我欲乘龙问羲叔，两般谁幻又谁真。"此非普罗太哥拉斯之人本论，而用之于哲学家所谓主观时间乎？"百年顿尽"一联……静安标出"真幻"两字，则哲学家舍主观时间而立客观时间，牛顿所谓"绝对真实数学时间"者是也。句如"人生过后唯存悔，知识增时转益疑"，亦皆西洋哲学常语。③

在西方诸多哲人中对王国维影响最大的无疑是叔本华。王国维在其

---

①　刘梦溪：《传统的误读》，河北教育出版社1996年版，第105页。
②　佛雏：《王国维诗学研究》，北京大学出版社1999年版，第1页。
③　钱锺书：《谈艺录》（补订本），中华书局1984年版，第24—25页。

文集《自序》（作于 1905 年）中云："余之研究哲学始于辛（丑）壬（寅）之间（1901—1902）。癸卯（1903）春，始读汗德（按即康德）之《纯理批评》（按即《纯粹理性批评》），苦其不可解，读几半而辍。嗣读叔本华之书而大好之。自癸卯之夏，以至甲辰（1904）之冬，皆与叔本华之书为伴侣之时代也。其所尤惬心者，则在叔本华之知识论……"① 在《叔本华像赞》中他颂扬叔氏："天眼所观，万物一身。搜源去欲，倾海量仁"，说自己"愿以千复，奉以终身"②。叔本华的思想在他诗歌中主要表现在四个方面。

（一）王国维的诗歌蕴含着叔本华的悲观哲学，一言以蔽之曰"极深之悲观主义"③，哀声成为他诗歌中的主旋律。如《蚕》：

> 余家浙水滨，栽桑径百里。年年三四月，春蚕盈筐筥。蠕蠕食复息，蠢蠢眠又起。口腹虽累人，操作终自己。丝尽口卒屠，织就鸳鸯被。一朝毛羽成，委之如敝屣。喘喘索其偶，如马遭鞭筆。呴呴濡其卵，怡然即泥滓。明年二三月，蠢蠢长孙子。茫茫千万载，辗转周复始。嗟汝竟何为？草草同生死。岂伊悦此生，抑由天所畀？畀者固不仁，悦者长已矣。劝君歌少息，人生亦如此！④

这首诗以蚕喻人，对受生存意志驱使而盲目地生生息息的人世作了悲悯而无可奈何的描述，很可以代表王国维的悲观人生态度。

又如《平生》云：

> 平生苦意掣卢敖，东过蓬莱浴海涛。何处云中闻犬吠，至今湖畔尚乌号。人间地狱真无间，死后泥洹枉自豪。终古众生无度日，世尊只合老尘嚣。⑤

---

① 王国维：《王国维文集》第 3 卷，中国文史出版社 1997 年版，第 469—471 页。
② 同上书，第 313 页。
③ 缪钺：《诗词散论》，陕西师范大学出版社 2008 年版，第 85 页。
④ 王国维：《王国维文集》第 1 卷，中国文史出版社 1997 年版，第 254 页。
⑤ 同上书，第 255 页。

诗歌借秦时卢敖避难隐遁，说明人世争斗不已，永无安宁之日，无处可以躲避世间悲苦。

（二）他的诗歌大发感慨：有生即是痛苦，人生不过是是摧折损耗自身的过程，"一日战百虑，兹事与生俱。膏明兰自烧，古语良非虚"（《偶成》）①。人生即使有快乐，快乐亦尽为幻觉；欲求解脱，而解脱亦终不能得，"……中夜搏嗜欲，甲裳朱且殷。凯歌唱明发，筋力亦云单。蝉蜕人间世，兀然如泥洹。此语闻自昔，践之良独难。厥途果奚从，吾欲问瞿昙"（《偶成》其二）②。

从这些诗歌可以看出王国维"对人生问题殆无日不萦系脑海中。兰膏自煎，蚕茧自缚，迄无宁静时。后此，更日益堕入悲观哲学泥沼中不能自拔矣"③。其《书古书中故纸》云："书成付与炉中火，了却人间是与非"④，隐含毁灭此生无复顾惜之意，可看出他悯生悲世，早存厌世之心。⑤

（三）叔本华认为人生既已为痛苦，故贵求解脱。解脱有久暂两种，暂时之解脱为沉浸于艺术之中（永久之解脱则为灭绝意欲）。王国维在诗中也表达了这种思想，如他的《坐致》云："坐致虞唐亦太痴，许身稷契更奚为？谁能妄把平成业，换却平生万首诗"⑥；《拼飞》云："欢场只自增萧瑟，人海何由慰寂寥。不有言愁诗句在，闲愁哪得暂时消"⑦；《书古书中故纸》云："昨夜书中得故纸，今朝随意写新诗。长捐箧底终无恙，比入怀中便足奇。黯淡谁能知汝恨，沾涂亦自笑余痴"⑧。

他的一首词《浣溪沙》也表达了这个意思：

掩卷平生有百端，饱更忧患转冥顽。偶听啼鴂怨春残。坐觉无

① 王国维：《王国维文集》第 1 卷，中国文史出版社 1997 年版，第 251 页。
② 同上。
③ 萧艾：《王国维诗词笺校》，湖南人民文学出版社 1984 年版，第 19 页。
④ 王国维：《王国维文集》第 1 卷，中国文史出版社 1997 年版，第 248 页。
⑤ 缪钺：《诗词散论》，陕西师范大学出版社 2008 年版，第 89 页。
⑥ 王国维：《王国维文集》第 1 卷，中国文史出版社 1997 年版，第 258 页。
⑦ 同上书，第 251 页。
⑧ 同上书，第 248 页。

何消白日，更缘随例弄丹铅。闲愁无分况清欢。①

（四）叔本华认为人生万象由于时间、空间的障隔，真相不复可睹，故仅仅成为虚幻的、梦一般的存在，他反复阐述过"梦"与"现实生活"两者可分而不可分。王国维对"人间"与"梦"的区分，也正如此。"耳目不足凭，何况胸所思。人生一大梦，未审觉何时。相逢梦中人，谁为析余疑"（《来日》二首之二）②；"百年顿尽追怀里，一夜难为怨别人。我欲乘龙问羲叔，两般谁幻又谁真"（《出门》）③。作者虽生活于现实之中，却有"浑似置身梦中意味"④。

王国维引西方学理入诗，对晚清诗界革命派的"新版"学人之诗⑤也是个超越。

诗界革命派"新版"学人之诗经历着从拮扯新名词、新事物入诗到以政治语汇入诗的过程，到王国维笔下发生了质的变化，由"琐碎粗疏"转向"微情深理"。

马亚中说："宣民之际，早先的诗界革命派诗人并没有继续前进，相反还有所后退。而在文艺理论方面，西方的美学观点也开始在悄悄地渗透进来。其中以王国维对西方哲学、美学的研究最为深入，并达到了融会贯通的境界。"⑥

钱锺书把王国维与诗界革命派主将黄遵宪的诗歌做了个比较："（公度诗）差能说西洋制度名物，掎摭声光电化诸学，以为点缀；而于西人风雅之妙、性理之微，实少解会。故其诗有新事物而无新理致，……盖若辈之言诗界维新，仅指驱使西故，亦犹参军蛮语作诗，仍是用佛典梵语之结习而已。"⑦ "余称王静庵以西方义理入诗，公度无

---

① 王国维：《王国维文集》第 1 卷，中国文史出版社 1997 年版，第 239 页。
② 同上书，第 253 页。
③ 同上书，第 257 页。
④ 王国维著，萧艾笺校：《王国维诗词笺校》，湖南人民文学出版社 1984 年版，第 31 页。
⑤ 严迪昌先生说"诗界革命"派引西方名物入诗，他们的诗歌"读起来仍有种以'新学'入诗，是学人诗新版本的感觉"。见《清诗史》，浙江古籍出版社 2002 年版，第 1080 页。
⑥ 马亚中：《中国近代诗歌史》，台湾学生书局 1992 年版，第 552 页。
⑦ 钱锺书：《谈艺录》（补订本），中华书局 1984 年版，第 24 页。

是，非谓静庵优于公度，三峡水固不与九溪十八涧争幽蒨清冷也。"①
意谓王国维和黄遵宪在诗歌艺术上无优劣之别，但他的西学与黄遵宪相
比，要深邃得多，他能从文化心理上把握了西方，而黄遵宪更多的是对
西方制度和风土的了解。因而王国维的"学人之诗"更能从深层次的
文化心理上反映西方。

钱锺书先生又把王国维与同时期颇能诗的学人严复做了个比较：
"严几道号西学巨子，而《瘉壄堂诗》词律谨饬，安于故步……其他偶
欲就旧解出新意者，如卷下《日来意兴都尽，涉想所至，率然书之》
三律之'大地山河忽见前，古平今说是浑圆。偪仄难逃人满患，炎凉只
为岁差偏'；'世间皆气古尝云，汽电今看共策动。谁信百年穷物理，
反成浩劫到人群'。直是韵语格致教科书，乇无微情深理。几道本乏深
湛之思，治西学亦求卑之无甚高论者，如斯宾塞、穆勒、赫胥黎辈；所
译之书，理不胜词，斯乃识趣所囿也。老辈惟王静安，少作时时流露西
学义谛，庶几水中之盐味，而非眼里之金屑。……七律多二字标题，比
兴以寄天人之玄感，申悲智之胜义，是治西洋哲学人本色语。"②

王国维不仅改变了晚清传统学人之诗的思想内容和思维模式，而且
拓展了诗界革命派"新版"学人之诗的视野和境界。在他的带动和示
范下，在19世纪末至20世纪中叶，中国学坛上比较集中地走出了一批
以现代学理入传统诗体的学人，如陈寅恪、马一浮、萧公权、胡先骕、
钱锺书等，"由于他们主要是依靠现代学术的孕育和妊娠而诞生，这个
痛苦的过程不仅改变了他们的思维方式和学术专业，而且还在深层改变
了学术主体传统的生命活动方式和思想情感方式。因此，尽管他们仍在
以旧体诗这种传统形式写作，但其中所表现的现代性眼光和思想情感却
是前所未有的"③。他们以"吾道寓于诗"④的方式表现出对中西方文化
的历史、现状、未来的感性体验与学理思考。

① 钱锺书：《谈艺录》（补订本），中华书局1984年版，第347页。
② 同上书，第24页。
③ 刘士林：《诗之新声与学之别体——论20世纪的中国学人之诗》，《社会科学战线》
2004年第3期。
④ 马一浮：《再答竹石道者》，《马一浮集》第三册，浙江古籍出版社1996年版，第289
页。

第三节　古典诗歌学问化之路的终结

作为传统诗歌叛逆者的现代白话诗，发生于新文化运动前后，尽管发起者为一班饱浸西学或深受西学影响的有学之士——胡适为主将，陈独秀、钱玄同为副将，刘复、周作人、鲁迅、沈尹默、俞平伯，陈衡哲等人为这支队伍的生力军，但他们的诗歌显然不具备学人之诗"新形态"之资格。他们诗歌的话语方式与审美取向主要来自西方美学，尤其是其审美原则中有一种完全排斥知识、学问而独尊抒情之取向，因此尽管可以把他们的诗称之为一种新的诗歌样式，有"新版"的特征，但由于他们有浓郁的"反智主义"、"反传统主义"和"反本土主义"倾向①，"主张把线装书全投茅厕者，趋新之论转为扫旧，一若拔本塞源"②，显然他们走的是一条与传统学人之诗相背的路子。

一、胡适反对以学问为诗

胡适反对以学问为诗（文），"摹仿"、"掉书袋"、"假古董"、"烂调子"成为他常用的批评古典诗文的话语。

1917 年，胡适发表《文学改良刍议》，拉开文学革命序幕。先在《寄陈独秀》中提出文学革命须做到"八事"；一年后又在《建设的文学革命论》中提出文学革命要反对"八不"；旋又将"八不"压缩成"四条"。此外他还指出中国古典文学"三大弊端"。"八事"、"四条"、"三大弊端"其实也就是"八不"：

> 一，不做"言之无物"的文字。二，不做"无病呻吟"的文字。三，不用典。四，不用套语烂调。五，不重对偶——文须废骈，诗须废律。六，不做不合文法的文字。七，不摹仿古人。八，

---

① 刘士林：《诗之新声与学之别体——论 20 世纪的中国学人之诗》，《社会科学战线》2004 年第 3 期。

② 钱穆：《中国文学讲演录》，巴蜀书社 1987 年版，第 19 页。

不避俗话俗字。①

"八不"其三反对用典；其四反对规模前人章句；其五反对音韵之学；其七反对摹仿古人的格调法度。其实就是反对古典诗歌以学问为诗的路子。其中尤以反对用典为甚。胡适反对以下情况的用典：

（1）比例泛而不切，可作几种解释，无确定之根据。今取王渔洋《秋柳》一章证之："娟娟凉露欲为霜，万缕千条拂玉塘。浦里青荷中妇镜，江干黄竹女儿箱。空怜板渚隋堤水，不见琅琊大道王。若过洛阳风景地，含情重问永丰坊。"此诗中所用诸典无不可作几样说法。

（2）僻典使人不解。夫文学所以达意抒情也。若必求人人能读五车之书，然后能通其文，则此种文可不作矣。

（3）刻削古典成语，不合文法。"指兄弟以孔怀，称在位以曾是"（章太炎语），是其例也。今人言"为人作嫁"亦不通。

（4）用典而失其原意。如某君写山高与天接之状，而曰"西接杞天倾"。

（5）古事之实有所指，不可移用者，今往乱用作普通事实。如古人灞桥折柳，以送行者，本是一种特别土风。阳关、渭城亦皆实有所指。今之懒人不能状别离之情，于是虽身在滇越，亦言灞桥；虽不解阳关、渭城为何物，亦皆言"阳关三叠"、"渭城离歌"。又如张翰因秋风起而思故乡之莼羹鲈脍，今则虽非吴人，不知莼鲈为何味者，亦皆自称有"莼鲈之思"。此则不仅懒不可救，直是自欺欺人耳！②

胡适在很多场合都解释了他反对用典炫学的理由。他认为典故一般不切合时事，不切合情感和生活，作出来的诗也就显得不合时宜。他曾

---

① 胡适：《建设的文学革命论》，《胡适文存》第一卷，上海书店 1989 年版，第 72—73 页。

② 胡适：《文学改良刍议》，《胡适文存》第一卷，上海书店 1989 年版，第 19—20 页。

举胡先骕在美国所作之词为例:"荧荧夜灯如豆,映幢幢孤影,凌乱无据。翡翠衾寒,鸳鸯瓦冷,禁得秋宵几度?幺弦漫语,早丁字帘前,繁霜飞舞。袅袅余音,片时犹绕柱。"胡适说:"此词骤观之,觉字字句句皆词也,其实仅一大堆陈言套语耳。'翡翠衾'、'鸳鸯瓦',用之白香山《长恨歌》则可,以其所言乃帝王之衾之瓦也。'丁字帘'、'幺弦',皆套语也。此词在美国所作,其夜灯绝不'荧荧如豆',其居室尤无'柱'可绕也。"①"时代变迁,一时代的套语过了一二百年便不能适用。如宋人可用'红巾翠袖'代表美人,今世的女子若穿戴着红巾翠袖,便成笑柄了!又如古代少年可说'衫青鬓绿'。后来'绿'字所表的颜色渐渐由深绿变成浅绿,我们久已不说头发是'绿'的……所以我所说文学改良的八事中有'不用套语'一条,正是为了这个道理。"②

他反对用僻典还因为用了许多历史的,或文学的,或神话的,或艳情的典故套语,只有个中人能懂得,局外人便不能懂得。局外人若要懂得,还须请个人详加注释。他说诗歌本来是"言近旨远"的,有的诗歌本来是极浅的意思,却用了许多不求人解的僻典,若不知道作者寄托的意思,便成了全无意识七凑八凑的怪文字,成了"言远而旨近"的诗。这种诗也许在当时有不得已的理由,在后世或有历史上的价值,但在文学上却不能有什么价值。③ 他还说一切语言文字的作用在于达意表情;达意达得妙,表情表得好,便是文学。那些用死文言的人,有了意思,却须把这意思翻成几千年前的典故;有了感情,却须把这感情译为几千年前的文言。"明明是客子思家,他们须说'王粲登楼'、'仲宣作赋';明明是送别,他们却须说'《阳关》三叠'、'一曲《渭城》';明明是贺……生日,他们却须说是贺伊尹、周公、傅说。更可笑的:明明是乡下老太婆说话,他们却要叫他打起唐宋八家的古文腔儿;明明是极下流的妓女说话,他们却要他打起胡天游、洪亮吉的骈文调子!"④

---

① 胡适:《文学改良刍议》,《胡适文存》第一卷,上海书店 1989 年版,第 13—14 页。
② 胡适:《追答李濂镗君》,《胡适文存》第一卷,上海书店 1989 年版,第 217 页。
③ 胡适:《五十年来中国之文学》,《胡适古典文学研究论集》,上海古籍出版社 1988 年版,第 452 页。
④ 胡适:《胡适文存》第一卷,上海书店 1989 年版,第 76 页。

　　他还分析了用典者貌似很有学问，其实是才学浅薄，感情虚假，糊弄人，"适尝谓凡人用典或用陈套语者，大抵皆因自己无才力，不能自铸新辞，故用古典套语，转一弯子，含糊过去，其避难趋易，最可鄙薄！在古大家集中，其最可传之作，皆其最不用典者也。老杜《北征》何等工力！然全篇不用一典。（其'不闻殷周衰，中自诛褒妲'二语乃比拟非用典也。）其《石壕》、《羌村》诸诗亦然。韩退之诗亦不用典。白香山《琵琶行》全篇不用一典。《长恨歌》更长矣，仅用'倾国'、'小玉'、'双成'三典而已。律诗之佳者，亦不用典。堂皇莫如'云移雉尾开宫扇，日映长龙识圣颜。'宛转莫如'岂谓尽烦回纥马，翻然远救朔方兵。'纤丽莫如'梦为远别啼难唤，书被催成墨未浓。'悲壮莫如'永夜角声悲自语，中天月色好谁看！'然其好处，岂在用典哉？"[①]"文人词客不能自铸词造句以写眼前之景，胸中之意，故借用或不全切，或全不切之故事陈言以代之，以图含混过去。"[②]

　　他站在文学发展史的高度反对习用古人格调体式。他认为某个文学式样发展圆熟了，劣等的文人便来摹仿，摹仿的结果，往往学得了形式上的技术，而丢却了创作的精神，天才堕落而为匠手，创作堕落而为机械。生气剥丧完了，只剩下一点小技巧，一堆烂书袋，一套烂调子！于是这种文学方式的命运便完结了，文学的生命又须另向民间去寻新方向发展了。[③]文学便是以这种方式螺旋式地向前演进。他批评樊增祥、陈三立、郑孝胥等人，"其诗皆规模古人，以能神似某人某人为至高目的，极其所至，亦不过为文学界添几件赝鼎耳，（岂）文学云乎哉！"[④]又说陈三立他们学习黄庭坚派喜欢掉书袋，往往有恶劣的古典诗。[⑤]指陈王闿运的诗集有许多的假古董。[⑥]力诋乾嘉以来的以学问和考据入诗，批评章太炎的诗歌"全是复古的文学……最恶劣的假古董莫如他的《丹

---

　　①　胡适：《寄陈独秀》，《胡适文存》第一卷，上海书店1989年版，第2—3页。
　　②　胡适：《文学改良刍议》，《胡适文存》第一卷，上海书店1989年版，第17页。
　　③　胡适：《〈词选〉自序》，《胡适诗话》，四川文艺出版社1991年版，第461页。
　　④　胡适：《寄陈独秀》，《胡适文存》第一卷，上海书店1989年版，第3页。
　　⑤　胡适：《五十年来中国之文学》，《胡适古典文学研究论集》，上海古籍出版社1988年版，第121页。
　　⑥　同上书，第97页。

橘》与《上留田》诸篇"。① 对张之洞、陈宝琛、郑孝胥、袁昶、梁鼎芬、刘光第、俞明震、赵熙、陈曾寿等人颇有微词——他们都是经籍味浓厚的诗人。

除了反对用典、习用前人格式，胡适还反对古典诗歌的声调格律，他说："诗体的大解放，就是把从前一切束缚自由的枷锁镣铐，一一打破。"② "诗体的大解放"的意思是："不但打破五言七言的诗体，并且推翻词调曲谱的种种束缚；不拘格律，不拘平仄，不拘长短；有什么题目，做什么诗；诗该怎样做，就怎样做。"③

再次是他反对使用古、怪、僻、冷的字词，在语言上排斥古奥晦涩习气，要通俗易懂，明白如话。在《与梅光迪辩论白话文学》中他用诗歌形象地说：

> 古人叫做"欲"。今人叫做"要"。
> 古人叫做"至"（古音如"垤"），今人叫做"到"。
> 古人叫做"溺"，今人叫做"尿"。
> ……
> 至于古人叫做"字"，今人叫做"号"；
> 古人悬梁，今人上吊：
> 古名虽未必不佳，今名又何尝不妙？
> 至于古人乘舆，今人坐轿；
> 古人加冠束帻，今人但知戴帽。④

他在《四十自述》一文中说："我认定了中国诗史上的趋势，由唐诗变到宋诗，无甚玄妙，只是作诗如作文！更近于说话。……我那时的主张颇受了读宋诗的影响。所以说'要须作诗如作文'，又反对'琢镂

① 胡适：《五十年来中国之文学》，《胡适古典文学研究论集》，上海古籍出版社 1988 年版，第 133 页。
② 胡适：《〈尝试集〉自序》，《胡适文存》第一卷，上海书店 1989 年版，第 277 页。
③ 胡适：《新诗——中国诗史上第四次诗体的大解放》，《胡适诗话》，四川文艺出版社 1991 年版，第 215 页。
④ 胡适：《与梅光迪辩论白话文学》，载《胡适诗话》，四川文艺出版社 1991 年版，第 95 页。

粉饰'的诗。"① 他以"言文合一"的新的语言—文化制度的建立为目标，实现了他所谓"作诗如说话"的通俗文化理想。

胡适的诗学主张其实是要诗歌创作重新回归抒情言志的传统，作诗何贵乎用事？他本人也在"尝试"中实践，在实践中"尝试"，如他的《蝴蝶》：

> 两个黄蝴蝶，双双飞上天。
> 不知为什么，一个忽飞还。
> 剩下那一个，孤单怪可怜。
> 也无心上天，天上太孤单。②

再如《病中得冬秀书》：

> 一
>
> 病中得他书，不满八行纸。全无要紧事，颇使我欢喜。
>
> 二
>
> 我不认得她，她不认得我，我总常念她，这是为什么？
> 岂不因我们，分定长相亲，由分生情意，所以非路人？
> 海外"土生子"，生不识故里。终有故乡情，其理就如此。
>
> 三
>
> 岂不爱自由，此意无人晓：情愿不自由，也是自由了。③

二、新文学运动中其他主将反对用典炫学的做法

与胡适相比，钱玄同反对古典诗歌以学入诗则有过之而无不及，他力赞胡适的"不用典"。认为用典乃文学腐败之一大原因，高度肯定胡适之论乃知"本"之所在，"实足祛千年来腐臭文学之积弊"。不仅如

---

① 胡适：《四十自述》，安徽教育出版社1999年版，第103页。
② 胡适：《尝试集》，人民文学出版社2000年版，第9页。
③ 同上书，第17页。

此，他对胡适的"狭义用典只要工者亦可用"的"妥协"之论提出更激进的修正，"凡用典者，无论工拙，皆为行文之疵病"①。他还认为诗文中用字、出生地、辈分来代替姓名的做法同用典之弊相似，"人之有名，不过一种记号。夏殷以前，人止一名，与今之西人相同。自周世尚文，于是有'幼名，冠字，五十以伯仲，死谥'种种繁称，已大可厌矣。六朝重门第，争标郡望。唐宋以后，'峰泉溪桥楼亭轩馆'，别号日繁，于是一人之记号多乃至数十，每有众所共知之人，一易其名称，竟茫然不识为谁氏者。一翻《宋元学案》目录，便觉头痛，即以此故；而自昔文学之文，对于此等称谓，尤喜避去习见，改用隐僻，甚或删削本名，或别创新称。近时流行，更可骇怪。如'湘乡'、'合肥'、'南海'、'新会'、'项城'、'黄陂'等等，专以地名名人，一若其地往古来今，即此一人可为代表者然，非特使不知者无从臆想，即揆诸情理，岂得谓平！故弟意今后作文，凡称人，悉用其姓名，不可再以郡望别号地名等等相摄代。（又，官名地名须从当时名称，此前世文人所已言者，虽桐城派诸公，亦知此理。然昔人所论，但谓金石文学及历史传记之体宜然；鄙意文学之文，亦当守此格律。又文中所用事物名称，道古时事，自当从古称；若道现代事，必当从今称。故如古称'冠、履、衿、笾、豆、尊、鼎'，仅可用于道古；若道今事，必当改用'帽、鞋、领、裤、碗、盆、壶、锅'诸名，断不宜效法'不敢题糕'之迂谬见解）"②。对做诗填词必用陈套语，自命典赡古雅者，钱氏斥之为"高等八股"、"变形之八股"③。"若堆砌许多典故，等后人来注出处，藉此以炫其饱学，这种摆臭架子的文人，真要叫人肉麻死了！"④

陈独秀提出文学革命的口号："推倒雕琢阿谀的贵族文学，建设平易的抒情的国民文学；推倒陈腐的铺张的古典文学，建设新鲜的立诚的写实文学；推倒迂腐的艰涩的山林文学，建设明了的通俗的社会文

---

① 钱玄同：《寄陈独秀》，载《钱玄同文集》第一卷，中国人民大学出版社 1999 年版，第 3 页。
② 同上书，第 5—6 页。
③ 同上书，第 10 页。
④ 同上书，第 45 页。

学。"① 从内容和形式上对古典诗文做了比较全面的批判，批评了"颂声大作，雕琢阿谀，词多而意寡"的贵族之文和"深晦艰涩，自以为名山著述，于其群之大多数无所裨益也"的山林文学。反对雕琢，反对诗歌"褒衣大袑"的贵族气息，提倡诗歌的平易自然；反对在诗歌中罗列典故，讲求来历。主张以鲜活的笔触表现性情、表现身边的生活；以平易流畅或曰通俗的诗歌获取众人的领悟。

刘复也痛斥"奉四书五经为文学宝库，而生吞活剥孔孟之言，尽举一切'先王后世禹汤文武'种种可厌之名词，而堆砌之于纸上"的文风。甚至对维新派诗人自造新名词与外国名词也提出批评，说他们以新名词入诗，结果未必尽通，"杂入累赘费解之新名词，其讨厌必与滥用古典相同"②。

鲁迅在《摩罗诗力说》中提出的摩罗诗力理论实际上是对传统诗教的彻底否定，主张根除古典诗学中的传统思想，从西方诗学中引入"刚健不挠，抱诚守真，不媚于群，以随顺旧俗；发为雄声，以起其国人之新声"③的诗学精神。实际上是要完全离开古典诗歌的畛域，另起炉灶，诗要纯粹从真挚的性情中流出，要有鲜明的个性，古典诗学中的诗以载道、用典用事、资书为诗的思想和做法都得彻底抛弃，以求得诗歌的大解放。摩罗诗力理论对古典诗歌批判和破坏的力度和深度大大超过了胡适等人的主张，"此文中闪烁着耀目光芒的反抗、战斗精神，在当时绝无仅有"④。

三、古典诗歌总体上被终结

以胡适为代表的文学改革派的诗学主张和诗歌创作遭到了同时代很多学者的反对。反对新体诗的士人当中，有以"光复故物"为纲领的晚清帝国遗老遗少，有像吴宓那样专意与新思想唱对台戏的中国文化本位论者，也有纯是出于留恋传统文化而以旧体诗寄托其情感的怀旧主义者。⑤ 但学衡派也好，紧随其后的新月派也好，他们以学为诗的心态，

① 陈独秀：《文学革命论》，载《独秀文存》第一卷，上海书店1989年影印版，第136页。
② 刘复：《我之文学改良观》，载《中国近代文学大系》（文学理论集），上海书店1994年版，第357—361页。
③ 鲁迅：《摩罗诗力说》，载《鲁迅全集》第一卷，人民文学出版社1973年版，第232页。
④ 刘诚：《中国诗学史》，鹭江出版社2002年版，第328页。
⑤ 刘士林：《诗之新声与学之别体——论20世纪的中国学人之诗》，《社会科学战线》2004年第3期。

恰是置身于思潮涌动浪潮中的文化保守主义者（当然并不一定就是政治保守主义者）对传统诗文化浓烈的感情眷念，但这种眷念在这股文学革命的势潮中显得孤立和无奈，他们的争论和呼吁显得苍白无力，尔后便不得不自行消散了。这说明古典诗歌尽管有着千年积淀，拥有无与伦比的精美与华丽，也尽管有心忧中华文化国粹的士人起身呼喊："吾侪将如何而兴国？如何而救亡？如何以全生？如何以自慰乎？吾侪欲为杜工部，欲为顾亭林，欲为但丁，欲为雪莱等等，其可得乎？是故旧诗之不作，文言之堕废……乃吾侪所认为国家民族全体永久最不幸之事。"① 然而他们最终只能看到"一生爱读爱作之旧体文言诗"② 摧枯拉朽般地被逐出了中国诗坛，古典诗歌学问化之路总体上被终结。民国二十年，吴宓曾伤心地写道，他精心收集的古体诗，"无地刊布，盖以旧诗受众排斥，报章杂志皆不肯刊登"③。

新文化运动要破坏孔教，破坏国粹，破坏旧艺术，破坏旧宗教，破坏旧文学，破坏旧政治④，所进行的文学改革是以革除文言文、改用白话文为中心和开端的，既然诗歌的文言外壳因为有异于口语，有碍明白易懂而被抛弃了，用事、用典，引用前人的词语、语句，使用僻字险韵、长韵，使用物之别名、人之小名、地之古名入诗已成滥调套语，自然务求去之；摹仿习取前人的格调、法度被斥之为无病呻吟，自然早应抛弃——古典诗歌以学为诗之路被彻底否定。

在诗以抒情达意为上、作诗如说话等诗学思想的指导下，以学入诗、深馥雅致的古典诗歌，在新文化运动的冲击下，已成为时代的弃儿。钱仲联先生说"古诗到'五四'运动至少是终结了"⑤。

---

① 吴宓：《空轩诗话》，载《民国诗话丛编》第六册，上海书店 2002 年版，第 90 页。
② 同上书，第 90 页。
③ 同上书，第 7 页。
④ 陈独秀：《新青年罪案之答辩书》，载《独秀文存》第一卷，上海书店 1989 年影印版，第 361 页。
⑤ 魏中林：《钱仲联讲论清诗》，苏州大学出版社 2004 年版，第 72 页。

主要参考文献

文津阁《四库全书》，商务印书馆 2005 年版。

《续修四库全书》，上海古籍出版社 2002 版。

《四库全书存目丛书》，齐鲁书社 1997 年版。

《四库禁毁书丛刊》，北京出版社 1997 年版。

《丛书集成初编》本，中华书局 1985 年版。

《四部丛刊》，上海书店 1985 年版。

《近代中国史料丛刊》，台北文海出版社 1968 年版。

《清代传记丛刊》，台北明文书局 1985 年版。

司马迁：《史记》，中华书局 1957 年版。

班固：《汉书》，中华书局 1962 年版。

范晔：《后汉书》，中华书局 1965 年版。

陈寿：《三国志》，中华书局 1959 年版。

房玄龄等：《晋书》，中华书局 1974 年版。

沈约：《宋书》，中华书局 1974 年版。

萧子显：《南齐书》，中华书局 1972 年版。

姚思廉：《梁书》，中华书局 1973 年版。

姚思廉：《陈书》，中华书局 1972 年版。

魏收：《魏书》，中华书局 1974 年版。

令狐德棻等：《周书》，中华书局 1971 年版。

李百药：《北齐书》，中华书局 1972 年版。

李延寿：《南史》，中华书局 1975 年版。

李延寿：《北史》，中华书局 1974 年版。

魏征等：《隋书》，中华书局 1973 年版。

刘昫等：《旧唐书》，中华书局 1975 年版。

欧阳修、宋祁：《新唐书》，中华书局 1975 年版。

吴兢：《贞观政要》，上海古籍出版社 1978 年版。

李肇：《唐国史补》，上海古籍出版社 1957 年版。

司马光：《资治通鉴》，中华书局 1956 年版。

常璩：《华阳国志》，刘琳校注，巴蜀书社 1984 年版。

脱脱等：《宋史》，中华书局 1977 年版。

赵尔巽等：《清史稿》，中华书局 1977 年版。

（清）国史馆编：《清史列传》，中华书局 1987 年版。

孙静庵：《明遗民录》，浙江古籍出版社 1985 年版。

徐世昌：《清儒学案》，中华书局 2008 年版。

章学诚：《文史通义》，中华书局 1994 年版。

班固：《汉书·艺文志》，颜师古注，商务印书馆 1955 年版。

（唐）长孙无忌等：《隋书经籍志》，商务印书馆 1955 年版。

纪昀等：《钦定四库全书总目》，中华书局 1997 年版（整理版）。

中国科学院图书馆：《续修四库全书总目提要》，齐鲁书社 1996 年版。

柯愈春：《清人诗文集总目提要》，北京古籍出版社 2001 年版。

李灵年等：《清人别集总目》，安徽教育出版社 2000 年版。

袁行云：《清人诗集叙录》，文化艺术出版社 1994 年版。

《诸子集成》，中华书局 1954 年版。

徐坚：《初学记》，中华书局 1962 年版。

欧阳询：《艺文类聚》，汪绍楹校，上海古籍出版社 1982 年版。

封演：《封氏闻见记校注》，赵贞信校注，中华书局 2005 年版。

刘𫗧：《隋唐嘉话》，程毅中点校，中华书局 1979 年版。

刘肃：《大唐新语》，中华书局 1984 年版。

洪兴祖：《楚辞补注》，中华书局 1983 年版。

萧统：《文选》，李善注，上海古籍出版社 1986 年版。

严可均辑：《全上古三代秦汉三国六朝文》，商务印书馆 1999 年版。

逯钦立辑校：《先秦汉魏晋南北朝诗》，中华书局 1983 年版。

郁沅、张明高编选：《魏晋南北朝文论选》，人民文学出版社 1996

年版。

《乐府诗集》，郭茂倩编、点校，中华书局 1979 年版。

张溥辑、殷孟伦：《汉魏六朝百三家集题辞注》，人民文学出版社 1960 年版。

（清）彭定求：《全唐诗》，中华书局 1960 年版。

曾枣庄、刘琳主编：《全宋文》，上海辞书出版社 2006 年版。

钱锺书：《宋诗选注》，人民文学出版社 1958 年版。

卓尔堪：《遗民诗》，康熙刻本。

沈德潜：《清诗别裁集》，岳麓书社 1998 年版。

符葆森：《国朝诗正雅集》，咸丰年间刊本。

孙雄选：《道咸同光四朝诗史》，1910 年自刊本。

陈衍选：《近代诗钞》，商务印书馆民国 12 年排印本。

钱仲联：《近代诗钞》，江苏古籍出版社 1996 年版。

扬雄：《扬雄集校注》，张震泽校注，上海古籍出版社 1993 年版。

赵幼文：《曹植集校注》，人民文学出版社 1984 年版。

郁贤皓、张采民：《建安七子诗笺注》，巴蜀书社 1988 年版。

黄节撰：《曹子建诗注》（外三种）／《阮步兵咏怀诗注》，中华书局 2008 年版。

陈伯君：《阮籍集校注》，中华书局 1987 年版。

楼宇烈：《王弼集校释》，中华书局 1980 年版。

戴明扬：《嵇康集校注》人民文学出版社 1962 年版。

金涛声：《陆机集》，中华书局 1982 年版。

董志广：《潘岳集校注》，天津人民出版社 1962 年版。

黄葵：《陆云集》，中华书局 1988 年版。

王瑶：《陶渊明集》，人民文学出版社 1983 年版。

顾绍柏：《谢灵运集校注》，中州古籍出版社 1988 年版。

倪璠注，许逸民：《庾子山集注》，中华书局 1980 年版。

颜之推，王利器：《颜氏家训集解》，上海古籍出版社 1980 年版。

余嘉锡笺疏：《世说新语笺疏》，中华书局 1983 年版。

王维：《王维集校注》，陈铁民校注，中华书局 1997 年版。

孟浩然：《孟浩然诗集笺注》，佟培基笺注，上海古籍出版社 2000

年版。

李白:《李太白全集》,(清)王琦注,中华书局1977年版。

仇兆鳌:《杜诗详注》,中华书局1979年版。

杜甫:《杜诗镜铨》,杨伦笺注,上海古籍出版社1980年版。

韩愈撰,屈守元、常思春:《韩愈全集校注》,四川大学出版社1996年版。

韩愈:《韩昌黎诗系年集释》,钱仲联集释,上海古籍出版社1984年版。

韩愈:《韩昌黎文集校注》,马其昶校注,上海古籍出版社1986年版。

杜牧:《樊川文集》,陈允吉校点,上海古籍出版社1978年版。

刘学锴、余恕诚:《李商隐诗歌集解》,中华书局1988年版。

柳宗元著:《柳宗元集》,中华书局1979年版。

李商隐:《玉溪生诗笺注》,(清)冯浩笺注,上海古籍出版社1979年版。

徐铉:《徐公文集》,文津阁《四库全书》本,商务印书馆2005年版。

杨亿:《武夷新集》,徐德明、余奎元、邱文彬点校,福建人民出版社2007年版。

欧阳修:《欧阳修集编年笺注》,李之亮笺注,巴蜀书社2007年版。

梅尧臣:《梅尧臣集编年校注》,朱东润校注,上海古籍出版社1980年版。

邵雍:《伊川击壤集》,陈明点校,学林出版社2004年版。

程颢、程颐:《二程集》,王孝鱼校点,中华书局1981年版。

王安石:《王荆公诗注补笺》,李璧注,李之亮补笺,巴蜀书社2002年版。

王安石:《临川先生文集》,中华书局1959年版。

曾巩:《曾巩集》,陈杏珍、晁继周点校,中华书局1984年版。

苏轼:《苏轼全集》,傅成、穆俦标点,上海古籍出版社2000年版。

苏辙:《栾城集》,曾枣庄、马德富校点,上海古籍出版社1987年版。

黄庭坚：《黄庭坚诗集注》，（宋）任渊、史容、史季温注，刘尚荣校点，中华书局 2003 年版。

秦观：《淮海集》，宋集珍本丛刊，线装书局 2004 年版。

张耒：《张耒集》，李逸安、孙通海、傅信点校，中华书局 1999 年版。

陈师道：《后山居士文集》，上海古籍出版社 1984 年版。

吕本中：《东莱诗集》，文津阁《四库全书》本。

朱熹：《朱熹集》，郭齐、尹波校点，四川教育出版社 1996 年版。

朱熹：《朱子语类》，黎靖德辑，中华书局 1986 年版。

叶适：《叶适集》，刘公纯等点校，中华书局 1961 年版。

陈亮：《陈亮集》，邓广铭点校，中华书局 1974 年版。

《杨万里集笺校》，辛更儒载重笺校，中华书局 2007 年版。

杨万里：《诚斋集》，文津阁《四库全书》本。

陆游：《陆游集》，中华书局 1976 年版。

陆游：《剑南诗稿校注》，钱仲联校注，上海古籍出版社 1985 年版。

范成大：《范石湖集》，上海古籍出版社 1981 年版。

刘克庄：《后村先生大全集》，宋集珍本丛刊，线装书局 2004 年版。

陈献章：《白沙子》，《四部丛刊》本。

李梦阳：《空同集》，文津阁《四库全书》本。

何景明：《大复集》，文津阁《四库全书》本。

王廷相：《王氏家藏集》，《四库全书存目丛书》本。

袁宏道：《袁宏道集笺校》，上海古籍出版社 1981 年版。

袁中道：《珂雪斋集》，上海古籍出版社 1981 年版。

谭元春：《谭元春集》，上海古籍出版社 1998 年版。

钟惺：《隐秀轩集》，上海古籍出版社 1992 年版。

陈子龙：《陈子龙文集·安雅堂稿》，华东师范大学出版社 1988 年版。

吴梅村：《梅村家藏稿》，《四部丛刊》本。

钱谦益：《钱牧斋全集》，上海古籍出版社 2003 年版。

顾炎武：《日知录集释》，上海古籍出版社 1985 年版。

顾炎武：《顾亭林诗文集》，中华书局 1983 年版。

黄宗羲：《黄梨洲文集》，《传世藏书》本，海南国际新闻出版中心 1996 年版。

黄宗羲：《南雷文约》，《梨州遗著汇刊》本，宣统二年上海时中书局。

王士禛：《王士禛全集》，齐鲁书社 2007 年版。

朱彝尊：《曝书亭集》，《四部丛刊》本。

周亮工：《赖古堂集》，《四库禁毁书丛刊》本。

钱澄之：《田间文集》，黄山书社 1998 年版。

毛奇龄：《西河全集》，清康熙书留草堂刊本。

叶燮：《已畦集》，《四库全书存目丛书》本。

全祖望：《全祖望集汇校集注》，上海古籍出版社 2000 年版。

查慎行：《敬业堂诗集》，文津阁《四库全书》本。

杭世骏：《道古堂集》，《续修四库全书》本。

厉鹗：《樊榭山房集》，上海古籍出版社 1992 年版。

袁枚：《袁枚全集》，江苏古籍出版社 1993 年版。

钱载：《箨石斋文集》，《续修四库全书》本。

钱载：《箨石斋诗集》，《续修四库全书》本。

汪师韩：《上湖纪岁诗编》，《续修四库全书》本。

翁方纲：《复初斋文集》，《续修四库全书》本。

翁方纲：《复初斋诗集》，《续修四库全书》本。

钱大昕：《嘉定钱大昕全集》，江苏古籍出版社 1997 年版。

焦循：《雕菰楼集》，丛书集成本，中华书局 1985 年版。

章学诚：《章氏遗书》，吴兴刘氏嘉业堂本。

姚鼐：《惜抱轩全集》，中国书店 1991 年版。

张际亮：《张亨甫全集》，同治丁卯春刊本。

龚自珍：《龚自珍全集》，上海古籍出版社 1999 年版。

魏源：《魏源集》，中华书局 1976 年版。

程恩泽：《程侍郎遗集》，《丛书集成初编》本。

祁寯藻：《馤饤亭集》，清咸丰六年原刻本。

曾国藩：《曾国藩全集》，岳麓书社 1994 年版。

何绍基：《何绍基诗文集》，岳麓书社 1992 年版。

郑珍:《巢经巢文集》,《续修四库全书》本。

郑珍:《巢经巢诗集笺注》,白敦仁笺注,巴蜀书社1996年版。

莫友芝:《郘亭遗文》,同治五年江宁三山客舍修补本。

莫友芝:《郘亭遗诗》,同治五年江宁三山客舍修补本。

陈衍:《陈石遗集》,福建人民出版社2001年版。

沈曾植:《沈曾植集校注》,钱仲联校注,中华书局2002年版。

沈曾植:《海日楼札丛·海日楼题跋》,辽宁教育出版社1998年版。

陈三立:《散原精舍诗文集》,上海古籍出版社2003年版。

郑孝胥:《海藏楼诗集》,上海古籍出版社2003年版。

王闿运:《湘绮楼诗文集》,岳麓书社1996年版。

陈衍:《陈衍诗论合集》,福建人民出版社1999年版。

黄遵宪:《黄遵宪全集》,中华书局2005年版。

黄遵宪:《人境庐诗草笺注》,钱仲联注,上海古籍出版社1981年版。

丘逢甲:《丘逢甲集》,岳麓书社2001年版。

康有为:《康有为集》,珠海出版社2008年版。

梁启超:《饮冰室合集》,上海中华书局1936年版。

文廷式:《文廷式集》,中华书局1993年版。

谭嗣同:《谭嗣同全集》(增订本),中华书局1981年版。

严复:《严复集》,中华书局1986年版。

王国维:《王国维文集》,中国文史出版社1997年版。

金天羽:《天放楼文言》,《近代中国史料丛刊》本。

陆机:《文赋集释》,张少康集释,上海古籍出版社1984年版。

刘勰:《文心雕龙注》,范文澜注,人民文学出版社1978年版。

刘勰:《文心雕龙义证》,詹锳义证,上海古籍出版社1989年版。

郭绍虞等:《万首论诗绝句》,人民文学出版社1991年版。

何文焕:《历代诗话》,中华书局1981年版。

丁福保:《历代诗话续编》,中华书局1983年版。

丁福保:《清诗话》,上海古籍出版社1978年版。

郭绍虞:《清诗话续编》,富寿荪校点,上海古籍出版社1983年版。

司空图等:《诗品集解》,郭绍虞辑注,人民文学出版社1963年版。

方岳：《深雪偶谈》，丛书集成初编本，商务印书馆1985年版。

遍照金刚：《文镜秘府论》，卢盛江校考，中华书局2006年版。

阮阅：《诗话总龟》，人民文学出版社1987年版。

胡仔：《苕溪渔隐丛话》，人民文学出版社1981年版。

魏庆之：《诗人玉屑》，王仲闻校勘，古典文学出版社1958年版。

何汶：《竹庄诗话》，常国振、绛云点校，中华书局1984年版。

刘克庄：《后村诗话》，王秀梅点校，中华书局1983年版。

严羽：《沧浪诗话校释》，郭绍虞校释，人民文学出版社1998年版。

计有功：《唐诗纪事校笺》，王仲镛校点，巴蜀书社1989年版。

吴文冶：《辽金元诗话全编》，凤凰出版社2006年版。

张健：《元代诗法校考》，北京大学出版社2001年版。

胡应麟：《诗薮》，上海古籍出版社1979年版。

许学夷：《诗源辩体》，杜维沫校点，人民文学出版社1987年版。

胡震亨：《唐音癸签》，上海古籍出版社1981年版。

王夫之：《古诗评选》，文化艺术出版社1997年版。

沈德潜：《古诗源》，中华书局1963年版。

王士禛：《带经堂诗话》、张宗枏纂集、戴鸿森校点，人民文学出版社1982年版。

吴淇：《六朝选诗定论》，汪俊、黄进德点校，广陵书社2009年版。

叶燮等：《原诗·一瓢诗话·说诗晬语》，人民文学出版社1979年版。

袁枚：《随园诗话》、顾学颉校点，人民文学出版社1982年版。

王士禛：《渔洋诗话》，《清诗话》，上海古籍出版社1999年版。

朱彝尊：《静志居诗话》，人民文学出版社1998年版。

方东树：《昭昧詹言》，方绍楹校点，人民文学出版社1961年版。

陈沆：《诗比兴笺》，中华书局上海编辑所1959年版。

林昌彝：《射鹰楼诗话》，《续修四库全书》本。

林昌彝：《海天琴思录海天琴思续录》，上海古籍出版社1988年版。

刘熙载：《艺概》，上海古籍出版社1978年版。

杨钟羲：《雪桥诗话》，台湾文海书社1983年影印本。

陈衍：《石遗室诗话》，《民国诗话丛编》本，上海书店2002年版。

梁启超：《饮冰室诗话》，人民文学出版社1959年版。

由云龙：《定庵诗话》，《民国诗话丛编》本。

张维屏：《国朝诗人征略》，《清代传记丛刊》本。

王国维：《人间词话》，上海古籍出版社1998年版。

钱仲联：《梦苕庵诗话》，《民国诗话丛编》本。

邓之诚：《清诗纪事初编》，《清代传记丛刊》本。

钱仲联：《清诗纪事》，江苏古籍出版社1987（1989）年版。

吴宓：《空轩诗话》，《民国诗话丛编》本。

钱锺书：《谈艺录》（补订本），中华书局1984年版。

胡适：《胡适诗话》，四川文艺出版社1991年版。

吴宓：《吴宓诗话》，商务印书馆2005年版。

刘衍文：《雕虫诗话》，《民国诗话丛编》本。

任继愈：《中国哲学史》，人民出版社1979年版。

冯友兰：《中国哲学简史》，北京大学出版社1985年版。

张岱年：《中国哲学大纲》，江苏教育出版社2005年版。

汤用彤：《理学·佛学·玄学》，北京大学出版社1991年版。

汤用彤：《汉魏两晋南北朝佛教史》，北京大学出版社1997年版。

汤用彤：《隋唐佛教史稿》，江苏教育出版社2007年版。

石峻等：《中国佛教思想资料选编》，中华书局1987年版。

贺昌群：《魏晋清谈思想初论》，商务印书馆2000年版。

汤一介：《郭象与魏晋玄学》，湖北人民出版社1983年版。

牟宗三：《玄理与才性》，广西师范大学出版社2006年版。

葛兆光：《禅宗与中国文化》，上海人民出版社1986年版。

王晓毅：《儒释道与魏晋玄学形成》，中华书局2003年版。

柳诒徵：《中国文化史》，东方出版中心1988年版。

侯外庐：《中国思想史》，人民文学出版社1960年版。

韦政通：《中国思想史》，上海书店出版社2003年版。

葛兆光：《中国思想史》，复旦大学出版社2005年版。

李泽厚：《中国古代思想史论》，人民出版社1986年版。

李泽厚、刘纲纪：《中国美学史》（第一卷、第二卷），中国社会科学出版社1984年版。

叶朗：《中国美学史大纲》，上海人民出版社 1985 年版。

朱光潜：《朱光潜美学文集》第二卷，上海文艺出版社 1982 年版。

宗白华：《艺境》，北京大学出版社 1987 年版。

李泽厚：《美的历程》，天津社会科学院出版社 2002 年版。

徐复观：《中国文学精神》，上海书店出版社 2004 年版。

胡经之：《中国古典美学丛编》（上、中、下），中华书局 1988 年版。

刘若愚：《中国文学理论》，杜国清译，江苏教育出版社 2006 年版。

汪涌豪：《中国古代文学理论体系》（范畴论），复旦大学出版社 1999 年版。

郭绍虞：《中国文学批评史》，上海古籍出版社 1979 年版。

朱东润：《中国文学批评史大纲》，上海古籍出版社 2001 年版。

龚鹏程：《中国文学批评史论》，北京大学出版社 2008 年版。

顾易生、蒋凡：《先秦两汉文学批评史》，上海古籍出版社 1990 年版。

王运熙、杨明：《魏晋南北朝文学批评史》，上海古籍出版社 1989 年版。

罗宗强：《魏晋南北朝文学思想史》，中华书局 1996 年版。

郭绍虞：《中国历代文论选》，上海古籍出版社 1979 年版。

张少康、卢永璘：《先秦两汉文论选》，人民文学出版社 1999 年版。

王运熙：《清代文论选》，人民文学出版社 1999 年版。

舒芜：《近代文论选》，人民文学出版社 1959 年版。

铃木虎雄：《中国诗论史》，广西人民出版社 1989 年版。

叶维廉：《中国诗学》，三联书店 1992 年版。

胡晓明：《中国诗学之精神》，江西人民出版社 1991 年版。

萧华荣：《中国诗学思想史》，华东师范大学出版社 1996 年版。

陈良运：《中国诗学体系论》，中国社会科学出版社 1992 年版。

肖驰：《中国诗歌美学》，北京大学出版社 1986 年版。

张伯伟：《中国诗学研究》，辽海出版社 2000 年版。

陈伯海：《中国诗学之现代观》，上海古籍出版社 2006 年版。

陈伯海：《唐诗学引论》，知识出版社 1988 年版。

周裕锴：《宋代诗学通论》，上海古籍出版社 2007 年版。

张健：《清代诗学研究》，北京大学出版社 1999 年版。

张少康：《中国古代文学创作论》，北京大学出版社 1983 年版。

钱基博：《中国文学史》，中华书局 1993 年版。

刘师培：《中国中古文学史讲义》，程千帆导读，上海古籍出版社 2000 年版。

王瑶：《中古文学史论》，北京大学出版社 1986 年版。

刘永济：《十四朝文学要略》，中华书局 2007 年版。

王钟陵：《中国中古诗歌史》，人民出版社 2005 年版。

萧涤非：《汉魏六朝乐府文学史》，人民文学出版社 1984 年版。

葛晓音：《八代诗史》，陕西人民出版社 1989 年版。

许总：《唐诗史》，江苏教育出版社 1994 年版。

朱则杰：《清诗史》，江苏古籍出版社 2000 年版。

郭延礼：《中国近代文学发展史》，山东教育出版社 1990 年版。

任访秋：《中国近代文学史》，河南大学出版社 1988 年版。

马亚中：《中国近代诗歌史》，台湾学生书局 1992 年版。

马茂元：《古诗十九首新探》，陕西人民出版社 1981 年版。

于迎春：《汉代文人与文学观念的演进》，东方出版社 1997 年版。

叶嘉莹：《汉魏六朝诗讲录》，河北教育出版社 1997 年版。

钱志熙：《魏晋诗歌艺术原论》，北京大学出版社 1993 年版。

吴云主：《魏晋文学研究》，北京出版社 2001 年版。

邓仕樑：《两晋诗论》，香港中文大学 1972 年版。

兴膳宏：《六朝文学论稿》，岳麓书社 1986 年版。

葛晓音：《汉唐文学嬗变》，北京大学出版社 1990 年版。

胡大雷：《中古诗人抒情方式的演进》，中华书局 2003 年版。

闻一多：《唐诗杂论》，上海古籍出版社 1998 年版。

李福标：《皮陆研究》，岳麓书社 2007 年版。

钱锺书：《宋诗选注》，人民文学出版社 1958 年版。

莫砺锋：《江西诗派研究》，齐鲁书社 1986 年版。

木斋：《苏东坡研究》，广西师范大学出版社 1998 年版。

白政民：《黄庭坚诗歌研究》，宁夏人民出版社 2001 年版。

钱志熙：《黄庭坚诗学体系研究》，北京大学出版社 2003 年版。

伍晓蔓：《江西宗派研究》，巴蜀书社 2005 年版。

石玲：《袁枚诗论》，齐鲁书社 2003 年版。

王英志：《性灵派研究》，辽宁大学出版社 1998 年版。

王利民：《王士禛诗歌研究》，中华书局 2007 年版。

王济民：《清乾隆嘉庆道光时期诗学》，巴蜀书社 2007 年版。

马卫中、张修龄：《近代诗论丛》，安徽文艺出版社 1995 年版。

袁行霈：《中国诗歌艺术研究》，北京大学出版社 1987 年版。

许结：《赋体文学的文化阐释》，中华书局 2005 年版。

曹虹：《中国辞赋源流综论》，中华书局 2005 年版。

顾彬：《中国文人的自然观》，上海人民出版社 1990 年版。

莫砺锋：《神女之探寻——英美学者论中国古典诗歌》，尹禄光校，上海古籍出版社 1994 年版。

孙康宜：《抒情与描写》，钟振振译，上海三联书店 2006 年版。

余英时：《士与中国文化》，上海人民出版社 1987 年版。

邓乔彬：《古代文艺的文化观照》，上海教育出版社 2003 年版。

罗宗强：《玄学与魏晋士人心态》，浙江人民出版社 1991 年版。

卢盛江：《魏晋玄学与中国文学》，百花洲文艺出版社 2001 年版。

马积高：《宋明理学与文学》，湖南师范大学出版社 1989 年版。

许总：《宋明理学与中国文学》，百花洲文艺出版社 1999 年版。

马茂军：《北宋儒学与文学》，暨南大学出版社 1999 年版。

杨庆存：《黄庭坚与宋代文化》，河南大学出版社 2002 年版。

张文利：《理禅融会与宋诗研究》，中国社会科学出版社 2004 年版。

傅璇琮：《唐代科举与文学》，陕西人民出版社 1986 年版。

陈居渊：《清代朴学与中国文学》，百花洲文艺出版社 2000 年版。

魏中林：《清代诗学与中国文化》，巴蜀书社 2000 年版。

周裕锴：《中国禅宗与诗歌》，上海人民出版社 1992 年版。

徐国荣：《玄学与诗学》，中国社会科学出版社 2004 年版。

陈允吉：《古典文学佛教溯缘十论》，复旦大学出版社 2002 年版。

梁启超：《清代学术概论》，复旦大学出版社 1985 年版。

章太炎：《国故论衡》，陈平原导读，上海古籍出版社 2003 年版。

朱自清：《朱自清说诗》，上海古籍出版社1998年版。

郭绍虞：《照隅室古代文学论集》，上海古籍出版社1983年版。

钱锺书：《管锥编》，中华书局1979年版。

钱仲联：《梦苕庵论集》，中华书局1993年版。

钱仲联：《当代学者自选文库·钱仲联卷》，安徽教育出版社1999年版。

钱仲联：《梦苕庵清代文学论集》，齐鲁书社1983年版。

魏中林：《钱仲联讲论清诗》，苏州大学出版社2004年版。

汤用彤：《汤用彤学术论文集》，中华书局1983年版。

缪钺：《诗词散论》，上海古籍出版社1982年版。

周勋初：《文史探微》，上海古籍出版社1987年版。

周勋初：《周勋初文集》，江苏古籍出版社2000年版。

后　记

　　引起对这个问题的关注，还是在师从钱仲联先生学治清诗的二十多年前。总体上，清诗的一大特征是学问要素极为突出。初入其中，很烦其滞碍。先生论诗，大抵是以性情与学问并重的。但具体讲论中，对诗家学问根柢的推重和作品学问要素的举扬，印象深刻。浸润久了，感到这是个挺有意味的现象。尤其注意到，几乎所有批评宋人、清人以学问为诗的古今论者，自身的作品也多以各种典实和方法融进学问要素。觉得这不仅是个喜好问题，而是个不得不然的传统诗学思维方式问题。由此漫观整个古典诗学，发现这不仅是清诗或宋诗的特征，而是个强弱不同地弥漫于整个古典诗学的整体性问题，这问题可名之为"古典诗学的学问化"，恰好同"意境化"构成中国古典诗学的最主要特征。深感这问题长期以来整体性的被遮蔽，有研究的必要。

　　这些想头断续地逐渐形成。虽由于工作岗位的不断播迁和疏懒，没去集中精神用力去做，却也未曾完全丢开。其间陆续草就发表了《古典诗学的学问化问题与清诗研究》、《清诗学问化管窥》、《中国古典诗学的学问化问题论纲》等文章，引起些反响。前几年，又以《中国古典诗学学问化问题研究》为题，申报立项为教育部人文社科课题和广东省人文社科课题。尤其在为我的研究生上课当中，将这些想头讲出来同他们探讨，竟逗起了他们的极大兴趣。其直接的结果是，一方面参加本书的几个学生同我合作，就其中个别问题，在各种学术刊物发表了二十多篇文章，形成了挺成阵势的专题系列论文；另一方面，有三名博士生就其中某一部分作为博士论文选题，三年来，这课题先后产生了三名博士。

　　在此基础上，我等师生进一步合谋，以我的《中国古典诗学的学问化问题论纲》为基本框架，分工完成这课题：我负责全书的指导、统筹、审阅及绪论和第一章的写作，第二章由崔向荣撰写，第三章、第四章由颜文武撰写，第五章由贺国强撰写，第六章、第七章由宁夏江撰写。我承担的绪论部分和第一章分别托宁夏江和贺国强在我的前述文章基础上执笔写成，其中有他们的丰富和添彩处，而宁夏江代我做了许多统筹工作，贺国强则承担了一些补缺任务，这是需要特别说明的。

就这样一个题目做研究，确实具有较大的挑战性。由于思考不够深入和全面，对材料的阅读和占有难以周全，观点和理论的运用不够周延，误会和曲解也就在所难免。再加上这是个合作的产物，各人的观点与行文风格也不尽一致，肯定存在着驳杂、重复、矛盾之处，自是需要识者教正的。

请我多年的老朋友承学学兄作序，拉他这面广东古代文学研究界的大旗作虎皮的意味一望即知。蒙承学兄不弃，读了书稿后提出诸多修改意见，序中阐发了更为深切的学术问题，这又不是个谢字可以了得的。暨南大学文学院院长王列耀教授曾是我多年的同事，他安排了本书的出版，我的同事暨南大学出版社总编史小军教授也曾为此穿针引线，这里一并致谢。

魏中林

二零一一年十二月九日